Herbjørg Wassmo

HERBJØRG WASSMO

DINOS KNYGOS AUTORĖ

SEPTINTAS SUSITIKIMAS

ROMANAS

IŠ NORVEGŲ KALBOS VERTĖ

EGLĖ IŠGANAITYTĖ

Alma littera

VILNIUS / 2010

UDK 839.6-3
Va356

Versta iš:
Herbjørg Wassmo. DET SJUENDE
MØTE, Gyldendal Norsk Forlag
AS 2000

ISBN 978-9955-08-601-7

Mano žmogui

Pirmas skyrius

GALBŪT JIS TIKĖJOSI, KAD JI PASVEIKINS JĮ, STOVĖDAMA TARP SAVO PAVEIKSLŲ IR KAD JO ORCHIDĖJA BUS VIENIN-TELĖ GĖLĖ?

Gal net vylėsi, kad ji atskubės jo pasitikti ir pasakys nekantriai jo laukusi?

Ten buvo daugybė žmonių. Žurnalistų. Fotografų. Akivaizdu, kad tai galerija, turinti rinktinį kviestinių svečių sąrašą. Kai kurie veidai jam buvo pažįstami iš laikraščių ir televizijos. Daugelis nė iš tolo nepriminė tokių, kurie domisi menu.

Vos įžengę pro duris, visi praeidavo pro savotišką prizų staliuką, užklotą juoda vilnone staltiese. Kiekvienas pasiimdavo po taurę, su ja daugiau ar mažiau sėkmingai balansuodavo tarp rankų paspaudimų, ištariamų frazių ir to, kas priminė slaptažodžius. Tai buvo lyg ritualas, turėjęs pabrėžti kiekvieno dalyvavimą.

Ore dvelkė sensacija. Vyriškis su televizijos kamera ant peties ėjo tiesiai per žmones. Pridurmui keisto šokio žingsniu sukosi tamsiai apsirengęs ilgakojis vaikinas. Jiedu drąsiai prasiskynė kelią ir pranyko kitoje salėje.

„Matyt, ji ten kur nors stovi", – spėjo Gormas ir kaip įmanydamas mandagiau ėmė brautis paskui žurnalistus.

Kažkoks vyras užsilipo ant baltos pakylos ir suplojo delnais tildydamas žmones. Iš pradžių Gormas pamanė, kad galerijos savininkas. Paskui suprato, kad jo atstovas.

Stovintieji pagrindinėje salėje pagarbiai sukluso. Žmonės koridoriuje dar valandėlę smagiai plepėjo.

Vyriškis pasveikino susirinkusiuosius neeilinio įvykio, Rutos Neset pirmosios asmeninės parodos Norvegijoje atidarymo proga. Jis kalbėjo, kad dar prieš keletą metų ji buvo nežinoma norvegų dailininkė. Bet, pardavusi paveikslą Niujorke, per vieną naktį parklupdė visą pasaulį prie savo kojų. Per pastaruosius metus ji surengusi parodas Berlyne, Niujorke, Melburne ir Paryžiuje, o dabar galerijai suteikta garbė pristatyti jos darbus tėvynėje.

Gormas jautėsi it mažas berniukas, stebintis gaublį tėvo kabinete. Jis sukdavosi apie savo pasvirą ašį, kai tėvas, norėdamas pralinksminti sūnų, bakstelėdavo gaublį pirštu. Jis svarstė, kaip jaučiasi Ruta žmonių tumulo viduryje.

Veltui jos dairėsi. Iš minios negalėjo išskirti net Rutos viršugalvio. Ji nebuvo aukšta. Veikiau žemaūgė. Nebuvo net garantijos, kad ji ten yra, nors visa tai ištaisyta dėl jos.

Gormas sustojo prie vieno iš darbų, kurie, aptarti laikraščiuose, sulaukė audringos reakcijos. Jis vadinosi „Altoriaus paveikslas", o išstatytas Berlyne sukėlė tiek publikos pasidygėjimą, tiek ovacijas.

Paveiksle buvo pavaizduotas dvasininkas su visomis pontifikalijomis, atliekantis lytinį aktą su moterimi vienuolės galvos apdangalu ir kiškučio kauke. Prie krūtinės ji spaudžia kūdikį, suvystytą į dolerio banknotą. Vienoje putlioje rankutėje jis laiko granatą, kitoje – baltą balandį. Kiškučio ausis juosia glorija – erškėčių vainikas, nupintas iš pusiau sukietėjusių falų.

Gormas atitraukė akis nuo paveikslo ir kabineto tarpduryje išvydo tamsiai apsivilkusį poną. Tikriausiai galerijos savininkas. Jis stovėjo ant krūtinės sukryžiavęs rankas. Galva plikai skusta, veidas nejudrus. Net prakaitas, rodos, pakluso jo valiai: statmenai varvėjo smilkiniais.

Kai fotografas nepagarbiai blykstelėjo jam į veidą, sužybsėjo auksas. Ausyje vyriškis segėjo auskarą. Tarsi sugriaudamas tai, kas verslininkiška, ir legalizuodamas tai, kas meniška. Apranga naujausios mados, ne kokia nors klasika iš vietinio parduotuvių tinklo kolekcijos. Norom nenorom nusimanydamas apie vyriškus drabužius Gormas spėjo, kad švarkas iš „Gucci", greičiausiai pirktas Romoje. Kirpimas ir kokybė, kaip ir diskretiška vyriškio laikysena, bylojo, kad jis pasitiki savo uosle.

Gormas neturėjo jokio pagrindo nemėgti Rutos parodos organizatoriaus Norvegijoje, bet sau turėjo pripažinti, kad labai džiaugėsi galėdamas nekęsti visų Rutos parodų organizatorių nuo tada, kai šlykščiausiame šalies žurnale perskaitė skandalingą straipsnį apie ją ir galerijos savininką vokietį. Juodu sieję artimi ryšiai. Maža to, ten buvo teigiama, kad tam žmogui ji turinti būti dėkinga už tai, jog tapo tokia garsi. Ir kad dabar, po skausmingo išsiskyrimo, jis kaltinąs ją, kad ji nuo jo sienų pavogusi savo paveikslus.

Žmonės pajudėjo, ir Gormas, pasiduodamas srautui, pateko į vidurinę salę. Tada pamatė ją.

Ilgųjų plaukų nebebuvo. Tai, kas iš jų likę, nudažyta raudona spalva. Ji vilkėjo juodo plevenančio šilko palaidinę. Ant dešinio peties segėjo baltą orchidėjos žiedą. Nusiskynė nuo jo puokštės?

Iš tolo bolavo dilbiai ir plikas kaklas. Nepanašu, kad ją vargintų tvankuma, bet veido išraiška nebuvo patenkinto žmogaus. Ji atrodė taip, tarsi kas nors būtų paliepęs: „Į vietą!" arba: „Stovėk ramiai, taip, ten! Kaip tik ten!" Ir ji delbė akis arba suko į šalį, tarsi mąstytų: „Neleisk jiems sugauti tavo žvilgsnio. Rankas laikyk ramiai. Neparodyk jiems, kad tu gyva. Tegu jie grūdasi, gaudo orą ir gurkšnoja šampaną. Tegu burbuliuoja pasieniais ir atlieka savo vaidmenis. Stenkis išlikti rami, visa tai tuoj pasibaigs."

Veidas akmeninis, kone paniuręs. Taip pat būtų galėjusi atrodyti nekenčiamo giminaičio laidotuvėse. Regis, nutapė savo figūrą, iškirpo ją ir čia pastatė.

O aplink dūzgė. Nelyginant pulti pasiruošęs vabzdžių spiečius. Vieni iš jų tebuvo paprastos kambarinės musės, tik šiek tiek pasipuošusios. Kiti turėjo ryškius geluonis ir tykojo juos suleisti. Treti priminė jonvabalius. Jie žybsėjo. Stoviniavo priešais Rutos galingas paveikslų plokštumas ir isteriškai žybsėjo: „Pažiūrėk į mane, pažiūrėk į mane, pažiūrėk į mane!"

Vyriškis pakvietė Rutą užlipti ant baltosios dėžės, kad, jo žodžiais tariant, visi galėtų ją matyti. Bet ji elgėsi taip, lyg būtų paleista iš kurčnebylių prieglaudos, taip nieko ir neišmokusi. Nė vieno gesto. Ji net nepakėlė akių.

Gormas prisiyrė arčiau. Vyriškis pristatė gana gerai žinomą aktorių, kuris turėjo perskaityti šiuolaikinio autoriaus eilėraštį. Šventė meniškoms sieloms.

Eilėraštis buvo ilgas ir, Gormo supratimu, neturintis nieko bendra su išstatytais paveikslais. Jame egzotiškais vaizdais buvo tapomas galingas potvynis ir tai, ką bėgant amžiams pasiglemžė ir savo gelmėje paslėpė jūra. Skaitovas, matyt, tikėjosi spontaniškai galėsiąs pridėti šiek tiek patoso. Bet sekėsi nekaip. Jis ėmė karščiuotis, skaitė užsikirsdamas, su dar daugiau patoso.

Ruta stovėjo kaip balerina, laukianti, kada užgrieš orkestras. Raudoni plaukai žaižaravo. Gormui dingtelėjo, kad mintyse ji klausia savęs, kada baigsis visa ta velniava. Kai jam tai šovė į galvą, jis nenoromis nusišypsojo.

Štai tada ji pasisuko ir jos žvilgsnis nukrypo į jį. Tarsi per visą pompastišką numerį būtų tykojusi užklupti jį besišypsantį.

Gormas pasijuto taip, tarsi ilgą laiką būtų važiavęs tamsoje. Tik staiga žybt! – be niekur nieko priešpriešinė šviesa. Ryškūs žibintai. Jis juto jos akis veido oda. Bet ar ji *matė* jį?

Jos lūpos prasiskleidė, iš lėto, šiek tiek virpėdamos. Lūpų dažai užtepti nerūpestingai. Ji šypsojosi. Oda buvo matinė, kaip kalkių dulkėmis aplipusi lininė staltiesė. Rodos, ką tik iškelta iš kriptos, kur daugybę metų jos nesiekė saulės šviesa.

Kai skaitovas pagaliau baigė ir visi ėmė ploti, ji buvo palydėta į kitą salę, kur už galybės kūnų ir galvų Gormas įžiūrėjo daugiau paveikslų.

Jis vėl norėjo prieiti artėliau. Ką reikės sakyti? Argi jis seniai nežino, ką sakyti?

Pro duris į galinę salę vis plūdo žmonės. Darėsi tirščiau ir tirščiau. O jeigu ji nebegalės kvėpuoti? Jeigu užtrokš? Ji tikrai gali užtrokšti.

Jis norėjo prasiskinti kelią, sutrypti juos, jei reikės. Nejau jie nesupranta? Ji bejėgė prieš visą minią. Nejau šiame mieste nėra nė kiek padorumo? Vieni robotai? Srūvanti, klampi smalsuolių masė?

Būtų gerai ją iš ten išvaduoti. Bet jis to nepadarė. Pasuko prieš srovę ir išėjo į lauką. Prisidegė cigaretę, godžiai užsitraukė. Pulsas nurimo.

Tarp medžių seno namo lentine siena šliaužė melsvas šešėlis. Palei vartų stulpus degančių deglų oranžinio švytėjimo fone pilkavo tvoros statiniai. Iškilni aplinka dar labiau pabrėžė jo padėtį – jis čia svetimas.

Jam dingtelėjo, kad vakar dieną pusantros valandos skrido lėktuvu vien tam, kad pamatytų, kaip Oslo meno gerbėjai ir mecenatai dusina Rutą. Dabar jis stovi savo cigaretės dūmuose tartum paskutinis kvailys.

Užgesino cigaretę užspausdamas kulnu ant apledėjusio grindinio akmens ir grįžo vidun. Alkūnėmis prasiskynė kelią pasieniais. Nuo susispaudusių žmonių sklido su prakaitu sumišęs kvepalų ir vyriško losjono tvaikas.

Jo ausis pasiekė replika apie vieną paveikslą. Ją metė vyriškis pilku kostiumu, pasipuošęs tos pačios šilkinės medžiagos kaklaraiščiu

ir nosinaite. Juodi žirneliai raudoname fone. Jis kreipėsi į nesišuka-
vusį kaimyną su odiniu švarku ir kaklaskare.

– Nesuprantu, ką ji norėjo pasakyti.

– Neaišku, ar išvis norėjo ką nors pasakyti, – išdidžiai atsiliepė
tas su odiniu švarku.

– Ji nori priblokšti, bet paveiksluose nėra jokios prasmės. Kad ir
tos akys: vyzdžiai perteikti kone fotografišku tikslumu, o pats veidas
išsklidęs. Kas tai?

Pašnekovas gūžtelėjo. Jis vaikščiojo su užrašų knygele, rašikliu ir
veido išraiška „tokius dalykus aš išmanau".

Paveiksle, kuris užkliuvo kostiumuotajam, buvo pavaizduotas
iki pusės nuogas vyras. Jis stovėjo atsišliejęs į lentinę tvorą ar sie-
ną, truputį atlošęs galvą. Žvilgsnis nukreiptas į save, bet ir atidus.
Žmogus žiūrėjo į kažką, esantį priešais paveikslą. Į dailininkę?
Rankos ištiestos delnais į viršų. Tarsi jis ko prašytų ar maldautų.
Atviras, ryškus veidas. Vyro atvaizdas baigėsi žemiau bambos.
Žmogus be apatinės kūno dalies, spinduliuojantis stiprybę ir
prašantis dėmesio.

Sprendžiant iš grūsties, daugiausia dėmesio sulaukė šalia ka-
bantis paveikslas. Tai galėjo būti tas pats vyras nuo pusės. Nuoga
apatinė kūno dalis, „nukryžiuota" ant „A". Pėdos ir kitos kūno
dalys prikaltos didžiulėmis vinimis. Varpos galvutės anga – tam-
si spoksanti akis. Nejaukiai pasijutęs Gormas nusuko žvilgsnį.
Tada pamatė savo orchidėją. Neįmanoma įžiūrėti, ar vienas žie-
das nenugnybtas.

Virš gėlės kabojo du paveikslai, matyti kataloge. Viename pa-
vaizduotas vyras, įsikabinęs į varpo virvę. Figūra skaisčiai raudonu
apdaru. Bažnyčios bokštas fone – mėtos žalumo.

Kitame paveiksle nutapyta moteris, einanti vandeniu. Viena koja
jau grimzta. Spalvos ir čia sudarė kontrastą motyvo grėsmingumui.
Akimirka prieš griūvant, prieš skęstant.

Alkūnėmis jis nusiyrė į galinę salę. Ruta buvo apsupty: vienas
vyras ant peties laikė kamerą, kitas ruošėsi imti interviu. Trečias
stovėjo kiek atokiau.

Ji atrodė nusikamavusi, bet ramiai pozavo priešais paveikslą su
moters galva ant padėklo. Žaizda pavaizduota gana tikroviškai. Vei-
das pasuktas šonu, bet matyti viena akis. Tai buvo autoportretas.

Keletas smalsuolių lyg atsitiktinai pasislinko arčiau. Įjungus fil-
mavimo kamerą, kalbos nutilo.

10

– Ruta Neset, kaip jaučiatės pagaliau pristatydama savo paveikslus tėvynėje? – prabilo žurnalistas, nutaisęs dviprasmišką šypseną.

– Nežinau, jie ką tik pakabinti.

– Bet daugelis buvo plačiai aptarti, taip pat ir Norvegijos laikraščiuose?

– Taigi.

Stojo tyla. Žurnalistas, matyt, tikėjosi, kad ji dar ką nors pridurs. Bet ji tylėjo.

– Paveikslai sukėlė nemažai ginčų. Ypač tada, kai „Altoriaus paveikslą" norėjote išstatyti vienoje Berlyno bažnyčioje, kartu su ikonų paroda.

Blyškus Rutos veidas buvo rimtas.

– „Altoriaus paveikslas" yra vienas ryškiausių religinių motyvų mano kūryboje. Mergelė pasmerkta gimdyti, nes žmonėms reikia turėti ką nukryžiuoti.

– Bet bažnyčia jo nepriėmė. Ar nesuprantate, kad, kai kurių žmonių nuomone, tai šventvagystė?

– Aš girdžiu, ką jie sako, ir su jais nesutinku.

– Ar visi šie paveikslai – trejų metų darbas?

– Ne, tik trejų metų darbo dalis.

– Greitai tapote?

– Ne, bet nuolat.

– Kaip patinka dirbti Berlyne?

– Aš juk būnu ateljė, – šyptelėjo ji.

– Bet tikriausiai sekate miesto gyvenimą, gaunate tam tikrų impulsų ir bendraujate su žmonėmis, turinčiais tam tikrą svorį meno pasaulyje?

– Kartais, bet tada aš netapau.

Žurnalistas beviltiškai ieškojo, už ko užsikabinti.

– Ar tapydama ieškote naujų motyvų?

– Ne, visada tapau tik senus.

– Kokių idėjų turite dabar?

– Negaliu paaiškinti.

– Ar dažnai lankotės šiaurės Norvegijoje, kad pasisemtumėt įkvėpimo?

– Ne.

– Kaip apsieinate be tenykštės gamtos?

– Ar jūs matėte paveikslus?

Žurnalistas greitai susigriebė.

– Bet juk šaknys svarbu?

– Žinoma.

– Ar jūsų nesieja koks nors įsisąmonintas ryšys?

Ruta išpūtė šnerves.

– Toks sąmoningumas darbe reikalingas policininkams, politikams ir pedagogams. Žmonėms, kurie turi būti atidūs, kad nesukeltų katastrofų.

– Kai kas mano, kad sąmoningai nusprendėte nedirbti ir nerodyti savo darbų Norvegijoje.

– Aš juk rodau savo darbus Norvegijoje.

– Bet tam reikėjo laiko.

– Viskam reikia laiko.

– Įdomu. Pusė jūsų paveikslų jau parduota.

– Taip.

– Bet sąmoningai nieko dėl to nedarote?

– Tiksliau būtų ne „sąmoningai", o „konkrečiai". Aš tapau.

– Daugelis didžiųjų paveikslų pažymėti kaip privati nuosavybė. Ar taip norima išvengti oficialių kainų?

Ji perkėlė svorį ant dešinės kojos, ir Gormas pastebėjo, kad į žurnalistą ji metė jau griežtesnį žvilgsnį.

– Ne. Tai dėl to, kad jie neparduodami.

– Ar žinote, kur patenka jūsų paveikslai?

– Ne kur jie patenka, bet kas juos įsigyja pirmiausia.

„Ji žino, kad aš turiu dalmatino paveikslą", – pamanė Gormas.

– Ar jus skaudina tai, kad žmonės investuoja į jūsų paveikslus norėdami pasipelnyti? – paklausė žurnalistas.

– Tokiu atveju turėčiau jų nebepardavinėti.

– Bet pardavinėjate. Vadinasi, jums svarbu uždarbis?

– Žurnalistams turbūt irgi svarbu?

– Bet jie neuždirba tiek, kiek Ruta Neset, – išsišiepė žurnalistas.

– Matyt, jie ir netapo taip gerai.

Aplink stovintys žmonės nusijuokė.

– Sako, kad jūs tapote šeimos narius. Kad tas skrendantis vyras bažnyčios bokšto fone yra jūsų žuvęs brolis?

– Mat kaip.

– Jūs neneigiate, kad jus įkvėpė brolio savižudybė?

– Tai buvo ne savižudybė, o žmogžudystė.

Režisierius pakėlė ranką.

– Stop!

Žurnalistas sustingo. Kamera buvo išjungta. Žmonės kreipė žvilgsnius į šalį arba į artimiausią paveikslą.

– Viskas? – paklausė Ruta.

– Ne, pradėsime iš naujo, – paskelbė režisierius nuo šoninės linijos ir nurodė visiems sustoti į vietas.

– Man šalta, – tarė Ruta ir žengė durų link.

Žmonės skyrėsi į šalis. Tyla buvo apčiuopiama.

– Baigta, – sumurmėjo režisierius ir metė į žurnalistą tūžmingą žvilgsnį.

– Ką dabar darysime? – į nieką nežiūrėdamas vos girdimai tarė jis.

– Filmuosime.

– Paveikslus? – paklausė operatorius.

– Paveikslus, žmones, bet ką. Mums trūksta mažiausiai trijų su puse minučių. Pradėkit!

Gormas išsekė iš paskos į pagrindinę salę. Spėjo pamatyti, kaip ji pro galerijos savininką įsmuko į kabinetą.

Atsitokėję televizininkai filmavo paveikslus. Pora žurnalistų brovėsi į kabinetą. Vienas vyriškis mėgino juos sulaikyti, bet greitai pasidavė. Jie pasiekė savo. Tada įsidrąsino daugiau žurnalistų. Jie taip pat sugužėjo vidun.

Įtampą staiga išsklaidė garsus šnabždesys. Rodės, visi turėjo šnekos. Ne apie meną ir ne apie tai, kas įvyko. Bet apie asmeninius ekspromtu prisimintus reikaliukus. Pavyzdžiui, paskutinį susitikimą. Arba susirgusį bendrą pažįstamą.

Laikas bėgo, kai kas jau rengėsi išeiti.

Tada su trenksmu atsidarė kabineto durys. Ant rankos užsimetusi geltoną pončą išlėkė Ruta. Nuo jos nė per žingsnį neatsiliko skoningai pasidažiusi ir apsirengusi ponia. Iš paskos sekė Rutą pristatęs vyriškis. Jo pastangos išlaikyti orumą atrodė keistokos. Tarpduryje pasirodė įniršęs fotografas ir žurnalistas šlapiu veidu ir marškinių krūtine.

Ponia kalbėjo pernelyg garsiai, nors stengėsi šnabždėti. Ji suėmė Rutai už peties ir priminė jai interviu.

– Ne, – atšovė Ruta ir nuėjo neatsigręždama.

Ponia griebė jai už rankos, pamėgino dar kartą.

– Betgi televizija? Vakaro žinios ir...

Žmonės gardžiavosi akimirka. Skandalas? Bent jau kažkas panašaus.

– Velniava! – nusikeikė Ruta, vikriu judesiu apsisiausdama pončiu. Paskui teliko skiautė vilnonio audeklo, plasnojo nuplasnojo.

Elegantiškoji ponia pakraupusiu, blyškiu šypsniu apsidairė ir visus pakvietė vaišintis šampanu.

Ištrūkęs į gatvę, Gormas Rutos neberado. Jos ir pėdos buvo ataušusios. Sukdamas ratą kaimyniniais kvartalais, vaizdavosi, kad ji be paliovos į jį spokso. Nevilties kupinomis tamsiomis akimis. Ar Ruta jį matė?

Ne, nusprendė jis. Jai terūpėjo iš ten pasprukti. Tai netapo *septintuoju susitikimu*, kaip jis svajojo.

Ėmė snigti. Tirštai. Jis grįžo į galeriją. Žmonių beveik nebebuvo. Dar kartą apžiūrėjęs paveikslus, Gormas nusprendė įsigyti moterį, einančią vandeniu.

– Tai privati nuosavybė, – maloniai paaiškino ponia, kai jis į ją kreipėsi.

– Žinau. Gal galima gauti adresą? Arba telefono numerį? Pats susisieksiu.

Prie jų priėjo vyriškis, pristatęs Rutą.

– Deja, neįmanoma. Visi užsakymai turi eiti per mus.

– Ar galite perduoti, kad esu pasiruošęs derėtis dėl šio paveikslo? – stengdamasis išlikti ramus paprašė Gormas.

Vyriškis linktelėjo. Gormas padavė savo vizitinę kortelę.

– Iki rytojaus gyvenu viešbutyje „Grand". Jei manęs nebus, tegu palieka žinutę.

Abu vienu metu mandagiai linktelėjo, ir ponia paėmė kortelę.

Drėbė dar tirščiau. Jis užsuko į kavinę su idiotišku interjeru ir isteriška muzika. Ten užvalgė ištežusios marinuotos lašišos su pusžalių bulvių koše.

Tada grįžo į viešbutį ir nusitraukė permirkusius batus. Kai tik pagalvodavo apie telefoną, tardavosi girdįs skambutį. Tačiau telefonas neišdavė nė garso.

Vėliau, supratęs, kad šaldytuve nebeliko alaus, pats sau pasakė, kad ji nepaskambins. Su visais drabužiais išsitiesė ant lovos ir įsistebeilijo į šviestuvą jausdamas, kad kojų pirštai nemaloniai šalti.

Po valandėlės jis pasiėmė butelį gazuoto vandens. Nėra bjauresnio gėrimo už gazuotą vandenį, pamanė.

Tada jam į galvą šovė mintis. Jis susirado laiškinio popieriaus su viešbučio emblema ir parašė:

„Mieloji Ruta, mudviem su dalmatinu būtinai reikia tave pamatyti. Be to, labai norėčiau moters, einančios vandeniu. Viešbutyje būsiu iki rytojaus. Bet žinutė visada mane pasieks ir darbe. Gormas."

Ant voko jis užrašė jos pavardę ir galerijos adresą. Prieš užklijuodamas įdėjo savo vizitinę kortelę.

Dabar ji tikrai sužinos, kad noriu susitikti, pamanė jis ir įsijungė vakaro žinias. Nesuvokė, ką žiūri, kol pačioje pabaigoje pamatė trumpą reportažą iš parodos. Tada pajuto savo širdies dūžius.

Rutos kreidinis veidas užpildė visą ekraną. Lūpos vos vos virpėjo. Amūro lankas buvo ryškus ir artimas. Antakiai tamsūs, vešlūs, atskirti gilaus tarpeklio. Tankios blakstienos mažumą susipynusiais galiukais. Apystambė nosis nusėta blyškiomis strazdanėlėmis.

Jis mėgino įsiminti paveikslą. Neklusnūs raudoni plaukai. Kaklo gyslos. Atsikišęs smakras. Bet svarbiausia – akys. Tamsios, plačiai atmerktos ir nuogos. Jis palinko į priekį ir sulaikė kvėpavimą.

Interviu buvo trumpas. Parodė tik pačią pradžią, kol dar padėtis nesikomplikavo. Jo manymu, paveikslai nufilmuoti nepriekaištingai. Taigi ji turėjo likti patenkinta? Bet jie atsikeršijo pritraukdami jos veidą išdavikiškai arti.

Tik tada, kai pamatė jos akis televizoriaus ekrane, jis iki galo suvokė tramdomą beribę neviltį.

Tikriausiai stovėdama ten ji suprato, pamanė jis. Kad viskas ne taip. Kad jai nereikėjo jiems duoti nė dalelės savęs. Tik paveikslus. Nieko daugiau.

Paskambinęs į registratūrą, paklausė, ar jam niekas nepaliko žinutės. Nustebęs budėtojas patikino, kad tuoj pat perduotų kiekvieną gautą žinutę. Iki šiol nieko nebuvę.

Gormas pažiūrėjo filmą apie dvi šeimas, galabijančias viena kitą Romoje, bet neįstengė atrinkti, kas yra pagrindinis veikėjas. Žmonės buvo labai pikti ir be perstojo šaukė. Jam įskaudo galvą, bet iškentė iki pabaigos. Nė vienas vyras neišgyveno.

Kai pagaliau užmigo, ėmė kamuoti neramūs sapnai. Plikame paplūdimyje, iš kurio buvo atsitraukusi jūra, jį persekiojo mafiozas, ginkluotas į fotoaparatą „Nikon" įtaisytu automatu. Vyriškis žūtbūt norėjo atimti dalmatino paveikslą. Šis buvo toks mažas, jog tilpo Gormo kišenėje.

Keletą kartų jis prabudo. Ir manydavo, kad atsikratė košmaro. Bet sapnas vis sugrįždavo. Be baimės, Gormas prisiminė tik tai, kad galiausiai mafiozas jį įveikė ir atėmė paveikslą. Tada jis išaugo iki tikrojo dydžio. Iš drobės pas jį bėgo baltas šuo tamsiais lopais, žvelgdamas Rutos akimis.

Vienąsyk košmarai turėjo liautis, nes jis atsibudo jau po devynių.

Kaip nuolatinis svečias, ant pusryčių padėklo rado laikraštį. Pirmajame puslapyje išspausdinta jos nuotrauka. „Pabėgo iš savo parodos atidarymo."

Versdamas laikraštį, Gormas rado daugiau nuotraukų ir daugiau teksto. Skaitė tol, kol jį įveikė ūmus šleikštulys. Tada skubiai sulankstė laikraštį ir puolė į vonios kambarį.

Vėliau, daug vėliau, jis paskambino į registratūrą ir paprašė atsiųsti pagrindinius laikraščius. Geriau viską iškentėti iš karto.

Kaip ir bijojo, kiti laikraščiai buvo piktesni. „Skandalas!" ir: „Karingai nusiteikusi". Viename buvo rašoma, kad žurnalistui, norėjusiam ją pakalbinti, į veidą ji šliūkštelėjo taurę baltojo vyno, o fotografui iš rankų išmušė fotoaparatą. Didelėje nuotraukoje buvo pagautas Rutos mostas su taure, nukreiptas neryškios žmogystos link. Vyno čiurkšlė sudarė vingrią miglotą liniją.

Viską perskaitęs, Gormas pajuto gėdą. Ne dėl jos, bet dėl savęs. Kad sėdi ir skaito apie ją laikraštyje. Dėl to, kad tūkstančiai žmonių daro tą patį. Neturėdami nė menkiausio supratimo apie tai, kaip viskas buvo iš tikrųjų. Jis degė iš gėdos dėl to, kad žmonės visą laiką skaito tokius dalykus. Kad, tiesą sakant, negali be to gyventi.

Bet kuris žmogus, asmeninėmis savybėmis ar kokiu nors poelgiu atkreipęs į save dėmesį, bemat tampa bendra nuosavybe. Visi gauna neginčijamą teisę sudraskyti jį į skutelius. Nors žmogus ir ginasi kaip Ruta, laimėti neturi jokių šansų.

Staiga prieš akis jam iškilo įsivaizduota scena: naujos Grandės parduotuvės atidarymas. Valdybos narių, darbuotojų ir nemažo būrio atsitiktinių pirkėjų akivaizdoje žurnalistas klausia:

– Ar tiesą šneka žmonės, kad jūsų tėvas turėjo meilužę ir juos keletą metų siejo intymūs santykiai?

Slogulys tapo juntamas kūnu. Jis užmetė žvilgsnį į laikraščius, paskleistus ant lovos. Tada pradėjo puolimą. Maigė juos vieną po kito ir grūdo į šiukšlių kibirą. Baigęs darbą, visą šlamštą pastatė už durų ir užsirakino. Tuomet, stvėręs telefono ragelį, surinko galerijos numerį.

Atsiliepė ponia.

– Skambina Nesetas, Rutos Neset brolis. Būtinai turiu su ja pakalbėti. Ypač po to, ką perskaičiau šios dienos laikraštyje. Tai svarbu.

– Jos čia nėra.

– Deja, pamečiau užrašų knygelę, nepamenu nei adreso, nei telefono numerio. Gal įmanoma... gal galėtumėte man padėti? Tai labai svarbu, – pakartojo jis.

Pokalbis nutrūko. Jis girdėjo ją su kažkuo tariantis.

– Mes neturime jos numerio. Apgailestauju.

– Gal nors adresą?

Tyla. Įtari tyla.

– Jūs – jos brolis?

– Taip. Deja, pavėlavau į parodos atidarymą. Skrydis buvo atidėtas. Beviltiška padėtis. Supraskite.

Vėl murmesys.

– Ji gyvena Inkognito gatvėje.

– Koks numeris? – ramiai paklausė jis, rankoje drebindamas viešbučio tušinuką.

Užsirašė namo numerį ir nuoširdžiai padėkojo.

Tai buvo senas triaukštis namas su bokšteliu. Nedidelis sodas, gyvatvorė ir apsnigti medžiai. Švietė visi į gatvę išeinantys langai, tik pirmame aukšte blausiau. Jis paspaudė viršutinį skambutį, kur buvo užrašyta „R. Neset".

Laukdamas susikaupė, pirmuosius žodžius jau turėjo ant liežuvio. Tik nieko neįvyko. Name buvo tylu. Jis paskambino dar sykį. Nieko. Pamėgino trečiąkart. Luktelėjo. Paskambino pas pirmo aukšto kaimynus, vėl palaukė. Tada nulipo laiptais ir išėjo į sodą.

Krito tirštas sniegas. Užvertęs galvą, jis pamėgino pažiūrėti pro langus. Snaigės leidosi jam ant veido ir tirpo. Tik netirpo ant akinių stiklų. Po akimirkos jis nebematė nieko.

17

Juk name turi kas nors būti. Jis nusivalė akinius pusėtinai švaria nosine ir atatupstas pasitraukė prie kaltinės geležies tvoros, kad daugiau matytų. Ne ką telaimėjo. Perėjo gatvę, kad aprėptų didesnę kambarių dalį. Tik šviesa ir dideli paveikslai antrame aukšte. Nė gyvos dvasios. Jokios raudonos galvos.

Gormą apėmė siutas. Smarkus, begarsis siutas. Jis užlipo laiptais ir vėl keletą kartų paskambino. Kur ji dar gali būti, kai taip bjauriai apie ją rašo laikraščiai? Jis pažvelgė į laikrodį ir nusprendė skambinti tris minutes lygiais laiko tarpais.

Po penkių minučių liovėsi ir sugrubusius piršus susikišo į palto kišenes. Vienoje kišenėje rado laišką, kurį manė užnešti į galeriją. Duryse buvo plyšys su žalvariniu dangteliu. Po akimirkos laiškas gulėjo viduje. Pasilenkęs ir pažvelgęs pro plyšį, šiaip taip jį įžiūrėjo. Tada vėl uždarė dangtelį.

Gatvėje jis pasistatė palto apykaklę ir pamanė, kad Ruta veikiausiai bus išskridusi į Berlyną ar Niujorką pirmuoju lėktuvu.

Jis pėdino pro puošnius karnizus, apsnigtus medžius ir bokštelius su smailėmis. Niršdamas galvojo, kad galėtų būti prekių, pašto ar laikraščių išnešiotojas. Darbą galėtų dirbti be jokio užmokesčio, nes, šiaip ar taip, turi nuolatinį maršrutą iki Rutos buto Inkognito gatvėje.

Šonine gatvele jis pasuko į Bukstavejeną ir sustojo prie vitrinos, pilnos visokiausių žvakių. Mažų ir didelių, storų ir plonų. Servetėlių, laikiklių ir žvakidžių.

Deglai, dingtelėjo jam.

Prieblanda buvo mėlynos spalvos, vis dar snigo. Jis dirstelėjo į plyšį laiškams. Laiškas tebegulėjo. Niekas neatidarė, kai jis paskambino. Jis stebeilijo į ženklą, reiškiantį, kad namą saugo „Securitas".

Paskui nuėjo į sodą ir susmaigstė deglus. Nupirko visus, kiek buvo parduotuvėje. Keturis didelius polietileninius maišus. Jis pradėjo degioti. Tarpais atitiesdavo nugarą ir apžiūrėdavo darbą. Neilgai, tik porą sekundžių.

Vienas kitas praeivis užmesdavo žvilgsnį. Viena porelė sustojo ir šypsodamasi stebėjo jį pro gyvatvorę.

Baigėsi degtukai, likusius deglus teko uždegti kitais. Jis nusidegino. Įžiebęs naują žvakę, vis pakeldavo galvą pažiūrėti, ar kas nors nepriėjo prie lango. Bet niekas nesirodė.

Baigęs darbą, pastovėjo po aukštu dekoratyviniu krūmu sunkiomis snieguotomis šakomis. Paskui užlipo akmeniniais laiptais ir dar kartą paskambino. Niekas neatidarė.

Liepsnos šoko. Nejau ji nemato, kaip gražu?

Verslininkas Gormas Grandė daro tai, ko nėra daręs iki tol. Dėl jos elgiasi kaip mažas išsiilgęs berniūkštis. Nejau ji nemato?

Į galvą jam šovė dar viena mintis. Išdėlioti deglus tam tikra tvarka, įsivaizduojant dalmatino akis.

Lėktuvas brėžė auksiškai baltą liniją, kuri punktyrais persišvietė pro debesis.

Dabar jie sėdi ten, viršuje, ir žiūri žemyn, pamanė jis. Mato, kad aš Rutos sode mėginau sudėlioti žaižaruojančią akį.

Atsivėrė kaimyninio namo durys. Ant savo prabangių laiptų languotomis šlepetėmis ištipeno sena, į kuprą sulinkusi žmogysta. Išlaikydama gerą toną, bet piktu balsu ji paliepė užgesinti visus deglus. Priešingu atveju iškviesianti policiją.

– Gali kilti gaisras! – piktinosi ji.

Gormas nepuolė gesinti deglų, bet suvokė esąs per bailus, kad leistųsi sulaikomas. Tad nuleido žodžius negirdom, susikišo rankas į palto kišenes ir nuėjo.

Kai žirgliojo šaligatviu, jį apniko nepakeliamas nusivylimas. Liūdesys, pereinantis į tūžmą. Vėl prisiminė „Securitas" lipduką ant durų. Tikriausiai ji namie, bet neatidaro. Kodėl?

Negaliu imti ir išeiti nesužinojęs. Aš pateksiu vidun! – nusprendė jis ir staigiai sustojo.

Antras skyrius

RŪTA, SUPRANTAMA, NEPRISIMINĖ SAVO GIMIMO.

Tačiau ją imdavo šiurpas vien apie tai pagalvojus. Nieko šlykščiau ji negalėjo įsivaizduoti. Gimimas. Gėda ir nešvarumai, Dievo bausmė ir gąsdinanti paslaptis. Sukruvinti, apteršti skudurai. Ji mielai būtų tikėjusi, kad vaikus atneša gandras. Tik neprisiminė, kad kada nors jai būtų buvusi suteikta tokia proga. Sienos buvo pernelyg plonos, o lentinės grindys – netgi plyšiuotos.

Vis dėlto apmaudžiausia, kad ji gimė pirmoji. Kad Jorgenas turėjo palaukti. Ji kalta, kad Jorgenas toks, koks yra. Tai ji girdėjo nuo pat mažumės. Iš pradžių išeiti nenorėjo nė vienas iš jųdviejų, paskui ji prasibrovė pirma.

Išmokusi skaityti, kurį laiką manė, kad esama išrinktųjų, kurios gimdo švariai. Toks įspūdis susidarė iš knygų. Ten vaikai gimdavo po vieną ir iškart būdavo apsupami nėriniais. Švariai ir tyliai. O tada būdavo nešami parodyti Dievui. Bet taip esti tik knygose. Ten nei herojė, nei kas nors kitas neturi apatinės kūno dalies.

Pamokslininkas ir mama – dar ir kaip turėjo. Tai žinojo visi, nors niekas nesakė garsiai.

Kai atidariusi vaškinių kreidelių dėžutę ji pamatydavo raudoną spalvą, ją dažnai nusmelkdavo mintis, kad, prasispraudusi pro Jorgeno galvą, ją sugadino. Ne iš išorės, mat pažiūrėti Jorgeno galva buvo kur kas geresnė už josios, bet iš vidaus. Ji mėgindavo įsivaizduoti, kaip atrodė visi tie sumaigyti laideliai ir kraujagyslės. Turbūt raudona košė, ir tiek. Kai kada ji prisimindavo mamos persileidimus. Visi jie būdavo raudoni ir tokie gėdingi, jog apie tai nevalia prasižioti. Netrukus jie užsimiršdavo, iki kito karto. Tik Jorgeno neįmanoma užmiršti.

Pasislėpusi nuo visų, ji bandė nupiešti Jorgeno gimimą. Prieš imdamasi darbo tarėsi esanti vienintelė pasaulyje, galinti tai pa-

20

daryi. Bet išėjo ne taip, kaip tikėjosi. Ji norėjo, kad būtų gražu ir suprantama. Manė, jog piešinį galės parodyti močiutei. Bet išėjo tik raudonai juoda makalynė. Pilna kaži kokio pykčio. Ji mėgino daug sykių, bet nepavyko.

Galiausiai viską suglamžė ir įmetė į juodąją krosnį virtuvėje. Tačiau pažvelgusi į dėžutę visada jausdavo keistą nerimą. Tarsi sodriame vaškinių kreidelių kvape būtų slypėjusios visos galvos, mintys ir daiktai – ištisas pasaulis.

Iš akvarelės galėjai išgauti begalę variantų. Spalva, kurią ji maišydavo bet kuriuo momentu, būdavo vienintelė, sukurta jos, Rutos. Dažų ji dažnai pasiilgdavo. Užuosdavo jų kvapą dar prieš atidarydama dėžutę su apvaliais paplotėliais atskiruose lizdeliuose. Ne tik kaip dvelksmą šnervėse, bet ir kaip savitą skonį burnoje.

Ruta sėdėjo senoviškame mokykliniame suole, kuris atrodė taip, tarsi būtų išskobtas iš vieno kelmo. Suole su atvožiamu dangčiu vietos užteko dviem. Virš dangčio buvo plokščias paviršius. Jame – dvi duobutės rašalinėms ir du grioveliai plunksnakočiams. Šiaip suolas buvo nuožulnus ir ant jo nieko negalėjai padėti, išskyrus popieriaus lapą ir neslidžią knygą. Viskas, kam nelikdavo vietos tose mažose duobutėse ir grioveliuose, krisdavo, riedėdavo arba čiuoždavo nuožulnuma žemyn. Plunksnakočiai, sviedinėliai, siūlų kamuoliai, šratukai, vaškinės kreidelės.

Kai nukrito viena kreidelė, ją išmušė prakaitas ir oda ėmė bėgioti skruzdės. Iš pradžių – riedėjimo garsas. Paskui – bjaurus tarkštelėjimas ant grindų.

Pažvelgusi žemyn, pamatė raudonąją kreidelę. Suskilusią.

Akyse susitvenkė ašaros, tikėjosi, kad niekas nepastebės. Pralaimi tas, kas verkia. Padedama Jorgeno po dangčiu ji pakišo skaitinių knygą. Suolas tapo lygesnis. Tada, delnais parėmę galvas, jie piešė toliau. Bet jai iš galvos nėjo suskilusi kreidelė.

Jorgenas nepatenkintas dūsavo, nes suolas pasidarė per aukštas. Bet niekas iš jo nereikalavo ko nors veikti. Jis ten buvo dėl Rutos ir suprato, kad nevalia triukšmauti.

Atsisuko Ela, sėdinti gretimame suole. Kreidelės jai krisdavo nuolat, bet ji dėl to nesigrauždavo. Elai tokie dalykai nerūpi, nes ji vienturtė.

21

Anksčiau kreidelės būdavo keturbriaunės. Padėtos ant nuožulnaus suolo paprastai laikydavosi. O šiomis negali kliautis.

Kai mokytojas ėjo pro šalį, ji paklausė, kodėl suolai tokie niekam tikę. Jis užmetė žvilgsnį į kreidelę ir papurtė galvą. Bet nesupyko, nes atsakydamas, kad nežino, šypsojo.

Taigi Ruta nieko nepešė. Jai atrodė keista, kad jis, mokytojas, nežino tokio paprasto dalyko.

Ji paprašė mokytoją pleistro, jis visada turėdavo spintoje. Tada kaip mokėdama sulopė raudonąją kreidelę. Bet ši greit sutrumpėjo ir pleistras ėmė kliudyti. Tai dėl to, kad daug kas, ką ji norėjo piešti, turėjo būti raudonos spalvos.

Ela jai patarė paimti kreidelę iš Jorgeno. Ruta į tokį kvailą siūlymą neatsakė. Lyg ji būtų galėjusi ką nors imti iš Jorgeno. Tada Ela Rutai pasiūlė piešti jūrą ir dangų, kad pataupytų raudoną spalvą.

Ruta pabandė, bet buvo nuobodu, nors ji dorai nežinojo kodėl.

– Nupiešk negrą, – patarė Ela.

Ruta nupiešė negro veidą su auksiniais auskarais ir oranžinėmis lūpomis, visai kaip buvo mačiusi ant vaikiškos kortos. Bet nepatiko. Kaži koks pakaitalas.

Galiausiai savo žalią kreidelę ji išmainė į Elos raudonąją, kuri tebebuvo sveika. Bet Ela ėmė gailėtis ir norėjo atgauti savąją. Kai Ruta atsisakė grąžinti, apsiverkė.

Mokytojas iš pradžių atrodė susirūpinęs, paskui supyko. Pasakė, kad kreidelėmis keistis draudžiama. Tai esanti mokyklos nuosavybė.

Ruta sukrovė visas kreideles į aptrintą dėžutę, užlipo ant katedros ir tūptelėjusi padavė mokytojui mokyklos turtą. Jis nepaėmė, tik liepė baigti verkšlenti dėl niekų. Kadangi verkšleno ne ji, o Ela, Ruta nieko negalėjo pakeisti.

Per pertrauką ji sumanė uždaryti Elą tualete, kai niekas nematys. Bet Ela ten nėjo. Kai visi grįžo į klasę, Ruta užmynė jai ant kojos. Ela puolė į ašaras, skundėsi, kad lūžo koja.

Rutai teko atsiprašyti. Bet prieš tai sukryžiavo pirštus ir užsimerkė, taigi atsiprašymas negaliojo.

Nuo tos dienos Ruta tik ir žiūrėdavo, kur nugvelbus kokią monetą, nes pasiryžo susitaupyti dažams, kurie nepriklausytų mokyklai. Ji suvokė, kad kaip tik už tokius darbelius Pamokslininkas žada Pragarą. Bet tai atrodė būsiant dar taip negreit, taigi ji numojo ranka.

Smulkių pinigų visada būdavo vyrų kelnėse. Ir, žinoma, skardinėje virš viryklės. Sekmadieniais eidamas pokaičio, dėdė Aronas visada nusimaudavo kelnes, nes teta skrupulingai saugojo išeiginius drabužius. Ilgomis baltomis apatinėmis jis pasisukinėdavo virtuvėje ieškodamas laikraščio ir akinių, paskui nuvirsdavo svetainėje ant kušetės ir, neperskaitęs nė žodžio, užknarkdavo.

Tuo metu jo kelnės, dailiai perlenktos, kabodavo ant kėdės palei krosnį. Ji turėdavo akimirką prie jų likti viena. Pasisiūlydavo pautinėti dėdei galvą, kol tas užmigs. Jie manė, kad žmonės tam ir gimdo vaikus.

Keletą sekmadienių Rutai buvo neįmanoma prie kelnių likti vienai, nes lijo lietus ir jei ne tas, tai kitas vaikas nuolat šmaižiojo aplink. Tada ji prarado daug pinigų.

Pamokslininkas poguliaudavo su kelnėmis, nes jo už tai niekas nebarė. Kaipgi barsi išganytąjį. Be to, pas jį pinigų niekada nesimėtydavo. Ruta įsivaizdavo, kad smulkius jis gano kaip savo aveles.

Skardinė priklausė mamai ir buvo skirta juodai dienai. Iš ten pinigų ji, žinoma, negalėjo imti. Kaip ir tuštinti piniginių, kurios mėtėsi ant akių. Tai būtų buvusi vagystė. O už vagystes grėsė ne tik Pragaras, bet ir vaikų prieglauda.

Ruta nusprendė, kad tai, ką ji daro, galima pavadinti aukų rinkimu ar kaip nors panašiai, nes juk ji niekada nesikėsino į popierinius pinigus.

Teta Rutė pinigus, gautus už pieną, laikė dėžutėje ant palangės. Bet iš to buvo maža naudos, nes teta kas savaitę suskaičiuodavo aliai skatiką.

Dar liko aukų rinkimas misijai. Ela vaikščiojo su tokiais sąrašais, bet Ruta kieminėti nemėgo. Žmonės nenuspėjami. Geriau laikytis nuo jų atokiau. Bet jeigu tikslas – blizgantys dešimties ar net penkiasdešimties erių pinigėliai, tada juk galima padaryti išimtį.

Už kiekvieną surinktą dešimtį erių vaikai gaudavo po skylutę. Ji atstodavo kvitą. Vienas skylėtas sąrašas misiją praturtindavo penkiomis kronomis. Jie turėjo adymo adatas. Ruta sumetė, kad galėtų naudoti paprastą adatą, gal ji per skubą nerado didžiosios. Tada skylutės būtų beveik neįžiūrimos.

Taigi ji nuėjo į kitą draugijos susirinkimą. Žmonės pagiedojo, tada gavo bandelių su skiesta kakava. Kai Viršininkė, surinkusi sąrašus ir pinigus, paklausė, ar neatsirado naujų uolių pagalbininkų, pasiruošusių tarnauti Dievui, Ruta nedrąsiai pakėlė ranką.

Taip ji įsitraukė į veiklą. Vaikščiojo po namus, barakus, visur kur. Iš tikrųjų suaugusieji, duodami pinigų, patys turėdavo pradurti skylutę, bet jie to nelabai paisė. Atsirasdavo šykštuolių, kurie išdrebėdavo vos dvidešimt erių. Tada lyg ir nebūdavo dėl ko jų trukdyti. Be to, sąrašus ji paslėgdavo tarp dviejų enciklopedijos tomų, tad nesimatydavo, kiek skylučių jau yra.

Lengviausiai sekdavosi pas tuos, kuriems reikėdavo akinių. Paprastai jie tingėdavo eiti vidun jų atsinešti, leisdavo jai greitai pažymėti čia pat, ant laiptų.

Jau po kelių dienų ji buvo atsidėjusi dvi kronas ir dvidešimt erių. Tačiau Viršininkė jai negailėjo liaupsių, nes pavyko surinkti penkias kronas misijai. Visi pamaldžiai padėkojo Dievui už pinigus. Rutos padėka buvo itin nuoširdi. Ar galėjo būti kitaip.

Kai ji kramsnojo bandelę su viena razina, kuri lyg tyčia prilipo prie gomurio, Viršininkė pasakė, kad aukos bus skirtos sergantiems ir badaujantiems Afrikos vaikams.

Ela paklausė, ar jie negrai. Viršininkė atsakė, kad taip, bet visi esą žmonės iš Dievo malonės.

Tada Ela išplepėjo, kad Ruta puikiai mokanti piešti negrus. Viršininkė būtinai norėjo pamatyti. Kitam kartui ji uždavė jai nupiešti negrą. Rutai nieko kito neliko, tik linktelėti. Nematė reikalo prieštarauti.

Tą dieną, kai parskrido jūrinės šarkos ir paikai krykdamos stypinėjo pakrante, Rutos žinioje jau buvo šešios kronos ir dešimt erių. Tačiau ji nenutuokė, kiek kainuoja dėžutė vaškinių kreidelių. Kad tai sužinotų, reikėjo nuvykti Žemynan.

Ji dažnai pamanydavo, kad norėtų ką nors turėti. Žmogų, su kuriuo galėtų kalbėtis apie viską ir kuriam neatrodytų, kad tai, ką ji sako, yra gėdinga ar keista. Jai knietėjo daug ko paklausti. Klausti Jorgeną nebuvo jokios prasmės, jis tik nuliūsdavo, kad nieko nežino.

Nesvarbu, jei negautų atsakymų į visus klausimus. Užtektų ir to, kad turėtų žmogų, kuriam galėtų papasakoti viską. Pavyzdžiui, tokį kaip močiutė.

Šiuo atveju močiutė netiko, nes Rutai reikėjo žmogaus, kuris nemanytų, jog aukų rinkimas yra vagystė, ir neklaustų, kaip ji paaiškins kitiems, tarkim, Pamokslininkui, iš kur gavo tokius brangius dažus.

Ko gero, jis turėtų būti už ją stipresnis, nes to jai galėjo prireikti. Bet ir pati stengtųsi neištižti. Ji įsivaizdavo, jog jis patartų jai dar šiek tiek pataupyti, kad užtektų ir akvareliniams dažams. Abu galėtų sėdėti palėpėje ir piešti. Ji turėjo keletą kartoninių dėžių, kurias įmanoma išardyti. Iš jų išeitų nemažai paveikslų.

Kartais jis sėdėtų tylus ir mąstytų, kol Ruta pieštų. Paskui tartų: „Jergutėliau, kaip gražu!" Arba: „Niekas kitas taip nebūtų nupiešęs! Tik tu."

Bet tokių žmonių nebuvo, nebent juos pati susikurdavo.

Retkarčiais tuo kažkuo ji bandydavo paversti Jorgeną. Bėda tik, kad Jorgenas visais atžvilgiais buvo pats savimi. Trinksėdavo, drožadavo savo skiedreles, šnarpšdavo ir klausinėdavo. Kartais būdavo toks tylus, jog galėdavai pamanyti, kad jo nėra. Bet Ruta žinodavo, kad jis ten, kur ir ji.

Jorgenas ne visada suvokdavo, ką ji jam aiškina. Tačiau Ruta reikalaudavo, kad ko nors paklaustas jis atsakytų. Kartais, nemokėdamas atsakyti, jis labai nusimindavo. Kai Jorgenas verkdavo, Ruta tai jusdavo visa esybe. Tarsi verktų ji pati.

Dažnai jis tik įbesdavo į ją žvilgsnį. Lyg mąstydamas, ką apie jį kalba žmonės. Kad jis – tik vargšas kvailelis.

Tą dieną, kai Ruta turėjo sukaupusi dvidešimt devynias kronas ir septyniasdešimt erių, viskas netikėtai baigėsi. Kai jie atėjo į misijos susirinkimą, prieangyje juos pasitiko nepažįstama moteris. Iš vakaro Viršininkė atsigulusi miegoti, o rytą rasta negyva!

Vaikai išpūtę akis sudėjo pinigus ant lentynos su pieno separatoriumi ir išsliūkino lauk.

Eilėje Ruta stovėjo paskutinė, nes buvo mažiausia. Tokios taisyklės. Taigi kai didieji išėjo, ji dar nebuvo įkėlusi kojos į prieangį. Gaižus separatoriaus ir negyvos Viršininkės kvapas atsklido iki laiptų.

Kai pasisuko eiti, Ela pasidomėjo, ar ji nieko nesurinko. Nespėjusi nė pagalvoti, Ruta atsakė, kad pinigus pamiršo. Pakeliui į namus Ela apverkė Viršininkę. Nes taip reikėjo. Bet Ruta neįstengė. Kišenėje gulėjo penkios kronos.

Kitą dieną ji apsimetė viską pamiršusi, o Ela nepaklausė, ar nunešė pinigus. Buvo keista, nes paprastai Elai rūpėdavo, ką daro kiti. Ji pati nedarydavo nieko. Matyt, tuo žmonės ir skiriasi. Blogiausias visada tas, kuris ką nors veikia.

Šeštadienio popietę Pamokslininkas Lofotenų laikraštyje balsiai perskaitė, kad amžino poilsio atgulė Bergljota Anker. Jis sunėrė rankas, užsimerkė ir sumarmaliavo maldelę, verksmingai užbaigdamas ją „amen".

Ruta nežinojo, kad toks buvo Viršininkės vardas. Mama jai pasakė. Skambėjo keistai. Bergljota Anker? Ruta neiškentė nepaklaususi, kodėl laikraštis iš mirusiųjų atima titulus. Pamokslininkas paaiškino, kad „Viršininkė" buvusi tik pravardė, kurią jai davę bedieviai, nes jos gera širdis jai liepusi rinkti aukas misijai.

Ruta niekuomet nepastebėjo, kad į Viršininkę būtų kreipiamasi kaip nors nepagarbiai. Ir nenorėjo sutikti, kad visi vaikai, taip ją vadinę, yra bedieviai. Tačiau patylėjo.

Nuo tos dienos, kai iš dėdės Arono lūpų išgirdo teisybę, kaip per karą nuskendo laivas, kuriuo plaukė Pamokslininkas, Ruta žinojo, kad tėvai ne visada kalba tiesą, net jeigu jie ir pamokslininkai.

– Vokiečiai šaudė. Mus torpedavo, – vogravo Pamokslininkas.

O dėdė tikroviškai nupiešė susidūrimą su šcheru ir papurtė galvą, kai Ruta paminėjo vokiečius.

Kažkokiu būdu ji suprato, kad dėdės pasakojimas teisingas. Mat jeigu laivas užplaukia ant šchero, jam prakiurdyti nebereikia vokiečių.

Sekmadienį, po to, kai Lofotenų laikraštyje jie perskaitė apie Viršininkę, Ruta stovėjo ant kalvos šalia namo ir galvojo apie žodžius „danties skausmas". Ir jautė, kaip baisiai gelia. Įkišusi pirštą į burną, galėjo net atsekti skaudamą krūminį dantį. Nė kiek nedvejodama.

Parlapenusi namo, ji nuo sienos nusikabino Pamokslininko skutimosi veidrodį. Dantis baltavo raudonoje burnos tamsoje. Eilinis, grublėtas ir kietas it akmuo dantis. Bet jį skaudėjo. Siaubingai. Jis užskėtė visą jos galvą, urzgė ir tarškėjo. Kažką apie Viršininkę. Kad Viršininkė negyva, ir kas kaltas? O kaip pinigai? Ar ji sukryžiavo pirštus, kai Elai sakė juos pamiršusi? Ir ar esanti tokia naivi, jog tikinti, kad tai gelbsti nuo didžiausio blogio? Nejau mananti, kad tai paprastas danties skausmas?

Nei mama, nei Eli su Brita nieko neįžiūrėjo. Nematė ir Pamokslininkas. Tačiau šaukdamasis Dievo iškoneveikė mamą, kam ši Rutai duodanti sirupo.

– Kiši vaikams tą mėšliną cukrų ir sirupą. Ar žinai, kiek cukrus kainuoja? Varganas kilogramas cukraus? Negana, kad maža ir didžianosė, bet ir supuvusiais dantimis, kurie išbyrės nesulaukus nė konfirmacijos! O dabar dar viena burna atsiras. Vienas Dievas težino, kaip eisis toliau, – dejavo jis.

Kai Pamokslininkas, apimtas nevilties, užsimojo ir trenkė kumščiu į stalą, atrodė lyg nužengęs iš šventųjų paveikslų. Ko gera, dėl juodų garbanų ir blyksinčių tamsių akių. Bet Ruta apsimetė, jog jai nė motais. Mama – taip pat, nors buvo matyti, kad tuoj tuoj pratrūks. Ne dėl to, ką Pamokslininkas sakė, bet dėl jo šventeiviško tono.

Prieš duodama atkirtį, mama visada mėgindavo pamąstyti. O kai taip mąstydavo, veidas visiškai persikreipdavo. Kai Pamokslininkas namuose mėgindavo įvesti tvarką, mama elgdavosi dvejopai. Ji arba galvodavo ir nesakydavo nieko. Arba atsikirsdavo. Ruta nežinojo, kas blogiau.

Abiem atvejais atrodydavo beviltiška. Lyg pavėluota. Juk Pamokslininkas tiesiog trenkdavo durimis. Prieš tai palinkėjęs Dievo apvaizdos pykčio namams. Jie likdavo sėdėti, ir tiek. Dažniausiai – Jorgenas, mama ir ji. Eli su Brita privengdavo pykčio namų.

Ruta dažnai pamanydavo, kad jeigu Vilis, vyriausias iš visų, nebūtų išplaukęs į jūrą, jis palaikytų jų pusę prieš Pamokslininką. Tačiau ji dorai nežinojo, ar nuo to nesantaikos padaugėtų, ar sumažėtų.

Šįkart mama neatsikirto. Atsisėdusi ėmė ašaroti. Prisėdęs šalia, Jorgenas glostė senokai chemiškai šukuotus plaukus. Nuo to jos galva susiplojo. Ruta negalėjo žiūrėti. Negalėjo nė Brita su Eli. Kai pagaliau Pamokslininkas išėjo, mamos veidas buvo išpurtęs ir raudonas.

Vakare, kai jie ėjo į palėpę miegoti, Eli su Brita šnabždėjosi apie tai, dėl ko apsiverkė mama. Pamokslininkas minėjo dar vieną burną. Ir kad ji brangiai kainuos.

To pakako, kad danties skausmas numalštų.

Kitą rytą mama dingo. Prieš išbėgdamos į mokyklą, Eli su Brita apsiruošė tvarte. Kai jie išėjo, Pamokslininkas dar miegojo. Nevertėjo jo žadinti, kai mama dingusi.

Grįžę iš mokyklos, mamos dar nerado ir krosnis buvo šalta. Eli su Brita pareiškė, kad reikia eiti ieškoti. Jos atrodė prislėgtos. Pamokslininkas – taip pat. Jis visų klausinėjo, net Jorgeno, kodėl nepareina mama. Žinant, jog matė ją paskutinis, toks elgesys atrodė netinkamas.

Galiausiai Ruta leptelėjo, kad galbūt mama turėjo išeiti dėl jo žodžių apie dar vieną burną. Tai buvo visiškai ne į temą. Jis suėmė jai už ausies ir suktelėjo. Ji pajuto, kaip skaudžiai traška ausies spenelis. Tačiau nenorėjo parodyti, kad ištryško ašaros, tad suspaudė kumščius striukės kišenėse. Nebesugalvojęs, už ką dar ją nubausti, jis prakalbo apie tai, ką pamanys kaimynai sužinoję, kad jų mama pabėgo.

Jorgenas nieko nesakė. Eli suvapėjo nemananti, kad kas nors žino. Brita jai pritarė. Pamokslininką tai nuramino. Tačiau jis dar ilgai liejo apmaudą, žvelgdamas tai į Eli, tai į Britą, tai į Rutą. Klausė, ar jos suprantančios, ką reiškia turėti nevisprotę pačią? Tokią, kuriai į galvą gali šauti bet kas? Nevisprotę pačią ir nevispročius vaikus, kurie nepriima Dievo malonės nuolankiai nulenkę galvas!

Jie rado ją beržų sąžalyne anapus pelkių ir veikiai pamatė, kad jos gulėta ilgai. Ji bent jau kalbėjo. Sudejavo, kad griūdama susižeidė pėdą. Jie nenumanė, ar pavojinga, bet suprato, kad ji nepaeis.

Nieko kito neliko, tik tempti ją su savim nutvėrus už senojo juodo palto. Jis trūkinėjo per siūles. Ruta iš pernai žinojo, kad palto nugara paraudonavusi ne nuo sužeistos kojos.

Pamokslininkas šnirpštė į delną. Ir verkė, ir kalbėjo. Pareiškė, kad jam to esą per daug, ir prikaišiojo mamai jos nenuovoką. Kad ji pasipriešinusi Viešpaties valiai, sunaikinusi jo kūrinį. O dabar ir visas kaimas patirsiantis, kad ji beprotė, tempiama iš kalnų pirmadienio popietę, judriausiu metu. Jokia kita moteriškė nepridaranti tiek rūpesčių. Tik jo! Ką ji apie tai mananti?

Jis burnojo balsu, kol namai buvo toli. Apie tai, kokį Viešpaties pyktį galinti užsitraukti žudikė. Bet kai jie priartėjo prie Sėrgardeno, pradėjo šnypšti po nosim ir jie nebesuprato, ką jis sako.

Tada mama palte apsunko ir begarsiu balsu, kokiu kartais kalbėdavo, sušvokštė:

– Leiskite man atsigulti. Paimkite karutį!

Pamokslininkas paleido paltą, ir mama šlumštelėjo į viržius. Paleido ir vaikai. Iš jų, šiaip ar taip, buvo maža naudos. Kai Pamokslininkas nebegalėjo girdėti, mama užsimerkusi tyliai sudejavo. Eli su Brita atsiklaupė šalia ir duetu ėmė raminti. Ruta nepajėgė. Taigi nepajėgė ir Jorgenas.

Dėdė Aronas atėjo vienas. Jis tyliai kalbėjo glostydamas mamai skruostą. Pamatęs, kad palto nugara raudona, nunarino galvą ir pasakė „ai, ai". Tada įkėlė ją į karutį.

Mergaitės laikė sužeistą koją, o dėdė traukė. Koja vis tiek šokinėjo. Bet mama nedejavo.

Jie užtempė ją ant kušetės svetainėje. Apie palėpę negalėjo būti nė minties. Eli buvo nusiųsta pakviesti tetos Rutės. Ši atėjo pajuodusiu veidu. Svetainės durys buvo uždarytos, kad jie negirdėtų, apie ką jos ten šnekasi.

Brita pakūrė krosnį, o Pamokslininkas išlydėjo dėdę Aroną namo. Eli kažką pašnabždėjo Britai, kad neišgirstų Ruta ir Jorgenas. Tačiau Ruta nuklausė. Kad mama turbūt džiaugiasi, jog viskas baigta. Pernai buvę taip pat. Tada ji nenuėjusi toliau tvarto. Na, o paltas senas ir nutriušęs.

Pamokslininkas retai būdavo namuose, o grįžęs sunkiai dūsaudavo. Jie suprato, kad jam nelengva su tokiu žmogumi kaip mama. Nejučia tai persidavė ir jiems. Juk viskas tiesa. Jokia kita moteriškė neina į kalnus eilinį pirmadienį, neišsineria kojos ir nesugadina palto.

Močiutė ir Elsė iš Holmeno turėjo nudirbti tai, ko nepajėgė Eli su Brita, tiek namie, tiek tvarte. „Nors Elsė daug neprašo, vis tiek reikia šiek tiek duoti", – burbėjo Pamokslininkas. Ir, tiesą sakant, buvo teisus. Vis pasakodavo, ką jie būtų galėję nusipirkti už kronas, kurias gavo Elsė iš Holmeno. Tik visada palaukdavo, kol močiutė išeis.

Po trijų dienų mama pradėjo atsikirsti. Kartą išgujo jį iš namų. Liepė eiti ir susirasti uždarbį, kaip kiti vyrai. Jis dar pasisukiojo po kambarį ir spruko pro duris. Tik prieš tai „pykčio namams" palinkėjo Dievo apvaizdos.

Kai Eli vakarienei tepė sumuštinius, mama liepė neduoti Pamokslininkui sviesto. Paskutinė kruopelė turinti atitekti vaikams. „Viskas vaikams", – pridūrė. Ruta suprato, kad padėtis rimtesnė nei įprasta. Dar ir dėl to, kad grįžęs namo Pamokslininkas su tuo susitaikė. Nepuolė bartis ant duonos neradęs sviesto. Tik kilstelėjo sūrį prieš atsikąsdamas.

Niekas nekalbėjo. Ničniekas. Kiekvienas rado užsiėmimą. Mama perkreiptu veidu iškošė:

– Dievas viską suvalgė. Dagfinui Nesetui nepaliko sviesto ant duonos.

Pamokslininkas padėjo prakąstą sumuštinį ant lėkštutės. Tada sunėrė rankas ir ėmė už juos visus melstis. Minėjo pavardžiui. Baigęs paėmė sumuštinį ir kramsnojo toliau.

Mama taip stipriai sumerkė akis, jog tapo panaši į gręžiamą žlugtą. Bet ji nieko nei sakė, nei darė. Rodės, ne jos rūpestis, kad vištoms reikia paduoti vandens ir lesalo, o karvės turi būti pamelžtos ir pašertos. Ji sėdėjo ant suoliuko užsikėlusi koją.

Iš dalies Pamokslininkas buvo teisus. Matyt, jai tikrai pasimaišęs protas. Ruta pastebėjo, kad ir Eli su Brita gėdijasi mamos.

Nors dėdė Aronas ir teta Rutė dažnai vaidydavosi, po valandėlės jau leipdavo juokais. Kvatodavo plekšnodami sau per šlaunis, visai kaip močiutė. Ruta norėjo, kad mama bent šypsotųsi, nes šiaip juk nieko nedaro. Bet ne, ji net nemezga, kaip kitos moterys.

Tą dieną, kai mama pradėjo šlubčioti po namus, Rutai vėl ėmė gelti dantį. Skausmas neslūgo.

– Tau reikia pasirodyti daktarui! – pavargusiu balsu tarė mama, kai ji nepaliovė skųstis.

Taip ir buvo nuspręsta neatsiklausus Pamokslininko, nes jis mieste vedė ganytojišką susirinkimą.

Mama pamokė Rutą, kaip rasti kelią nuplaukus į Žemyną. Kaip ji turinti elgtis ir ką sakyti. Mokėti nereikėsią, nes dantų priežiūros išlaidas apmoka mokykla. Mamos žodžiais tariant, tikra laimė. Tačiau Ruta gavo pinigų bilietui. Eli jai sutepė sumuštinių ir pripylė butelį pieno, lyg ruoštų į mokyklą.

Jorgenas pareiškė, kad ir jam skauda dantį. Bet mama nuleido negirdom, taigi jis turėjo likti namie. Lipdama į keltą Ruta prisiminė, kad niekada nėra plaukusi į Žemyną viena.

Pas dantistą tvyrojo ligos kvapas, tačiau skylutės dantyje jis nerado. Tik pažvelgė į ją su šypsena ir patikino, kad dantys sveikutėliai. Po tų jo žodžių skausmą kaip ranka nuėmė, tarsi nieko ir nebūtų buvę. Tarsi priešais ją baltu apdaru stovėtų Jėzus ir ištiesęs ranką tartų:

– Viršininkė viską paėmė ant savo pečių. Tau viskas atleista. Eik ir nebenusidėk, nes esi išgydyta.

Ruta įsivaizdavo Pamokslininką, su džiaugsmu antrinantį „Aleliuja!", nes jos dantys balti, „nuplauti avinėlio krauju".

Dantistas įteikė jai paveiksliuką, kuriame buvo pavaizduotas gėlių krepšelis, ir pagyrė, kad gerai valo dantis. Ji neprieštaravo, tik priėmė dovaną, du kartus tūptelėjo ir išėjo iš ligos tvaiko.

Žemyne namai stovėjo tankiai, slėpdami vienas kitą. Bet jai pavyko rasti knygyną. Iš ten mokykla gaudavo dažus ir knygas.

Kai ji paspaudė durų rankeną, suskambėjo varpelis ir niekaip nenorėjo nutilti. Nuo to ją ėmė dusinti kosulys, ji slinko prekystalio link nedrįsdama apsidairyti.

Rodės, lentynos ims ir užgrius ant jos. Tarsi viską matytų. Tarsi Viršininkė joms būtų viską išklojusi. Sklido toks aštrus dažų, klijų ir knygų kvapas, jog akys pritvinko ašarų. Buvo taip šviesu. Taip neapsakomai šviesu.

Iš pradžių lentynos susiliejo. Paskui pasidarė ryškesnės ir nebe tokios grėsmingos. Knygų nugarėlės, popierius, rašikliai, aplankai, paslaptingos dėžutės, kaži kokie ritiniai. Iš viso to srūte sruvo spalvos. Atskirti jų ji neįstengė, spalvos skleidėsi priešais ją kaip vaivorykštės.

Daug kartų sumirksėjusi, už prekystalio Ruta pastebėjo į žvyrę panašią būtybę. Ji sėdėjo ir mezgė kažką raudona. Ruta žengė artyn ir pasakė, ko atėjusi.

– Laba diena! Tegu bus pagarbintas! Aš noriu pirkti vaškinių kreidelių.

Žvyrė šyptelėjo ir padėjo mezginį. Jis raudonavo ant kėdės lyg ką tik nudažytas. Tada ji paklausė, kokių kreidelių pageidausianti.

Ruta nusiėmė nuo pečių kuprinę ir išsitraukė tabakinę su pinigais. Visus, kiek ten buvo, iš lėto sudėjo ant prekystalio. Pinigus bilietui turėjo kišenėje.

Žvyrė ant prekystalio išdėliojo akvarelinius dažus, vaškines kreideles ir spalvotus pieštukus, pasakė kainas. Ruta ėmė atsargiai atidarinėti dėžutes, kad pamatytų spalvas. Laimei, žvyrės dėmesį trumpam atitraukė susiraukšlėjęs senukas su lazda.

Ruta niekaip negalėjo išsirinkti. Vieną po kitos kėlė dėžutes prie nosies. Uostė. Kreideles, akvarelę ir pieštukus. Ir gaižų Viršininkės separatoriaus kvapą? Iš kur jis čionai?

Grįžusi prie prekystalio, žvyrė į kasą įmušė pinigus už parduotą knygą ir pasakė: „Ačiū, jums taip pat." Senukas išklibikščiavo, varpelis prie durų vėl pašėlo.

– Na, tai ką išsirinkom? – šypsodamasi paklausė pardavėja.

Ruta dūrė pirštu į Bjerkės firmos akvarelinius dažus ir kreidelių dėžutę. Pardavėja greitai paskaičiavo, kad kainuoja dvidešimt penkiomis erėmis daugiau, negu ji turėjo. Ruta nurijo seiles.

– Ar galime išimti baltą ir rudą?

Žvyrė papurtė galvą.

Ruta vienu atodūsiu pasisiūlė nupiešti piešinį, kurį jie galėtų panaudoti loterijoje. Moteris nusišypsojo, bet ir šį kartą papurtė galvą. Tikriausiai pas juos Žemyne nebūna loterijų.

Galiausiai pardavėja atidarė duris į kambarį ir kažką šūktelėjo. Iš ten išėjo prisimerkęs dėdė plačiomis plaukuotomis šnervėmis ir stamantriais juodais ūsais.

Kai moteriškė jam paaiškino bėdą, jis kilstelėjo ūsus ir vienu pirštu skubiai pasikasė pliką pakaušį. Pakėlęs antakius, keletą kartų nužvelgė Rutą nuo galvos iki kojų. Tada nusijuokė ir pasakė „tiek to".

Ruta suprato, kad gaus viską. Gerklėje atsistojo kaži koks gumulas. Jai akyse šmėkštelėjo Viršininkės separatorius. Tačiau ji nustūmė mintį į šalį, šmurkštelėjo už prekystalio ir abiem delnais sugriebė vyriškio ranką. Kratė ją, spaudė ir vėl kratė.

– Ačiū! Tegu Viešpats jums bus maloningas per amžius! Amen!

– Iš kur pati būsi? – paklausė vyras, šypsulingas mėnuo virš jos.

Tačiau Ruta nebeįstengė atsakyti. Jai suveržė gerklę. Ji du kartus kilstelėjo ranką užsidengdama veidą. Paskui prisikrovė pilną kuprinę turto, sumuštinius ir pieno butelį teko perdėti į išorinę kišenę.

Ji atatupstom pajudėjo prie durų. Nesiliovė linksėti ir tūpčioti. Žvyrė pavirto į smailianosę saulutę. Jie abu atrodė tokie šviesūs ir gražūs. Pilni gerumo stovėjo vaivorykštinių knygyno lentynų fone. Tai buvo nesuvokiama.

Jai lapatuojant į prieplauką, ant nugaros šokčiojo kuprinė, pilna dažų. Bildėjo kaip sena siuvamoji, o ji galvojo apie tuos du knygyne.

Kai bus garsi, turtinga ir ką tik grįžusi iš Amerikos, nueis ir grąžins jiems dvidešimt penkias eres. Dievaži. Ji iš anksto tuo džiaugėsi. Kuo gyviausiai įsivaizdavo.

Ji vilkės dangišką vasarinę suknelę su smulkiais rožių pumpurėliais ir plasnojančiais drugeliais. Medžiaginiai bateliai bus išvaškuoti, visai kaip nauji. Nertinės pirštinaitės, po pažasčia lakinis rankinukas. Plaukai iki to laiko bus pasidarę šviesūs lyg mėnesiena. Buvo mačiusi moterį tokiais plaukais. Ji užsirems ant prekystalio ir šypsodamasi atsegs savo baltą rankinuką. Tada paduos jiems dvidešimt penkias eres ir ištars: „Ačiū už skolą!"

Jie pakvies ją užeiti vidun. Į galinį kambarėlį. Žvyrė išvirs kavos, o Ruta ims pasakoti apie Ameriką. Ameriką? Taip, Ameriką. Kurgi kitur, jei ne ten žmonės išgarsėja ir tampa turtingi. O jie tik aikčios iš nuostabos ir pliaukšės delnais. Tada bus atneštas tortas. Didelis baltas tortas, perteptas tekšių kremu. Ji tiksliai žinojo, koks bus jo skonis.

Keletą dienų Ruta viską slėpė. Paskui pranešė, kad Viršininkė jai davusi pinigų dažams, nes ji surinkusi daug aukų misijai, be to, turėjusi pripiešti didelių paveikslų loterijai.

Mama keistai pažiūrėjo į ją ir aštroku balsu paklausė, kodėl nesakiusi anksčiau. Bet Ruta pasiteisino, esą išėję iš galvos per visas tas ligas.

Pamokslininkas patarė už pinigus verčiau įsigyti kokį naudingą daiktą. Ruta nuleido galvą ir kiek įmanydama nuolankiau sumurmėjo, jog negerai eiti prieš mirusiųjų valią. Jis nusileido. Ruta nuoširdžiai padėkojo ir Dievui, ir Viršininkei.

Gulėdama ji žvelgė aukštyn į Pamokslininko barzdaplaukius, melsvą odą ir įsivaizdavo žuvis, plaukiojančias didelėje tamsioje jūroje, apie kurias iš tiesų niekas daug nenutuokia. Netgi to, kaip jų spalvos atrodo po vandeniu. Ji aiškiai matė jas. Didžiąsias – atviromis žiotimis. Viduje šmėkščiojo raudona ir balta. Visai kaip Pamokslininko burnoje. Tarp aštrių dantų nardė smulkios silkutės. Mėlynos ir pilkos spalvos susiliejo, tik kur ne kur švytavo raudona ir balta. Per amžių amžius. Amen.

Ruta Viršininkei padarė altorėlį. Ant dėžės po močiutės prieangio laiptais. Papuošė žvakigaliu ir sena staltiese. Išėjo gražus. Bet jai neleido uždegti žvakės, nors laiptai beveik visada būdavo šlapi nuo lietaus. Kad nekiltų gaisro.

Ilgainiui ji pamiršo, jog ne iš Viršininkės gavo piešimo reikmenis. Ši, rodės, viską laimino iš dangaus.

Bėda tik, kad per dvi dienas Ruta galėjo sunaudoti ne daugiau kaip vieną piešimo lapą. Pasak mokytojo, taip ji sudedanti visą širdį. Piešiniai raudonavo iš tolo ir skleidė malonų kvapą. Ji sustatė juos pasieniais ir aplink lovą. Jorgenas žiūrėjo. Nebuvo labai kalbus, bet matėsi, kad jam patinka.

Vis dažniau ji pamąstydavo apie tą, kuriam iš tikrųjų norėtų parodyti piešinius, kuriam jie galbūt pasirodytų nepakartojami. Juk Jorgenas apie piešimą nenusimanė. Jis drožinėjo iš medžio. Taigi jai tekdavo girti jį. Kitaip ir būti negalėjo.

Bet jai taip pat reikėjo žmogaus. Tokio, kuriam galėtum ne tik duoti pažiūrėti piešinius, bet ir pasipasakoti. Pavyzdžiui, kaip nelengva sukurti gerą piešinį, nors turi ir dažų, ir teptukų. Kaip sudėtinga. Be to, viskas jau nupiešta geresnių piešėjų už ją.

Lindėdama po močiutės prieangio laiptais ir būdama niekam nematoma, ji suvokė, kad yra nepanaši į kitus vaikus. Tačiau ji vienintelė tai žino ir iš paskutiniųjų turi stengtis neišsiduoti. Regis, būti kitokiai gėdinga.

Apie visa tai ji galėtų pasikalbėti su juo. Jeigu jis būtų.

Trečias skyrius

JEIGU GORMĄ KAS NORS BŪTŲ PAKLAUSĘS, AR JIS MYLI SAVO MAMĄ, ŽINOMA, BŪTŲ ATSAKĘS „TAIP".

Juk ji visada jį myluodavo, tad jis nedvejodamas būtų linktelėjęs. Bet niekas tokių dalykų neklausė. Net kai jis buvo mažas. Grandės šeimoje nebuvo kalbama apie tai, kas ir taip nekelia abejonių.

Gormui niekada nebūtų atėję į galvą jos apkabinti ir tarti: „Mama, aš tave labai myliu." Kuo karščiau mama jį glamonėdavo, tuo labiau jam svirdavo rankos. Jeigu matydavo seserys, mintyse jis prašydavo jų atleidimo. Niekada balsu, bet labai nuoširdžiai: „Atleiskite už tai, kad ji glamonėja mane."

Būdamas visai mažas, jis tikėjo, jog nebūtina ko nors sakyti balsu, kad seserys suprastų. Pamažu suvokė, kad nėra taip paprasta. Jis svajojo surasti reikalingus žodžius, kurie leistų joms suprasti. Bet tokių žodžių veikiausiai nebuvo. Gormas įsivaizdavo, kad tik jis mąsto ką kita, negu pasako.

Taigi mama myluodavo jį seseris palikdama žaisti dviese. Kartais ji atsidusdavo:

– Marijanė ir Ėdelė – didelės tėčio mergaitės.

Iš tų žodžių Gormas numanė negalįs būti tėčio berniukas, nes turėjo būti mamos.

Ėdelė su Marijane buvo ne tik tėčio mergaitės, bet ir gražiausias vaizdas, kokį Gormui teko regėti. Jam patiko galvoti apie jas kaip apie gulbę ir kormoraną. Vieną baltą, kitą juodą. Tai buvo paslaptis. Taigi iš dalies jos priklausė vien jam.

Mamos balsas jam dažnai sukeldavo jausmą, jog pamiršo kažką svarbaus. Kažką neatleistina. Taip pat primindavo budrius paukštiškus seserų žvilgsnius, kai jos nusisukdavo ir nueidavo. Nes joms vietos prie mamos nebuvo. Dėl jo kaltės.

Mamos balse slypėjo visa, kas galėjo nutikti – bet kurią valandą, bet kurią minutę. Neretai ji leisdavo jam suprasti, kad nenorėdamas ją įskaudino. Kai kada jį išgirdęs pasijusdavo visiškai vienas. Dažnai taip būdavo ne dėl to, ką ji sakydavo. Net iš ramaus balso jis atspėdavo, kad ji juo nusivylė ir nori nubausti. Arba išvažiuoti ir jį palikti.

Mamos balsas jam bet kada galėdavo sukelti šleikštulį. Jis dorai nežinojo, ar dėl baimės, kad jį paliks, ar dėl to, kad jis norėjo ištrūkti. Kadangi šis jausmas jį lydėjo nuo seno, Gormas priprato prie šleikštulio. Vemdavo retai.

Gormas gan anksti suprato, kad priklausyti Grandės giminei – garbė. Kad ir kaip keista, tai jam įteigė ne tėvas ar močiutė, o mama. Ji papasakojo, kad „Grandė ir Ko", įkurta prosenelio, ilgainiui tapo didžiausia parduotuve mieste. Kaip ir tai, kad jo tėvas yra Prekybininkų draugijos pirmininkas ir „Rotary" klubo prezidentas.

Tėvas daug nekalbėdavo. Veikiausiai dėl to, kad būdavo ne namie, o svarbesnėse vietose.

„Tėtis turėjo išeiti", – dažnai sakydavo mama. Visada tuo pačiu tonu. Gormui jis reikšdavo, kad turi elgtis itin gražiai, nes tėvas negali būti šalia.

Būdamas dar pyplys, jis manė, kad tėvas nėra visiškai tikras nuo tada, kai išeina pro duris, iki vėl grįžta namo. Bet paskui suprato, kad jis tiesiog gyvena kitame pasaulyje. Kur nėra nei mamos, nei seserų, nei paties Gormo.

Kiek siekė Gormo atmintis, gegužės septynioliktąją jiems būdavo leidžiama ateiti į tėvo kabinetą, kad pro atvirus langus jie galėtų stebėti šventinę eiseną. Iš pradžių jis manė, jog gražinasi dėl to, kad keliaus į tėvo darbą. Vėliau suprato – juk gegužės septynioliktoji. Tačiau jausmas, kad puošiasi, nes eis į didįjį tėvo kabinetą su blizgančiais baldais, niekur nedingo.

Ten stūksojo lentynos, pilnos aplankų ir segtuvų. Nebuvo nei staltiesių, nei kambarinių gėlių, tik krūvos popierių, kurie gulėjo tvarkingomis šūsnimis ir atrodė net neliesti.

Galiniame kambaryje, kabineto pašonėje, stovėjo tėvo odinė sofa, krėslas ir pypkės stovas. Ir dvi sunkios peleninės su užrašais „Salteno garlaivių bendrovė" ir „Vesteroleno garlaivių bendrovė".

Pro vieną langą matėsi uostas su daugybe laivų. Čia tėvo kvapas buvo stipresnis negu namie. Gormas suprato, kad iš tikrųjų tėvas gyvena čia.

Sienos buvo nukabinėtos įrėmintomis keltų ir burlaivių nuotraukomis, diplomais ir padėkos raštais. Virš sofos kabojo didelis pilkai juodas paveikslas. Ten buvo pavaizduoti keli keisti, į meškas panašūs vyrai, plaukiantys laivu, kuris ne tiek priminė laivą, kiek kubilą. Vaizdas niaurus. Tėvas sakė, kad paveikslą nutapė jo pažįstamas. Tikras menininkas.

Kiekvieną gegužės septynioliktąją Gormas šiek tiek džiaugdavosi, kad vėl pamatys paveikslą. Ilgainiui jis pasidarė nebe toks baisus, kaip jam atrodė iš pradžių. Kiekvienais metais su juo tarsi labiau susidraugaudavo.

Stiklinėje spintoje buvo pririkiuota įvairiausio didumo ir formos taurių, kurias tėvas iškovojo šaudymo varžybose. Jos visuomet blizgėjo. Viršutinė lentyna buvo skirta vimpelams su herbais. Jų niekada nepasiekdavo vėjo dvelksmas, dėl to jie nejudėjo. Kai kurie buvo su kutais ir tikru kėlimo įtaisu. Gormas mielai būtų pažaidęs. Vieną vimpelų būtų galėjęs nuleisti. Bet neišdrįsdavo paprašyti.

Tą gegužės septynioliktąją jis buvo beveik devynerių ir tai jam neberūpėjo.

Jauna moteris į kabinetą atnešė tortą ir limonado. Tėvas ją vadino panele Berg. Ji buvo beveik tokia pat graži kaip mama. Gal net gražesnė. Bent jau lygesnės odos, storais tamsiais plaukais. Akys apvalios, žvilgančios. Ji priminė Marijanės lėlę su užsimerkiančiomis akimis. Tą, kuri netiko žaisti, nes buvo sena, paveldėta iš mamos šeimos pietuose. Tikriausiai dėl to mama nuo panelės Berg nenuleido žvilgsnio.

Atidariusi butelius ir įpylusi kavos, ji pasišalino.

– Nauja darbuotoja? – paklausė mama.

– Henrikseno dukterėčia. Nėra nuolatinė darbuotoja. Regis, lanko gimnaziją, o savaitgaliais uždarbiauja.

– Ką ji moka daryti?

– Jai darbo duoda panelė Ingebriktsen.

– Jauna mergina, viena dirbanti savaitgaliais? Čia?

– Gudruna, juk čia visada būna žmonių.

Tonas toks, koks paprastai būdavo, kai jam atrodydavo, kad mama be reikalo klausinėja. Ne atžarus, gal tik griežtokas.

37

Gormas priėjo prie lango. Apačioje žygiavo jo klasė. Išsirikiavę po du. Jie stumdėsi, išlįsdavo iš gretos, kai mokytoja nusisukdavo. Jis mielai būtų ėjęs su jais, bet nenorėjo mama.

– Tau juk smagiau čia, ar ne taip, Gormai? Ir matosi daug geriau, – išgirdo ją tariant, tarsi ji būtų atspėjusi jo mintis.

Jis negalėjo jai atsakyti neprieštaraudamas, tad tylėjo. Klasės draugams tikriausiai keista, kad jis nė karto nedalyvavo eisenoje. Jie niekada nieko nesakė. Tačiau didieji berniukai vadino jį Princu. Gormas žinojo, kad jie nori jį paerzinti, bet niekas jo neliesdavo, tad jis bet kada galėdavo pasitraukti kitur.

Kai eisena baigėsi, o tėvas su mama išgėrė kavą, iš mokyklos jie pasiėmė seseris ir grįžo namo valgyti gogelmogelio. Dar atėjo močiutė, dėdės, tetos ir pusbroliai.

Visi buvo arba seni, arba didesni už jį. Taigi jis su niekuo ir nešnekėjo. Močiutė suaugusiesiems pasidžiaugė, koks didelis jis užaugęs. Tada padavė jam kroną, bet žiūrėjo į tėvą.

– Labai ačiū, močiute! – padėkojo Gormas ir nusilenkė, kaip buvo mokytas.

Neatrodė, kad močiutė tai matė, nes su suaugusiaisiais kaip visada tarškėjo apie Verslą ir Orą. Mamai ji skųsdavosi kojos skausmu.

– Velnias įsimetė į tą koją, – tardavo močiutė ir mesdavo aštrų žvilgsnį į mamą.

Mama niekuomet neminėdavo Velnio. Ji tik berdavo nekaltas maldeles, skirtas Dievui ir Jėzui. „Tėve mūsų" ir panašiai. Gormas manydavo, kad galvoje jai visai kas kita, dėl to stengiasi kuo greičiau baigti.

Močiutės balsas buvo duslus ir griežtas. Sakydama „velnias", ji nesikeikdavo, kalbėdavo rimtai. Mama ilgai neužsibūdavo toje pačioje svetainės pusėje, kur sėdėjo močiutė.

Gormas kiurksojo ant pufo ir žiūrėjo, kaip žaidžia kiti vaikai. Tačiau mama jį pastebėjo ir atėjo pamyluoti. Tetos nusuko žvilgsnius ir skubiai prašneko apie kasdienius reikalus.

Galiausiai tėvas ir dėdės nuėjo į kambarį su židiniu parūkyti ir išgerti konjako. Gormas nusekė iš paskos ir tylutėliai tūnojo prie durų. Jis sklaidė knygą, kurią rado padėtą tėvo. Ji vadinosi „Norvegijos dailė 1900–1919". Ant viršelio buvo pavaizduota nuoga moteris miške. Knygoje buvo daug teksto ir mažai iliustracijų. Bet ir tos nespalvotos. Jis žiūrėjo ir bandė įsivaizduoti, kaip paveikslai atrodo tikrovėje.

Tėvas su dėdėmis išgėrė už nacionalinę šventę ir už Karalių. Ir taiką. Dėdės mielai būtų pasivaišinę dar, bet tėvas pažvelgė į laikrodį ir pasakė turįs atsiprašyti. Namai buvo tėvo, bet išeiti reikėjo jam.

Devintojo gimtadienio proga Gormas dovanų gavo dviratį. Mėlyną berniukišką dviratį su krepšeliu lopams, tepalinei ir raktams. Ir su pompa, kurią buvo galima įstatyti tarp rėmo ir rato. Mama nepritarė tokiai dovanai. Tačiau tėvas niekam nežinant dviratį paslėpė rūsyje. Seserys dviračius buvo gavusios prieš metus. „Jos juk vyresnės", – spyriojosi mama.

Dabar užsiožiavo skambutis. Negalėjai išgauti nė garso. Gormas pabandė atsukti dangtelį ir įpilti alyvos. Bet nepadėjo. Skambutis nė krust.

Buvo sekmadienis. Jis galėjo važinėti sodo takais, bet jokiu būdu ne gatvėje. Nors gatvė tam ir skirta. Bet mama apie tai nenorėjo nė girdėti. Baiminosi, kad jam ko neatsitiktų.

Sodo takų posūkiuose ratai imdavo slysti. Smėlis buvo gražus pažiūrėti, bet klastingas važinėti dviračiu. Baltas paplūdimio smėlis, atvežtas iš Indrefiordo.

Dabar, kai neveikė skambutis, lyg ir neliko jokio malonumo.

Gormas atrėmė dviratį prie sienos ir nusprendė paprašyti tėvą pagalbos. „Sugedo skambutis", – pasiskųs. Tėvas, ko gera, pasidomės, kas atsitiko. Kadangi Gormas dorai neišmanė, kas atsitiko, jam teliks atsakyti, jog nežino. Tėvas tikriausiai paklaus, ar jis kaip nors neatsargiai elgėsi. Tada jam teliks papurtyti galvą.

Vos apie tai pagalvojęs, pro atvirą antro aukšto langą jis išgirdo tėvo balsą. Kad galėjo girdėti jį kalbant iš tokio atstumo, atrodė kone šiurpu.

– Gudruna! Aš juk viską paaiškinau!

Tėvas su mama kalbėjo taip, lyg ji būtų dar vienas vaikas.

Tada jis išgirdo mamą verkiant. Gormas pasijuto tuščiaviduris. Visiškai tuščias. Vis tiek skaudėjo. Jis sugrūdo rankas į kišenes. Jautė, kaip jos šildo pilvą. Pasidarė truputį lengviau.

Tarp raktažolių, augančių palei namo sieną, skraidė drugys. Jo sparneliai buvo rudi, geltonai marginti. „Drugiai nieko nežino", – pamanė jis.

– Aš išvažiuosiu! – verkė mama.

Danguje brėžėsi baltas dryžis. Tada jis išgirdo tolimą lėktuvo ūžimą. Ten aukštai, lėktuve, sėdėjo žmonės. Lyg būtų įmanoma. Juk visi žino, kad neįmanoma sėdėti ore. O jie sėdėjo. Jeigu mama tikrai išvažiuotų, jis numirtų. Taip pat žinojo, kad nenumirtų. Kartais natūralu sėdėti ore, nors neįmanoma. Ir būna, kad žmogus vaikšto, nors iš tikrųjų yra miręs.

Tėvo balsas pritilo, tačiau buvo ne mažiau griežtas. Gormas nebegirdėjo, ką jis sako. Prigludo prie namo sienos ir stovėjo nukoręs galvą, rankomis šildydamas pilvą. Jeigu jis giliai įkvėptų ir sulaikytų kvėpavimą, galbūt trumpam galėtų pakilti į orą? Galbūt galėtų net skristi?

– Gėdinga, girdi? Mane tai varo iš proto! – raudojo mama.

– Ką man siūlai daryti?

Tėvo balsas skambėjo kaip visada. Gal tik atrodė kiek pavargęs. Tikriausiai jau tuoj išeis į darbą, nesvarbu, kad sekmadienis.

– Daryk, kaip išmanai, jau per vėlu. Žmonės kalba, – nusiskundė mama.

Tėvas kažką atsakė, bet balsas priminė radijo trakšesį, kai ieškiklis sustojęs tarp dviejų radijo stočių. Langas užsidarė. Viskas nutilo.

Po valandėlės tėvas pasirodė su skrybėle ir dokumentų aplanku. Nesvarbu, ar mokėdavo paguosti mamą, ar ne, namie užtrukdavo vos kelias minutes. Ir taip visada. Išeidamas tyliai uždarė laukujes duris. Žingsniai nebuvo nei atsargūs, nei pikti. Visai kaip balsas, jie skambėjo lyg radijo teatre. Dar ilgai girdėjosi žingsnių aidas. Bet vis tolo ir tolo.

Tėvas jo nepamatė – praėjo greitai, žiūrėdamas tiesiai. Gormas šildėsi pilvą, bet šis atrodė toks pats tuščiaviduris. Kai tėvo žingsniai nutilo, jis vėl ėmė kvėpuoti. Oras sruvo į jį ir iš jo.

Jis dar pastovėjo. Tada čiupo dviratį ir nusistūmė prie vartų.

Vartų užraktas visada garsiai trinktelėdavo, todėl jis jų neuždarė. Vyriai tik vos vos sugirgždėjo. Gormas pavažiavo pasispirdamas koja, paskui numynė gatve.

Kai jį dar buvo galima matyti iš namo, jam atrodė, kad girdi mamą šaukiant: „Kas tau leido su dviračiu išvažiuoti į gatvę!" Bet šauksmas skambėjo tik jo galvoje.

Važiavo greitai. Vėjas košė per megztinį. Jis ėmė minti smarkėliau. Kuo greičiau lėkė, tuo mažiau buvo tikėtina, kad gali girdėti šaukiant mamą. Kai pasuko už kepyklos, tai tapo visiškai neįmanoma. Jis beveik pamiršo.

Plynėje nieko nebuvo. Visa futbolo aikštė priklausė vien jam. Vartai mojo sudriskusiu tinklu. Pūtė ledinis vėjas. Jis mynė kiek įkabindamas. Didelėmis aštuoniukėmis. Niekis, kad ir apvirs. Keletą kartų vos negriuvo. Nuo to tik apšilo.

Padaręs staigų posūkį per balą ir aplink futbolo vartus, vos neužlėkė ant kažkokios žmogystos. Netekęs pusiausvyros griuvo žemėn.

Priekinis ratas niekaip nepaliovė suktis. Sukosi ir sukosi. Stipinai susiliejo ir tapo nematomi, tarsi ratlankis savaime kybotų ore. Jis jautė, kad į delną prismigo akmenukų. Ištryško kraujo. Nedaug, tik truputis.

Jis iš lėto atsistojo ir pakėlė dviratį. Buvo pametęs akinius, tad viskas atrodė šiek tiek miglota, tačiau gana tikroviška. Tai buvo mergaitė. Ji pasilenkė ir kažką paėmė nuo žvyro.

Gormas greitai nusišluostė panosę ir prisimerkęs pažiūrėjo į ją. Buvo smulkutė. Daug mažesnė už jį.

– Galėjo sudužti, – tarė ji, paduodama akinius.

– Ačiū! – padėkojo jis ir nusilenkė nespėjęs sumesti, kad nėra ko lankstytis prieš tokią mažą.

– Užsigavai?

– Ne.

– Tai ko rėkei?

– Aš nerėkiau.

– O kodėl važiavai taip greitai, kad net apvirtai?

– Nes patinka, – atšovė jis ir užsidėjo akinius.

Abipus jos veido kaip ringės kabojo kasos. Surištos juodu siūlu. Kojos apautos rudomis didokomis basutėmis. Vaikščioti su tokiu apavu buvo per šalta, bet ji mūvėjo baltas puskojines. Suknelė ir atlapotas megztukas taip pat per dideli. Raudonas lakinis diržas viską prilaikė. Veidas lyg įžūlokas, lyg dar koks, sunku pasakyti. Akys rudos ir be paliovos spoksančios į jį. Ji suspaudė lūpas į vieną brūkšnį ir pro šnerves pamažu išpūtė orą.

– Niekam nepatinka, kai skauda, – pasakė.

Jis tylėjo. Nuo kelnių nusipurtė smėlį.

– Tu čia gyveni? – po valandėlės paklausė ji.

– Ne visai.

– Ir aš ne. Svečiuojuosi pas tetą ir dėdę, nes atvežėme Jorgeną į ligoninę. Jam išpjovė tonziles.

– Tai kur tu gyveni?

– Saloje. Kur keltas plaukia, – paaiškino ji ir priėjo arčiau.

Tada ji uždėjo delną ant dviračio vairo, virš skambučio.

Gormas buvo besižiojąs sakyti, kad skambutis sugedęs, bet ji staigiai spūstelėjo nykščiu. Jis sučerškė!

Gormas pažvelgė į skambutį, į ją. Jis ir vėl sučerškė. Gormas prajuko. Na, tikrai pasitaisė. Juokdamiesi mėgino tai vienas, tai kitas.

– Ką tik buvo sugedęs, – pasakė jis.

Tada abu vėl nusijuokė.

– Ar moki važiuoti? – paklausė jis.

– Ne, aš neturiu dviračio.

Gormas jau žiojosi jai pasiūlyti sėstis ant bagažinės, kai pastebėjo porą didesnių berniukų, žirglinančių artyn. Jis pažinojo juos iš mokyklos kiemo, jie gyveno švedų name Plynės pašonėje. Vienas po pažasčia nešėsi kamuolį.

– Ką, žaidi su mergiote? – sušuko tas su kamuoliu.

Jis buvo atvirkščiai užsimaukšlinęs kepurę su snapeliu.

– Ne, – išsigynė Gormas ir norėjo šokti ant dviračio.

Lyg niekur nieko. Permesti koją per kartelę ir nuvažiuoti. Bet kitas berniukas suėmė bagažinę ir nepaleido.

– Kur dabar lėksi? Atsakyk normaliai, kai su tavim kalba suaugę žmonės! Čia tavo dviratis?

– Mano.

– Aš jį skolinuosi, – pasakė berniukas ir abiem rankomis stvėrė už vairo.

Kitas užšoko ant bagažinės.

– Kol kas gali pažaisti su mergaite, – išsišiepė.

Gormui nieko kito neliko, tik paleisti dviratį ir žiūrėti. Dviratis buvo per mažas paaugliams. Sėdynė nutūpė iki pat ratlankio. Jie raitė aštuoniukes ir garsiai kvatojo vos neapvirtę.

Jis neišmanė, ką daryti. Dviratis, matyt, bus sulaužytas. Ir mama supras, kad jis buvo už sodo tvoros.

Mergaitė dirsčiojo tai į jį, tai į vaikėzus ant dviračio.

– Pamėtom į taikinį? – staiga pasiūlė.

– Į taikinį?

– Taip. Į aną telefono stulpą.

Ji nulėkė prie stulpo ir žingsniais atmatavo atstumą, tada koja nubrėžė brūkšnį. Baltų puskojinių pirštai, kiek nedengė basutė, pasidarė rudi.

– Aš pirma! – šūktelėjo ji ir sviedė į stulpą akmenį.

Metimas buvo taiklus.

Didieji berniukai staigiai sustojo ir nubloškė dviratį ant žvyro. Nusišaipė, kad mergaitė stovėjo per arti. Tada jie nubrėžė liniją toliau nuo stulpo ir čiupo po akmenį. Kepurėtasis pataikė, jo draugas prametė.

Gormas nuėjo prie dviračio. Nebuvo sulaužytas. Tik užpakalinis sparnas šiek tiek įlenktas. Kai jau norėjo šokti ant dviračio, ranka pajuto gniaužtus.

– Nebėk, po velniais, mes šaudysim į taikinį su tavo pana.

– Ji man ne pana.

Gormas pajuto, kad rausta.

– Įrodyk! – visa gerkle suriko berniukas.

– Įrodyti?

– Taip, jeigu pataikysi į stulpą, vadinasi, ji tau ne pana. Nepataikysi, reiškia, pana.

Berniukai sukikeno, vienas pakėlė akmenį ir padavė jam. Teliko paimti. Gormas ilgai žiūrėjo į stulpą. Nė už ką nepataikys. Mergaitė truputį pasitraukė į šoną. Nenuleido nuo jo akių.

Gormas neryžtingai priėjo prie linijos. Pakėlė ranką, nusitaikė. Žengtelėjo atbulas ir atsivėdėjęs sviedė. Štai ir viskas! Akmuo perskrodė orą.

Į ausis tvoskė pašaipus berniukų juokas. Bet ji nesijuokė. Atrodė pikta. Gormui tesinorėjo sprukti iš ten. Lėkti. Ant dviračio. Arba kojomis. Nesvarbu. Tačiau stovėjo kaip įbestas, apsuptas pašaipaus juoko.

– Matyt, ji tavo pana, – erzino kepurėtasis.

– Gal duodam dar pabandyti? – vyrišku tonu paklausė kitas. Jo veidas buvo išbertas spuogais.

– Gerai, trauk jį velniai!

– Šauk! – paragino spuoguotasis, mostelėdamas galva stulpo link.

Gormas jautė, kad tuoj pravirks. Blogiau nebūna. Kai reikia ryti ašaras. Kas būtų, jeigu duotų į kojas? Jie pultų vytis, pagautų. O ji viską matytų. Gormas dirstelėjo į ją. Ji stovėjo suraukusi kaktą. Tada jam linktelėjo.

– Tik gerai nusitaikyk, ir pataikysi, – rimtu veidu patarė ji.

Gormas nurijo seiles ir paėmė akmenį. Stumtelėjo ant nosies akinius, nusitaikė. Kairę ranką ištiesė kaip rodyklę. Ji rodė kryptį, o jis žengtelėjo atgal ir susirado patogią padėtį. Pakelta ranka pakilnojo akmenį. Gerai jį jautė. Tada įkvėpė ir į metimą sudėjo visą

43

jėgą, galvodamas apie lėktuvą. Baltą dryžį ore. Ten aukštai sėdinčius žmones, nors visi žino, kad tai neįmanoma.

Akmuo atsimušė į stulpą su trankiu, virpančiu garsu. Gormas nuleido rankas ir jau norėjo atsikvėpti, kai suriko abu berniukai.

Mergaitė gulėjo ant žemės kruvina galva. Viena kasa buvo permirkusi krauju.

– Ką tu padarei! – subliuvo spuoguotasis.

– Idiotas! – metė kitas.

Gormui širdis, rodės, iššoks. Jis susigrūdo rankas į kišenes. Palinko į priekį ir pastūmė kišenes kiek galėdamas arčiau širdies. Iš to buvo maža naudos. „Tai tas pat kaip sklęsti ore", – pamanė Gormas. Jis to nesuvokė. Bet juk matė, kad yra taip, o ne kitaip.

– Kas, po velniais, atsitiko? – sušuko kepurėtasis ir atsiklaupė šalia paslikos mergaitės.

– Akmuo atšoko nuo stulpo ir pataikė į mergaitę, – stebėdamasis tarė spuoguotasis.

Gormas nedrąsiai prislinko artyn. Nevisiškai. Toliau eiti nevertėjo. Ji atmerkė akis. Per plaukus ir kraują jie negalėjo matyti žaizdos.

– Kur tu gyveni? – paklausė tas, kuris be spuogų, padėdamas jai atsisėsti.

– Ten! – keistai mieguistu balsu išlemeno mergaitė ir mostelėjo kažkur į orą.

– Ar gali atsistoti?

Vargais negalais ji atsistojo. Berniukai prilaikė ją. Vienas iš vieno šono, kitas iš kito.

– Turėsi mums parodyti. Parvešime tave Princo dviračiu, – pasakė spuoguotasis ir paėmė dviratį.

Gormas stypsojo rankas susigrūdęs į kišenes. Jo ten tarsi nebuvo. Ne iš tikrųjų. Kai jie pasodino ją ant bagažinės ir ruošėsi vežti, ji atsisuko į jį. Viena kasa buvo visa raudona ir tarsi nukarusi, kita suriesta kaip ir pirma.

– Tu pataikei į stulpą, – ištarė ji mieguistu balsu.

Gormas pamanė, kad jam reikėtų ką nors pasakyti. Pavyzdžiui, kokia ji šauni, kad neverkia. Arba kad jam taip išėjo netyčia. Bet jis neįstengė. O paskui buvo vėlu. Jie jau buvo vidury Plynės.

*

Grįžęs namo, rado tik Olgą. Ji stovėjo nusisukusi ir plovė indus.
Jis praėjo pro atviras virtuvės duris, ji atsigręžė ir pasilabino kaip
įprasta. Bet niekas nepaklausė, kur dviratis.

Jis atsisėdo drabužinėje po prieškambario laiptais. Net nenusi-
avė. Kvepėjo sekmadieniu. Dulkėmis, žieminiais drabužiais ir ba-
tais. Ir keistai dvelkė kaži kokiu liūdesiu. Jis nesuprato, kas tai.

Ne, neverkė. Net nemanė verkti. Ir ko gi jam būtų reikėję ašа-
roti? Dabar jai turbūt jau nuplovė kraują. Juk ji nemirė. Gormas
suvokė, kad mąstydamas apie tai, jog nebeturi dviračio, jis taip pat
prisimindavo, kad ji nemirė.

Jis turėjo sugalvoti, ką pasakyti mamai ir tėčiui. Kad dviratį pa-
metė arba kad jis dingo. Nežinia, ar jie patikėtų. Bet galima pamė-
ginti.

Galbūt jie viską pamirš. Juk mama ruošiasi išvažiuoti. Juk tai kur
kas svarbiau už dviratį? Vos šmėkštelėjo ta mintis, jis suvokė, kad ji
neturi išvažiuoti, jokiu būdu neturi išvažiuoti. Kaipgi viskas būtų?

Reikia ką nors daryti, kad jie nepaklaustų, kur dviratis. Ko gera,
neįmanoma.

Dabar jai ant žaizdos tikriausiai užlipdė pleistrą ir perpynė plau-
kus. Tikriausiai ji turi ką nors, kas jai pina kasas. Neaišku, ar žaizda
tokia jau didelė. Kai bėga kraujas, visada atrodo baisiau, negu yra iš
tikrųjų. Olga taip nuolat sakydavo. Kartą Gormas susižeidė kelį, ir
kai Olga dar nebuvo nuplovusi kraujo, jis atrodė visiškai suknežin-
tas. Žinoma, paskui užsidėjo didžiulis šašas ir keletą dienų skaudė-
jo. Bet nieko baisaus.

Olga per radiją klausėsi mišių. Jis girdėjo per drabužinės duris.
Akmuo į galvą blogiau negu akmuo į kelį. Bet ji bent jau nemirė. Jos
tėvai dabar tikriausiai pyksta ant jo. Bet jie nežino, nei kur jis gyve-
na, nei kuo vardu. O gal išplepėjo berniukai? Ne tik pravardę, bet ir
tikrąjį vardą? Per daug visko susikaupė. Neaišku, kuo tai baigsis.

Kai Olga atlapojo drabužinės duris, pasimatė didelis šviečiantis
keturkampis.

– Ir vėl čia sėdi nukabinęs nosį? – tarė ji ir ištempė jį lauk.

Berniukai niekada nenukabina nosies. Ir ne dėl to jis ten sėdėjo.
Bet nieko nesakė.

Olga uždėjo ranką jam ant sprando ir nusivedė į virtuvę. Jis ži-
nojo, kad ji neišplepės. Ji padavė Gormui kažką lėkštėje. Bet jis ne-

45

galėjo nuryti nė kąsnio. Tada Olga įbruko į delną pyragaitį. Tokį iš kokoso masės. Jis sėdėjo ir ilgai laikė jį saujoje. Netrukus pyragaitis pasidarė šiltas ir lipnus.

Olga ėmė švilpauti. Vadinasi, mama jau išvažiavo ir jie namuose vieni. Ji niekuomet nešvilpaudavo, kai mama būdavo namie. Jis padėjo pyragaitį ant lėkštutės.

Olga stovėjo nugara į jį ir kažką pjaustė didžiuoju peiliu. Kad tai didysis peilis, jis sprendė iš garso. Čekšt, čekšt, čekšt ant pjaustymo lentos. Kažkaip sunkiai ir dusliai. Jis įsivaizdavo, kad panašus garsas būna tada, kai tomahaukas pataiko baltaveidžiui į kiaušą.

Mama dabar tikriausiai sėdi autobuse. Arba kelte. Keista mintis, kad daugiau niekada jos nepamatys. Jeigu ji būtų čia, dabar, ko gera, apsikabintų jį ir pasakytų, kaip ilgai jo nebuvo. Nusiminusi į jį pažiūrėtų ir paklaustų, kur dviratis. Jis negalėtų mamai papasakoti apie mergaitę, kuri vos nemirė.

Į duris paskambino. Olga atsisuko ir pažvelgė į jį. Bet jis dėjosi nieko neišgirdęs, tad ji atsidusi pati nuėjo atidaryti.

Koridoriuje tetos Klaros balsas teiravosi mamos.

– Poniai skauda galvą. Ji viršuje. Pasakysiu, kad čia jūs.

Gormas turbūt pamanė, kad tebesėdi po laiptais ir sapnuoja Olgą tariant tokius žodžius. Tik išgirdęs mamos balsą nuo laiptų, suprato, kad nemiega. O kai teta Klara užlipo aukštyn, pilve ir krūtinėje pajuto tą tuštumą. Lyg didelis akmuo, iš visų jėgų sviestas į storą telefono stulpą, būtų atšokęs ir pataikęs jam tiesiai į pilvą.

Jis juk žinojo, kad kartais ji pamiršta jį apkabinti. Prisimindavo ne anksčiau kaip po dienos. Taip būdavo tada, kai „aplinkybės ją versdavo" likti savo kambaryje.

Šiandien, matyt, ir bus tokia diena. Mat ji nepajėgė išvažiuoti, nors tėvui grasino.

Mama nežinojo, kad jis prarado dviratį. Ne dėl to nenulipo žemyn jo apkabinti. Priežastis buvo svarbesnė. Kažkas susiję su tėvu. O to, kas susiję su tėvu, niekas negalėjo pakeisti.

Jis tyliai nuslinko į savo kambarį. Ten buvo erdvu ir tuščia. Palikęs duris praviras, girdėjo kalbant tetą Klarą ir mamą.

– Žinau, jis paprašė tave čia ateiti, kad įkalbėtum mane pasilikti, – priekaištingai tarė mama.

– Ne, aš pati panorau tave aplankyti, mieloji Gudruna. Bet jeigu jau prašnekom apie tai, aš viską žinau. Bet yra ne taip, kaip tu manai.

46

– Nenoriu apie tai kalbėti.

Mamos balsas buvo silpnas silpnutėlaitis. Tačiau jis aiškiai girdėjo žodžius, nors ji ir verkė.

Teta Klara sumurmėjo kažką, ko Gormas nenuklausė. Mama taip pat sumurmėjo ir dar labiau pravirko. Paskui išsišnirpštė nosį.

– Šiaip ar taip, turiu atlikti savo pareigą. Aš liksiu dėl vaikų. Bent jau iki jų konfirmacijos. Bet labiausiai noriu mirti. Mirti!

Teta kažką pasakė, ir mama apsiramino.

Gormas paskaičiavo, kiek laiko liko iki jo konfirmacijos. Maždaug penkeri metai. Gana daug. Jis mąstė, kas būtų, jeigu atsisakytų konfirmacijos. Mama būtų nelaiminga, bet negalėtų išvažiuoti. Tėvas išeitų į darbą.

– Aš su juo pakalbėsiu, – tarė teta Klara.

– Oi ne, nereikia. Bus tik blogiau. Jis tik dar daugiau laiko praleis darbe. O juk ten... Norėčiau, kad būtų paprastas jūrininkas. Arba žvejys. Arba kaip tavo Edvinas.

– Juk ir tada kas nors būtų ne taip, – pasakė teta Klara tuo sausu balsu, kuris kartais prasimušdavo, kai ji kalbėdavo su mama. Tarsi iš tikrųjų nebūtų mamos pusėje.

– Vis tie amžini reikalai, – nusiskundė mama.

Gormas prisiminė mamą sakius, kad jis turės perimti verslą. „Grandė ir Ko" po kiek laiko taps „Grandė ir sūnus". „Trikotažas, viskas namams, vyriški ir moteriški drabužiai. Šiuolaikiški baldai." Gormas įsivaizdavo plakatus.

Jos dar pasišnabždėjo ten viduje, tada jis išgirdo tetą Klarą sakant:

– Gerhardas ne toks, jis niekada neprisiliestų prie tokio primityvaus daikto.

Kas tas primityvus daiktas, prie kurio, mamos nuomone, liečiasi tėvas? Gormas mėgino prisiminti, ką paprastai liesdavo tėvas. Cigarą, laikraštį ir stalo įrankius. Dar – popierius ir knygas. Jis net servetėlės neliesdavo. Kai pakildavo nuo stalo, ji likdavo taip pat dailiai sulankstyta.

Kartą Gormas įsėlino į vonią pažiūrėti, kaip jis skutasi. Norėjo pamatyti, kaip liečia save. Bet tėvas tik draugiškai mostelėjo galva – iš pradžių į Gormą, paskui į duris. Viskas. Netrukus jis išėjo iš vonios kambario švariai nusiskutęs.

Gormas galvodavo, koks būtų jausmas – lytėti tėvo ką tik nuskustus skruostus arba ant rankos justi tėvo delną.

Ketvirtas skyrius

ŽIŪRĖDAMA Į NAUJĄJĄ JORGENO STRIUKĘ, RUTA DAŽNAI PRISIMINDAVO MIESTE SUTIKTĄ BERNIUKĄ.

Mama ją nupirko tą pačią dieną, kai Jorgenui buvo išoperuotos tonzilės, o Ruta akmeniu gavo į galvą. Ji skundėsi, esą negana, kad Jorgenas po narkozės gulįs ligoninėje. Dar ir Ruta sumaniusi prasiskelti galvą, tad tekę su ja belstis pas daktarą dėl trijų dygsnių.

O Pamokslininkui kaip tik atrodė gerai, kad tokį reikalą sutvarkė būdami mieste. Tačiau jam nepatiko, kad mama Jorgenui nupirko tokią brangią striukę.

Ruta niekam nepasakojo apie berniuką. Iš dalies jis nebuvo visiškai tikras. Tiesa, kaktoje liko žymė, bet juk pati matė – jis pataikė į telefono stulpą.

Suaugusieji buvo įsitikinę, kad ją sužeidė dičkiai berniukai, nors šie prisiekinėjo ją tik parvežę namo. Rutai patiko, kad jie taip mano.

Jis atrodė malonus. O gal tik liūdnas? Ruta prisiminė, jog tarpais truktelėdavo jo lūpų kamputis. Ji norėjo paklausti kodėl, bet tada prisistatė vaikėzai. Kad ir kaip gaila, ji, ko gera, taip ir nesužinos, kodėl staiga nei iš šio, nei iš to jis kilstelėdavo vieną lūpų kamputį.

Jei ne vaikėzai, galbūt jis būtų prilaikęs dviratį už galo, o ji būtų mėginusi važiuoti. Bent jau būtų galėjusi paprašyti. Tikriausiai jie nebūtų į stulpą svaidę akmenų. Ir jai nebūtų buvusi praskelta galva. Ji pati nesuprato, kaip galėjo taip atsitikti. Juk jis pataikė į stulpą.

Vėliau, kai berniukai ją vežė, ji suvokė, kaip jis išsigando. Ji taip pat būtų išsigandusi, jeigu Jorgenas į kaktą būtų gavęs dėl to, kad ji pataikė į telefono stulpą.

Kai Jorgenas per galvą vilkdavosi striukę, ji matydavo tą berniuką. Jo akis už akinių stiklų. Beveik nemirksinčias. Ir virpčiojantį lūpų kamputį. Lyg jį būtų kas nors prikūlęs, tik jis nedrįstų verkti. Ji beveik neabejojo, kad jis būtų jai paskolinęs dviratį.

Jorgeno striukė buvo mėlyna, su didele kišene ant krūtinės ir gumelėmis rankogaliuose, kad neprilįstų sniego. Niekas Saloje tokios gražios neturėjo. Ruta ją išvyniojo, kai jis gulėjo geležinėje ligoninės lovoje. Jis panoro iškart apsivilkti. Bet buvo neįmanoma, nes kliudė vamzdelis nosyje ir ilgas laidas, pririštas prie stovo virš lovos. Kai jis puolė į ašaras, mama prigrasė liautis.

– Tu gali nukraujuoti, – pasakė ji.

Net Jorgenas suprato, kad nukraujavimas yra rimtas dalykas, tad gulėjo suspaudęs lūpas, abiem rankomis glostydamas striukę.

Po poros dienų jis atsikratė vamzdelio ir galėjo ją apsirengti. Niekaip nebesutiko nusivilkti. Ir mamai, ir slaugytojoms teko nuleisti rankas. Su striuke jis miegodavo ir naktį.

Ruta iškart suvokė, kad ji dėl visko kalta. Ji sumanė šokinėti per spygliuotos vielos tvorą. Iš pradžių ėjosi puikiai. Abu su Jorgenu šokinėjo paeiliui, jam netgi sekės geriau.

Paskui jis netikėtai užsikabino. Išgirdusi drykstelėjimą, Ruta suprato, kas atsitiko. Jorgeno naujosios striukės rankovėje žiojėjo ilgiausia skylė. Veik nuo peties per visą ranką žemyn. Tą akimirką ji išvydo berniuko iš miesto akis. Ryškiai, pro akinių stiklus saulėje. Jos lėtai užsimerkė. Tarsi būtų pamačiusios tą patį kaip ji.

Iš pradžių Jorgenas buvo nepaguodžiamas ir nedrįso eiti vidun. Jie kartu prinešė durpių ir sukrovė į dėžę prieangyje. Nuėjo pas močiutę klausti patarimo, bet jos nerado namie. Paritinėjo kamuolį, paskui ilgą laiką sėdėjo ant daržinės užvažos, nebeturėdami kuo užsiimti.

Pradėjo temti, be to, Rutai dar reikėjo išspręsti penkis uždavinius. Ji turėjo jam pažadėti, kad niekas ant jo nepyks. Nes tai tik nelaimingas atsitikimas. Tačiau į prieangį jį reikėjo veste įvesti.

Kai jie išgirdo viduje garsiai kalbant Pamokslininką, Jorgenas vėl taikėsi sprukti lauk, tad jai teko jį sulaikyti.

– Nagi, nejau neužuodi, kad kvepia sklindžiais? – viliojo ji.

Jis nusivilko striukę ir sugniutintą pasikišo po pažasčia. Ruta mėgino jį įkalbėti striukę pakabinti, bet jis nesutiko.

Į šviesą jie įžengė tuo momentu, kai Pamokslininkas Eli ir mamai aiškino, kaip reikia tausoti Dievo dovanas. Jorgenas, nepaleisdamas gniutulo, nuslinko tiesiai prie durpių dėžės pakrosnyje.

Pamokslininkas stovėjo šalia praustuvės ir sakė moralus ant sienos kabančiam veidrodžiui. Mama atnešė vandens skutimuisi. Tada pripylė skardinį dubenį ir padėjo prie durpių dėžės.

– Nusiplaukit rankas! – paliepė pertardama Pamokslininką.

Ruta paėmė gabalėlį muilo ir pradėjo mazgotis rankas, tik Jorgenas niekaip negalėjo paleisti to gniutulo.

Ketvirtadieniais Pamokslininkas kalbėdavo maldos namuose. Ta proga paprastai nusiskusdavo barzdą. Jis užsidėjo putų, tada išpūtė skruostą ir ėmė gremžti. Be paliovos vartė akis, kad matytų, kur braukia peiliukas.

Mama ruošėsi prie virtuvės spintelės netardama nė žodžio. Dėl to jis dar labiau ėmė šakotis dėl Dievo dovanų. Kai ant kairio skruosto tebuvo likę pora putų dribsnelių, o mama taip ir nepravėrė burnos, jis nuleido peiliuką ir nutaisęs liūdną miną pažvelgė į skutimosi veidrodį.

Ruta susigūžė. Jorgenas užbruko striukę už nugaros ir mėgino plautis rankas sėdomis.

– Nežinau, ar jūs suvokiate, kaip jaučiasi žmogus, nesulaukdamas pagarbos savo paties namuose, iš saviškių? Aš kuo romiausiai mėginu su jumis pasikalbėti apie miltų maišą. Bet ar gaunu atsaką? Nė žodžio! O juk žinote, kad parvežiau tą maišą iš parduotuvės ir nuboginau į kamarą. Ant savo pečių. Ir kokia iš to nauda. Dabar viskas nusiaubta, išeikvota!

Iš pradžių jo akys žvilgėjo, balsas buvo švelnus, bet pamažu viršų paėmė griežtasis religinių susirinkimų tonas. Dievo bausmės balsas. Dievas viską matąs. Dievo pyktis esąs teisingas. O tų, kurie nepažįstą savo Dievo, laukianti pragaištis.

Mama zujo po virtuvę, tačiau atrodė taip, jog bet kurią akimirką gali pratrūkti. Ant stalo priešais Pamokslininką ji padėjo kavos puodelį ir lėkštę sklindžių. Matyt, sklindžiai ir reiškė miltų švaistymą. Pamokslininkas nesivaržydamas sušveitė tris su pirmuoju kavos puodeliu.

Eli atskubėjo su kaviniu norėdama įpilti dar, bet jis ją sulaikė.

– Puodelis nešvarus. Visas kraštas apskretęs, – suniurzgėjo.

Eli prisilenkė pažiūrėti. Jis pliaukštelėjo jai per ranką taip, jog kavinis paleisdamas čiurkšlę išslydo. Pamokslininkas atšoko, kad nenupliktų, o ant grindų ir ceratinės staltiesės liko rudi kavos klanai.

– Na, ir vėpla gi tu!

– Dabar jau gana! – pripuolusi suriko mama.

Eli pravirko.

– Mergaitei mėnesinės, duok jai ramybę, – sušnypštė ir ėmė šluostyti stalą mazgote.

– Kokios nešvankios kalbos prie stalo, – supeikė jis.

Kol kas nors sumojo, kas vyksta, mama tekštelėjo šlapia mazgote per švariai nuskustą Pamokslininko burną. Po akimirkos jie pamatė rudas dėmes ant veido ir marškinių krūtinės.

Pamokslininkas visas išraudęs pašoko.

Jorgenas taikėsi sprukti, bet Pamokslininkas buvo vikresnis, sučiupo jam už pakarpos ir įsmeigė akis į Rutą, taip pat ketinusią nešdintis.

– Aš gyvenu vienuose namuose su velnio sėkla. Stok, vaike! Pažiūrėk, ką padarė tavo motina!

Jis taip stipriai papurtė Jorgeną, jog tam iš rankų iškrito striukė. Išsiskleidė ir liko gulėti ant grindų su skyle viršuje. Britai išsprūdo nevalingas šūksnis. Pamokslininkas pamatė skylę. Visi ją pamatė. Ir Jorgeno negelbėjo tai, kad jis susigūžė mamai už nugaros.

Ruta pajuto nuovargį. Baisų nuovargį. Lyg būtų beužminganti. Lyg lauktų, kol prasiskirs grindys ir ji galės pro jas įkristi. Jorgenas ir ji. Tačiau žinojo, kad tai neįmanoma.

Jorgenas ėmė mikčioti Pamokslininkui dar nepravėrus burnos. Ruta pamanė, reikėtų pasakyti, jog ji kalta. Bet jautėsi tokia pavargusi. Nors tą vieną kartą, Dievulėli, juk turi būti leidžiama jaustis pavargusiai ir neprisiimti kaltės.

Pamokslininkas plačia nugara palinko prie Jorgeno beveik jį paslėpdamas. Paskui veiksmas persikėlė į svetainę. Jie girdėjo tik Pamokslininko stenėjimą ir Jorgeno verksmą. Ruta nežinojo, kiek tai truko, kol mama įpuolė vidun ir su trenksmu uždarė duris.

Iš pradžių pliaukšėjimas nesiliovė. Bet netrukus pasigirdo ausį rėžiantys mamos keiksmai. Tokie nešvankūs, jog juos galėjai ištarti tik Finmarkoje, kur ji užaugo. Vokietis sudegino visą šeimos turtą, taigi jie buvo priversti glaustis pas žmones. „Kas Amerikoje, kas Saloje“, – įgeldavo Pamokslininkas, kai mama būdavo negera.

Tačiau jis mamą sutiko dar prieš ateinant vokiečiams. Tą vienintelį kartą, kai išsiruošė į žūklę Finmarke. Dėl to Vilis pasaulį išvydo nuodėmingai, keliais mėnesiais anksčiau, negu derėjo. Bet Dievas mamai, matyt, atleido, nes Pamokslininkas labai mokėjo užtarti.

Vilis išplaukė į jūrą. Mat kartą jam teko partrenkti Pamokslininką ant žemės, kad galėtų išeiti į šokius. Taigi jį buvo galima laikyti mirusiu, tik nereikėjo gedėti.

Mama vėl pratrūko keiksmais. Tokiais atvejais negalėjai žinoti, kas bus. Netrukus jos išgirdo dūžtant kažkokį didelį daiktą. Ruta mėgino atspėti, kas tas daiktas, bet neįstengė. Tai buvo ištisa griūtis. Paskui stojo nejauki tyla.

Brita vangiai mostelėjo į langą. Lauke vienomis kojinėmis, be kelnių skuodė Jorgenas. Jis priminė herojų iš filmo apie plėšikus, kurį rodydavo kine. Tą, kuris šoko nuo skardžio, kad pabėgtų nuo persekiotojų. Jis buvo sužeistas ir taškėsi kraujais. Plaukai ir marškiniai plaikstėsi vėjyje, o kojos, rodės, nesiekė žemės. Juodos garbanos išsitiesino ir prisiplojo prie galvos odos.

Jis apsuko ratą kieme lyg nematydamas kelio. Aplink tiško raudoni purslai. Tada Ruta suprato, kas atsitiko. Jorgenas iššoko pro svetainės langą.

Pamokslininkas grįžo į virtuvę tarškėdamas kaip užsuktas. Mama atlėkė iš paskos iškėlusi sugniaužtus kumščius, su lavina keiksmų, nuo kurių Rutą išpylė šaltas prakaitas. Pažastyse. Galvoje. Ledinis šaltis. Lipnumas. Nors stovėjo prie krosnies.

– Štai kas būna, kai dėl vargšo kvailelio išleidi krūvą pinigų ir palieki jį be priežiūros, – griaudėjo Pamokslininkas nevilties kupinu balsu.

Mamos veidas tapo sodriai raudonas, visai nepanašus į įprastinį baltą.

– Nešdinkis! Nešdinkis į tą savo „Eliezero" laivą su visais kliedesiais, pasiimk savo purvinas apatines ir suglamžytus marškinpalaikius! Kad daugiau čia kojos nekeltum. Ir savo varvantį pimpalą pasiimk!

Pamokslininkas nepuolė už ją melstis kaip paprastai, kai ji burnodavo. Jis atrodė bejėgis. Po akimirkos įsmeigė akis į Rutą, buvusią arčiausiai. Ši ėmė kalenti dantimis. Negalėjo nieko sau padaryti. Pamokslininkas to tikriausiai nematė, nes skėstelėjo abiem rankomis ir prisėdo ant kėdutės.

– Viešpatie, suteik man drąsos! Vieninteliam sūnui, kurį turiu namuose, nusiplėšti drabužį yra tas pat kaip kitam paimti žiupsnį tabako. Iš tikrųjų jis turėtų gyventi prieglaudoje prižiūrimas tvarkingų žmonių. Bet aplink mane, Viešpatie, vien blogi darbai ir nešvanki kalba. Kur pažvelgsi, vieni bepročiai. Aš priimu šią lemtį, Viešpatie, bet prašau, parodyk man kelią. Nes argi tai gyvenimas?

Mama žengė prie krosnies ir pastvėrė žarsteklį.

– Kad tu pragare degtum! – sukriokė. – Pats esi beprotis! Ir Viešpats žino, kaip mane gyvą matai!

Ji grėsmingai artėjo prie Pamokslininko užsimojusi žarstekliu.

– Mama, nieko nebus, jis per mažas! – sukliko Eli.

Pamokslininkas tvojo kumščiu į stalą. Bet smūgis buvo silpnas. Šįkart jis įbedė akis į Eli.

– Ilganosė mergiūkštė! Ištekinsiu tave nebent peiliu patrumpinęs nosį.

Ruta jau buvo tai girdėjusi. Kad Eli ir ji atrodančios atgrasiai. Kad jų ilgos nosys. Kojos kaip uodo. Akys nelyginant alavinės lėkštės. Visos šlakuotos it senos plekšnės. Tarytum laumių apmainytos. Mergaitės neatsigimė į Pamokslininką. Bent ne išore. Tik Jorgenas į jį panašus. Gražus kaip angeliukas. Matyt, toks buvo ir Pamokslininkas.

Bet Rutai niekaip nesuėjo galai. Kaip čia su ta išore ir vidumi. Juk jeigu jis gali šitaip elgtis, jo vidus turėtų būti toks pats glitus ir juodas kaip pilna parduotuvės spjaudyklė. Nesvarbu, kad Pamokslininkas.

Tesižinai. Blogiausia, kad teko kentėti Jorgenui. Jis kaip lėkė, taip nulėkė gatve be kelnių.

Bėgdama keliu pas močiutę, Ruta galvojo, kad jeigu mama užplumpintų Pamokslininką, jiems visiems būtų geriau. Bet Eli buvo teisi sakydama, kad žarsteklis per mažas. Be to, gerumas ilgai netruktų, nes vos pasibaigus laidotuvėms lensmanas mamą pasodintų į kalėjimą. O tada prisistatytų vaikų globos tarnyba ir juos visus išvežtų.

Pasiėmusi pincetą, močiutė rankiojo iš Jorgeno stiklo šukes. Atrodė tokia įsiaudrinusi, jog Ruta atsisėdo netarusi nė žodžio. Jorgenas buvo nebe filmo herojus, o sprogimo sužalota būtybė.

Močiutė plovė, valė ir tvarstė. Netrukus kraujo beveik nebesimatė. Raudonus skarmalus ji sumetė į krosnį, ta protarpiais šnypštė ir bjauriai dvokė. Rutai tas kvapas buvo pažįstamas. Kartais taip atsiduodavo namuose, kai mama ar Eli pakurdavo krosnį po savo mėnesinių.

Baigusi tvarkyti, močiutė tarstelėjo „na, štai" ir pasėmė skardinį kaušą vandens. Visi trys atsigėrė. Pirštai, laikantys kaušo kotą, buvo paraudę, vietom sutrūkinėję. Nykščio nagas pamėlęs ir kreivas. Matyt, kažkada prisīvėrė.

– Na? – močiutė klausiamai pažiūrėjo į ją.

– Iššoko pro svetainės langą, – tarė Ruta.

– Taip iš niekur nieko?

– Ne.

– Kur tavo mama?

– Namie ir nori žarstekliu užmušti Pamokslininką. Labiausiai nori jį nuvaryti į „Eliezero" laivą su visais kliedesiais.

Močiutė apsivilko megztinį, paltą ir paprašiusi prižiūrėti krosnį išsiskubino pro duris.

Po susirinkimo Pamokslininkas namo negrįžo. Tikriausiai išvyko į Žemyną. Mama išėjo pas tetą Rutę pasiskolinti siuvamosios. Ketino lopyti striukę.

Močiutė į išdaužtą langą įstatė minkymo lentą, o Jorgenas liovėsi virkavęs. Veidas buvo pusė bėdos. Vienas didelis įdrėskimas virš antakio, kitas ant skruosto. Labiau nukentėjo dilbiai ir plaštakos.

Mergaitės mėgino su juo kalbėti apie kasdienius dalykus. Išsprendusi uždavinius, Ruta paklausė, ar jis nenori palošti kortomis.

Iš pradžių Jorgenas papurtė galvą ir liko sėdėti įbedęs akis į vieną tašką. Bet kai Eli su Brita išėjo į tvartą, iš jo lūpų pasigirdo vienas kitas Rutai suprantamas žodis. Jis norėjo, kad ji jam nupieštų piešinį.

– Piešti tėtį, – maldavo jis. – Ne Mokslininką. Kitą.

Ruta atsinešė piešimo reikmenis ir įsitaisė šalia, prie virtuvinio stalo. Po kurio laiko jis nusiskundė, kad piešinys nepakankamai dailus.

– Tėčiui nebūtinas grožis, svarbu, kad būtų geras ir nesibartų. Juk pats taip sakei, – priminė ji.

– Rutai neišeina.

– Tai pasidaryk geresnį.

Jorgenas nukeverzojo prie dėžės prieangyje, kur laikė savo meistravimo priemones. Tada susirado peiliuką ir ėmėsi darbo. Bet tvarsčiai buvo tikra kankynė. Jo išraiška veikiai tapo tokia, kokia būdavo prieš pat ištrykštant ašaroms.

– Stenkis negalvoti apie žaizdas, – patarė ji.

Jis pakreipė galvą ir graudžiai pažvelgė į pliauską.

– Stenkis negalvoti, – valingai pakartojo ir drožė toliau, lėtai ir kruopščiai.

Močiutės tvarsčiai susivėlė, žaizdos ėmė kraujuoti, bet jis nieko nepaisė. Kai tik stipriau paspausdavo peilį, juodos garbanos sutirtėdavo.

Ruta lyg dvejodama ant stalo pasidėjo tuščią popieriaus lapą ir paėmė juodą kreidelę. Ilgą laiką girdėjosi tik krebždesys.

– Kepurę daryti su snapeliu? – paklausė Jorgenas.

– Ne, kaip locmano, – nė nemirktelėjusi atšovė ji.

– Neišeis.

– Pamatysi, išeis.

Jis neatsakė, tik toliau gremžė ir rantė peiliu. Tarp jo pirštų ryškėjo gumbuota vyro figūra. Tarpais Jorgenas atsidusdavo ir prisimerkęs pažiūrėdavo į savo dirbinį. Pasukinėdavo, palaikydavo prieš šviesą. Tada vėl imdavo drožinėti.

Išgirdę žingsnius prieangyje, abu pašoko ir su viskuo, ką turėjo rankose, nėrė aukštyn į palėpę. Gaudydami orą, klestelėjo kiekvienas ant savo lovos.

– Mes pamiršome pakurti krosnį! – sudejavo ji.

Jorgenas nusiminęs pakinkavo galva. Netrukus jie išgirdo mamą tarškinant lankainiais, tačiau pro laiptų angą neatsklido nė viena aimana.

– Ar galima pažiūrėti, ką išdrožei? – paprašė Ruta.

Jorgenas pakratė galvą. Palėpėje drožinėti jis negalėjo. Buvo uždrausta.

Jiedu atsigulė miegoti. Eli su Brita klausėsi radijo, o mama po lubomis birbino siuvamąją mašiną. Jau snūduriuodama ji išgirdo Jorgeno balsą.

– Dievas ne geras, o piktas.

– Dievas nepiktas, tik Pamokslininkas piktas, – paguodė Ruta ir tuoj pat suvokė, jog tai tiesa.

Jorgenas ilgai neatsakė.

– Žinai, jis nėra toks jau blogas, tik jį siutina viskas, kas susiję su pinigais, – tarė ji, lyg užsigavusiam vaikui siūlydama ledinuką.

Pagaliau išgirdusi, kad jis miega, Ruta pamanė, kaip būtų buvę, jeigu Jorgenui nebūtų reikėję taip ilgai laukti eilės gimti. Bet koks skirtumas. Juk jie dviese. Visada.

Penktas skyrius

TĄKART MARIJANĖ NEBUVO PANAŠI Į GULBĘ, JI STOVĖJO SVETAINĖS VIDURYJE NUSVARINUSI PLUNKSNAS.

Iš pradžių Gormas pamanė, kad tai kaip nors susiję su tuo, jog Ėdelė su klase išsiruošė į žygį. Bet vos žengęs porą žingsnių į kambarį suprato, kad kaltas jis. Tėvas sėdėjo fotelyje jųdviejų tarsi nė nepastebėdamas, nes skaitė laikraštį. Tačiau jo atsakymai buvo labai aiškūs.

– Į Indrefiordą važiuosi su Gormu.

– Bet, tėti! – spyrėsi Marijanė.

Tėvas nepakėlė akių. Jis pervertė laikraščio lapą, akimirką atidengdamas veidą.

– Aš būsiu su draugėmis. Kari ir...

– Puiku. Gormas važiuos kartu. Autobusas išvyksta septyniolika penkiolika. Grįšite sekmadienį. Pasitiksiu jus stotelėje aštuoniolika trisdešimt penkios. Jokios atviros ugnies ir nė kojos į valtį be gelbėjimosi liemenių.

Marijanė metė į Gormą pagiežos kupiną žvilgsnį. Jis buvo dvylikos metų, mutacijos paliestu balsu, tačiau nieko negalėjo padaryti, juolab prieštarauti.

Jeigu sužinotų klasės draugai, kandžiai pasišaipytų. Torsteinas taip pat. Kaip ir tada, kai paskutinę mokslo metų dieną jis mokytojai atnešė gėlių, nes taip liepė mama. Jie juoktųsi iš tokio, kuris su seserimi važiuoja į vasarnamį, nes liepia tėvas.

Mama būtų jo neišleidusi. Bet ji išvyko į kurortą – pavasaris buvęs toks varginantis. Iki kelionės jis jai ne vieną savaitę padėjo klijuoti nuotraukas į fotoalbumą.

O tėvui nebuvo jokio reikalo laikyti jo prie savęs. Todėl jis su Marijane turės važiuoti į Indrefiordą. Galėjo paklausti, ar jam leistų likti namie, jei eitų į kiną ar biblioteką. Būtų sutikęs daryti bet ką. Tvarkyti rūsį, jei reikia. Bet kad ir ką jis sakytų, tėvas perverstų laikraščio lapą ir primintų, jog autobusas išvyksta septyniolika penkiolika.

Kai savo kambaryje į kuprinę krovėsi megztinį ir kelnes, pajuto pyktį. Kaip didžiulį akmenį kūno gilumoje. Jo pyktis nebuvo kaip Ėdelės ar Marijanės. Jis nesiveržė lauk ir tarsi priklausė vien jam.

Gretimame kambaryje brazdeno ir bambėjo Marijanė. Pakankamai garsiai, kad jis girdėtų. Apie neteisybę. Kad iš paskos vilksis snarglius.

Gormui norėjosi pradingti. Pabėgti. Būtų ryžęsis bet kam. Tačiau užsimetė kuprinę ant pečių ir nulipo į koridorių palaukti, kol ji baigs.

Marijanė sakė „draugės". Gormas nesitikėjo išvysti dviejų subrendusių vaikinų. Hokonas buvo kone senas, juodbruvas ir kresnas. Jūnas – aukštas ir pasipūtęs. Gormą jis nužvelgė kaip ir nepraverdamas akių. Kari jis pažinojo iš anksčiau. Vos jį pamačiusi suraukė nosį.

– Turėjau pasiimti, – nusiskundė Marijanė, lyg Gormas būtų buvęs papildomas lagaminas ar ryšulys.

– Kad man nė šnipšt apie kitus! Skauto garbės žodis? – prigrasė kumštelėdama Gormui į pašonę.

Ko jau ko, o plepėti Gormas visai nemanė. Ir kam būtų galėjęs ką nors sakyti? Jis stengėsi atrodyti atlaidus.

– Niekis, ką nors sugalvosim, – prabilo tas, kurį vadino Jūnu, ir pagaliau teikėsi pasilabinti.

Gormas nieko netaręs klestelėjo ant pirmos laisvos sėdynės.

Anie keturi krizeno ir kvatojo autobuso gale. Tai, ką sakė vaikinai, merginoms kėlė baisų juoką. Iš šalies atrodė kvailai.

Jis įsistebeilijo į vaizdą pro langą. Paprastai jam patikdavo. O tądien kažkas buvo ne taip. Iš vidaus tebegraužė pyktis. Autobusas posūkiuose šokinėjo, o akmuo pilve ritinėjosi tai į vieną šoną, tai į kitą. Už lango be jokios prasmės pro šalį skriejo namai ir medžiai.

Vairuotojas važiavo per greitai. Kai kažkas paprašė išleisti, autobusas sustojo smarkiai trūktelėdamas. Gormas laikėsi įsikibęs. Kad būtų tvirčiau, į priekinę sėdynę įrėmė koją.

– Už šią vietą aš sumokėjau, – gaižiu balsu prabilo vyriškis, sėdintis priešais.

– Atsiprašau, – sumurmėjo Gormas ir patraukė koją.

Tuo metu autobusas staigiai stabdė ir nusviedė jį į priekį. Jis nelabai jautė rankas. Ir pirštus. Taip būna, kai greitai augi. Jis ne visuomet prisimindavo, kur jo galūnės. Ypač kai kas nors nutikdavo netikėtai, kaip dabar.

Skruostu jis trenkėsi į priekinės sėdynės metalą. Iš vidaus dar užgavo dantis. Gormas pajuto kraujo skonį. Nurijo seiles. Marijanė garsiai nusijuokė. Turbūt ne iš jo, nes tuo metu jai negalėjo rūpėti, kas vyksta aplinkui. Tačiau ji juokėsi.

Jis galėjo sustabdyti autobusą ir išlipti. Mėgino tai įsivaizduoti. Kaip stovi kelkraštyje, o autobusas nutolsta.

Kai jie pagaliau atvažiavo, o kuprines ir krepšius reikėjo sutempti į namą, staiga ir jis pasidarė reikalingas. Net sesuo Gulbė ištempusi kaklą su juo čiauškėjo. Atrodė pamiršusi, kad jo neturi būti. Bet tai truko tik tol, kol jie susinešė visą mantą.

Jūnas ir Hokonas krepšius su buteliais sustatė už durų. Barškant Gormas girdėjo dar tada, kai jie daiktus nešė nuo kelio. Manė, kad limonadas. Bet ten buvo beveik vien alus. Kai jie atėjo į vietą, Hokonas iškart atlupo vieną butelį ir užsivertė. Rodės, ėmė ir susipylė.

Gormas žiūrėjo išpūtęs akis. Hokonas atgalia ranka nusibraukė nuo lūpų putas ir draugiškai išsišiepė. Gormas nusuko žvilgsnį.

Alaus butelių buvo daugiau, negu jis įstengė suskaičiuoti vienu akimoju. Kur kas daugiau. Hokonas nunešė juos prie upelio.

– Alus, po galais, turi būti ledinis, – pasakė.

Limonadas tokio rūpesčio vertas nebuvo. Jis galėjo stovėti koridoriuje.

Merginos išvirė sriubos iš pakelio ir priraikė duonos. Visi susėdo aplink senąjį sulankstomą stalą virtuvėje. Jis būtų galėjęs būti ir musė. Valgant niekas jam nepasakė nė žodžio. Hokonas ir Jūnas elgėsi taip, lyg čia būtų jų namas. Jiedu glaustėsi prie merginų, Jūnas grabaliojo Kari krūtis, visiškai atvirai.

– Patrauk rankas, begėdi! – sudraudė Kari, o pati juokėsi.

Gormas mielai būtų išėjęs į lauką, bet buvo šalta, nors ir birželis. Be to, nenorėjo, kad jie gautų viršų. Visai ne. Jis turi tokią pat teisę ten būti kaip ir kiti.

Ketvertas susėdo lošti kortomis. Hokonas pasiūlė pokerį-striptizą, bet Marijanė iš po ilgų blakstienų metė skersą žvilgsnį į Gormą ir pasakė „ne".

Hokonas įsitaisė senoje dvivietėje sofoje šalia jos. Po plonais marškiniais pūpsojo rankų raumenys. Jis apkabino ją viena ranka, lūpos atsidūrė prie pat jos skruosto.

Gormo pilve sukrutėjo akmuo. Vartaliojosi, bet laukan nėjo.

Jie tebekortavo. Marijanė paleido gramofoną su Franko Sinatros plokštele. Adata buvo apdilusi. Traškėjo. Į langus barbeno lietus. Pilkas srautas. Marijanei sekėsi lošti, po kiekvieno kirčio ji garsiai prajukdavo. Kambarys tarytum priklausė Sinatrai ir sesei Gulbei. Hokono delnas gulėjo ant jos kelio.

Gormas puikiai matė, kas dedasi po stalu. Jis sėdėjo žemame fotelyje prie lango, atsivertęs „Tris muškietininkus". Akys negalėjo apgauti – Hokono delnas slydo Marijanės šlaunimi. Buvo koktu žiūrėti. Gormas ėmė karštligiškai skaityti. Raidės šokinėjo.

Kai jis vėl atitraukė žvilgsnį nuo knygos, Hokono ranka gašliai lindėjo tarp sesės Gulbės šlaunų. Pačiame viršuje. Kortas ji laikė iškėlusi priešais veidą.

Ar jie numanė, jog jis seka, kas vyksta po stalu? Ne, Hokonas taip nesielgtų. Gormas vėl įniko skaityti, tačiau negalėjo pagauti veiksmo. Kažkas apie išdavystę. Dvikovą. Jis pervertė keletą lapų. D'Artanjanas su kitais muškietininkais sučiumpa piktąją Miledi. „Aš žuvusi. Aš turiu mirti!" – taria ji. Jie suskaičiuoja visas jos nuodėmes. Ji – šėtonas moters pavidalu.

Jūnas nuėjo atnešti daugiau alaus ir limonado. Su Kari bent jau sėdėjo ant atskirų kėdžių. Jie lošė poromis. Kari–Jūnas ir Marijanė–Hokonas. Keistai apdujusiomis akimis Hokonas pradėjo kalbą apie savo tarnybą armijoje.

Taurieji muškietininkai atleidžia Miledi. Tačiau teisingumas turi būti įvykdytas.

– Sukruštas kapralas! – užbaigė pasakojimą Hokonas.

Jo ranka jau buvo užlindusi už staltiesės.

Sesei Gulbei išsprūdo aimanėlė, kai ji mėgino nustumti ranką. Bet ji tai darė tik dėl akių. Gormas matė. Ji norėjo, kad ranka ten būtų. Ji to norėjo! Gormą apniko keisti jausmai. Burnoje kaupėsi seilės. Ausyse ūžė. Ūžesys liejosi su lietumi. Varvėjo langų stiklais. Drėgnas. Tarytum augo jo galvoje ir spaudė smilkinius.

Budelis pakelia kalaviją ir įvykdo egzekuciją. Miledi turi mirti.

Staiga Gormas sutiko sesės Gulbės žvilgsnį. Jos akys buvo pilnos blausaus pasimėgavimo. Ar ji mato jį, Gormą? Ne. Ji nieko nemato.

Marijanė skubiai atitraukė žvilgsnį, pakilo ir ant klubų užsitempė megztuką.

Budelis susuka Miledi kūną į savo raudoną apsiaustą ir įmeta į upę.

– Po galais, Marijane, mes nebaigėme, – pratrūko Hokonas, traukdamas ją atgal ant sofos.

– Man atsibodo, – nerūpestingai tarė Marijanė ir iškėlė virš galvos rankas.

Hokono akys lipte prilipo prie jos kūno.

– Atsikalbinėji, nes matai, kad šį kartą nelaimėsite, – suniurzgė Kari.

– Einu iškrauti daiktų, – pranešė Marijanė ir žengė prie durų.

Klubai tarsi ritinėjosi siaurose kelnėse. Užpakalinės kišenės švytavo. Tai į vieną šoną, tai į kitą.

Kari atsistojusi nusekė iš paskos. Netrukus jos jau krebždėjo ir trinkčiojo viršuje.

Lietus brazdino langą. Hokonas su Jūnu sulošė vieną partiją, tada užlipo pas merginas. Taigi Gormas suprato, kad jam ten nevalia eiti.

Trys muškietininkai joja toliau. Tačiau per kelis puslapius jiems nenutiko nieko, kas būtų išties pavojinga.

Kurį laiką viršuje girdėjosi traškesys ir juokas. Tada atlėkė Marijanė. Uždususi. Išsidraikiusiais plaukais. Raudonomis it kraujas lūpomis. Nudrožė į virtuvę į jį net nedirstelėjusi. Pamažu susirinko ir kiti. Jūnas su Hokonu statysią senąją palapinę.

– Ji be dugno, – nusistebėjo Gormas.

– Truputis lietaus tik į naudą daržams, – sukrizeno Jūnas ir apsivilko neperšlampamą striukę.

– Mes statydavome ją ten, ant vejos, – stengėsi būti paslaugus Gormas.

Jam į galvą netilpo, kaip jie ryžtasi lydytis dėl kažkokios palapinės. Bet jie tik nusijuokė ir susižvelgė.

Jis stebėjo vaikinus pro langą, kol tie pranyko brūzguose už namo.

Gormas nebūtų pats susivokęs, kad jam reikės nakvoti palapinėje. Bet Jūnas su Hokonu jam numetė miegmaišį.

– Pasiruošt, bėgte marš! – sukomandavo Hokonas.

– Keliauk, mažiau! – paragino Jūnas.

Jie nejuokavo. Gormas atsistojo, ketindamas be niekur nieko eiti į savo kambarį. Jis atsitiesė, kad atrodytų beveik toks pat aukštas kaip Hokonas. Akmuo vėl spaudė iš vidaus, bet laukan veržėsi ašaros.

Jie puolė iš paskos, užbėgo už akių ir mėgino neleisti jam lipti laiptais.

– Atskiras kambarys su dušu – štai ten, prašom, – pasakė Hokonas.

– Aš niekur neisiu, – sumurmėjo Gormas, paspirdamas miegmaišį.

– Žinoma, kad eisi! – grėsmingai tarė Hokonas ir žengė artyn.

– Ne, – atšovė Gormas, statydamas koją ant pirmo laiptelio.

– Nejau baidaisi tamsos šviesiausią vidurvasarį? – nusišaipė Jūnas.

Gormas norėjo lipti laiptais, bet kaipmat prisistatė Hokonas ir užtvėrė kelią.

– Vargšas berniukas bijo tamsos?

Gormas neatsakė. Tik atsisėdo ten, kur stovėjo.

Jūnas šiurkščiai patraukė jam už rankos. Tarpduryje kikeno Kari. Marijanė, stovinti jai už nugaros, tylėjo.

„Indrefiorde to dar niekada nėra buvę, – pamanė Gormas. – Niekada." Tuomet kažkas pasidarė akmeniui. Jis ne tik sukrutėjo, bet taikėsi išsiveržti. Gormas atsistojo ir sunkia ranka vožtelėjo Jūnui. Nenorėjo taip smarkiai suduoti, bet taip išėjo.

Jūnas nusikeikė ir trenkė atgal. Pataikė į smakrą. Skaudėjo. Gormo ranka buvo išsigandusi ir ledinė.

D'Artanjanas pakelia savo geležinį gniaužtą ir smogia Jūnui tiesiai į veidą.

D'Artanjanas prisipildo švento įniršio ir ima kumščiuoti abiem rankomis.

Kari suriko. Jūnas kiek suglumintas ėmė plūstis, jam iš nosies varvėjo kraujas.

– Prašyk pasigailėjimo, arba mirsi, – ramiai taria D'Artanjanas ir persmeigia Jūną žvilgsniu.

– Gana!

Marijanė išniro iš šešėlio. Ant rankos pajutęs jos delną, Gormas atsisuko į ją.

Ten stovi piktoji Miledi.

– Išdavikė! – šaukia D'Artanjanas. – Išdavikė! Išdavikė!

Dailus Miledi veidas, įrėmintas auksinių plaukų, užraudonija.

– Nelieskit jo, vis tiek galime būti tėčio ir mamos kambaryje, – sumurmėjo ji ir nuėjo į svetainę.

Kiti dvejodami nusekė jai iš paskos. Jūnas valėsi nosį, tūžmingai skersakiuodamas į Gormą.

– Pasiutęs mamytės sūnelis! – per petį metė Hokonas, prieš uždarydamas duris.

Gormas užlipo į kambarį, kuris visada priklausė jam. Ten kaip tik pakako vietos lovai, naktiniam staleliui ir stalui. Virš lovos jis buvo pasikabinęs keturis didelius plakatus su banginiais ir delfinais. Ir Tarzaną, tabaluojantį ant vienos rankos džiunglėse. Paveikslas buvo gerokai išblukęs. Popietinė saulė visada spigindavo į jo strėnjuostę. Žinoma, jeigu ji išvis būdavo. Ne taip kaip tądien. Saulė turbūt kur nors mirko jūroje. Už tirštų lietaus debesų.

Jis užlipo ant lovos, nuplėšė Tarzaną nuo sienos, suglamžė ir nusviedė palovin.

Taip pat sutvarkęs kitus plakatus, atsigulė su visais drabužiais. Galbūt jie ateis jo paimti, visi keturi, ir jėga išgrūs palapinėn. Taigi geriau būti apsirengusiam.

Žiūrėdamas į tuščias sienas, jis vėl pilve pajuto akmenį. Tą vietą sopėjo. Jis neįstengė prisiminti, kad kada nors būtų kam nors sudavęs. Bet Jūnas, šiaip ar taip, daug vyresnis. Laimėtojo nebuvo. Vadinasi, negali sakyti, kad jis pralaimėjo.

Uždėjęs delną ant sopulio, išvydo ją. Sukruvintais plaukais gulinčią ant žvyro. Ko gera, tai buvo didžiausias jo padarytas blogis – kai kruvinai sužeidė mergaitę. Tą pačią popietę kažkas pastatė dviratį prie sodo tvoros, bet greičiausiai ne ji. Jis net nežinojo jos vardo.

Nei iš šio, nei iš to panoro, kad ji atsidurtų šalia. Žaizda juk seniausiai užgijusi. Bet jis galėtų pasakyti nenorėjęs, kad akmuo pataikytų į ją. Būtų šaunu, jeigu ji žinotų, kad jis nepralaimėjo Jūnui. Jeigu ji būtų lauke, senojoje palapinėje, jis nueitų pas ją. Tada visi kiti galėtų užsiimti savo reikalais.

Lietus liovėsi, bet visur buvo pilka, širdyje – taip pat. Jis nesivalė dantų. Tiesa, svetainėje liko trys muškietininkai ir reikėjo kai kur sulakstyti. Tačiau nevertėjo lipti žemyn, juolab – eiti į lauką. Jie galėjo sumanyti užsirakinti iš vidaus. Naktiniame stalelyje jis susirado keletą senų komiksų apie ančiuką Donaldą ir vis dėlto nusimovė kelnes.

Jie vėl paleido gramofoną. Nato Kingo Koulo „Too Young". Kažkas brūžavo ir barškėjo. Tarpais jis išgirsdavo juos kvatojant.

Per grindų lentas prasiskverbdavo šiurkštus Hokono juokas. „Sukruštas kapralas."

Miledi šoka apačioje su stambia letena tarp šlaunų.

Matyt, jis užsnūdo. Per miegus jį pasiekė keisti garsai už sienos. Šnopavimas. Stenėjimas. Girgždesys. Šnabždesiai.

Visi miegai išlakstė akimirksniu. Kažkas tėčio ir mamos kambaryje daro tai. Jie tai daro! Jis neprisiminė, kad iš to kambario kada nors būtų sklidę tokie garsai. Ar prisiminė? Gal dėl to jis iš karto suprato, ką jie reiškia? Sesė Gulbė? Nejaugi ji?

Jis gulėjo ir klausėsi. Ilgai. Apačioje juto šiltą virpantį tvinksėjimą. Ne akmenį. Kažką kita. Gėdinga. Spaudimą ties šakumu. Jis to nenorėjo. Tai buvo bjauru. Šilta – ir maloniai bjauru.

Per namą nuaidėjo klyksmas. Garsingas ir spigus. Trinktelėjo durys, grindimis sušlepsėjo basos kojos. Jo kambario durys atsilapojo ir davėsi į sieną.

Vidury kambario stovėjo Marijanė. Rankoje ji laikė gniutulėlį. Kūkčiodama nusišluostė juo akis, tada ištiesino ir apsimovė. Svirduliuodama tai ant vienos kojos, tai ant kitos ir liedama ašaras.

– Po galais, Marijane, nebūk kvaila! – iš koridoriaus atsklido sutrikusio ir pikto Hokono balsas.

Visi garsai mamos ir tėčio miegamajame nuščiuvo. Gormas mėgino žiūrėti į kitą pusę, kad būtų lengviau jai, stovinčiai blausioje lango šviesoje. Nuo baltos odos ir auksinių plaukų jam svaigo galva. Kambaryje plazdėjo įsiutusi gulbė.

Tarpduryje išnirusiam Hokonui teko išbandyti snapo aštrumą.

– Nešdinkis! – sušnypštė ji ir čiupo lovatiesę prisidengti.

– Aš nenorėjau. Suprask...

Jis žengė į kambarį. Buvo apsmukusiomis pilkšvomis apatinėmis. Matyt, iš kariuomenės.

Ji vėl suklykė, trinktelėjo galva į sieną ir ėmė kūkčioti apsisupusi lovatiese.

Hokonas skubiai pasitraukė ir koridoriumi nutapsėjo į Marijanės ir Ėdelės kambarį, bet duris paliko atviras. Iš tėčio ir mamos miegamojo piestu stovinčiais plaukais išlindo Jūnas. Išpūtęs akis paspoksojo į Marijanę, tada nuslinko pas Hokoną. Netrukus pasigirdo piktas Hokono balsas. Jis bjauriai plūdosi. Išėjęs Jūnas pasuko pas Marijanę taikytis.

– Nešdinkitės namo! Abu! – suriko ji ir iš po lovatiesės pagrūmojo kumščiu.

Kadangi jis nepajudėjo iš vietos, pagriebė seną badmintono raketę ir žengė artyn.

– Nusiramink, mergaite, – sumurmėjo Jūnas.

Tačiau ji kaip baltas budelis, užsimojęs raketės kalaviju, kojos spyriu griausmingai uždarė duris. Lovatiesė nuslydo žemėn. Išsprūdo krūtys į priešingas puses žiūrinčiais speneliais. Prieš Gormą kaip kine viena po kitos skleidėsi metamorfozės. Jis negalėjo nuo jos atplėšti akių. Dabar ji atsitiesusi šnopavo.

Iš pradžių už sienos pasigirdo pasipiktinusios Kari šnabždesys. Paskui Jūno. Galiausiai abiejų. Paskui viskas nutilo. Nei girgžtelėjimo, nei atodūsio.

Marijanė paėmė naktinį stalelį ir pristūmė prie durų, tačiau supratо, jog jis per mažas, kad juo būtų galima užsibarikaduoti. Atsitiesusi apsižvalgė kambaryje. Čiupo kėdę ir įspraudė skersą tarp spynos ir naktinio staliuko, nors ir tai nieko negelbėjo.

Gormas pamanė, kad reikėtų padėti, bet tikriausiai neverta, kai ji tokia įpykusi. Marijanė padūsavo, pašniurkščiojo, tada atsisuko. Rodės, tik tuomet prisiminė, jog ten Gormas. Ji išpūtė akis, užsidengė rankomis veidą ir kūkčiodama priėjo prie lovos. Po akimirkos jau gulėjo po antklode jį apsikabinusi.

Gormas bijojo pakrutėti. Ji buvo šilta ir minkšta, ledinė ir kieta. Šalti kojų pirštai prie jo blauzdos. Plaukai kuteno krūtinę ir kaklą. Pasidarė neįmanoma būti. Visiškai neįmanoma ir pasijudinti, ir gulėti ramiai. Ir taip visą naktį? Juk jis negali.

Valandėlę skendėjo keistame jos plaukų ir kūno aromate. Tada ėmė galvoti, ką jam daryti.

Galiausiai pavyko šiek tiek išsilaisvinti. Jis pamėgino ją apklostyti. Atsargiai, kad nesudrovintų. Ji to neturi justi. Tačiau Marijanė sušniurkščiojo ir stipriau įsikabino į jį. Jie buvo tarsi vienas kūnas, skendintis aksome ir drungname vandenyje.

Jis prisiminė, kad jie juokais mušdavosi ir eidavo ristynių. Bet anksčiau. Kai jis buvo mažas. Nuo tada praėjo daug laiko. Paprastai jis nematydavo seserų vienais apatiniais. Jų šeimoje nebuvo priimta. Vienas kitam jie pasirodydavo apsirengę arba su chalatu. Tik prie mamos drįsdavo daugiau.

O dabar jis pamatė Marijanę nuogą. Šviesoje nuo lango. Tamsesnis trikampis apačioje. Apžėlęs. Kaip nuotraukose. Gormas buvo prisižiūrėjęs visokių nuotraukų. Jis juk žinojo, kokios jos būna. Bet visai kas kita regėti iš tikrųjų.

Hokonas ją taip pat matė, prieš tai, kai ji apsisupo lovatiese. Bjauru prisiminti. Gormas niekada apie ją taip negalvojo. Ar galvojo? Retkarčiais jis įsėlindavo į seserų kambarį, kai jų nebūdavo namuose. Apžiūrinėdavo jų daiktus. Ištraukdavo stalčius. Ten užuosdavo tą kvapą. Mergaitės kvapą. Jis sklisdavo netgi nuo išskalbtų drabužių, sukrautų stalčiuose ir spintoje. Ne kvepalų aromatas, kaip nuo mamos. Labiau kūno.

Dabar, būdamas taip arti, jis juto dar ir druskos dvelksmą. Ir gėlių. Daug stipresnį negu nuo jos nusivilktų drabužėlių. Jie visada mėtydavosi kur pakliūva. Jis pakeldavo juos, apžiūrėdavo. Kai kada įkniaubdavo veidą. Lyg ieškodamas paguodos ar dar ko nors.

Dabar jautė gėdą dėl to. Nes ji susirietusi gulėjo šalia. Anksčiau to niekada nebuvo. Juk ji – jo sesuo. Kai jis pagalvojo, kad ji – jo sesuo, prieš akis iškilo šlykštus Hokono veidas. Šlykščios rankos. Akys. Balsas, sakantis „sukruštas kapralas". Hokonas gviešėsi jos. Ji atlėkė be drabužių. Ar jis ją nurengė? Ar ji nusirengė pati? Ar jie darė TAI? Ar viskas įvyko dėl to? Ne, tada ji tikriausiai nebūtų pabėgusi.

Nusprendęs, kad Marijanė nekalta, jis pajuto, kad vėl pradeda kvėpuoti. Dešinė ranka nutirpo. Atsargiai ją ištraukęs, po antklode uždėjo seseriai ant liemens. Ji sučiaupsėjo lūpomis ir prikišo nosį jam prie ausies.

Praėjo valandėlė. Amžinybė. Jis apsimetė, jog miega. Ji, matyt, snaudė. O gal ne? Po visą kūną išplito virpantis slaptas laukimas. Jis iš paskutiniųjų stengėsi nekrutėti, kad ji nieko nepastebėtų.

Tada ant savo rankos pajuto jos delną. Ji mažumą pasikraipė, išsitiesė nusukusi veidą ir liemenį, įstumdama jo ranką sau tarp šlaunų. Visai atsitiktinai. Ji tikriausiai miegojo. Jos šlaunys suspaudė jo riešą.

Jį prislėgė griūtis. Jis nedrįso kvėpuoti, kai ji šiek tiek sukrutėjo. Ar ji miega? Kiek palaukęs jis atsargiai pajudino pirštus. Turėjo pajudinti. Užuodė druskingų gėlių kvapą.

Ji vėl patraukė jo ranką prie savęs. Galbūt ji ir miega, ir nemiega? Galbūt nori, kad jie pasislėptų? Vienas kitame.

Šeštas skyrius

TETA ADA BUVO VIENINTELĖ NESETE, PADARIUSI TOKĮ BERGŽDŽIĄ ŽINGSNĮ – IŠĖJUSI Į JŪRĄ.

Vieną spalio dieną Ruta sėdėjo pas močiutę ir sklaidė seną nuotraukų albumą. Kai atsivertė tetos Ados atvaizdas, įsidrąsinusi paklausė:

– Ar ji nušoko nuo uolos, ar nuo krantinės?

– Niekas nežino.

Močiutė persibraukė ranka veidą.

– Ją rado vandenyje su vienu batu. Kitas taip ir neatsirado. Tokių dalykų negali suprasti. Ji tiesiog išėjo į jūrą.

Virtuvėje pasidarė labai tylu. Pro langą Ruta matė dėdę Aroną. Jis sverdinėjo palei valčių pašiūrę. Ruta vylėsi, kad močiutė nepastebės.

– Ada buvo ypatinga, ne tokia kaip visi, – liūdnai pridūrė močiutė.

Ruta suprato, kad žmogui nieko nėra pavojingiau, kaip būti ne tokiam kaip visi. Bet patylėjo. Kartą ji nugirdo tetą Rutę kalbant, kad Ada išėjusi į jūrą, nes negavusi to, kurio geidusi. Jis jau turėjęs šeimą Žemyne. Ados nelaimė buvusi tai, kad įsčiose nešiojusi vedusio vyro kūdikį. Tai nebuvo skirta Rutos ausims.

Močiutė apie tokius dalykus nekalbėjo. Bet teta Rutė pasakojo, kad iš auksinių rėmelių, stovinčių ant bufeto, ji išėmė audrą tildančio Jėzaus paveikslą ir vietoj jo įdėjo Ados nuotrauką. Toje nuotraukoje ji atrodė gana linksma, tad buvo sunku įsivaizduoti, jog netrukus išėjo į jūrą. Ji buvo panaši į Pamokslininką ir Jorgeną. Tamsūs garbiniuoti plaukai ir didelės akys.

Pamokslininkas užsirūstino, kam močiutė dėl Ados paniekino Jėzų. Tuo metu jis jau buvo pajutęs savo pašaukimą. Bet močiutė atsikirto, esą kraujas – ne vanduo. Ji netgi išvardijo visus pažįstamus, kurie namuose pasidėję Jėzaus atvaizdą. O kas turi Ados nuotrauką? Niekas. Todėl ji ir pastačiusi įrėmintą Adą šalia senelio. Taip turį būti.

„Tu, paklusęs Viešpaties valiai, palikai tėvą ir motiną, – Pamokslininkui išrėžusi močiutė, – ir išėjai gyventi ant kalvos su savo pačia, ten Kristų gali pasikabinti nors ant kiekvienos sienos. Esi laimingas žmogus, nes neturi paskendusių vaikų."

– Ar Ada buvo tokia pat pamaldi kaip Pamokslininkas? – paklausė Ruta.

– Nežinau. Žmogaus siela slėpininga, – niauriai atsiliepė močiutė.

– O tu išganyta, močiute?

– Viešpats mane supranta, ir man to gana. Pamenu, kai buvau maža mergaitė, norėjau tapti misioniere. Bet tik dėl to, kad labai troškau keliauti. Aš neturiu tiek įkaršcio, kad galėčiau atversti kitus. Iš tikrųjų visada daug galvojau apie save ir savo vaikus. Kažkaip įpratau kalbėtis su Dievu dviese. Juk taip ir ramiau. O dėl nuodėmių man gėda, tad turiu mėginti viena pati už jas atgailauti.

– Kokių nuodėmių esi padariusi?

– Visokių. Juk tesu vargšė neraštinga moteriškė. Dažniausiai negražiai galvodavau apie žmones. Net apie saviškius.

– Ir apie mane negražiai galvojai?

– Gal ir apie tave. Juk tavo gana ilgos ausys ir...

– Ilga nosis.

– Nosis kaip nosis. Bet esi baisiai užsispyrusi. Jeigu jau įsikali ką į galvą, niekaip neišmuši, rodos, savo lavoną peržengtum. Na, taip, nesunku nuspėti, į ką atsigimei.

Močiutė paėmė žiupsnį uostomojo tabako. Niekas neturįs to matyti. Jokia moteriškė neuostanti tabako. Jos tamsios akys virto dviem siaurais plyšeliais. Tamsiame veide išryškėjo kumpa nosis. Močiutė visada atrodydavo truputį išsipaišinusi. Lūpos, raudonos kaip lakas ant sulčių butelio rūsyje, buvo suspaustos.

– Ne, tu tik pažiūrėk!

Močiutė ūmiai pakilo. Ji pamatė dėdę Aroną. Iš pradžių stebėjo jį pro langą, paskui nuėjo atsivesti.

– Kad pataupytume Rutei nervus, – paaiškino grįžusi su juo.

Tiek Ruta suprato. Dėl to dėdė ir eidavo pas močiutę, kai būdavo toks.

Jaunystėje jam teko mesti žvejybą, nes susirgo džiova. Dabar jis dirbo aprūpinimo komisijoje. Mamos žodžiais tariant, visa laimė, kad dėdė baigė prekybos mokyklą, juk normaliam darbui netiko. Pas dėdę visi eidavo drabužių ir cukraus talonų. Maisto kortelių. Jis jas antspauduodavo. Žmonės nė kiek nesišaipydami vadino jį Aronu Štampuotoju.

Tas, kuris eidamas pogulio taip rūpestingai pasikabina išeigines kelnes, pasigėręs voliodavosi su visais drabužiais. Močiutė stengėsi numauti kelnes prieš jam nuvirstant ant kušetės svetainėje. Ruta turėjo padėti, kad dėdė neužvirstų ant stalo. Baltas it kreida ilgas apatines prie šakumo buvo prilipdžiusi tamsi šlapia dėmė, viena klešne einanti žemyn.

– Numaunam ir jas? – sukuždėjo Ruta.

– Ne, Dieve saugok! Nevalia iš žmogaus atimti orumo.

Dėdės akys buvo keistai apdujusios. Šiaip jis nemiegojo ir sekė viską, ką jiedvi darė, tačiau tarsi iš kažkur toli. Liesas, lyg nepažįstamas su palaidais marškiniais ir apatinėmis. Akys glūdėjo giliai kaktoje ir pro akinių stiklus priminė didžiulius žalius plūdurus. Be akinių dėdė žioplinėdavo kaip koks aplamis, bet močiutė sakydavo, kad jis protingas. Dabar ji nuėmė akinius ir atsargiai padėjo ant stalo. Tarstelėjo „na, na“, ir dėdė tarytum paniro į kušetę ir į save.

Jiedvi užklojo jį vilnoniu apklotu ir uždarė duris, kad duotų jam ramybę. Prieš išeidama močiutė dar sustabdė sieninį laikrodį su gegute. Vėliau nunešė šlapias kelnes į rūsį ir pamerkė skardinėje vonelėje. Grįžusi į viršų, truputį padūsavo ir užkaitė vandens kavai.

– Ruta, tu puiki pagalbininkė, tas pats kaip turėti namuose suaugusį žmogų. Noriu tave paprašyti nueiti sausų drabužių Aronui.

– Teta užsius.

– Pasius ir nurims. Ne iš piktos valios. Nepamiršk, kad esi pavadinta jos vardu. Ji nešė tave krikštyti.

– Kam kvietėte ją krikštamote, jeigu ji taip plūstasi?

– Iš jos niekada neišgirsi keiksmo, – griežtai nukirto močiutė.

– Ne, bet gali išgirsti visa kita.

– Na, nieko nepadarysi.

Močiutė įbėrė į kavinį kavos ir palaukė, kol užvirs. Žili plaukai, išsipešę iš kasos, garbiniavosi aplink veidą. Prisimerkusiomis akimis ji atrodė pikta. Bet tokia nebuvo.

– Tu pavadinta Ruta ne tik tetos garbei, bet ir pagal Bibliją, – tarė močiutė ir į du puodelius pripylė kavos.

Ant stalo atsirado ir sausainių dėžutė su verkiančiu angelu ant dangtelio.

– Kas ji tokia?

– Tikriausiai esi girdėjusi apie Rutos knygą?

– Tai tas liūdnas pasakojimas iš žydų žemės? Apie tą, kuri be galo be krašto turėjo rinkti šiaudus ir stengtis įtikti turtuoliui Boozui?

– Tas pasakojimas ne tik liūdnas.

– Ji netgi turėjo pulti kniūbščia ant veido, kad gautų kelias javų varpeles!

– Tada buvo tokie papročiai. Neturtingos mergaitės turėdavo keliaklupsčiauti, kad gautų gerą vyrą, – paaiškino močiutė.

– Teta Rutė nedažnai keliaklupsčiauja.

Močiutė šyptelėjo.

– Jeigu reikia pulti kniūbsčiai, kad gautum gerą vyrą, aš netekėsiu, – pareiškė Ruta.

– Tau nebūtina apsispręsti šiandien.

Močiutė skaičiavo kojinės, kurią paėmė megzti, akis. Ne balsu, o mintyse, atkišusi lūpas ir maksėdama smakru. Dvi geros, dvi blogos.

– Beje, kur šiandien Jorgenas?

– Namie. Braidžiojo po durpynę ir permirko batus. Jie ilgai džiūsta.

– Ar negalėjo apsiauti auliniais?

– Tai kad ir tie šlapi. Keista turėti vardą, tokį pat seną kaip žydų žemė, – tarė Ruta ir prieš akis išvydo raides.

Jos švytėjo raudonai. Bet kam to nepapasakosi. Žmonės gali pamanyti, jog ji įsivaizduoja esanti kažin kas. Niekada nereikia parodyti, kad apie save esi geros nuomonės.

– Močiute, ar tau neatrodo, kad Rutos vardas raudonas?

– Raudonas? Hm, kai pagalvoji, tikrai raudonas!

Kartą Ruta iš bibliotekos parsinešė knygą. Jai neužteko kantrybės visko smulkiai perskaityti, bet ten buvo rašoma apie tokį Darviną, kuris lyg ir sakęs, jog anksčiau plėšrūnai ir beždžionės buvę žmonėmis. Jei tai tiesa, tikėtina, kad toje pačioje šeimoje yra daug įvairių rūšių.

Gerdama kavą ji svarstė, koks gyvūnas galėtų būti močiutė. Tačiau nedrįso paklausti. Bijojo, kad bus ne taip suprasta. Su močiute įmanoma kalbėtis apie daug ką, bet ne apie viską.

Jorgenas šiek tiek primena arklį. Jis daug nešneka, dažniausiai tik kresnoja galvą, nepaprastai gražus ir žvilgantis. Ir dar akys. Jose nėra nė trupučio blogio. Tik liūdesys.

Mama panaši į perkarusią avį, kuri gali staiga pakilti ir užbliauti, kai to mažiausiai tikiesi. Močiutė sakydavo, kad jos dailios manieros, net tvartą ji mėžia kaip miesčionė. Tai gal vis dėlto ji – koks nors retesnis gyvūnas.

Pamokslininkas ir teta Rutė bet kada gali pasiversti į žvėris, gyvenančius ne Saloje, bet džiunglėse arba žydų žemėje. Teta apsimeta, jog ji pavojinga. Gal kaip koks raganosis? Pamokslininkas labiau primena dramblį. Bet, žinoma, kur kas gražesnis. Jis tarsi užima visą erdvę, nelieka vietos niekam daugiau.

Ruta mėgino įsivaizduoti, koks žvėris yra ji pati. Veikiausiai lūšis, vikriai nardanti tarp akmenų ir kandanti tiems, kurie ją medžioja dėl kailio.

Kartą ji pabandė sugauti lūšies žvilgsnį, prieš jai šmurkštelint pro akmenų tvorą. Bet lūšis buvo per greita. Skubanti nežinia kur.

„Tokia ir aš noriu būti, – pamanė Ruta. – Vaikštanti niekam nežinomais keliais. Aš noriu daryti, ko niekas iš čia esančių nepajėgus suprasti. Net močiutė.“

Vadinasi, ji turi išvažiuoti. Ten, kur nereikia prieš nieką keliaklupsčiauti.

– Baik gerti kavą. Turi dėdei atnešti sausas kelnes, – paragino močiutė, uždėdama delną Rutai ant sprando.

Delnas priminė šiltą beržo tošį. Ir šiurkštus, ir minkštas.

– Ką man sakyti?

– Pasakyk, kad ir šįkart viskas praeis. Niekas jo nepamatė.

– O apie kelnes?

– Tiesiog pasakyk, kad jam reikia naujų kelnių.

– Aš turiu grįžti namo, pas Jorgeną. Jis laukia.

– Ne. Dabar – kelnės dėdei!

Ruta tekina pasileido įkalnėn, kad greičiau viską užbaigtų. Ji tikėjosi, kad tie, kurie matė šlitinėjantį dėdę, neišeis pro duris ir neims jos kamantinėti kaip Fina iš Svingeno anąkart.

Ji laimingai pasiekė dėdės namų prieangį. Prie durų stovėjo teta Rutė ir purtė kilimėlius. Matyt, nujautė kažką negera, nes pasitiko ją tūžmingu žvilgsniu.

– Dėdė pas močiutę. Jam reikia kelnių, – gaudydama kvapą išbėrė Ruta.

70

Teta išsyk ėmė apsiputojusi plūstis. Tarsi Ruta kalta dėl to, kad dėdei prireikė sausų kelnių.

– Pasakyk, kad nurausiu jam galvą, kai pareis namo.

Ruta tylėjo.

– Pranešk savo močiutei, kad aš Aroną pribubysiu prie pašiūrės durų ir apliesiu verdančiu vandeniu, o kas liks, ji galės nukrapštyti ir pakišti vištai perekšlei. Kas galėtų pamanyti, kad ta sukta boba – mano motina, kai ji šitaip rūpinasi tuo veltėdžiu.

– Ji visai ne sukta boba. Ji dėdę paguldė ant kušetės, kad pataupytų tetai nervus! – nejučia išsprūdo Rutai.

– Uždaryk kakarinę, Pamokslininko mergiūkšte. Nekalbėk su savo teta taip, lyg ji būtų piemenė. Ar aišku?

Ruta žaibiškai išsilenkė plataus delno.

– Močiutė sakė, kad viskas praeis ir kad niekas jo nepamatė, – pamėgino ji dar kartą, neatitraukdama akių nuo tetos gniaužto.

Rutė tarsi subliūško. Burna užsivėrė ir virto grubiu brūkšniu su duobelėmis abipus. Jos atsirasdavo ir kai ji juokdavosi, ir kai rūstaudavo. Tik truputį žemiau, kai rūstaudavo. Teta nusišluostė prijuoste veidą ir įėjo į vidų. Ruta liko stovėti.

– Nestypsok lauke kaip kokia kvaiša. Žmonės dar pamanys, kad nepakviečiau tavęs užeiti, – sušnypštė teta.

Ruta ant laiptų nusispyrė batus ir įžengė į virtuvę. Bet nesitraukė nuo durų, kol teta vyniojo sausas kelnes į pilką popierių ir rišo dervasiūliu. Turėjo atrodyti kaip „kas tik nori", jeigu Ruta ką nors sutiktų.

Dervasiūlį jie naudojo viskam, nes kartą varžytinėse nusipirko visą sruogą. Iš jos išėjo daug kamuolių. Pas dėdę prieangyje visada atsiduodavo derva.

Kai Ruta ruošėsi eiti, teta iš kamaros atnešė gerą gabalą morenginio pyrago ir padavė.

– Jeigu nors žodžiu prasitarsi vaikams, užmušiu! Iki vakaro akyse nenoriu matyti nė vieno vaikigalio!

Dėdė Aronas ir teta Rutė susilaukė devynių vaikų, bet tik septyni išgyveno. Dvejetą Dievulis pasiėmė visai mažus, kai kiti nebebuvo žindukliai. Ruta gerai suprato, ką teta turėjo galvoje, nes susirinkus visiems į krūvą kildavo didžiulis erzelis. Kartą žvejų kaimelyje ji nugirdo vieną vyrą šaipantis, esą dėdė Aronas vaikus štampuojąs taip pat greitai kaip maisto korteles. Bet jai nerūpėjo, ką kas šneka. Kad tik dėdė Aronas būtų dėdė Aronas.

Ruta ėmė kirsti. Tetos morenginis pyragas buvo gardžiausias pasaulyje. Tada prisistatė Paulas ir pareikalavo savo dalies. Jis buvo Jorgeno ir Rutos bendraamžis, bet labiausiai draugavo su vaikais iš žvejų kaimelio.

– Ar nebaigsit čia trupinti! Ką tik viską išploviau – kad man namuose nebūtų nė trupinėlio! – užriko teta.

Jiedu iškurnėjo ant laiptų.

– Pasakyk savo motinai, kad tučtuojau vilktųsi čia! Ėsim pyragą ir gersim kavą, kol apsivemsim. Tik nepamiršk, nes taip išvelėsiu kailį, kad net neišrėksi!

Kelnes pas močiutę nunešė Paulas. Tačiau mama pyko, kam Jorgenas taip ilgai buvo paliktas vienas. Kai mama tokiu balsu tardavo jos vardą, jis nebebūdavo raudonas. Tik aštrus ir pilkas nelyginant pavasarinis plikledis. Kaip yla smigo į galvą. Ruta!

Ji nutylėjo apie dėdę, pasakė tik tiek, kad teta Rutė užsiutusi ir norinti, kad ateitų mama.

– Kas atsitiko?

– Nežinau, – sumelavo ji.

– Atnešk gyvuliams šieno! Ir prižiūrėk krosnį, kol pareis tėvas! – paliepė mama ir išėjo.

Pamokslininkas daug keliavo su „Eliezeru" į tikėjimą vesdamas žmones. Bet jis neįstengė išganyti namiškių. Kartą Eli jau buvo bepasiduodanti ir norėjo pulti ant kelių, bet motina ją atgrasė. Tokie dalykai Pamokslininkui gadino nuotaiką.

Kai jis stovėdavo sakykloje, jo balsas būdavo visai kitoks. Nepažįstamas. Lyg sklistų iš kažkur aukštai virš jo galvos. Vieną sykį Ruta girdėjo jį kalbant daugiau kaip dviem šimtams žmonių Žemyne. Jis buvo ir Jėzus, ir Dievas viename asmenyje. Nepaprastai gražus su juodomis garbanomis ir žaižaruojančiomis akimis. Akį traukė ir lūpos. Didelės ir raudonos. Kaip moters, tik standesnės.

Ruta matė, kad žmonėms jis patinka. Jie stovėjo arba sėdėjo aplink sakyklą ir įdėmiai klausėsi. Buvo didinga, kone šiurpu.

„Pamokslininkas mūsų, bet trumpam galime jį pasiskolinti", – tada pamanė ji.

Taip buvo tol, kol baigėsi susirinkimas. Kai jie grįžo namo, viskas iškart pasikeitė. Jis tapo kasdieniškas. Toks, koks būdavo visada.

Iš tikrųjų Rutai labiausiai patikdavo žinoti, kad jis stovi kokioje nors sakykloje ir ragina žmones pulti ant kelių. Tuomet ir mama būdavo geresnė. Tądien jis turėjo grįžti namo.

Jorgenas iš aulinių traukė šlapius popieriaus gniužulus.

– Išdžiūvo! – pareiškė patenkintas, rimčiausiu veidu.

– Ne, Jorgenai, šlapi, – tarė Ruta, ketindama prikimšti juos sausų laikraščių.

Bet Jorgenas nesileido perkalbamas, ištraukė batą jai iš rankų ir apsiavė. Ją apėmė kaži koks nuovargis. Tarsi būtų vėlyvas metas. Ji leido jam daryti savaip.

Jie nuėjo į tvartą. Jorgenas taip ištįso, jog pasiekė angą, pro kur reikėjo pešti šieną.

Kai ji lankstydamasi glėbė neklusnų pašarą, žvilgsnis užkliuvo už apdulkėjusio tvarto lango. Saulės spinduliai, krisdami ant voratinklio, jį tarsi permainė. Į kažką gražaus. Šviesoje virš poros sustingusių musių kiautų žvilgėjo dulkelės. Musės atrodė kaip juodi perlai.

„Dėl šviesos, – pamanė ji ir atsitiesė. – Šviesa viską pakeičia." Ruta pasijuto taip, tarsi būtų vienintelė pasaulyje, tai žinanti.

Per vidurį palangės gulėjo apsilaupęs dviračio skambutis. Atrodė, jog voratinklis prisitvirtinęs prie jo. Visas paveikslas pasidarė toks pažįstamas. Lyg priklausytų jai.

Akimirksniu ten išdygo berniukas iš miesto, rankoje laikantis dviračio skambutį. Ji girdėjo čaižų čirškesį, matė nykštį, spaudžiantį ąselę. Paskui berniukas vėl padėjo skambutį ant palangės. Atsisuko veidu į ją ir nusijuokė. Negarsiai, rodės, tik kvėptelėjo.

Ji pamėgino išsaugoti paveikslą, kad galėtų nešiotis. Norėjo įsiminti spalvas. Voratinklį, skambutį ir berniuką – kaip tik taip.

Tada viskas pranyko. Ji vėl girdėjo Jorgeno alsavimą ant šieno.

Septintas skyrius

GORMAS STOVĖJO PRIEŠAIS JUOS, TIK KĄ PRANEŠĘS ŽINIĄ.

Buvo popietė, tėvas tebeskaitė laikraščius. Turėjo tai pasakyti, nes mama užsiminė, kad jos giminei, gyvenančiai pietuose, kvietimus reikia išsiųsti gerokai iš anksto.

– Aš nenoriu konfirmacijos.

Priešais nusileido laikraštis ir pasimatė tėvo akiniai.

– Bet, Gormai...

Mamos balsas mažumą drebėjo.

– Kas čia per mintis? – nusistebėjo tėvas ir sulankstė laikraštį.

Gormas liko stovėti, nors iš tiesų nebeturėjo ko pasakyti.

– Atsakyk!

Tėvo balsas buvo grėsmingai ramus. Gormui pasirodė, kad žodyje „atsakyk" jis iki begalybės ištęsė „y".

– Tai nuspręsta seniai, – nedrąsiai pratarė jis.

Sulig tais žodžiais Gormas prisiminė, kada tai įvyko. Tą pačią dieną, kai jis metė akmenį ir pataikė mergaitei į galvą, o mama pasakė išvažiuosianti po visų trijų vaikų konfirmacijos.

– Ir kas taip nusprendė? – pasiteiravo tėvas.

– Aš pats.

– Niekada to nesakei, – įterpė mama.

– Kad niekas neklausė.

– Nešiurkštauk, kai kalbi su mama!

– Atsiprašau.

Gormas perkėlė svorį ant kairės kojos.

– Žinoma, kad tavo konfirmacija įvyks, – pareiškė mama skambiu, aukštu balsu, kuriuo kalbėdavo bijodama, kad, pasak jos, tėvas nesusidarytų klaidingos nuomonės.

– Ne, neįvyks, – atrėmė Gormas, nudurdamas akis į žemę.

Mama pravirko ir ėmė dejuoti, ką pasakys dėdė Gustavas ir teta Helėnė. Tai buvo pastorius su žmona iš pietų, dalyvavę Ėdelės ir Marijanės konfirmacijoje.

Gormas stovėjo tarp radijo staliuko ir tėvo fotelio susimetęs rankas už nugaros.

– Mano konfirmacijos nebus.

Dalyvauti teisme iš savo kambario atslinko ir Marijanė su Ėdele. Ši spoksojo į jį su savotišku nevalingu susižavėjimu. Marijanė iš pradžių tylėjo. Bet kai mama spigiu balsu pareiškė, kad su vaikais nebeįmanoma ištverti vienuose namuose, atsistojo šalia Gormo ir įsikibo jam į parankę.

– Man atrodo pagirtina, kad jis nenori veidmainiauti dėl dovanų. Ir mums su Ėdele reikėjo būti tokioms drąsioms.

– Tavo nuomonės niekas neklausia, Marijane, – sudraudė tėvas.

– Maniau, kad čia šeimos pasitarimas.

– Gormas išsakė savo požiūrį, bet tai nereiškia, kad tau suteikti visi įgaliojimai.

– Įgaliojimai?.. Ne, bet...

– Taigi mūsų nuomonės sutampa, – nukirto tėvas ir iš lėto atsisuko į Gormą.

Pilkos tėvo akys visą amžinybę buvo įsmeigtos į jį, ir jam reikėjo sukaupti visas jėgas, kad atlaikytų žvilgsnį.

– Gormai, šeštadienį mudu važiuojame į Indrefiordą.

Šeštadienis buvo kita diena.

– Pranešė labai nekokį orą, nemanau, kad verta, – įsikišo mama.

Tėvas nieko į tai neatsakė. Jis tebedėbsojo į Gormą.

– Įdėk daug šiltų drabužių. Ir aulinius, – tarė jis, pagaliau vėl atsiversdamas laikraštį.

Gormas kinktelėjo galva. Bet tik užlipęs į savo kambarį suvokė, ką pasakė tėvas. Jie važiuos į Indrefiordą. Kartu. Tik jiedu. To niekada nėra buvę.

Likusią dienos dalį jis šiurpinosi galvodamas apie kelionę. Galiausiai nuo to taip išvargo, jog manė imti ir pasakyti mamai, kad sutinka būti konfirmuojamas. Juk tai nieko nekeičia. Visi taip daro. Kodėl negalėtų ir jis? Tačiau neprisivertė to pasakyti. Būtų lyg prarasti save. Iš pradžių taip užsispirti, o paskui nusileisti. Jis negalėjo.

*

Automobilyje tėvas jį klausinėjo apie mokyklą. Ar jam ten patinka. Kas dėsto matematiką ir gimtąją kalbą. Apie fizinio lavinimo pamokas. Gormas uoliai atsakinėjo. Taip, mokykloje jam patinka. Jis vardijo mokytojus, o tėvas linksėjo neatitraukdamas akių nuo kelio. Labai duobėto.

Gormas laukė, kada tėvas paklaus, kodėl jis nežaidžia futbolo. Tačiau apie tai nebuvo užsiminta.

– Draugų daug turi?

– Mūsų trisdešimt.

– Visa klasė negali būti draugais, – šyptelėjo tėvas.

– A, ta prasme. Ne, tada tik Torsteinas.

– Daugiau nė vieno?

– Kaip ir ne.

– Ar vieno gana?

– Matyt, gana.

– Jis nedažnai pas mus būna.

Kažkodėl pasidarė nesmagu dėl to, kad Torsteinas retai lankosi. Gormas jautė, jog turėtų būti kitaip.

– Ką veikiate susitikę?

– Einame į kiną. Arba ruošiame pamokas. Matematiką. Klausinėjame vienas kitą naujų žodžių ir panašiai.

– Namuose pas Torsteiną?

– Taip.

– Kodėl?

– Taip išėjo.

Tėvas akimirką atitraukė žvilgsnį nuo kelio.

– Ar mamai nepatinka, kai parsivedi draugų?

– To ji niekada nesakė, – skubiai tarė Gormas.

– Iš tavęs neblogas diplomatas.

– Diplomatas?

– Tu nekalbi bet ko. Ir gerai. Yra pakankamai žmonių, kurie daug plepa.

Tėvas daugiau nieko neklausinėjo nei apie mokyklą, nei apie futbolą. Nei apie Torsteiną, nei apie mamą. Paskutinį pusvalandį jie važiavo tylomis. Iš dalies netgi geriau, nes Gormas ne visada suprasdavo, ką nori sužinoti tėvas. Už vieno klausimo neretai slypėdavo kitas. Ir jam reikėdavo labai stengtis, kad nesuklystų manydamas, jog atsako į kitą klausimą.

76

Namas buvo baltas, su žaliais langų apvadais. Tik tokį Gormas ir prisiminė. Jo kambaryje daiktai buvo ten pat, kur juos paliko anąkart. Akmuo ir jūrų ežys, kurių mieste niekada neprisimindavo, gulėjo ant palangės visai taip pat, kaip juos buvo padėjęs. Sportiniai bateliai, išaugti jau praėjusią vasarą. Ant kėdutės palei lovą krūvelė senų komiksų, atverstų ten, kur skaitė paskutinį sykį.

Atrodė, jog laikas sustojęs. Ypač namo viduje. Tas pats kavos tirščių prie kriauklės arba senų žurnalų palėpės koridoriuje kvapas. Tačiau kaskart būdavo ir šis tas pasikeitę. Nors nematomas ir beveik bekvapis, tas pasikeitimas lyg tvyrodavo ore. Tapetų spalvos staiga pasirodydavo šiek tiek kitokios, negu jas prisiminė. Arba senųjų baldų apmušalai truputį labiau apsitrynę. Ir balsai. Vaikigaliai, besisukinėjantys aplink krautuvėlę. Vieną vasarą jis tiesiog nebebijojo su jais susidurti. Rodės, jie nebeužima vietos.

Kai buvo mažas, manė, jog gerai neprisimena, kaip viskas atrodo, dėl to, kad retai atvažiuoja. Lauke juk kiekvienąkart būdavo kas nors pasikeitę. Vasarą nebūdavo sniego, per Velykas medžiai neturėdavo lapų. Bet taip manė tik mažas. Dabar jau prieš atvažiuodamas žinojo, kaip viskas atrodo.

Mama niekada nenorėdavo ten važiuoti viduržiemį, ir jokiu būdu ne viena. Tėvas dažnai lankydavosi vienas, bet neužsibūdavo ilgai. Jis medžiodavo ir žvejodavo, tačiau niekada apie tai nepasakodavo. Bent ne namie.

Atrakinęs prieangio duris, tėvas giliai įkvėpė ir atsisuko į Gormą.

– Čia gera kvėpuoti. Pamiršti, kad esi vienas, – šyptelėjęs tarė.

Iš tėvo lūpų jam neteko girdėti keistesnių žodžių. Jis negalėjo prisiminti kada nors jį ištarus žodžius „kvėpuoti", „vienas".

Tėvas storai priraikė duonos ir pritepė sumuštinių su sūriu ir rūkyta dešra, kuriuos jie suvalgė tylėdami. Paskui abu išplaukė valtimi. Tėvas porą kartų paminėjo vėją ir žuvį. Tačiau žodžiai nesekė vienas paskui kitą, tad Gormas nesuprato, ar jie kalba apie ką nors konkretaus. Tėvas retai suregzdavo keletą sakinių iš eilės, kaip įprasta tarp žmonių. Kai jis ištardavo ką nors, po ko drąsiai būdavo galima dėti tašką, daugiau lyg ir nelikdavo ko pridurti.

Keletą kartų Gormas ketino pasakyti suprantąs, jog jiedu čia atvažiavo tam, kad tėvas jį prikalbintų konfirmuotis. Tačiau paskutinę akimirką pasidarydavo neįmanoma.

Vakare, kai jie suvalgė žuvį ir tėvas dar sykį perskaitė praėjusios dienos laikraščius, Gormas tikėjosi netrukus tai išgirsti. Tačiau atrodė, lyg tėvas būtų viską pamiršęs.

Sekmadienio priešpietę, kai jie, susiruošę važiuoti, sėdėjo ant akmens priešais namą, Gormas pamanė, jog tėvas pats nusprendė, kad konfirmacija įvyks, tik nieko nesako.

Tėvas visuomet prisėsdavo ant akmens prieš pajudant kelio link. Taip pat kai lydavo ir pūsdavo smarkus vėjas. Jis rūkė pypkę ir žvelgė į tolį. Gormas pritūpė šalia palaukti. Kaip tik tada ir įvyko.

– Tai nenori konfirmacijos?

– Ne, – burbtelėjo Gormas.

– Gerai apmąstei?

– Taip.

– Kodėl nenori?

– Tai... tai... – pradėjo jis, bet nutilo.

Gormas pasekė tėvo žvilgsnį. Tolumoje plaukė du laivai. Paskui vieną driekėsi ilga dūmų juosta. Kitas tiesiog slydo vandeniu.

– Sunku paaiškinti?

Tėvo balsas buvo kone lipšnus.

– Aš tuo nė kiek netikiu. Visi tai daro tik tam, kad neatsiliktų nuo kitų. Tai veidmainystė.

– Veidmainystė?

– Taip – „Kristaus kūnas ir kraujas" juk šlykštu, – išbėrė jis.

Tėvas išsiėmė pypkę, matyt, mėgindamas atsikratyti tabako plaušelio, patekusio į burną. Jeigu taip vaipytųsi kas nors kitas, ne tėvas, jį imtų juokas.

– O tu nori visam pasauliui parodyti, kad nesi veidmainis?

– Nemanau, kad visam pasauliui būtina žiūrėti, bet jaučiu, kad būtų nesąžininga.

Tėvas atsisuko į jį, ir ant peties Gormas pajuto jo delną.

– Štai iš ko pažinsi tikrą vyrą. Iš ryžto. Pernelyg daug žmonių nesugeba apsispręsti. Tu sugebėjai. Puiku.

Nejau taip pasakė tėvas? Nejau tai tėvo ranka? O gal dėl visko kalta jo vaizduotė? Gormas dirstelėjo sau į petį, tačiau rankos ten nebebuvo. Tėvas atsistojo ir prisidengė akis nuo saulės.

– Tu lankysi konfirmacijos mokyklą ir darysi viską, ko iš tavęs reikalaus, bet nebūsi konfirmuojamas.

Tik kai jie nuvažiavo daug kilometrų, Gormas supratо, ką reiškė tas pokalbis. Prie pat miesto tėvas, ramiai žvelgdamas į kelią, tarė:
– Pasakysiui mamai, kad konfirmacijos nebus. Tu mokysies psalmių. Prie tos temos nebegrįšime. Gerai?
– Gerai, tėti.

Torsteinas dažnai juokdavosi. Mokyklos kieme staiga susiriesdavo ir pratrūkdavo kvatotis dėl ko nors, kas Gormui neatrodydavo labai juokinga. Pavyzdžiui, pamatęs, kad matematikos mokytojui iš po švarko maskatuoja petnešos. Torsteino kvatojimas savaime juokindavo, bet ne visada.

Tą dieną, kai Gormas pasisakė, kad nebus konfirmuojamas, Torsteinas prapliupo juoktis be jokios priežasties. Jie buvo ką tik pastatę dviračius į stovus ir ruošėsi eiti į pamoką.
– Ko žvengi? – užsigavo Gormas.
– Kad įmanoma būti tokiam kvailam, – leipo juokais Torsteinas.
– Kvailam?
– Atsisakyti konfirmacijos. Tai kaip tu gausi dovanų ir visa kita?
– Apie tai nepagalvojau. Tiksliau, man to nereikia.
– Matyt, ir taip visko turi. Arba gausi ir be konfirmacijos.
– Dabar tu kvailas, – pyktelėjo Gormas ir nieko nelaukęs nubėgo į klasę.
Po pamokos Torsteinas prisigretino prie jo.
– Man nusispjaut, ar būsi konfirmuojamas, ar ne. Važiuojam pas mus namo?
– Neturiu laiko.
– Įsižeidei.
– Ne.
– Sakau, kad įsižeidei.
Greta vienas kito jie nulipo laiptais ir išėjo į lauką.
– Neįsižeidžiau. Važiuojam pas mus?
– Pas jus? Kodėl?
– Todėl.
Jie atsirakino dviračius ir išsuko į gatvę.

79

– Ar tavo mama žino, kad aš ateisiu?

Gormas stabtelėjo, iš po ratų pažiro akmenukai.

– Užsičiaupk!

– Nenorėjau erzinti. Bet tu visada sakai...

– Važiuoji ar ne?

– Nebūk toks piktas. Važiuoju, – tarė Torsteinas ir geraširdiškai nusijuokė.

Marijanės ir Ėdelės balsai skardėjo per visą namą. Mama stovėjo koridoriuje ir nusiminusi žvelgė į antrąjį aukštą.

– Aš per daug suaugusi, kad su kuo nors dalyčiausi kambariu, man reikia nuosavo kambario! – šaukė Marijanė.

– Betgi judvi visada... – pradėjo mama, tada suvokė, kad Gormas ne vienas.

– Dabar kitaip. Ji mane erzina, – iš viršaus atsiliepė Marijanė.

– Susirink savo šlamštą ir keliauk! – neatsiliko Ėdelė.

– Mergaitės, truputį ramiau, – paprašė mama ir prisivertė nusišypsoti Torsteinui.

Marijanė persisvėrė per turėklus.

– Nieko sau, – tarė ji, išdidžiai mostelėdama Ėdelės pusėn.

Tačiau iš tikrųjų ji kalbėjo Gormui ir Torsteinui. Žvilgsnis sakė: „Taip, taip, tegu siunta toliau. Mes gi nekalti, kad ji tokia vaikiška.“

– Nežinojau, kad atsivesi svečių, – prabilo mama.

– Čia tik Torsteinas.

Mama neramiai dirsčiojo į vieną, į kitą. Torsteinas pasitraukė prie lauko durų.

– Mes einame į kambarį, – skubiai pasakė Gormas ir ėmė temptis Torsteiną.

– Galbūt šiandien ne pats tinkamiausias laikas, kai Marijanė kraustosi į atskirą kambarį, – tarė mama, bejėgiškai stebėdama, kaip Ėdelė, keldama baisų triukšmą, svaido į koridorių Marijanės drabužius ir mažmožius.

– Laikas pats tinkamiausias, – burbtelėjo Gormas ir nusitempė Torsteiną laiptais aukštyn.

Marijanė stovėjo įsisprendusi, atsainiai stebėdama Ėdelės įniršį. Skrendantis plaukų šepetys pataikė Torsteinui į koją, jis sustojo, tada prajuko. Akimirką stojo tyla, Ėdelė iškišo iš kambario galvą. Išvydusi Torsteiną, užtrenkė duris.

Gormą išpylė prakaitas. Bet Torsteinas lyg niekur nieko pakėlė šepetį ir padavė Marijanei.

– Ačiū, – padėkojo ji ir nusišypsojo.

Gormas nuo grindų surinko kino žvaigždžių plakatus ir padėjo juos svečių kambaryje, kur ji akivaizdžiai ketino persikelti. Marijanė atsistojo priešais komodą. Veidrodyje per visą nugarą bangavo plaukai.

– Nori, pakabinsiu plakatus? – išgirdo jis klausiant Torsteiną.

– Pažiūrėsim, pirmiausia man reikia apsitvarkyti, – atsakė ji, vis dar šypsodamasi.

Kodėl ji taip žiūri į Torsteiną? Nėra jokios priežasties.

– Eime! – paragino Gormas.

Nenuleisdamas akių nuo Marijanės, Torsteinas iš lėto nusekė paskui jį į kambarį.

– Tu laimingas, kad turi seserų, – pasakė išsišiepęs, kai Gormas uždarė duris.

– Kodėl? Juk ir tu turi.

– Jos tokios mažos, – sumišo Torsteinas.

Gormas puikiai suprato, ką jis norėjo pasakyti, tačiau neparodė.

Kai jie jau buvo įsigilinę į matematikos namų darbus, įėjo Marijanė ir paklausė, ar grįždamas namo Torsteinas neišsiųstų kelių laiškų. Torsteinas nušvito lyg dovaną gavęs. Atrodė kvailai. Ji staipėsi prieš jį rankoje tebelaikydama šepetį.

– Galiu ir plaukus sušukuoti, – pasisiūlė Torsteinas.

– Kodėl gi ne, – sučiauškėjo Marijanė.

– Nekvailiokit, mums reikia išspręsti uždavinius, – nukirto Gormas.

– Matau, esate užsiėmę, – tarė ji ir keistai šypsodama žengė durų link.

Susiruošęs eiti, Torsteinas paklausė, ar jam užsukti kitą dieną.

– Rytoj – ne. Neišeis.

– O kada?

– Pažiūrėsim, – pasakė Gormas ir užvertė matematikos vadovėlį.

Gormas negalėjo negirdėti, kad jis kalbasi su Marijane koridoriuje, tačiau nenuklausė, ką jie sako. Jie juokėsi. Iš pradžių Torsteinas pasakė kažką, kas prajuokino Marijanę. Paskui krizeno abu.

Iki vakaro Gormas svarstė, ar ji ant jo nepyksta. Keletą kartų norėjo užeiti pas ją ir paklausti, ar nereikia kuo padėti. Įsivaizdavo, kad ji užsimerkusi sėdi ant pufo palei komodą. Jis nesustotų prie durų, žengtų gilyn į kambarį. O ji nelieptų jam išeiti.

– Nebekabinsi plakatų su kino žvaigždėmis? – paklaustų jis.

– Atidaviau Ėdelei. Per daug vaikiški, – atsainiai tartų ji.

Jis linktelėtų puikiai suprasdamas, ką ji turi galvoje.

– Perskaičiau knygą, kuri tau turėtų patikti, – pasakytų jis.

– Tikrai? Gal gali pašukuoti man plaukus?

Ji sėdi ant pufo apsiskleidusi plaukais. Jis paima šepetį ir ima šukuoti.

– Stipriau!

Jis braukia smarkiau, sulig kiekvienu mostu kaire ranka kilstelėdamas plaukus. Ji atsidūsta ir lieka sėdėti. Ilgai. Jį apsvaigina keistas, beveik negirdimas plaukais slystančio šepečio garsas. Jis trokšta, kad tai niekada nesibaigtų.

– Ačiū, kad tada neišplepėjai. Apie Jūną ir Hokoną, – pridususi taria ji.

– Nėr už ką, – nukerta jis.

Jos plaukai delne tokie minkšti. Jis nuryja seiles.

– Vis tiek ačiū, – taria ji ir priglunda prie jo delno.

Vieną dieną, kai su jais pietavo močiutė, mama prakalbo, jog ji pasigendanti platesnio konteksto. Vidinės stiprybės. Tokios, kurios nepajėgūs suteikti žmonės. Kalbėdama ji išplėstomis akimis žvelgė į tėvą. Gormas nesuprato, ar tėvas girdi, ar viską leidžia pro ausis.

Lėkštėje gulėjo vištienos frikasė. Gormas staiga pasijuto sotus.

Ėdelė žiūrėjo į mamą gižia išraiška. Marijanė kramtė nudūrusi akis į lėkštę. Taip pat elgėsi tėvas.

Gormas pamanė, jog kalba vėl pasisuks ton pusėn. Kad ji išvažiuoja. Pastaraisiais metais mama amžinai kur nors važiuodavo. Į pietus pas draugę, kurios Gormas niekada nebuvo matęs. Į gydyklą. Į tolimų giminaičių, kurių Gormas taip pat nebuvo regėjęs, laidotuves ir jubiliejus. Dažniausiai važiuodavo į gydyklą.

Močiutė sukramtė ir nurijo kąsnį, tada be užuolankų paklausė, ką mama turinti omenyje sakydama „platesnis kontekstas".

Mama padėjo peilį ir šakutę, prisimerkė.

– Platesnis kontekstas, mieloji anyta, yra tokia erdvė, kur ne viskas matuojama laiku ir pinigais. Kur vienatvė kaitaliojasi su gyveni-

82

mo džiaugsmu ir dėl to nereikia jausti gėdos. Kur Dievo suvokimas visatoje – vienintelis tikras turtas.

– Įdomu, – tarstelėjo močiutė, pakeldama servetėlę prie lūpų.

– Žmonėmis negalima pasikliauti, jie tavęs vengia ir daugiausia žiūri savęs. Aš nusprendžiau, jog reikia pasitikėti Dievu, – pareiškė mama, spoksodama į tėvą.

– Daryk, kaip išmanai, mieloji, – ramiai atrėmė jis.

– Ar tai reiškia, kad vėl išgyveni religinę fazę? – paklausė močiutė balsu, kurį Gormas buvo girdėjęs anksčiau.

Jis dilbsojo į vištienos frikasė. Atrodė baisiai neapetitiškai. Tėvas tylėjo.

– Nuo paskutinio karto bus praėję kokie dveji metai, – su šypsena toliau kalbėjo močiutė.

Niekas nepravėrė lūpų ir nemėgino užsistoti mamos. Gormas nesuprato, prieš ką reikia ją užsistoti, nes iš tikrųjų močiutė nepasakė nieko bloga.

Tačiau viskas buvo ne taip. Močiutė nerodė mamai deramos pagarbos. Žiūrėjo į ją iš aukšto. Kodėl?

Dirstelėjęs į Marijaną, Gormas suprato, kad ji iš jo kažko tikisi. Aiškiai pajuto, kad kažko tikisi. Leptelėjo nespėjęs nė susivokti. Tai, ko neįmanoma atitaisyti.

– Man rodos, močiutė elgiasi begėdiškai. Nemanau, kad šiuose namuose tai pakęsime.

Močiutės veidą nuplieskė raudonis. Tėvas padėjo šakutę ir peilį. Baisiai ramiai. Gormas sekė kiekvieną judesį. Tai truko amžinybę.

– Gormai! Prašom eiti nuo stalo.

Gormas pakilo. Nelabai žinojo, kur jo kojos. Kėdė bjauriai sučirpė.

– Ačiū už pietus, – sušnabždėjo jis ir pasuko durų link.

– Prieš išeidamas atsiprašyk močiutės.

Gormui aptemo akyse. Jis sustojo.

– Neteisinga! Aš taip pat manau, kad ji elgėsi begėdiškai. Tik nepasakiau, – įsiterpė Marijanė.

Gormas girdėjo, kad ji atsistojo, tačiau neatsigręžė.

– Gerhardai, mielasis, neverta dėl to pyktis. Juk čia ne kareivinės. Sėskitės, vaikai! – paragino močiutė.

– Aš nealkana, – atšovė Marijanė.

Ji stovėjo Gormui už nugaros.

– Gormai, būk geras! – Mamos balsas buvo maldaujamas.

Jis apsisuko, įveikė ilgą kelią iki močiutės ir nusilenkė.

– Prašau atleisti! – garsiai ir aiškiai pasakė.

Tada jis vėl nusverdėjo prie durų ir išėjo. Marijanė atsekė iš paskos.

– Nereikėjo atsiprašyti! – iškošė.

Gormas neatsakė. Bet kai jie lipo laiptais į antrą aukštą, lyg pasiteisindamas tarė:

– Ji jau sena.

Marijanė stabtelėjo ir įdėmiai pažiūrėjo į jį, tada pradėjo kikenti. Stūmė jį priešais save laiptais užsidengusi burną. Nuvairavo į savo kambarį. Ten jie sėdėjo apsikabinę ir juokėsi. Negarsiai, bet iš visos širdies.

Sakykla buvo rudai dažyta, nusišėrusi medžio trinka. Virš jos kūpsojo aukštas plačiapetis vyras tamsiomis garbanomis. Nelyginant skulptūra – nejudrus, ištiestomis rankomis ir į lubas pakeltu veidu. Tvyrojo mirtina tyla, nors salė buvo perpildyta. Toli gražu ne visi gavo atsisėsti. Susirinkimas, matyt, prasidėjęs senokai.

Aplink save Gormas girdėjo žmonių alsavimą. Gąsdinantį alsavimą unisonu. Tarsi šnopuotų vienas didžiulis žvėris su daugybe galvų, kurios priklausomos nuo viena kitos kvėpavimo. Užtektų vienai nukristi, ir visos kitos žūtų. Mamos ir jo paties kvėpavimą įsiurbė nepažįstamųjų jūra.

Sunkios tamsios užuolaidos buvo pusiau užtrauktos, pro plyšius skverbėsi smailūs šviesos stulpai ir krito ant galvų. Visa tai panėšėjo į sapną, kuris jam kartą prisisapnavo po prieškambario laiptais. Jis uždarytas vienas baisiai dideliame šiltame kambaryje be stogo. Virš savęs mato pašėlusiu greičiu skriejančius debesis, tačiau negali ištrūkti į laisvę.

Jauna mergina pakilo ir užleido mamai vietą. Tie, kurie stovėjo aplinkui, pasitiko juos neramiais žvilgsniais. Šie bylojo, kad jiedu su mama trukdo. Staiga Gormas pamatė, jog vyrai ir moterys sėdi skirtingose pusėse. Jis pasitraukė į dešinę ir atsistojo prie sienos.

Praėjo nemažas laiko tarpas, o vyras sakykloje tebestovėjo užmerktomis akimis. Gormas negalėjo suvokti, kaip jis įstengia taip ilgai išbūti sunėręs virš galvos rankas. Paskui vyras staiga atsimerkė ir ištiesė rankas į juos. Lūpos išsiskleidė balta šypsena, akys sužvilgo.

84

– Tegu bus pašlovintas Viešpats! Už tai, kad tu, tu ir tu – ir TU radote kelią čia šiandieną.

Gormą apėmė keistas jausmas, kad vyras kalba jam, tad nudelbė žvilgsnį į grindis, ganėtinai nušiurusias ir purvinas. Prie artimiausios kėdės gulėjo ruda sumindyta pirštinė.

– Stok atvira širdimi prieš Dievą su savo vargu, savo sielvartu ir savo nuodėme. Viešpats visuomet tave priims. Joks sielvartas nėra jam per mažas, jokia nuodėmė – per didelė. Jis mato kiaurai tavo širdį, Jis skaito tavo mintis, Jis jau tave išvydo, mano drauge. Jis stebėjo tave daugel dienų ir metų. Jis regi šio pasaulio rūpesčių tuštybę. Jis žvelgia į visa tai pro amžinybės langą, tačiau nepamiršta, kad esi tik silpnas žmogus. Dievo švelnumas ir Kristaus meilė neišmatuojami. Jis žino apie tavo vargą ir tavo neviltį. Jis pasirinko tave savo globai ir savo malonei. Pajusk jėgą, kurią Jis įkvėpė tavo širdyje!

Pagyvenęs vyras, stovintis šalia Gormo, suriko: „Aleliuja! Aleliuja!“

Nuo pirmų eilių į galą pasklido smarkus bruzdesys. Žmonės klaupėsi sukeldami vieną didelę bangą. Kai kas griuvo veidu į žemę. Patalpą pripildė keistas murmesys. Gormas pajuto, jog širdis ima plakti dažniau, delnai sudrėksta nuo prakaito.

Nulipęs nuo sakyklos, vyriškis vaikščiojo ir lietė žmones kalbėdamas su Dievu, tarsi šis visą laiką eitų šalia. Netrukus jis atsidūrė prie pat kėdžių eilės, kurios krašte sėdėjo mama. Vyras su Dievu sustojo, uždėjo abi rankas mamai ant pečių ir liko stovėti.

– Mielasis Dieve! Apsireikšk šiai moteriai, suteik jai savo malonę. Viešpatie, aš, menkiausias iš jų visų, prašau Tave, atleisk šiai moteriai visas kaltes. Duok jai drąsos atsiklaupti tavo akivaizdoje. Priglausk ją prie savęs.

Tada jis pasilenkė prie jos ir pasakė kažką, bet Gormas per murmesį neišgirdo. Mamos lūpos judėjo. Vyras pasilenkė dar arčiau ir suėmė jos rankas. Gormui atrodė, praėjo visa amžinybė, kol jis pajudėjo toliau tarp kėdžių eilių.

Mama užsidengė rankomis veidą. Paskui rankinuke ėmė ieškoti nosinės. Gormas nusprendė sprukti. Nematė kitos išeities. Jis perėjo į jos pusę.

– Aš išeinu, – sušnabždėjo, bet ji, matyt, neišgirdo.

Jos lūpos krutėjo, tačiau neišleido nė garso.

– Mama, mes išeiname! – pasakė jis ir norėjo ją išsivesti.

Tačiau ji jo nematė. Jos akys sekė juodbruvą pakvaišusį vyriškį pilku kostiumu. Jis tebevaikščiojo tarp suolų eilių ir lietė žmones kreipdamasis tai į Dievą, tai į juos. Žmonės klupo. Kai kas verkė. Gormas ėmė trauktis atatupstas, žingsnis po žingsnio. Pamanęs, kad turėtų būti prie pat durų, atsisuko. Tada į kažką smarkiai atsitrenkė. Tai buvo mergaitė.

– Atsiprašau, – sumurmėjo jis.

– Nieko baisaus, – garsiai ir aiškiai tarė ji, lyg jai nė kiek nerūpėtų visi tie dieviški dalykai.

Ji pažvelgė į jį rimta mina. Kažkuo pažįstamas veidas. Ar balsas? Keistai užsispyręs mergaitės balsas. Akys beveik juodos. Jis pajuto, kad rausta, ir mielai būtų smukęs pro duris. Tačiau liko stovėti.

Jai ant krūtinės, susirangiusi kaip mieganti gyvatė, pūpsojo stora ruda kasa garbiniuotu galu, prilaikomu gumytės. Atrodė senamadiškai. Jeigu eitų į jo klasę, iš jos greičiausiai mokiniai šaipytųsi. O gal ir ne. Iš to, kaip ji žiūrėjo į jį, galėjai suprasti, kad iš jos vargu ar kas šaiposi.

Šiek tiek senamadiška buvo ir suknelė. Ko gero, siūta namie. Su nėriniais aplink kaklą. Ėdelės tokia nė už ką nebūtum apvilkęs. Jis suvokė, kad spokso, taip pat – kad spokso ir ji. Ji palietė megztuką, apykaklę, plaukus, skruostą, dar kartą megztuką. Tačiau neatrodė susidrovėjusi, tik nerami. Tarsi kur nors skubėtų.

Kai ji pakreipė galvą į šoną, kaktoje jis pastebėjo apygilį randą, baltuojantį prie pat plaukų šaknų. Gormas akimirksniu prisiminė mergaitę, kuriai akmuo praskėlė galvą!

Jis pajuto, kad paraudo dar labiau. Delnai buvo šlaputėliai. Porą kartų jis nurijo seilę. Taigi turėjo kada pagalvoti.

– Man reikia surinkti aukas, – pasakė ji, tarsi jis būtų paprašęs ją pasiaiškinti.

Tarsi tas nutikimas su akmeniu būtų įvykęs vakar.

Ji išnyko už durų. Anksčiau jis tų durų nepastebėjo. Jos buvo rudos, su tamsiai žaliais apvadais, nusitrynusios palei šiek tiek nukabusią rankeną. Tarsi trūktų varžtelio spynos viduje. Ko gera, ji jau senokai šitaip išklerusi.

Gormas nesuvokė, kad jis galvojo apie ją. Dabar, kai ji anapus durų, gali prisipažinti galvojęs.

Ji buvo pasikeitusi. Nebe tokia vaikiška. Ko gera, jam pirmą kartą iš tiesų paaiškėjo, kad žmonės keičiasi. Jis taip pat. Be abejo, tai žinojo. Bet neprisiminė, kad būtų apie tai mąstęs. Iki tol. Ar jinai jį atpažino?

Ji buvo kitokia negu mergaitės, kurias jis pažinojo. Ryškesnė. Ne vien dėl to, kad ji lyg ir jam priklausė, nes jis jai akmeniu praskėlė galvą. Tai buvo kažkas kita. Jis suprato iškart, kai į ją atsitrenkė, o ji pasakė „nieko baisaus". Jai nebuvo reikalo to sakyti. Visai ne.

Kol jis stovėjo stebeilydamas į durų rankeną, ji tapo tarsi ypatinga. Šildė vien mintis apie ją. Jis beveik džiaugėsi, kad ji anapus durų. Nes kai žiūrėjo į ją juodomis akimis, buvo sunku galvoti. Niekas iš jo pažįstamų neturi tokių akių.

Jeigu nebūtų taip kvaila, galėtų jai pasakyti. Kad jos gražios akys. Ne, nesakytų, kad gražios. Gražu gali būti bet kas. Net sagos palaidinėje. Jis pavartotų žodį „nuostabios". Neprisiminė, kad tą žodį būtų kada nors taręs. „Tavo akys nuostabios", – pasakytų.

Bet kaip ji reaguotų? Ar mergaitėms patinka girdėti, kad jų akys nuostabios? Jis stovėjo prie durų ir laukė. Ne priešais, nes tada ji būtų priversta jį pastebėti. Bet kairėje, kad pati galėtų nuspręsti, ar nori jį matyti, ar ne.

Galiausiai ji išėjo pro duris su dviem kitomis mergaitėmis. Jos nešė aukų dėžutes. Ji pažvelgė į jį ir linktelėjo. Labai aiškiai. Neįmanoma apsirikti. Jis taip pat linktelėjo. Tai, kaip ji pasisuko į jį, išsklaidė visas abejones. Tai ta pati mergaitė, kuriai jis pataikė akmeniu.

Ji vaikščiojo tarp suolų su aukų dėžute. Į ją tiesėsi rankos. Kaskart, kai ji ištardavo „ačiū", palinkdavo sprandas. Atrodė nuogas virš nėrinių apykaklės. Be jokio džiaugsmo. Jis nemokėjo paaiškinti, net sau pačiam, bet atrodė, kad ėmė mąstyti kitaip. Ne tik apie senamadiškas kasas ir sukneles, bet apie tai, kas svarbu. Tai, kas žmones daro ypatingus.

Galbūt ji dievota? Veikiausiai taip ir yra, kitaip nerinktų pinigų tokioje vietoje. Bet ir tai tarsi buvo nesvarbu.

Žmonės aukojo pinigus be galo be krašto. Paskui užgiedojo: „Parodyk man kelią, maloningasis Dieve, kad dar labiau prie tavęs priartėčiau."

Pagaliau ji apėjo ratą ir vėl atsidūrė šalia jo. Būtų galėjęs paliesti jai petį ir paklausti, kuo vardu. Bet, žinoma, to nepadarė. Jis grabaliojo kišenėje, ką įdėti į dėžutę. Sukrapštė kelias monetas po dešimt erių.

Tada prie jos priėjo kita mergaitė, nešina dėžute.

– Tavo tėvas nori su tavim pasikalbėti.

Ji atsisuko į jį.

– Ateinu, – pasakė draugei, bet žiūrėjo į jį.

Jis įstengė neraudonuodamas sumesti monetas į dėžutę, tačiau nesugebėjo ištarti to žodžio apie jos akis. Dabar, kai ji stovėjo priešais jį, būtų skambėję kvailai.

– Ar atgavai dviratį? – paklausė ji.

– Dviratį?

– Taip, juk ten buvo tavo dviratis, ar ne?

– A, taip. Taip, radau pastatytą. Ar tu jį atvežei?

– Ne, bet berniukai sakė, kad grąžins. Jie žinojo, kur tu gyveni.

Jis linktelėjo. Draugė ėmė ją tempti ir zyzti, kad laukia tėvas.

– Pasakyk, kad ateinu, – pasakė ji, kumštelėdama jai į šoną.

Ji stovėjo ir žiūrėjo į jį. Jis suprato, jog stovi tik dėl jo. Laukia, kad jis ką nors pasakytų. Nuo tos minties visas kūnas pasidarė lipnus. Tačiau jis norėjo, kad tai truktų amžinai. Apsilaižė lūpas ir mėgino sugalvoti, ką pasakyti. Nesvarbu ką. Jis girdėdavo mergaites juokiantis, kai berniukai šmaikštaudavo. Taip norėjo išgirsti ją juokiantis.

– Tavo vardas turbūt ne Princas? Jie vadino tave Princu.

Akimirksniu užkaito. Kodėl ji taip pasakė? Jis manė, kad ji nesakys nieko panašaus. Manė, kad ji kalba tik padorius dalykus. Tačiau mergaitė buvo visiškai rimta ir neatrodė, kad šaipytųsi. Jis nežinojo, ką atsakyti.

– Mano vardas Ruta, – prisistatė ji, pakreipdama galvą.

Kasa nuslinko iš paskos ir lanku apgaubė veidą. Buvo keista į tai žiūrėti.

– Aš – Gormas Grandė, – pagaliau ištarė jis ir vos vos nusilenkė.

Iškart suprato, kaip kvailai turėjo atrodyti. Kad jis nusilenkė.

– O! – atsiduso ji. – Man reikia eiti.

Ji žengtelėjo keletą žingsnių atatupsta, tada apsisuko ir nuėjo sakyklos link. Gormas iš lėto nusekė jai iš paskos pasieniu. Žmonės giedojo: „Palaiminga, palaiminga kiekviena siela, kuri rado ramybę! Bet niekas nežino, ką žada diena, kol nenusileido saulė." Pasidarė ramiau.

Ruta! Jos vardas Ruta. Toks jausmas, tarsi būtų žinojęs visą laiką.

Ji pakalbėjo su juodaplaukiu vyru ir pastatė aukų dėžutę ant stalo šalia sakyklos. Vyras pasilenkė prie jos ir kažką pasakė.

Ar tai jos tėvas? Ką reiškia turėti tėvą, kuris žmones priverčia pulti ant kelių?

Kai ji pasistiebė ant pirštų galų, kad kažką sušnabždėtų vyrui į ausį, Gormas pamatė jos kūną. Jis jo nepastebėjo, kol ji stovėjo arti. Tada buvo tik akys. Jos baisiai plonas liemuo. Nugara – tik liaunas lankas suknelėje. Jis priėjo dar arčiau. „Žemėje tokios palaimos nepatiria siela, nes žemiška laimė nepastovi kaip vėjas", – giedojo jie.

Tada jis išvydo mamą. Ji tarsi gulėjo ant savo pačios kelių, įsikniaubusi į rankas. Buvo visiškai ją pamiršęs. Kodėl ji taip guli? Jai nepatiktų matyti save tokią. Nepatiktų ir tėvui. Ypač tėvui.

Mama pakilo, priėjo prie Rutos tėvo ir padėkojo abiem rankomis paspausdama jam delną. Plati balta vyro šypsena prarijo mamą. Tada jis pasilenkė prie jos ir pasakė: „Tebus pašlovintas Viešpats, tu priėmei jo malonę." Stipriu, sodriu balsu. Jis paėmė jai už smakro ir kilstelėjo veidą. Mama buvo baisiai išblyškusi, pastėrusiomis akimis.

Staiga viskas pasidarė negerai. Visai negerai. Rutai nedera turėti tokio tėvo. Nors ne, Ruta gali turėti bet kokį tėvą, svarbu ne tai. Mamos ten neturi būti. Jis privalo padaryti tam galą. Sprukti lauk. Atitoko tik gaudydamas kvapą ant šaligatvio.

Stovėjo ten ir galvojo apie ją. Rutą. Pats dorai nežinojo, ką galvoja. Bet matė ją prieš akis. Labai ryškiai. Jautėsi taip, lyg kūne būtų atsivėrusi didžiulė skylė, nes jis nebeįstengė grįžti vidun.

Mama atėjo rami ir gerai nusiteikusi.

– Koks puikus vasaros vakaras. Ačiū, kad sutikai mane palydėti, – padėkojo ji.

Jis neatsakė. Sode lingavo šermukšniai. Pūtė vėjas.

– Ačiū Dievui, kad atsiuntė tokį žmogų kaip Dagfinas Nesetas. Vienatvė nėra tokia jau slegianti, mielasis Gormai. Gyvenimas vis tiek gali turėti prasmę. Tereikia išsižadėti mamonos ir išdidumo. Reikia atsiduoti Jo malonei. Turiu tau tai pasakyti. Žinai, esi vienintelis man artimas žmogus. Ar supranti mane, Gormai?

– Taip, mama.

– Žinau, kad daug iš tavęs prašau, bet ar negalėtum nieko apie tai nepasakoti tėvui? Nereiškia, kad turi meluoti, jeigu jis tave paklaus, visai ne.

Gormas tylėjo.

– Aš juk ilgai turėjau jį įtikinėti dėl tavo konfirmacijos, nes jis niekaip nenorėjo nusileisti. Pameni? Žinai, jam rūpėjo, ką pasakys močiutė. Tėvas ne viską supranta. Turi tiek daug kitų rūpesčių. Ar gali tai likti tarp mūsų?

– Taip. Jeigu jis nepaklaus, – atsakė jis, stebėdamasis, jog mama nežino, kad ji meluoja.

Jam nevertėjo jaudintis dėl mamos. Reikėjo pabūti ten, kol Ruta būtų turėjusi laiko su juo pakalbėti. Kai kitą kartą jie susitiks, jis pasiūlys jai nueiti kur nors, kur nėra žmonių. Tada jie galėtų pasišnekėti apie šį bei tą. Arba jis pakviestų ją į kiną. O ji pažvelgtų į jį juodomis rimtomis akimis ir pasakytų „kodėl gi ne". Tiek jis turėtų sugebėti.

Aštuntas skyrius

– TURIU ATSIDĖJUSI KELETĄ ERIŲ IR PRIEŠ IŠKELIAUDAMA NORIU, KAD JOS MAN ATNEŠTŲ ŠIEK TIEK DŽIAUGSMO.

Jie sėdėjo senelio trobelėje ir dalijosi kirų kiaušinius, surinktus per savaitgalį. Iš vyrų buvo tik dėdė Aronas. Bet visos moterys ir vaikai atidžiai klausėsi. Ruta žinojo, ką pasakys močiutė. Ji žiūrėjo žemyn į šlakuotus kiaušinius vengdama žvilgsnių.

– Rutai suėjo šešiolika, ir aš pamaniau, kad ją reikėtų leisti į realinę gimnaziją. Tai nereiškia, kad Ruta man labiau patinka už jus visus, bet ji niekam daugiau neturi užsidegimo, tik toms knygoms. Na, ir piešimui, žinoma. Aš ilgai galvojau apie tai, kad kas nors iš giminės turėtų siekti mokslo, tačiau neatsirado nė vieno, kuris pasirodytų esąs visiškai netinkamas niekam daugiau. Nė vieno iki Rutos.

Visi vaikai sužiuro į Rutą. Mama šaukštu dėjo kirų kiaušinius į verdantį vandenį. Teta Rutė iš lėto nusirišo skarelę ir pakabino ją džiūti virš krosnies.

Per visas grindis kibiruose ir puoduose žaliavo kiaušiniai. Šiųmetis laimikis buvo geras. Kiaušiniai būdavo dalijami pagal galvų skaičių namuose. Teta Rutė ir dėdė Aronas visuomet gaudavo daugiausia, tačiau ne kasmet kiekvienam vaikui tekdavo po kiaušinį. Močiutė gyveno viena, bet ji niekada negaudavo mažiau kaip penkių kiaušinių. Tokia taisyklė galiojo nuo seno. Tai reiškė, kad vaikams, kuriems nelikdavo nieko, duodavo močiutė.

Dėdė Aronas atsisėdęs prie lango rūkė pypkę. Žandai buvo įdubę. Jis garsiai papsėjo.

– Gera mintis, Frida. Ruta turi gabumų, mačiau jos sąsiuvinius, – pritarė dėdė.

Jis buvo vienintelis, be močiutės, vartydavęs Rutos sąsiuvinius.

Mama dėjo kiaušinius į antrą puodą. Jie ketino iškart paragauti metų laimikio. Taip darydavo visada. Trobelėje buvo tiršta garų, langai aprasoję. Vandens lašai kas sau vinguriavo žemyn slidžiu paviršiumi.

– Jeigu Ruta išvažiuos, Jorgenas liks vienas, – nuo viryklės atsiliepė mama.

Ruta pajuto silpnumą visame kūne. Ji buvo skaičiusi, kad žmonės gali neapkęsti, ir suvokė, kad jeigu ko nors neapkenčia, tai mamos balso, kai ji taria žodžius: „Jeigu Ruta išvažiuos, Jorgenas liks vienas."

– Geriau būtų, jeigu pasitaupytum tuos pinigus sau, mama, – įterpė teta Rutė. – Mergaitės vis tiek išteka. Maniškių jau ištekėjo, ir Ruta ištekės. O tada viskas veltui, pinigai kaip į balą. Neverta eiti prieš gamtą.

Ruta pagalvojo apie Eli, kuri ištekėjo dar iki konfirmacijos. Ji tūnojo kažkur Mėrėje su savo žveju ir dviem vaikais, kada ne kada parašydama mamai apie orą ir šaltus namus. Brita taip pat buvo neseniai ištekėjusi, gyveno uošvių palėpėje Žvejų kaimelyje. Ji laukėsi pirmagimio, dėl to nėjo rinkti kiaušinių. Dabar sėdėjo ant kėdutės su žalsvu mezginiu. Teta Rutė teisi. Jos nešokinėjo prieš gamtą.

Rodės, visos moterys Saloje imdavo kažko laukti iškart po konfirmacijos. Laukdavo vasaros ir vakarėlių, laukdavo, kad kas nors pavėžėtų, laukdavo, kada ištekės, laukdavosi vaikų. Laukdavo siuntinio arba laiško. Paskui laukdavo, kada praūš Kalėdos arba nurims vėjas.

Močiutė, ko gera, vienintelė nustojusi laukti. O gal visada linkusi išsišokti, nors taip pat turėjo ir vyrą, ir vaikų. Kai Ruta močiutei prasitarė nenorinti visą amžių sėdėti Saloje, močiutė sutiko su ja. Nė karto neužsiminė, kad Ruta pavadinta garbei tos, kuri norėdama ištekėti turėjo pulti kniūbsčia ant savo veido. Rodės, močiutė išvis pamiršo tą pasakojimą.

Nė vienas iš vaikų nepasakė nė žodžio. Net Paulas, taip pat baigęs devynmetę mokyklą.

– Aš tai sakau dabar, visiems girdint, kad paskui nekiltų jokių kalbų apie tas eres, kurias gaus Ruta. Viską įrašysiu į sąsiuvinį. O tą dieną, kai reikės suskaičiuoti Antono ir Fridos iš Neseto palikimą, jūs tiksliai žinosite, kas ir kaip. Sąsiuvinį padėsiu į bufetą po sidabriniais šaukštais, kad nereikėtų ieškoti. Ten bus parašyta, ką gavo Ruta, ko negavo kiti vaikaičiai. Man taip smagu, kad nors kas iš mūsų sieks mokslo. Antonas būtų pritaręs. Giminėje reikia visokių žmonių, net jeigu jie nemoka sugauti žuvies ar iškepti duonos. Netrukus ateis tokie laikai, jog ir jiems atsiras vietos. Tada mokysis ne tik pastoriaus vaikai arba tie, kurių laukia didelė ateitis. Bet ir tokie kaip mes. Tik palaukit, ir pamatysit.

Taigi buvo nuspręsta. Ruta turės vykti Žemynan mokytis vokiečių kalbos, kaip kokia nacė, ir anglų kalbos – kaip kokia kino žvaigždė. Be jokios naudos. O pinigai? Jie plaukė mažomis porcijomis, nugriebti tai vienur, tai kitur. Iš uogų, bulvių, blynų kepimo ir skalbimo. Ruta ir močiutė spaudė viską, ką tik įmanoma spausti, nuo dešimties erių iki dešros.

Pamokslininkas, grįžęs iš susirinkimo mieste, žinią sutiko nepaprastai ramiai, nesišaukdamas Dievo. Netgi pakišo jai keletą kronų.

Jorgenas nesuprato nieko. Jam kelionė reiškė tai, kad jis arba važiuoja kartu su ja, arba sėdi prieplaukoje, kol ji sugrįžta. Kartelį kitą jam teko išmiegoti vieną naktį, kol ji parvyko, bet tiek jis galėjo pakelti.

Ruta pamanė, kad jeigu Eli ir Brita būtų sugalvojusios į savo pusę patraukti močiutę, joms nebūtų reikėję tekėti. Bet tuomet močiutė nebebūtų galėjusi padėti jai. Ruta guodėsi tuo, jog galbūt jos labiau norėjo ištekėti, negu mokytis. Tačiau nebuvo tuo tikra.

Ruta nebūtų galėjusi paneigti, kad ir pati turi apatinę kūno dalį, tačiau ši netroško ištekėti ir gimdyti vaikų. Saloje ji nematė nė vieno, su kuriuo būtų sutikusi suvesti apatinę kūno dalį. Visai ne. Kaip jis galėtų suprasti, kad ji mąsto apie tai, kaip prasimušti į pasaulį. Ir apie spalvas. Paveikslus. Kintančius paveikslus. Nuostabius paveikslus, kurių kiekvienas – ištisas pasaulis, nors skirtas įrėminti ir pakabinti ant sienos. Didžiosiose salėse. Salėse, kokių nėra regėjęs nė vienas Salos gyventojas. Nė ji pati.

Kai kada ji pajusdavo lyg ir sąžinės graužimą, nes nustumia į šalį kitus, kad pati prasibrautų į priekį. Nuo pat gimimo. Iš pradžių buvo Jorgenas. Dabar ji suprato, kad močiutė turi pinigų ne daugiau kaip vienam realinės gimnazijos egzaminui. Ir juos turi gauti Ruta.

Buvo tik viena rimta kliūtis. Jorgenas. Jis girdėjo visas šnekas ir matė pasiruošimus. Rugpjūtį, kai Ruta krovėsi didįjį kartoninį lagaminą, jis dėjo daiktus į savo kuprinę. Visa, kas įmanoma, be ko, jo galva, žmogus negalėtų apsieiti. Kriaukles ir storas pliauskas skulptūrėlems drožti. Ir peilį.

– Nuomoti kambarį, – spindinčiomis akimis kalbėjo Jorgenas.

Tą dieną, kai turėjo išvažiuoti, Ruta paprašė Paulą pasiimti Jorgeną į Viržynę žvejoti upės vagoje. Kitos išeities nebuvo.

Laiške mama aprašė jo sielvartą, kai grįžęs namo jis suprato, kad buvo apgautas. Su kuprine ant pečių Jorgenas valandų valandas vaikščiojo paplūdimiu arba stoviniavo krantinėje. Mama rašė glaustai, nieko nedailindama. Tikriausiai dėl to viskas buvo taip aišku.

Ruta matė pakumpusią nugarą, aptemptą nutrinta striuke. Raudonas nuo šalčio ausis ir ranką, kuri vis braukė po nosimi pakibusį lašą. Juodas garbanas, kurios tiesėsi vėjyje ir it plazdenantis vimpelas gulė jam ant galvos. Ir sugniaužtus kumščius. Jorgenas nuolat būdavo sugniaužęs kumščius.

Mama visuomet brūkštelėdavo keletą žodžių apie Jorgeną. Kai turėdavo atplaukti laivas, jis sėdėdavo ant akmens prie krantinės ir žvelgdavo į tolį. Vos tik laivas pasirodydavo iš už kyšulio, Jorgenas imdavo niūniuoti kaži kokią keistą melodiją, pertraukdamas pats save ir plekšnodamas per šlaunis.

– Ruta! – šaukdavo rodydamas pirštu.

Laive jos nebūdavo, bet niekas nedrįsdavo jam to sakyti. Nuo tos dienos, kai jie patyrė jo įniršį, nes kažkas pasakė, jog Ruta negrįš. Jis taip šaukė ant jų, jog iš burnos tiško putos. Jiems teko lazda nuvaryti jį nuo prieplaukos, kad jaustųsi saugūs. Ten juk buvo mažų vaikų. Jis galėjo sumanyti kerštauti.

Mama rašė, jog girdi žmones murmant jai už nugaros, kai eina į parduotuvę. Kad Jorgenas iš Neseto turėtų būti uždarytas į įstaigą tokiems kaip jis.

Iš pradžių Ruta ne visada atplėšdavo mamos laiškus tą pačią dieną, kai juos gaudavo. Ilgainiui suprato, kad per tas dienas apie nieką kita negalvoja, todėl geriau viską iškęsti iš karto. Ji užsidarydavo kambaryje ir verkdavo tol, kol verkdavosi. Paskui negalėdavo rodytis žmonėms, tad sėsdavo mokytis.

Kai Ruta grįžo rudens atostogų, Jorgenas visur sekiojo jai iš paskos ir prisispyręs prašė leisti jam miegoti tame pačiame kambaryje, nors nuo tada, kai išsikraustė Brita, jiedu turėjo atskirus kambarius.

Pamatęs ją ant denio, jis buvo bešokąs į jūrą, kad kuo greičiau atsidurtų šalia. Vos tik buvo patiestas trapas, tekinas įlėkė į laivą nė kiek nepaisydamas, kad žmonės lipa į krantą.

– Tau nereikėjo palikti brolio, – papriekaištavo vyras, kurio Jorgenas vos nepargriovė.

Ji neatsakė, tik leidosi apkabinama kietų Jorgeno rankų ir išsitempė jį į krantą.

Kai Ruta įžengė į močiutės virtuvę, ši pamatavo liemenį ir rankos storį.

– Per daug sulysai.

– Žemyne žmonėms reikia mažiau valgio, – nusijuokė Ruta.

– Žiūrėk, kad visai nenusibaigtum, – suniurzgė močiutė ir ant kvietinės duonos storai užtepė naminio sviesto.

Ruta turėjo pasiėmusi storą rudą voką su visais kontroliniais darbais, įvertintais pažymiu. Močiutė viską apžiūrėjo atkišusi suspaustas lūpas. Ruta žvalgėsi pro langą ir gurkšnojo kavą. Retkarčiais dirstelėdavo į močiutę, tokią susikaupusią, jog atrodė kaip nesava.

– Labai neblogai, bus galima parodyti Aronui, – pagaliau pareiškė močiutė ir pliaukštelėjo sau per šlaunis.

Ruta paėmė popierius ir sudėjo atgal į voką. Juto neįprastą lengvumą. Ketino su močiute pasikalbėti apie piešinius, kuriuos atsinešė. Bet ji, matyt, Rutos reikalus jau buvo atidėjusi į šalį.

– Keista, kai pagalvoji apie Aroną, – tarė močiutė. – Jeigu nežinočiau, kaip yra iš tikrųjų, manyčiau, kad Antono sūnus. Jei ne ta džiova, būtų galėjęs nemažai pasiekti. Dar prieš karą supratau, kad jis sukurtas didesniems darbams negu maisto kortelių štampavimas.

Ruta taip ir neparodė piešinių. Močiute ji nebegalėjo kliautis kaip anksčiau. Ruta Saloje nebebuvo sava, tik viešnia. Kiti, o jų buvo daug, dabar močiutei rūpėjo labiau. Ruta savo jau gavo. Jos kvota įrašyta į močiutės sąsiuvinį, laikomą bufete.

Pasaulis pilnas žmonių, kuriems reikia kito žmogaus. Baisiai pilnas. Taigi visa kita ji turi padaryti pati.

Piešimo mokytojas pilku darbiniu chalatu vaikščiojo tarp suolų už nugaros susidėjęs rankas. Neatrodė, kad piešimo pamokos jam teiktų nors kiek džiaugsmo. Berniukai sakė, kad jis mielai būtų dėstęs tik darbus. Tačiau mokytojas girdavo Rutos piešinius, dėl to jis jai patiko, nors ir buvo surūgęs. Ji apsiprato su tuo, kad jo pagyros skamba kaip priekaištai.

Vieną dieną jis jai paskolino piešimo knygą apie perspektyvą ir šešėlius.

– Kol to neišmoksi, nemanyk kas nors esanti, – suniurzgė.

Po pamokų ji užsuko į knygyną ir apžiūrėjo viską, kas jai labai praverstų. Tačiau pasitenkino angliniu pieštuku ir geru piešimo popieriumi.

Grįžusi į savo kambarį, Ruta apkrovė saulės nušviestą palangę daiktais ir ėmėsi piešti. Šeimininkės snaputis buvo šiek tiek nuleipęs, teko jį palaistyti. Jo šešėlių raštas atrodė labai sudėtingas. Stiklinis šuo iš buitinių prekių parduotuvės buvo paprastesnis. Kartą močiutė užsisakė jį paštu ir dovanojo jai per Kalėdas.

Ruta nustebo, kad taip greitai bėga laikas. Ji piešė dar ilgai po to, kai pasislėpė saulė. Tarsi turėdama vaizdą galvoje, su visais šešėliais.

Jai knietėjo nupiešti ką nors gyva, ne vien mažmožius, esančius kambaryje. Ji pasišaukė šeimininkės katę ir priviliojo, kad ši atsitūptų ant palangės, pripylusi lėkštutę pieno. Katė išlakė pieną, dar valandėlę patupėjo prausdamasi, tada staigiai nušoko žemėn ir miaukdama nutipeno prie durų. Piešinys buvo tik įpusėtas.

Visą tą savaitę grįžusi iš mokyklos Ruta niekur nebeidavo, tik piešdavo. Žinoma, galėjo neštis popierių ir anglinį pieštuką į lauką, motyvų ten pakankamai. Bet galbūt žmonės spoksotų į ją ir laikytų keistuole. Taigi ji nesiryžo.

Beveik kasdien Ruta pagalvodavo apie tai, kad jai reikėtų žmogaus, kuriam galėtų parodyti piešinius. Ir į kurį galėtų atsiremti. Vaikinai mokykloje pernelyg vaikiški. Kartais imdavo fantazuoti, kad važiuoja į miestą jo ieškoti. Tikriausiai daug kas jai būtų galėjęs pasakyti, kur gyvena Gormas Grandė.

Ji prisiminė tą nesmagų susitikimą, kai ji buvo susirinkime kartu su Pamokslininku. Aukų dėžutė viską sugadino. Jis tiesiog ėmė ir išėjo, lyg ji būtų oras. Bet ir tada trūktelėjo lūpų kamputį. Todėl ji nė kiek neabejojo, jog tai jis. Apie akmenį jis neužsiminė, nors ji aiškiai davė suprasti, kas ji tokia. Tikriausiai žmonės, kuriems priklauso didelės parduotuvės, užmaršūs. Mama visuomet dūsaudavo kalbėdama apie turtingus žmones.

Ruta neįsivaizdavo, ką darytų, net jei žinotų, kur jis gyvena. Juk negali paskambinti į duris ir paprašyti jį pakviesti.

Tačiau kiekvieną šeštadienio vakarą ji šokdavo pagal roko muziką. Vienas klasės vaikinų turėjo gramofoną, kurį atsinešdavo į mokinių pasilinksminimus. Toje muzikoje buvo tiek šėlsmo. Gyvenimas lėkdavo taip greitai, kai ji svinguodavo. Kuo greičiau, tuo geriau. Patrakusiu tempu. Jai patiko. Ne taip ir svarbu, su kuo šokti.

Ji taupė maistpinigius, kad nusipirktų šokių batelius. Kartais pagalvodavo, kad jeigu Pamokslininkas ją pamatytų svinguojančią, besiplaikstančiu juodos taftos sijonu, tikriausiai tuoj pat parsivežtų namo. Tačiau jis to nematė. Didžiausias Žemyno pranašumas buvo tai, kad jos nematė nė vienas Salos gyventojas.

Mama parašė, kad močiutė senelio trobelę išnuomojo svetimšaliui, nemokančiam norvegų kalbos. Žmonėms tai atrodė keista. Jie stebėjo jį nuo tada, kai jis išlipo į krantą su jūrininko kuprine ir baltu šunimi juodais lopais. Jį pasitiko ne tik močiutė, nes gandas apie išnuomotą trobelę buvo spėjęs pasklisti. Jorgenas keturias dienas pjovė malkas. Sukrovė jas prieangyje, kad nuomininkui nereikėtų eiti į šaltį ar lietų.

Mamai atrodė bjauru, kad žmonės parduotuvėje aptarinėja, kiek močiutė gauna už nuomą. Pamokslininkas mėgino ją paklausti, bet ji nuleido negirdomis. Taigi jie nežinojo, ką sakyti, kai žmonės pliaukšdavo.

Ruta suprato, jog Pamokslininkas nemano, kad močiutė pasielgė teisingai priimdama gyventi svetimą žmogų, nors ir ne pagrindiniame name. Tačiau, pasak mamos, visa tai tikra palaima, nes Jorgenas iškart susidraugavo su šunimi. Jau po savaitės šuo ir jis tapo neperskiriami. Jorgenas nuolat būdavo pas anglą. Kokios nors pagalbos jo nebevertėjo nė prašyti.

Kaip paprastai, mama rašė, kad Jorgenui pastaruoju metu einasi nekaip. Kai Ruta išvažiavo, žmonės ėmė jį pravardžiuoti Jorgenu kvailiu. Prieš Saloje atsirandant šuniui, jis nuolat vaikščiodavo vienas, kažką bambėdamas po nosimi. Kartais imdavo šaukti, nors aplink nebūdavo nė vieno žmogaus. Taip blogai iki tol nebuvo. Be to, jis pasidarė didelis ir stiprus. O dar tas peilis. Mamai atrodė, kad žmonės jo prisibijo. Teta Rutė pasakė, kad jam nederėtų vaikščioti su peiliu, tad mama nebežinojo, ką daryti. Todėl tikra palaima, kad atsirado šuo. Jorgenas nebesimaišo po kojomis Žvejų kaimelio žmonėms.

Tačiau anglas siuntinėjo Jorgeną su reikalais, taigi niekas niekada nežinodavo, kur gali su juo susidurti. Arba svetimšalis pats eidavo su juo į parduotuvę, kad parodytų, ko jam reikia. Jis nė vienos skardinės nesugebėjo pavadinti tikruoju vardu. Nuostabu, kaip Jorgenas atspėdavo, ko anas nori, ir tiesiog durdavo į daiktą pirštu.

Mama manė, kad žmonės būtų galėję apsiprasti su vyriškiu, jei ne tas didžiulis šuo. Niekas Saloje neturėjo tokio pabaiso. Ne už kalnų metas, kai reikės paleisti avis, todėl jie pasiuntė mokyklos mokytoją pareikalauti, kad anglas šunį laikytų pririštą. Nelabai ką pešė. Tada jie mokytoją pasiuntė dar kartą ir liepė prigrasinti, kad, užtikę be pavadėlio, šunį pakars arba nušaus. Padėjo.

Daugeliui atrodė įtartina, kad suaugęs vyras bastosi su sąsiuvinėliu po apylinkes ir kažką keverzoja. Su juo negalėjai net apie orą šnektelėti. Ponas Dievas težino, iš ko jis gyvena. Tie, kurie mėgino iškvosti, kas jis toks ir iš kur atvykęs, nieko nepešė, jis tik šypsojosi ir pašė barzdą.

Mama laiškus rašė dažniau nei paprastai. Ir visi jie buvo pilni paskalų apie anglą, šunį ir Jorgeną. Ko jam čia reikia? Parduotuvėje visuomet atsirasdavo, kas pateikia savo versiją. Kad jis slapstosi nuo bausmės. Kad atvyko iš Australijos. Kažkas žinojo, kad ten žmonės kalba angliškai. Pasak mamos, amerikonas jis negalįs būti. Mat tie kitaip išdainuoja žodžius. Bent jau būtų keista, jeigu jis iš Amerikos. Mokytojas buvo įsitikinęs, kad vyriškis nėra paieškomas, tiesiog keliaujantis menininkas.

Tačiau žmonės jautėsi stebimi ir surašinėjami. Netgi kvailinami. Močiutė nepasitikėjimo svetimšaliu nekurstė. Ji kalbėjo tik apie tai, kad jis sutaisė trobelės stogą už tai neimdamas jokio užmokesčio. Dabar stogas buvo geresnės būklės negu kada nors. Mama labai džiaugėsi dėl Jorgeno, taigi jai buvo vis vien.

Perskaičiusi mamos laišką, Ruta įsivaizdavo Jorgeną, vaikštinėjantį paplūdimiu su pagyvenusiu vyriškiu ir šunimi už pavadėlio. Ir ji norėjo, kad tas vyriškis ten būtų dar labai ilgai.

Rutos klasė surengė išvyką į miestą. Ji ilgai laukė tos kelionės. Jie nakvojo miegmaišiuose vienoje mokykloje.

Vakare su klasės draugėmis Budile ir Ane ji išsiruošė į kiną. Eidama gatvėmis galvojo apie tai, jog gali sutikti jį. Tai nereiškė, kad ji to tikėjosi, bet taip galėjo nutikti. Ypač tada, kai jos stovėjo ir laukė, kol bus įleistos į vidų. Ji to norėjo. Bet ir bijojo. Visą filmą Ruta mąstė apie tai, kad galbūt jis stovės už durų ir rūkys, kai jos išeis. Ką jai tada reikėtų daryti? Paskui pamanė, kad galbūt jis nerūko. Tada jam nebūtų ko ten stovėti, jis iškart eitų namo.

– Ar ko nors dairaisi? – pasiteiravo Budilė, kai jos abi stovėjo prie kino.

– Ne, kodėl?

– Tavo kaklas kaip išniręs, – nusijuokė draugė.

Žinoma, ji galėtų pasakyti. Lyg tarp kitko. Kad dairosi Gormo Grandės, nes yra sutikusi jį anksčiau. Tada jos tikriausiai išpūstų akis ir paklaustų, ar tai tas pats Grandė, kurio šeimai priklauso „Grandė ir Ko" Didžiojoje gatvėje. Ne, būtų pernelyg kvaila, todėl ji nesakė nieko.

Jos sutiko porą kitų vaikinų, su kuriais šnekučiavo Budilė ir Anė. Vaikinai pokštavo, merginos ištisai kvatojo. Tas juokas buvo spigus ir keistas. Iš tikrųjų jos juokėsi ne dėl to, kad vaikinai būtų buvę labai sąmojingi. Veikiau dėl to, kad taip reikėjo. Tarpais nusijuokdavo ir Ruta. Tačiau ji galvojo apie tai, ką sakytų, jeigu vienas tų vaikinų būtų Gormas Grandė.

Kai ji gulėjo miegmaišyje ant klasės grindų, jai dingtelėjo, kad norėtų turėti jo nuotrauką. Tikriausiai būtų nesunku jį nupiešti. Jai – tikrai ne. Tačiau ji taip gerai nepažinojo jo veido.

Kitą rytą ji stovėjo klasėje prie lango, laukdama savo eilės praustis. Oras buvo žvarbus. Naktį palijo. Pavasaris permainingas kaip paprastai.

Staiga ji pamatė per aikštę einantį žmogų. Aukštą, liekną vaikiną nuleista galva. Šviesūs plaukai, kedenami vėjo, iš pažiūros brangi odinė striukė. Ruda, žalios medžiagos apykakle. Jo eisena lyg kažkur matyta. Jis atrodė baisiai suaugęs. Ruta persisvėrė pro langą su vienintele mintimi galvoje: Gormas Grandė.

Jis ėjo skubriu žingsniu. Kai išnyko už vartų, aikštė pasidarė pilka ir tuščia. Mokyklų aikštės nėra lankomiausios vietos mieste. Ji sakė sau, jog neaišku, ar tikrai ten buvo jis. Panašiau, jog kas nors kitas. Ji juk gerai neįžiūrėjo veido, buvo per toli.

Jeigu būtų buvusi arčiau, būtų galėjusi pažiūrėti, ar jam trūkčioja lūpų kamputis. Bet veikiausiai visą laiką netrūkčioja. Turbūt tik kartais. Taigi būtų nieko nelaimėjusi, nes tik iš to atpažino jį susirinkime. Per porą metų jis negalėjo labai pasikeisti, bet vis tiek tikriausiai buvo ne jis. Galėjo būti bet kas.

Beje, o kodėl ji nepašaukė? Jeigu jis būtų atsisukęs, ji būtų pamačiusi, ar jis. Ar tą pačią akimirką, kai apie jį pagalvojo, jai atėmė visą kūną?

– Gormai! – būtų galėjusi sušukti, tada jis būtų atsisukęs ir ji būtų pamačiusi, jog tai jis.

Ji būtų galėjusi pamojuoti ir pasakyti: „Palauk, tuoj ateisiu". O tada būtų ramiai nulipusi laiptais ir pasisveikinusi. Jis tikriausiai būtų paklausęs, ką ji čia veikia. Į tokius klausimus nesunku atsakyti. Tada jie būtų galėję susipažinti. Bet greičiausiai buvo ne jis.

Mokytojams ji pamelavo turinti aplankyti tetą, todėl negalinti eiti į muziejų. Jie ją išleido, tik papriekaištavo, kodėl nepasakiusi to anksčiau.

Kai ji liko viena, susistabdė pirmą sutiktą žmogų ir paklausė, kur gyvena Grandės. Pagyvenusi moteris ir paaiškino, ir parodė.

Žingsniuodama nurodytu keliu, Ruta mintyse kartojo gatvės pavadinimą ir namo aprašymą. Bet kai priėjo tą vietą, neišdrįso įeiti pro vartus ir perskaityti lentelės su pavarde, kad įsitikintų.

Namas buvo didelis, baltas, su dvejomis durimis iš gatvės ir daugybe langų. Jį supo sodas. Medžiai dar nebuvo išsprogę, bet visur žydėjo geltoni ir mėlyni krokai.

Ji sustojo ant gatvės kampo, atokiau nuo vartų. Visą laiką įsivaizdavo, jog tuoj atsidarys laukujės durys ir išeis jis. Ji nežinojo, kiek laiko taip išstovėjo. Bet niekas nepasirodė. Nesimatė, ar namie kas nors yra, nes ant visų langų kabojo plonos baltos užuolaidos.

Kai pradėjo lyti, ji užsisegė viršutinę sagą. Paskui pajuto, kad lietus kiaurai permerkė paltą. Nuo šermukšnių, augančių palei taką į namą, krito sunkūs lašai.

Gal ji gali užeiti ir paklausti, ar jis namie? Ne, neįmanoma.

Kai Ruta susiruošė eiti, pro šalį pračiuožė automobilis ir sustojo priešais vartus. Iš pradžių išlindo raudonas skėtis. Tada pasirodė pora raudonų laivelių plonais kaip adatos kulniukais. Ta, kuri juos avėjo, buvo ne ką vyresnė už ją pačią. Per pečius bangavo ilgi šviesūs plaukai, ir kostiumėlis, ko gera, buvo naujausios mados. Ji nusijuokė iš kažko, ką pasakė jaunas vairuotojas, tada užtrenkė automobilio dureles ir tarp balų nustraksėjo prie vartų.

Kai mergina sustojo, Ruta pasitraukė prie kaimyninio namo statinių tvoros.

– Ko nors ieškai?

Balsas nebuvo nedraugiškas, gal tik truputį nustebęs.

– Ne, tiesiog ėjau pro šalį, – skubiai atsakė Ruta ir norėjo pasišalinti.

– Atrodo, tau reikia skėčio? Aš jau beveik namie, gali paimti šitą.

Ruta pažvelgė žemyn į save ir suprato, kaip apgailėtinai turi atrodyti tai merginai. Gražesnės būtybės už ją Ruta nebuvo mačiusi. Būtų mielai paėmusi skėtį, bet tik stovėjo ir purtė galvą.

– Kaip sau nori, – kiek paniurusi tarė nepažįstamoji ir atidarė vartus.

Užlipusi laiptais, sustojo ir atkišo skėtį Rutai.

Lietus pliaupte pliaupė. Bet Ruta neįstengė pajudėti.

Nepažįstamoji atsidarė duris ir atatupstom žengdama į vidų suskleidė ir papurtė skėtį. Po akimirkos durys užsitrenkė.

Ruta apsisuko ir nuėjo. Batai permirkę, ji buvo pikta. Iš pradžių nesuprato kodėl. Paskui suvokė, kad dėl to, jog kita mergina taip laisvai galėjo įeiti į namą, kur gyvena Gormas Grandė.

Devintas skyrius

KAI GEGUŽĖS AŠTUONIOLIKTĄJĄ GORMAS GRĮŽO NAMO IŠ ABITURIENTŲ ŠVENTĖS, MAMĄ IŠTIKO BŪSENA, KURIĄ JI VADINO NERVŲ PAKRIKIMU.

Buvo šešta valanda ryto. Jis pametė raktą ir baladojo į duris tol, kol prie lango priėjo kaimynas. Iškart po to tarpduryje, neaiškioje mėlynų ir baltų dryželių masėje pasirodė tėvas. Mėgindamas pažvelgti jam į šešias ar aštuonias poras akių, Gormas suvokė, kad yra ne juokais girtas.

Tėvas įtempė jį į prieškambarį ir užrakino duris. Apsisiautusi raudonu chalatu, iš antro aukšto nulipo Marijanė. Jos plaukai taip ir liko dryksoti ant laiptų. Jis niekaip neįstengė pritvirtinti jų prie galvos. Balsai – mamos balsas taip pat – gergždė virš jo kaip iš garsiakalbių.

Mamos verksmas buvo paskutinis dalykas, kurį jis prisiminė prieš suvokdamas, jog Marijanė prie jo lovos stato kibirą. Ji pasilenkė prie jo ir kažką pasakė, o jis užuodė keistą dvelksmą. Lyg viržių. Viskas sukosi ratu, taip pat Marijanė. Tada jis užsimerkė ir ramiai tysojo.

Pabudimas prilygo mirčiai. Tai taip pat atrodė vienintelė suprantama priežastis, dėl kurios tėvas stovėjo jo kambaryje. Tačiau jis nebuvo miręs – pernelyg aiškiai jautė pykinimą ir galvos skausmą.

Lyg per miglą prisiminė mamos verksmą ir tėvą tarp išsklidusių chalato dryžių. Jis bijojo blogiausio. Bet tėvas ant naktinio stalelio pastatė stiklinę vandens, šalia padėjo tablečių nuo galvos skausmo, ir viskas. Iki galo neatsimerkdamas, kaip kokiame detektyve jis sekė tėvo judesius. Jokio balso, jokių įtikinamų įrodymų. Nieko. Tik vandens stiklinė ir šešios tabletės ant naktinio stalelio. Tada tėvas pradingo.

Gormas valandėlę pagulėjo, kol įstengė nuryti porą tablečių, užsigerdamas gurkšniu vandens. Bet šleikštulys buvo apėmęs jį visą. Jis nieko daugiau negalėjo daryti, tik gulėti paslikas ir stumti valandas. Kai tik atsimerkdavo, turėdavo iškęsti tą patį ritualą, kurio pradžioje kambarys sukdavosi ratu, o jis pats sklęsdavo virš palubėje kabančios lempos, kūri, laimei, nebuvo uždegta.

Kai pykinimas, pasiekęs viršūnę, mažumėlę atslūgo, jis pažvelgė į laikrodį. Dešimt minučių po dešimtos. Laikrodis stovėjo ant naktinio stalelio griaudėdamas jam į ausį. Mielai būtų perkėlęs jį toliau, bet buvo neįmanoma, taigi jis užsimerkė tikėdamasis, kad kai kitą kartą pamėgins praverti akis, jausis truputį geriau. Ir galbūt kada nors kitą savaitę pasijus pakankamai sveikas, kad galėtų atsikelti.

Vakare nepasibeldusi įėjo Marijanė. Jis apsimetė, kad miega. Atsimerkė tik tada, kai ant čiužinio pajuto jos kūno svorį ir suprato, kad ji atsisėdo ant lovos.

– Kaip sekasi? – Balsas buvo tylus, kone draugiškas.

– Gerai.

– Gal nori ko užvalgyti? Kokakolos?

– Ne. Tik vandens.

Nuėjusi prie praustuvės, ji prileido stiklinę vandens, tada vėl atsisėdo ant lovos ir uždėjo delną jam ant kaktos. Delnas buvo vėsus ir šiek tiek drėgnas nuo stiklinės.

– Su kuo šventei?

– Su klase.

– O konkrečiau?

Jis neatsakė. Tikriausiai ją pasiuntė mama iškvosti.

– Su Torsteinu?

– Buvo ir jis.

– O iš merginų?

– Liaukis!

Ji daugiau neklausinėjo, tik paėmė striukę, kabančią ant kėdės. Netrukus ji jau laikė nepraplėštą prezervatyvų pakelį.

– Tau jų neprireikė? – keistu balsu paklausė ji.

Jis neturėjo jėgų pykti, tik užsimerkė ir tylėjo.

– Ar dėl to tiek prisigėrei?

– Nustok, – sumurmėjo jis.

– Manau, dėl to, nes tau nebūdinga tiek gerti.

– O tau būdinga landžioti po mano kišenes?

Jis pramerkė akis ir atrėmė jos žvilgsnį.

– Aš atsitiktinai.

– Atsitiktinai? Knaisiojiesi po kitų žmonių kišenes. Ką tikėjaisi surasti? Panaudotą gumytę?

– Jie iškrito, kai padėjau tau atsigulti į lovą. Be to, esi mano brolis.

– Taigi.

– Kas „taigi"?

– Tau nėra ko landžioti po mano kišenes. Mes nesame pora.

Kai ji iš lėto atsistojo, jos veide išbluko visos spalvos.

– Ne, aš turiu vaikiną. Ir šįvakar mes eisime į kiną.

Jis jau senokai žinojo apie tą Janą. Praėjusį sekmadienį buvo atėjęs pietų. Mamai patiko, ir tėvas keletą kartų kalbėjo su juo. Apie teisės studijas. Marijanė lyg ir ruošėsi tekėti, tik iš pradžių turėjo tapti medicinos seserimi.

Užsimerkęs Gormas girdėjo, kaip ji eina durų link. Netrukus jis gulėjo tuščiame ūžesyje. Tarsi sienos būtų turėjusios nematomas stygas, vibruojančios tokiu aukštu dažniu, jog jo ausys nepagauna.

Ką ji pasakė? „Ar dėl to tiek prisigėrei?" Jis paėmė stiklinę su vandeniu, bet prapylė pro šalį. Pagalvė sušlapo akimirksniu. Jis stenėdamas pasikėlė ant alkūnių, nušveitė pagalvę ant grindų ir vėl atsigulė. Iš tikrųjų gerai ir taip.

Jis iki išnaktų dalyvavo visuose gegužės septynioliktosios renginiuose. Tada Torsteinas pradingo su Giuna. Viskas vyko labai greitai. Jis blankiai prisiminė kelionę taksi ir šlykščią užeigą, išpuoštą raudono, balto ir mėlyno gofruoto popieriaus girliandomis. Pro aukštus langus smigo smailūs šviesos varvekliai. Iš tikrųjų jis geriausiai prisiminė šviesą. Ir tuštumos jausmą. Kad niekas neturi prasmės. Viskas tėra šlamštas. Paskui jis nebeprisiminė nieko, kol tėvas atidarė duris.

Ar jis tikėjosi, kad prireiks prezervatyvų? Su Giuna? Nes visi jos nori? Ne, po galais. Kažin kaip jis jaustųsi dabar, jeigu ji būtų pasirinkusi jį? Geriau ar blogiau? Tikrai blogiau. Jis būtų visiškai apsikvailinęs, nes dar prieš jai pasirodant turėjo būti ganėtinai girtas. Jis net neprisiminė, ar kalbėjo su ja. Be to, ji juk pasirinko Torsteiną.

Gegužės devynioliktąją Gormas atsikėlė įprastu laiku ir prieš išeidamas į mokyklą pabeldė į mamos kambario duris. „Prašom", – pasigirdo silpnas balsas, tada liko tik atkentėti. Šiaip ar taip, nieko negalėjo būti blogiau.

– Atsiprašau, kad grįžau toks girtas namo, – be jokios įžangos išpyškino jis.

Ji nepuolė į ašaras. Piešingai – sėdėjo priešais komodą su veidrodžiu ir griežtai žiūrėjo į jį. Jam taip palengvėjo, jog jis panūdo prisipažinti kai ką daugiau.

– Pasielgiau kvailai. Atsiprašau!

– Man pakriko nervai. Tai neturi pasikartoti. Niekada!

– Ne, mama.

Tas epizodas buvo užrakintas gėdingų dalykų, apie kuriuos jie nekalbėdavo, kambaryje. Ten taip pat gulėjo replika „mes nesame pora".

Jis mėgino ištaikyti progą atsiprašyti ir tėvą, bet praėjo visa vasara, o jie nė karto taip ir nebuvo vieni du.

Tą dieną, kai jis turėjo išvykti į kariuomenę ir tėvas jį vežė prie autobuso, tokia proga pasitaikė. Kaip visada, vairuodamas tėvas nekalbėjo. Kelias buvo slidus, ant priekinio stiklo krito šlapias sniegas.

– Atsiprašau, kad tąkart girtas grįžau namo ir visus prižadinau, – į orą pasakė Gormas.

Tardamas tuos žodžius, suvokė, kaip ilgai tam ruošėsi.

Tėvas įdėmiai žiūrėjo į sankryžą ir neatsakė. Praėjo tiek laiko, jog Gormas pamanė, kad jis arba nieko neišgirdo, arba ta tema tebebuvo tabu.

– Mama labai paėmė į širdį, – pagaliau prabilo tėvas.

– Taip.

– Teks pakentėti, kol įstosi į prekybos mokyklą Bergene. Kariuomenėje už tokius dalykus gresia karceris.

– Bet aš...

– Daugiau nėra apie ką kalbėti.

Pokalbis buvo nutrauktas valdingai. Tėvas nesuteikė atleidimo. Gormas pats nežinojo, ko tikėjosi. Galbūt dėl tablečių nuo galvos skausmo ir stiklinės vandens jam atrodė, kad tėvas bus supratingas. Bent pažiūrės į jį. Bet tėvas vairavo automobilį.

Kariuomenėje į pasaulį jis priprato žiūrėti kitomis akimis. Maža to, ir pats pasikeitė. Tas Gormas Grandė, su kuriuo jam teko skaitytis iki tol, nebeturėjo galios. Jis galėjo sakyti savo vardą ir pavardę nesukeldamas žmonėms jausmo, kad jie jį pažįsta. Ruda uniforma sulygino jį su visais kitais. Jis galėjo pasislėpti. Tiesa, nuobodžioje dienotvarkėje ir kvailame statute, bet taip pat – savotiškai neatsakingame bendrume.

Jis nesitikėjo, kad vien tai, jog šalia nėra mamos, suteiks tokį jausmą. Neteisėtą, bet kunkuliuojantį laisvės jausmą.

Tarpais pasidarydavo nelengva ištisą parą išbūti taip arti žmonių, bet jis pastebėjo, kad ne jam vienam taip. Kareivinių vaikinai į akis jam lįsdavo ne daugiau negu jis jiems.

Plikas šešiavietis kambarys su trimis dviaukštėmis lovomis, trimis dvigubomis metalinėmis spintelėmis, stalu prie lango su šešiomis kėdėmis buvo bent jau aiškus. Išskyrus tai, kad po vienuoliktos valandos turėdavo būti tvarka ir ramybė, niekas iš jo nesitikėjo nieko ypatingo.

Virš kiekvieno gulto buvo įtaisyta lempa, taigi laisvalaikiu jis galėjo gulėti ir skaityti. Taip pat vakarais, nes kitiems miegas rūpėjo ne labiau negu jam.

Iš namų jis buvo pasiėmęs Johano Borgeno „Mažąjį lordą". Iš pradžių knyga gulėjo, ir tiek. Paskui jis įsidrąsino ir ėmė skaityti, nors vaikinai kreivokai į jį žiūrėjo. Keista, bet jie nieko nesakė.

Jis sekė betėvio lepūnėlio Vilhelmo pėdomis. Kaip jis apgaudinėjo seną tabako pardavėją, melavo ir klastojo laiškus. Išlaisvinantis jausmas skaityti apie gerai išauklėtą jaunuolį, darantį tai, kas nedera.

Tą knygą juk nupirko tėvas arba mama. Jam rūpėjo, ar jie ją skaitė. Ypač kai priėjo vietas, kur buvo aprašomi Vilfredo romanai su vyresnėmis moterimis. Viena iš jų, rodos, buvo jo tėvo meilužė. Ir jam dingtelėjo, kad tėvas ir mama skaito knygas, apie kurias nekalba nei su seserimis, nei su juo. Nei vienas su kitu?

Gormas greitai sumetė, kad kuo mažiau jis kalba barake, tuo mažiau rizikuoja apsikvailinti. Jis klausydavosi šnekų ir atsakydavo, jeigu kas ko paklausdavo, bet šiaip jų buvo pakankamai daug, kad galėtų palaikyti pokalbį ir be jo. Kartą jis pajuokavo, kad rikiuotė jam sekasi geriau negu šaudymas. Barako vaikinai geraširdiškai pasijuokė daugiau neplėtodami temos. Matyt, jiems buvo neįprasta, kad žmonės gali pašiepti save.

Jam neatrodė, kad kada nors galėtų iš tikrųjų su jais susidraugauti. Ne dėl to, kad jų nemėgtų, nes jie jam savotiškai patiko, o veikiau dėl to, kad jų kalbos jo nedomino. Retai domino ir tai, iš ko jie juokdavosi. Tačiau jam su jais buvo gera. Nes jie nieko iš jo nesitikėjo.

Kareivinėse vyravo šnekos apie merginas, automobilius ir motociklus. Ir pinigus. Kaip praturtėti vienu mostu. Pora iš jų be paliovos kalbėdavo apie tai, kokie girti buvo įvairiomis progomis. Tos būsenos Gormas jiems nepavydėjo. Nė vienas jų nepasakojo apie save ar šeimą. Taigi jam nebuvo pagrindo jaustis nuošalyje dėl to, kad jis to nedarė.

Pirmąjį šeštadienį, kai jis turėjo išeiginę dieną, jam teko sulaikyti vieną karštuolį, kuris žūtbūt norėjo muštis. Gormas užlaužė jam rankas už nugaros ir nuvedė į karinės policijos automobilį, stovintį lauke. Grįžęs vidun, pastebėjo, kad vaikinai į jį žiūri kitaip.

„Jei kiltų tikras karas, galbūt nepražūčiau", – pamanė tada.

Po to, kai įvykdė šaudymo normatyvus, Gormas susapnavo, kad dalyvauja pratybose su daugybe nepažįstamų žmonių. Jų buvo pilna visur – žmonės kabojo apšerkšnijusiuose medžiuose, slidinėjo sunkiomis apledėjusiomis slidėmis arba spietėsi į krūvą, kad būtų šilčiau. Aplink lygumoje degė rudos palapinės. Jis girdėjo, kad kažkas viduje šaukiasi pagalbos, lyg būtų uždaryti, bet jis niekaip nesiryžo jiems padėti. Rodės, jog nevaldo savo judesių.

Netikėtai prie jo priėjo mergaitė šviesia vasarine suknele ir padavė šautuvą. Tada jis tarsi atgijo ir vėl įstengė pajudėti. Nusitaikė į ją, bet prašovė, trūko labai nedaug.

Mergaitė ėmė trauktis atatupsta, spoksodama į jį tamsiomis akimis. Kuo labiau tolo, tuo labiau artėjo jos akys. Nors ji nieko nesakė, jis žinojo, kad atėjo jam pasakyti kai ko svarbaus. Bet jis nesugebėjo paklausti, nes gėdijosi nepataikęs.

Tada pamatė, kad jos kaktoje žioji kruvina skylė. Ji griuvo aukštielninka ir liko gulėti pusnyje išskėstomis rankomis. Veidas ir akys prasmego sniege, bet raudona skylė iškilo ir ėmė stiebtis į jį. Nelyginant gėlė. Ji svyravo ant juodos sausos šakelės virš pasliko kūno plona suknele. Ji be uniformos, nustebo jis.

Pabudo permirkęs nuo prakaito, jausdamasis kaip mažas berniukas, kuriam prisisapnavo košmaras. Klausydamasis kitų šnarpštimo, suvokė, kad tai buvo ji. Jis sapnavo Rutą.

Visą savaitę, kol jie pratybose kentė vėją ir pūgą, ji vis išnirdavo mintyse. Kodėl ji prisisapnavo? Juk tai įvyko taip seniai, tada jis tebuvo berniūkštis. Jis jos nė nepažinojo. Kai sniegynuose ryškėjo jos veido bruožai, o iš brūzgų į jį žvelgė jos tamsios akys, jis svarstė, kur ji galėtų būti. Tą sekundę.

Kitą savaitgalį jis nuėjo į šokius. Staiga išvydo ją ten. Ji stovėjo nugara į jį tamsiame kampe ir atrodė šiek tiek vieniša. Aplink jį išnyko garsai. Balsai. Muzika. Salė atsitraukė. Liko tik jos figūra kampe. Jis juto judant kūną, tarsi šis seniai būtų tam pasiruošęs.

Nueiti ten, kur ji stovėjo, truko labai ilgai. Jis turėjo prasibrauti pro visus žmones. Pagaliau atsidūrė ten. Ji stovėjo su dviem kitomis merginomis, tos sužiuro į jį. Jis įkvėpė norėdamas atsargiai paliesti jai petį ir išvesti šokti.

Jai virš galvos į sieną kažkas buvo įkalęs didžiulę vinį. Turbūt jau seniai. Kai ji atsisuko, jo akis išgelbėjo ta vinis. Siena aplink buvo tokia tuščia. Pasirodė, jog tai ne Ruta, o kita. Šviesiomis akimis ir šviesiais plaukais.

Jis negalėjo tiesiog stypsoti prieš ją, bet nieko daugiau nesumąstė, tad išvedė nepažįstamąją šokti.

Mergina nebuvo labai aukšta, taigi jis pasilenkė prie jos pasilabinti. Ji buvo minkšta ir šilta, uždėjo ranką jam ant sprando, nors jie nepažinojo vienas kito. Galvoje sukosi šokių mokytojos balsas: „Kairys damos delnas turi būti padėtas ant pono rankos". Jis stipriai apglėbė ją per liemenį. Tada jiedu įsiliejo į tai, kas, jo supratimu, buvo tango. Armonika ir gitara dėl to nesutarė. Gitara palaikė jo pusę.

Ji sekė jį su šypsena, vis dirsčiodama aukštyn. Sukdamas ją pro didžiąją vinį sienoje, jis pagalvojo apie Rutą, ir bejėgiškumas virto įniršiu. Jis dar tvirčiau prispaudė nepažįstamąją prie savęs.

Jie kartu šoko visą vakarą, tad išsiskiriant būtų buvę natūralu paklausti, ar ji nenorėtų vėl su juo susitikti. Bet nepaklausė. O kai ji paklausė, jis rado miglotą pasiteisinimą, kad to išvengtų.

*

Tačiau kitą kartą gavęs išeiginę dieną jis nuėjo į tą pačią vietą. Elsė – toks buvo jos vardas – taip pat ten buvo, taigi jie vėl šoko kartu. Kadangi gydytojų šeima, pas kurią ji dirbo, buvo išvykusi, ji parsivedė jį į kambarį.

Iš pradžių išvirė kavos ir aprodė šeimos nuotraukas. Paskui prisėdo šalia ant kušetės. Prisišliejo taip arti, jog jis turėjo ją paliesti. Suprato, kad ji buvo tai dariusi anksčiau, nes viską mokėjo daug geriau už jį, tik stengėsi neparodyti. Be jokios skubos.

Atrodė keista taip arti jausti odą, kuri nėra jo paties. Oda buvo minkšta, kai kur truputį pūkuota, lūpos šiltos, bet rankos vėsios. Ji vilkėjo sudėtingais drabužiais. Su sagomis ir diržu. Jis pastebėjo, kad ji sulaikė kvėpavimą laukdama jo rankų. Tai jį ir glumino, ir teikė pasitikėjimo.

Jis norėjo susiturėti, kad galėtų geriau viską pajusti, bet netikėtai buvo įtrauktas jėgos, kurios neįmanoma sustabdyti. Net prezervatyvas tarsi savaime užsimovė. Tačiau nors ji buvo užgesinusi šviesą, jautėsi nesmagiai.

Jau pamanė, kad viskas ne taip, kaip turėtų būti, bet paskui niekas nebebuvo svarbu. Jis ją tarsi pamiršo. Tik leidosi praryjamas jos odos. Dar spėjo išvysti vinį sienoje. Tai jis kalė ją apimtas tūžmo.

Po to dorai nežinojo, kaip ji jaučiasi, nes ji nieko nesakė. Ir ką būtų galėjusi pasakyti? Rengdamasis jautė jos žvilgsnį, jautė savotišką liūdesį, su kuriuo nenorėjo likti vienas. Todėl priėjo prie jos, apkabino ir paklausė, ar ji norėtų vėl susitikti.

– Taip, – sušnabždėjo ji ir prigludo.

Daugiau jie nekalbėjo apie tai, kas įvyko.

– Tu toks mandagus, – sušnabždėjo ji, kai jis susiruošė eiti.

Jis norėjo, kad ji būtų pasakiusi ką nors kita. Nežinojo ką. Kad tik ką nors kita, ką nors nepakartojama. Norėdamas atsverti tuos žodžius, jis pasakė, kad ji graži. Nežinojo, kodėl pasakė, nes nebuvo būtina. Bet ji apsidžiaugė, vis šiokia tokia nauda.

Kai stovėjo ir bučiavo ją, jis suvokė, kad mąsto apie tai, jog ji nėra Ruta. O pėdindamas į dalinį nusprendė parašyti, kad nebegalės su ja susitikti.

109

Vaikinai, susėdę kambaryje, plepėjo apie merginas. Taukšdami pliekė kortomis. Udas, su kuriuo Gormas dalijosi dviaukšte lova, matė jį su Else šokiuose.

– Nieko sau merga, – švilptelėjo jis.

Gormas jautė, kad jam tai patinka. Įrodymas, kad su Else verta prasidėti. Bet nesugalvojo, ką atsakyti.

– Ar ką nors gauni? – paklausė Udas.

– Gaunu? – Gormas sutriko.

Kiti garsiai nusikvatojo.

– Ar tau kas nors tenka? – sušuko tas, kurį jie vadino Burna, nes turėjo gerai parištą liežuvį.

Gormas akimirką stebeilijo į kortas. Jis turėjo kryžių tūzą ir čirvų karalių. Bet jo tai negelbėjo.

– Kodėl klausi? – pagaliau ištarė jis.

– Tik pasidomėjau, nes atrodei visiškai nusibaigęs, kai grįžai. Taigi pamaniau, kad ji tave iškankino.

Visi, išskyrus Gormą, prajuko. Jis iš naujo išdalijo kortas. Išmetė vynų dviakę.

– Moterį apkalbinėti nedora, – tarė kiek galėdamas ramiau – daugiau nesumąstė, ką pasakyti.

Jie reagavo ramiai. Kurį laiką visi susikaupę kortavo. Bet Gormas prarado azartą. Negalėjo prisiminti Elsės veido, tik žinojo, kad prie bambos ji turi apgamą.

Staiga Udas kumštelėjo jam į pašonę.

– Gormai, miegi?

– Nežinau, – rimtu veidu tarė Gormas ir ant valeto uždėjo kryžių tūzą.

Jie vėl nusijuokė, geraširdiškai ir griausmingai. „Kiek mažai tereikia, – pamanė Gormas. – Viena trumpa replika, ir jie juokiasi." Bet jam geriau nepasigerti, bent ne iki sąmonės netekimo.

Gormas taip ir neparašė Elsei, kad nebegali su ja matytis. Priešingai – tarnaudamas armijoje reguliariai su ja susitikinėjo. Tiesiog taip susiklostė.

Kartais jie iš pradžių eidavo ant kušetės, paskui gerdavo kavą. Jeigu jis norėdavo atvirkščiai, būdavo atvirkščiai. Kai jie apsirengdavo, ji apie šį bei tą tarškėdavo. Jeigu ji ko nors klausdavo, jis mėgindavo atsakyti, o šiaip stengdavosi daugiau ją liesti, negu kalbėti.

Atrodė, kad Elsė taip pat tarnauja kariuomenėje, tik kitame dalinyje, ir jie priversti būti kartu visą tarnybos laiką.

Tačiau beveik visada apie ją jis galvodavo su liūdesiu. Ypač po to, kai apsirengdavo. Jis nenorėjo, kad ji tai pastebėtų arba laikytų save kalta. Dėl to nešdavo jai dovanas. Būdavo smagu matyti, kaip ji džiaugiasi. Sidabriniu papuošalu, dėžute su veidrodėliu ir užraktu, abrikoso spalvos moherio megztuku. Labiausiai jai patiko varinis diržas, su kuriuo jos liemuo atrodė persmaugtas it skruzdėlės.

Be to, kas vykdavo ant kušetės savaitgaliais, kai gydytojų šeima būdavo išvykusi, jam teikdavo daugiausia džiaugsmo. Girdėti ją šūkčiojant: „Dievuliau, kaip gražu, ir kiek galėjo kainuoti?" – ir matyti, kaip ji visa nušvinta.

Jis negalėjo suprasti, kaip iš pradžių galėjo supainioti ją su Ruta. „Turiu būti atsargesnis, nes matau tai, ko nėra", – pamanė ne kartą. Porą sykių, sėdėdamas priešais Elsę ir žiūrėdamas į ją, pats save klausė, kodėl jis čia.

„Ir viskas? – pamanydavo gėdydamasis tokios minties. – Nejau tas jausmas nėra didesnis?"

Dešimtas skyrius

PASKUTINĮ BIRŽELIO SEKMADIENĮ RUTA GRĮŽO IŠ ŽEMYNO.

Ji vežėsi daugybę kartoninių dėžių, nes baigė mokyklą. Jorgeno niekur nesimatė, tad ji paklausė tų, kurie stovėjo arčiausiai.

– Jorgenas ištisai sėdi pas anglą trobelėje, – pasakė Pėderis Laiškanešys ir permetė savo dryžuotą kuprinę per bortą tą pačią akimirką, kai suburzgė variklis ir laivas pajudėjo iš prieplaukos.

Jorgenas atlapatavo per kalvas su šunimi, pririštu prie karučio. Kai ją išvydo, veidą nušvietė plati šypsena. Jis iškart pastatė karutį ir puolė prie jos išskėtęs rankas. Plekšnojama ir stvarstoma už visų šonų, ji mėgino suvokti, ką jis sako.

– Kieno tas šuo?

– Maiklo! Ir Jorgeno! – tarė jis, vėl ją apkabindamas.

Jis apžiūrėjo palto rankovę ir apykaklę. Kišenę. Pasigrožėjo išverstu languotu pamušalu. Pakėlė iškritusią nosinaitę, surinko smulkius pinigus. Vėl viską sudėjo kišenėn.

Šuo, nenorėdamas atsilikti, taip pat šoko prie Rutos. Tada Jorgenas tarsi pabudo.

– Egonai! Į vietą! – valdingai paliepė ir atsitiesė.

Ruta išpūtė akis. Jorgenas davė komandą. Dideliam šuniui. Ir šis pakluso.

Jie pajudėjo nuo prieplaukos nedideliu būreliu. Brolis vežė jos daiktus, šuo lapnojo šalia. Jorgenas stengėsi, kad nuo kitų žmonių jį skirtų Ruta ir šuo. Tarpais sustodavo ir plačiai išsišiepęs paimdavo Rutai už rankos.

– Ruta! Neišvažiuoti?

– Ne! Vežk toliau! – draugiškai tarė ji ir švelniai stumtelėjo.

Jis garsiai nusijuokė, paleido karutį ir kažką išsitraukė iš kišenės. Tai buvo smulkutis medinis šuniukas. Baltas, su juodais lopais. Toks mažas, jog tilpo delne.

– Ačiū, labai gražus, – padėkojo ji.

Jorgenas atlošęs galvą nusikvatojo.

– Neišvažiuoti! Ne!

Ruta nešė siuntinėlį nuo močiutės. Pintinę su kiaušiniais, pienu ir duona. Jautėsi patogiai su languotąja suknele. Gavo ją iš Eli, nes ji po paskutinio gimdymo labai išstorėjo. Bet suknelė dar atrodė pakankamai madinga. Buvo kaitri birželio diena, ir Ruta prakaitavo po juodu lakiniu diržu.

Šuo, pririštas prie trobelės, ėmė skalyti. Ji nė nemanė bijoti gyvūno, su kuriuo draugavo Jorgenas, taigi žengė artyn.

Tarpduryje pasirodė nepažįstamasis, kažką laikydamas rankoje. Du teptukus. Tarp vešlių plaukų ir barzdos rudavo įdegęs veidas. Ruta pirmą kartą matė taip apžėlusį vyrą. Plaukai pusilgiai, krintantys garbanotomis sruogomis. Ir barzdos, ir plaukų, matyt, būta tamsių, dabar buvo pražilęs. Jam galėjo būti per trisdešimt, gal keturiasdešimt.

Marškiniai ir kelnės aptaškyti visokiausių spalvų dažais. Marškiniai dryžuoti. Mėlynos ir rausvos spalvos. Visos sagos išplyšusios. Bet ant krūtinės jis buvo marškinius sumetęs. Juos laikė plačios tamsrudės odos petnešos. Rodės, jog be tų petnešų visas vyriškis išdriktų.

Kai jis pažvelgė į ją, rodės, kažką išplėšė jai iš krūtinės ir pakabino ant liauno berželio visų akivaizdoje. Ji suprato, kad paraudo, bet padavė močiutės pintinę ir pasakė „prašom".

Paimdamas jis kažką sumarmaliavo angliškai. Žodžiai atrodė tokie kampuoti. Ji užuodė keistą kvapą. Dažų, terpentino? Jis pasitraukė į šalį lyg norėdamas pakviesti vidun. Ji ten lyg ir nebeturėjo ko veikti, juk pintinę jis paėmė. Tačiau pati nepajuto, kaip įsmuko pro jį.

Trobelėje tvyrojo prietema. Langelis nedidelis. Ar jis visada buvo toks mažas? Ji matė, kad visur pilna paveikslų. Dažų tūbelėmis ir teptukais nukrauta visa nedidukė virtuvės spintelė. Ji priėjo prie poros didžiųjų paveikslų ir atsitūpė. Viename buvo keisti kalnai, nepanašūs į kalnus, bet vis tiek kalnai. Margi namai atrodė lyg išversti.

Iš kito paveikslo į ją žvelgė žmogus. Jorgenas! Jis nutapė Jorgeną. Pamatė jos brolį, kurio niekas nelaikė ko nors vertu. Jam jis pasirodė pakankamai geras paveikslui. Dideliam paveikslui.

Vyriškis kūpsojo tarpduryje it šešėlis. Saulės šviesa padarė jį juodą. Kai jis žengė artyn, subliksėjo akys ir dantys.

Ji nudelbė akis jam į kojas. Jis buvo basnirčia įsispyręs į nutrintus sandalus. Seniai nekirpti kojų nagai. Matyt, jie pernelyg žemai. Apie tokius dalykus jis turbūt negalvoja. Žmogus, turintis tiek drobės, teptukų ir dažų, ko gera, neprisimena savo kojų nagų.

Ji perkėlė žvilgsnį į Jorgeno paveikslą. „Oooo", – išsprūdo. Tai tebuvo kvėptelėjimas.

Jis priėjo prie pat jos. Ant grindų nuo durų krito geltonas šviesos keturkampis. Ji girdėjo jį viršuje kažką sakant. Apie Jorgeną, kad jam patiko būti tapomam. Kad jis sėdėdavo ramiai kaip statula. Nepažįstamasis mosikavo teptukais, tarsi tai būtų natūrali rankos tąsa. Staiga jis padėjo juos ant stalo ir pamojo, kad ji prieitų prie lango.

Ji nedrąsiai prisiartino. Jis mostelėjo į kažką lauke. Į kalnų grandinę? Į jūrą? Ji nesuprato. Tada ant savo plikos rankos pajuto jo delną. Rudą ilgapirštę plaštaką. Riešas buvo apžėlęs tamsiais plaukeliais, juos toliau dengė rankogalis. Ją apėmė keistas jausmas. Tarsi norėtų pabėgti ir kartu nenorėtų.

Jo ranka liko. Pirštai šiek tiek užsilenkė, lyg dubeniu užvožė jos ranką. Tamsiu, sunkiu dubeniu su dažų dėmėmis.

Po valandos ji dar nebuvo gerai apžiūrėjusi visų paveikslų. Tarpais jie pašnekėdavo. Ji – savo mokykline anglų kalba. Iš pradžių jai kaito skruostai, kai turėjo ieškoti žodžių. Paskui pasidarė lengviau.

Jis pasipasakojo gyvenantis Londone, visada norėjęs pamatyti Norvegiją. „Lofotenai", – keletą kartų ištarė jis ir sučepsėjo lūpomis. Tarsi tai būtų valgomas daiktas. Ir Sala! Ji suprato, kad jam patinka šviesa. Ruta niekada nemanė, kad šviesa gali būti kuo nors ypatinga. Bet žmogus, ko gera, matęs šviesos visame pasaulyje, turbūt žino, ką kalba.

Ji pasakė, kad Jorgenui į naudą draugystė su jo šunimi. Jis paaiškino, kad šuo ne jo, o draugo norvego, kuris susirgo ir nebegalėjo jo laikyti. Šunį pavadino dailininko Egono vardu. Jis juokėsi pasakodamas apie Egoną, nors ką tik kalbėjo apie sergantį draugą. Bet galbūt draugas artimas nebuvo. Iš jo žodžių Ruta suprato, kad jis ketino žiemoti senelio trobelėje. Norėjo tapyti sniegą.

Ruta jam atsargiai priminė, kad sniegas baltas. Kai jis nusijuokė, ji išsigando, ar nepalaikė jos kvaila. Bet jis greitai surimtėjo ir paaiškino ketinąs tapyti šviesą tamsiuoju metų laiku, virš sniegynų. Ji linktelėjo, bet tebesijautė kvailai.

Kai ji užsiminė mėgstanti piešti, jis panoro kai ką jai parodyti. Nusivedė ją prie paplūdimio akmenų, kur stovėjo molbertas. Paletėje sumaišęs baltų ir mėlynų dažų, greitais ir drąsiais mostais ėmė tepti ant drobės. Tarpais patrindamas skudurėliu, nykščiu, plaštaka.

Ji sekė visus judesius ašarų pritvinkusiomis akimis. Jai dingtelėjo, kad mato dirbant gyvą dailininką.

Ruta pamiršo menkai mokanti anglų kalbą. Ji šnekėjo. Klausinėjo. Kodėl spalvas jis maišo taip, o ne kitaip. Kokia šviesa Londone. Arba kodėl dangaus netapo tikrąja spalva. O jis atsakinėjo. Markstydamasis prieš saulę. Trumpam nusivožė aptriušusią šiaudinę skrybėlę, paskui vėl užsimaukšlino ant ausų. Mostelėjo senelio trobelės link. Į kalnus. Jūrą ir saleles. Stovus žuvims džiovinti. Tolumoje plaukiančius laivus. Galiausiai bakstelėjo sau į galvą.

Ji suprato, ką jis norėjo pasakyti: kai tapo, spalvos jo galvoje keičiasi. Staiga suvokė, kad taip ir turi būti. Tik tada, kai spalvos paverčiamos savomis, paveikslas gali tapti nepakartojamas.

Retkarčiais jo veidą nušviesdavo plati šypsena. Jis buvo pakankamai gyvas, tačiau jai dingojosi, kad jį tik įsivaizduoja. Ji lengviau atsidusdavo, kai išgirsdavo jį kalbant. Balsas ir sandalai, šliurkšintys šlapiame paplūdimio smėlyje, buvo pakankamai tikri.

Ji užklupo save mąstančią kaip vaikas. Pavyzdžiui, tarėsi pagaliau supratusi, kodėl senelis nenorėjo gyventi kartu su močiute ir vaikais. Jis turėjo pastatyti trobelę dailininkui. Senelis žinojo, kaip to reikia Rutai.

Ruta kiek galėdama dažniau surasdavo dingstį nueiti į trobelę. Kartais pasiimdavo Jorgeną, jis išsivesdavo šunį. Tada ji su Maiklu likdavo dviese. Jeigu lydavo, jie būdavo viduje. Jeigu gražus oras, jis dirbdavo pajūryje.

Ji skanavo vardą. Maiklas. Nesakė balsu. Bet apie jį mąstė.

Jis ištempė jai ant rėmo skiautę drobės, paskolino dažų ir teptuką. Ji norėjo padėkoti, bet neišmanė kaip. Buvo tiek daug už ką dėkoti. Todėl greitai ir paprastai tarstelėjo „ačiū" ir pažvelgusi į jo rankas pajuto virpėjimą visame kūne. Ji nusprendė kada nors jam už tai atsilyginti. Kaip reikiant. Kai sugalvos kaip.

Jis palaikė jai už alkūnės rodydamas, kaip reikia stovėti, kad nepavargtų pečiai ir riešas. Ji mėgino suvokti, ką jis sako. Bet žodžiai kažkur nuplaukė. Liko tik jo ranka. Ryški. Šilta. Jai ėmė gniaužti gerklę, tad ji pamanė, jog turi eiti. Sprukti. Bet neatrodė, kad jis ką nors pastebėjo, tik aiškino toliau. Pabėgti buvo neįmanoma. Kai jis atitraukė ranką, ji pajuto kone palengvėjimą.

Ruta padengė drobę žaliais ir baltais dažais, tada sumaišė dvi raudonas spalvas ir kiek dešiniau nutepliojo senelio trobelę. Dėjosi viską mokanti. Tepė taip, kaip matė tepant Maiklą. Iš pradžių svarbiausia buvo spalva. Visa kita ji išgalvojo. Bet netrukus pamatė, kad potėpiai pernelyg grubūs ir sausi. Teptukas per platus arba jos ranka per kieta. Ūmiai ją apėmė neviltis ir ji nuleido rankas.

– Turpentino?

Jis priėjo prie jos. Pakreipęs galvą, apžiūrėjo drobę. Tada paėmė iš jos teptuką ir pamirkė į terpentiną. Nuo kvapo ji pasidarė lengva kaip pūkelis. Kiek nedaug reikia, kad galėtum kone sklęsti virš jūros. Terpentinas. Kai jis jai atidavė teptuką, ji atlošusi galvą nusijuokė.

Maiklas šypsodamasis pažvelgė į ją ir grįžo prie savo darbo.

Didžiumą laiko jie nekalbėjo. Buvo įnikę į darbą. Kai pradėjo lyti, jis paliepė jai eiti į vidų, o pats įsitaisė po sena bure, ant trijų karčių ištempta virš molberto.

Atsisėdusi prie lango, Ruta tapė senelio uostomojo tabako dėžutę ir tris negyvas muses, gulinčias ant palangės. Jai labiau patiko iš arti matyti tai, ką norėjo nutapyti. Lauke visko tiek daug. Ir Maiklas lauke.

Kai ji jau turėjo bėgti prie gyvulių, jis įėjo vidun ir pagyrė jos darbą. Parodė šešėlį, kurį ji buvo pražiūrėjusi, bet ir gyrė. Uždėjo delną jai ant rankos, kaip aną kartą. Tik akimirką. Tada susikišo rankas į kišenes ir klausiamai pažvelgė į ją.

Ji linktelėjo. Žilos jo garbanos buvo apsunkusios nuo lietaus.

Kai ji ėmė kopti taku, staiga iš brūzgų išlindo Pamokslininkas. Veidas buvo perkreiptas ir pajuodęs.

Ruta sustojo.

– Tu vėluoji! Ar žinai, kad tavo motina šį vakarą pati turėjo parvesti karves? Jorgenas trankosi po kalnus su tuo šunpalaikiu už pavadėlio, o tu valkiojiesi kaip kokia padraika. Žmonės kalba, jei nori žinoti. Kalba, kad tu pas tą žmogų rytas vakaras. Besarmate! Ar turi nors truputį gėdos? Ar žinai, dėl ko Ada nusiskandino? Ką? Ar pa-

116

galvojai apie Dievo bausmę? Šventi vyrai iš žydų žemės tokias kaip judvi vadina kekšėmis!

Jis stovėjo taip arti, jog ant veido ji jautė seilių purslus ir girdėjo kiekvieną žodį. Tačiau nesuvokė, kad kalbama apie ją. Juk tai negalėjo būti ji? Džiaugsmas dėl tabakinės ir negyvų musių, perkeltų ant drobės, išgaravo. Galvoje grumėjo ėdantis Pamokslininko balsas. Giedojo savo seną giesmę. Apie Paskutinio teismo dieną.

Kekšė. Neįmanoma nuvyti šalin. Tas žodis sekė iš paskos į namus ir į tvartą. Neatstojo, kai ji pakėlė milžtuvę ir dirstelėjo į mamą, sėdinčią prie kitos karvės. Sukosi galvoje, kai ji žiūrėjo į raudonas mamos rankas ir blyškų veidą po skarele.

Ūmiai kūne ji pajuto mamos nuovargį. Blausią kelių tūkstantmečių senumo gėdą. Nuopuolį.

Ruta priglaudė kaktą prie šilto gyvulio šono ir ėmė melžti. Pienas dūgzdamas čiurškė į kibirą. Dūzgė ir dūzgė.

Į tvartą įėjo Pamokslininkas ir atsistojo tarp judviejų su mama. Ji girdėjo jį dar kartą ištariant tą žodį. Kekšė.

Mama iš pradžių krūptelėjo, karvė pasibaidė ir norėjo spirti. Ruta pašoko, lyg jis būtų jai trenkęs antausį. Tada vėl atsisėdo ant suoliuko ir suriko, kad jis nutiltų.

Bet jis nenutilo, stovėjo tiesus, iškilęs virš jų, o žodžiai liete liejosi iš burnos. Neliko vietos niekam daugiau, išskyrus Pamokslininko kalbą. Taip būdavo visada. Bet ne taip stipriai kaip dabar. Ne taip rimtai. Pamokslininko kalbos niekada nebuvo skirtos jai. Iki tol.

Ji pakilo ir atsistojo priešais jį su milžtuve rankoje. Bet atsidūrė pernelyg arti. Jai buvo per daug. Ji neįstengė padaryti to, ką norėjo. Ir Pamokslininkas užpildė visą tvartą. Visą pasaulį.

Ruta pravėrė burną įkvėpti oro. Tada tai įvyko. Ji pliūptelėjo ant tvarto aslos. Išliejo Pamokslininką ant tvarto aslos. Išvėmė jį kaip seną, sugedusį maistą. Ji pastatė milžtuvę ir susirietė, kad išgelbėtų mamos prijuostę nuo didžiausios čiurkšlės.

Pamokslininkas žaibiškai atšoko, ir kalba pasibaigė. Jis keletą kartų prasižiojo ir vėl užsičiaupė. Tada apsisuko ir išėjo.

Ji atgalia ranka nusišluostė lūpas ir stovėdama laukė, kol mama baigs melžti abi karves. Nebuvo ištarta nė žodžio. Jos nunešė milžtuves per kiemą į prieangį.

Ruta po čiaupu nusiplovė rankas ir veidą. Paskui prisikišo prijuostę, užsirišo skarelę ir, ant koštuvo uždėjusi marlę, ėmė košti pieną. Garsas atrodė toks nuogas.

Pro atviras duris ir keturis prieangio lango kvadratėlius sruvo vakaro šviesa. Šviesos kūgiai kryžiavosi virš putojančios pieno čiurkšlės, krintančios ant marlės. Rodės, įvyko metamorfozė. Šviesa viską permainė. Viskas pasidarė gražu. Net tai, kas bjauriausia. Apie tai pagalvojusi prisiminė, kad Maiklas ketina tapyti šviesą tamsymečiu. Virš sniego. Ir to Pamokslininkas neturi apdergti.

Atėjo šienapjūtė. Ruta dirbo kaip mašina. Tačiau net neprasižiodavo, kai Pamokslininkas kreipdavosi į ją. Ji grėbė, krovė šieną į kupetas, mynė vežimą, vėl grėbė. Jorgenas šieną vežė namo, o Pamokslininkas dirigavo.

Mama gelbėdavo tai šen, tai ten. Ji atrodė taip, lyg nekvėpuotų. Ruta nejuto užuojautos. Buvo tarsi ne jos reikalas, kol mama neprieštaravo Pamokslininkui.

Pamokslininko žodžiai apie ją ir tetą Adą augo sulig kiekviena diena. Kada nors turėjo plyšti. Ne – sprogti. Ji nupiešė tai piešimo sąsiuvinyje ir paslėpė komodos stalčiaus dugne.

Pamokslininko rankos ir kojos nuplėštos nuo kūno, balti dantys patys vieni įsmigę į medžio kamieną. Juodus plaukus, kurie niekaip nežilo, nors jis turėjo būti kur kas vyresnis už Maiklą, ji apsuko aplink avį dešiniame lapo kampe. Kaulėtas kiaušas, plikas ir baltas, ridenosi taku į tvartą. Tiesi nosis ir platūs pečiai, ant kurių jis gyvenime nieko nebuvo nešęs, kaip šipuliai skraidė ore. Pilkai juodas sprogimas raudonais it kraujas kontūrais. Akis ji prikalė prie lentinės tvoros. Rudos ir spindinčios kaip bejėgės vinys, jos smygsojo tarp medžio rievių.

Eidama pasiimti švarių apatinių, ji kaskart pamatydavo ten gulintį piešinį. Keletą dienų jis priminė jai, jog reikia ką nors daryti. Nutaikiusi akimirką, kai galėjo būti viena, ji sulankstė piešinį ir nusinešė į tvartą.

Kai atidarė srutų duobės dangtį, kad įkištų piešinį tarp sijos ir grindų lentos, tvokstelėjo aštrus, šiltas mėšlo kvapas. Atsitiesusi ji sukalbėjo „Tėve mūsų". Bet užbaigė savaip: „Mielasis Dieve, kuris esi mano, amen."

Po vakarienės Jorgenas vienas išsiruošė pas Maiklą ir šunį. Ji ten nebėjo.

Saulėje buvo nusvilusi rankas ir pečius. Vakare, apžiūrėjusi nudegimus, išsitepė riebalais, kuriais tepdavo karvėms spenius, ir rūgpieniu. Naktimis gulėdavo atmerktomis akimis ir stebėdavo sienomis laipiojančią saulę, galvodama apie šviesą virš Maiklo teptukų ir molberto. Ir rankų.

Kai beveik visas šienas buvo suvežtas, Pamokslininkas pagaliau išvyko rengti susirinkimų. Taigi jie vėl galėjo atsikvėpti. Mamos veidas išsilygino. Ji tapo aukštesnė. Pamažu atsitiesė susitraukęs kūnas. Ji kalbėdavo su jais ir tada, kai nenorėdavo pasakyti nieko konkretaus, ir be to aštraus, graudingo tono.

Tiesa, močiutė kvėpavo ir taisė valgį be paliovos. Per darbymečius jie valgydavo pas ją. Kai Pamokslininkas išvažiavo, valgymas tapo poilsiu. Jie galėdavo ramiai kramtyti. Ryti. Šnekėtis apie kasdienius dalykus. Svarstyti, ar bus lietaus. Ar greitai atplauks keltas. Ar močiutei laikas ruošti naują pavilgą arkliui, kuriam supūliavo pradrėksta kulšis.

Ruta ketino patikrinti, kaip atrodo piešinys po tvarto grindimis, bet neprisiruošė. Nusprendė leisti Pamokslininkui ramiai pūti.

Jorgenas atsisklendė, veidas nušvito. Nuo darbo ir saulės jo oda buvo ruda kaip varis. Pamatę jį dirbantį, kai jis į vežimą kraudavo sunkias šakes šieno, žmonės nebūtų pasakę, kad Jorgeno galva ne tokia, kaip turi būti. Jie tai suprasdavo tik jam prašnekus. Arba kai jis supykdavo ar labai apsidžiaugdavo. Priėjus arti, į akis krisdavo tūkstantis smulkmenėlių, kurios nuolat mainydavo veidą ir judesius. Judesius, kokių Saloje niekas daugiau neturėjo.

Pamokslininkui išvažiavus, šeštadienį pirmąkart per tris savaites palijo. Per aptvarą tekantis upelis ėmė kliokti. Statinė po laštaku akimirksniu prisipildė iki pusės. Ir lauke, ir namie dvelkė ką tik nupjautais dobilais. Ruta slankiojo iš kampo į kampą nerasdama vietos. Galiausiai apsisprendė ir pažliugusiu keliu nudrožė pas močiutę.

– Galiu Maiklui nunešti pintinę su maistu, – išpyškino purtydama sulytus plaukus.

Močiutė pažiūrėjo į ją skvarbiu žvilgsniu, tarsi jos būtų nepažįstamos, susitikusios pirmą kartą.

Ant spintelės virtuvėje gulėjo penki švieži kepaliukai duonos. Močiutė ėmė į rankas vieną po kito. Pakilnojo ir vėl padėjo. Trečiąjį kepaliuką įsuko į rankšluostį. Tada atnešė šešis kiaušinius ir viską atsargiai sukrovė į pintinę.

– Kiekvienas pats žinosi. Jaunos mergelės dažnai pridaro kvailysčių. Žinai ne blogiau už mane. Apkalbos – nuodai. Jos žmogų gali nuvaryti į kapus.

Močiutė nepasakė „prisimink Adą", bet Ruta žinojo, kad tai ji turėjo omeny.

– Jis moko mane tapyti. Duoda drobės ir...

– Ką gi. Bet pagalvok apie kainą. Saloje pasigailėjimo nesulaukia niekas.

Močiutė per stalą pastūmė jai pintinę ir linktelėjo. Ruta dar pastovėjo.

– Ką nori pasakyti, močiute?

– Noriu pasakyti: daryk, kiek išneša širdis ir protas. Tai guls ant tavo pečių. Jeigu tau svarbu tapyba, žmonės gali kalbėti ką nori. Bet jeigu tapyba tik antroje vietoje arba visai nesvarbi, už tavo kvailumą mielai trenkčiau tau antausį.

Ruta puikiai matė, kad jis apsidžiaugė Jorgeno ir jos apsilankymu. Jis aprodė jiems, ką buvo nutapęs. Paklausė, ar jie baigė suvežti šieną. Pavaišino sultimis ir vandeniu. Sausainiais. Paskui netikėtai iš lagamino, gulinčio palovyje, ištraukė eskizų bloknotą ir padėjo ant stalo.

Ruta ėmė atsargiai sklaidyti. Bloknotas buvo smarkiai pageltusiais kraštais. Maiklas sėdėjo kitoje stalo pusėje. Atrodė šiek tiek svetimas. Kažkoks kitoks. Karštai ir nerimastingai aiškino, kad eskizai daryti Paryžiuje ir Romoje. Daug kūnų. Su galvomis, rankomis ir be jų. Jai dingtelėjo, kad visa ši nuogybė veikiausiai gėdinga, nors jis ir sakė, jog tai skulptūros.

Suinkštė šuo, ir Jorgenas, užmovęs pavadėlį, išsivedė jį laukan. Kai durys užsivėrė, iš kažkur atsklendė Pamokslininko žodis ir aptraukė eskizus. Ji mėgino jį nustumti, bet jis, rodės, lipo prie visko, į ką ji žiūrėjo. Pasidarė sunku suvokti, ką sako Maiklas. Tačiau ji linkčiojo apsimesdama, jog viskas paprasta.

Lietus barbeno į skardinį stogą, Maiklas jai rodė dailės albumus. Jie buvo sutrinti ir gerokai apdriskę. Matyt, visur keliavo su juo. Vienas buvo aplenktas juodu popieriumi. Ant aplanko nelygiomis raidėmis užrašyta „Egonas Šylė".

Viršelyje buvo pavaizduotas žmogus raudonais klouno drabužiais. Kreivi brūkšniai reiškė rankas ir kojas. Galvai paveiksle beveik neliko vietos. Veidas žiūrėjo žemyn, žvilgsnis nukreiptas į šoną. Ji negalėjo atskirti, ar vyras, ar moteris, bet žmogus mėgino apsivilkti kaži kokį tamsų apdarą. Fonas buvo baltas. Dėl to viskas atrodė labai ryšku. Vieniša.

Tekstas buvo vokiškas. Ji pasklaidė albumą. Nuogi ir pusnuogiai žmonės. Jauni, keletas senų. Vienas pagyvenęs barzdotas vyras pasišiaušusiais ūsais. Baisiai liesa mergaitė plaukais žemiau juosmens. Škicas, kuriame pavaizduota sėdinti jauna mergina ant kelių sunertomis rankomis, nusmauktomis kojinėmis.

Maiklas bakstelėjo pirštu ir paklausė, ar ji nemananti, jog drąsus brūkšnys. Ji nusuko akis į šalį ir linktelėjo. „Kaip žmonės gali taip piešti, – pamanė. – Tikriausiai drįsta tik užsieniečiai arba tie, kuriems nereikia grįžti namo. Tokie kaip Maiklas."

Vienuose paveiksluose buvo vaikai arba vaikai, kurie nebuvo vaikai. Iš kitų į ją žvelgė pats dailininkas. Jis atrodė pamišęs. Arba įsiutęs. Kai kuriuose paveiksluose jo akys priminė Pamokslininko akis. Tai ją šiek tiek nuliūdino. Viskas taip nuoga.

Maiklas tikriausiai matė tik brūkšnius, o ne tai, kaip jie veikia žmones. Šiuo atžvilgiu jis kaip vaikas. Nelyginant Jorgenas. O ką ji? Ji šiek tiek nusisuko nuo jo. Sklaidė ir žiūrėjo.

Sklaidydama Egono Šylės albumą, pajuto keistą liūdesį, kad sulaukė aštuoniolikos metų, o dar nesutiko žmogaus, su kuriuo galėtų dalytis mintimis.

Maiklas žiūrėjo nebe į paveikslus, o į ją. Kai jų žvilgsniai susitiko, paklausė, ar ji nenorinti pasiskolinti knygos. Bet Ruta niekada nebūtų nešusis tokių knygų namo. Ji papurtė galvą ir pamėgino jam paaiškinti, kad pas juos nuogas gali būti pavaizduotas tik kūdikėlis Jėzus. Matyt, jis suprato, nes nusijuokė.

Rutai nepatiko, kad jis juokiasi. Tarsi keršydama pamanė, kad Egono Šylės paveikslai – visai kas kita negu Maiklo pieštos skulptūros. Šylės brūkšniai viskam teikė gyvybės. Jie buvo pilni veržlumo, pajėgūs prikelti žmones popieriuje ir išleisti juos į pasaulį.

Kai kuriems paveikslams būtų galėjusi pozuoti ir ji. Staiga ji išgirdo jo klausimą. Žodžių negalėjai suprasti klaidingai.

– Gal sutiktum pozuoti? Jei norėsi, šalia galės būti Jorgenas ar kas nors kitas.

Ji plykstelėjo kaip aguona ir nusisuko nežinodama, ką atsakyti. Jis mostelėjo į knygą ir paklausė dar kartą. Ji papurtė galvą nepakeldama akių. Tačiau žinojo. Ji nori. Nori būti matoma. Nori būti ta, kuri padėtų Maiklui piešti taip pat gyvai kaip Šylė. Jeigu būtų kur nors kitur. Mieste. Kitoje šalyje. Tada būtų atsakiusi: „Piešk mane! Tapyk mane! Matyk mane."

Jai ėmė trūkti oro. Turėjo nedelsdama išeiti. Kai žengė durų link, jis kažką sakė jai pavymui. Prašė atleisti. Neturinti pykti, nes jis nenorėjęs jos įskaudinti. Ji graži. Jis labai norįs sukurti gražų paveikslą. Ji suprato kiekvieną žodį, bet neparodė. Neatsisuko. Nepažiūrėjo į jį.

Grįžusi namo, kambarėlyje ant savo lovos ji pradėjo tirtėti. Nuėjo prie dėmėto veidrodžio, kabančio virš praustuvės, ir pažvelgė į savo veidą.

„Jis pasakė, kad aš graži", – pamanė.

Naktį ji stovėjo ant aukšto plokščio kalno žvelgdama į jūrą ir paplūdimius. Tada, lipdamas senu laivo trapu, nuo debesų nusileido Dievas. Sustojo tiesiai prieš ją, veidą paslėpęs debesyse. Pažiūrėjusi žemyn, ji pamatė, kad nutrintuose Dievo sandaluose – pliki Maiklo kojų pirštai. Nagai pernelyg ilgi ir nelabai švarūs. Ji žiojosi kažko sakyti apie kojų nagus, bet neišspaudė nė žodžio. Rankose Dievas laikė senovišką mokyklinę lentą.

– Nupiešk! – paliepė mostelėdamas į savo kojų nagus.

Tada dangus aptemo ir ji vėl liko vienui viena, su lenta rankose. Ši buvo tokia sunki, jog Ruta atrėmė ją į vienintelį ten augantį medį. Pamanė, kad reikia surasti kelią, bet nelabai žinojo, kur jo ieškoti. Iš paskutiniųjų mėgindama prisiminti, iš kur atėjo, kad galėtų pasukti priešinga kryptimi ir grįžti ten pat, išgirdo kažką dūžtant. Tuoj pat suprato, jog lenta. Bet jos nematė, tik girdėjo žvangesį papėdėje. Nusprendė, kad turi bėgti nuo to garso. Kitaip nukris nuo kalno ir ji, nes sudaužė Dievo lentą. Tačiau ji įstrigo. Kojos įstrigo žalioje žolėje.

Pabudo drebėdama. Antklodė gulėjo ant grindų. Išlipusi iš lovos, nuėjo prie trikampio langelio. Per lietų vos įžiūrėjo trobelės stogą ir kaminą. Nuo jūros kilo rūkas. Rodės, gamtovaizdis skendi baltuose švylių pūkuose.

Ji prisėlino prie senojo veidrodžio. Atspindį bjaurojo juodos dėmės. Ką Maiklas ten įžiūrėjo? Pati veidrodžio plokštumoje matė tik išplėstas akis.

Ar jis matė, kaip ji drebėjo? Ne. Ji juto virpesį visame kūne. Bet atspindys buvo nejudrus. Ji nuėjo prie drabužių, kabančių ant kėdės. Lentinės grindys girgždėjo. Tai jai priminė, kad naktimis vaikščioti nevalia.

Ji apsivilko languotą vasarinę suknelę, užsimetė megztuką. Basa nutykino laiptais žemyn ir išsmuko pro duris. Nubėgo per šlapią žolę, už krūmyno ir akmenų palei močiutės bulvių sklypą. Aplink akmenį ir paplūdimiu žemyn. Niekas neturi jos pastebėti.

Šuo negarsiai suurzgė jau prisiartinus. Pro duris išėjo Maiklas, priekyje laikydamas marškinius. Pamačiusi jį nuogą, neišmanė, ką daryti. Niekada nebuvo mačiusi nuogo vyro, kad ir prisidengusio marškiniais.

Jis pasitraukė į šoną, šešėlin, ir kažką sušnabždėjo. „Užeik."

Kadangi ji apsisprendė dar prieš išeidama iš namų ir jau stovėjo ant senelio trobelės slenksčio, būtų buvę kvaila dabar apsisukti ir pabėgti. Maiklui turbūt nesvarbu, kad jis nuogas. Juk matė šitiek skulptūrų Romoje ir šitiek dailės albumų.

Ji įsmuko vidun. Bet po to nebesugalvojo, ką veikti. Sumerkė akis ir vėl atmerkė. Greitai. Žiūrėjo į jį, bet nedrįso matyti. Žvilgsnis nuslydo žemyn į grindis ir kojų nagus.

Jis numetė marškinius ant lovos ir tylėdamas užsidegė pypkę. Nežiūrėjo į ją, tik vaikščiojo po kambarį ir rūkė. Amžinybę. Ruta pajuto, jog ima ašaroti. Be garso, nes labai gėdijosi.

Jis atsisėdo prie stalo ir kažką tyliu balsu pasakė. Ji nesuprato žodžių. Bet pamanė, jog tikriausiai ją guodžia. Ji nusišluostė panosę ir veidą.

Kai jis atsistojo ir priėjo prie jos, pasidarė pavojinga. Baisiai pavojinga. Rankos mostas privertė ją žengtelėti atatupstą. Bet staiga jis tarsi pabudo. Puolė prie spintelės su tapybos reikmenimis. Po akimirkos jau laikė eskizų bloknotą ir anglinį pieštuką.

Jis uždegė abi žibalines lempas, į vidurį kambario ištempė kėdę ir pamojo tarsi sakydamas: „Prieik arčiau." Bet jis to nepasakė, tik linktelėjo ir atsisėdo prie lango.

Ji žengė artyn. Šviesos ratas apakino, ji prisimerkė ir atsitraukė atgal. Nedrąsiai prisistūmė kėdę.

Anglinis pieštukas jos virpančioje rankoje. Ruta pažvelgė į jį. Jis laikė atkišęs delną. Tarsi sakytų: „Štai aš. Imk mane! Naudok mane!"

Ir staiga ji ėmė matyti jo akimis. Šlaunys. Tai, kas tarp kojų, pusšešėlyje. Netikroviška, bet ryšku. Pečiai, barzda. Garbanoti plaukai ant krūtinės. Šešėliai ant veido. Jis kilstelėjo pypkę jos pusėn ir vėl nusišypsojo.

Kol ji atbėgo iš namų, suknelė spėjo sudrėkti nuo lietaus. Pėdos šlapios. Ji jautė šaltį, bet jo kaip ir nebuvo. Kai ji nedrąsiai brėžė pirmuosius brūkšnius, ant viso kūno pašiurpo oda. Pirštai spaudė anglinį pieštuką. Ranka pakluso. Ji ir buvo Ruta, ir nebuvo. Viskas tarsi sustojo. Jis sėdėjo nejudėdamas ir neegzistavo niekam daugiau, tik jos brūkšniams. Tačiau kambaryje, be jo, nebuvo nieko daugiau tikro.

Po kurio laiko jis atsistojo ir atėjo pažiūrėti. Ji padavė jam bloknotą. Jis pakreipė galvą. Tarp antakių susimetė raukšlelės. Jis pakėlė bloknotą prieš šviesą ir kinktelėjo galva. Atrodė patenkintas.

– *Good! Very, very good.*

Jis parodė porą vietų, paaiškino. Apie perspektyvą ir atstumą. Ji linktelėjo ir norėjo pataisyti. Bet jis papurtė galvą. Kitą kartą. Tada lyg niekur nieko kalbėjo toliau. Tarsi būtų stovėjęs su drabužiais. Kai ką buvo įmanoma suprasti, bet ne viską. Jis buvo per arti ir nė nemanė rengtis. Kambaryje buvo šalta, net jai. Tačiau ji jautė kaistant skruostus. Keista, kodėl jis nesirengia. Jie jau baigė. Ji ruošėsi eiti.

Tada jis nuėjo pakurti krosnies. Stovėjo atsukęs nugarą ir laukė, kol įsidegs ugnis. Ilga lenkta linija nuo sprando viršaus iki apačios.

Po valandėlės jis pasilenkė pažarstyti žarijų. Stipriu mostu įmetė daugiau anglių. Plūstelėjo juodi dūmai. Ugnis jį nušvietė taip, tarsi jis stovėtų tarp deglų. Liepsnos plaikstėsi. Traškėjo, pokšėjo. Jis užtrenkė krosnies dureles ir atsisuko į ją. Kažką ji pamatė jo akyse. Klausimą. Paskui – prašymą. Jis mostelėjo į savo nuogumą. Mostelėjo į ją. Linktelėjo į eskizų bloknotą.

Jai už nugaros pakilo sūkurys. Įtraukė ją ir ėmė skraidinti ratu, vis greičiau ir greičiau. Atimdamas valią. Kažkas buvo stipriau už ją. Juk dėl to ji ir yra čia.

Ruta nusivilko megztinį ir suknelę. Padvejojusi nusitraukė apatinius. Rengdamasi nė karto nepažvelgė į jį, paskui liko stovėti nunarinta galva.

Jis kabliuku užkabino duris ir užtraukė senas karoliukų užuolaidas. Žiedai girgždėjo ant žalvarinio strypo. Kai ji pakėlė akis, jis jau vertė didžiojo eskizų bloknoto lapus. Tada į kambario vidurį ištempė molbertą ir ant jo pastatė bloknotą.

Tą akimirką, kai jis pažvelgė į ją, ji suprato, kad viskas kitaip. Žvilgsnis nebuvo to, kuris mato ją nuogą. Žvilgsnis buvo to, kuris pastebėjo kai ką nuostabaus ir nori tai nupiešti.

Nesiliesdamas jis parodė jai, kur atsisėsti, ant kelių davė pasidėti močiutės pintinę tarsi suprasdamas, kad jai tat būtina. Tada paprašė pasileisti surištus plaukus. Jie tebebuvo drėgni nuo lietaus. Jis parodė, kaip pirštais iššukuoti plaukus. Štai taip! Parodė, kaip ji turi sėdėti. Praskyrusi pėdas, ištiesusi kojas. Truputį palinkusi prie pintinės, vieną ranką laikydama po krūtine. Ji akimis sekė jo rankas. Jos buvo tokios tamsios.

Jis vaikščiojo aplink ją. Matavo ją žvilgsniu. Iš naujo prisidegė pypkę. Dar sykį apėjo ją ratu. Truputį atitraukė užuolaidas. Pakreipė galvą ir atsistojo prie molberto.

Laikas buvo lyg nejudrus mėlynas šešėlis. Jis įžiebė trečią lempą. Smarkiai užpleškino krosnį. Paklausė, ar ji neištroškusi. Ar jai nešalta. Ji papurtė galvą. Kartą jis priėjo prie jos ir neprisiliesdamas kilstelėjo smakrą. Valandėlę paspoksojo į kažką jos galvoje, tada vėl grįžo prie molberto.

Jis tiek daug moka, ką ji nori išmokti. Tiek daug žino, ko jai reikia. Ji troško, kad jis ją pastebėtų. Matytų, jog ji jam kai ką duoda mainais už tai, kad jis su ja dalijasi dažais ir drobe. O gal priežastis slypi kitur? Gal viskas dėl to virpesio? Todėl ji ir geidė, kad jis prieitų ir paimtų už smakro. Iš tikrųjų paimtų.

Bet jis nepriėjo. Ranka tai kilo, tai leidosi. Beveik negirdimai krebždėjo anglinis pieštukas. Jis pervertė bloknotą. Pradėjo iš naujo. Stebėjo, kas jos nepaprasta. Kitą jos pusę. Kuri niekam iki tol nerūpėjo.

Po kurio laiko jis paprašė, kad ji atsisėstų lovoje tarp pagalvių. Kad atsiremtų. Štai taip. Be močiutės pintinės ji pasijuto tokia nuoga. Siaubingai nuoga. Ji norėjo prisidengti. Pagrabaliojo aplinkui, bet nieko nerado. Taigi tiesiog liko gulėti. Lovatiesė graužė nugarą. Iš šiurkščių vilnonių siūlų megztos skiautės. Ji bejėgiškai žvelgė į jį. Dabar jis turi ją. Turi visą jos atvaizdą.

Jis dar įmetė anglių į krosnį. Virš stogo pažiro kibirkštys. Ji matė jas krentant į žolę už lango. Juodi suodžiai pavojingame žiežirbų lietuje. Jis kūrena per smarkiai. Staiga prieš akis jai iškilo vaizdas, jog viskas užsidega ir jie turi bėgti į lauką. Nuogi. Tada sulekia žmonės ir juos pamato. Ji regėjo save ir Maiklą, pavaizduotus nuogais Šylės brūkšniais. Tai ją baisiai išgąsdino. Ji pradėjo juoktis. Pati girdėjo, kad juokas ne jos. Jis priklausė žmogui, nelabai žinančiam, ką daro. Kuo daugiau gaisro vaizdų ji matė, tuo labiau juokėsi.

Jis nustebęs nustojo piešti, tada nuleido ranką su angliniu pieštuku.

– *All right, all right*, – pasakė.

Ji mėgino paaiškinti, ir šį tą jis tikriausiai suprato, nes šyptelėjo. Staiga, kai jis žengė žingsnį nuo molberto ir ant jo krito šviesa, ji kai ką išvydo. Jis atrodė visiškai kitaip. Buvo standus. Stovėjo viduryje kambario ir rodė į ją. Tai buvo netikra. Visų pirma netikra. O akys? Ar kas nors būtų galėjęs nupiešti ar nutapyti tokias akis?

– *You must go now, Rut! It's just morning.* Tau reikia eiti, Ruta. Jau rytas, – išgirdo ji.

Ruta stryktelėjo iš lovos ir pačiupo suknelę, nukritusią nuo kėdės. Apsirengė pašėlusiu greičiu. Susigėdusi. Taip baisiai susigėdusi. Dėl visko pati buvo kalta. Tiek suvokė. Ji sugadino paveikslą.

Kai taikėsi nerti pro duris, jis sugriebė jai už riešo ir sušnabždėjo kažką, ko ji nesuprato. Jo nuogo kūno šiluma buvo pernelyg arti. Krūtinė. Rankos ir plaštakos.

– *Coming back?* Ar grįši? – išgirdo ji.

Žemas, keistas balsas. Ji viską jautė, tačiau atrodė netikra. Todėl atsitiesė ir priglaudė kaktą jam prie krūtinės. Šiurkščios.

Tada jis paskandino ją glėbyje. Šiltai ir įsakmiai.

– Ne! – sukūkčiojo ji, mosuodama rankomis.

Jis tuojau ją paleido ir kažką sumurmėjo vyro prie molberto balsu. Jame gyveno du žmonės. Du skirtingi žmonės. Vienam iš jų visuomet rūpėjo Šylės brūkšniai. Kito nereikėjo erzinti, nes jis buvo ne geresnis už ją pačią.

Ji nežinojo, katras atidarė duris ir ją išleido.

Kelias dienas Ruta ten nesirodė. Ji matydavo jį pro trikampį palėpės langelį, žingsniuojantį paplūdimiu su eskizų bloknotu ir molbertu. Šuo bėgdavo tai priekyje, tai iš paskos. Paskui jie pasislėpdavo už uolų.

Jie suvežė visą likusį šieną, ir mama buvo puikiai nusiteikusi. Jorgenas, kai nekrovė ar nevežė šieno, tupėjo pas Maiklą. Vieną vakarą jis Rutai įbruko raštelį nuo Maiklo. Jis rašė galįs ją dar pamokyti tapybos, jeigu ji norinti. Saulės šviesoje? Jorgenas žinąs, kur jį surasti.

Jis manė, kad ji jo bijo. Ar bijo? Ne tiek, kad nenorėtų mokytis iš jo tapybos? Ne. Reikėjo tik apsispręsti. *Tiek* neįmanoma bijoti!

Jis stovėjo apsimovęs savo dėmėtąsias kelnes, užsimaukšlinęs didžiulę šiaudinę skrybėlę ir tapė saleles, žuvų džiovyklas ir molą. Drobė ir panėšėjo į tikrovę, ir nepanėšėjo. Jis buvo paėmęs tapybos priemonių ir jai. Vadinasi, prieš išeidamas iš trobelės pagalvojo apie ją. Kad ji ateis.

Jorgenas visą laiką buvo šalia. Drožinėjo, kažką meistravo. Kartais pamėtėdavo pagalį, kad šuo atneštų. Bet nuo jų nenutolo. Tarsi Maiklas jį būtų primokęs. „Nenueik, Jorgenai, jai tavęs reikia."

Vieną vakarą, kai Jorgenas padėjo dėdei Aronui dervuoti valčių pašiūrę, Ruta, baigusi plauti indus ir tvarkytis, pasakė mamai ketinanti įkopti į Viržynę. Kaip ir ankstesniais metais.

Kai ji atėjo, Maiklas sėdėjo ant šulinio dangčio su ritiniu angliškų laikraščių. Jis pasidžiaugė gavęs siuntinį ir pavaišino angliškais saldainiais. Ji paėmė ir atsisėdo atokiau.

Jis pasidomėjo, kur ji išsiruošė su kuprine. Į Viržynę? Jis nežinojo, kuris iš žaliųjų kalnų vadinamas Viržyne. Ji parodė. Paaiškino, kur eina takas ir kiek laiko trunka užlipti. O žemyn? Pusvalandis žemyn.

Ruta jautė jo žvilgsnį. Tarsi jis klausytų, ką ji sako, bet galvotų visai ką kita. Pavyzdžiui, kodėl ji atėjo prie trobelės, jeigu ketino taku kopti į kalną. Bet jai nerūpėjo, kuo jis stebisi, nes tą vakarą Jorgenas dėdei padėjo dažyti. Ir kai jis, pažvelgęs jai į akis, paklausė, ar ji nori, kad jis eitų kartu, ji linktelėjo.

Virš riešo jis buvo įsidrėskęs. Šašas dar nespėjęs užsidėti. Aplink skraidė du kraujo ištroškę uodai. Suko ratus, norėjo nutūpti, vėl kilo ir vėl suko ratus. Jis pamosavo ranka ir įrėmė alkūnes į kelius. Stebėdama, kur skraido uodai, ji visą laiką jautė jo žvilgsnį. Galiausiai tapo nepakeliama.

Tada jis prisislinko artyn ir uždėjo tamsią ranką jai ant sprando. Šiltas delnas tvirtai apglėbė galvą, tarsi ten ir būtų jo vieta. Nekietai, tik kaip stiprus sparnas. Ji atsirėmė į jį. Atsirėmė trokšdama, kad tai truktų amžinai. Jo akys virš jos išsiplėtė ir susiliejo su dangumi. Mėlynavo virš jos, kol ji nebeatlaikė. Tada jis atsistojo ir ją paleido.

Ji užsimetė kuprinę ir pradėjo eiti.

Po pusvalandžio jis ją pasivijo. Ant krūtinės turėjo pasikabinęs krepšį su tapybos reikmenimis, už pavadėlio vedėsi šunį. Ji ėjo priekyje, kol jie priėjo plyšį uoloje, kur avys slėpdavosi nuo audros. Tada ji įlindo vidun ir atsisėdo ant žole apželusio akmeninio laiptelio. Jis atsekė iš paskos ir atsisėdo šalia. Šuo susirietė šešėlyje už jų.

Jie galėjo apžvelgti kaimą ir Įlanką, toli užmatė fiordą ir pakrantę. Bangeles jūros paviršiuje ir miglos, žadančios giedrą, dryžius. Iš pradžių sėdėjo netardami nė žodžio. Tada ji pajuto jo žvilgsnį.

Ji žvelgė į tolį tarsi nepastebėdama. Tarsi sklendė ore. Tarkim, kad jis – du viename. Tarkim, kad ji iš tikrųjų bijo to, katras netapo.

Pirmasis, tas, kuris nepavojingas, viską žino apie tapybą, piešimą ir perspektyvą, aplankęs šitiek pasaulio miestų. Pažįsta šitiek žmonių. Tarp jų tikriausiai nemažai dailininkų. Jis žino mokyklas, kuriose galima išmokti visko apie spalvas ir perspektyvą. Išmokti viso to, ko iš tikrųjų neįmanoma išmokti, nes iki tol niekas neturi būti to tapęs. Kol ji nenutapys.

Tarkim, kaip tik dabar šalia jos alsuoja ne tas Maiklas. Ne tas, katras delnais suima jai galvą ir nuo veido nubraukia plaukus taip priartėdamas, jog ji nedrįsta nuryti burnoje susikaupusių seilių.

Tada jis tai pasakė. Palietė randą kaktoje ir paklausė, kaip šis atsirado. Jo balsas pranyko, kai ji išvydo Gormą, žingsniuojantį per mokyklos aikštę mieste. Jis vilkėjo rudą odinę striukę žalia apykakle. Štai atsisuko ir kilstelėjo ranką.

– Visada buvo, – pasakė ji ir atsistojo.

Vienuoliktas skyrius

– NORS KIEK SVARBESNĖ PREKYBA PRASIDEDA BERGENE, TODĖL TEN IR VAŽIUOSI, – PASAKĖ TĖVAS.

Niekada nebuvo kitos minties. Tarsi tai būtų Gormo būties prasmė. Mokslas turėjo trukti trejus metus. Jis perskaitė studijų programą, bet nerado jokių svarių kontrargumentų.

Galbūt dėl tėvo žodžių „palauk, kol išvažiuosi į Bergeną" jis įtikėjo, kad ten yra laisvė. Kas sudarys tą laisvę, be galimybės pasigerti, jam nebuvo visiškai aišku. Bet Torsteinas taip pat ruošėsi ten važiuoti.

Tėvas apie prekybos mokyklą kalbėjo taip, tarsi tai būtų koks nors giminė arba dar geriau – prekybos partneris. Prieš pat karą jis pats ten dvejus metus studijavo.

Net mama apie Bergeną turėjo papasakoti šį tą gero. Ten ji sutiko tėvą, kai ketindama tapti modiste gyveno pas tetą. Tiksliau, pasakodavo jį ten sutikusi tik tuomet, jei girdėdavo tėvas. Kai tėvo nebūdavo šalia, ji piešdavo miestą ir skrybėlaites. Galiausiai su atodūsiu pridurdavo, kad sutiko tėvą ir ištekėjo, „tada Marijanė".

Vardas pakibdavo ore, tarsi ji mėgintų žodį apgręžti ir grąžinti atgal. Balsas būdavo toks, lyg ji kalbėtų apie neapsakomą nelaimę. Tais retais kartais, kai Marijanė pasidarydavo nekalbi ir visa susigūždavo, mama pasakodavo apie tai, kodėl ji netapo modiste.

Atrodė, jog tėvas nežino, kaip viskas susiję. Mama veikiausiai jam užsiminė, kad iš tikrųjų Bergene ji gyvena tam, kad išmoktų siūti skrybėlaites, bet tėvas, matyt, nelabai to paisė.

Seserys niekaip neatsiliepė apie jo ateitį, nei gerai, nei blogai. Kol jis tarnavo armijoje, jos vėl pradėjo žvilgčioti viena į kitą ir kartu juoktis. Marijanė jau buvo baigusi medicinos mokyklą, susižadėjusi ir ruošėsi tapti advokatiene Steine. Gormas vis pamąstydavo, kad jam nepatinka tas Janas, tačiau pats dorai nesuprato kodėl. Tam žmogui negalėjai nieko prikišti.

Su Ėdele pasidarė įdomiau bendrauti. Ji ištisai kritikavo viską ir visus, kas tik jai pasimaišydavo, ypač tuos, kuriems per trisdešimt. Ir be paliovos postringaudavo apie tai, kad pasaulis pasmerktas greitai žlugti, nes amerikiečiai esą tikri kiaulės. Tokių minčių ji prisigaudė Osle, laikydama parengiamuosius egzaminus. Labiausiai dėl jos kritiškų pažiūrų kentėjo mama.

– Ai, mama, – nenueidavo jai nuo lūpų, kai šalia nebūdavo tėvo.

– Tau laikas suaugti, mieloji, – protino mama.

– Kam reikėjo tiek mokytis egzaminams, jei išmokai tik pasakyti „ai, mama"? – paklausė Gormas.

Ji užvožė jam per galvą sofos pagalvėle, ir jie atsiskaitė. Bet jis suprato, kad abu nežino, ką veikti su savo gyvenimu. Ėdelė niekaip negalėjo pasiryžti išsikraustyti iš namų. Prieš pat Gormui išvykstant į Bergeną, tėvas ją įtaisė į vieno verslo partnerio biurą mieste.

Mama pasišovė važiuoti kartu, kad, anot jos, apžiūrėtų kambarį, sanitarines sąlygas ir rajoną. Ji įsikūrė viešbutyje neribotam laikui.

Kiekvieną popietę ir vakarą jis turėjo jai padėti tvarkyti įvairias smulkmenas, susijusias su kambariu ir buitimi. Vos atrasdavo laiko nusipirkti reikalingoms knygoms arba su kuo nors susipažinti.

Ji pasibjaurėjo baisiomis užuolaidomis ir nusprendė, kad kilimas pavojingas sveikatai. Jį reikia išvalyti. Šiaip sanitarinės sąlygos pakenčiamos. Nuo jos pokalbio su namo šeimininku Gormas susigūžė. Kai ji pareiškė einanti pirkti užuolaidų ir dar šio bei to, kas sukuria „jaukumą", kaip ji tai vadino, Gormui trūko kantrybė, nors ir pats nesuprato, iš kur ėmė drąsos.

– Liaukis! Man užuolaidos pakankamai geros!

Mama šiek tiek susigūžė, tarsi jis būtų jai sudavęs, akyse sublizgo ašaros.

– Aš juk tenoriu tau gero, važiavau tokį kelią, kad padėčiau.

– Žinau, – sumurmėjo jis ir apsivilko striukę pasiruošęs eiti su ja pirkti naujų užuolaidų.

Kadangi jam nepatiko nė vienas iš jos pasiūlytų variantų, ji pasiskundė, koks jis baisiai panašus į savo tėvą.

„Visai tikėtina, kad aš jos neapkenčiu", – nustebęs pamanė jis ir leido jai išrinkti.

Jie nupirko gatavas užuolaidas pagal mamos skonį, jis parnešė pirkinį namo. Ji užlipo jų pakabinti šeimininko kopėčiomis, o jis prilaikė. Bet kurią akimirką jo rankos galėjo atsileisti, ir ji būtų nugriuvusi. Bet mažai tikėtina kas nors pavojingiau negu kaulų lūžis. Taigi jis turėtų su gėlėmis kasdien lėkti į ligoninę. Arba dar blogiau – lankyti ją viešbučio kambaryje.

Pakėlęs akis, jis pamatė, kad mamos blauzdos ir šlaunys pradėjusios glebti, o baltos šilkinės palaidinukės pažastyse išplitusios prakaito dėmelės. Kūnas lieknas, drabužiai elegantiški, bet kaklas jau išdavė amžių. Neprisiminė, jog būtų pastebėjęs tai anksčiau. Apstulbo dėl to, kad jam nė kiek jos negaila.

Kai ji nulipusi apsivilko kostiumėlio švarkelį, apsiavė batelius ir sučiauškėjo, kad jiedu nusipelnė prašmatnios vakarienės, jis pasijuto esąs blogas žmogus.

Septynias dienas jis nuolat jautė spaudimą smilkiniuose ir kaktoje, neįstengė galvoti apie nieką daugiau, vien tai, kad jai reikia išvažiuoti. Pusdienis mokykloje prabėgdavo kaip trumpa pertraukėlė.

Paskutinį vakarą jie vakarieniavo viešbutyje. Jis buvo ištroškęs ir prieš valgį užsisakė alaus. Ji pageidavo tik vandens.

– Mama, nejau prie valgio neišgersi vyno?

– Ne, ačiū. Manęs juk rytoj laukia kelionė, – atsiduso ji.

– Tada aš toliau gersiu alų.

– Man atrodo, tu per daug vartoji alaus, – pasakė ji, kai padavėjas nuėjo. – Alkoholis – tavo asmenybės yda, mielasis Gormai.

Ūmiai spaudimas smilkiniuose taip sustiprėjo, jog jis nebeatlaikė.

– Galbūt šalia tavęs man išvis neįmanoma būti asmenybe?

Jis įsmeigė žvilgsnį jai į antakius. Šie buvo tamsūs, dailiai išlenkti. Jų grožio nesudarkė netgi metamorfozė, kurią perėjo jos veidas jam kalbant. Smakras suglebo, raukšlės prie burnos pagilėjo, akys tankiai sumirkčiojo. Tada prisipildė ašarų. Oriu mostu, pažįstamu iš seniau, ji iš rankinuko išsitraukė nosinaitę.

– Maniau, mudu maloniai pavakarieniausime, – tarė ji, šluostydamasi paakius.

131

– Ir aš taip maniau, – kiek galėdamas ramiau atrėmė jis, bet spaudimas smilkiniuose išplito.

Rodės, galva tuoj sprogs.

„Man jos negaila", – pamanė jis, bet nuo to nelabai palengvėjo.

– Nesiruošiu atsakyti į tavo kaltinimus, – pasakė ji.

Jis patylėjo.

– Noriu, kad šis vakaras būtų malonus, – pridūrė ji su šypsena, sakančia: „Aš aukojuosi."

„Ji pati tuo tiki", – pamanė užversdamas valgiaraštį. Padavėjas priėjo priimti užsakymo.

– Deja, man dingo apetitas, tad prašyčiau tik nedidelio pyragaičio ir puodelio kavos, o jaunikaitis, žinoma, užsisakys avienos kumpio, kaip jūs ir siūlėte.

Gormui buvo sunku patikėti tuo, ką išgirdo. Tai buvo šis tas nauja. Ji išsidavė padavėjui, kad ne viskas taip, kaip turi būti. Šis užsakymą priėmė dviprasmiškai šypsodamas. Gormas nesislėpdamas pažiūrėjo į laikrodį ir paskaičiavo, kiek reikėtų pasėdėti dėl padorumo, kol galės eiti namo į savo kambarį.

– Noriu, kad žinotum, jog atleidau tau už akiplėšiškumą, nes aš ne iš tų, kurie giežia apmaudą. Visada pirmiausia galvoju apie tai, kaip jaučiasi kiti. Ir dabar matau, kad tau negera, mielasis Gormai.

Jis pasijuto taip, tarsi galva būtų atkirsta nuo stuburo. „Tikriausiai šitaip, visiškai ramiai, sėdėsiu tol, kol savaime nuvirsiu nuo kėdės", – dingtelėjo jam, ir jis pamanė, ar tuo metu ji jau bus išvažiavusi. Ar turės išgyventi ir jos neviltį dėl to, kad jis visų akivaizdoje nugriuvo nuo kėdės. Sėdintieji prie gretimų staliukų pasidarė labai dėmesingi. Žvilgsniai buvo pakankamai tiesūs. „Tu negali šitaip nepaisyti kitų, imti ir nuvirsti nuo kėdės, sūnau", – pasakytų ji. Vos apie tai pagalvojo, žandikauliai atsileido ir jis įstengė nusijuokti.

– Iš ko juokiesi?

– Nežinau, – sumelavo Gormas ir pamanė, kad vargu ar kas nors yra prikalbėjęs tiek neteisybės savo motinai kaip jis.

Bet ne tik motinai. Jis buvo įsuktas į ištisą melo verpetą. Užteko prisiminti Elsę. Jis žadėjo jai parašyti laišką, bet neparašė. Praėjo kelios savaitės, o jis nenusiuntė jai nė žodelio. Dabar vėl meluoja. Tarsi tai būtų sportas, kurį ištobulino tarnaudamas Norvegijos krašto apsaugoje.

Mama nerimastingai pažvelgė į savo rankas, palietė stalo įrankius, servetėlę. Atsiduso ir bejėgiškai mostelėjo galva. Tas mostas jam buvo pernelyg gerai pažįstamas. Jis priminė visą virtinę įvykių, nuo pat vaikystės, kur buvo tik mama ir jis. Jis ir mama. Kur jis visada turėdavo atlaikyti jos susirūpinimą ir nepasitenkinimą. Ir iš šios sekos jam tapo aišku, kad pralaimėjo. Tiesą sakant, jautė jai gailestį. Dabar, šią akimirką.

Kai buvo atneštas valgis, o jis beveik nieko nepalietė, turėjo išklausyti tiradą, kad pirkti tokią prašmatnią vakarienę tam, kuris nevalgo – pinigų švaistymas. Jis nebejuto nei maištingumo, nei pykčio. Vienintelis dalykas, ką galėjo daryti – tai stebėti aplinką ir žmones. Kai ji ką nors pasakydavo, jis kinktelėdavo galva. Kai ko nors paklausdavo, atsakydavo, ką žinojo ją norint išgirsti.

Po kurio laiko ji suprato, kad pajėgs suvalgyti ir desertą, jeigu tik nebus pernelyg sotus. Padavėjas priėmė užsakymą su patenkinto žmogaus šypsena. Tada pažvelgė į Gormą.

– Ne, ačiū, man nieko.

– Paimk ir tu deserto, palaikysi man kompaniją, – šypsodamasi paprašė ji.

Jis įkvėpė.

– Du karamelinius pudingus, – pasakė įsmeigęs žvilgsnį į serviravimo lėkštę.

Kitą dieną jis palydėjo ją į kelto prieplauką. Ji ėmė skųstis naktį negalėjusi sumerkti akių, nes iš galvos jai nėjusi mintis, kad Gormas nesidžiaugia jos buvimu.

Įteigęs sau, jog netrukus tai pasibaigs, Gormas draugiškai paprieštaravo, kad pakeltų jai nuotaiką ir būtų lengviau pačiam. Tada ji pravirko.

– Atleisk, mama! – sumurmėjo jis, nors nesumojo, už ką reikėtų atsiprašinėti.

Pro šalį triukšmingai prazvimbė krautuvas. Jis jau žiojosi sakyti, koks puikus oras kelionei.

– Norėčiau dabar būti jauna, tokia kaip tu, – sušniurkščiojo ji.

Visa figūra dvelkė bejėgiškumu. Tai užkrėtė ir jį. Veikiau norėdamas pasislėpti negu iš draugiškumo jis spustelėjo jai ranką, padavė savo nosinę ir nuvedė trapu aukštyn.

– Aš tik palydėsiu mamą ir nunešiu lagaminą, – pasakė pareigūnui, tikrinančiam bilietus.

– Laivas išplaukia po dešimties minučių, – įspėjo karininkas, praleisdamas juos į laivą.

Ji tvirtai laikėsi jam už parankės, kai jis ją lydėjo į kajutę.

– Bepigu jums, dabartiniam jaunimui. Net karo nėra. Ir laikai daug geresni. Žinai, aš niekada nebūčiau tekėjusi. Galėjau kuo nors tapti, buvau gabi. Daug kas sakė, kad gabi.

– Mes juk žinome, mama.

– Ne „mes", bet „tu". Kiti, tavo tėvas nieko nežino. Nieko nenori žinoti. Aš svetima savo pačios namuose.

– Štai čia, mama, – tarė jis ir atidarė kajutės duris.

– Dabar ir tu kalbi tuo tonu. Tarsi nebūčiau...

– Atleisk, nenorėjau. Gal palydėti tave į viršų, kad galėtum matyti, kada išplauksite?

Ji papurtė galvą ir nusišluostė nosį.

– Negaliu tokia niekam rodytis, – sušnabždėjo.

Išsilaisvinęs iš jos rankų paliko tebeverkiančią.

Lėkdamas koridoriais, jis spoksojo į eiles visiškai vienodų durų. Į galvą strigo numeriai. Šeši, septyni, aštuoni, devyni. Dešimt. Ten, kur turėjo būti liežuvis, prisikaupė gleivių. Jis rijo savo gleives. Durys, žalvarinės rankenos. Nešvarių skalbinių maišai koridoriaus gale. Palei laiptų apvadą tamsus sustingusio purvo dryžis. Jis rijo ir rijo skubėdamas į denį.

Pajutęs gaivų vėją, ėmė gerti orą. Godžiai. Tada suvokė garsus. Nuo prieplaukos sklindantį triukšmą. Riksmus. Juoką. Variklio ūžimą. Kraunamų dėžių trinksėjimą. Viduryje trapo jis stabtelėjo, prasižiojo ir pakrutino liežuvį. Pasidarė lengviau. Net nesuprato kodėl. Tačiau pasidarė lengviau.

Tuomet po kojomis pajuto prieplaukos grindinį. Buvo nuimtas trapas. Į vietą grąžintas bortas. Jos niekur nesimatė. Bet kažkaip jis juto, kad ji ten. Tik nenori pasirodyti. Kai juodą laivo korpusą sudrebino varikliai, o sraigtai į putas suplakė jūrą, jis pakėlė ranką.

Taip stovėjo, kol laivas apsisuko ir ėmė tolti nuo kranto. Kilvateris pamažu nurimo, liko lygios baltos juostos. Ranka buvo kaip negyvas pagalys ore. Tačiau jis stovėjo it alavinis kareivėlis, kol visiškai įsitikino, kad ji nebegali jo matyti.

*

Porą valandų jis be jokio tikslo bastėsi gatvėmis. Galėjo iš telefono būdelės paskambinti Torsteinui. Bet nežinojo, ką pasakytų, jei Torsteinas atsilieptų. Atrodė, tarsi ilgam būtų išeikvojęs visus žodžius.

Gera būtų turėti žmogų. Tikrą žmogų. Nesvarbu, kas jis. Tik kad jie galėtų vienas kitam išsipasakoti arba kartu patylėti. Dabar, kai mama išvyko, bet ir toliau nedavė jam ramybės, jis žinojo, kad labiausiai save niekina už šį panašumą. Kad ir jis nieko neturi.

Šlaituoti sodai. Statinių tvoros. Medžiai. Prošal ir prošal. Žalias ir geltonas mirgesys. Jis mėgino galvoti apie mokyklą, knygas, naujus veidus.

Bet mamos veidas buvo ryškesnis. O už jos tamsavo migloti Elsės šešėliai. Jis mėgino sudėti laišką. Mėgino sukurti jį iš medžių vainikų, debesų. Tačiau neįstengė. Visi žodžiai Elsei būtų buvę melagingi. Nes ji jam neberūpi.

Jis užėjo į kavinę ir nusipirko puodelį kavos. Ant lentynos stovėjo radijas, iš jo sklido giesmė. Jam dingtelėjo, kad Bergene jis manė būsiąs laisvas, o tetroško būti geresnis žmogus.

Peleninėje gulėjo suglamžytas lapelis. Jis ištiesino jį ir perskaitė pirkinių sąrašą. „Kava, duona, popierinės nosinaitės, trys metrai nėrinių.“ Matyt, čia ką tik sėdėta moters.

„Giesmės ir nėriniai“, – pamanė jis.

Švarko kišenėje susirado rašiklį, apvertė lapelį ir užrašė: „Ar visi jaučia tą patį? Ilgisi to, kurio neturi? To vienintelio žmogaus. Tos, kuri moka suprasti nepanaudodama to prieš tave. Tos, kuri nereikalauja tavęs turėti ir kuriai dėl to nereikia meluoti arba norėti būti nuo jos kuo toliau. Ar tokia išvis yra? Ar tu tik priskiri nebūtas savybes tai, kurią sutikai religiniame susirinkime.“

Dvyliktas skyrius

NUO GŪBRIŲ IR KALNŲ ATSILIEPĖ AŠTRUS TRENKSMAS.

Jorgenas ir Ruta stovėjo prie uolos močiutės bulvių lauke. Jorgeno akyse mėlynavo vakaro šviesa. Jos išsiplėtė ir bejėgiškai nukrypo į ją.

Ji pastatė pintinę ant žolės ir pasileido į pakalnę. Jorgenas ją pavijo ir aplenkė. Kai ant slenksčio pasirodė Maiklas, ji pajuto palengvėjimą. Pati nesuprato, kodėl pamanė, kad šauta buvo į jį.

Matyt, jis tuo metu skutosi barzdą. Viena veido pusė jau buvo švari, o kitą dengė ilga barzda. Jis lakstė po kiemą su maskatuojančiomis ant klubų petnešomis.

Pamatęs juos, sušuko kažką, bet ji nesuprato. Jis apžvelgė paplūdimio kraštą ir taką, pranykstantį brūzguose. Paskui skubiai žengė keletą žingsnių anapus šulinio. Ten akimirką sustingo ir pasislėpė už rentinio.

Ruta mėgino suspėti su Jorgenu, bet šis buvo greitesnis. Maiklas atsitiesė ir puolė bėgti. Ji matė, kad rankoje tebelaiko skutimosi peiliuką. Plaukai pakluso vėjui, tarsi gamtos jėgos būtų pasiruošusios jį sulaikyti, jeigu jis ryžtųsi neapgalvotam žingsniui. Galva sukiojosi į šalis. Kai tekinas bėgo laukais, jam iš burnos liejosi keisti žodžiai. Garsiau ir garsiau, su grėsmingu aidu.

Ruta šniokšdama pribėgo prie šulinio rentinio įkandin Jorgeno. Ten jie sustojo. Šuo gulėjo ant šono išskėstomis kojomis ir atvirais nasrais. Tarp drėgno liežuvio ir aštrių dantų tekėjo plona raudona srovelė. Jorgenas atsiklaupė ir suleido pirštus į trumpaplaukį kailį. Pasikūkčiodamas šnekino gyvulį sava kalba. Primygtinai prašė jį keltis. Ne kada nors vėliau, o tuoj pat.

Jorgenas buvo matęs daug negyvų gyvūnų. Avių, veršelių, senų karvių. Jūros gyvių ir žuvų, vištų ir tetervinų. Veikiausiai žinojo, kad jo komandos bergždžios. Tačiau toliau užsispyręs įsakinėjo.

– Stokis! Kelkis! Tuoj pat!

Jis kumščiojo ir beviltiškai purtė šunį. Tada paėmė jį į glėbį ir nunešė prie akmeninio laipto. Ruta pirmą kartą matė taip sunkiai nešantį žmogų. Šuns kūną ir galūnes jis pasidėjo ant skraito, o galvą atsargiai pasiguldė ant kelio. Tada uždengė gyvulį savo tvirtu liemeniu ir sėdėjo linguodamas į šalis. Kažką murmėjo palinkęs prie kailio, lyg guosdamas save patį ir šunį.

Prie šulinio vešėjo dobilai, motiejukai ir žolės kuokštai, grasindami įsigraužti į kelią. Ant žvyro, kur gulėta šuns, liko nelygus krūtinės ir letenos kontūras, tarsi įsispaudęs senose rūdyse su pavienėmis skaisčiai raudonomis dėmelėmis.

Jorgenas tebesėdėjo susirietęs, glėbyje sūpuodamas šunį.

Taku palei paplūdimį bėgo tamsi žmogysta, lyg besirangantis žmogus žaltys maskatuojančiomis petnešomis, laidydamas baisius riksmus.

– *Damn you! Devils! Norwegian devils! Burn in hell! In hell! I tell you: In hell!* Būkite prakeikti! Velniai! Norvegiški velniai! Dekite pragare! Pragare! Sakau jums – pragare!

Žodžiai skardėjo atsimušdami nuo visų uolų. Taip garsiai, kad per kalvą atskuodė močiutė pažiūrėti, kas atsitiko. Ji taip skubėjo, jog krūtinėje švokštė, kai ji pasiekė trobelę. Ruta su močiute atsisėdo abipus Jorgeno ir šuns kūno.

– *Norwegian devils! Burn in hell!*

Ruta pusbalsiu kartojo žodžius, nuo jų mėgino neatsilikti močiutės aimanos: „Viešpatie, Viešpatie.“

Jorgenas nunešė šunį į valčių pašiūrę ir paguldė ant jūroje išplautų bulvinių maišų krūvos. Jis nenorėjo būti kalbinamas ir suurzgė, kai Ruta bandė jį paliesti. Atėjo ir Pamokslininkas, bet atatupstom išslinko pro duris. Ji nežinojo, ar jis supranta, ką be paliovos rėkė Jorgenas.

– *Norwegian devils! Burn in hell!*

Ji pirmą kartą girdėjo Jorgeną taip aiškiai. Jai dingtelėjo, kad jame slypi jėgos, kurių ji niekada nebuvo regėjusi. Močiutė mėgino pakalbėti su juo. Bet jis nesutiko nei paleisti šuns, nei eiti su ja.

Maiklas nebepasirodė, jis pradėjo šaulio medžioklę.

– Kas tai padarė? – nejučiom išsprūdo Rutai.

– Mačiau Rutės Paulą su šautuvu, lekiantį palei tvartą. Šaukiau jį, bet jis pro vartus nėrė į aptvarą. Vargšas vaikis, ką jis padarė.

– Kodėl taip pasielgė?

– Šeštadienio naktį jis įsivėlė į muštynes jaunimo namuose. Kažkas paklausė, ar negana šeimoje vienos Ados, – atsiduso močiutė.

– Vienos Ados?

– Turbūt kas nors matė tave einančią pas anglą su pintine.

Ruta pajuto, kad burna išdžiūvo.

– Jis negali, prisidengdamas manimi, nušauti Maiklo šuns.

– Galbūt jie paprašė jį tai padaryti.

– Kas?

– To jis nesakė.

– Ar proto neteko?

– Žmonės dažnai elgiasi neprotingai. O Paulas visada buvo ūmaus būdo. Ir ištroškęs pripažinimo. Rodos, jam niekada negana. Nei namie, nei prieplaukoje, nei jaunimo namuose. Matyt, jį bet kur lengva palenkti.

– Tu jį gini?

– Aš ginu jį, bet ne tai, ką jis daro. Ginu ir tave, Ruta, bet ne visus tavo poelgius.

„Reikia tikėti, kad viskas praeina", – sakė močiutė. Bet Ruta tuo nesikliovė, tad nunešė į valčių pašiūrę vilnonių ir kailinių apklotų. Ant keleto tuščių žuvų dėžių paklojo guolį. Jorgenas noriai perkėlė ten šunį. Jis nebestaugė, tačiau nenorėjo su ja kalbėti.

Ji sėdėjo šalia Jorgeno ir laukė Maiklo. Kadangi šis nepasirodė, išėjo jo ieškoti. Trobelės durys buvo atlapotos, šiluma išgaravusi. Kūkčiodama ji ėmė įnirtingai stumdyti stiklainius su teptukais, kuriais buvo nustatyta spintelė.

Atsukta į sieną stovėjo didelė drobė. Ji priėjo ir ją atsuko. Tai buvo jos kūnas ir galva. Beveik visas paveikslas nutapytas baltais ir pilkais dažais. Tačiau atrodė gyvas. Maiklas niekada nesisakė ją tapantis. Ji manė, kad tą naktį jis nupiešė keletą eskizų, ir tiek.

Ją užliejo svaigaus išdidumo banga. Bet po akimirkos ji suvirpėjo. Ar kas nors matė paveikslą? Paulas?

Ji prišliejo paveikslą prie sienos ir užstatė keturiais kitais. Tada pasiėmė dvi žvakes, įstatytas į butelius nuo sulčių, vieną žalią, kitą rudą, ir grįžo į valčių pašiūrę. Tamsiame danguje išlindo ryškus mėnulio pjautuvas, ir nerealybės jausmas ją nuramino.

Jorgenas nepaisė, kad ji sugrįžo, nekrustelėdamas gulėjo prie šuns. Kai ji užvėrė duris, pasidarė tamsu, bet tamsą šiek tiek prasklaidė uždegtos žvakės. Ji pastatė jas ant smėlio aslos šalia dėžių gulto, tada įlindo į seną vatinį civilinės gynybos miegmaišį ir prisišliejo prie Jorgeno nugaros.

Jiedu prisigalvodavo daug keistenybių, tačiau niekada nebuvo budėję prie negyvo šuns. Patalas buvo kietas ir nelygus. Kad ir kur suktum nosį, atsidavė žuvimi, dumbliais ir derva. Pro plyšiuotas duris ir sienas traukė šaltas vėjas. Bet ji viso to tarsi nejuto.

Po valandėlės išgirdo, kad Jorgenas miega. Ji gulėjo ir klausėsi į akmenis teškenančių bangelių. Amžinas pliuškenimas. Tarsi sklistų iš visatos, o ne iš Neseto paplūdimio.

Jie buvo smėlio smiltelės – Ruta, Jorgenas ir negyvas šuo. Mažos, neįžiūrimos smiltelės dugno nuosėdose. Ir amžinas atplūstančių ir atsitraukiančių bangų šniokštimas. Jis niekada nebuvo visiškai toks pat. Kaskart – nedidelis ritmo niuansas. Dvelksmas arba mažytis pakitimas, susiliejantis su Jorgeno kvėpavimu.

Matyt, norint išgirsti visatą, reikia gulėti kietai ir budėti prie šuns visai šalia paplūdimio, pamanė ji.

Kai Maiklas pravėrė girgždančias valčių pašiūrės duris, vėjas buvo sustiprėjęs ir jau kadai užpūtęs žvakes. Į vidų plūstelėjo pilka ryto šviesa. Ruta nebemiegojo, o Jorgenas taip išsigando, jog akimirksniu atsidūrė ant grindų. Ji užsitraukė megztinio rankoves ant sužvarbusių plaštakų ir atsisėdo.

Prieblandoje priešais ją baltavo Maiklo veidas. Jis skėstelėjo rankomis, jo pyktis buvo atslūgęs. Balsas drebėjo, rodės, tuoj apsiverks. Jis pasakė nežinojęs, kad jie ten, kitaip būtų parėjęs anksčiau, ir užsidengė veidą. Močiutė jam pasakiusi, kad Jorgenas nenori palikti šuns.

Ruta išsirangė iš miegmaišio, bet tada nebežinojo, ką jai daryti. Jorgenas, drebėdamas iš šalčio, vėl atsisėdo prie šuns. Apklostė jį kailiniu apklotu ir sudejavo. Maiklui tikriausiai atrodė keista. Rutai dingtelėjo, ką reiškia matyti Jorgeną pirmą kartą ir suprasti, kad jis ne toks kaip kiti.

Maiklas kreipėsi į Jorgeną angliškai, lyg tikėdamasis, kad jis supras kiekvieną žodį.

– *We must bury Egon,* turime palaidoti Egoną, – pasakė ir atsargiai palietė jam petį.

Kai nesulaukė atsakymo, apkabinęs Jorgeną lėtai ir aiškiai pakartojo žodžius. Netrukus abu apsiverkė, tarsi būtų miręs žmogus, o ne šuo.

Ruta žiūrėjo į juos, ir ją vėl apėmė jausmas, kad jos nėra.

Maiklas kilstelėjo apklotą atidengdamas šuns galvą. Ji buvo sustingusi pravertais nasrais. Liežuvis kyšojo. Jorgenas suėmė jį ir veltui mėgino įbrukti vidun. Keistas motyvas. Šiurkštus liežuvis rūpestingame Jorgeno delne. Pilkoje šviesoje, srūvančioje pro pašiūrės duris.

Ruta nuėjo prie jų.

– Maiklas nori jį palaidoti, – tyliai pasakė ji ir nuėmė Jorgeno ranką nuo šuns kūno.

Stipriai apkabino brolį suteikdama jam savo šilumos. Jis buvo sustiręs. Tada Jorgenas pasisuko į ją ir sumirksėjo prieš šviesą. Atklojo vilnonius apklotus atidengdamas šunį.

Po akimirkos Jorgeno delne sužvilgo peilis. Nežiūrėdamas į juos, jis dailiai perrėžė pilvą. Nuo gerklės iki uodegos, nepaleisdamas vidurių. Tada ėmė dirti kailį. Atsargiai, įgudusia ranka. Tarsi būtų galvojęs apie tai visą naktį. Ruta nesumojo, kad reikėtų gelbėti apklotus. Ji tik suėmė šuns kūną ir laikė, kad nejudėtų.

Iš pradžių Maiklo veide atsispindėjo nuostaba ir susižavėjimas. Paskui jis tarsi suvokė prasmę, ir netrukus jie jau darbavosi trise. Maiklas su Ruta laikė ištempę kailį, kad Jorgenas neįpjautų kur nereikia. Tai truko ilgai, ir niekas nepratarė nė žodžio.

Nuluptą šunį Maiklas ir Jorgenas įdėjo į maišą ir, nunešę tarp liaunų berželių, iškasė gilią duobę. Galiausiai ant viršaus Jorgenas pasodino viržių kupstą, taip pat atsargiai, kaip ir iškasė.

Kailis buvo įtrintas druska ir prikaltas prie pašiūrės durų, plaukais į apačią. Jorgenas buvo įpratęs. Išdirbo ne vieną avies kailį, kartą – elnio.

Jie nuėjo į trobelę ir paeiliui nusiplovė rankas. Jorgenas atrodė ramus. Jeigu ji nebūtų žinojusi, kaip yra iš tikrųjų, būtų galėjusi pamanyti, kad jis jau pamiršo.

Pildamas vandenį į kavinį, Maiklas pasakė išvažiuojąs.

Ruta kaži ką būtų padariusi, kad sustabdytų žodžius, tačiau buvo per vėlu. Ji norėjo paklausti, kur jis ketina vykti. Tačiau neišspaudė nė garso. Kai jie užsikąsdami sausainiais gurkšnojo juodą kavą, jis prašneko apie tai, kad Salos gyventojai veikiausiai jo neapkenčia.

Ji labai norėjo paprieštarauti. Bet ir vėl neįstengė. Jai dingtelėjo, kad anglų kalboje „neapykanta" nėra toks stiprus žodis kaip norvegų. Tačiau ji nebuvo tikra.

Maiklas paėmė jos ranką, nors Jorgenas buvo šalia, ir paklausė, ar ji suprantanti, kodėl turįs išvažiuoti. Ji linktelėjo. Gurkštelėjo karštos kavos ir linktelėjo. Kai puodelis ištuštėjo, ji pakilo ir nuėjo prie durų.

– Sudie! – metė į orą.

Ji girdėjo, kad jis žengia jai iš paskos, bet neatsisuko.

– Ruta...

Jis nesakė „Ruta" kaip kiti. „R" buvo labai ryški, su jo kalbos gaida. Ji atidarė duris ir išsmuko lauk. Jorgenas liko pas Maiklą. Jai dingtelėjo, kad dėl to ji turėtų džiaugtis.

Eidama trobesių link, ji pamatė paukštį, kokio nebuvo regėjusi iki tol. Jis tupėjo ant žemės ir gailiai rypavo. Pilkomis ir geltonomis plunksnomis, su pašiauštu kuodeliu. Visą kelią namo jai iš galvos nėjo tas paukštis.

Kai Maiklas išvažiavo, Jorgenui liko tik ji. Jis padėdavo jai pakelti sunkiausius nešulius arba sėdėdavo už prekystalio ir ką nors drožinėdavo. Ji pati gerai nežinojo, kaip jiedu ten atsidūrė. Bet viskas prasidėjo nuo to, jog krautuvininkas Edvinas susilaužė koją ir neišmanė, ką jam daryti, o močiutė pažadėjo, kad Ruta galės jį pavaduoti krautuvėje.

Ji turėdavo stovėti už prekystalio apsivilkusi mėlyną chalatą baltais kišenių atvartais. Netruko apsiprasti. Matavo, svėrė ir skaičiavo nugirsdama visas naujienas. Jos atsklisdavo iš pakampių, pro praviras duris į ledinį sandėlį, kur pro palaikių grindų plyšius košė vėjas nuo jūros.

Ji patyrė, kad Saloje viskas pašlijo. Prasta žvejyba, prastas oras. Moterys arba ruošėsi gimdyti, arba galavosi kokia nelemta karštine, tad vyrai negalėjo ramiai išplaukti į Lofotenus ar kur arčiau nuolat negalvodami, kuo visa tai baigsis. Vaikai perėjo viską – nuo raudonukės iki kokliušo. Pastorius ir mokytojas pasigavo bjaurų bronchitą, kuris niekaip nenorėjo liautis. Kosulys niekais vertė tiek pamaldas, tiek ugdomąjį darbą. Rodės, visą Salą apėmė kaži koks užkratas. Net pastoriaus arklys, ištikimai tarnavęs dvylika metų, be niekur nieko krito arklidėje.

Sniego nebuvo, išskyrus aukščiausių kalnų viršūnes, ir iš pirmo žvilgsnio tai galėjo atrodyti palaima, nes nereikėjo lenkti kupros kasant sniegą ar kamuoti arklio vežant sniegą į jūrą. Jei ne dirvos ir įšalas.

Vieną dieną net močiutė prisėdo ant suolo palei krautuvės duris.

– Rodos, įšalas jau pasiekė žemės gelmes. Turbūt nebeišeis. O kaipgi sėklinės bulvės ir žolė? Ir uogenojai, kurie turės žydėti ir nokinti uogas? Nejau reiks tenkintis pernykštėmis sušalusiomis varnauogėmis ir bruknėmis? Ir tekšėmis? Ar dar yra vilties, kad vargani stiebeliai pakils iš įšalo ir prisirpins auksinių uogelių šiltomis rudens dienomis?

– Kaina neįsivaizduojama, juolab žodžiais nenusakoma, – prabilo Elos mama, prie prekystalio mokanti už pirkinius. – „Eliezero" laive girdėjau vieną žmogų sakant, kad didelė nuodėmė visuomet priveda prie nelaimės, – pridūrė.

– Tada, matyt, nė vienas nėra be kaltės, kad ir kas jis būtų, – atrėmė močiutė.

– Nusidėjėlis visada iškeliamas į dienos šviesą! – įterpė kita moteriškė, ir Rutai pasirodė, kad ji per prekystalį spokso tiesiai į ją.

Kūčių išvakarėse Jorgenas gavo kvietimą atsiimti siuntinį iš Londono. Ruta nuėjo kartu su juo į paštą prieš pat darbo pabaigą. Jorgenas tikriausiai manė, kad siuntinys bus didelis, nes pasiėmė rogutes. Jis nieko neatsakė, kai laiškanešys Pederis paklausė, kokių piniguočių jis pažįstąs užsienyje.

Grįžęs namo, jis pranešė paketą pro Pamokslininką su mama ir užlipo į savo kambarėlį. Kadangi Ruta nebuvo pakankamai greita, atlėkė vėl ir užsitempė ją viršun.

Ji stovėjo ir žiūrėjo, kaip jis vargsta mėgindamas atmegzti virvelę.

– Peilį paimk, – nekantraudama pasiūlė Ruta.

142

Jis tik papurtė galvą ir knebinėjo toliau. Bet mazgas buvo neat-rišamas. Galiausiai jis vis dėlto išsitraukė peilį, bet perpjovęs virvelę nykščiu patikrino ašmenis, ar neatšipo. Sukrizeno, kai ant piršto pasimatė raudonas ruožas.

Netrukus jis ištiesė minkštą baltą kailį su juodais lopais. Galva buvo išsaugota. Akiduobėse žvilgėjo juodos stiklinės akys. Jis už-dėjo delnus ant minkšto paviršiaus ir iškart jį atpažino. Priglaudė Egono kailį prie skruosto ir garsiai nusijuokė. Jis buvo gražiai iš-dirbtas, storos tamsrudės flanelės pamušalu.

Iš kailio iškrito blizgantis kalėdinis atvirukas, atverčiamas kaip knyga.

Dear Jørgen, here is our dalmatian, Egon. For ever yours, Mi-chael. („Mielas Jorgenai, čia mūsų dalmatinas, Egonas. Visada Tavo Maiklas.")

Buvo ir ryšulėlis Rutai. Drobė, aliejiniai dažai ir paletė. Ir knyga apie Egoną Šylę. Drobės ritinyje ji rado trumpą laiškelį. Jis linkė-jo jai sėkmės ir norėjo, kad ji jam parašytų. *About everything,* apie viską. Savo adresą buvo užrašęs didžiosiomis raidėmis, tarsi bijo-damas, kad ji neįžiūrės ar nesupras. Šiaip rašysena buvo smulki ir kampuota.

Ruta kas savaitę atidėdavo pinigų. Močiutė atstojo jai banką. Na-muose pinigams nebuvo saugu. Tai ji suprato jau pirmojo atlygi-nimo dieną. Mama pareiškė, kad dabar, kai Ruta uždirbanti pati, turinti mokėti už savo išlaikymą. Buvo akivaizdu, kad paskaičiuoti jai padėjo Pamokslininkas.

Ruta atlyginimą dalijo į dvi dalis ir mamai atiduodavo pusę. Bet ne daugiau. Kai mama paprašydavo pridurti, nes pritrūkdavo ke-lių kronų, Ruta, nesileisdama į kalbas, papurtydavo galvą. Tuomet mama prikišdavo, kad ji visa į tėvą. Ruta į tokius priekaištus neatsa-kydavo. Bet namai pasidarydavo šalti ir glitūs.

Tačiau santaupų nepakako norint važiuoti į miestą laikyti abi-tūros egzaminų. Poteriai ir maldos nebūtų padėję. Tik ne tokioms santuokai prisirpusioms merginoms kaip ji. Niekas iš giminės, su-laukęs brandos, nevaikščiojo dykas ir nesimokė. Pamokslininkas nuolat jai primindavo dykaduonystės pragaištį. Tik ji neėmė į širdį.

Kol kas vienintelė namuose kas savaitę parnešdavo garantuotą uždarbį.

Močiutė pinigus slėpė bufete. Slaptavietėje, prie šešių sidabrinių šaukštų flanelės maišelyje. Kiekvieną savaitę kišenėlės vis pastorėdavo. Kai kurios jau pūpsojo kaip dešros. Močiutė niekada nesakė, bet Ruta žinojo, kad savo popierinius pinigus ji laiko prie šakučių.

– Aš niekada nesukaupsiu pakankamai pinigų, – kartą, pavasariui einant į pabaigą, praradusi viltį nusiskundė Ruta.

– Tau turi pavykti, vienaip ar kitaip.

– Realinėje mokykloje girdėjau, kad tie, kurie nori tapti mokytojais, gali prašyti valstybės paskolos. Bet aš juk nenoriu būti mokytoja.

– O kuo nori būti?

– Aš noriu tapyti paveikslus.

– Ar valstybė skolina tokiems dalykams? – paklausė močiutė.

– Nemanau, – nusiminusi atsakė Ruta.

– Tada teks tapti mokytoja. Paskui matysi. Nuo ko nors juk reikia pradėti. Tai svarbiausia. Kol dar ne vėlu. Gyvenimas – kaip pabaisa su daugybe galvų ir nasrų. Nė nepajusi, kaip būsi suvalgyta.

– Ar tu jautiesi suvalgyta?

– Aš? Toli gražu! Niekada taip nesakyk. Blogiau jums, jauniems. Tau tik reikia pranešti tiems iš valstybės, kad nori skolintis pinigų.

– O kaip namiškiai?

– Pasius ir nustos. Apie tai negalvok. Jeigu bus labai blogai, pati su jais pakalbėsiu.

– Jeigu įstosiu, gausiu paskolą ir ketverius metus galėsiu gyventi mieste. Bet paskui viską reiks grąžinti. Brangiai atsieis.

– Gyvenimas Saloje tau taip pat gali brangiai atsieiti, – sumurmėjo močiutė ir laiku spėjo nukelti kavinį, kol nepradėjo bėgti per viršų.

Ruta krautuvėje pasiprašė keleto laisvadienių, kiek laiko turėjo vykti stojamieji egzaminai. Laimei, Pamokslininkas buvo išvykęs vesti susirinkimų. Mama žinią sutiko ramiai.

Jorgenas nusiminė sužinojęs, kad jo nesiveža kartu. Bet Ruta pažadėjo jam lauktuvių iš miesto. Ant tvarto sienos ji nubrėžė keturis brūkšnius, tiek pat, kiek dienų turėjo būti išvykusi. Kiekvieną vakarą jis turėsiąs perbraukti po vieną brūkšnį. Taip žinosiąs, kada ateiti į prieplauką jos pasitikti.

Ji pasiėmė pinigų iš močiutės maišelio su šaukštais. Tiek, kad galėtų susimokėti už kambarį, kurį parūpino mokykla. Patį pigiausią. Jame gyvens su dviem kitomis merginomis, kurios siekė to paties.

Jos buvo Budilė ir Turida. Dešimtyje kvadratinių metrų visos trys įknibusios skaitė, ramino nervus ir miegojo. Su septyniomis kitomis merginomis dalijosi mažyčiu dušu ir praustuve. Pagyvenusi moteriškaitė, kuriai priklausė visas tas gėris, nuolat ant jų burnojo, nes koridoriuose dvokia plaukų laku ir kvepalais.

Turida jas gindavo. Ji visada žinodavo, ką pasakyti. Pavyzdžiui, kad koridoriuje atsiduoda virtais kopūstais ir tai negalinti būti jų kaltė.

Vieną vakarą Ruta viena praėjo pro Grandės namą. Sodas atrodė gražesnis negu praėjusį sykį. Buvo vasara ir nelijo. Viskas išpuoselėta. Vešlios gėlių lysvės ir takeliai, pabarstyti smėliu su kriauklelėmis. Ji praslinko lėtai, apsimesdama, jog eina su reikalais. Du kartus. Jis nepasirodė. Bet mieste ji planavo praleisti ketverius metus.

Tada išaušo toji diena. Visi susirinko sužinoti nuosprendžio. Dvyliktą valandą vestibiulyje buvo iškabinti sąrašai. Tvyrojo dulkių ir nervų kvapas. Stojantieji spietėsi į krūvą ir ištiesę kaklus ieškojo savo pavardžių. Tądien jie buvo surašyti ne abėcėlės tvarka, o pagal surinktų balų skaičių.

Iš pradžių Ruta pamanė, kad jos nėra. Paskui, po ilgos vaikinų eilės sąrašo viršuje, ji išvydo save. Pavardėje trūko vienos raidės, „Ruta" buvo su dviem „t". Bet tai buvo ji, nes niekas neturėjo panašaus vardo.

Ji išgelbėta. Nuo Salos, parduotuvės su lediniu sandėliu, Pamokslininko ir viso kito. Mintis išsiskleidė baltais ir geltonais blyksniais. Bet užsibaigė tamsia dėme. Toje dėmėje susirietęs sėdėjo Jorgenas su dalmatino kailiu ant kelių.

Tik pamačiusi, kad kai kurios merginos nusivylusios šniurkščioja, o keletas vaikinų nukabinę nosis pasitraukė prie durų, ji įstengė suvokti, kaip turėtų džiaugtis. Budilė su Turida taip pat atsidūrė tarp išrinktųjų, kuriems buvo leista skolintis pinigų iš valstybės.

Jos nuėjo į uosto kavinę ir užsisakė „Napoleono" torto. Turida buvo labai graži, o tądien segėjo baisiai trumpą sijoną. Be to, mokėjo taip ištempti keltis ir riešus, lyg būtų Merilina Monro.

Ruta stebėjo jas mėgindama sekti pokalbį. Jos kartu mokėsi ir gyveno, bet ji jų nepažinojo. Jiedvi jau priklausė jos gyvenimui. Naujutėliam gyvenimui mieste.

Turida kikeno, nes už Rutos sėdinčiam vyriškiui ant ūsų kabėjo lašas iš nosies. Budilė prisidengusi delnu išdarinėjo grimasas. Ruta apžiūrinėjo vaivorykštinį vamzdelį kokakolos butelyje ir norėjo verkti iš laimės.

Ji išlipo į krantą ir atsidūrė Jorgeno glėbyje. Lauktuvių parvežė iliustruotą knygą apie šunis ir du pakelius kamparo ledinukų. Jai pavyko jį perkalbėti, kad iš pradžių pargabentų jos lagaminą namo ir tik tada išvyniotų dovaną. Pati nudrožė tiesiai pas močiutę.

– Palydėsiu tave namo, – pasišovė ji sužinojusi, kad Ruta išlaikė egzaminą.

Ruta įkalnėn paspartino žingsnį, kad tik greičiau viską iškęstų.

– Nelėk taip, niekas nemirė, – uždususi sudraudė močiutė, vos spėdama iš paskos.

Daugiau nė viena neištarė nė žodžio, tik susižvelgė prieš žengdamos vidun.

Jorgenas, mama ir Pamokslininkas vakarieniavo. Jorgenas pakilo nuo stalo ir išskėstom rankom žengė pasitikti Rutos. Ji valandėlę pastovėjo prie jo prisiglaudusi.

Pamokslininkas pakvietė sėstis. Ant lėkštės gulėjo septynios rūkytų silkių pusės. Jų oda žvilgėjo. Bulvės garavo. Mama šiek tiek pasislinko ir linktelėjo.

– Atnešk lėkščių, Ruta. Užteks visiems.

Nusivilkusi paltą Ruta padengė stalą močiutei ir sau. Buvo tylu, tik Jorgenas krykštavo. Mama spoksojo į valgį ir nervingai muistėsi.

Pamokslininkui tarp dantų įstrigo silkės kaulas. Perkandęs degtuką išilgai, panaudojo kaip dantų krapštuką. Močiutė suvalgė bulvę ir nemažą gabalą silkės, tada pastūmė lėkštę.

Pamokslininkas sunėrė rankas. Kiti pasekė jo pavyzdžiu.

– Viešpatie, dėkojame tau už tavo beribę meilę. Už tai, kad ir šiandien pasotinai mus. Amen!

Kiti pritarė „amen". Močiutė įsmeigė žvilgsnį į lempą palubėje. Ji nebuvo uždegta.

– Jūs nieko neklausiate?

Mama ir Pamokslininkas sužiuro į močiutę. Ruta spoksojo į nesuvalgytą silkę. Rausvais kraštais.

– Ruta įstojo į pedagoginę mokyklą. Pinigų paskolins valstybė. Kol nesusiras darbo, nieko mokėti nereikės.

Jorgenas žvilgčiojo tai į vieną, tai į kitą. Jis veikiausiai girdėjo, ką pasakė močiutė, bet ar suprato? Jorgenui laikas nesiekė toliau rytdienos. Jis ne visada suvokdavo, kad kažkas eina po to.

Pamokslininkas stebeilijo į močiutę. Smakras tirtėjo. Lūpų kampučiai nusviro. Jis nusiėmė akinius.

– Kas išrūpino?

– Ji pati išsilaikė visus egzaminus. Ruta – gabi mergaitė.

Mama pradėjo kraustyti stalą.

– Nunešk lupenas paršui.

Ji linktelėjo Jorgenui, šis atsistojo ir paėmė skardinę lėkštę.

Pamokslininkas atsiduso, įsirėmė delnais į šlaunis.

– Kiek laiko tai truks?

– Ketverius metus, – nerūpestingai atsakė močiutė.

Mama užkaitė puodą vandens ir į krosnį įmetė žabų. Ėmė pošketi. Ruta matė Jorgeną pėdinant tvarto link. Jis nieko nesuprato, nes ėjo labai lengvai.

– Tai visą tą košę judvi užvirėte?

Pamokslininko kalba buvo drumsta.

– Gal užvirėm, gal ir ne. Dabar nieko nebepakeisi.

– O Jorgenas? Kaipgi jis? – nuo spintelės atsiliepė mama.

– Ruta negali visą gyvenimą žiūrėti Jorgeno. Jos pečiams tai per sunki našta.

Močiutė kalbėjo ypatinguoju balsu. Sakančiu: „Prašau man neprieštarauti." Jis Rutai šildė pėdas. Nugarą. Dėl jo visi buvo pasitempę ir tvarkingi.

Pamokslininkas sunkiai atsiduso.

– Didelis ir svarbus įvykis, Dagfinai. Pasimelsk už ją!

Dabar močiutės balsas skambėjo draugiškai.

Iš pradžių Pamokslininkas pasibaisėjęs pažvelgė į ją. Bet močiutė padrąsinamai linktelėjo, tad jis dvejodamas sunėrė rankas, užsimerkė ir pusbalsiu ėmė kalbėti maldą dėl Rutos ateities. Kai norėjo sustoti, močiutė paprašė dar įtraukti ir tai, kas susiję su miestietiško gyvenimo pavojais ir nuodėmėmis.

– Apsaugok Rutą nuo nuodėmių ir palaido gyvenimo, – pridūrė Pamokslininkas.

– Amen! – šypsodamasi užbaigė močiutė.

Trylíktas skyrius

JIS IŠVYDO JĄ STOVINT LAUKIMO SALĖJE SU PLOKŠČIA ME-
DINE DĖŽE ODINE RANKENA.

Ji nerimastingai žvelgė į duris, pro kurias pradėjo važiuoti baga-
žo vežimėliai. Akys buvo tokios, kokias jis prisiminė. Tamsios, ne-
kantrios. Ji porą kartų prikando lūpą ir pažvelgė į laikrodį. Veidas
liūdnokas, tarsi ką tik būtų verkusi. Plaukai susegti į griežtą Faros
Dibos stiliaus kuodą, tačiau netvarkingai karojo vienoje pusėje. Kai
ji ištempė kaklą, išryškėjo sausgyslė. Tas reginys jį keistai sujaudino.
Sukėlė tokią būseną, tarsi būtų ir užgniaužę kvapą, ir apėmusi pakili
nuotaika. Kaip jis nepamatė jos lipančios į lėktuvą?

Jis žengė artyn, kad įsitikintų. Taip, Ruta. Eidamas prie jos, jis
rinko žodžius, kuriuos norėjo jai pasakyti. Tada ji nusigręžė ir pa-
suko prie tualeto durų. Jis stabtelėjo ir atsistojo ten, kur ji turėjo
atsiimti bagažą. Užtektų juk pasilabinti ir paklausti, ar ji prisimena
jį. „Ar kas nors tave pasitinka?" – galėtų pasidomėti.

Vos ji išėjo iš tualeto, atvažiavo vežimėlis su bagažu. Žmonės
apspito jį iš visų pusių, o jis idiotiškai kalančia širdimi mėgino pra-
sibrauti per minią prie jos. „Gal kartu važiuojam taksi?" – galėtų
pasiūlyti.

Juodu tebeskyrė daug žmonių, bet jai kažkokiu būdu pavyko
prisiirti prie vežimėlio. Jos lagaminas, matyt, buvo baisiai sunkus,
bet niekas jai nepadėjo. Jis mėgino prisigrūsti artyn, nes turėjo nu-
kelti jį žemėn. Tačiau ji pajėgė pati. Ant lagamino buvo priklijuotas
lipdukas su užrašu „Londonas".

Dabar ji atsisuks ir mane pamatys, pamanė jis. Bet to neįvyko.
Nežinojo, ar pakankamai garsiai ištarė jos vardą. Verčiau būtų su-
šukęs. Įsivaizdavo, kaip jos lūpose pražysta šypsena, kai ji atpažįsta
jį. Jam kelią užtvėrė stambus kaip kalnas vyriškis.

Visą rankinį bagažą ji paėmė į vieną ranką, kad galėtų nešti lagaminą. Neatrodė labai linksma.

Jis pasistūmėjo artėliau ir pakartojo jos vardą. Bet ji nepažiūrėjo į jį. Netrukus su visa manta per spūstį pajudėjo durų link.

Jis yrėsi per žmones vydamasis ją. Kai jau galėjo ją pasiekti, kažkas nutvėrė jam už rankos ir atsiprašė, kad pavėlavo. Tai buvo tėvas. Kai vėl pažvelgė į duris, jos nebebuvo.

Jis vos įstengė išspausti žodžius, kuriuos išgirsti tikėjosi tėvas.

– Kelionė gerai pasisekė? – paklausė šis.

– Gerai. O mama? Kaip jaučiasi?

– Operacija pavyko. Ji džiaugiasi, kad grįžti namo. Kur tavo bagažas?

– Tuoj.

Gormas nuskubėjo prie vežimėlio ir pasiėmė lagaminą. Kai jiedu pasuko durų link, pajuto tėvo žvilgsnį, bet nei vienas, nei kitas nepratarė nė žodžio. Jie ėjo dideliais žingsniais, tarsi žygiuotų kariuomenėje ir svarbiausia būtų neišsimušti iš ritmo. Pirmyn! Žengte marš!

Kai jie ėjo pro žmonių eilę, išsirikiavusią prie taksi, jis vėl ją pamatė. Sulėtino žingsnį praleisdamas tėvą į priekį. Ji stovėjo nugara į jį, pasilenkusi padėjo medinę dėžę ant galinės sėdynės. Vėjas sugriebė Faros Dibos kuodą, ir kai ji sėdosi į automobilį, plaukai išsisklaidė nelyginant didžiulė ruda vėduoklė.

– Ruta!

Akimirką jis pamanė, kad ji išgirdo, tačiau automobilio durelės dusliai užsitrenkė. Jos profilis už stiklo jam priminė orius indėnų vadus iš vaikystėje skaitytų knygų. Lūpos buvo nedažytos, ryškiais kontūrais, lyg ištatuiruotos.

Tada automobilis pajudėjo ir ji išnyko.

Važiuojant namo gatvės vaizdas pradingo, ant priekinio stiklo pasimatė Rutos veidas. Paveikslas išsiplėtė apimdamas ir jį patį. Jis kaip tik kėlė jos lagaminą nuo bagažo vežimėlio. Ji atpažino jį ir padavė ranką. Kol jie žvelgė vienas į kitą ant priekinio stiklo, jis aiškiai jautė, kokia jos ranka. Šilta ir šiurkštoka. Nelabai šiurkšti, tik truputį. Daugiau švelni.

– Laba diena, Ruta, ar prisimeni mane?

– Laba diena, Gormai.

Ji nusišypsojo.

– Seniai nesimatėm.

Jos balsas buvo toks pat. Gana žemas.

– Pasiilgau tavo balso, – tarė jis.

Ji dar plačiau nusišypsojo, bet neatsakė.

– Grįžti iš kelionės? – paklausė jis.

– Buvau Londone.

Ji krustelėjo ranką, bet jis nepaleido, stovėjo kaip stovėjęs. Pamanė, kad dar ilgai ją laikys.

– Daug žmonių atskrido. Turbūt buvo pilnas lėktuvas?

Tėvo balsas nuaidėjo kaip perkūnas iš giedro dangaus. Gormas nurijo seiles.

– Pilnutėlis.

Mama parašė laišką, kuriame primygtinai prašė jį grįžti namo, kai tik prasidės vasaros atostogos. Jai sušlubavusi sveikata, o Ėdelei su Marijane pakanka savų rūpesčių. Apie tėvą tebuvo pasakyta: „Tavo tėvas labai užsiėmęs.“

Jau buvo liepos mėnuo, ir Gormas su Torsteinu ir dviem merginomis planavo žygį į Hardangerio plynaukštę. Viena jų buvo Vivi Ana, su kuria jis susipažino studentų šventėje. Tačiau į mamos laišką negalėjo numoti. Paskambinęs namo mėgino paaiškinti, bet ji puolė į ašaras ir jis nuleido rankas. Kai iki žygio buvo likusios keturios dienos, paštu atėjo jos nupirktas lėktuvo bilietas, tad viskas buvo nuspręsta.

Per tuos dvejus metus, praleistus Bergene, jis stengdavosi labai nuodugniai perskaityti mamos laiškus prieš sudegindamas senoviškoje kambario krosnyje. Jeigu mėgindavo nekreipti į juos dėmesio, palikdavo gulėti ant rašomojo stalo arba pakišdavo po knygomis, jie išnirdavo atmintyje tuomet, kai to mažiausiai norėdavosi.

Paskutinį kartą taip nutiko prieš pat kelionę namo. Jis nusivedė Vivi Aną į kiną. Kai filmo herojus bučiavo merginą, o jis laikė Vivi Anos ranką, prieš akis iškilo mamos laiškas.

Paskui, kai jiedu sėdėjo kavinėje, jis pasakė negalėsiąs kartu keliauti į Hardangerį.

– Kodėl negalėsi? – išsigando ji.

– Turiu grįžti namo greičiau, negu buvau manęs.

– Bet kodėl?

151

– Dėl ligos šeimoje.

Ji žvelgė į jį nepatikliai. Visa veido išraiška sakė, kad netiki jo pa-aiškinimu. Ji nepaklausė, kas serga, pokalbis ėjo vangiai. Jis beveik norėjo, kad ji būtų supykusi ir jis būtų priverstas pasakyti, kad dėl mamos. Kita vertus, džiaugėsi, kad nereikia nieko aiškinti. Kol mė-gino sugalvoti, ką kalbėti, apėmė bejėgiškumas.

Mamos laiškas prilipo Vivi Anai prie veido. Tarsi ji nors kiek būtų kalta dėl to, kad jis jo nesudegino. Tarsi kaip nors būtų susijusi su tuo, kad taisyklinga kilpine rašysena primargintas lapas tebeguli ant rašomojo stalo ir grįžęs į kambarį jis neišvengiamai jį pamatys.

Parlydėjęs ją namo, jis nuskubėjo į kambarį deginti laiško. Po to pajuto įprastą palengvėjimą ir nuėjo į telefono būdelę jai pa-skambinti. Truputį veldamas žodžius padėkojo už malonų vakarą, tačiau ji buvo itin nešneki. Kai jis pakabino ragelį, jį apėmė gerai pažįstamas ilgesys – kai ilgiesi žmogaus, suprantančio tave iš pusės žodžio.

Jis galėjo grąžinti bilietą pridėdamas laišką, paaiškinantį, kad ke-lionę su draugais planavo jau seniai ir negali parvykti. Juk jo nebūtų šalia, kai ji gautų paštą. Tačiau tai nieko nebūtų pakeitę. Mamos bal-sas kaip šydas būtų aptraukęs visą Hardangerio plynaukštę.

Kitą rytą paskambino tėvas ir pranešė, kad po trijų dienų mamai bus daroma operacija.

– Kokia operacija? – išsigando Gormas.

– Pilvo, – trumpai atsakė tėvas.

– Bet kas jai yra?

– Kažkas ne taip, kaip turi būti. Viskas bus gerai. Bet ji nori, kad tu grįžtum namo.

Tai viską nulėmė. Jis privalėjo važiuoti.

Mama gulėjo lovoje padažyta ir sušukuota, nauju geltonu pižami-niu švarkeliu. Jei nežinotum, kad jai daryta operacija, nebūtum su-pratęs. Tačiau ji buvo pablyškusi, aplink akis tamsūs ratilai.

Tėvas išėjo vazos gėlėms, kurias jie atnešė, ir Gormas suvokė niekada nematęs tėvo darant ko nors panašaus.

Mama ištiesė rankas, Gormas pasilenkė jos apkabinti. Tvokste-lėjo keistas ligoninės kvapas, tarsi čia būtų visai ne mama, nors ir užuodė jos kvepalus.

– Kaip sekasi? – paklausė jis.

– Puikiai, – apsimestinai nerūpestingai tarė ji. – Dabar tereikia sulaukti tyrimų.

– Tyrimų?

– Taip, kad ne vėžys.

Kai tėvas išdygo tarpduryje su rožėmis vazoje, pasidarė nei šiaip, nei taip. Lova visai nederėjo prie mamos. Siena už naktinio stalelio buvo apšiurusi, o pravertas langas prašėsi nuplaunamas. Jis pamėgino pažiūrėti jos akimis. Užuolaidos išblukusios. „Jai turėtų būti nelengva pakęsti tokias bjaurias užuolaidas", – pamanė.

– Vėžys?

– Juk būna, kad tokie negalavimai pilve – vėžys, – pasakė mama ir uždėjo delną jam ant rankos.

– Kas nors žarnyne?

Gormas prisitraukė prie lovos kėdę ir atsisėdo.

– Nebekalbėkim apie tai. Kaip sekasi, berniuk?

– Man? Gerai. O kuri žarna?

– Fu! Kaip netaktiška. Neverta net aušinti burnos. Paprastas patikrinimas. Man nereikėjo minėti to žodžio. „Vėžys." Ir tėtis tada ima nerimauti. Pasakiau tik dėl to, kad gydytojai paminėjo. Ne dėl kokios kitos priežasties. Man viskas gerai. Ypač dabar. Pašnekėkime apie ką nors kita.

Tėvas pastatė vazą ant naktinio stalelio. Rožės buvo per ilgos arba vaza per žema. Galėjo bet kada apvirsti, tad tėvas perkėlė vazą prie sienos. Vis tiek neatrodė, kad stovi tvirtai.

– Pastatyk ant palangės, tada ir šviesos gaus, – pavargusiu balsu tarė mama.

Tėvas padarė kaip lieptas. Rožės atsišliejo į lango rėmą. Gormas mėgino kurį laiką žiūrėti į jas.

– Prisėsk, Gerhardai, – pakvietė mama.

Tėvas atsisėdo, tačiau palto nenusivilko. Gormą erzino, kad jis su paltu. Neprisiminė, kad kada nors būtų irzęs dėl to, ką daro arba ko nedaro tėvas. Jo elgsena visada buvo savaime suprantama. Bet tądien jį erzino. Neramūs judesiai, rankos, kurios patempė klešnes, šmūkštelėjo į kišenes, pataisė kaklaraištį, perbraukė plaukus. Žvilgsnis vogčiomis į laikrodį. Tikriausiai tėvas visada toks būdavo tam tikrais atvejais, bet Gormui taip neatrodydavo arba tai nedirgindavo.

– Paprašiau Olgą išgražinti tavo kambarį, kol grįši namo, – prabilo tėvas.

– Tu labai rūpestingas, Gerhardai.

Mama užsitraukė antklodę, tarsi jai būtų šalta, ir paklausė:

– Ar man nėra laiškų?

– Ne, būčiau atvežęs. Ko nors lauki?

– Tik atsakymo iš gydyklos. Ar galės mane priimti ir šiemet.

Kaip viskas pilka, pamanė Gormas. Saulė šviečia per pilką stiklą. Rožės stovi ant palangės ir bet kada gali nuvirsti. Tėvas nenori nusivilkti pilko palto, o mama veržiasi į gydyklą. Čia sėdžiu aš, pilkiausia iš visų būtybių, esančių šiame kambaryje. Pagimdytas pilkumai. Kas esu aš, toks pilkas, jog nesugebu to pakeisti? – mąstė jis.

Mama gulės čia ir merdės, tėvas sėdės su paltu, nes turėtų būti kitur, o aš viską stebėsiu nepajudindamas nė piršto.

Jis staigiai pakilo ir nuėjo prie lango.

– Manau, turime paskambinti Ėdelei ir Marijanei, kad atvažiuotų, – pasakė.

– Oi ne, neverta.

Mamos balsas buvo nervingas.

– Juk man paskambinote, kad atvažiuočiau.

Palatoje pasidarė tylu. Jis neatsigręžė.

– Aš visąlaik taip sakiau, – tarstelėjo tėvas.

Iš jo glaustumo Gormas suprato, kad tėvas nenori kištis.

– Norite, kad aš paskambinčiau? – paklausė Gormas.

– Gera mintis, – dar trumpiau atsakė tėvas.

Vos žodžiai nuskambėjo, atrodė, nė nebuvo ištarti.

– Kaip sau norit, – nusileido mama.

Po keturių dienų ji grįžo namo. Nelyginant sena moteriškė užsiropštė laiptais į antrą aukštą ir beveik nekėlė kojos iš savo kambario. Aplankyti užbėgdavo močiutė ir teta Klara.

Gormas nemažai laiko praleisdavo pas ją. Ji buvo prisižiūrėjusi kaip visada ir neatrodė, kad verktų, bet kalbėjo šiurpiai mažai.

Tą dieną, kai mama grįžo iš vadinamojo patikrinimo, jis matė ją užsiverkusią. Tėvas visą vakarą buvo namie ir didžiumą laiko prasėdėjo jos kambaryje.

Ėdelė grįžo namo iš pietų. Buvo įdegusi, bet susirūpinusi. Gormas pirmą kartą matė ją tokią susirūpinusią. Ji buvo dar ir įsižeidusi, nes niekas jai nepranešęs anksčiau. Kalbėdama telefonu išsidavė žinojusi, kad mamos laukia operacija, tiesiog pamiršo. Tačiau jis jai to nepriminė.

Kitą rytą, lipdamas žemyn pusryčiauti, pro praviras duris nugirdo tėvo ir sesers pokalbį.

– Atrodo, lyg mama turėtų vieną vaiką – Gormą. Taip buvo visada, – nusiskundė Ėdelė.

– Serga ji, o ne tu.

Gormas įėjo į svetainę ir pasilabino.

– Mes kaip tik kalbėjom apie tave, – prisipažino Ėdelė.

– Taip, girdėjau.

– Kaip ji jaučiasi? Tikriausiai jau buvai pas ją? – paklausė sesuo.

– Ji ką tik vėmė, – atsakė jis ir įsipylė kavos.

Tėvas tuoj pat pakilo nuo stalo ir nuskubėjo į viršų.

– Atsirado gailestingasis samarietis, – iškošė Ėdelė, delne suspausdama tuščią kiaušinio kevalą.

Gormas neatsakė. Ji buvo poilgiais nagais, nulakuotais rausvu laku. Kairio smiliaus nagas nulūžęs, apykreivis.

– Žinai, kas jai yra? – priekabiai paklausė ji.

– Manau, pilve jai buvo vėžys, ir neaišku, ar viskas išpjauta.

– Ji tau pasakė?

– Ne. Taip spėju.

– Tai tiesa, – atrėžė ji.

– O tu iš kur žinai?

– Tėvas vakar pasakė.

– Pasakė? Tau?

– Taip.

Jos nosis buvo nusėta juodais taškeliais. „Dėl riebios odos", – pamanė jis. Tėvo tikriausiai irgi riebi oda. Jis niekada iki tol nepastebėjo, kaip atrodo žmonės riebia veido oda. Bjaurus vaizdas.

– Manai, jog rimta?

– Ne, jeigu viską išvalė.

Ji pirštais trupino kiaušinio kevalo gniutulą.

– Man atrodo, kad jos liga mirtina, – staiga drėbė.

Gormas pastatė puodelį ant stalo ir pakėlė akis.

– Ar manai jai pranešti?

– Jeigu niekas kitas to nepadarys, taip.

– Vaidinsi drąsiausią iš mūsų visų, kad atsikeršytum už tai, jog, tavo galva, ji tavęs nemyli?

Jis nežinojo, kaip sugebėjo tai pasakyti, nes žodžiai visiškai sutapo su jo mintimis. Būtų galėjęs pasakyti daugiau. Pavyzdžiui, kad jai dvidešimt ketveri metai, o elgiasi kaip trylikinė, dar – kad jos oda riebi.

– Ši šeima nėra gera, – tarė ji, tarsi atspėjusi jo mintis.

Tada nustūmė lėkštę ir įsmeigė į jį bejėgišką žvilgsnį.

Kol jie taip sėdėjo, jį apėmė nevalingas švelnumas, stipresnis už tai, kas buvo pasakyta. Ji – mano sesuo, nustebęs pamanė. Ji apsimeta, kad tėvas priklauso tik jai, bet žino, jog tai iliuzija.

– Kažkas šiuose namuose supuvę iš pašaknių. Aš jaučiu. Ji mirs.

Ėdelė palinko prie stalo ir pasidėjo galvą ant rankų. Visas kūnas tirtėjo. Jis palietė jai petį. Švelniai, klausydamasis, kaip gretimame kambarėlyje Olga barškina servizu ar kuo nors panašaus. Jam dingtelėjo, kad Olga yra žmogus, daugiausia žinantis apie juos visus.

– Ar pameni, kad šioje šeimoje kada nors būtume juokęsi susiėmę už pilvų? Ką? Ne, nepameni.

– Šiuo metu blogiausia mamai, ne mums. Ar ne taip?

– Manau, galima susirgti visą gyvenimą būnant šiuose namuose, – šniurkščiojo ji.

– Mes juk nepriversti čia būti.

– Tu priverstas!

Ji įsistebeilijo į jį ir pamiršo verkti.

Šiaip ar taip, mama per vasarą atsigavo. Beveik kaip visada nulipdavo laiptais žemyn. Gormas vesdavo ją pasivaikščioti.

Keletui dienų namo grįžo ir Marijanė, „pažiūrėti mamos", kaip pati sakė. Ji atrodė susvetimėjusi ir sugriežtėjusi. Apie Janą Steinę, su kuriuo susituokė per Kalėdas, daug nekalbėjo. Pasakojo apie butą Tronheime. Ir apie daiktus. Mamai smulkiai aprašė savo baldus, nors ši nerodė didelio susidomėjimo.

Vos tik kalba pakrypdavo apie mamos sveikatą, Marijanė tapdavo medicinos seserimi. „Įprasta, kad vakare temperatūra aukštesnė, mama", – tardavo draugišku, tvirtu balsu. Balsu, aiškiai rodančiu, kad ji žino, ką reikia sakyti, ir dėl to gali galvoti visai ką kita.

Nors Marijanė atrodė pasitikinti savimi, Gormas žinojo, kad jai nėra gera. Prie lūpų įsirėžusios raukšlelės, negalėjusios atsirasti vien dėl to, kad jai neramu dėl mamos. Tačiau ji nebenorėjo dalytis mintimis su juo. Nė karto nepakvietė į savo kambarį pasišnekučiuoti kaip senais laikais.

Ėdelė ir Marijanė išvažiavo. Ėdelė – į Oslą, studijuoti anglų kalbos.

Tėvas vėl daugiausia laiko praleisdavo darbe. Jo nebūdavo ir vakarais. Porą šeštadienių jis skyrė išvykai į Indrefiordą.

Gormas po porą valandų kasdien skirdavo mokslams. Jeigu oras būdavo gražus, su mama eidavo pasivaikščioti ir klausydavo, kokią ateitį ji jam numačiusi. „Kai suvis grįši namo“, – kartodavo mama. Tą „suvis“ jis įsivaizdavo kaip begalybę popiečių tarp molo ir Grandės namo jaučiant bejėgiškumą ir sąžinės graužatį.

Vieną dieną, kai jie vaikštinėjo ant molo, mama panoro jo atvirumo, kaip pati tai įvardijo. Paklausė, ar jis Bergene turi draugę. Gormas susidrovėjo taip, lyg ji būtų jį užklupusi duše.

– Ne, – tarė jis ir pagalvojo apie Vivi Aną.

– Kai išvažiavai į Bergeną, kurį laiką tau ėjo laiškai. Žinoma, aš juos persiunčiau. Juk gavai, ar ne?

– Taip, gavau.

– Juos rašė jauna moteris, ar ne?

– Nepamenu, – sumelavo jis, mėgindamas prisiminti Elsės veidą.

Po dvejų metų tai buvo neįmanoma.

– Svarbu pasirinkti tinkamą, – pasakė mama.

Gormas negalėjo su tuo nesutikti. Tačiau nutylėjo.

Uoste stovėjo Anglijoje registruotas burinis laivas. Jiedu nuėjo pasižiūrėti. Įspūdingas. Mažiausiai keturiasdešimties pėdų. Dailaus korpuso.

Staiga, stovėdamas ant krantinės krašto su mama už parankės, jis išvydo miklią rankutę įsikimbant į kajutės angos apvadą. Pasirodė moteris. Jos plaukus vėjas pastatė piestu. Tą pačią akimirką jis nusikėlė į oro uostą, daugel savaičių į praeitį. Rutos Neset ranka, iš vežimėlio keliant lagaminą.

Nusivylimas sukėlė fizinį skausmą. Tai buvo ne ji.

Jis pagalvodavo apie tai, kad galbūt ji mieste, o jis nežino. Jie gali netgi prasilenkti gatvėje nepastebėdami vienas kito. Ar tai įmanoma?

Keletą vakarų jis bergždžiai šukavo kavines, vieną po kitos. Šiame mieste tai buvo greitas darbas. Mintis apie tai, kad ji mieste, ir šįkart atėmė jam ramybę, bet veikiausiai ji grįžo į Salą tiesiai iš oro uosto.

Pakeliui į namus jis nusivedė mamą į Plynę. Stulpas stovėjo kaip stovėjęs. Buvo keista vėl jį matyti.

Kažin ką ji veikė Londone? Medinė dėžė, kurią nešėsi kaip rankinį bagažą, priminė tą, kurią Bergene vienas dailininkas vežiojosi dviračiu. Ar ji tapo paveikslus?

Jis galvojo apie ją visą vasarą. Akys buvo tokios ryškios. Kartais regėdavo jas rytais busdamas iš miegų. Labai norėjo tai įvardyti. Tik sau pačiam. Galėtų užrašyti, jei rastų tinkamus žodžius. Bet tai turėtų būti nauja. Niekas neturėjo būti to mąstęs ar sakęs iki jo.

Lūpos. Panašios į laukines avietes, augančias Indrefiorde už namo. Bet standesnės ir tikrai ne tokios, kurias gali sutrėkšti burnoje.

– Gormai, laikas tau pasirodyti parduotuvėje, – pareiškė tėvas.

Jie vakarieniavo, mama ką tik buvo ištarusi, kad ruduo – liūdnas metas. Ypač žmogui, prasirgusiam visą vasarą.

Gormas suprato, kad jam jau seniai reikėjo pasirodyti parduotuvėje. Kad tėvas tik laukė, kol jis pakankamai suaugs ir pats tai pasakys. Tą pačią akimirką Gormas suvokė, jog tėvas nekantrauja, nes jis nepasirodė esąs tiek suaugęs.

– Kada? – paklausė Gormas.

– Pavyzdžiui, rytoj aštuntą valandą.

Jie išsiruošė kartu, tėvas jį pristatė biuro darbuotojams ir kai kurioms pardavėjoms, tarsi šios niekada nebūtų jo mačiusios.

– Po metų jis pradės dirbti. Baigęs aukštąją prekybos mokyklą, – valdingai pasakė tėvas.

Lygiai vienuoliktą valandą tamsiaplaukė moteris atnešė bandelių ir kavos. Ji segėjo trumpą sijonėlį, buvo graži ir pasitikinti savimi. Gormas negalėjo prisiminti, kur buvo ją matęs.

– Panelė Berg, – pristatė tėvas. – Ji ką tik tapo advokate, čia dirba tik per atostogas.

Po valandėlės ji grįžo paklausti, ar jie nenori pyragaičių.

– Gerai, šiandien valgom pyragaičius. Užsisakyk vieną ir sau, – tarė tėvas ir nusišypsojo.

Kažkuo situacija pasirodė keista, nors Gormas pats nesuprato kodėl.

Tėvas jam parodė parduotuvės išplėtimo planus. Du papildomi aukštai ir naujas priestatas. Reikės parengti prašymą savivaldybei dėl statybos leidimo. Tėvas baiminosi, jog tam tikros jėgos miesto taryboje priešinsis naujojo flygelio statybai uosto baseino pusėje.

– Kai kam atrodo, kad „Grandė ir Ko" jau ir taip pakankamai didelė, – tarė tėvas. – Svarbu surasti tinkamus žmones, kurie įtikintų miesto tarybą, jog jie klysta. Aš niekur neskubu. Viskam reikia laiko. Tačiau noriu, kad pradėtum čia dirbti, kol esi namie.

– Aš juk nieko nežinau, – pasakė Gormas.

– Nežinojau ir aš. Bet ilgainiui perprasi tvarką. Manau, nuo pirmos dienos vertėtų išsamiai susipažinti su apskaita. Ir norėčiau, kad per visas likusias atostogas dirbtum visą darbo dieną, nuo aštuonių iki keturių. Tau bus paruošta darbo vieta Henrikseno kabinete.

– Bet juk ten sėdi panelė Berg?

– Ne, kurį laiką jos nebus, – skubiai atsakė tėvas. – O kai aš būsiu išvykęs, galėsi sėdėti čia. Jei kils kokių nors abejonių, kreipkis į panelę Ingebriktsen. Jai viskas pranešta, ji tau pasakys, ką daryti. Šeštadienį išvažiuoju į Oslą verslo reikalais.

Popiet Gormas užėjo į Marijanės kambarį. Seniai ketino, bet nenorėjo sulaukti klausimų, jei kas nors pamatytų. Dabar mama miega, o tėvas žadėjo dirbti viršvalandžius.

Jos kvapas tebetvyrojo. Jis atidarė drabužių spintą. Nebebuvo krūvos vos kartą vilkėtų drabužių, kaip tais laikais, kai ji gyveno namuose. Spintos dugne gulėjo tik ilgos kelnės, nieko daugiau. Tvarkos atžvilgiu jiedvi su Ėdele buvo skirtingos. Ėdelė išvažiuodama kambaryje visuomet palikdavo baisų jovalą.

Tvarkingos buvo net knygų lentynos. Dailiai sustatyti mergaičių skaitiniai ir šūsnys senų moteriškų žurnalų. Tarp jų stovėjo Reginos Norman pasakos ir Knuto Hamsuno „Viktorija". Šalia gimnazijos istorijos vadovėlio žvilgsnį patraukė Agnaro Miuklės* „Giesmė apie raudonąjį rubiną".

---

* Agnar Mykle (1915–1994) – norvegų rašytojas, kuriam už pernelyg atviras meilės scenas 1957 m. pasirodžiusiame romane „Giesmė apie raudonąjį rubiną" iškelta baudžiamoji byla. *(Vert. past.)*

Iš pradžių jam pasirodė keista, kad knyga, sukėlusi tiek triukšmo, padėta atvirai. Jis prisiminė, kad paprastai ji savaime atsiversdavo tose vietose, kurias visiems knietėjo perskaityti. Dar lyg ir prisiminė, jog mama neturėjo žinoti, kad knyga yra namuose. Galiojo savotiškas nebylus susitarimas, kad jeigu mama ko nors nežino, jai dėl to neskauda galvos. Prie to susitarimo dėjosi ir tėvas, nors kalbos apie tai nebuvo.

Ir išties – knyga noriai atsivertė ties trisdešimt ketvirtu puslapiu. Iš pradžių jis nusinešė ją į savo kambarį, paskui apsigalvojo. Buvo pakankamai suaugęs, kad galėtų skaityti knygas, kurias nori skaityti, tad pasiėmė ją į svetainę. Kai išgirdo pareinant tėvą, prisivertė ramiai skaityti toliau, nors nebeįstengė susikaupti.

Tėvas įėjo į kambarį ir susimąstęs pasisveikino. Tada nelauktai žengė tiesiai prie baro ir įsipylė viskio. Tėvas niekuomet negerdavo „tuščiu skrandžiu", kaip pats sakydavo.

– Kas nors atsitiko? – paklausė Gormas.

Tėvas stovėjo nugara į jį ir atrodė keistai pakumpęs. Lyg švarkas būtų per didelis. Rodės, Gormas seniai nebuvo jo matęs. Aukštas, laibas vyriškis pagal profesiją pernelyg tvirtomis rankomis ir pečiais. Staiga Gormas pastebėjo, kad tėvas labai sulysęs. Ir nerimastingas. Ne tik kažkur nuklydęs mintimis, bet nerandantis sau vietos ten, kur buvo tuo metu. Tarsi supratęs, ką mąsto sūnus, tėvas atsitiesė ir vienu mauku ištuštino taurę.

– Atsitiko? Ne, kas gi galėtų atsitikti?

Jis žengė prie savo fotelio, stovinčio kampe, atsisagstė viršutines marškinių sagas ir nusirišo kaklaraištį. Tada nuo stalo paėmė laikraštį ir patogiai įsitaisė. Gormas sėdėjo mamos krėsle, tad jiedu atsidūrė gana arti vienas kito. Jis matė, kaip smarkiai tvinksi tėvo miego arterija.

Staiga jis padėjo laikraštį į šalį ir pažvelgė tiesiai į Gormą.

– Beje, ką skaitai?

Gormas pajuto, kad rausta. Dėl to susierzino.

– Agnarą Miuklę, – sumurmėjo.

– Agnarą Miuklę. Šit kaip. Mes kartu studijavome prekybos mokykloje. Jis – vienu kursu žemiau.

– Pažinojai jį?

– Negaliu sakyti, kad pažinojau. Mes nesisukiodavome toje pačioje aplinkoje. Jis susidėjo su dėstytojo Bulio mokiniais. Be to, buvo jaunesnis. Dabita radikalas. Ne savo rogėse. Bet mokėjo elgtis su moterimis ir gerai jausdavosi kompanijoje. Nieko neprikiši.

Tėvas klastingai nusijuokė, ir Gormas neprisiminė, kad kada būtų girdėjęs jį taip juokiantis.

– Mes juk tuomet nežinojome, kas iš jo išeis. Turėjau perskaityti, ką jis parašė. Vėliau.

– Kalbi apie šitą?

Gormas kilstelėjo knygą.

– „Giesmė apie raudonąjį rubiną". Taip, praėjo nemažai laiko, – šyptelėjo tėvas. – O kiek triukšmo būta. Iš kur gavai?

– Radau lentynoje.

– Mat kaip. Ir nutarei paskaityti dar kartą.

– Man rodos, ištisai niekada taip ir neperskaičiau.

– Bergenas turėjo žavesio, – tarė tėvas, kažkur nuklydęs mintimis.

– Ar tau patiko? – paklausė Gormas.

– Kas patiko?

– Knyga.

– Hm. Nebepamenu. Ko gera, buvo daugiau sensacija.

– Ar jautei, kad jis rašo šiuolaikiškai? Tarytum apie tavo gyvenimą?

– Toli gražu!

Ryžtingu mostu tėvas vėl išskleidė laikraštį.

Keturioliktas skyrius

RUTA PABUDO ŠAUKIAMA JORGENO.

Jo balsas buvo šiurkštus ir slopus, tarsi kas spaustų iš jo orą. Jis stovėjo bokšto ar kažko panašaus viršūnėje ir šaukė į angą, pro kurią mėgino prasisprausti. Riksmas grumėjo žemyn senomis čerpėmis ir atsiliepė aidu, lyg atsimušdamas į metalą. „Ruuuta!" Apačioje jos vardas virto surūdijusia geležimi.

Jis skriejo į ją ištiestomis rankomis ir kojomis. It juodas šešėlis mėlyno dangaus fone. Ji išgirdo duslų trenksmą ir kūnu pajuto stiprų spaudimą. Tarsi būtų sulyginta su žeme. Sunaikinta.

Tačiau tai buvo ne ji, o Jorgeno kūnas. Suplotas, suslėgtas ant milžiniškos geležinės plokštės. Nepakeliamas skausmas spengiančioje tyloje. Širdis akimirką apmirė ir plakė toliau, o ji susirietė ir mėgino kvėpuoti.

Kai pagaliau permirkusi prakaitu įstengė atsisėsti lovoje, ne iš karto suvokė, kur esanti. Paskui prisiminė – trylektasis rytas Londone.

Maiklas miegojo prasižiojęs, ranką pasidėjęs ant nuogos krūtinės. Beveik iki pat kaklo duobutės krūtinę dengė tamsūs garbanoti plaukai. Barzdą jis nusiskuto jos atvažiavimo proga.

Jie susirašinėjo dvejus metus, kol ji mokėsi pedagoginėje mokykloje. O pardavęs didelę drobę jai atsiuntė lėktuvo bilietą. Jiedu žadėjo visą vasarą tapyti, vaikščioti į galerijas, parkus, muziejus.

Tai buvo pasaulis. Laisvė. Dabar ji žinojo, kas tai. Jie ketino traukiniu važiuoti į pajūrį ir apsigyventi namelyje, kurį jam laikinai užleido draugai.

Virš didelio suodino stoglangio plaukė debesys. Lyg šokdami. Dar nebuvo visai prašvitę. Atrodė keista, kad vasarą gali būti tamsu.

Po poros valandų jie turėjo pusryčiauti rūsyje, kur įsikūrusi alinė. Gerti stiprią arbatą su pienu. Valgyti šviežią duoną su sviestu.

Uosti neįprastus išmetamųjų dujų, dulkių, šviežios duonos ir praeivių kvapus. Šie susimaišę dar ilgai tvyrodavo šnervėse jiedviem grįžus vidun. Lįsdavo pro atvirus langus ir orlaides, nepanašūs į nieką, kas jai pažįstama.

Ji paklausė Maiklą, ar ir jis užuodžia. Jis nusijuokė ir paaiškino, kad taip kvepia visi didmiesčiai. Tada pasilenkė ir pakštelėjo jai į nosį, nors visi galėjo matyti. Tik niekas nekreipė dėmesio ir nespoksojo.

Pastarą vakarą jie sėdėjo lauko kavinėje kitoje gatvės pusėje. Snaputis, pastatytas ant stalo, buvo nelaistytas. Jo lapeliai – gerokai aprudę. Peleninę atstojo skardinė. Tačiau buvo savotiškai gražu. Keista ir svetima. Gražios buvo gatvėje besimėtančios apelsinų žievės, skardinės ir popieriaus skiautės. Gražūs seni arkliai – apskretę kuinai. Neįprastai dideli autobusai. Parkai aukštomis tvoromis. Susispaudę siauri nameliai. Toks jausmas, tarsi būtum sename paveiksle.

Ji pastatė pėdas ant grindų ir į vieną šoną surinko plaukus. Tie, ant kurių ji gulėjo, buvo sudrėkę. Nuo vėjo, dvelktelėjusio pro langą, prakaituota oda pašiurpo.

Ateljė kartu buvo svetainė, virtuvė ir miegamasis. Praustuvė, dujinė viryklė, stalas. Sulankstomos kėdės ir du senutėliai krėslai su apačioje kyšančiomis spyruoklėmis. Molbertai. Krūvos paveikslų pasieniais. Didžiulė plokštė ant dviejų medinių ožių, nukrauta tūbelėmis, stiklainiais, teptukais. Sustingusios dažų dėmės. Terpentino, neskalbtos patalynės ir senos kavos tvaikas. Alus. Ir didysis kvapas, tvyrantis visur – lauke ir viduj. Žmonės ir jų istorija – sluoksnis ant sluoksnio.

Kūne tebetūnojo slogutis. Šiurpas. Tačiau tai buvo tik sapnas. Ji nuėjo prie čiaupo ir atsigėrė, tada tyliai grįžo į lovą ir atsigulė šalia Maiklo. Jis atsisuko į ją ir nepabusdamas apkabino. Buvo sausas ir šiltas. Ji norėjo pamiršti sapną. „Šiandien noriu būti tokia pat laiminga kaip vakar", – pamanė.

Staiga sugaudė bažnyčios varpai! Daug balsų. Sunkūs, lengvi, skaidrūs, duslūs. „Ruuuta! Ruuuuta!" – šaukė.

Maiklas įtikinėjo ir aiškino, bet ji neatlyžo, kol jis nesutiko palydėti jos į telegrafo stotį ir padėti paskambinti dėdei Aronui į darbą. Šis dabar tvarkė savivaldybės lėšas.

163

Numerio jie neturėjo, tad net Maiklui nebuvo lengva moteriai prie langelio paaiškinti, kur jie nori skambinti. Ruta taip išvargo, jog ėmė niršti. Nuo to geriau nepasidarė, nes moterį tik suerzino jos nerišli anglų kalba. Tačiau galų gale jie susisiekė ir jiems buvo pasakyta laukti linijos.

Visą amžinybę jie sėdėjo ant odinės sofos purviname laukiamajame, kur be paliovos zujo žmonės. Pagaliau ji buvo įleista į ankštą būdelę be oro. Nukėlė ragelį ir per traškesį išgirdo dėdės Arono balsą.

– Dėde! Alio! Čia Ruta. Ar Jorgenui viskas gerai?

Stojo tyla. Tik traškesys ir ūžimas kaip jūros bangų ir vėjo.

– Ar Jorgenui viskas gerai? – pakartojo ji.

– Ne, Ruta.

Dėdės balsas išplito ausyje, įsismelkė į galvą, gerklę, sugniaužė krūtinę.

– Kas atsitiko?

– Jeigu gali, grįžk namo. Mums tavęs reikia.

– Ar jis susirgo?

– Baisiai susižalojo.

– Ar ligoninėje?

– Ne, blogiau. Mes negalime...

Ryšys nutrūko. Ji paleido ragelį, stovėjo ir žiūrėjo, kaip jis maskatuoja. Ratais ir aštuoniukėmis. Švyst švyst. Tada išsvyrino lauk. Maiklas įėjo ir pakabino ragelį.

Paskutinis dalykas, kurį ji įsiminė prieš lipdama į lėktuvą, buvo terpentino ir tabako kvapas. Maiklo veidas jau buvo išnykęs arba susiliejęs su baltu drobiniu švarku.

Kažkur virš debesų ji pamanė, kad dabar Jorgenui tikriausiai geriau. Likusi kelionės dalis buvo begalinė tuštuma. Akimirką ji prisiminė, kaip bijojo skrisdama į Londoną. Dabar kiekvienu raumenėliu mėgino pagreitinti lėktuvą.

Kai pagaliau, įveikusi paskutinį etapą, ji laukė lagamino, jai pasirodė, kad eilėje kažkas pašaukė ją vardu. Bet jai žūtbūt reikėjo suspėti į keltą, plaukiantį į Salą, todėl neatsisuko. Nenorėjo nieko sutikti. Neturėjo žmonėms ko pasakyti, kol nežinojo, kas atsitiko Jorgenui.

Dar lipdama laivo trapu ji suprato, kad viskas blogai. Karlas, tvarkantis trosą, nepasisveikino. Atrodė, tarsi nenorėtų jos matyti. Galbūt Jorgenas guli miesto ligoninėje ir ji be reikalo plaukia namo?

– Jorgenas? – klausiamai tarė ji.

Bet vyriškis nusisuko, lyg ji būtų oras. Buvo neįmanoma paklausti ko nors kito, nes niekas su ja nekalbėjo.

Apimta jausmo, kad viskas tebevyksta sapne ir dėl to reikia palaukti, ji atsisėdo denyje. Ant dėžės su gelbėjimo ratais. Neišnyko jausmas, jog yra nematoma, lyg koks vaiduoklis, nuo kurio kiti turi laikytis atokiau, nes kam malonu vaikščioti kiaurai šmėklų.

Tas pats jos laukė ir tada, kai laivas prisišvartavo prie krantinės. Niekas nepasisveikino. Ji pastatė savo daiktus prie sandėlio sienos ir tekina pasileido per kalvas. Ar ji buvo išvažiavusi, ar tik įsivaizdavo? Ar ne prieš šimtą metų ji bėgo šitais takais?

Mama stovėjo nugara, kai ji įėjo. Turėjo girdėti žingsnius, bet neatsisuko. Pamokslininkas tuščiu žvilgsniu padavė ranką. Po akimirkos verkdamas susmuko ant suoliuko.

Ant priežodos stovėjo kavinis, dvokė prisvilusiais tirščiais. Kaklelis buvo apėjęs rudomis dėmėmis.

– Kur jis? – uždususi paklausė ji.

– Pastogėje, – tarė mama silpnu, bet aiškiu balsu.

Ruta išlėkė iš trobos ir daržinės užvažu užbėgo aukštyn.

Degė žvakės. Jis gulėjo po sena peltakiuota močiutės drobule. Kyšojo tik kraštelis išeiginių kelnių ir batų.

Iš pradžių ji sustojo kaip įbesta. Tada atklojo drobulę – pasimatė negyvas, svetimas veidas, panašus į Jorgeno.

Netrukus akyse aptemo, lyg kas būtų jos pagailėjęs.

Kai pabandė atsikelti, kojos nelaikė. Daugiau ji nieko nejuto, kol atsipeikėjo močiutės glėbyje. Nežinojo, kaip ten pateko, šiaip ar taip, jiedvi sėdėjo ant prieangio laiptų, močiutė tvirtai laikė ją apkabinusi.

– Kodėl taip atsitiko?

– Kelkis, eime į vidų, – paragino močiutė.

Jos įsvyrino pro duris nelyginant vienas kūnas. Įsitaisė svetainėje ant kušetės, lyg būtų sekmadienis ar kokia šventė. Pamokslininkas ir mama atsekė iš paskos. Pro virtuvės duris sklido kavos smarvė. Dvokė maldos namais, loterijomis ir aukomis.

– Pasakykit man, kas...

– Jis išėjo šeštadienį, – kietai tarė mama.

– Išėjo?

– Nukrito nuo bažnyčios varpinės.

Močiutės balsas buvo toks silpnas.

Pamokslininkas atsuko į ją pilką veidą.

– Jie išgąsdino jį. Gaudė visu būriu.

– Gaudė Jorgeną?

– Jie apkaltino jį dėl... Dėl Elos.

Pamokslininkas sunkiai perėjo kambarį ir įsitvėrė stalo.

– Jie sako, kad jis... ją paėmė, – sušnabždėjo ir susmuko.

Ruta pajuto, kaip kažkas suplyšo į skutelius. Ji girdėjo jį sakant kažką nesuvokiama. Rodės, negali pajudėti. Negali matyti.

Tačiau ji nubėgo į virtuvę, prie baltu emaliu dengtos krosnies. Ištiesė ranką ir nukėlė kavinį. Kaip nors turėjo atsikratyti to šleikštaus kvapo. Nė nepajuto, kad nusidegino. Vėl sugriebė karštutėlį kavinį ir tik išgirdusi aliuminio skambtelėjimą į akmenį už durų pajuto skausmą.

Atsukusi čiaupą ir pakišusi nudegintus pirštus po vandens srove, pratrūko nesavu, trūksmingu juoku.

– Netiesa, – kvatodama grįžo į kambarį.

– Kas iš to, jeigu jie taip nusprendė, – spigiai atsiliepė mama.

– Jie neturi teisės, nes netiesa!

– Tai dėl to, kad tu nusibeldei pas tą žmogų į Londoną. Tau reikėjo grįžti namo!

Mama blaškėsi po kambarį taikydamasi jai įkirsti žvilgsniu.

– Būk protinga, Ragna, – paprašė močiutė.

Ruta spoksojo į mamą. Tie žodžiai. Jie jau niekada nebus neištarti. Ji išlėkė ant prieangio laiptų, už savęs palikdama pratisą garsą. Kaip virš kalnų gaudžiantys telefono laidai. Sklindantį taip toli.

Rutos galva buvo kaip jūros išskalauta paukščio kaukolė. Ji taip ilgai išgulėjo paplūdimyje, jog neliko nieko daugiau, tik baltos landos ir ertmės. Riogsojo be jokio turinio, o pro šalį ėjo žmonės. Lensmanas ir pastorius – popiet. Giminės – vakare. Močiutės žodžiai dulksnoje:

– Žinoma, jie klysta. Kaip ir teisėjas gali nuteisti nekaltą, o nusikaltėlis likti nenubaustas, nes niekas jo nematė. Nesuvokdami, ką daro, saliečiai gali nekaltą žmogų nuvaryti į kapus. Štai ką turime suprasti, nes Jorgeno nebeprikelsi. Dagfinai, mano galva, tai vienintelė prasmė, dėl kurios tau vertėjo tapti pamokslininku. Tu turi melstis už juos. Melstis, sakau! Nes aš neįstengiu.

Kurį laiką virtuvėje sėdėjo Paulas: ir verkiantis pusbrolis, ir svetimas žmogus, kuris šaudo šunis. Dabar pasakojo, kiek jam teko prisiklausyti apie Jorgeną Kvailį.

Žmonės nepasitiki tokiu, kuris garsiai kalba ir juokiasi, kai vienui vienas eina keliu. Iš to, kuris šuns kailį garbina nelyginant altoriaus užtiesalą, gali laukti bet ko. Jie kalbėjo, kad rūpybos tarnyba seniai jį turėjo išsivežti. Jis juk vaikščiojo pasikabinęs peilį. Žmonės seniai matė, kad jis sekioja paskui Elą rytas vakaras.

– Pakaks apie tai, vaike, – sudraudė dėdė Aronas, papilkėjęs ir blaivus.

Tetos Rutės lūpų kraštai buvo žaizdoti, ji kandžiojo jas ir be atvangos ką nors veikė. Kilnojo daiktus, tvarkėsi prie virtuvės spintelės.

Protarpiais visur pasidarydavo taip tylu. Kone vien drabužių šiugždėjimas ant kūno. Visiems nepakako kėdžių, tad jie susėdo kur pakliuvo. Langas buvo pravertas, šnarėjo šermukšnis. Pietvakaris jį lenkė prie nužydėjusių mamos rabarbarų.

Pamokslininkas čia sėdėjo prie virtuvės stalo, čia stovėjo prie praustuvės į stiklinę leisdamas vandenį, nugerdavo gurkšnį, o likusį išpildavo po varvančiu čiaupu. Keletą kartų jis pakartojo, kad džiaugiasi, jog jie atvyko. Paskui atsikrenkštė, matyt, mėgindamas įtikėti, jog tai kalba, skirta žmonėms atversti.

– Aš visada sakiau, kad dėl visko kalti šokiai jaunimo namuose. Girtuoklystė ir šėlionės. Dabar – dar ir šitai. Vienas Viešpats visagalis težino, kaip mums elgtis, – išrėžė Pamokslininkas, bet balsas trūkinėjo.

– Liaukis, Dagfinai, – sukūkčiojo teta Rutė. – Ką nors juk galima sau leisti šioje ašarų pakalnėje. Iškaišėme viską beržo šakelėmis, snapučiais, ramunėmis. Kaip miškas žaliavo, taip buvo gražu. Pasieniais ir ant scenos. Juk visi ten buvome, jauni ir seni. Taip, žinoma, išskyrus tave. Tu save visada laikei pranašesniu. Bet tikriausiai ir tu užuodei vasaros dvelksmą. Keista – dievotieji nebuvo geresni už kitus, kai prasidėjo Jorgeno gaudynės. Tada dalyvavo ir jie, maldos

167

namų žmonės. Visas būrys su kultuvėmis, kai kas ir su dalgiais. Pora turėjo šautuvus. Lakstė ištisą naktį kaip kariauna, saulei šviečiant laidė gerkles ir naršė pašalius kaip pamišėliai. O kur buvai tu, kuris taip puikiai moki rėžti prakalbas? Ar mėginai juos atvesti į protą?

– Nebesunkink naštos, – įterpė dėdė Aronas.

Pamokslininkas suspaudė galvą delnais ir nesigynė.

– Turiu teisę papasakoti, kaip viskas buvo. Ruta juk nieko nežino, – atšovė teta Rutė ir išsišnypštė.

– Tą vakarą kūne jaučiau kaži kokį nerimą. Ne podagrą, bet giliau, – prabilo močiutė.

– Kas atsitiko?

Ruta taip drebėjo, jog vos įstengė aiškiai tarti žodžius.

– Buvo pats šokių įkarštis, – toliau pasakojo teta. – Arono armonika mažumėlę nepataikė į natą, bet tik pora tonų. Mandolina ir gitara skambėjo kaip visas orkestras, kai kažkas įlėkęs sušuko, kad valčių pašiūrėje įvyko siaubingas dalykas. Kai kas tik pasišaipė, nenorėjo klausyti. Juk buvo dar ir šiupinio, ir kavos su trauktine. Bet tada kažkas paminėjo, kad Jorgenas... Ir Elos tėvas atskuodė nuo jūros visas įsiutęs. Nusiplėšė marškinius ir suriko užmušiąs Kvailį, nors tai būtų paskutinis jo darbas. O Ela nenorinti išeiti iš pašiūrės ir nieko neprisileidžianti. Net motinos. Ir vyrai pradėjo klausytis, ką kalba Elos tėvas, susispietė į krūvą nelyginant kareiviai.

Teta Rutė ir pasakojo, ir verkė apsikabinusi mamą, sėdinčią taip, lyg būtų svetima.

Ruta mėgino suvokti, kas buvo pasakyta.

– Ką Ela veikė valčių pašiūrėje? – šiaip taip išlemeno.

– Jie sakė, kad jis ją ten jėga nusitempė, – tyliai atsakė Paulas.

– Jorgenas nėra nieko tempęs jėga, tu puikiai žinai.

– Bet jis buvo ten, abu ten buvo. Jos tėvas, Evertas, pats juos užklupo.

– O ko Evertui ten reikėjo?

– Ne, Ruta, šito aš nežinau. Tikriausiai ji šaukėsi pagalbos.

– Ir tas šauksmas jį pasiekė jaunimo namuose? – suriko Ruta.

– Elkimės kaip žmonės, – netikėtai įsikišo Pamokslininkas.

Jis stovėjo vidury kambario ir grąžė rankas.

– Neįmanoma šaukti taip garsiai, kad kas nors išgirstų iš tokio nuotolio, – tarė Ruta.

– Evertas saugo Elą nuo visų. Jie turi tik ją, – įterpė dėdė Aronas.

– Ką turi galvoje? – paklausė Ruta.

– Evertas būtų iškaršęs kailį kiekvienam neįtikusiam. Matyt, jiems buvo baisi gėda, kad jai patiko Jorgenas.

– Nori pasakyti, kad ji savo noru?.. – nepatikliai tarė teta.

– Taip! – vienu balsu atsakė močiutė ir Ruta.

Paulas tuščiu žvilgsniu stebeilijo į grindis.

– O tu dalyvavai gaudynėse? – staiga paklausė Ruta.

– Tik iš pradžių.

– O kur buvai paskui?

– Jis atėjo čia ir viską papasakojo, – tarė Pamokslininkas.

– Kodėl niekas nebandė su jais kalbėtis? Kodėl nesustabdė jų? – sušnabždėjo Ruta.

– Pačiai reikėjo būti čia ir kalbėti, – nukirto Paulas ir nusišluostė nuo kaktos prakaitą.

– Nekaltinkite vienas kito, nuo to niekam geriau nebus. Jorgenui – taip pat, – pasakė močiutė ir priėjo prie Paulo.

Mėgino kažką nubraukti jam nuo peties, o abiem skruostais riedėjo ašaros.

Pasidarė taip tylu. Mama susiliejo su siena. Rutai atrodė, kad ji net negirdėjo, kas buvo pasakyta.

– O ką kalba pati Ela? – po valandėlės paklausė dėdė Aronas.

– Niekas su ja nešnekėjo, – atkirto Paulas.

– Ką sakė lensmanas, jis juk buvo čia? – neatlyžo dėdė.

– Pasakė, kad tokiais atvejais neįmanoma palaikyti nė vienos pusės. Kad labai liūdna ir kad jis mus užjaučia, – tarė Pamokslininkas.

– Taigi niekas iš Elos lūpų neišgirdo, kuo kaltas Jorgenas? – suriko Ruta ir sugriebė Pamokslininkui už rankos.

– Iš kur mes galėjome žinoti, – išsigynė jis, ją atstūmdamas. – Nei tavo motina, nei aš nebuvome jaunimo namuose, mes nevaikštome į tokias vietas. Dabar matai, ko gali pridaryti šėtonas. Kaip plinta nuodėmės ir mus visus baudžia.

Jis užsimerkė, pakėlė stipriai sunertas rankas prie kaktos ir ėmė melstis.

– Viešpatie, būk gailestingas! Suteik mums savo malonę, apsaugok mus nuo pikto ir nuodėmių. Neapleisk Jorgeno, kad ir kur jis dabar būtų. Atleisk jam už tai, ką padarė. Atleisk mums visiems! Amen.

Vos jis ištarė „amen", mama puolė prie jo ir ėmė tvatyti kumščiais. Jai iš gerklės veržėsi kimūs garsai. Ėjo stipryn ir stipryn, kol galiausiai virto krioksmu.

Pamokslininko rankos nusviro, jis stovėjo ir sunkiai alsuodamas kentė smūgius. Kiti žiūrėjo. Nebuvo daugiau ko daryti. Galiausiai prakalbo močiutė:

– Ragna, mieloji. Ragna. Na, na, liaukis. Ragna. Ragna.

Bet mama nenorėjo klausyti. Ji kriokė ir mušė, mušė ir kriokė. Pamokslininko krūtinė dusliai skambėjo. Tačiau jis liko stovėti nusvarinęs rankas. Rodės, nesupranta, kad yra mušamas.

Naktį Ruta kartu su kitais išėjo į jaunimo namus. Pamokslininkas įdavė jai telefono ragelį be laido. Bet ji padėjo ragelį į šalį, nes stovėjo ant scenos ir turėjo nutapyti visus beržo šakelių, kurių jie primerkė į kibirus, lapus. Buvo labai svarbu nepraleisti nė vieno.

Ji pamanė, kad reikėtų paprašyti pagalbos Jorgeną, bet paskui prisiminė, kad jis nepajėgus suskaičiuoti tokios galybės beržo lapų.

Elos tėvas šoko su Pamokslininku. Kaktose ir smilkiniuose jiems buvo išsprogusios mėlynos gyslos. Staiga pasirodė visi Salos vyrai, dėdė Aronas – taip pat. Elos tėvas, laikydamas iškeltą mėlyną dalgį, žengė būrio priešakyje. Susirinko visas žvejų kaimas, visas miestelis – visa Sala, įskaitant tuos, kurie niekada nesilankydavo jaunimo namuose.

Lensmanas paėmė iš dėdės armoniką. Dirželis buvo neužsegtas, tad ji visa išsitempė išduodama pratisą graudų garsą. Siena išgriuvo, ir būrys nuūžė valčių pašiūrės link. Net vėjas sukilo. Ant lazdų ir dalgių žvilgėjo saulė. Keista, bet pastorius nešėsi šautuvą.

Jų buvo devynios galybės. Ruta stovėjo ant scenos puikiai suvokdama, kaip blogai visa tai baigsis. Petys petin jie žengė per žalią žolę palikdami sumindžiotus snapučius.

Nieko nebebus kaip iki tol. Čia, Saloje, niekas nebeturės veidų, mąstė ji. Liks vien nugaros ir dalgiai. Jie nieko nebegalės matyti, nes neturi akių. Nuo jų kilo tarsi koks garas. Garas nuo naminukės aparato, kokį buvo mačiusi pas dėdę Aroną. Dabar jis tikriausiai sugedo. Taip dvokė. Tai dėl to, pamanė Ruta, stovėdama ant scenos.

Ji norėjo tapyti, bet negalėjo, nes pametė lapų skaičių. Labai pavargo stypsodama ir žiūrėdama jiems pavymui. Jie niekaip neįstengė pasiekti valčių pašiūrės, ir ji nesulaukė baigties. Jie ėjo vis girtyn ir smarkyn, o jų gretos kuo toliau, tuo labiau tankėjo.

Dabar jie leidosi nuo Viržynės ir drožė palei močiutės bulvių lauką. Visur išvaikščiojo, vorele arba pleištu, it rudosios miško skruzdės. Jie būdavo tai baisiai dideli, tai vėl mažyčiai. Pradėjo temti, krito sniegas. Jie buvo įpykę ir galando dalgius taip, jog skambėjo. Jorgenas verkė tarp mostų galąstuvu, bet jie negirdėjo.

Paskui, kai viršų paėmė nuovargis ir iš kūnų išgaravo naminė, pasidarė tyliau, tačiau jie tebėjo atsukę nugaras. Nors ji žinojo, kas bus, neįstengė tapyti beržo lapų, tik stovėjo ir spoksojo.

Iš bažnyčios varpinės ji matė juos atžengiant per kapines iš rytų. Galvas buvo užsidengę bulvių maišais. Negalėjai įžiūrėti nei žolės, nei kapų, nes maišai ėjo vienas prie kito. Ji buvo Jorgenas, tačiau liko pati savimi.

– Saloje ilgai negali slėptis joks gyvas padaras, – iš apačios ją pasiekė jų riksmas.

– Jorgenas Kvailys! Jorgenas Kvailys! – šūkčiojo Elos tėvas, jau lipdamas kopėčiomis į varpinę, taip arti, tarsi sėdėtų jos ausyje.

Tada ant savo rankos ji pajuto Jorgeno delną, šiltą ir kietą. Ji žinojo, kad kito kelio nėra. Langelis prasiplėtė lyg norėdamas jiems padėti. Paskui prie jų ėmė artėti čerpės ir kapinės.

Jie čiuožė žemyn ištiesę rankas. Išsigandusi ji sugriebė varpo virvės kilpą. Tačiau smarkiai trūktelėjo riešą, ir teko paleisti. Jie nušliuožė šlaitiniu stogu pietų pusėje ir nusileido ant navos.

Kai skriejo pro vietą, kur trūko dviejų čerpių, suskambo varpai. Sunkiai, lengvai. Din dan. Juk ji pažinojo tą garsą. Jis nebuvo grėsmingas.

Dabar jie lėkė oru. Iš pradžių pašėlusiai greitai, paskui – pamažu. Ji su Jorgenu tarsi plaukė ant bangos keteros atviroje jūroje. Kartu. Buvo gera ir lengva kvėpuoti, nesinorėjo, kad tai pasibaigtų. Jie sklendė aukštai virš kapų geležiniais antkapiais, virš baltų ir pilkų paminklų, virš mažyčių skruzdžiažmogių.

– Nieko baisaus, patikėk, mes tik plaukiam, – tarė ji, ketindama jį paliesti.

Iš karto jo nesurado. Tarsi būtų apakusi. Tada išvydo jį gulint ant lensmano Tranės surūdijusio antkapio – kniūbsčią, keistais kampais išsukinėtomis rankomis ir kojomis. Tačiau tai buvo ne Jorgenas, o ji pati.

Skruzdžiažmogiai su miltų maišais ant galvų metė dalgius ir miniatiūrinėmis rankutėmis ėmė kasti žemę jai po nosimi. Po smakru. Jie kasė ir kasė, be galo be krašto. Ji juto jų alsavimą ir girdėjo Pamokslininką meldžiantis.

Tada žemės pažiro į akiduobes, šnerves ir viskas aptemo. Rodės, išnyko visas kūnas. Tik ausyse tebeskambėjo metalas.

Štai ką reiškia mirti, pamanė ji.

Ruta išsiruošė pas Evertus. Paskutinį galiuką kelio, kur ją galėjo matyti pro langus, ėjo tiesi.

Asta stovėjo prie virtuvės spintelės ryšėdama tą pačią prijuostę kaip visada. Išvydusi, kas įžengė pro duris, išblyško ir turėjo prisėsti.

– Man reikia pasikalbėti su Ela, – išdrožė Ruta.

– Ji guli palėpėje, labai silpna. Ir tu žinai kodėl!

Balsas buvo aštrus ir teisingas.

– Vis tiek man reikia su ja pakalbėti.

– Negalima.

– Man reikia!

– Nešdinkis, iš kur atėjai, akiplėša! Per jus vienos nelaimės! – suspigo Asta.

Ruta įkvėpė ir su batais ėmė lipti laiptais, Asta puolė iš paskos mėgindama sulaikyti. Ruta buvo stipresnė, ištraukė ranką ir akimirksniu atsidūrė viršuje.

Išvydusi Elą, Ruta beveik išsigando. Ta buvo basa, vienais apatiniais ir persimainiusiu veidu.

Asta skersakiavo kaip jūrinė šarka, ginanti savo lizdą, tad Ruta išstūmė ją iš kambario ir užkabino kabliuką. Elos veidas ir Astos baladojimas į duris tiesiog paralyžiavo. Ruta vos beprisiminė ko atėjusi.

Lyg pusiau miegodama apsidairė ir prisiminė, kad kai buvo maži, su Jorgenu keletą kartų nakvojo pas Elą. Kitame gyvenime. Gyvenime, kuriame Ela ir Asta visada būdavo geros Jorgenui. Geros. Ji laikėsi tos minties, kol prisitraukė vienintelę kėdę ir atsisėdo.

– Ela, iš karto šauk, jeigu ji tave kankins! – suriko Asta, paskui iš lėto nugirgždeno laiptais.

Ela tebestovėjo spoksodama į ją. Ji buvo smulkaus, dailaus veidelio, apgaubto rausvų garbanėlių. Panaši į lėlę. Nosytė riesta, burna pražiota, tarsi ji nuolat regėtų dalykus, kurių nebuvo numačiusi.

– Aš tavęs nesuvalgysiu, – nuramino Ruta.

Ela papurtė galvą, tačiau nesitraukė iš kampo.

– Gal gali prisėsti ir tu? Man reikia su tavimi pakalbėti.

Ela paėmė megztuką, dvejodama jį apsivilko ir užsisagstė iki smakro, tada pritūpė ant lovos krašto. Iš po lašišos spalvos apatinio kyšojo plonos blauzdos, kojų pirštai atrodė vaikiški. Ruta nurijo seiles.

– Jorgenas... Jis juk nieko tau nepadarė, ką?

Ela nudelbusi akis knebeno prairusią megztuko kilpelę, bet neatsakė.

– Per Kalėdas jis minėjo, kad judu susitikdavote ir tu būdavai jam labai gera. Glostydavai galvą, dovanodavai visokių smulkmenėlių... – iš tolo pradėjo Ruta.

Elai sudrebėjo lūpos, ji delnais užsidengė veidą. Iš po pirštų veržėsi slopūs garsai.

– Tu žinojai, kad jis ten bus? – paklausė Ruta.

– Ką nori tuo pasakyti? – sukūkčiojo Ela.

– Tu pakvietei jį susitikti valčių pašiūrėje, kol kiti bus šokiuose?

Ela atidengė veidą ir išgąstingai įsispoksojo į ją.

– Tuoj pat išeik!

– Nieko bloga, Ela. Jis man sakė, jog tu norėjai, kad ir jis tave glostytų. Jis pasakė daugiau...

– Meluoji! Jorgenas nesako tokių dalykų.

Ruta patylėjo.

– Ar jis tai pasakė dabar, prieš tau išeinant? – nusiminusi sušnabždėjo Ela.

Ruta išpūtė akis. Arba jai niekas nepranešė, kad Jorgenas mirė, arba ji nenori žinoti.

– Ela! Tai, kuo jį kaltina, sugalvojo tavo tėvas, ar ne?

– Nežinau, ką jis šneka, aš tik sėdžiu palėpėje.

– Tu turi nulipti žemyn. Turi papasakoti, kaip viskas buvo. Kad Jorgenas nepadarė nieko blogo.

Ela neatsakė, bet tai, kaip ji stebeilijo į grindis, kaip grąžė rankas, kaip kryžiavo plikas kulkšnis, kalbėjo už ją.

– Vyrai gaudė Jorgeną kaip kokį nusikaltėlį. Bet tu to nenorėjai, tiesa?

Ela papurtė galvą ir surietė kojų pirštus ant medinių grindų.

– Tu turi papasakoti, kaip buvo iš tikrųjų. Kitaip visi tikės tuo, ką sako tavo tėvas, kad Jorgenas tave išžagino.

– Meluoji! Tėtis taip nesako. Jis nieko negaudė.

– Jis dalyvavo gaudynėse. Jie vaikė Jorgeną po visą Salą, užsivijo į varpinę. Jis taip išsigando, jog nušoko. Jorgenas nebegyvas.

173

Elos akys išsiplėtė, jos pasruvo per veidą, išblukusius tapetus ir gėlėtą užvalkalą. Lūpų kampučiai tarsi pasileido. Visas veidas nukrito žemėn ir sudužo į šipulius.

Ruta pasilenkė prie jos. Kairės akies rainelėje juodavo taškas nelyginant skylė. Ela akyje turi skylę, pamanė.

– Nemeluok man taip žiauriai.

– Norėčiau, kad būtų melas.

Sėdėdama lovoje Ela parietė kojas ir susisuko į kamuoliuką.

– O Dieve! Negali būti tiesa. Ką man daryti?

– Išlįsk iš palėpės ir papasakok žmonėms, kaip viskas buvo.

Apačioje jos išgirdo Evertą. Netrukus jis jau lipo laiptais.

– Tėtis, – išsigandusio vaiko balsu sukuždėjo Ela.

Durys sudrebėjo, bet kabliukas atlaikė.

– Atidaryk!

Ruta atsistojo, tačiau delsė atidaryti. Tada durys atsilapojo tokiu smarkumu, jog išlėkė ir kabliukas, ir ąselė. Viduryje kambario išdygo Evertas. Apsipylęs prakaitu, sunkiai alsuojantis.

Ji prisiminė, kad Evertas serga astma. Jo veidas atrodė nuožmus ir pablyškęs, kai jis pagriebė jai už rankos ir norėjo ištempti lauk. Tai dėl astmos, pamanė ji, įsitverdama lovos galo. Laikėsi taip stipriai, jog Elos lova pajudėjo nuo sienos.

– Paleisk mane! – suriko Ruta jam į ausį. – Negalite Elai uždrausti papasakoti, kas iš tikrųjų vyko tarp jos ir Jorgeno. Kad jie buvo... pora.

– Beprotis Elai ne pora! – sukliko Asta, vienu šuoliu atsidūrė kambaryje ir užsimojusi pliaukštelėjo Rutai per veidą.

Skausmas pasklido kaip nuo karšto daikto.

– Jorgenas buvo žmogus, o judu esat bepročiai! – sukūkčiojo ji, abiem rankomis laikydamasi už lovos.

– Ar suvoki, ką turėjo iškęsti Ela? – sušnypštė Evertas.

– Kaltas ne Jorgenas, o jūsų tamsumas. Jeigu tik būtumėte elgęsi kaip žmonės ir palikę juodu ramybėje, nieko nebūtų atsitikę.

– Žmonės kalbėjo, kad jis rytą vakarą sekiojo paskui ją. Gėdinga. Gėdinga! Mums nuplėšta garbė!

Evertas dusliai, trūkčiomis švankštė.

– Gėdinga yra paskalos ir pagieža, o ne tai, kad Elai patiko Jorgenas. Aš noriu, kad ji pasakytų, jog jis jos... neišžagino.

Ruta turėjo įsibėgėti, kad ištartų tą žodį.

Ela gulėjo kniūbsčia ir kumščiais daužė čiužinį. Visas kūnas purtėjo.

– Ar matai, ką padarei? – sušnypštė Asta ir vėl taikėsi trenkti, bet vyras ją sulaikė.

Ruta pasilenkė prie Elos, ir iš lūpų išsiveržė močiutės „na na na, neraudok". Ji kartojo, kol žodžiai suveikė ir Ela aprimo.

– Jis tavęs neišžagino, – sušnabždėjo po valandėlės.

– Nešdinkis lauk! – iškošė Asta ir sugnybo jai ranką.

– Atsakyk! – sušnabždėjo Ruta prie Elos nugaros.

– Gali negrasinti. Nepadės, – tėškė Evertas, ir Ruta ant skruosto pajuto seilių purslus.

Ela atsisėdo. Nežiūrėjo nė į vieną jų, žvelgė pro langą. Balsas buvo ramus ir skaidrus.

– Jūs man nepasakėte, kas įvyko. Jis niekada nėra manęs nuskriaudęs!

Šniokšdamas Evertas susigrūdo rankas į kišenes, tada visu kūnu pasisuko į Rutą.

– Tu ketini palikti Elą su gėda. Ar taip? Tu kaltini ją, o jūs, Nesetai, sumitusiam bepročiui leidžiate nebaudžiamam daryti, kas jam patinka.

– Ar žinai, kas turėtų būti nubaustas? Tu! Kuris paleidi gandus, kainuojančius gyvybę! Tu! Kuris uždarai savo dukterį palėpėje! Ela, išeik iš šitų namų! Tau negalima čia būti!

Ruta nubildėjo laiptais žemyn ir išlėkė lauk. Skuosdama pro šulinį ir tvartą susivokė, kad baisiai skuba. Tada ją vėl apėmė jausmas, kad ji tėra švariai nuplauta paukščio kaukolė, riogsanti paplūdimyje. Tokia lengva. Viskas pasidarė blanku ir beprasmiška.

Į laidotuves atvyko Eli ir Brita su savo vyrais. Jie buvo kaip svetimi ir užėmė visą namą, nors vaikų neatsivežė.

Pamokslininkas daug ir garsiai meldėsi. Mamos žvilgsnis tapo tuščias. Ji slankiojo tarp spintelės, praustuvės ir tvarto beveik nepraverdama burnos. Niekas jos neįkalbėjo nueiti į daržinę pas Jorgeną.

Močiutė su visais pašnekėjo. Apsivilko naująją palaidinukę, įsisegė segę, kadaise dovanotą senelio, ir apvaikščiojo visus namus. Užsuko ir į krautuvę. Jie neturį tikėti tuo, kas blogiausia, nors taip

175

galėję atrodyti. Mat Ela Rutai sakiusi, kad Jorgenas nėra jos nu-skriaudęs.

Močiutė kalbėjo apie lensmaną, nenorėjusį kiršinti žmonių, kai viskas taip nelaimingai susiklostė. Apie neapykantą, kuri viską su-pūdanti iš pašaknių, ir prie ko ji galinti privesti. Ji sakė, kad visi, išskyrus Evertus, ją vaišinę kava. Tik Asta blogai pasijutusi ir vidun nepakvietusi.

– Jie supranta, kad reikalas rimtas, kai eilinį trečiadienį ateinu pasidabinusi šilko palaidine. Štai taip, Ruta, reikia žiūrėti žmonėms į akis ir su jais kalbėtis. Nesvarbu, pritari jiems ar nepritari, drau-gas esi ar priešas. Reikia su jais susitikti. Kitaip liktų tik nusiskan-dinti ar šokti nuo varpinės. Giminėje jau dviem tokiomis mirtimis per daug.

– Močiute! Juk jie jį nužudė!

– Turime įveikti ir tai, – nedvejodama atrėmė močiutė ir garsiai nusišnypštė.

Laidotuvių išvakarėse ji sėdėjo ant tvartinio suoliuko prie karsto ir pynė vainiką iš ramunių, raudonųjų dobilų ir katilėlių. Užtruko taip ilgai, jog Ruta nuėjo pažiūrėti, ką ji veikia. Pasakė jau baigu-si – ir verkti, ir pinti vainiką.

– Eime, močiute, vidun vakarienės.

– Argi ne keista, kad žmonės lyg niekur nieko sėdasi prie stalo ir valgo, kai Jorgenas guli čia. Aš – irgi, nors valgio skonis toks, tarsi kramtytum laikraštį. Nepadoru ir nesuvokiama, – suburbėjo mo-čiutė ir pamerkė vainiką į skardinį indą su vandeniu.

Mažai kas atėjo Jorgeno išlydėti. Bet žmonės stovėjo už užuolaidų, kai jie močiutės arkliu vežė jį į kapus. Gerai, kad Evertai negyvena prie kelio, pamanė Ruta. Ela, ko gera, tebetūno palėpėje.

Močiutė nusprendė, kad ji su Ruta padės nešti karstą.

– Ne moterų darbas, – neryžtingai papriešaravo Pamokslinin-kas, bet močiutė nenusileido.

Tada juos pasitiko bažnyčia. Ruta vengė žiūrėti į varpinę. Tačiau ji buvo. Balta ir nyki, su čaižiais varpais. Ruta kaleno dantimis. Mė-gino juos sukąsti, bet veltui.

Nešti buvo sunku. Rankenos metalas įsirėžė į delną. Laimei, priešais ėjo dėdė Aronas, o jis buvo stiprus. Jie pastatė karstą ant lentų virš kapo duobės ir pakėlė virves, kurios gulėjo paruoštos.

Susižvalgė, kad vienodai suimtų. Pamokslininkas, svainiai, dėdė, močiutė ir ji.

Tuomet duobkasys ištraukė lentas, ir Rutą apėmė jausmas, jog rankos nusekė paskui karstą žemyn. Ant močiutės vainiko pasipylė grumstai. Vainikas ir buvo skirtas Jorgenui. Bet jam nebūtų patikęs.

Pastorius mediniu kastuvėliu užžėrė žemių ir skambiu, ramiu balsu perskaitė evangeliją. Atrodė lyg žaidimas. Kai vaikai laidoja kačiuką ar paukštelį.

Į duobę pabiro žemės. Už tvoros, kur kažkas išpylė šiukšles, trys šarkos pakėlė baisų triukšmą. Atlėkė pulkas kirų pražiotais geltonais snapais ir galingais sparnais. Jų plunksnose mirguliavo saulė.

Eli ir teta Rutė verkė. Močiutė stovėjo ant duobės krašto juodais bateliais, kuriais puošdavosi vasarą. Ji lengvai gali įgriūti į duobę, pamanė Ruta. O visi stovėtų išpūtę akis ir nepajudintų nė piršto. Tad jai, ko gera, reiktų išlipti pačiai. Taip jau čia įprasta.

Bet močiutė neįgriuvo. Jos nugara buvo juoda, pakumpusi. Skarelė irgi juoda. Mažesnysis trikampis viršuje, kraštai aplipę pilka avies vilna. Tai jai būtų nedavę ramybės, jeigu būtų žinojusi.

Pastorius užgiedojo „Tad paimk mane už rankų". Jo nosis buvo apraizgyta ryškiu sutrūkinėjusių kapiliarų tinklu. Panašiu į žemėlapį. Su begale vingrių mėlynų kelių. Pamokslininko batų nosys buvo žemėtos. Juodžemis su paplūdimio smėliu.

Už susigūžusios mamos figūros kaip milžiniškas skėtis į viršų stiebėsi šiaurinė palmė. Tolėliau žvilgėjo jūra. Bangos plakėsi į akmenis, ant kurių stūksojo paminklas jūroje žuvusiems žvejams. Bejėgiškas pilkas akmuo, mėginantis pasiekti dangų. Palei bažnyčios sieną, kur beveik visuomet paūksmė, vešėjo skaisčiai žalia žolė.

Kai ji pažvelgė viršun, nuo bažnyčios stogo nužengė Jorgenas. Jis išskėtė rankas ir ėmė sklęsti. Vėjas puikiai nešė. Jorgenas baltais marškiniais, kuriuos ji kadaise parvežė jam iš miesto, nuskriejo virš jūros.

Jais vilkėdamas jis išėjo į valčių pašiūrę susitikti su Ela. Marškiniai liko beveik sveiki, tik buvo ištepti krauju, žalėsiais ir rūdimis.

Močiutė drabužį išskalbė ir išlygino. Kad galėtų vėl apvilkti, turėjo prakirpti nugarą. Dabar Jorgenui, pakibusiam aukštai virš salelių, marškiniai atstojo bures.

Kitą dieną visi išvažiavo, liko tik Ruta ir Eli. Ruta krovėsi lagaminą. Ji apžiūrėjo Jorgeno daiktus. Šuns kailis, peilis ir dėžutė su smulkmenomis. Sraigės kiautas, milžiniškos menkės žiaunos. Žalvarinė saga. Smulkūs, tiesiog miniatiūriniai jo išdrožti žvėreliai. Dailiai išlygintoje nosinėje ji rado mažą šuniuką – tikriausiai jis mėgino padaryti kadaise jai dovanoto Egono kopiją. Figūrėlę buvo nepaprastai kruopščiai nudažęs.

Pilkame voke gulėjo laikraščių iškarpos su įvairių žmonių nuotraukomis, kurias jis rinko. Kažkas turėjo patraukti jo akį tuose nepažįstamuose veiduose. Keista nosis, atsikišę skruostikauliai ar dar kas nors.

Tarp iškarpų Ruta rado Elos mokyklinę nuotrauką. Ant kitos pusės mergaitiška rašysena buvo užrašyta: „Jorgenui nuo Elos." Jis rodė jai nuotrauką per Kalėdas. Ruta įdėjo ją į voką ir užrašė Elos vardą. Geriausia, jeigu ji gaus ją atgal.

Valandėlę ji svarstė, ar mama norėtų pasilikti Jorgeno daiktus, ar galima juos vežtis. Norėjo nulipti į apačią ir paklausti, bet nežinojo, kaip tai padaryti.

– Radau keletą Jorgeno daiktelių, ar galima pasiimti? – paklausė žiūrėdama į mamos nugarą.

Mama akimirksniu atsisuko. Lūpų kampučiuose baltavo putos, nors dar nieko nebuvo pasakiusi. Akys buvo negyvos.

– Turbūt pasiimsi tą šuns kailį?

– Ne, jei nori turėti jį namuose, – atsakė Ruta.

– Man jo nereikia. Anglas nebuvo čia jokia palaima. Jis išviliojo tave iš namų.

– O kitas smulkmenas?

– Gali pasiimti. Niekas man nesugrąžins Jorgeno. Kodėl dabar klausi?

– Popiet išvažiuoju, – tarė Ruta ir įsipylė puodelį kavos.

– Negali taip imti ir išlėkti, kai namuose tokia nelaimė. Šienapjūtė dar nebaigta. Ir iš ko tu gyvensi? – įsikišo Pamokslininkas.

– Susirasiu darbą mieste, kol prasidės mokslai.

– Motinai praverstų tavo pagalba.

– Jos nebuvo namie, kai gyveno brolis, tai ko jai dabar čia būti? – kietai atrėžė mama.

– Mama!

Eli pasibaisėjo.

Ruta išmaukė aitrią juodą kavą.

– Gerai, aš prisiimu, – išgirdo save tariant. – Aš kalta, kad Jorgenas mirė. Jeigu būčiau buvusi čia, tie vyrai nebūtų jo užviję į bažnyčios varpinę. Dalgius ir šautuvus būtų galėję išbandyti į mane. Dabar patenkinta, mama?

– Grąžink man Jorgeną, tada būsiu patenkinta.

Kai susitiko žvilgsniai, tarp jųdviejų stojo visiška tuštuma.

– Niekas nebūtų nieko padaręs. Ką mes galėjome padaryti? – bejėgiškai skėstelėjo rankomis Pamokslininkas.

– Tu niekada nesi nieko padaręs – nei vaikams, nei man!

– Mama, tvardykis, mes ką tik palaidojome Jorgeną, – sušnabždėjo Eli.

Tada Pamokslininkas žengė į kambario vidurį ir ėmė šauktis Dievo. Barnis baigėsi dejonėmis dėl mamos ir to, kas su ja susiję.

Taip viskas grįžo į senas vėžes.

Ruta užlipo į viršų pasiimti lagamino ir tapybos reikmenų, bet išėjo pro kitas duris, kad nebereikėtų jų matyti. Duris užvėrė kaip galėdama tyliau.

Ji užsuko pas močiutę atsisveikinti, bet apie mamą neužsiminė.

– Taip greitai išleki? Ką vasarą veiksi mieste? – nusistebėjo močiutė.

– Susirasiu darbo.

– O aš neturiu tau įduoti nė erės, vaikel. Gal vėliau sukrapštysiu. Ar sugrįši namo prieš mokslų pradžią?

– Ne. Negaliu taip dažnai važinėti.

– Suprantu. Ką gi, tausok save. Ir rašyk. Man didžiausias džiaugsmas skaityti, ką parašai. Tą atviruką iš Londono pasistačiau svetainėje ant bufeto. Eikš parodysiu.

Jiedvi įėjo į svetainę. Atremtas į Ados portretą stovėjo atvirukas su Big Beno vaizdu. Ruta juto, kad tuoj tuoj apsiverks. Tik ne dabar. Močiutė vis dėlto sukrapštė jai penkias kronas. Kai vėl norėjo uždaryti stalčių, Ruta pastebėjo mažą močiutės ir Jorgeno nuotraukėlę. Jam buvo ne daugiau kaip dvylika trylika. Jie sėdėjo ant malkinės laiptų laikydami po kačiuką. Abu buvo pasišiaušusiais plaukais ir atrodė laimingi.

– Ar galėčiau ją gauti?

– Taip, pasiimk. Gal kas nors padidintų? Tada – ir man vieną.

– Gerai.

– Mama turbūt tau įdavė ko nors valgomo? – paklausė močiutė, kai jos vėl grįžo į virtuvę.

– Dabar jai ne tas rūpi.

– Galėjai pagalvoti pati. Maistas brangus.

– Taip.

Į dėžę nuo margarino močiutė įdėjo duonos ir dar šio bei to.

– Bus sunku nešti.

– Niekis, – tarė Ruta ir apkabino ją gerklėje jausdama gumulą.

Vis tas kvapas – uostomojo tabako, kamparo ir duonos.

Ruta sėdėjo ant dėžės su gelbėjimo ratais. Laivas skrodė bangas, ant veido tiško purslai. Sala vis labiau tolo. Ji niekada nebuvo mačiusi jos tokios žalios. Su Viržynės ketera viršuje ir laukais apačioje sala atrodė kaip žalias trikampis, priraištas atviroje jūroje. Kitoje pusėje, į kur ji plaukė, kalnai buvo švino pilkumo, sukibę grandinėmis. Tai štai koks iš tikrųjų pasaulis, pamanė ji.

Rutai prireikė valandos, kad lagaminą, margarino dėžę ir tapybos reikmenis parsitemptų į savo kambarį. Ji stodavo pailsėti, kur tik būdavo įmanoma prisėsti. Gatvė, kurioje stovėjo Grandės namas, buvo nepakeliui. Bet ant tų laiptų nepasėdėsi. Ten viskas aptverta.

Persikėlusi gyventi į miestą, ji dažnai praeidavo pro tą namą. Bent iš pradžių. Tačiau nė karto jo nepamatė. Įtikinėjo save, kad vaikiška galvoti apie vaikiną, kurio nepažįsta. Taip ir buvo, ne kitaip. Ji niekam apie jį nė neprasitarė. Po kurio laiko jis kiek nublanko.

Tą vakarą, kai ji vilkosi per miestą, veidas vėl buvo ryškus. Duobutė skruoste. Akys, kokias ji prisiminė iš religinio susirinkimo. Žalios ir liūdnos.

Tada jai dingtelėjo, kad galvoja apie Gormą, kurio visai nepažįsta, o ne apie Maiklą, kuris jai toks geras.

Dabar jis galbūt sėdi kavinėje. Arba stovi prie molberto. Ji parašys jam laišką ir papasakos apie Jorgeną. Ne visi turi kam siųsti laiškus.

Senąją pintą kėdę ji užklojo šuns kailiu. Tačiau nesėdo ant jo. Nusirengė ir iškart atsigulė. Veltinė antklodė padvelkė sena lovos šiluma iš tų dienų, kai ji dar tik ruošėsi keliauti į Londoną. Kai Jorgenas dar nebuvo išskridęs iš varpinės.

Ji matė save lovoje. Į kambarį įžengė Dievas pilku apsiaustu, su Pamokslininko dalgiu ant peties. Jis nuklojo ją, pamirkė vieną iš storiausių teptukų į raudonus dažus ir išilgai nubrėžė brūkšnį, nuo pakaušio iki tarpkojo. Tada perpjovė ją pusiau, vieną pusę susivyniojo ir išsinešė. Ji gulėjo skersvėjyje jausdama, kaip į pjūvio plokštumą smelkiasi šaltis, ir galvojo, kad jai nederėjo likti gyvai.

Ji iš paskutiniųjų stengėsi pabusti, nors nenorėjo nieko daugiau, tiktai miegoti. Amžinai. Buvo šešta valanda. Ji atsisėdo į pintinę kėdę ir užsiklojo šuns kailiu. Prieš miegą pamiršo parašyti Maiklui.

Kiek vėliau, kai ji sėdėjo bendrame tualete, pašėlusiai ėmė daužytis širdis, tarsi ji ko nors bijotų. Bet baimės nejautė. Išgirdusi, kad namas ima busti, nuleido vandenį ir grįžo į savo kambarį.

Uždarbis apželdinimo tarnyboje buvo mažas, neužteko net kambario nuomai. Nuėjusi pas šeimininkę, ji paprašė atidėti mokėjimą iki tada, kai gaus studijų paskolą.

– Tu sulysai, – tarė šeimininkė.

Ruta nužvelgė save ir susigėdo.

– Kiek uždirbi apželdinimo tarnyboje?

Ruta pasisakė. Šeimininkė dėbtelėjo į lubas ir paklausė, ką ji valganti. Ruta nežinojo, ką atsakyti. Galbūt šeimininkė pamanė, kad ji vagia maistą. Ir jai dingtelėjo, kad tai galėtų būti išeitis. Turguje. Juk ten prekės išdėliotos plačiai. Sunkiau kepykloje ar maisto prekių parduotuvėje. Bet tikriausiai įmanoma ir ten.

– Ar moki plauti grindis? – paklausė šeimininkė.

– Na, pusėtinai.

Tų gebėjimų gražinti nevertėjo.

– Galėsi išplauti tris tuščius kambarius ir mano butą, tada tau nereikės mokėti už nuomą, kol gausi paskolą. Bet darbas turi būti atliktas kaip reikiant.

Taip viskas išsisprendė. Vakarais ir šviesiomis naktimis – stiprus šarmas ir raudonos rankos. Priešpiet – grėbstymas ir žemės kapstymas. Kai ji baigė darbus ir galėjo ramiai gyventi iki spalio penkioliktosios, išsiruošė į kiną. Tai buvo „Eva" su Žana Moro ir Stenliu Beikeriu. „Apie du žmones, kurie traukia vienas kitą savo blogiu", – skelbė reklama.

Bet ji buvo tokia pavargusi, jog užmigo ir atsibudo tik tada, kai visi pakilo eiti. Taip kvailai išmetė nemenką sumą. Visa laimė, kad Pamokslininkas nežinojo.

Pėdindama namo ji svajojo, ką darytų būdama turtinga. Beveik visada apie tai svajodavo išėjusi iš kino.

Ji išsikirpo kryželiu paženklintą nekrologą. Su žodžiais „Jorgenas Nesetas staiga išplėštas iš gyvenimo". Ten buvo ir jos vardas. Iškarpą ji įdėjo į knygą apie Šylę. Taip matys ją beveik kiekvieną vakarą.

Nejučia ji ėmė mąstyti, jog ruošiasi tapti mokytoja. Rūpintis svetimais vaikais. Ne tokiais kaip Jorgenas. Ji išmokė jį pažinti raides ir vedėsi į mokyklą. Mokytojai su tuo apsiprato, nes jis niekam netrukdė. Neužkalbintas beveik nešnekėdavo.

Vaikai, kuriuos ji mokys mokykloje, bus įžūlūs, išlepę ir gabūs. Jau šį rudenį ji susitiks su jais per praktiką.

Pamokslininkas norėjo, kad Jorgenas gyventų „įstaigoje". Ruta prisiminė pagrasinusi nušokti nuo Viržynės skardžio, jeigu brolis bus išvežtas. Bet ar tikrai taip būtų padariusi?

Ant knygų lentynos, prie sofos lovos, stovėjo močiutės ir Jorgeno nuotrauka. Vieną vakarą ji išsitraukė piešimo reikmenis. Angliniu pieštuku pasidarė eskizą, paskui tapė pastele. Bėgo valandos. Ryškesnis išėjo močiutės veidas. Eidama miegoti ji nusprendė, kad kitą vakarą pieš tik Jorgeną.

Tačiau ant popieriaus išryškėdavo tai močiutės veidas, tai dalmatinas. Jorgenas išnyko. Galiausiai, sugaišusi daugelį vakarų, ji turėjo darbą, kurį Maiklas galbūt būtų pagyręs. Kai pasikabino paveikslą ant sienos, ji pamatė, kad dalmatinas žvelgia į ją Jorgeno akimis.

Gavusi studijų paskolą, Ruta nusipirko naujų aliejinių dažų. Terpentino kvapas buvo toks stiprus, jog mergina, kuri nuomojosi kambarį kitoje koridoriaus pusėje, ėmė skųstis. Keletą savaičių Ruta vaikščiojo kaip apdujusi ir jai niekas daugiau nerūpėjo.

Ji ilgai tapė Jorgeną, bet veidui niekaip nemokėjo suteikti gyvybės. Galiausiai sukūrė eskizą nusuktu veidu. Sprando duobutė nusisekė. Jis lenkė galvą norėdamas nuo jos pasislėpti.

Tą popietę, kai ji iš Maiklo gavo laišką ir senus eskizus, rodės, galvoje prašviesėjo. Jis atsiuntė jai visą bloknotėlį, kurį pripiešė gyvendamas Saloje. Tarsi būtų žinojęs, ko jai reikia.

Beveik visuose eskizuose buvo pavaizduotas judantis Jorgenas, su Egonu arba vienas. Ji ilgai tyrinėjo piešinius ir tik paskui atidžiai perskaitė laišką.

Maiklas rašė, kad jai išvažiavus Londonas tapo niūrus ir keletą dienų jis nieko daugiau neveikė, tik gailėjo Jorgeno. Bet dabar kibęs į darbus, tą patį turinti daryti ir ji. Galvojantis apie ją kiekvieną dieną ir neprarandantis vilties greitai ją pamatyti.

Ji paliko išskleistą laišką ant stalo ir išsitraukė tapybos reikmenis. Prieš keletą dienų iš darbų kabineto buvo iškaulijusi faneros plokštę, padengusi ją Antverpeno mėliu ir baltais dažais. Dabar ji ten perkėlė eskizą, kuriuo buvo labiausiai patenkinta.

Antrajame plane iš rėksmingos umbros išdygo kreivas bažnyčios bokšto smaigalys. Tada, mintyse jau matydama paveikslą, ant paletės ji galėjo sumaišyti rausvą ir baltą spalvas. Po teptuku ėmė ryškėti dideli atviri Jorgeno delnai. Jie dengė veidą ir krūtinę. Ruta tapė pagal savo ranką. Gyvenimo linija buvo ryški, ilga ir sveika.

Ji troško nutapyti jo veidą. Tačiau tam laikas dar neatėjo. Guodėsi bent tuo, kad mokėjo visų dažų tūbelių pavadinimus.

Už studijų paskolą Ruta įsigijo ne tik aliejinių dažų, bet ir nenaują žalią radiją. Be to, per Kalėdas negrįžo namo. Ir viena, ir kita buvo nuodėminga.

Močiutė parašė, kad ji turinti grįžti namo. Mama tylėjo, tad ji liko ten, kur buvo. Pamokslininkui nereikėjo žinoti, kad ji išsimokėtinai pirko radiją. Pusę sumos paklojo iš karto. Likusią dalį turėjo sumokėti gavusi paskolą kitą pusmetį.

Rodės, ji įsigijo gyvą draugą, kuris kalbasi su ja. Tiesa, pokalbiai nebuvo abipusiai. Bet jis galėjo nukreipti jos mintis kitur.

Ji turėdavo jį paliesti, kai atsikeldavo iš ryto ir kai pareidavo iš mokyklos. Prieš jungdama paglostydavo garsiakalbį. Sukiodavo, ieškodavo. Trumposios bangos, ilgosios ir vidutinės. „Radio Lux" naktimis. „The Beatles", Džimis Ryvsas ir „The Rolling Stones". „Baby Love" ir grupė „The Supremes". Ruta klausėsi visko iš eilės. Kambarys pagaliau tapo namais.

Keletą kartų per savaitę ji leisdavo sau papietauti „Corner" kavinėje. Pigios, didelės porcijos. Desertas įskaičiuotas į kainą. Drebanti raudona želė. Ryžių kremas ir šokolado pudingas. Be to, ji visada turėdavo ko nors valgomo kambaryje. Susirangydavo ant sofos, skaitydavo ir kramsnodavo.

Kadangi amžinai girdėdavo Pamokslininką dejuojant, kokia ji kaulėta ir kaip maža vilties ją ištekinti, jai buvo nė motais, kad skruostai ir klubai šiek tiek suapvalėjo.

Sausį, tą pačią dieną, kai turėjo prasidėti praktika, ji pasimatavo vienintelį tam tinkamą sijoną. Jis buvo pasidaręs per ankštas. Užtrauktukas neužsisegė. Iš pradžių ji sutriko, nes žinojo, kad praktikos vadovui nepatinka, kai merginos ateina su kelnėmis. Bet nieko negalėjo padaryti, tad apsimovė kelnes ir mėgino apie tai nebegalvoti.

Vesdama geografijos pamoką ketvirtai klasei, ji pamiršo, kuo apsirengusi. Ir dienos pabaigoje, kai praktikos vadovas turėjo įvertinti pamokas, buvo rami, nes jai atrodė, kad pamoka pavyko.

– Geras pasiruošimas, pagyrimo verti flanelografo paveikslai. Nepriekaištinga pamokos struktūra, gerai išnaudotas laikas. Mokiniai sekė pamoką, – dalykiškai ėmė dėstyti jis.

Tada nusiėmė akinius ir įsispoksojo jai į akis.

– Tačiau apranga, panele Neset! Vyriškos kelnės mokytojai – ne drabužis! Esu tai jau sakęs ir nenoriu, kad tektų kartoti. Netinkama apranga turės neigiamos įtakos praktikos pažymiui.

Ruta neturėjo jokio pagrindo abejoti jo žodžiais. Jis sugebėjo iš mokyklos išmesti nėščią studentę už tai, kad ši nebuvo ištekėjusi.

Grįžusi į savo kambarį, ji dar kartą pasimatavo sijoną. Užtrauktukas vis nenorėjo užsisegti. Kita praktikos pamoka bus ketvirtadienį. Šiandien pirmadienis. Kažką reikia daryti.

Bet kur rasti sijoną, kuris nekainuotų daugiau trisdešimties kronų? Ir kam ji pirko tą radiją!

Gatvės buvo pažliugusios ir pilkos, krito tirštas sniegas. Pora parduotuvių, į kurias ji užsuko pirmiausia, neturėjo nieko doro. Arba per brangu, arba netiko.

Ruta nedrąsiai įžengė į „Grandę ir Ko“. Ten tebekabojo kalėdiniai papuošalai. Prie durų sėdėjo linksintis nykštukas raudonais aksominiais drabužėliais ir siūlė sustingusią gipsinę košę geltonu viduriu. Jis vangiai vedžiojo medinį šaukštą virš košės, nė karto taip ir nepasemdamas. Skersvėjyje, kuris traukė nuo durų, nerimastingai, bet sinchroniškai šoko du angelai.

Ruta prisiminė praktikos mokytoją ir pamanė, kad jo marškiniai per pilvą trimis numeriais per maži. Taigi jų padėtis panaši. Skirtumas toks, kad jis jau turi praktikos pažymį ir jam leidžiama nešioti vyriškus drabužius.

Ji stebėjo pardavėją. Ši buvo užsiėmusi su pirkėju, kuris už pavadėlio tempėsi šunį. Ruta nuo pakabų greitai nusikabino tris sijonus, užsimetė ant rankos ir nuėjo į kabiną matuotis. Pasislėpusi už užuolaidos sulaikė kvėpavimą ir įsiklausė į pardavėjos balsą. Jis buvo toli. Tikriausiai prie pat prekystalio.

Užuolaidos per trumpos. Ar ji matoma iš išorės? Ji nusiavė šlapius aulinukus. Ko gera, matosi blauzdos. Ji nusimovė kelnes.

Širdis daužėsi. Pardavėjos balsas, ar dabar jis arčiau? Ji apsivilko gražiausią sijoną – per galvą, kad nesimatytų po užuolaida.

Tiko visi trys. Buvo baisiai brangūs. Juodos taftos pamušalu. Dabar kvėpavimas nustelbė širdies plakimą. Reikėjo apsispręsti. Ji skubiai nuplėšė etiketę nuo gražiojo, pilko. Plonas vilnonis gabardinas, užpakalyje skeltukas.

Kiek padvejojusi sudraskė etiketę į skutelius ir įsikišo į palto kišenę. Kelnes kietai suvyniojo ir įbruko į mokyklinį krepšį. Po penktos klasės tikybos vadovėliu. Tilpo kaip tik.

Staiga visai čia pat pasigirdo pardavėjos balsas.

– Gal galiu kuo nors padėti?

Ar ji ilgai ten tykojo? Ruta nurijo seiles.

– Ne, ačiū.

Ji sulaikė kvapą, bet širdis daužėsi. Dabar tikriausiai ji nuėjo. Bet ar toli? Ruta apsirengė, ant rankos užsimetė du sijonus, porą kartų giliai įkvėpė ir išėjo iš kabinos.

Pardavėja keistai, šleikščiai nusišypsojo. Ruta jautė, kad rankos dreba. Lūpos – taip pat. Ji mėgino ką nors įžiūrėti pardavėjai už nugaros. Ten nieko nebuvo.

– Aš pakabinsiu, – tarė pardavėja.

– Ačiū! – padėkojo Ruta ir padavė jai sijonus.

Po akimirkos, kai jau žengė durų link, ant rankos pajuto pirštus. Krepšys. Pardavėja kažką pasakė. Ruta iš paskutiniųjų stengėsi atsakyti. Bet neišspaudė nė žodžio.

Pardavėja buvo taip arti. Mostelėjo į krepšį. Paėmė jį. Pasirausė tarp vadovėlių ir susuktų kelnių. Pastatė krepšį ant žemės. Atsitiesė ir pradėjo sagstyti jos paltą.

185

Ruta kaži kur nuplaukė. Jos neliko. Pardavėja bedė pirštu į naująjį pilką sijoną. Durys į gatvę atsidūrė kitoje planetos pusėje. Viskas ėmė irti. Krūtinėje. Galvoje. Tas gėdingas padaras – ne ji.

Laiptais, virš kurių kabaliavo kartoniniai nykštukai, Ruta buvo nuvesta į kabinetą. Už rašomojo stalo sėdintis vyras nužvelgė ją. Pasiūlė atsisėsti. Bet Ruta negalėjo. Matė kėdę, į kurią jis mostelėjo, tačiau tam reikalingi judesiai buvo neįmanomi. Ji niekaip nebūtų įstengusi taip susilankstyti, kad galėtų atsisėsti.

Vyriškis žiūrėjo tiesiai į ją ir kalbėjo apie vagystes iš parduotuvių, o pardavėja kartojo paskutinius kiekvieno sakinio žodžius. Jis paklausė, ar ji norinti sumokėti. Dėl vieno karto jie pasigailėsią. Bet kitą sykį būsią pranešta policijai. Jis klausiamai pažvelgė į ją.

Ji papurtė galvą ir pakėlė abi plaštakas, tarsi jis jai grasintų pistoletu. Ji neturi pinigų. Argi jis nesupranta.

– Tada jums teks nusivilkti sijoną.

Jis liepia jai nusivilkti sijoną. Čia?! Negi kalba rimtai? Priešais kabineto stalą? Prie pagyvenusio vyro akių? Na jau ne!

Atsivėrė durys ir į kabinetą įžengė dar vienas vyras. Dabar jie buvo trise prieš vieną. Ruta dirstelėjo į jo batus. Juodi ir blizgantys. Ilgos blauzdos kostiuminių kelnių klešnėse. Ji perkėlė žvilgsnį į krūtinę. Žmogus buvo jaunas. Geriau į jį nežiūrėti. Tik ne į veidą. Ne į akis.

Tolėliau stūksojo pardavėjos pėdos ir apatinė kūno dalis. Ji buvo spigaus balso, plonų blauzdų, aukštais kulniukais. Sijono apačia vos vos virpėjo, kai ji apie įvykį pasakojo tam, kuris atėjo paskutinis.

– Ką gi. O kur drabužis? – galiausiai pertraukė ją jaunuolis, ir jo blauzdos priartėjo.

Kažkoks pažįstamas balsas. Lyg būtų kažkada girdėjusi. Arba apgauna ausys.

Pardavėja paaiškino, kad sijonas kabo ant Rutos.

– Ar turite ką apsivilkti, panele? – paklausė balsas virš jaunų blauzdų.

Ruta linktelėjo.

– Galite persirengti čia, – tarė jis, atverdamas duris į didžiulį kabinetą.

Įsmukusi vidun, per uždarytas duris ji girdėjo jo balsą. Paskui viskas nutilo. Labiausiai ji norėjo užmigti po didžiuoju stalu. Tuo pat metu tetroško dingti. Nuovargis smaigstė galvą. Ji ėmė rengtis, bet rankos neklausė. Kažkur krūtinėje tūnojo Pamokslininkas, močiutė ir Dievas. Vyras už rašomojo stalo dar minėjo policiją.

Pagaliau ji persirengė ir išsvyrino į pirmąjį kabinetą. Jaunuolis stovėjo prie lango nugara į ją. Ruta padėjo sijoną ant kėdės. Jis iš lėto atsisuko. Ji mėgino įsmeigti žvilgsnį į kaklaraiščio mazgą.

Kai jis krenkštelėjo, ji nevalingai pažvelgė jam į veidą. Jeigu kas nors būtų paklausęs, kokios spalvos jo akys, ji nebūtų galėjusi atsakyti. Žvilgsnis buvo pernelyg skvarbus.

Lūpų kamputis trūktelėjo taip pat kaip per pirmąjį susitikimą. Tai buvo Gormas Grandė. Jis žengė artyn, nuo kėdės paėmė sijoną ir linktelėjo.

– Dar užeikime čia.

Ji įėjo pirma, jis uždarė duris. Valandėlę jie stovėjo ir žiūrėjo vienas į kitą. Kraujas suplūdo į veidą. Kaip ji galėjo būti tokia kvaila – eiti matuotis sijono pas Grandę?

– Aš nežinau, kas tave paskatino taip pasielgti. Bet priežastis buvo?

Ji linktelėjo. Stypsojo priešais jį ir maksėjo galva negalėdama išsisukti nuo žvilgsnio. Kai jis negalvodamas lyžtelėjo lūpas, ji nejučia padarė tą patį.

– Nenori prisėsti?

Jis mostelėjo į kėdę priešais didžiulį rašomąjį stalą. Ji smukte susmuko. Išskydo. It dėmė ant minkštos kėdės blizgančiais ranktūriais.

– Stiklinę vandens?

Ji linktelėjo svarstydama, ar jai sprukti, kai jis nueis atnešti vandens. Tačiau nepajudėjo iš vietos. Kai jis grįžo ir padavė jai stiklinę, kažkatram išsiliejo šlakelis. Tikriausiai jai.

– Nesijaudink, – tarė jis, prisėsdamas ant rašomojo stalo.

Ji puolė gerti. Stiklinė ištuštėjo akimirksniu. Plona, apkraštuota baltais lapeliais.

– Gali pasiimti tą drabužėlį.

Ar ji gerai išgirdo? Taip. Ją apėmė tokia neviltis. Ir dar kažkas – neaiškus pyktis. Ji pastatė stiklinę. Jo kaklaraištis buvo dryžuotas. Mėlynas, su juodais ir baltais skersiniais dryželiais. Ji žiūrėjo į dryželius. Papurtė galvą ir jau ketino nešdintis.

– Ar galiu gauti tavo adresą?

Kodėl jis iš pradžių nori jai atiduoti sijoną, o paskui įskųsti policijai?

– Aš ir pati galiu nueiti į policiją. Tik paskambink ir pasakyk, kad ateinu.

– Visai ne dėl to, – nuramino jis, paduodamas jai pieštuką ir bloknotą. – Man tik reikia žinoti, kur jį nusiųsti.

Jis nejuokavo. Ji paėmė pieštuką, prispaudė jį prie popieriaus ir ėmė rašyti. Norėdama suvaldyti rankos drebėjimą, per stipriai paspaudė. Galiukas nulūžo. Stiprus, kvailas garsas. Dabar aš pravirksiu, pamanė ji.

Jis padavė kitą, pasmailintą pieštuką. Ji norėjo rašyti toliau, bet neišėjo. Jis paėmė jai iš rankų pieštuką ir bloknotą, klausiamai pažvelgė. Ji šnabždomis sakė adresą, o jis rašė. Didžiosiomis raidėmis. Kaip mašinėlė.

Atsidarė durys, ir į kabinetą įžengė vyriškis, panašus į Gormą.

– Girdėjau, nutiko kai kas dramatiška, kol buvau susirinkime. Ar derybos baigtos? – griežtai paklausė jis.

– Kaip tik ruošiausi išlydėti pirkėją, – atsakė Gormas ir nuo stalo pastvėrė sijoną.

Koridoriuje jis sustojo. Trūktelėjo lūpų kamputis.

– Gal palydėti tave? Pro galines duris.

– Ne, ačiū, – sušnabždėjo ji ir pasileido tekina.

Būdama jau gatvėje, prisiminė jo šviesius trumpus plaukus, garbanotus viršugalvyje. Ranka, kuria jis rašė, buvo plonais pirštais, nelygiai nukarpytais nagais.

Ji grįžo į savo kambarį ir neįjungusi radijo susmuko ant šuns kailio. Kokia gėda! – pamanė. Tada pratrūko nesavu verksmu, priešais save regėdama Gormo akis.

Kitą dieną ji nenuėjo į praktiką. Tai buvo pirmas žingsnis į savižudybę. Ji tysojo lovoje ir įtikinėjo save, jog serga mirtina liga, kai kažkas pabeldė į kambario duris. Ji gulėjo tylut tylutėliai ir apsimetė, kad jos nėra.

– Tau siuntinys, – išgirdo šaukiant šeimininkę.

– Būkit gera, padėkit už durų, – gailiai pratarė ji.

– Nesveikuoji, gal ko nors reikia?

– Ne, ačiū, virusėlis, ir tiek. Nenoriu, kad užsikrėstumėte.

– Pasakyk, jeigu ko prireiks.

– Ačiū, greitai praeis.

Ji pasiklausė, kol šeimininkė nuėjo, tada išsiropštė iš lovos. Už durų gulėjo minkštas ryšulys, susuktas į rudą popierių. Jos vardas ir pavardė buvo užrašyti stambia, stačia rašysena. Raidė „R" žodyje „Ruta" buvo daug didesnė už kitas. Siuntinys be pašto ženklo. Vadinasi, atneštas tiesiai į namus.

Ten gulėjo ir atvirukas. Raštas susiliejo jai akyse, nors buvo ryškus. „Ar galėčiau su tavimi susitikti? Paskambink 2 17 19 ir paprašyk pakviesti."

Sijonas nudegino pirštus. Tačiau ji apsivilko jį. Visą priešpietę vaikštinėjo su juo po kambarį. Galvojo tik apie Gormą, taftos pamušalą ir skeltuką. Minkštą vilnonį gabardiną. Juo segėdama ruošė praktikos pamoką.

Kai apie vienuoliktą valandą susiruošė į lovą, nustojo degti klubai. Jeigu nebūtų bijojusi suglamžyti, būtų ir miegojusi su sijonu. Dabar jis jos.

„Ar galėčiau su tavimi susitikti?" Ką jis norėjo tuo pasakyti? Kodėl nepaklausė iš karto? Ar jis realus? Ar buvo ten vien tam, kad ji suvoktų savo gėdingumą?

Praktikos vadovas liko patenkintas. Apie sijoną neužsiminė nė žodžiu. Ruta pasakojo apie Juozapą ir jo brolius. Stovėjo priešais klasę ir vaidino. Nieko sudėtinga, užteko prisiminti Pamokslininką, ir ėjo kaip per sviestą. Sijonas gulėjo lygiai ir buvo lengvai prigludęs prie klubų.

Grįždama namo ji užsuko į telefono būdelę šalia kepyklos, įmetė monetą ir surinko numerį. Tada išgirdo atsiliepiant moterišką balsą. Ruta nežinojo, ko tikėjosi, tačiau pasidarė neįmanoma ką nors pasakyti.

– Alio, ar ten yra kas nors? – pietietiška tarme sugergždė balsas.

Ruta jautė, kad burna išdžiūvusi. Lyg nutirpusi. Nespėjusi susivokti ji padėjo ragelį. Valandėlę pastovėjo nunarinusi galvą.

Stiklas kairėje pusėje buvo išdaužtas. Į vidų skriejo šlapias sniegas ir gulė ant apdriskusios telefonų knygos. Kai ji atidarė duris, ją pasitiko staugiančio vėjo šuoras. Eidama ji spaudė prie kaklo palto apykaklę.

Penkioliktas skyrius

KAI JIE BUVO VIENI KABINETE, JIS JAU ŽIOJOSI SAKYTI MA-
TĘS JĄ VASARĄ ORO UOSTE.

Tada įėjo tėvas ir jis nebespėjo. Tiesą sakant, nemanė, kad ji tokia.
Ir jam sunkiai sekėsi matyti ją tokią. Buvo girdėjęs priežodį, kad va-
gimi tampama pasitaikius tinkamai progai, tačiau nelabai nutuokė,
kaip atrodo vagys arba dėl ko jie vagia. Juk jos tėvas – pamokslinin-
kas. Kas jai bus, jeigu jis sužinos?

Gormas neįsivaizdavo, kas jį galėtų įstumti į tokią padėtį.

Prisiminė ją stovinčią ten. Strandas ir panelė Ebesen kalbėjo apie
ją kaip apie kokį nebylų padarą, o ji spoksojo tiesiai priešais save.

Kai jie liko vieni, jį apėmė stiprus noras ją apkabinti. O kai ji dre-
bančiomis rankomis niekaip neįstengė užrašyti adreso ir jis turėjo
padėti, suspaudė po krūtinkauliu. Giliai, kur viskas minkšta.

Jos plaštaka buvo tokia maža, plonais piršteliais. Bet jie atrodė
stiprūs. Krumpliai nuo įtampos pabalo, be to, tąkart jis matė ją ke-
liant lagaminą. Kai jis, imdamas pieštuką, brūkštelėjo jai per riešą,
pajuto trauką. Troško pajusti jos odą prie savosios. O galvoje knibž-
dėjo svaigios mintys, kaip jie susitiks, kai visa tai baigsis.

Jis negalėjo matyti jos kūno. Ji juk vilkėjo paltą. Tačiau atrodė
kitokia nei vasarą. Apvalesnė. Ir dar kažkas buvo. Jam rūpėjo išsiaiš-
kinti, kas tai. Rodės, jog prasivėrė durys. Jis nežinojo kur. Tik troško
patekti už jų.

Paskui tėvas su juo bendravo kone bičiuliškai.

– Mat kaip, jaunėlis susidorojo su vagyste iš parduotuvės. Ne-
blogai, Gormai. Visai neblogai!

Gormas jautėsi nesmagiai, nes tai girdėjo keletas darbuotojų. Kai
su tėvu kabinete liko vieni du, jis pasakė, kaip buvo iš tikrųjų:

– Aš atidaviau jai sijoną.

Tėvas nepatikliai pažvelgė į jį.

190

– Tu atidavei vagišei pavogtą daiktą?

– Taip.

– Ji tavo pažįstama?

– Ne visai. Bet esu ją matęs.

– Sunkiai atsispiri moterims?

– Ji buvo nusiminusi.

– Nenuostabu. Ką gi. Tikiuosi, tai nepasikartos.

– Ne.

– Kodėl pasisakei?

Gormas paraudo.

– Maniau, bus geriau, jei žinosi. Juk tai tik drabužis.

– Mudviem – taip. Tegu tai lieka tarp mūsų. Verslininkas negali būti toks minkštaširdis. Supratai?

– Taip.

Tėvas nerimastingai žvilgtelėjo į laikrodį.

– Ką gi. Važiuoju į Indrefiordą, turiu šį tą sutvarkyti, – tarė užsukdamas parkerį. – Perduosi mamai, kad manęs nebus iki pirmadienio pavakario?

Po akimirkos tėvas jau stovėjo su paltu, ranką uždėjęs ant durų rankenos.

– Ar ne per šalta Indrefiorde, juk sausis? – paklausė Gormas.

– Tik perduok, kad grįšiu pirmadienį.

Ir jis išnyko.

Tiesa, naujieną apie sijoną priėmė palankiai, tarsi jie būtų draugai, turintys paslaptį. Tačiau paprašė už tai paslaugos. Perduoti žinią mamai.

Likęs vienas Gormas atsisėdo į tėvo kėdę ir parašė Rutai. Raštelį ketino įdėti prie sijono ir nusiųsti per kurjerį. Kadangi širdyje kirbeno viltis, jog ji paskambins, visa kita taip nejaudino. Mat tėvas pamiršo, kad grįžęs iš Indrefiordo jo nebėras. Pamiršo atsisveikinti.

Gormas pranešė iš karto, prieškambaryje kabindamas paltą. Mama atėjo iš valgomojo trindama rankas ir skųsdamasi, kad šaltis įsismelkė į visą namą.

– Tėvas išvažiavo į Indrefiordą.

Ji nusvarino rankas, žvilgsnis supleveno.

– Šit kaip.

– Namo grįš pirmadienį.

– Tada tu būsi išvažiavęs, – be garso pratarė ji ir nusisuko.

Jis jau lipo laiptais, kai ji vėl prakalbo:

– Ar sakė, su kuo važiuoja?

– Išvažiavo vienas.

– Taip sakė?

– Taip, – tvirtai tarė Gormas.

Kai įėjo į savo kambarį, jam dingtelėjo, kad tėvas neminėjo važiuojąs vienas. Jis tai suvokė, nes mama paklausė. Kodėl ji paklausė?

Jis pamėgino įsivaizduoti savo ateitį po prekybos mokyklos. Versle – jaunėlis, paženklintas tėvo žodžių: „Verslininkas negali būti toks minkštaširdis. Supratai?" Ir namuose su mama.

Jis pajuto poreikį sprukti. Tuoj pat. Nenorėjo būti tas, kuris nedrįsta nieko daugiau, išskyrus tai, ko iš jo tikimasi. Bet ko jis iš tiesų nori? Ar įstengtų bent vidpadį pavogti?

Prieš išvažiuodamas į Bergeną, jis kiekvieną vakarą sėdėdavo namie ir laukdavo skambučio. Ir kai tik sučirkšdavo telefonas, turėdavo tai nuryti. Kad ne ji.

Po kurio laiko jis įtikėjo, jog laišką ji palaikė įžeidimu. Tikriausiai pamanė, jog už sijoną jis tikisi atlygio. Dėl to ir neskambino.

Vėlyvą paskutinės dienos vakarą laukimas namą pavertė tuščiu kiautu. Jis palinkėjo mamai labos nakties ir užlipo į viršų. Ten suvokė pats esąs kaltas. Jam pačiam reikėjo nunešti sijoną. Tada būtų iš karto pamatęs, ką ji mano apie kvietimą susitikti.

– Ar nenorėtum kur nors kartu išgerti kavos? – būtų paklausęs.

Kodėl jis toks bailus ir drovus, jog neįstengia paprasčiausių dalykų? Ar dėl to, kad tai susiję su ja? Ar jis visada toks?

Kai jau ruošėsi gulti, mintyse sušmėžavo kažkur skaitytų minčių nuotrupos. Jis nuėjo prie knygų lentynos ir valandėlę sklaidė kas pakliūva. Tada prisiminė šį tą iš vasaros ir pradėjo nuo galo versti „Giesmę apie raudonąjį rubiną".

Puslapiai buvo standūs ir sulipę, tarsi niekas iki jo nebūtų jų sklaidęs. Atvertęs šimtas dvidešimt trečią puslapį, skyriaus, pavadinto taip pat kaip knyga, rado tai, ko ieškojo:

„Jūra yra ir priešas, ir mirtis. Jūra begalinė. Jūra yra visa, kas nėra žemė. Jūra negyvenama ir be prasmės."

Ir kiek žemiau:

„Būna akimirkų žmogaus gyvenime, kai jis jaučiasi beviltiškai žlugęs, kai laikas ir amžinybė netenka prasmės.

Tada neretai žmogus eina į uostą, kad pamatytų laivą, besisupantį ant vandens.

Laivas."

Vasaros pradžioje, prieš pat baigiamąjį egzaminą, Gormas nudrožė į jūreivių įdarbinimo biurą. Nuolankiai iškentė daugybę sveikatos tyrimų ir skiepų. Vasermano testas parodė, kad jis neserga sifiliu. Jam net tokia galimybė nebuvo atėjusi į galvą.

Jis galėjo pasirinkti laivininkystės įmonę ir laivą. Kadangi nelabai žinojo, ko nori, už jį spręsti ėmėsi už stalo pūpsantis trumparegis meškinas – įdarbino jį junga „Bonneville" motorlaivyje.

Kol ruošėsi egzaminui ir šventė mokslų pabaigą, jis sugebėjo pro pirštus žiūrėti į tai, kad mama ir tėvas visiškai nenutuokia apie jo ateities planus.

Iki paskutinio vakaro nieko nežinojo net Torsteinas. Jie kartu sėdėjo bare, kai Gormas užsiminė apie tai.

– Į jūrą?! – suriko Torsteinas. – Tu, kuriam priklausys pelningiausias verslas mieste! Ar iš proto išsikraustei?

– Nemanau.

– Ką sako tavo tėvas?

– Dar nežino.

Torsteinas atgalia ranka lėtai nusibraukė alaus putą ir išsprogino akis.

– Dar nežino? Ar tai reiškia, kad tu... pabėgsi, taip sakant?

Gormas gūžtelėjo, bet jam nepatiko tas žodis.

– Vadink kaip nori.

– Tu kliedi! Į jūrą! Galiu lažintis, kad po dviejų savaičių parkuosi namo.

– Neįmanoma.

– Ką reiškia „neįmanoma"?

– Man neįmanoma šitaip grįžti namo, – šyptelėjo Gormas, bet pasijuto nesmagiai.

– Manai, jie labai ims į širdį?

– Katastrofiškai.

– Tai kurių galų taip darai?

– Negaliu visko daryti taip, kaip jie nusprendė, – tarė Gormas. – Aš renku ženklus.

– Ženklus?

– Man įstrigo lipdukas ant lagamino, burlaivis uoste ir keletas eilučių apie jūrą vienoje knygoje.

Torsteinas stebėjo jį su savotišku dirgliu susižavėjimu.

– Tau viskas ranka pasiekiama, o tu numoji į tai dėl pasiplaukiojimo jūra! Kad tave griausmas! O jeigu jis atims iš tavęs palikimą?

– Gal galime pašnekėti apie ką nors kita? – paprašė Gormas ir nelinksmai nusijuokė.

– Kada išplauki?

– Rytoj.

– Kodėl nepasakei anksčiau? Ar mes ne draugai?

– Draugai.

– Parašysi?

– Parašysiu.

Sulig tuo žodžiu jam dingtelėjo, kad turi gerai apsirūpinti popieriumi. Geltonomis kišeninėmis užrašų knygelėmis. Rašymui skirtais bloknotais ir skaitiniais.

Kitą dieną, užuot paskambinęs į namus, jis išsiuntė telegramą: „Šiandien išskrendu į Ameriką. Laiškas vėliau."

Kai po valandos jam pranešė, kad skambina iš namų, jis neatsiliepė. Sąžinės graužimas nebuvo toks stiprus, kad negalėtum pakelti. Tiesą sakant, silpnesnis negu visada. Rodės, apsisprendimas išvadavo jį nuo tokių dalykų.

Visas bagažas buvo jūreivio krepšys su reikalingiausiais daiktais ir keliais romanais. Iš pradžių jis turėjo skristi lėktuvu, ir vien nuo maršruto jam kvaito galva. Oslas–Reikjavikas–Niujorkas–Los Andželas.

Jausdamasis taip, lyg ką tik būtų padaręs stebuklą, tačiau dar neįsitikinęs, ar išgyvens, jis pasroviui užlipo lėktuvo trapu, vidinėje kišenėje nešdamasis galiojantį pasą su viza. Jis plaukte praplaukė lėktuvo taku. Kiekvienas raumenėlis teikė didžiulį džiaugsmą. Rankos, kojos. Viskas tobula. Valdoma. Dabar jis buvo pats savimi. Gormas, nusprendęs keliauti į Ameriką.

Islandijoje, laukdamas „Loftleidir" lėktuvo į Niujorką, parašė atviruką tėvams. Telegramos stiliumi pranešė, kad skrenda į JAV, iš visko sprendžiant gerai išlaikė egzaminą ir sumokėjo už savo mantos parsiuntimą namo. Kadangi joks pasiteisinimas nebuvo pakankamai geras, teisintis nė nemėgino. Tačiau padėkojo už suteiktą galimybę įgyti išsilavinimą. Pabaigoje aiškiai užrašė, kaip vadinasi laivininkystės įmonė ir laivas.

Tada jis prisiminė paskutinius tėvo jam pasakytus žodžius. „Tik perduok, kad grįšiu pirmadienį." Pro šalį skubančių žmonių minioje Gormas prapliupo juoktis.

Niujorke, mėgindamas susiorientuoti nepažįstamame oro uoste, pasijuto taip, tarsi pagaliau būtų apsigyvenęs savyje. Kad ir ką darytų, kad ir kur būtų, jis turi save. Apėmė svaigus pojūtis, jog yra nenugalimas. Kai į jį draugiškai pažvelgė eilėje stovinti pagyvenusi ponia, jis suprato, kad šypsosi.

Realybę suvokė, kai pabudo ore virš skiautinio, kuris turėjo būti Amerika. Jis įmigo išlenkęs keletą taurelių „Captain Morgan" romo. Sopėjo galvą ir kūną.

Jis sapnavo, kaip mama, raudodama ir šaukdama jo vardą, nuoga perėjo visą Didžiąją gatvę. Turgaus aikštėje buvo susirinkusi minia žmonių. Jis mėgino pasprukti, bet iš visų namų langų į jį niekinamai spoksojo tėvo akys.

Kai lėktuvas nusileido, Gormas suvokė, kad visi oro uostai naudoja tuos pačius kodus. Ženklai, užtvaros ir sienelės juos kaip gyvulių bandą nukreipė tam tikromis kryptimis. Tai teikė savotiško saugumo, ir jis pats tai pasirinko.

Jis susirado agentą, iškėlusį lentelę su laivininkystės įmonės pavadinimu, ir, galima sakyti, pasiekė kelionės tikslą.

Laivas stovėjo San Pedre, tarp senų burlaivių ir jachtų, aplipusių krantines. Agentas mostelėjo į baltą pastatą, ant kurio plevėsavo Norvegijos vėliava, ir liepė įsidėmėti, jog tai – „šventovė".

Kapitonas buvo kresnas vyriškis guviomis akimis. Sunkiai nuspėjamo amžiaus. Gal keturiasdešimties. Tačiau Bergeno tarmės buvo neįmanoma neatpažinti. Jis žvilgtelėjo į Gormą, tada peržiūrėjo jo dokumentus.

– Dvidešimt trejų metų naujokas?

Gormas linktelėjo.

– Ką tiek laiko veikei?

– Studijavau prekybos mokykloje.

Vyriškis kilstelėjo antakius. Lūpos prasiskyrė, ir tai, matyt, turėjo reikšti šypseną. Ji priminė tarp pirštų ištemptą gumelę nuo stiklainio.

– Tavimi dėtas, čia labai nesiskelbčiau.

Gormas žiojosi atsakyti, bet kapitonas vėl subirzgė:

– Pasą!

Gormas padavė pasą, šis buvo apžiūrėtas be pastabų.

– Junga Grandė. Alga – trys šimtai devyniasdešimt penkios kronos per mėnesį. Turėtų užtekti. Tarp Los Andželo ir Vankuverio pinigų galėsi išsiimti du kartus per savaitę.

– Išsiimti?

– Mes čia taip sakome. Algalapis guli kajutkompanijoje, radistas surenka ir išduoda pagal pakvitavimą. Dar kas nors neaišku?

Gormas žinojo, kad jam daug kas neaišku, bet nesumąstė, iš tikrųjų, todėl papurtė galvą.

Jam teko apatinė kajutė, kurioje turėjo gyventi su kitu naujoku. Tai buvo šešiolikinis, jo žvilgsnį pavyko sugauti tik po savaitės. Jie praminė jį Vaikiu. Jis buvo iš Hamaro ir stengėsi niekam nelįsti į akis. Kaip tik tai Gormui patiko.

Jie turėjo plaukti šiaurės kryptimi iki San Francisko, paskui – Ramiuoju vandenynu į Honkongą.

San Franciskas! Aukso Vartai, iš ūkanų išnyrantis tiltas. Funikulieriai stačiose gatvėse. Stovintys automobiliai su atramomis ratams, kad nenuriedėtų pakalnėn. Namai it miniatiūriniai rūmai ir pilys. Visokių odos spalvų žmonės, šnekantys įvairiausiomis kalbomis. Kunkuliuojantis gyvenimas uoste ir užeigose. Štai pasaulis!

Jis sugalvojo tai jūroje. Kad užgniauš bet kokį bailumą ir iš „šventovės" paskambins namo. Kol jis sudrėkusiais delnais laukė ryšio, šnervėse tvyrojo cinamono, kažko šleikščiai saldaus, kas iš tikrųjų priklauso vaikystei, kvapas.

Ką sakys, buvo užsirašęs geltonojoje užrašų knygelėje, kurią visada nešiojosi. Mėgino nuspėti, ko gali būti paklaustas. Mamos. O gal tėvo? Tėvas buvo sunkiausiai nuspėjamas.

Atsiliepė Marijanė. Vos išgirdusi jo balsą pravirko.

– Gormai! – ataidėjo metališkomis bangomis, tarsi ji kalbėtų iš kosmoso.

– Marijane! Tu namie?

– Taip, pradėsiu dirbti vietos ligoninėje. Viskas yra... Janas ir aš, mes... O mama nesikelia iš lovos.

– Serga?

– Ne labiau už mane.

Balsas buvo kupinas neapykantos.

– Ar Ėdelė irgi namie?

– Ji! Kurgi ne! Už devynių kalnų, abu jūs už devynių kalnų. Kur tu esi?

– San Franciske.

– O Viešpatie! Kodėl ne aš ten! Kaip tu galėjai?

Traškantis artumas. Jos balsas. Jis matė prieš save Marijaną, pasipuošusią per nacionalinę šventę, ir su abiturientės kepuraite. Prie altoriaus nuotakos suknele. Jos veidą, kai ji atsisukdavo. Džiūgaudama. Arba kai kas nors jai nepatikdavo, kai būdavo paniurusi ir nepasiekiama. Ir dabar, kiaurai Atlanto ir Amerikos, jis matė, kad lūpų kampučiai nusviro ir įsižeidusio žmogaus kone pašaipi mina užkirto kelią bet kokiam kontaktui.

– Ar galiu pakalbėti su tėvu? – pabandė jis.

– Jūs su tėvu vieno galo! Visi vyrai vieno galo! – suriko ji, ir ryšys nutrūko.

Jis stovėjo su gaudžiančiu telefono rageliu rankoje. Nebėra jokios prasmės, tad jis ramiai padėjo jį į vietą ir pasakė sau, jog normalu jaustis prislėgtam. Reikalingas ir numatytas jausmas, nes jis juk paskambino į namus. Tikėjosi išgirsti tėvo balsą ir sužinoti, ką jis mano. To jam nepavyko padaryti.

Vaikinai skaitė laikraščius iš namų. Kai kurie gavo laiškų. Jie stengėsi kur nors nuliūsti. Paėmę ilgai lauktą laišką, suminkštėjo net Roterdamo smarkuoliai.

Kai kurie negavo nieko. Kaip jis pats. Kiti mėgino triukšmingai atsiduoti biliardui ir stalo tenisui. Gormas nuėjo gerti kavos su vafliais, tai turėjo keistą gydomąjį poveikį.

Vakare jis vis dėlto parašė laišką namiškiams. Vertėjo išsiųsti, kol dar negavo žinios iš jų. Jis lipdė nerūpestingus sakinius apie šį bei tą, vardijo miestus, kuriuos turėjo aplankyti anapus Ramiojo vandenyno. Honkongas, Manila, Singapūras.

Lyg tarp kitko užsiminė, jog „Laivininkystės naujienos" ketvirtadieniais spausdina laivų sąrašą – jei kartais jie norėtų sužinoti jo koordinates. Telefono pokalbį su Marijane nutylėjo.

Kol kūrė laišką, apėmė toks jausmas, jog rašo padėką už jam nepatikusią dovaną, kad tik nebereikėtų apie tai galvoti.

Ant voko jis užrašė ir Marijanės, ir tėvų vardus.

Už San Francisko pasaulį sudarė vien jūra. Motorlaivis „Bonneville" tebuvo maža ant milžiniškų vangių bangų besisupanti sėklelė.

Gormas buvo paskirtas budėti naktimis su pirmuoju šturmanu, nors tai atrodė neįprasta. Tačiau jis veikiai suprato, kad blaivybė nėra stiprioji komandos vieta. Tad vietoj kauštelėjusio veterano jie pasirinko dvidešimt trejų metų naujoką.

Pirmasis šturmanas buvo santūrus aštraus žvilgsnio vyriokas. Turbūt ne daugiau kaip trisdešimt penkerių. Gormui patiko nakties tyla budint ant denio arba šalia kapitono tiltelio.

Naktys pasitaikė giedros, su pašėlusiai žvaigždėtu dangumi. Visą dangaus skliautą jis pasiimdavo po deniu ir į sapnus. Pirmąją savaitę žvaigždėtas dangus buvo svarbiausias gyvenime dalykas – tiek miegant, tiek budint. Jis nusprendė, jog įsigis literatūros apie dangaus kūnus, kai tik pasieks krantą.

Kajutkompanijoje jis stengėsi nekristi į akis. Valdžia priklausė jūreivių trijulei iš Roterdamo, nuo kurios, kaip paaiškėjo, ir jam nepavyks lengvai išsisukti. Naujokus jie laikė tarnais ir atpirkimo ožiais. Gormas, neturintis tokio nuolankumo patirties, smarkiai prašovė. Kai vienas jūreivis paliepė jam išplauti per naktines šėliones privemtą kajutę, jis tiesiog išėjo netaręs nė žodžio.

Gavo tokį antausį, jog akyse aptemo, ir buvo daugmaž spirte nuspirtas po deniu su kibiru ir skuduru. Suprato tiek, kad turi iškęsti. Gyvenimas jūroje – toli gražu ne vien žvaigždėtas dangus. Gormui gyvenime nebuvo tekę valyti vėmalų, net savo paties, tad prisiėjo iš naujo permąstyti, ką jis pasirinko.

Naktį, per budėjimą, šturmanas pastebėjo mėlynę paakyje ir prakirstą lūpą.

– Savotiška bausmė, nes iš pradžių atsisakiau valyti jūreivių vėmalus.

– Roterdamo šutvė?

– Taip.

– Jie išlips per kitą kelionę iš San Francisko, o kol plauksime Ramiuoju vandenynu, tau teks pakentėti. Jei priglausčiau po savo sparnu, tau nebūtų geriau. Jie tik dar labiau sujžūlėtų.

Gormas stengėsi prisitaikyti prie gyvenimo laive. Vaikis, pradėjęs šiek tiek šnekėti, padovanojo jam nuotrauką su pusnuoge moterimi atkištomis lūpomis ir rausvomis kelnaitėmis, sulindusiomis į tarpvietę. Gormas priėmė dovaną ir padėkojo, tačiau ranka nekilo jos pasikabinti.

Kajutkompanijoje jis stebėjo veidus ir svarstė, su kuo galėtų praleisti laisvalaikį krante. Po kurio laiko suprato, kad atrodo įtartinai. Vieną vakarą keli jūreiviai, susėdę ant liuko dangčio priešais jutą, rišo virves, rodė mazgus ir aptarinėjo suvirinimo darbus.

Gormas prisėdo šalia ir netrukus kažką leptelėjo apie savo susitikimą su žvaigždėtu dangumi. Žodžiai užkliuvo. Vienas iš jūreivių, Bubenas, išsiviepė. Nuo jo užsikrėtė kiti. Žvilgsniai ėjo ratu.

– A, tai tu keliauji po pasaulį, kad suskaičiuotum žvaigždes, – pašiepė jūreivis, visi nusikvatojo ir dygiai sužiuro į jį.

Iš to, ką jau buvo spėjęs išmokti, jis suprato, kad dabar svarbu tinkamai atsikirsti. Tačiau nusprendė nekreipti dėmesio ir nesipriešinti, kol niekas jo nemuša ir neprievartauja. Ką būtų tada daręs, pats nelabai išmanė.

Labiausiai jam patiko budėti nuo vidurnakčio iki ketvirtos valandos ryto. Tyla. Beveik jokių balsų. Tik kas valandą sušmėžuojantis pirmojo šturmano veidas, kai jie keisdavosi. Vienas žvalgė, kitas vairavo. Prastu oru – kapitono tiltelio priestate.

Dienomis reikdavo prižiūrėti laivą, valyti rūdis, dengti paviršius švino suriku ir dažyti. Atsigulęs jis užmigdavo akimirksniu. Artėjant krantui, apie kurį žinojo ne ką daugiau, negu buvo parašyta senuose vadovėliuose, diena ir naktis susiliejo.

Paskirties vieta buvo ne tokia, kokią jis vaizdavosi. Iš pradžių – kvapas. Nenusakomas dvelksmas, kai jie dar ničnieko neįžiūrėjo. Ir nerealumo jausmas denyje stebint, kaip iš jūros ir ūko išnyra Honkongas. Vaizdas pribloškiantis. Miškai kranų, primenančių baisius

dinozaurus, šaltų pastatų ir gofruotos skardos pašiūrių tobula ne-
tvarka. Žmonių knibždynas. Šviesos. Tai buvo pasaka ir truko vos
valandėlę.

Jūroje tikrovė susitraukė iki vos keleto veidų, su kuriais tekdavo
prasilenkti per budėjimą ir kajutkompanijoje. Viena kita juoko pa-
pliūpa ar nešvankus anekdotas apie moteris.

Iš tiesų gyvenimas tebuvo vienas milžiniškas judesys. Jūra.
Kaži koks girgždėjimas. Amžinas skundas. Lyg dejuotų statybinės
medžiagos, kadaise išrautos su šaknimis ar perlydytos ir paleistos
plaukti.

Tikrovė laive buvo ir ankšta, ir beribė. Uoste ji beprasmiškai su-
trumpėdavo ir prisigerdavo aitraus kvapo.

Kartais jis pasijusdavo taip, tarsi tokiu būdu ketintų nugyventi
visą amžių, nors ir žinojo, kad visa tai laikina. Jeigu kas nors būtų
paklausęs, ar jis vienišas, būtų visai nuoširdžiai atsakęs „ne itin".

Jis priprato prie vienatvės. Tiesą sakant, mokėjo su ja apsieiti ir
prieš išplaukdamas.

Dar Ramiajame vandenyne pastebėjo, jog žvilgsnis, žiūrintis į jį
iš veidrodžio, ėmė panėšėti į kitų. Tapo uždaras ir nukreiptas į save.
Jis persiėmė jų elgsena. Iš pažiūros – nė vienos minties. Tyla. Arba
pokalbiai – it šiurkštus maurojimas iš gardų, kad balsai būtų išgirs-
ti, o įsakymai vykdomi.

Kadangi jis neturėjo įgaliojimų įsakinėti, jam nereikėjo kriokti.

Po pirmosios kelionės Roterdamo gauja išlipo ir lengviau atsikvėpė
ne tik Gormas. Kiekvieną laisvą pusdienį jis pradėdavo asmeniniais
įrašais geltonojoje knygelėje. Iš savo užrašų suprato, kad veikiausiai
bijojo jų labiau, negu išdrįso sau pripažinti.

Jis trumpai žymėdavosi mintis ir koordinates, nes tai ramino,
ne dėl kokios kitos priežasties. Tai būdavo atsitiktiniai išgyvenimai
arba kokios nors įstrigusios smulkmenos.

Knygelę jis visada nešiojosi, nes nenorėjo, kad ji patektų į ran-
kas Vaikiui. Kartais jis nustebindavo pats save parašydamas apie
žmones, kurių niekuomet nebuvo sutikęs, bet kuriuos per kažkokį
stebuklą gerai pažinojo.

Jis nesuprato, ar tai visiška paikystė, ar būtinybė, bet kitaip ėmė
džiaugtis laisvomis valandėlėmis.

Iš pradžių nebuvo tikras, ar Vaikis, norėdamas įsiteikti, neišplepa kitiems, kokias knygas jis skaito. Bet kai išsilaipino Roterdamo gauja, liovėsi apie tai galvojęs.

Romanus „Lasas ant ponios Lunos" ir „Mažasis lordas", kuriuos jis skaitė iš naujo, buvo pasiėmęs iš Bergeno. „Senį ir jūrą" anglų kalba paveldėjo iš keleivio, Amerikos kino, kurį jie nuplukdė iš San Francisko į Honkongą. Gormas vyriškiui padarė keletą paslaugų, nuvalydavo batus ir atnešdavo gėrimų. Hemingvėjų jis pasiimdavo net į kajutkompaniją, nepaisydamas pašaipų.

Jo užrašų knygelės niekas neturėjo matyti. Kartais jis klausdavo save, kaip žmogui išvis gali šauti į galvą parašyti ką nors, kas skirta kitiems skaityti. Argi tai – ne didybės manijos viršūnė? Taip, visiškas pamišimas. Tokiu atveju ir Hulis, ir Sandemūsė, ir Borgenas, ir Miuklė, ir Hemingvėjus – pamišėliai.

San Pedre jie turėjo gauti naują radistą. Iš anksto pasklido gandas, jog moterį. Kai ji pasirodė, Gormas daužė rūdis nuo laivo šono. Staiga prie trapo išvydo aukštą tamsiaplaukę moterį, kalbančią su agentu. Balti marškiniai su epoletais, juodas kaklaraištis ir sijonas.

Žiūrint iš viršaus, iš ten, kur Gormas kabaliavo, krūtys užstojo apatinę kūno dalį. Kai ji pakėlė galvą ir pažvelgė aukštyn, atrodė, lyg jos savaime kybotų ore.

Pirmą kartą jis susitiko su ja tik atėjęs išsiimti pinigų prieš Malaiziją. Ji stovėjo palinkusi prie stalo ir kažką taisė sąraše. Judesiai tarsi spinduliavo energiją. Ir ji nesėdėjo.

– Gerai. Kas kitas? – prabilo ji su niekuo nesupainiojama šiaurietiška tarme.

– Gormas Grandė. Du šimtai malaiziškų, – tarė jis, ir jų žvilgsniai susitiko.

Ji buvo ne ką vyresnė už jį. Krūtys veržėsi iš marškinių. Auksiniai galionai atrodė įspūdingai. Sijonas buvo trikdomai trumpas. Jis pajuto, kad raustelėjo.

– Oho! Pažiūrėsiu, ar neini į minusą, – atsakė ji.

– Manau, turėtų užtekti.

– Vaje, ar ne kraštietis būsi, vaikine?

– Galbūt. Iš kur esi?

– Iš Surtlano. O tu?

Jis pasisakė ir pyktelėjo ant savęs, kam vis dar raudonuoja. Matyt, ji pažiūrėjo į jo gimimo metus, nes paerzino, kad jis per senas dirbti junga.

– Pasistengsiu nestovėti vietoje, – tarė jis ir pasitraukė iš eilės.

Kadangi ji valgydavo karininkų kajutkompanijoje, jis vėl jos ilgą laiką nematė, kol atėjo paimti pinigų prieš Penangą. Eilėje stovėjo paskutinis, tad jie valandėlę liko vieni.

– Jau žinai, ką veiksi išlipęs į krantą? – paklausė ji.

– Eisiu pasroviui.

– Smuklės ir merginos?

– Panašiai...

– Čia ne taip pavojinga kaip Port Svetenhame. Ten vaikinai bemat pasigauna kokią bjaurastį, paskui radistė juos turi varyti pas daktarą.

Jis dirstelėjo į ją neišmanydamas, ar galima juoktis.

– Aš rimtai. Jie baisiai kenčia. Tai lyg sisioti stiklo šukėmis. Ar esi buvęs Penange?

– Ne.

– Aš tau aprodysiu. Galėsime išsinuomoti rikšą.

Gormas susivokė stovjs atvipusiu žandikauliu.

– Tada nutarta, – pasakė ji ir susirinko sąrašus.

Kai grįžo į kajutę, Vaikio nebuvo, tad jis galėjo atsipūsti. Po valandėlės išsitraukė geltonąją užrašų knygelę. Mėgino aprašyti, ką jautė stovėdamas priešais radistę. Nuostabą. Nes tai, apie ką nedrįso net pagalvoti, įvyko.

O kol jis rašė, radistės aptempti marškiniai stovėjo akyse ir deginantis geismas stabdė žodžius.

Gormas nusprendė, jog rašytoju gali vadintis ir tas, kurio kūrinių niekas neskaitė. Jam atrodė šaunu būti užsislaptinusiu ir neskaitomu rašytoju. Tokiu, kuris nesivaiko dėmesio.

Bet iš pradžių, matyt, reikėjo pagyventi pašėlusiu tempu, kad būtų galima patirti pakankamai beprotiškų nuotykių. Tik ką išties verta užrašyti? Ar svarbus pats įvykis? Ar jo aprašymas? Ir ar išvis būtina galvoti apie tai, ką verta pasižymėti?

Kodėl rašytojai rašo apie bergždžią meilę ir laiką, kuris praeina, o žmonės netampa daug laimingesni? Ar dėl to, kad nežino, kaip pavaizduoti tikrąją meilę? O gal jie jos tiesiog nepatyrė, mąstė jis. Galbūt jie pasakoja apie ilgesį, visai kaip jis.

202

Rytą po budėjimo grįžęs į kajutę, jis mėgino parašyti apie ją. Savo žmogų. Tačiau buvo pernelyg pavargęs. Kol bandė perkelti ją ant popieriaus, ji sugurėjo. Bet jis davė jai vardą. Ruta.

Radistė ir Gormas riedėjo siauromis, vingiuotomis gatvelėmis. Juodaūsis vyriškis maloniu tempu mynė rikšą kaire kelio puse. Kada ne kada jis ranka parodydavo posūkį, nors panašu, kad piktai pypinantiems automobiliams tai nerūpėjo.

Ji vilkėjo baltą berankovę palaidinę ir raudoną liemenuką. Matėsi petnešėlės, o priekyje persišvietė raudona spalva. Ant galvos buvo užsimaukšlinusi geltoną celiulioido gaubtą. Vėjas draikė tamsias garbanas. Po stogu buvo karšta ir tvanku. Pagaliau ji paprašė sustoti prie sraunaus upelio, ir jie išlipo.

– Čia viską reikia drėkinti, – tarė ji ir ištraukė du butelius į sultis panašaus skysčio.

Iš pradžių jie atsigėrė, paskui ji nusivilko palaidinę ir pakišo po vandens čiurkšle, krintančia nuo uoloje sumūryto latako.

Jis susižavėjęs žiūrėjo į ją, kai ji šlapią palaidinę vilkosi per galvą. Netrukus jis padarė tą patį su marškiniais ir idiotiška medvilnine kepure.

Radistė stebėjo jį ir juokėsi. Tame juoke nebuvo nieko, kas jį glumintų, priešingai. Kepinant gal keturiasdešimties laipsnių karščiui, išglebusiomis kaip moliuskas smegenimis, jis sustandėjo. Vėl atsisėdo ant įkaitusios plastikinės sėdynės ir atsiraitojo kelnių klešnes.

Rikša nuvežė juos prie šventnamio, bet Gormas negalėjo galvoti apie nieką daugiau, tik kaip prie jos priartėti. Posūkiuose lyg netyčia priglusdavo, bet tai tik dar labiau kaitino.

Ji pareiškė norinti pakilti funikulieriumi ir paliepė rikšai nuvežti. Tai truko amžinybę. Gormas pasidėjo rankas ant kelių ir galvojo apie ledukus.

Vagonėliuose jie sėdėjo susispaudę su pulku vietinių kaip silkės statinėje. Bet pakilus į kalnus padvelkė vėjas ir jis vėl turėjo jėgų džiaugtis, kad leidžiantis žemyn ankštai ir šiltai sėdės su ja.

Ji daug nekalbėjo ir buvo neįmanoma įžvelgti, ką mąsto. Bet jis žinojo, kad ji jo geidžia. Argi pati jo nepasirinko? Apie tai bylojo judesiai, žvilgsniai ir tai, kaip ji įsispręsdavo, kai po mūrais ir vijokliais jie sustodavo ko nors pažiūrėti.

Rodės, vien tas žinojimas varyte varo iš proto. Kai jie vėl įsitaisė rikšoje, jis nebeištvėrė. Puolė prie jos tokiu smarkumu, jog nustebino save patį.

– Ramiau! Ramiau! – sušnabždėjo ji jam į ausį.

Ji žino vietelę Džordžtaune. Ten kaip tik tai, ko jiems reikia. Dušas, alus ir lova. Iš pradžių ji nuvilko jam marškinius, galiausiai nuo galvos nusiėmė plastikinį gaubtą. Jis niekada nebuvo sutikęs žmogaus, kuris taip nesivaržytų savo nuogumo.

Po poros valandų jis buvo pajėgus suvokti, kad už purvino lango žaibuoja. Radistė buvo tapusi Guna, ir jie turėjo rėkte rėkti norėdami susikalbėti per lietų.

– Valgyti! Arbatos! Mirštu, kaip noriu! – pareiškė ji ir ėmė vilktis drabužius.

Jie sėdėjo ant alyvos bako pusių po varganu skardiniu stogu. Indiškos išvaizdos vaikinukas iš palmės lapo patiekė jiems kariu pagardintų ryžių ir vištienos su karštutėle arbata.

Gormas norėjo atsisakyti arbatos. Tačiau Guna patikino, kad tai vienintelis teisingas gėrimas per karščius. Jis gėrė, kad jai įtiktų, ir žiūrėjo į akis, o abiejų veidais sruvo prakaitas. Paskui jie grįžo į „kambarį" ir viską pakartojo nuo pradžių.

Kitas rikša per tamsą vežė juos į uostą. Sėdynės buvo permirkusios nuo lietaus. Pro šalį it žiežirbos lėkė žiburiai. Jis nesuprato, kaip rikša randa kelią.

– Esi gera gidė, – pagyrė apkabindamas ją staigiame posūkyje.

– Tiktai?

Jis džiaugėsi, kad tamsu ir ji negali matyti, kaip jis sutriko.

– Ne. Gera visom prasmėm, – šauniai atsakė.

– Ar žinai, kiek man metų?

– Ne.

– Trisdešimt treji.

– Oo... – nutęsė neįstengdamas nuslėpti nuostabos.

– Ar anksčiau esi tai daręs su tokio senumo moterimis? – nusijuokė ji.

– Ne, – prajuko ir jis.

– Taip ir supratau, – tarstelėjo ji.

Sugniužęs jis nutilo. Praėjo kelios minutės.

– Esi nepaprastai gražus, tad turi pasisaugoti. Nepastebėsi, kaip suvalgys tokios kaip aš. Bet geriau negu eiti į smuklę.

Jis nežinojo, kaip atsakoma į tokius žodžius.

– Grįžęs į laivą, gali girtis kiek nori, bet tik tau pačiam bus blogiau, – po valandėlės prabilo ji.

– Neturiu tokio įpročio.

– Tai gerai. Aš taip ir maniau. Bet man esi pirmas naujokas, tad norėjau, kad neliktų neaiškumų.

– Nekalbėk niekų, – pyktelėjo jis.

– Neimk į galvą, – draugiškai tarė ji.

Gal dėl tamsos ir žvaigždžių, o gal dėl apsisprendimo audringai gyventi, kad turėtų apie ką rašyti, jis ėmė ir staiga paklausė:

– Ar tu tiki meile?

Jam pasirodė, kad pro dviračio ratų čežėjimą šlapia kelio danga išgirdo atodūsį.

– Nežinau. Baigusi tarnybą, žadu ištekėti.

Gormui tapo aišku, jog vaikinams neprasprūdo, kad jis buvo krante su radiste. Jūreivis Bubenas į jį šnairavo ir laidė šiurkščias užuominas. Pamažu prie jo prisidėjo kiti ir neatlyžo iki pat Singapūro, kol laivas plaukė Malakos sąsiauriu.

Viename Singapūro bare Bubenas prisigėrė ir per stalą suurgzė Gormui:

– Tai ką, naujokui parūpo radistės?

Stalą apsėdę vaikinai dirsčiojo tai į Gormą, tai į Guną. Ši sėdėjo kiek atokiau, prie vieno stalo su antruoju šturmanu ir mašinistu. Stojo tyla. Visi išgirdo, ką pasakė Bubenas. Dabar jie laukė, kad Gormas apgintų savo garbę.

Buvo karšta ir drėgna. Plona balta Gunos palaidinukė lipo prie kūno. Jis prisiminė, kaip atrodė pasaulis, kai ji ją nusivilko. Veidai prie stalo taip pat darė savo, ir jam ėmė svaigti galva. Arba tiesiog buvo per daug išgėręs. Šiaip ar taip, nesugebėjo sukaupti įtūžio, kurio tikėjosi vaikinai, tik prisidegė cigaretę.

– Ką, neprigirdi? – neapsikentė Bubenas.

– Ne, viską girdžiu. Ir manau, kad turėtum užsičiaupti, – tyliai pasakė Gormas.

– Ir kodėl gi aš turėčiau užsičiaupti? – sumaurojo jūreivis.

– Todėl! – išgirdo savo balsą.

Bubenas pašoko iš vietos ir ėmė trypti priešais jį sugniaužęs kumščius.

– „Todėl, todėl", – pamėgdžiojo vyras ir taip stuktelėjo jam į krūtinę, jog jis vos nenuvirto nuo kėdės. – Einam laužti rankų, ir baigtas kriukis.

– Labai jau nelygios jėgos. Tu – vyras kaip mūras, o aš – mamytės sūnelis, – tarė Gormas.

Vaikinai nusijuokė.

Bubenas mažumą susvyravo, tada nustūmė į šoną taures ir pelenines, įrėmė į stalą dilbį ir akiplėšiškai pažvelgė į jį.

Gormui prieš akis iškilo tėvo veidas, kai jis norėdavo jį pamokyti vyriškų gudrybių. „Visa esmė – technika ir akių kontaktas", – prisiminė tėvo žodžius, raitodamasis baltų marškinių rankoves. Bet tėvas niekuomet nebūdavo girtas, juolab – karingai nusiteikęs kaip Bubenas.

Vaikinai puolė šaukti, kad tas, katras pralaimės, visiems statys, puikiai žinodami, kas jis bus. Karininkai ir Guna, sėdintys prie kraštinio staliuko, sekė, kas vyksta. Jis juto jos žvilgsnį. Ir staiga prisiminė ją, Rutą. „Tik gerai nusitaikyk, ir pataikysi!"

Jis įrėmė dilbį ir mėgino sugauti Bubeno žvilgsnį. Šis nebebuvo skaidrus. Vyras ne tik kovingai atrodė, jis ketino pamokyti geltonsnapį ir įrodyti, kad jo ranka iš akmens. Pajutęs delno spaudimą, Gormas nusitaikė tiesiai jam į vyzdžius ir stengėsi nemirksėti.

– Ko, po velniais, spoksai, – niekinamai burbtelėjo Bubenas ir pasiruošė.

Bet Gormas toliau stebeilijo jam į akis. Vyras neramiai sumirksėjo ir geriau įsitaisė. Vaikinai pradėjo rėkti. Gormas žinojo, kad jeigu lauks, kol pradės veikti primityvi jėga, jis pralaimės. „Šią akimirką tikriausiai atrodau ganėtinai sutrikęs", – pamanė. Ir greitumu, netikėtu pačiam, nelauktai nulenkė jūreivio ranką ant stalo.

Vaikinai šaukė, kriokė ir tapšnojo jam per pečius. Bubenas buvo tamsiai raudonas ir troško revanšo.

– Tu pradėjai negavęs signalo, – tarė rūgščia mina.

– Revanšas, revanšas! – ėmė rėkti kiti ir susispietė aplink stalą, kad geriau matytų.

Gormas pamanė, kad gal būtų taktiška ir natūralu pralaimėti.

– Parodyk, ką sugebi, – susniaukrojo varžovas ir išlenkė taurę neaiškios kilmės skysčio.

Jie vėl pasiruošė rungtis. Bubeno ranka buvo kaip kūjis, bet kūnas netvirtas ir siūbuojantis. Gormas vėl sugavo jo žvilgsnį ir atsainiai padėjo alkūnę ant stalo. Prieš suimdamas stengėsi nematyti Bubeno išskėstų pirštų ir sukamų riešų. Gniaužtas buvo sukietėjęs cementas. Gormas priešinosi, bet juto, kad jo ranka pamažu svyra. Bubeno veidas išraudo ir persikreipė.

Staiga Gormas garsiai riktelėjo. Sekundę trukęs sumišimas buvo kaip tik tai, ko jam reikėjo. Ūmus judesys, ir varžovo ranka guli ant stalo.

Tapšnojimui ir ovacijoms nebuvo galo. Bubenas susikrimtęs užsikvempė ant stalo.

– Kur to išmokai? – sumurmėjo.

– Iš tėvo.

– „Iš tėvo", – pamėgdžiojo Bubenas ir paklausė, kuo tas „tėvas" užsiima.

– Verslu.

Nuskardėjo juokas. Vaikinai kvatojo net susiriesdami. Prajuko ir Gormas.

– Revanšas prieš „verslą"! – užbliovė Bubenas.

Gormas padavė jam ranką ir įsiręžė. Tačiau nesitaikė. Visame kūne pajuto ramų linksmumą, kai netrukus anas taip smarkiai tėškė jo ranką ant stalo, jog nugėlė visas kremzles ir raumenis iki peties.

– Du prieš vieną! Bubenas stato! – sukriokė vienas jūreivis.

– Verslą dalijamės perpus, – nusijuokė Gormas ir lengviau atsikvėpė.

Iš dalies viskas paprasta. Tereikia žinoti taisykles ir negerti tiek, kad nelaikytų kojos.

Kai jie išplaukė į jūrą, Gormas nugirdo, kad Bubenas suirzęs ir nervingas, bet dėl to nesą reikalo nerimauti. Vaikinai šaipėsi, kad, apimtas didybės manijos, jis užsirašęs į nuotolinio mokymo kursus. Visą laisvalaikį praleidžiąs kajutėje ir vargstąs prie kažko, ką jis vadina matematika. Mat pasišovęs baigti šturmanų mokyklą.

Įsidrąsinęs Gormas pabeldė į jo duris. Oras kajutėje buvo pritvinkęs papirosų ir prakaito kvapo. Virš stalo deganti lempa apšvietė atverstas knygas ir rašymo reikmenis.

– Girdėjau, kibai į matematiką, – tarė Gormas.

– Kas, po velniais, tau darbo?

– Turbūt man abstinencija. Žinai, senos nuodėmės.

– Kokios dar nuodėmės?

– Mokyklinės nuodėmės. Gerai einasi?

– Nė velnio.

– Kas nesiseka?

– Sumauti iksai, igrekai ir kitoks šlamštas.

– Galima pažiūrėti?

Žmogus nepatikliai dėbtelėjo į jį, bet įsileido. Virš gulto kabojo didelė nuotrauka su nuoga moterimi, kuri delnuose it pripūstus balionus laikė krūtis.

Gormas greitai permetė uždavinį, prisėdo ant gulto ir iš pareigos pasikasė paausį.

– Na, ir kas toliau? – sugrumeno Bubenas.

– Galima pamėginti?

– Žinoma, po velniais! Kad jį šunys, kaip sunku!

Gormas paėmė trintuką, ištrynė pusę uždavinio ir iš naujo ėmė rašyti skaičius ir raides aiškindamas kodėl. Kartkartėmis pažvelgdavo Bubenui į veidą, kad pamatytų, ar tas supranta.

Bubenas išsižiojo. Atsidengė dantys. Pasirodė liežuvis. Jis vis braukė ranka tankius neklusnius plaukus. Spoksojo visu kūnu. Kai darbas buvo baigtas ir lygtis pagaliau išspręsta, jis klestelėjo ant gulto šalia Gormo.

– Na, ir nuskilo, – maloningai pagyrė.

Tada, tarsi kažką prisiminęs, ištraukė kitą juodraštį, kuriame niekas nesiklijavo.

Per kelias minutes Gormas sudėliojo viską į vietas.

Bubenas pliaukštelėjo letena jam per petį ir su didžiule pagarba sududeno „kad tave velniai".

Gormas įsidarbino mokytoju. Retkarčiais pasiklausydavo nutikimų iš jūreivių gyvenimo ir sužinodavo, kad per moteris vienos bėdos, bet ir be jų negerai.

Vargas tam, kas kaip nors mėgino šmeižti Gormą. Vienas jūreivis netyčia pavadino jį Profesoriumi, bet buvo griežtai įspėtas.

– Įsikalk, po velniais, į makaulę, kad šis vaikinas yra NV, arba „Naujokas Verslas", kitaip iš tavęs liks tik šlapia vieta!

Šešioliktas skyrius

TĄ SEKMADIENĮ, KAI ŠEIMININKĖ ŠŪKTELĖJO, KAD JAI SKAMBINA, RUTA TRINKOSI GALVĄ.

Virtuvėlė buvo kaip tik tokio dydžio, kad Ruta išsiteko priešais kriauklę, ant taburetės pasistačiusi geltoną plastikinę vonelę. Ji čiupo rankšluostį ir apsivyniojusi juo galvą, pilną muilo putų, nuskuodė laiptais žemyn į šeimininkės butą.

Mamos balsas buvo rūškanas, tad Ruta iš pradžių nesuprato, ką ji sako. Paskui staiga suvokė žodžius, nors mama jų nekartojo.

– Močiutė mirė.

Netrukus vėl išgirdo mamos balsą.

– Ar esi ten, Ruta?

– Taip.

– Ar girdėjai, ką pasakiau?

– Taip.

– Daugiau nieko neturi pridurti?

Ruta nepajėgė ištarti nė žodžio. Per kaklą bėgo šalti vandens lašai ir varvėjo už palaidinės apykaklės. Ji pagalvojo, kad sušlaps kilimas. Koja mėgindama pastumti kilimą, vos nenutėškė telefono, tad turėjo liautis.

– Kodėl?

– Juk ji buvo sena. Jų giminė turi silpną širdį. Ji sėdėjo lovoje. Atrodo, kad nakčiai norėjo susipinti plaukus. Radome ją rytą. Viešpatie, Ruta, ar gali parvažiuoti?

Ruta lipo laiptais šluostydamasi galvą. Plaukai buvo keistai lipnūs, tarsi kito žmogaus. Gal dabar aš ir esu kita, pamanė. Tik užlipusi į viršų prisiminė nespėjusi jų išskalauti. Bet ir vėl pamiršo, nes ėmė galvoti apie tai, kaip galėjo taip ilgai gyventi nežinodama, kaip einasi močiutei.

Kaip žmonės gali būti taip keistai sudėti, jog nesupranta, kad vieną dieną suskambės telefonas? Net Londone skambėjo telefonas.

Gyvendama mieste, ji visuomet atsakydavo ko nors paklausta. Išmoko nepavojingų atsakymų. Jie nebūdavo tiesūs, bet ir ne atviras melas. Jeigu kas nors pasidomėdavo, kada ji važiuos namo atostogų, atsakydavo, jog dar nenusprendė. Arba – kad tai nuo kai ko priklauso...

Kalėdoms mamai ir Pamokslininkui ji nusiuntė kalėdinį atviruką voke, kad Pėderis Laiškanešys neperskaitytų, kas parašyta. „Linksmų Šv. Kalėdų ir laimingų Naujųjų metų! Linkėjimų nuo Rutos.“

Kartą mama atvyko į miestą nepranešusi. Laimei, Ruta pamatė ją pro trečio aukšto langą pati likdama nepastebėta. Kai į duris paskambino, ji neatidarė. Durų skambutis ir rakinamos durys gali būti tikra palaima. Saloje tokių dalykų nėra.

Ir šiaip per tuos metus ji daug išmoko. Arba, tiksliau pasakius, nustebo pamačiusi, kiek mažai žino.

Močiutė ir ji tolydžio susirašinėjo. Prieš Kalėdas Ruta išsiuntė laišką ir įrėmintą paveikslą. Kruopščiai apdėjo jį medienos plaušais, apsupo gofruotu kartonu ir suvyniojo į mėlyną kalėdinį popierių su auksinėmis žvaigždutėmis. Paveikslas buvo nutapytas pagal močiutės ir Jorgeno nuotrauką. Tačiau nė vienas Jorgeno veido eskizas jai nenusisekė. Tad paveiksle pavaizdavo vieną močiutę.

Ruta pabudo paryčiais, kai močiutė palietė jai petį. Ją apšvietė ryški mėnesiena. Ji sėdėjo ant naktinio stalelio ir pynėsi plaukus. Viena ranka laikė kasą, kita lietė Rutai petį.

– Taip, žinau, – tarė Ruta.

– Paistalai! Nieko tu nežinai, – atkirto močiutė ir patyliukais sukvakėjo.

– Man neišeina važiuoti namo.

– Dėl manęs – nebūtina. Man niekada nepatiko laidotuvės. Šįkart bent nereikės autis tų ankštų juodų batelių.

– Močiute, kodėl taip padarei?

– Aš nieko nedariau. Tiesiog taip atsitiko. Po to, kai pirmas išėjo Jorgenas, nebesvarbu kada.

– Ar už tai pyksti ant manęs?

– Ne, anaiptol. Džiaugiuosi, kad esu čia. Taip seniai tavęs nemačiau. Žinai, man būdavo didžiausias džiaugsmas kalbėtis su tavimi. Atsibosta gi visą laiką pilstyti iš tuščio į kiaurą.

– Ar liksi čia?

– Žinia, kad liksiu. Aš tau netrukdysiu. Susitvarkysiu pati. Tu tik žiūrėk savęs. Esi sukurta kai kam daugiau, ko mes neišmanome. Nė neabejoju. Esu jau sakiusi: kai gimei, tavo juodą galvutę supo nepaprasta šviesa. Nė vienas iš mūsiškių tiek šviesos neturėjo, kad ir iš kur ji sklido.

– Ir Jorgenas neturėjo šviesos?

– Šviesa jam nereikalinga. Jis jau parėjo. O tu...

Močiutės balsas nusilpo ir pamažu išnyko. Tačiau ji buvo. Jos kvapas. Duonos, uostomojo tabako ir šviežio prakaito.

Ruta turėjo eiti į mokyklą, tačiau neprisivertė. Pasidarė sunkiai įmanoma su kuo nors kalbėtis, ko nors klausytis. Apsivilkusi paltą ir užsimovusi megztą kepurę, su tuščiu pieno buteliu nupėdino į parduotuvę.

Ji praėjo pro telefono būdelę. Juk visada praeidavo. Bet šįkart užsuko vidun ir apsimetė, jog ruošiasi skambinti. Apėmė graudulys, nes apsimetinėjo dėl to, kad kas nors ją galėjo pamatyti iš lauko. Kodėl ji taip elgėsi?

Kas gi jai neleido paskambinti bet kam? Mėgino sugalvoti, kas tai galėtų būti. Dėdė Aronas? Ne. Jis paklaustų, kada ji parvažiuos namo.

Ji išsišnypštė nosį, pakėlė ragelį ir įmetė monetą.

– Taip, Grandės klauso, – atsiliepė skaidrus moteriškas balsas.

– Ar galiu... Ar galima pakalbėti su Gormu Grande?

– Ne, deja, jo nėra.

– Kur jis? – sušnabždėjo ji.

– Gormas studijuoja Bergene. O su kuo aš kalbu?

Ruta pakabino ragelį ir priglaudė kaktą prie stiklo. Jis buvo šaltas. Ant stiklo paviršiaus žėrėjo šerkšnas. Virš jos buvo palinkęs gatvės žibintas. Be žibintų būtų visai tamsu, pamanė ji.

*

Močiutės laidotuvių dieną iš tikrųjų jos neturėjo būti valgykloje. Jos išvis neturėjo būti mieste, nes Pamokslininkas įsakė grįžti namo. Tačiau ji buvo valgykloje.

Žinoma, buvo jį mačiusi daugybę kartų. Jis lankė studentų klasę ir mokyklą ketino baigti per dvejus metus, nes buvo išsilaikęs abitūros egzaminą.

Ovė Kristofersenas turėjo Elvio plaukus ir plačią burną. Jis vaidino teatre, atstovavo sporto komandai ir dainavo chore. Kalbėdamas liesdavo pašnekovus ir be atvangos pasakodavo istorijas. Linksmas ir graudžias. Jis pažinojo devynias galybes žmonių, kiekvieną pagal paskirtį. Turida sakydavo, kad su juo „smagu bendrauti", o akys spindėdavo iš susižavėjimo.

Ruta sukosi eiti laikydama kavos puodelį, kai jis įpuolė į eilę. Puodelis sudužęs gulėjo ant grindų, aplink tykšojo kava. Abu nusiplikė: ji – ranką, jis – krūtinę. Marškiniai buvo sugadinti.

– Ai, velnias! – riktelėjo jis.

– Ačiū, tau taip pat! – atšovė ji.

– Nupirksiu tau kitą, – pasakė jis ir įlindo į eilę.

Paėmę puodelius, jie nuėjo ir atsisėdo prie vieno stalo. Ji pasisiūlė išskalbti jam marškinius. Apie tai nenorįs nė girdėti, na, bet jeigu ji, šiaip ar taip...

Jis įsmeigė į ją skvarbias akis ir išrėžė, kad ji šauniai atrodanti su tuo raudonu megztuku.

– Bet neatrodai linksma. Labai skauda nuplikytą vietą? – pridūrė.

– Mirė mano močiutė, – išpyškino Ruta.

Jis prisistūmė kėdę artyn ir paėmė jai už rankos. Tos pačios, kurią nusiplikė, tačiau ji nekreipė dėmesio.

– Užjaučiu! Mano mama taip pat mirė. Seniai. Gal einam šįvakar į kiną? Tau reikia prasiblaškyti. Sutik! Aš moku.

Ruta dvi valandas mėgino sekti „Kaip buvo užkariauti Vakarai". Džonas Veinas jodinėjo, šaudė ir mosavo skrybėle. Po kurio laiko Ruta pamanė, kad dabar visi seniai išsiskirstę, tie, kurie gėrė šermenų kavą močiutės namuose.

Kino žvaigždės pasileido žemyn Ohajo sraunumomis ir vos ne vos išsigelbėjo. Teta Rutė ir mama jau suplovusios indus ir viską sutvarkiusios. Narsūs Preskoto vyrai kovėsi su indėnais ir banditais.

Dėdė Aronas tikriausiai apkabinęs verkiančią tetą Rutę. Nors ne, dabar ji, ko gera, nebeverkia. Tarp šiaurinių ir pietinių valstijų prasidėjo baisus karas. Viskas vyko taip greitai – ir be galo lėtai. Ovė stipriai spaudė nuplikytą ranką.

Kai jie išėjo į gatvę, švietė mėnulis ir spingsėjo žvaigždės, o juos visą kelią lydėjo močiutė. Ji vis dėlto buvo apsiavusi ankštus juoduosius batelius. Tik tada, kai jiedu patyliukais įsigavo į Ovės kambarį Švedų kvartale, močiutė sustojo ir nebenorėjo eiti kartu.

Ovė, nuo neklotos lovos nušlavęs knygas, slidžių tepalą ir netgi stiklinę, skirtą pienui, uždėjo „The Beatles".

Nuo džino iš paprastos stiklinės ir „She's a woman" jos galva pasidarė lengva kaip švylio pūkas vėjyje.

Krečiama šalčio ji pravirko, bet jo rankos buvo šiltos. Jis užgesino šviesą ir grabaliojo naktinio stalelio stalčiuje murmėdamas, kad kažkur turi būti „na, pati žinai".

Sagas ir užtrauktuką jis įveikė vikriai ir sparčiai. Vieną kartelį, prieš pat jam įeinant, jai dingtelėjo, kad močiutė stovi šaltyje, nes nenori trukdyti.

I should have known better, – traukė „The Beatles". Jai pasirodė, jog užuodžia terpentino kvapą.

Kelios merginos iš klasės miegojo su tais, už kurių tikėjosi ištekėti. Ji nemanė, kad ištekės už Ovės. Bet kartą, kai jie grįždami iš šokių, kur ji įsitikino jo populiarumu, klampojo per seną sniegą į veidą pučiant vėjui, jis pareiškė:

– Kai ateis vasara, mes susituoksime!

Ji neapsidžiaugė, kaip abu tikriausiai tikėjosi. Pajuto kažką panašaus į nuovargį.

– Gal galime palaukti, kol baigsime mokyklą, – pamėgino perkalbėti.

Jis paspartino žingsnį, pasileido protekiniais. Ji ir neturėjo spėti su juo.

– Nepyk, – išgirdo savo balsą.

– Aš nepykstu, tik mėginu apsiprasti su tuo, kad manęs nemyli.

Nepadėjo nė tai, kad Ruta patikino jį mylinti. Jei moteris nenori už jo tekėti, ji jo nemyli. Paprasta logika.

Ji visą savaitę stebėjo, kaip jį myli visos kitos merginos.

Atrodė, tarsi gyslomis keliautų aštri adata, draskydama plonytį audinį. Kaskart, kai ji išvysdavo jį palinkusį prie merginos ar su kuo nors besijuokiantį ir nė nepažiūrintį į jos pusę, adata vienu sykiu persmeigdavo visus keturis širdies skilvelius. Pasijusdavo, lyg šešias dienas būtų sulaikiusi kvapą. Ji neįstengė pakelti teptuko, tuo labiau – skaityti.

Kai sėdėdavo kambaryje, svarstydavo, ką jis veikia, o kai matydavo jį mokykloje, mėgindavo negalvoti apie tai, ką mato. Nerimas visiškai išmušė ją iš vėžių. Neatlėgstantis nuovargis trukdė logiškai mąstyti. Išėjusi į lauką, trokšdavo grįžti vidun. Būdama namie, verždavosi lėkti lauk. Ji visiškai pamiršo valgyti.

Šeštadienio priešpietę, kai jie prasilenkė koridoriuje eidami į paskutinę pamoką, ji jam įbruko raštelį. „Ar galim pasikalbėti?" – buvo iškraigliojusi. Jis nesustojo, santūriai šyptelėjęs paėmė lapelį ir nužingsniavo toliau.

Tačiau kai ji išėjo iš pamokos, jis jau laukė. Paėmė jai už parankės ir prisišliejo taip, kad visi matytų.

Ovė puikiai suprato jos nenorą tekėti Saloje, toje pačioje bažnyčioje, kur įvyko Jorgeno tragedija. Ruta pasijuto sušildyta ir laiminga, kai jis pasakė suprantąs.

Jie neplanavo didelių vestuvių, nes nebuvo tokios būtinybės. Tačiau reikėjo suprašyti Ovės tėvą, tetą su dėde ir tris jų vaikus, nes visi gyveno toje pačioje sodyboje. Susituokti jie turėjo Ovės gimtajame kaime netoli miesto.

Ji pareiškė nekviesianti mamos ir Pamokslininko. Ta žinia Ovę taip smarkiai sukrėtė, jog jis pavadino ją nežmogumi. Neįsivaizdavo nieko, kas būtų baisiau už nežmogų. Tolygu žmogžudystei ir dar didesniam blogiui.

Ji bandė jam papasakoti apie mamą ir Pamokslininką, tačiau pati suvokė, kad bergždžias darbas. Galiausiai jie kartu parašė laišką ir pranešė, kad tuokiasi. Ovė įdėjo savo nuotrauką, kad, kaip jis sakė, patys pamatytų.

Mama greitai atrašė džiaugdamasi Rutos laime. O Pamokslininkas atsakė Biblijos žodžiais iš Pradžios knygos, kur pasakojama apie Abraomo tarną, turėjusį surasti Izaokui žmoną. „Mergina buvo labai graži, vyro nepažinta mergelė. Ji nusileido prie šulinio, pasisėmė ąsotį ir išlipo", – parašė.

Ruta pajuto burnoje šleikštulį ir prisiminė, kaip Pamokslininkas pakrikštijo ją tada tvarte.

– Tavo tėvas iškalbus, – pagyrė Ovė.

Tėvai, atvykę į vestuves Ovės gimtuosiuose namuose, elgėsi taikiai. Ovė su mama kalbėjo taip, tarsi ji būtų kažkas trapu ir nepaprasta. Kreipdavosi į ją tyliu, įtaigiu balsu. Klausinėjo, ar patogiai sėdinti, ar jai nešalta ir ar galinti jam padėti užsirišti kaklaraištį.

Kai Ovė atsistodavo šalia mamos, Rutai darydavosi keista į juos bežiūrint. Ovę ji atpažindavo, bet mama būdavo visiškai kitas žmogus.

Pamokslininkas taip pat buvo kitoks negu namie, beveik kaip vesdamas susirinkimą. Jis visus iš eilės šnekino, spaudė ranką ir žiūrėjo į akis. Tačiau atversti nieko nemėgino.

Kiekvienas išgirdo, jog Ruta visuomet buvusi jo numylėtinė ir koks jis laimingas, kad ji pateksianti į tokią garbingą ir gerą šeimą. Ovės tėvas pamažu darėsi vis nekalbesnis.

Tai truko tik dvi dienas ir dvi naktis, tada viskas pasibaigė. Mama ir Pamokslininkas išvažiavo namo, o ji su Ove – į miestą.

Ovė įsidarbino vieno knygyno prekybos agentu ir turėjo pardavinėti prašmatnų leidinį „Papročiai ir tradicijos". Tikėjosi gerai uždirbti.

Jis atmintinai išmoko visą reklaminį tekstą. „Tai įspūdinga knyga, kurioje žodžiais ir vaizdais pristatoma visa, kas susiję su papročiais ir tradicijomis plačiąja prasme, didelis ir išsamus veikalas apie gyvenimo žaidimo taisykles, kurios praverčia bendraujant su žmonėmis – paprastą ir šventinę dieną, namuose ir svečiuose. Tai neprilygstamas šeimos patarėjas ir vaikų sėkmės laidas. Tik aštuoniolika kronų grynaisiais, vėliau – mėnesinės įmokos po dvidešimt kronų."

Ruta susirado darbą kavinėje. Buvo visai patenkinta. Ji gerai jautėsi mieste. Kita vertus, jei ne mieste, kur dar?

Kai rudenį grįžo Ovė, jos kambaryje pasidarė ankšta. Jis pats ir jo daiktai užėmė daug vietos. Pardavinėti „Papročius ir tradicijas" sekėsi nekaip, todėl jiems nepavyko išsinuomoti kambario kitoje koridoriaus pusėje, kur būtų galėję įsirengti darbo vietą ir miegamąjį.

Ruta nenumatė, kad gyvenimas atskirai ir dviese taip skirsis. Ovė turėdavo daugybę reikalų, bet jo manta niekur neišnykdavo. Drabužiai, knygos ir popieriai. Nė nepastebėjo, kaip pati tapo atsakinga už jo daiktų tvarką. Močiutė, ko gera, būtų pasakiusi „tik to betrūko". Bet ji buvo dingusi ir nepasiekiama.

Ruta negalėjo tapyti net tada, kai Ovės nebūdavo namie, nors ir nurinkdavo jo daiktus atlaisvindama vietos tapybos reikmenims. Mat visą laiką galvodavo, kad jis tuoj turi pareiti.

Maiklui ji parašė trumpą laišką, kuriame pranešė ištekėjusi. Du mėnesius nesulaukė atsakymo. Paskui jis pasveikino ir palinkėjo visokeriopos sėkmės. „Nepamiršk, kad esi menininkė", – parašė baigdamas. Kaip tik tai atrodė nepasiekiama.

Kai Ovė būdavo namie, jie daug juokdavosi. Jo oda buvo šilta ir ištisus metus kvepėjo viržiais. Ji žinojo – Dievui nepatinka, jog kartais vietoj Ovės ji nori matyti kitą. Jeigu Pamokslininkas teisus, ko gera, jos laukia bausmė. Tačiau ji ilgėjosi ne Maiklo. Gal tik pašnekesių su juo. Ir jo tapymo.

Ovė kur buvęs, kur nebuvęs užsigeisdavo važiuoti į Salą aplankyti mamos ir Pamokslininko. Ji nesakydavo nei „taip", nei „ne". Tačiau išmoko atidėlioti.

„Man reikia ką nors veikti", – nuolat kartodavo jis. Tas „veikti" reiškė, kad kas nors turi vykti. Jeigu jam pasirodydavo, kad vyksta per mažai, eidavo žmonėtis. Kadangi mokydavosi greitai ir susikaupęs, dažnai ištrūkdavo į barą.

Ji pavargo keltis naktimis pažadinta durų skambučio, mat jis būdavo pamiršęs raktą. Bet giliai širdyje džiaugėsi. Jis juk sugrįždavo. Taigi ji visada galėjo juo kliautis, net ir tada, kai jo nebūdavo namuose.

O kai jis niekur neidavo, atrodydavo, kad jos kambaryje jaučiasi geriau už ją pačią. Patefoną pasistatydavo ant rašomojo stalo, treningus nublokšdavo kur pakliūva. Galima sakyti, kambarys pasidarė Ovės. Jis krapštydavo ir taisinėdavo daiktus, kurių ji niekada nebuvo maniusi keisti.

Ji žavėjosi, kad jam taip gerai sekasi mokykloje, ir to neslėpė. Ką jis manė apie ją, ji nežinojo. Šiaip ar taip, jis nesiskundė.

Iš pradžių ji nenutuokė, ką reiškia turėti vyrą, prie kurio taip limpa merginos. Tačiau netruko patirti. Iš vakarėlių ji pradėjo grįžti viena. Pirmus kartus jautėsi taip, lyg širdį ir pilvą kas būtų apvyniojęs spygliuota viela. Vėliau apsiprato.

– Tau reikėtų labiau prižiūrėti Ovę, – pasakė Anė iš klasės, kai jos kartu ėjo iš mokyklos.

Ruta stabtelėjo, bet neprisivertė paklausti.

– Na, nereiškia, kad ką nors žinau. Bet merginos šnabždasi.

Ir staiga Ruta viską suprato. Popieriaus lapelis su užrašu „Devintą?", iškritęs iš jo užrašų, kai ji tvarkė kambarį. Visos kitos smulkmenos, kurios gal nebūtų atrodžiusios keistos, jeigu jie nebūtų susituokę.

Jam patikdavo tysoti ant dalmatino kailio ir rūkyti „Frisco". Dabar ji suvyniojo kailį ir nugrūdo į sandėliuką pastogėje. Kai Ovė jo pasigedo, puolė į ašaras ir iškėlė sceną. Savaime. Jis viską neigė, tad niekas nepasikeitė.

– Tau rodosi vidury baltos dienos! – suniekino jis.

Po pusvalandžio jie gulėjo lovoje, nors dar tik vakarėjo. Kažin ar būta kito pasirinkimo norint „išmušti iš galvos tas nesąmones", kaip jis pasakė.

Jie gavo darbą miestelyje, kuriame Ruta nebuvo buvusi, bet Ovė teigė, kad tai – „puiki vieta".

Ir iš pradžių viskas ėjosi gerai. Ovė įniko tvarkyti ir rengti naująjį komunalinį butą. Sienos buvo šviežiai išdažytos pastelinėmis spalvomis.

Daugiabutis stovėjo šalia miškelio. Kitoje pusėje buvo kelias ir jūra. Kai kildavo audra, jie girdėdavo bangavimą. Vis šioks toks nusiraminimas. Nuo ko, ji nelabai žinojo.

Butuose gyveno beveik vieni mokytojai. Ruta suprato: jei nori būti mėgstama, kaimynus reikia kviestis kavos. Kurį laiką ji gerdavo daug kavos. Būdavo, net keksą jiems iškepa. Tačiau sunkiai sekėsi dalyvauti pokalbiuose.

O mokytojos darbas jai patiko. Kartais, padėdama vienam iš ketvirtokų, prieš akis matydavo Jorgeną.

Žiemą Ovė susirgo kiaulyte. Apylinkės gydytojas pasakė, kad jis gali tapti nevaisingas, nes liga, jo žodžiais tariant, kertanti žemyn.

Ovė kelias dienas išgulėjo aimanuodamas, šlaunimis suspaudęs pagalvę. Pasveikusį apniko stiprus nerimas, susijęs su giminės pratęsimu. Niauriai pareiškė, jog reikia išbandyti viską.

Ruta suprato, kad dar nėra pasiruošusi tapti mama. Sukaupusi drąsą, jam tai išrėžė. Jeigu būtų pažinojusi jį geriau, būtų galėjusi pasakyti, kad iš pradžių nori nutapyti keletą paveikslų.

– Aš taip pavargstu mokykloje visą dieną prižiūrėdama kitų vaikus! – nusiskundė ji, o jis įsmeigė į ją įskaudinto vyro žvilgsnį.

– Gal nepavargsti labiau negu aš. Na, bet jeigu taip nori, tada...

Jis užsivilko marškinius, apsimovė kelnes. Netrukus ji išgirdo trinktelint laukujes duris.

Pamatė jį tik kitą dieną mokykloje. Jis buvo išblyškęs ir atsidavė namine. Per pertraukas vienai jaunai mokytojai padėjo perprasti dauginimo aparatą. Jie ilgam užsidarydavo sandėliuke, kur jis stovėjo.

Kai abu grįžo namo, ji išgirdo save mamos balsu rėkiant ant Ovės. Tai buvo taip šiurpu, jog ji kietai sučiaupė lūpas. Per kitas dienas neužrėkė nė kartelio. Net įstengė apie tai nebegalvoti.

Tą rytą, kai pravimo, suprato esanti nėščia. Ka gi, pamanė, bent nebereikės saugotis.

Ovė daug dienų vaikščiojo linksmas ir gerai nusiteikęs. Tą savaitę netgi perėmė jos budėjimą kieme, kad ji, girdi, galėtų sėdėti kaip puošmena.

Ėjo savaitė po savaitės, o ji užuot valgiusi tik vėmė. Ovė jau buvo spėjęs tapti svarbiu miestelio veikėju. Visada užsiėmęs. Turėjo tiek reikalų, jog vakarų nepakako.

Ruta, šiaip ar taip, visuomet pavargusi ir anksti gulasi, kad iš ryto atsikeltų į darbą, tai kodėl gi jis negali išeiti ir nuveikti šį tą naudinga.

Viską išlaisvino šauksmas. Ištaškė viską į skutelius. Galvą. Kūną. Jorgeno šauksmas. Ne, jos pačios. Ji krito su juo. Kalnai ir namų stogai apversti aukštyn kojomis. Paplūdimiai – aukštyn kojomis. Jorgenas žemyn galva. Krito ir krito.

Mirtinai išsigandusi, ji nusileido ant geležinio dangčio. Verkė. Nesmarkiai, tik gurgeno kaip išdžiūvęs upelis.

Aplink juos šokinėjo dalmatinas. Ne, dalmatinas išlindo iš jos tempdamas ilgą kruviną virvutę.

Prasikankinusi beveik septynias valandas, ji pirmą kartą išvydo berniuką. Nuo geltos visą auksišką, su juodomis šlapiomis garbanėlėmis, prilipusiomis prie galvutės.

– Ar jam kas nors negerai? – goktelėjo ji.

– Ne, anaiptol, dabar nukirpsime virkštelę, – maloniai atsakė akušerė.

Po poros valandų atlėkė Ovė, teisėjavęs futbolo rungtynėse. Jis plačiai nusišypsojo ir prisiekė gėlių įteiksiąs kitą dieną. Tada sušveitė vakarienę, kurios ji vis tiek nebūtų įveikusi. Vieną sumuštinį su kiaulienos vyniotiniu ir burokėliais, kitą – su olandišku sūriu. Paskui pamojavo jai nuo durų. Turįs bėgti namo, nusiprausti ir visiems apskambinti.

Jai ilgai buvo lemta gyventi apsuptai salsvo jos pačios ir kūdikio kvapo. Jis tvyrojo gimdymo namuose ir persikėlė su ja namo. Tarsi kažkas tuo dvelksmu juos tyčia būtų apgaubęs, kad nekiltų abejonių, jog jie susiję.

Kūnas buvo ne jos, bet ji jau seniai tai jautė. Prieš išvažiuodama iš gimdymo namų, pasvėrė jį surūdijusiomis svarstyklėmis, kurias rado bendrame vonios kambaryje. Jis svėrė vos keturiasdešimt šešis kilogramus. Blogiausia, kad dėl siūlių ji negalėjo nei atsitiesti, nei sėdėti. Akušerė nuramino, kad tai normali, nė kiek nedramatiška moters būsena.

Ji bandė atmintinai išmokti, ką sakys, jeigu mama ir Pamokslininkas rimtai susiruoštų ją lankyti. Tačiau nesisekė. Su nuotaika keitėsi ir žodžiai.

Ji vargo virindama viską, kuo kūdikį rengė arba dėjo jam į burną, nes taip buvo skaičiusi. Kai berniukas užsnūsdavo, atsiguldavo ir ji. Bet retai įstengdavo užmigti, nes vis laukdavo, kada pareis Ovė.

Po kelių dienų ji vis dėlto pradėjo aiškiai mąstyti. Miesto, molberto ir nerūpestingo vienatvės liūdesio ilgesys taip suspaudė širdį, lyg būtų miręs artimas žmogus.

Pažiūrėti berniuko atvyko Ovės tėvas. Jis svečiavosi keletą dienų ir mielai leidosi aptarnaujamas, mat buvo našlys.

Rutai prapuolė pienas, o vaikas be paliovos verkė. Ovės tėvas nusprendė, jog kalta motina.

– Iš kur bus tas pienas, jei tiek tevalgai. Kitaip ir būti negali. Nereikia būti tokiai šiuolaikiškai, tu turi valgyti!

– Tėti, nekalbėk niekų, ji juk valgo viską, ką gali. Ne nuo to pareina, – užsistojo ją Ovė.

Kaskart, kai kūdikis pravirkdavo, kildavo ta pati kalba, o Ruta nesugalvodavo, kaip apsiginti. Kada ne kada prieš akis jai iškildavo suterštas mamos paltas, kai jie tempė ją namo po persileidimo. Šiaip ar taip, jai nebuvo taip jau labai pasimaišęs protas, pamanydavo.

Tada atėjo šaltas, tamsus rytas, jie stovėjo palinkę prie jos. Kalbėjo apie ją, kilnojo, tarsi būtų mirusi. Kūno lipnumas, šerkšnas ant lango stiklo. Karštis. Alsavimas per miegus. Vandens garai.

Apylinkės gydytojas atvyko apžiūrėti vaikiškos Ovės ligos padarinių. Jis išrašė Rutai nedarbingumo lapelį, bet kol jai nesibaigė motinystės atostogos ir ji vis tiek negalėjo atitrūkti nuo įprasto vaidmens, iš to buvo maža naudos.

Ruta pajuto kaži kokį glebnumą, kai miegamojo tarpduryje išvydo stovint mamą. Nuo veido jis pasklido po visą kūną. Išmušė prakaitas. Ji suprato, kad Ovė bus paprašęs pagalbos.

– Būčiau galėjusi atvažiuoti anksčiau, jei būčiau žinojusi, kad tau manęs reikia, – tyliai tarė mama ir ėmė skintis taką prie lovos.

Ruta mėgino sugalvoti, ką pasakyti, bet pravirko vaikas ir mama paėmė jį ant rankų spoksodama taip, tarsi jis būtų iš kitos planetos.

Jį tai veikė taip pat, kaip kadaise ją ir Jorgeną. Jis nurimo.

Priekaištų, kurių tikėjosi, ar niurnėjimo apie valgymą ir pieną Ruta neišgirdo. Mama prižiūrėjo kūdikį, virino buteliukus ir patylomis brazdinėjo po butą. Ovės treningus ji skalbė taip pat mielai kaip ir vaiko drabužėlius. Rankomis. Jie neturėjo skalbyklės, nes brangiai atsiėjo Ovės laivas.

Vakare pro praviras miegamojo duris Ruta nugirdo mamos ir Ovės pokalbį.

– Kodėl negalėjote nusipirkti skalbyklės, juk žinojote, kad namuose atsiras mažylis?

– Kad tiek daug visko reikėjo. Baldų ir visa kita.

– Prieš pirkdami laivą, turėjote įsigyti skalbyklę.

– Mieloji, juk esate iš Salos ir žinote, ką reiškia laivas. Kaip gera ištrūkti į gamtą, į jūrą ir pažvejoti kaip laisvam žmogui.

– Tu – mokytojas, ne žvejys. Todėl turi pirkti skalbyklę.

– Būtinai nusipirksime, kai tik turėsime daugiau pinigų.

– Kada?

– Gal kitą mėnesį.

Iš mėnesinių įmokų už laivą Ruta galėjo spręsti, kad laukti reikės ilgai. Bet tai tarsi nebuvo susiję su ja. Kaip ir tai, kad Ovė išėjo.

Parsirado tik vėlai vakare. Kambarys prisipildė šleikštaus dūmų ir alkoholio tvaiko.

Pastebėjęs, kad ji nemiega, jis apkabino ją ir lindo pabučiuoti.

– Nebūk surūgusi, – sniaukrojo.

– Aš nesurūgusi.

– Gera mergaitė, – pagyrė, o po akimirkos jau miegojo.

Kitą rytą mama pažadino Ovę, kad šis suspėtų į mokyklą. Iš virtuvės padvelkė kava. Kai mama ant padėklo atnešė kavos ir sumuštinį, Ruta pravirko.

– Ačiū už gerumą. Aš jo nenusipelniau.

– Kas per kalbos, – švelniai tarė mama ir pasiėmusi verkiantį berniuką uždarė duris.

Tikrovė it gyvatė įšliaužė į sapną. Iš lovos šilumos – į šaltį.

– Ne, jis nesivadins Jorgenas. Jo vardas bus Toras. Jis bus pats savimi.

Ruta kalbėjo su Pamokslininku, atvykusiu į vaiko krikštynas. Jiedu su mama priekaištavo dėl to, kad ji nenori pavadinti sūnaus Jorgenu. Bet Ovė palaikė jos pusę.

Vaiko krikštynos. Ledo plėvelė ant odos. Ji žindė berniuką, o Ovė prižiūrėjo avienos kepsnį. Ji spoksojo į jų burnas. Į sidabrinį šaukštą ir sidabrinį puodelį.

Pamokslininkas postringavo apie mažus vaikus, kurie pateksią į dangų ir kuriems niekas nesukliudysiąs. Ovės tėvas prisimerkęs stebeilijo į lėkštę. Mama tylėjo, veidas buvo visiškai nematomas, kol ji valgė.

Kitą rytą Ovė palydėjo tėvus į autobusą. Ruta stovėjo prie lango trečiame aukšte su Toru ant rankų. Apačioje senas gumbuotas šermukšnio krūmas graibstė savo sušalusias uogas, o vėjas margino šviežią sniegą stabdymo žymėmis, atidengdamas plutą.

Ji pakėlė Torą į viršų, kad mama matytų jį iš kiemo. Mama kilstelėjo ranką ir pamojavo. Ryšulėlis su kūdikiu ir Rutos plaštakos susiliejo su žiemiškai mėlyna šviesa. Ant plaštakų pampsojo gyslos, verždamosis lauk.

Ji priglaudė berniuką prie krūtinės ir pažvelgė į savo ranką. Apsuko ją. Vena taip pat spraudėsi išorėn. Jos forma priminė virgulę.

Toras pramerkė savo tamsias akis. Atrodė, tarsi jos norėtų į ją įsikibti ir ieškotų atramos.

Aš rankose laikau gyvą žmogų, dingtelėjo jai.

Septynioliktas skyrius

PER KŪČIAS JIE BUVO JŪROJE, PAROS KELIO ATSTUMU IKI VIKTORIJOS.

Gormas pabudo gerokai įdienojus. Turėjo išsimiegoti po naktinio budėjimo. Laivas smarkiai siūbavo, o Vaikis, persisvėręs per gultą, vėmė į kibirą.

Gyvenimas jau ilgą laiką susidėjo iš milžiniškų ramių bangų arba audringos jūros, saulės ir kada ne kada – pliaupiančio lietaus.

Iš neaiškaus, migloto sapno geriausiai jis prisiminė tėvo balsą, nors sapnavo ne jį. Laivo salone buvo švenčiamos Kūčios, karininkai dėvėjo uniformomis. Išskyrus Guną. Ši vilkėjo raudoną aksominę mamos suknelę. Drabužis buvo ankštokas, tad krūtys veržėsi lauk. Bet nė vienas vaikinų to nepaisė.

Nepažįstamas vyras languotu kostiumu ir pernelyg dideliais ūsais skaitė Kalėdų evangeliją kaži kokiu anglų kalbos ir vakarų norvegų tarmės kratiniu.

Klausantis jam dingtelėjo, kad tėvo balsas visuomet būdavo malonus, ypač kai jis skaitydavo Kalėdų evangeliją. Atrodydavo, tarsi kalbėtų per radiją. Sodriu išlavintu baritonu. Jokio nevaldomo burbuliavimo. Tik tolygiai išleidžiami žodžiai. Suformuoti burnos ertmėje ir lūpomis, išlaikant tobulą pusiausvyrą tarp oro ir garso. Raumenų žaismė, kurios jam būtų galėjęs pavydėti bet kuris kalbėtojas ar skaitovas.

Labai tikėtina, kad daug žmonių tėvui pavydėjo beveik visko. Tačiau visų pirma jie turėtų pavydėti jam balso.

Dabar jis gulėjo ir mąstė, kad tėvas tikriausiai dar nepriėjo prie Kalėdų evangelijos. O gal jau perskaitė? Jis neprisiminė, koks laiko skirtumas namuose.

Dar patysojo klausydamas Vaikio žiaukčiojimo, tada atsikėlė ir pakeitė jam kibirą. Anas atsidėkojo nelaimingu, perkreiptu žvilgsniu. Paprastai Vaikis gerai pakeldavo supimą, bet jeigu jau subloguodavo, nebūdavo galo.

Iš mamos Gormas buvo gavęs keletą laiškų, į juos pareigingai atsakė. Per antrąjį reisą Los Andželė Guna jam pranešė, kad kapitonui per laivininkystės įmonę buvo perduota tėvo rekomendacija parsiųsti jį namo.

Ir išties jis buvo iškviestas pas kapitoną ir turėjo patvirtinti, jog neketina lipti į krantą.

Kapitonas prisimerkęs pažiūrėjo į jį sukta išraiška, tada valdingai pareiškė, kad jis paaukštintas į jūreivius.

– Kodėl?

– Pavyzdingas elgesys. Brandus idiotų tramdymas. Gera darbo moralė. Ir, ne mažiau svarbu, karininko rekomendacija. Per kitą reisą gausi atskirą kajutę, nuo kito mėnesio – priedą prie algos. Dar klausimų bus?

Gormas padėkojo. Prieštarauti nematė reikalo.

Radistės pasaulis buvo navigaciniame tiltelyje ir karininkų kajutkompanijoje. Retkarčiais ją pamatydavo, kai ką nors pavaduodavo ir į tiltelį nešdavo kavą. Netyčia susidūrę jie griežtai laikydavosi elgesio normų.

Bubenas paerzindavo jį prie keturių akių, bet Gormas žinojo esąs jo globojamas. „Matematikos mokytojui verta palaikyti gyvybę", – toks buvo paaiškinimas. Šiaip ar taip, iš kitų jūreivių jis sulaukdavo nebent bjauraus vypsnio ar iškalbingo žvilgsnio.

Gormas pripylė geriamojo vandens į Vaikio stiklinę, tada apsirengė ir nuėjo į kajutkompaniją. Ten jau sklandė šonkauliukų kvapas. Tai buvo didžiulis laimėjimas tokioje audringoje jūroje.

Bet nuotaika buvo stebėtinai rami. Jis prisiminė praėjusias Kalėdas laive. Suaugę vyrai pasidarė kaip maži vaikai. Namų ilgesys sušvelnino šiurkščius bruožus ir suminkštino žvilgsnius.

Apie ketvirtą valandą jis vienas išėjo ant denio suveržti poros atsipalaidavusių vantų sąvaržų ir šiaip pažiūrėti, ar niekas nepasislinko iš vietos. Bangos buvo didžiulės, vėjas stiprėjo.

Jis laikėsi tvirtai įsikibęs užuovėjoje, tolydžio dairydamasis klastingų bangų. Buvo girdėjęs pasakojimų, kaip per denį besiritančios bangos tūlą nuplauna už borto. Ne itin viliojanti perspektyva.

Jūros vandeniui dar nespėjus nuvarvėti nuo veido, užgriūdavo naujas šuoras. Jis stovėjo apačioje, ką tik suveržęs paskutinę sąvaržą, kai nuo tiltelio kažkas sušvilpė. Gal čia jam?

Jis užsiropštė į viršų.

– Tau reikia prisistatyti į kapitono kajutę, – pasakė Guna, iškišusi galvą pro radijo kabinos duris.

– Dabar? Šitais drabužiais? Turiu juos nusivilkti.

– Gali pasikabinti pas mane, – pasiūlė ji, kažkaip keistai atrodydama.

Matyt, ilgisi namų, nes Kalėdos. Ne, bet pamatysiu ją salone šeštą valandą, pamanė žengdamas kapitono kajutės link.

Vos išvydęs kapitono veidą ir lapelį, kurį tas laikė rankoje, suprato, jog kažkas negerai.

– Prašom sėstis! – rimtu veidu tarė kapitonas.

Tačiau Gormas stipriai įsitvėrė kėdės ir liko stovėti.

– Tau atėjo telegrama iš namų. Aš, suprantama, žinau, kas joje parašyta... Skaitysi pats ar nori, kad aš perskaityčiau? Žinia liūdna. Tau reikia būti stipriam.

Gormas atkišo ranką, ir kapitonas padavė jam telegramą.

Žodžiai šokinėjo. Tą akimirką, kai jis, ko gera, suvokė jų prasmę, jie ėmė šokinėti vėl. Laivas užtelėjo į bangos papėdę. Jūra atsistojo piestu ir grybštelėjo dantimis. Jis buvo nublokštas į kėdę.

„Mirė tėvas. Maldauju, grįžk namo. Mama.“

Kapitonas pripylė dvi taureles ir plačiai išsižergęs vieną įbruko jam į ranką.

– Vaistai. Užjaučiu, – tarė stengdamasis išlaikyti pusiausvyrą.

Gormas neturėjo pasirinkimo, nes gėrimas jau bemaž liejosi ant grindų. Jis nevalingai išlenkė taurelę iki dugno.

– Padėsime kuo galėdami, – tarė kapitonas. – Sakyk, jei ko prireiks. Gerai nors tiek, kad tuoj būsime uoste. Nes dabar turbūt norėsi išvykti?

Jis nusinešė telegramą į tualetą. Perskaitė ją daug kartų laikydamasis tai už pertvaros, tai už durų rankenos. Vieną koją jis įrėmė į klozetą, kitą – į durų staktą. Paskui įsikibo į unitazą, saujoje sugniaužęs lapelį.

Vėl nutirpusiomis lūpomis skaitė tekstą negalėdamas atsikratyti jausmo, jog tai parašyta sename laikraštyje, kurį jis atsitiktinai gavo tik dabar, po pusantrų metų. Mama nuslėpė nuo jo žinią.

Galbūt visi namiškiai tai žinojo nuo tos dienos, kai jis išvažiavo? Kad tėvo mirtis – logiška jo išvykimo pasekmė?

Jis mėgino nukreipti vėmalus į klozetą. Tai buvo nelengvas darbas, bet jis stengėsi iš visų jėgų.

Po valandėlės kažkas pabeldė į tualeto duris ir Guna pašaukė jį vardu. Atidaręs jis išsvyrino lauk.

– Eime, – tarė ji, nutverdama už parankės.

Ji nusivedė jį laiptais aukštyn ir įsitempė pro radijo kabinos duris.

Siųstuvas, dengiantis visą sieną, vadinosi „M. P. Pedersen" ir buvo danų gamybos. Kai jie kartu būdavo krante, ji juokaudavo turinti grįžti pas Pederseną, senuką daną.

Prie kitos pertvaros buvo rašomasis stalas, du imtuvai ir sieninis laikrodis, rodantis Grinvičo laiką. Jis mėgino suskaičiuoti, kiek valandų namie, bet nepajėgė. Gal ne taip ir svarbu – tėvas vis tiek nebespėjo perskaityti Kalėdų evangelijos.

Rogalano radijas trumposiomis bangomis kas pusvalandį transliavo laivų sąrašą. Jis prisiminė, kad vieną kartą ji tai minėjo. Įsidėmėjo ir „Bonneville" motorlaiviui skirtą šaukinį. LKFQ. Taip mirė tėvas. Jį numarino radistė.

– Kas ten? – paklausė jis, mostelėdamas ranka.

– Automatinis pavojaus signalas, – šiek tiek nustebusi atsakė ji.

– Dabar jau nepadės.

Ji neatsakė, tik pastūmė jam puodelį kavos.

– Tu sužinojai anksčiau už mane?

– Taip.

– Ir nieko nepasakei. Argi mes nepažįstami?

– Tokia tvarka. Apie tai praneša kapitonas.

Jis linktelėjo. Guna prisėdo ant stalo krašto ir uždėjo ranką jam ant peties.

– Gailiuosi, kad nepasakiau.

– Kažkokia klaida, – tarė jis. – Juk visada sirgo mama.

Iliuminatoriai buvo papuošti šviesiomis gėlėtomis užuolaidomis su raukiniais, kurie jam glebiai pamosavo, kai laivas nusileido į bangos papėdę.

– Norėtum, kad būtų ji? – tyliai paklausė Guna.

Jis mėgino suvokti, ką ji pasakė, bet neįstengė. Pačiupinėjo telegrafo raktą, radijo žurnalą.

– Gal nori išsiųsti telegramą namo? – po valandėlės pasiūlė ji.

– Ar įrašei į žurnalą? – paklausė jis.

– Ką?

– Tai, kas buvo parašyta telegramoje?

– Ne, tik kad gauta telegrama tavo vardu ir nuo ko.

Jis suvokė, kad neprisimena, kaip tėvas atrodo. Lyg bandytų mintyse atkurti vaikystės nuotrauką. Pamėgino įsivaizduoti jį kabinete, kai jie matėsi paskutinį kartą. Bet ryškesni buvo jo ištarti žodžiai. „Tik pasakyk, kad grįšiu pirmadienį." Ir tai, kad jie neatsisveikino.

Kodėl neatsisveikino? Ogi todėl, kad jis nenorėjo tiek nusižeminti, jog primintų tėvui išvažiuojąs.

Nespėjęs pagalvoti, kaip atrodys Gunai, jis užsikvempė ant stalo ir pravirko.

Jis paskambino iškart, kai išlipo į krantą. Bangomis jį pasiekė gergždžiantis Ėdelės balsas.

– Kas atsitiko? – paklausė jis.

– Jį rado Indrefiorde, kur pririšta valtis.

– Jis išgriuvo?

– Negaliu apie tai kalbėti, – sukūkčiojo ji.

– Ėdele! Būk gera!

– Jį rado... penkių metrų gylyje, – ištarė ji ir pamėgino susiimti, kad baigtų sakyti. – Su didžiuliu akmeniu, įkištu į maišą... kuris virve buvo pririštas prie liemens.

Jos viską išsigalvojo, kad parviliotų jį namo. Netrukus ji susijuoks ir pasakys, kad tai tebuvo pokštas. Jis juk žino, kad tėvas niekada nebūtų taip beprasmiškai pasielgęs.

Ir vis dėlto. Gormas išvydo tėvą, per vandenį ir dumblius ištiestomis rankomis ir plevenančiu paltu sūkuriuojantį gilyn. Tėvo rimtas, plačiai atmerktas akis, spirališkais judesiais grimztančias dugnan, kol kitame žemyne raudojo Ėdelė.

Jis nebeprisiminė, kaip užbaigė pokalbį, bet pažadėjo grįžti namo, veikiausiai iki Naujųjų metų.

Paskui jis sėdėjo ant suoliuko parke. Audra buvo su šaknimis išvertusi medį. Bet ošė likę medžiai.

Trys septynerių aštuonerių metų berniukai žaidė kamuoliu. Vienas pargriuvo, užsigavo kelį ir pravirko. Kiti vaikai sustojo ir sutrikę žiūrėjo į kraujuojančią žaizdą. Atbėgusi moteris padėjo jam atsikelti.

227

Tada Gormas išvydo ją tysančią ant žvyro, sukruvintu veidu ir plaukais. Rutą.

Paskui ji persimainė ir tapo tokia, kokią jis matė tėvo kabinete. Tamsios akys nejudriame veide. Neviltis.

Ilgesys buvo toks stiprus, jog aplinkui viskas išnyko. Jis taip troško, kad dabar ji sėdėtų šalia.

Miestas buvo apsnigtas. Baltas. Vienur kitur it juodi krateriai kyšojo uolų kauburiai. Kai jie nusileido, viskas taip sumažėjo. Miestas buvo susitraukęs. Lyg kopūsto gūžė lentynoje. Lapas ant lapo. O viduje nieko.

Bet jis dar skleidė garsus. Išlipęs iš taksi, Gormas išgirdo nedrąsų automobilių, kranų ir laivų sirenų skundą. Kojų šlepsėjimą duobėtu asfaltu ir pažliugusiu žvyru.

Jis atsidūrė nespalvotoje nuotraukoje. Net jo amerikietiški auliniai kaukšėjo negyvai, kai jis žengė prie automobilio galo pasiimti krepšio.

Didelis baltas namas su statinių tvora atrodė lyg apmiręs. Gyvatvorė – taip pat. Gatvės pusėje užuolaidos buvo užtrauktos. Niekas negalėjo pažvelgti vidun.

Ėdelė prišoko atidaryti iškart, kai jis paskambino į duris. Tarsi būtų tykojusi jo pusantrų metų, kad įsmeigų į jį kritišką močiutės žvilgsnį. Bet jos veidas buvo išmuštas raudonomis dėmėmis.

Kai jis padavė ranką, jį ėmė pykinti. Nesmarkiai, tik tarsi maudė. Pajuto priešiškumą. Jam smilktelėjo, kad jie visada buvo priešiški. Galima sakyti, taip auklėti.

Jis galėjo ją apkabinti, o ne paspausti ranką. Galėjo pasakyti, kad džiaugiasi ją matydamas, nors ir liūdnomis aplinkybėmis. Arba bent tarstelėti, kad grįžo kaip galėdamas greičiau.

– Mama su Marijane ilsisi, – ramiai tarė ji, visai kitaip nei kalbėdama už Atlanto.

– Kaip sekasi? – paklausė jis, pasikabino odinę striukę ir atsisuko į ją.

– Vakar palaidojome. Juk tiksliai nežinojome, kada tu sugrįši.

Jis atsisėdo ant laiptų ir nusimovė batus. Atrodė, lyg būtų juos avėjęs kelias savaites.

– Juk sakiau, kad grįšiu iki Naujųjų.

– Mama norėjo tave patausoti.

Balsas nebuvo pašaipus, kaip jis galėjo tikėtis. Bet jautėsi aiškus pranašumas. Ar neviltis? Veidas pasidengė rūgpienio spalvos plėvele. Jis prisiminė ją iš vaikystės, kai seserys sakydavo ką nors panašaus.

Jos niekada nepuldavo jo atvirai. Užtekdavo to, kaip atsitraukdavo atlikusios pareigą. Prižiūrėjusios jį, padėjusios jam, nes taip būdavo liepta. Paskui jų galvos sykiu išlinguodavo pro vartus ir nutoldavo gatve.

Jiedvi išplasnodavo kaip ilgakaklės paukštės. Kiek jam buvo metų, kai jis sugebėjo pakliūti tarp jų? Tąkart Indrefiorde?

– Kad patausotų mane? Keistas sumanymas, – sumurmėjo jis, nusukdamas žvilgsnį.

Ji atidarė svetainės duris. Kalėdinė eglė. Papuošalai. Į prieškambarį plūstelėjusi šviesa. Jį apsvaigino vaikystės prisiminimai.

– Patikėk, malonumas buvo menkas, – santūriai tarė ji.

Jis pastovėjo tarpduryje gerdamas įspūdžius, tada skubiai perėjo per svetainę, aplenkė tėvo krėslą ir žengė prie lango. Ten sustojo už nugaros susimetęs rankas ir įsižiūrėjo pro langą.

– Jis irgi taip stovėdavo, – atsklido verksmingas Ėdelės balsas.

Gormas pasijuto nejaukiai. Tarsi stovėtų tėvo kostiumu, už nugaros susidėjęs tėvo rankas, suraukęs tėvo antakius. Be leidimo.

Jis atsikrenkštė. Per vėlai išgirdo, kad irgi tėvo krenkštelėjimas.

Iš galvos kažkas palengva nuslydo gerkle ir žemiau, pilvo link. Jam ėmė drebėti kojos. Jis atsisėdo. Ir iškart suvokė, jog sėdi tėvo krėsle, o ranka siekia tėvo cigarų dėžutės. Jis su trenksmu užvožė dangtelį.

– Kaip tik spėjai grįžti pietų. Paklausiu Olgą, ar valgis paruoštas, tada eisiu jų žadinti.

Tuomet jis tarsi atitoko, pašoko ir pasivijo ją tarpduryje. Ten apkabino ją ir priglaudė prie savęs.

– Man jo taip trūksta! – pravirko ji, suglebdama jo glėbyje.

Jie stovėjo apsikabinę. Jis neprisiminė kada nors buvęs taip arti jos.

Staiga jį apglobė mamos rankos, mamos kvepalai, mamos balsas, mamos verksmas.

Ėdelė atgręžė nugarą ir nuėjo.

– Koks tu įdegęs, berniuk! Kodėl netelegrafavai, kada tiksliai sugrįši? – paklausė mama.

Ir juokdamasi, ir verkdama apkabino jį, atitraukė nuo savęs, papurtė ir vėl apkabino.

– Gavau tik bilietą be vietos, – tarė jis, kantriai laukdamas, kol ji atsidžiaugs.

– Nepasakei, kad skubi į laidotuves?

– Nebūtų padėję – visi keliauja, kai Kalėdos ir Naujieji metai.

Iš prieškambario įėjo Marijanė. Jis nedrąsiai išskėtė rankas.

– Gormai! – suspigo ji ir puolė jam į glėbį.

Jis palingavo ją į šalis sudrėkindamas jos plaukus. Tačiau nesugalvojo, ką pasakyti.

– Tik pažiūrėkit, koks įdegęs! Nagi, eime pietauti, – paragino mama ir nusitempė jį.

Jiedu su mama sėdėjo vienas priešais kitą. Jam buvo padengta tėvo vieta. Mama matė vien jį, kalbino vien jį, dejavo vien jam.

Ji norėjo žinoti viską apie platųjį pasaulį. Ar ten visada vasara? Ar jį kamavusi jūros liga? Vos tik Ėdelė ar Marijanė žiodavosi ko nors jam sakyti, ji užlįsdavo už akių savo klausimais.

Pamažu seserys pradėjo lankstytis viena prie kitos. Vis lankstėsi ir lankstėsi. Taip, tarsi jų pokalbiai nebūtų skirti mamos ir Gormo ausims.

– O kaip Janas? – paklausė jis, kai Marijanė, kreipdamasi į Ėdelę, pasisakė gavusi nuolatinį darbą Tronheime.

– Išvažiavo šįryt, – nudelbusi akis tarė ji.

– Turėtum mesti tą katorgišką darbą ligoninėje. Ir dar tavo padėtyje, – neiškentė mama.

Marijanė paraudo, bet patylėjo. Gormas veltui mėgino sugauti jos žvilgsnį.

– Žinok, Marijanė turės vaiką, – paaiškino Ėdelė.

Užplūdus jausmams, ji delnais užsidengė veidą.

– Tėvas niekada jo nepamatys, – sušniurkščiojo.

Gormas sukiojo servetėlę.

– Puiku, kad turėsi vaiką. Kada gims?

– Birželio pabaigoje.

– Gaila, kad nėštumas taip kenkia odai ir plaukams. Man rodos, plaukai jau ima šiurti. O dantys! Dantys pageltę. Tik pažiūrėk!

Marijanė sučiaupė lūpas, Gormas nurijo seilę. Mama pavydi Marijanei. Visuomet pavydėjo.

Ji nesugeba mylėti visų trijų, o mes giname ją ir elgiamės lyg niekur nieko, pamanė jis.

– Mano supratimu, Marijanė atrodo tiesiog puikiai! Visada taip maniau. Kitas dalykas, kad kiekvieną iš mūsų sukrėtė nelaimė.

– Supraskite teisingai, ne tai norėjau pasakyti. Visai ne tai. Tiesiog paminėjau faktą, kad mes, moterys...

– Kodėl prie gero maisto neturime vyno? – pertraukė jis.

– Nepridera, kai tėvas ką tik...

– Dabar mums to reikia, – nukirto Gormas ir atsistojęs nuėjo į gretimą kambarėlį vyno.

Kol atkimšo butelį ir pilstė vyną, buvo tylu. Mama įsižeidusi uždengė savo taurę delnu. Nuo jos smulkiai languotos suknelės jam apkvaito galva. Taip jis suprato, kad yra ne juokais įpykęs.

– Už būsimą kūdikį, – pasakė pakeldamas taurę.

Seserys kilstelėjo savo taures ir sumurmėjo „į sveikatą". Jis pastebėjo dėkingą Marijanės žvilgsnį. Ko gera, vien dėl jo buvo verta parvažiuoti.

Mama šaudė į jį akimis. Lyg perspėdama: nepamiršk manęs! Be tavęs, nieko daugiau neturiu.

Jis rijo mėsą beveik nekramtydamas, o kvaitulys pamažu praėjo.

Lubinės lempos šviesa žėrėjo ant Marijanės kaklo duobutės papuošalo. Tai buvo jo dovana konfirmacijos proga. Jį sujaudino, kad ji tebenešioja ją. Vaikišką auksinę širdutę. Net ne ištisai auksinę – tuščiavidurę. Prisiminė ilgai taupęs. Vis tiek neužteko geresnei, tik tuščiavidurei.

Po metų buvo Ėdelės konfirmacija. Jai jis nesutaupė nieko.

– Kodėl jis tai padarė?

Gormas palinko į priekį ir pažvelgė į visas paeiliui.

– Mes sėdime prie stalo, – sušnabždėjo mama.

– Mes baigėme valgyti ir mums reikia apie tai pasikalbėti.

Mama iš rankovės išsitraukė nosinaitę. Tačiau neverkė, tik patampė ją ir vėl atsargiai įkišo už rankogalio.

Ėdelės akys klaidžiojo po kambarį nerasdamos į ką įsikibti.

– Pastaruoju metu jis su mumis beveik nešnekėjo, – griežtai pareiškė Marijanė.

– Marijane! – bejėgiškai tarstelėjo mama.

– Pati taip sakei. Ir aš pastebėjau. Kai pusmetį gyvenau čia prieš grįždama pas Janą.

– Gal įmonė bankrutavo? – leptelėjo Gormas.

– Bankrutavo?.. Ir kaip tau galėjo šauti į galvą?

Mamos kaklas tirštai nuraudo.

– Tiesa, advokatas ir auditorius nori su tavimi susitikti, bet tai normalu.

– Juk žmonės to nedaro be priežasties? – atrėmė Gormas.

– Jis buvo prislėgtas, – įsiterpė Ėdelė. – Rudenį porą kartų mačiau jį Osle. Atrodė nekaip.

– Bet kodėl? – neatlyžo Gormas.

– Ir to klausi tu? Tu!

Ėdelės balsas buvo kimus. Stojo tyla. Net mama nekalbėjo.

– Nori pasakyti, jį taip prislėgė mano išvažiavimas, jog jis nebematė kitos išeities?

– Mieli vaikai, – prabilo mama, – mes turime būti atlaidūs vienas kitam.

– Atsakyk! – pareikalavo Gormas.

– Aš nežinau, – šaižiai atsakė Ėdelė. – Aš nieko nežinau! – suriko ir išbėgo iš kambario.

– Kaip jūs taip galite, – drebėdama pasipiktino mama.

Marijanė per staltiesę ištiesė ranką. Šalia jo plaštakos ji atrodė gležna ir balta. Bet poelgis buvo drąsus.

– Dabar pakalbėsime apie malonius prisiminimus, ar ne? – maldaujamai tarė mama.

– Atsiprašau, – tarė Gormas ir pakilo nuo stalo.

Ėdelė sėdėjo ant lovos delnais užsidengusi veidą. Neatsakė, kai jis pabeldė į duris. Netaręs nė žodžio, jis prisėdo šalia.

– Ko nori? – sušnabždėjo ji.

– Aš nežinau. Aš nieko nežinau, – atsakė jis ir tik tada suvokė pakartojęs jos žodžius.

Ji neverkė, ir jis lengviau atsikvėpė.

– Kaip sekasi Osle? Kaip studijos?

– Gerai. Tik vieną kartą neišlaikiau egzamino.

Degė lempa, stovinti ant naktinio staliuko. Ji buvo elfo pavidalo. Medžiaginiai sparneliai atstojo gaubtą. Vieną jų bjaurojo rudos deginimo žymės, o elfo ranka buvo nuskelta.

– Aš ten buvau, kai jį rado, – tarė ji.

– Tu narsi.

Jis atsargiai apglėbė ją, lyg bijodamas gauti antausį. Tačiau ji dunkstelėjo galvą jam į krūtinę, ir jis pajuto, kaip jos pirštai įsirėžia jam į rankas.

– Jie turėjo nupjauti nuo jo akmenį... buvo per sunkus. Liepė man eiti, bet aš nepajudėjau. Juk negali tiesiog nueiti, ar ne?

Jis sūpavo ją. Priglaudė skruostą prie jos veido ir keletą kartų mėgino ką nors pasakyti. Surasti žodžius, kurių jai reikėjo. Bet viskas, ko buvo išmokęs, atrodė tuščia ir be prasmės.

– Atleisk man, Gormai! Aš nenorėjau pasakyti, kad kaltas tu. Bet kai mačiau jį paskutinį kartą, pamaniau, kad jis... vienišiausias žmogus, kokį tik man kada nors yra tekę regėti. Ir vis tiek nieko nesiėmiau.

Raudonmedis kabinete buvo nublizgintas. Ant rašomojo stalo sidabriniuose rėmeliuose stovėjo tėvo nuotrauka, perrišta juoda juostele.

Advokatas Vangas turėjo perskaityti testamentą. Jie ten buvo visi keturi.

Močiutė sirgo nuo tada, kai ją pasiekė žinia apie tėvo mirtį. Vangas pranešė, jog ji teigia jau gavusi savo dalį, kai tapo našle. Ji nepageidaujanti nieko daugiau, kad ir kas būtų parašyta testamente.

Jeigu Gerhardas netikėtai būtų nusprendęs ja pasirūpinti, ji susyk padalytų tai trims savo anūkams. Buvo akivaizdu, kad Vangas cituoja ją požodžiui.

Visas bendrovės „Grandė ir Ko" akcijas valdė Gerhardas Grandė, prieš keletą metų perpirkęs poros smulkesnių akcininkų turėtą dalį.

Gormas paveldėjo septyniasdešimt procentų akcijų su sąlyga, kad tęs verslą. Seserims ir mamai buvo skiriama po dešimt procentų. Jeigu Gormas atsisakytų perimti firmą, taip pat gautų dešimt procentų. Tokiu atveju mama būtų atsakinga už įmonės pardavimą. Gautas pelnas atitektų jai, išskyrus tai, ką pagal įstatymus privalu skirti vaikams.

Asmeninis turtas buvo perduodamas mamos žinion. Išskyrus vasarnamį Indrefiorde ir laivą – jie perrašomi Gormui. Mamai leidžiama disponuoti gyvenamuoju namu iki gyvos galvos, tačiau tai esanti Gormo nuosavybė, nesvarbu, ar jis užsiims verslu, ar ne.

Ėdelė sėdėjo nejudėdama, žvilgsnį įsmeigusi į grindis. Tik kai buvo perskaityti žodžiai „dešimt procentų", vieną ranką uždėjo ant kitos. O kai Indrefiordas atiteko Gormui, jai aplink lūpas pabalo.

Marijanė atkišusi smakrą žiūrėjo tiesiai prieš save abejingu žvilgsniu, neišsiduodama, ką jaučia.

Mama dūsavo, bet šiaip atrodė gana rami.

233

Pamažu visų akys nukrypo į Gormą. Prie dešinio spenelio jis turėjo mažytę idiotišką tatuiruotę, kurios jie nematė. Tikėjimo, vilties ir meilės simbolį. Pasidarė ją gavęs pirmąją algą. Singapūre. Kaip tik dabar prisiminė, kad skaudėjo ir žaizda šiek tiek supūliavo. Bet greitai praėjo.

Jis stengėsi į jas nežiūrėti. Nukreipė žvilgsnį į tėvo taures, laimėtas šaudymo varžybose. Kodėl tėvas nenusišovė? Būtų buvę didvyriškiau negu tiesiog prigerti. Ar dėl to, kad apsaugotų mamą nuo bjaurasties?

Į kairę nuo durų kabėjo senelio siuvėjo diplomas. Tėvas neturėjo profesinio išsilavinimo. Jis tik mokėsi Prekybos mokykloje, tuo pat metu kaip ir Agnaras Miuklė, kad būtų vertas paveldėti siuvimo įmonę, kurią senelis išplėtojo iki didmeninės prekybos trikotažo gaminiais ir namų apyvokos reikmenimis, vyriškais ir moteriškais drabužiais.

Tėvas sakė, kad ir jis daug ko neišmanė pradėjęs dirbti kaip junioras. Tačiau po dvidešimt penkerių metų akcinė bendrovė „Grandė ir Ko" buvo viena didžiausių privačių įmonių apskrityje.

Dabar atėjo Gormo eilė. O jis net nežino, ko iš jo reikalaujama, išskyrus faktą, kad jeigu neužsiims verslu, turės tenkintis tėvo atseikėtais moteriškais procentais. Tokia buvo tėvo paskutinė valia.

Gormas užsimerkė ir išvydo šūsnį geltonų užrašų knygelių, kurios dabar guli jūreivio krepšyje suveržtos tvirta gumine juostele. Paskui, visai be reikalo timptelėjęs švarko rankovę, iš lėto pakilo nuo kėdės.

– Ką gi, belieka pradėti.

Tėvo žodžiai lengvai įgavo pavidalą burnoje, tarsi visada ten ir būtų buvę.

Advokatas Vangas paspaudė jam ranką.

Mama pakibo ant kaklo. Buvo it šlapia, bet švari paklodė. Ant kėdžių tiesiomis nugaromis ir uždarais žvilgsniais liko sėdėti kormoranas ir gulbė.

„Jeigu jos iki šiol nejautė man neapykantos, neapkenčia dabar", – pamanė jis, nebūdamas tikras, ką tai reiškia jam.

Įėjęs į vidų, prieš atsisėsdamas prie valdybos stalo, kiekvienas paspaudė Gormui ranką ir pareiškė užuojautą.

Administracijos vadovas Henriksenas pasakė trumpą jausmingą kalbą velioniui atminti. Kalbėjo apie didžiulę netektį ir didį žmogų. Perdavė užuojautą nuo Salteno garlaivių bendrovės, Norvegijos metalurgijos gamyklos, Kongsbergo ginklų fabriko ir keleto kitų įmonių, kurios gedėjo netekusios valdybos nario ir rėmėjo.

Tada naujajam direktoriui buvo pateikti skaičiai. Jie darą prielaidą, kad Gormas norės vadintis direktoriumi, o ne pirkliu, nes pastarasis pavadinimas šiek tiek pasenęs. Grandė prievardį pasikeitęs prieš kelerius metus.

– Mano manymu, „pirklys" skamba ne ką prasčiau. Turiu pagalvoti, – tarė jis.

Auditorius nikotino nuspalvintu pirštu vedžiojo skaičių eilutes. Aiškino gergždžiančiu, bet aiškiu balsu. Visur nepriekaištinga tvarka, vadovybė atliko savo pareigą, finansiniai duomenys atitinka įstatymų bei geros apskaitos reikalavimus.

Henriksenas teigė, jog įmonės padėtis tvirta, tačiau pastebimas sąstingis. Kadangi užsitęsė ginčas su savivaldybe dėl sklypo, tekę ieškoti laikinų patalpų ir sandėlių. Taip pat vietos siuvyklai. Didmeninė prekyba nukentėjusi dėl to, jog daug klientų bankrutavo arba užsidarė. Pelnas mažėjantis, bet nepavojingai. Per pastaruosius dvejus metus daug užduočių perduota padalinių vadovams, kurie galbūt ne visada jaučia atsakomybę.

Atvirai nebuvo įvardyta, bet Gormui susidarė įspūdis, kad jie mėgina jam pasakyti, jog tėvas perdegė. Porą trejetą kartų parduotuvės vedėjas Hauganas pavartojo panašius pasakymus: „Jei man bus leista, drįsčiau teigti, kad..."

– Bet galima ištaisyti! – užbaigė jis su oriu entuziazmu.

Jie susižvalgė, tada pažiūrėjo į Gormą ir pritariamai linktelėjo.

– Kaipgi kitaip. Juk įmonė sena ir patikima.

– Kur silpniausia grandis? – paklausė Gormas.

Jie dar kartą susižvalgė. Henriksenas atsikrenkštė ir kilstelėjo vešlius antakius.

– Didmeninė prekyba ir reklama, – atsakė Hauganas. – Du iš trijų prekybos atstovų nėra atnaujinę savo žinių, ar kaip čia geriau pasakius.

– Kodėl?

Valdybos nariai žiūrėjo vienas į kitą.

– Grandė niekada neatleisdavo žmonių, kuriems per penkiasdešimt, – šyptelėjo Henriksenas.

– Tada teks įdarbinti papildomą žmogų, turintį reikalingų žinių, ir siųsti jį pas svarbiausius klientus.

– Tai ir papildomas žmogus algalapyje, – atsiliepė Henriksenas. Jo pagurklis nevalingai tirtėjo, tačiau jis priminė draugišką jūrų vėplį.

– Na, tai detalės, kurias pamažu išspręsime, – taikingai tarė Hauganas. – Juniorui... tai yra Grandei dar į daug ką reikės įsigilinti. O mes visada pasiruošę pagelbėti ir paremti. Ar ne taip?

Žinoma. Aplink stalą choru sududeno gargždūs, bet jausmingi balsai.

Gormas galėjo lengviau atsikvėpti. Kodėl manė, kad tėvo žmonės bus tokie kaip tėvas? Jis nužvelgė savo studijų laikų kelnes ir švarką, tada loštelėjo kėdėje.

– Pirmai pradžiai įsigysiu kostiumą, kad nedaryčiau jums gėdos, – tarė jis, sutikdamas jų žvilgsnius, vieną po kito.

Pirmasis tyliai, nes juk gedulas, sukrizeno Hauganas, ir pamažu prie jo prisidėjo kiti.

Ėdelė turėjo išskristi į Oslą, Marijanė – į Tronheimą. Paskendęs darbo reikaluose, jis jų beveik nematė, kol įsisodino į naująjį tėvo „Volvo Amazon" nuvežti į oro uostą.

– Kieno automobilis, tavo ar mamos? – paklausė Ėdelė nuo galinės sėdynės.

– Nepamenu. Bet jeigu mano, gali jį turėti.

– Nepliurpk niekų!

– Gerai. Bet jeigu turi ką pasakyti apie palikimą, drožk tiesiai, – tarė jis, pasisukdamas į ją.

– Ne taip paprasta.

– Kada nors turėtų pavykti.

– Aš galiu tik džiaugtis, kad neturiu teisių, – atsiduso Marijanė. Ją gąsdino kelionė lėktuvu. Skundėsi greitai bloguojanti. Kai jie stovėjo laukiamajame, Marijanė atrodė visiškai bejėgė.

– Gal apsigalvosi? Juk gali plaukti keltu, – pasiūlė Gormas.

– Nuo vilko prie meškos, – blankiai šyptelėjo ji.

Jis palaukė, kol išskrido lėktuvas. Tada suvokė, kad bijo grįžti namo.

Gormas visa galva pasinėrė į įmonės veiklą. Tiesa, geltonąsias užrašų knygeles nusinešė į kabinetą ir užrakino stalčiuje. Tačiau neberašė.

Norėdamas pabėgti nuo klaustrofobiškos aplinkos, jis liepė pakeisti naujųjų aukštų bėžinius. Viršuje ketino įsirengti erdvų butą.

Vakarais, kai žengdavo per ištuštėjusias patalpas, jį apimdavo savotiškas pasitenkinimas. Vaizduodavosi, kad dviem aukštais aukščiau pasijus visiškai laisvas. Stovės ant kapitono tiltelio ir vairuos didelį laivą, kurį įgula palieka kiekvieną pavakarę. Vienas laikysis kurso po žvaigždėtu dangumi.

Jis tikėjosi, kad vadovauti įmonei bus sunkiau. O iš tikrųjų visi žinojo, ką turi daryti. Sunkiausia buvo priimti sprendimus. Pavyzdžiui, pykdyti architektą liepiant jam paskutinę akimirką keisti projektą. Arba atleisti prekybos agentą. Bet kasdieniuose reikaluose užteko atsiminti, kas kam viršininkas.

Jis labai nustebo pajutęs, kad ima žavėtis hierarchijos sandara ir sistemos jautrumu.

Anksčiau manė, kad tai nepakeliamai nuobodu. Kodėl taip manė? Nes būdavo parašyta tėvo veide kaskart, kai jis pareidavo namo?

Birželio septintą dieną Gormas, grįžęs iš susirinkimo banke, iš panelės Ingebriktsen sužinojo, kad jam du kartus skambinta. Pirmas skambutis buvo nuo svainio, tas pranešė, kad Marijanė pagimdė sveiką berniuką.

– Nusiųskite gėlių. Rožių! Šiltai pasveikinkite. Parašykite, kad paskambinsiu, kai ji grįš namo. Kas buvo antras?

– Jis prisistatė esąs Torsteinas. Užrašiau telefono numerį, štai ten, bloknote.

Buvo nuostabu išgirsti jo balsą. Torsteinas dirbo viename Bergeno banke, bet nesidžiaugė. Dabar sužinojęs, kad Gormas grįžo iš jūros dėl „mirties šeimoje", kaip jis kiek drovėdamasis pasakė. Norįs pakviesti susitikti, kol yra mieste.

Jie išėjo į miestą, valgė ir gėrė. Kvatojo. Gormas neprisiminė, kada juokėsi paskutinį kartą. Tikriausiai, kai buvo su radiste.

Vėlyvą naktį jie sėdėjo tėvo salone, į kurį patenkama iš tėvo kabineto, ant stalo susikrovę kojas, apsistatę tuščiais buteliais ir pilnomis peleninėmis.

Gormas sužinojo, kad Torsteinas sutikęs puikią merginą, kai paskutinį kartą lankęsis namuose. Dirbanti mokytoja mokykloje, vardu Turida. Dėl jos jis mielai įsidarbintų mieste.

– Ateik dirbti pas Grandę, – pasiūlė Gormas, skėstelėdamas ranka taip, jog pažiro cigaro pelenai.

– Nesityčiok.

– Aš rimtai. Mums jau seniai reikia naujo didmeninės prekybos skyriaus vadovo. Turiu pakalbėti su valdyba. Bet mano žodis lemiamas.

– O kaip dabartinis vadovas?

– Perkelsim kitur, ką nors sugalvosim. Man reikia tavęs. Jiems gi jau pelenai byra, – švebeldžiavo jis. – Jeigu raukysis, sukursim tau papildomą vietą. Turėsi pasistengti tapti nepamainomas.

– Dievaži jūra tau išėjo į naudą. Kiek mokėsi?

– Kiek gauni dabar?

Torsteinas pasisakė, ir Gormas linksmai nusijuokė.

– Duodu daugiau. Duodu daugiau. Rytoj pat mesk darbą.

Kai aštuntą valandą ryto atėjo panelė Ingebriktsen, jie jau buvo užsidarę duris, vedančias į kabinetą, bet ji girdėjo šiurkštų juoką, be to, ir oras pagrindiniame kabinete veikiausiai pridvisęs, tad Gormas pamanė, kad jai bus geras išbandymas.

Po valandėlės ji pasibeldė ir pasakė, kad atėjo paštas.

– Panele Ingebriktsen, balandėle, būkite tokia miela ir gaukite mums ko nors užvalgyti. Pavyzdžiui, keptų kiaušinių. Po tris kiekvienam.

– Paprastai Grandė užsisakydavo šaltą kepsnį su burokėliais ir bulvių salotomis iš „Grand" viešbučio, – nesutriko ji.

– Norite pasakyti, kad jis rytais valgydavo šaltą kepsnį? Kabinete?

– Jeigu turėdavo naktinį susitikimą, tada taip, – tarė ji, mėgindama išlikti rimta.

Jie garsiai nusikvatojo.

Kai ji išėjo, Torsteinas papurtė galvą.

– Turiu pasakyti, gyveni kaip pirklys. Bet vis dar manau, kad gerai padarei pabėgdamas į jūrą.

– Kad tu žinotum! Aš tik maivausi prieš tave. Nejau nesupranti? – nusijuokė jis ir siurbtelėjo atneštos kavos.

Rugpjūtį Torsteinas surengė vasaros šventę. Jis gyveno cokoliniame tėvų namo bute. Svečiai jau buvo persikėlę į erdvią verandą, nuotaika – kuo puikiausia.

– Kas per orelis! Saulė ir uodai. Ir velniažin kiek laipsnių iki vėlaus vakaro, – sududeno Torsteinas, pamodamas Gormui gitara.

Turida pasilenkė prie lauko stalo ir padavė Gormui taurę. Ji draugavo su Torsteinu, buvo sakiusi, kad žaidžia rankinį. Drūčiausiose blauzdų vietose raumenys buvo šiek tiek gumburiuoti. Kojinių siūlė slankiojo jai einant. Turida turėjo ilgus mėnesienos gelsvumo plaukus ir Gormui atrodė smagi mergina.

Šįvakar Torsteinas atsiraitojęs rankoves skambino gitara puikiai žinodamas, kad Gormas pranešė valdybai, jog didmeninėje prekyboje ketina išbandyti savo studijų draugą. Jis kalbėjo tėvo balsu. Niekas neturėjo jokių pastabų, išskyrus tai, kad tuomet jie turėsią vienu žmogumi per daug.

Viduje ir lauke sukinėjosi dešimties–dvylikos žmonių pulkelis. Verandos durys buvo atlapotos. Pora Turidos bendradarbių iš mokyklos, du lakūnai iš rytų Norvegijos ir keli draugai, priklausę senajai gimnazijos kompanijai, su poromis.

Gormas prisistatė tiems, kurių nepažinojo, o Torsteinas ėmė erzinti, kad jis toks tingus, jog net į vakarėlį atvažiavo automobiliu. Turidai parūpo sužinoti, kokiu jis važinėja.

– „Volvo Amazon", – neslėpdamas susižavėjimo tarė Torsteinas.

– O, ar galiu išmėginti? – paprašė Turida, įsispraudusi tarp jo ir Torsteino.

– Žinoma, – atsakė Gormas. – Pažymėjimą turi?

– Ne, ar išprotėjai! – atsakė ji, ir visi nusijuokė.

Vienas iš lakūnų pasisodino ją ant kelių ir ėmė pasakoti apie saugumą ore kvėpuodamas jai į iškirptę.

Torsteinas mestelėjo „eiktupovelnių", bet neatrodė labai karingai nusiteikęs. Jis norėjo užkurti kepintuvą, bet nerado uždegamojo skysčio.

Gormas apsidairė norėdamas jam padėti.

Rudaplaukė mergina raudona suknele, ant rankos persimetusi švarkelį, įėjo pro vartelius ir pasuko sodo taku. Tai buvo ji!

– Ruta! – pašaukė Turida ir nubėgo jos pasitikti.

– Čia Gormas Grandė, o čia Ruta Neset, kuri dabar augina vaikelį. Beje, ar vis dar vadiniesi Neset? – nusijuokė Turida ir stumtelėjo Rutą prie jo.

Užėjęs tirpulys neleido pasakyti nė žodžio. Kai jis savo delne pajuto jos ranką, balsai aplinkui išnyko.

Gormas vos vos linktelėjo ir sutiko žvilgsnį. Akys buvo tokios pat tamsios, kaip jis prisiminė. Ji lėtai atitraukė ranką, ir aplinkui vėl suūžė garsai.

Kai ji pasisuko paimti taurės, kurią jai padavė Torsteinas, per suknelės audeklą išryškėjo liemuo. Toks plonas. Rodės, apimtum abiejų rankų pirštais. Ta mintis nėjo jam iš galvos, tad jis susigrūdo rankas į kišenes.

Tuo metu kažkas kambaryje uždėjo plokštelę.

– Gal nori pašokti? – iškart pasiūlė jis.

Turbūt reikėjo palaukti, nes ji buvo ką tik atėjusi ir tikriausiai norėjo pasikalbėti su žmonėmis. Tačiau ji linktelėjo. Atsargiai paėmęs jai už parankės, jis pirštų galiukais juto jos odą.

Kai jiedu įžengė į kambarį ir pasisuko vienas į kitą, jis nedrįso pažiūrėti jai į akis. Ji atsidūrė taip arti. Dėl kvailo rankų virpėjimo jis jautėsi apgailėtinai. Tada ji pažvelgė į jį ir nusišypsojo.

– Aš taip seniai šokau, kažin ar pataikysiu į koją, – pasakė susidrovėjusi.

Tai viską pakeitė. Jis sugebėjo sutikti jos žvilgsnį ir pajuto plūstelint džiaugsmą, kuris nuo krūtinės pasklido po visą kūną.

Iš pradžių laikė ją toliau nuo savęs, nes troško matyti akis. Buvo juodos, drėgnos ir nukreiptos į jį. Ant nosies žymėjo blyškios strazdanėlės, o kai ji pasuko galvą į šoną, iš po plaukų išlindo baltas ausies spenelis.

Jis norėjo, kad ji sukiotų galvą į šoną, atidengdama ausį, ir kad žiūrėtų į jį. O ji darė ir viena, ir kita, tarsi atspėdama mintis.

Jis glaudžiau apglėbė ją ranka ir išskėtė ant liemens pirštus. Iš to radosi virpantis lūkesys. Jis norėjo jai pasakyti. Kad tikriausiai jo pirštai susitiktų, jeigu jis apkabintų jos liemenį abiem plaštakomis. Galės jai tai pašnibždėti. Vėliau. Dabar tenorėjo laikyti ją, kad ji neišnyktų.

– Žinai kokia daina? – paklausė jis.

– „Pussycats" – „Let me stay with you", – rimtai atsakė ji, paskui pakėlė akis ir jos veidu perbėgo šypsena.

– „Let me stay with you", – pakartojo jis ir pajuto, kad raustelėjo. – Dar nė karto nesuklupai, – sukuždėjo prisilenkęs.

Jis jautė, kad ji linksta prie jo. „Mes drauge", – pamanė. Tai nebuvo vien vaizduotės vaisius. Palaidi jos plaukai kvepėjo gėlėmis. Tamsus paslankus paviršius. Vien nuo minties, kad galima perbraukti juos pirštais, jam ėmė svaigti galva.

Nuo ano susitikimo kabinete jis regėjo prieš save jos ryškiai apibrėžtas lūpas. Šiandien ji buvo pasidažiusi. Galvodamas apie tai, jis vedė ją į kambario gilumą. Jos lūpos dar labiau priartėjo.

Jis prisitraukė ją artėliau, ji nesipriešino. Tada nebegalėjo jos matyti, bet jautė ją.

Kūnas buvo stebėtinai stamantrus. Judesiai sakytum priklausė jai pačiai, nors abu judėjo vienu ritmu. Ji turėjo ryžtingo minkštumo, arba budrumo, tarsi bet kada galėtų apsigalvoti ir pradingti. Kažkuo ji jam priminė lūšį.

Atrodė, ranka jo delne gulėjo tiek, kiek siekė atmintis. Arba nuo tos akimirkos, kai ji sugniaužė lagamino rankeną tąkart oro uoste. Jis paklaus, ką ji tuomet veikė Londone. Vėliau.

– Aš toks laimingas! – išgirdo save tariant.

Muzika nutilo, iki jų atsklido juokas ir šnekos. Jis stovėjo truputį sutrikęs, bet jos nepaleido.

– Kodėl tu laimingas? – sušnabždėjo ji.

– Gal tu žinai? Man visiškai nesuvokiama.

Jis pabandė nusijuokti, ji – taip pat. Jos juokas atrodė visiškai neišmankštintas. Tarsi jai nedažnai tektų juoktis.

– Tegu juos galai, tuos uodus! Mes einam į vidų, – jam už nugaros sučiauškėjo Turida.

Penki šeši žmonės užpildė mažą kambarėlį, iš lauko ėmė sklisti kepamo karbonado kvapas. Ruta šiek tiek atsitraukė, bet jis nepaleido jos rankos.

– Prisipažinkit, nejau iškart atradote vienas kitą? Džiaugiuosi, kad ištrūkai iš namų, – plepėjo Turida, apsivijusi Rutos ranką.

– Aš tik trumpam, paskui su pažįstamais važiuosiu namo.

– Kaip gaila. Ar negali pernakvoti? Torsteino tėvai išvažiavę, čia daugybė vietos.

– Ne, negaliu. Turiu grįžti namo, nes rytoj Toras bus vienas.

– Tu šiuolaikiška, tekėdama nekeiti pavardės, o vis tiek įklimpai, – geraširdiškai nusijuokė Turida.

Rutos pirštai sustingo jo delne. Suknelė buvo tokia raudona.

Jis nežinojo, kodėl jam į galvą neatėjo ši galimybė. Ištekėjusi?

– Kas tas Toras? – kažkas paklausė.

– Mano vaikas, – atsakė Ruta ir nežiūrėdama į jį ištraukė ranką.

Gormas nesuvokė, kas aplink vyksta, kas sakoma ar kiek laiko tai trunka, galvojo tik apie tai, kaip jam likti su ja dviese. Ištekėjusi? Na ir kas. Jam reikia su ja pakalbėti. Reikia sužinoti, ką ji mąsto.

Jis nenuleido nuo jos akių. Kol ji su kuo nors šoko, jautėsi ramus. O tualete jį apėmė panika, kad bus jau išvažiavusi.

Bet išėjęs pamatė ją sėdint vieną ant verandos laiptų ir skubriais gurkšneliais gėriojant raudonąjį vyną. Tarpais ji atremdavo galvą į turėklus ir tartum nuklysdavo kažkur toli. Ant kelių ji laikė nuotraukų albumą ir nežiūrėdama sklaidė.

Po valandėlės jis priėjo prie jos ir atsisėdo šalia. Iš nuotraukos jam plačiai šypsojosi bedantis Torsteinas, sėdintis ant avikailio.

– Tyrinėji mūsų herojų? – tarė mėgindamas būti sąmojingas.

Ji pasisuko veidu į jį.

– Turiu tokį namie.

– Pas kurį turi grįžti?

– Taip.

– Aš su automobiliu, galiu parvežti, kai tik panorėsi.

Ji atrodė taip, tarsi tuoj pravirks. Jis sujudėjo lyg norėdamas pasislinkti, bet nenumatė, kad bus taip ankšta. Tik dar labiau prišlijo prie jos.

– Ne, per toli. Neverta... Galėsi pamėtėti iki turgaus aikštės. Ten susitinku su tais, kurie žadėjo mane parvežti, – pasakė ji.

– Kada tau reikia su jais susitikti?

– Pirmą valandą.

Jis žvilgtelėjo į laikrodį. Buvo vienuolika.

– Eime, – sušnabždėjo jis ir padavė jai ranką.

– Dabar?

– Labai prašau!

Jis pervažiavo per miestą ir pasuko prie jūros. Ji tylėjo, kol jis sustojo prie pat paplūdimio krašto ir pasisuko į ją.

– Tu girdėjai, kad aš ištekėjusi.

242

Jis laikė abi rankas ant vairo. Švytintis violetinis vakaro dangus atsispindėjo jūros paviršiuje išryškindamas ploną dulkių sluoksnį ant prietaisų skydelio. Pagriovio žolė buvo išdeginta saulės, katilėliai sudžiūvę.

– Nesvarbu. Man būtina žinoti... ką tu mąstai.

– Gormai? – nedrąsiai ištarė ji.

Buvo taip keista girdėti savo vardą iš jos lūpų.

– Taip, – atsiliepė jis.

– Man labai gėda... Tas sijonas, tai buvo taip...

– Tu juk buvai priversta. Kaipgi kitaip būtume susitikę. Ar jau sunešiojai jį?

– Ne, pasidarė per didelis.

– Važiuojam su manimi... į tą patį kabinetą. Dabar ten nieko nėra. Būsime vieni du.

Jis pajuto lengvą virpulį, bet nežinojo, iš kur šis kilo. Iš jos, ar iš jo. Atodūsis. Jie kvėpavo vienu ritmu.

– Ne, negaliu.

– Galime paskambinti ir pasakyti, kad kas nors sutrukdė, kad...

Ji papurtė galvą. Jie kurį laiką sėdėjo netardami nė žodžio. Jis nežinojo, kur jam dėti rankas. Atsitiesė ir įrėmė jas į vairą. Įsikibo ir laikėsi.

– Tu nepaskambinai tąkart?

– Skambinau du kartus, – sumurmėjo ji, žiūrėdama sau į skraitą. – Ji pasakė, kad tavęs nėra.

– Ji?

Jam pašoko apmaudas.

– Taip.

– Sena ar jauna?

– Aš juk jos nemačiau.

„Nejau atsitiktinumas? Sumautas atsitiktinumas?" – šmėstelėjo mintis. Jis krumpliais pabarbeno į vairą ir pasisuko į ją.

– Kokia tarme kalbėjo?

– Viena, rodos, buvo iš pietų, kita vietinė.

– Ką jos sakė?

– Nebeprisimenu. Man buvo baisiai gėda.

Tas judesėlis, kai ji prikando lūpą. Jis nepajėgė atsispirti.

Kai surado jos lūpas, iš pradžių ji sėdėjo sustingusi. Paskui jis pajuto atsaką. Nenumaldoma, virpanti aistra nuplukdė juodu tolyn. Jis abiem rankomis perbraukė jai per plaukus. Laikė tarp delnų galvą jausdamas, kaip jie susilieja.

Jos ranka ant sprando, po marškinių apykakle. Prisilietimas, pavertęs jį nenugalimu. Nespėjęs suvokti, ką daro, jis ėmė lytėti ją visą, trokšdamas pažinti, kokia yra. Labiausiai – nepridengtą kaklo ir rankų odą.

Jis pabučiavo kaklo duobutę. Lūpomis užčiuopė pulsą. Pažvelgė į krūtis, pūpsančias po suknelės audeklu. Prisiglaudė skruostu prie jų. Stangrių ir šiltų. Būtų galėjęs suimti delnais. Tačiau sustojo.

– Ar galėsiu pamatyti tave vėliau? Kai būsi mieste?

– Nemanau, kad kam nors tai atneštų laimės, – sušnabždėjo ji jam prie kaklo.

Jis atitraukė ją šiek tiek nuo savęs, pakėlė ranką ir pirštų galiukais ėmė švelniai vedžioti jai aplink lūpas. Ji ilgai sėdėjo nejudėdama, užmerktomis akimis. Tankiomis blakstienomis ant gležnos blausios odos.

Kai jos nebeliko, jį apėmė siutas. Jis taip ir nesužinojo, ką ji mąsto. Turėjo paklausti, kurių galų ištekėjo.

Mintis apie tai, kad ji turi vyrą, kuris galbūt šią akimirką spaudžia ją glėbyje, sukėlė juodo įtūžio bangas su nepakeliamos tuštumos keteromis.

Jam reikėjo veste nusivesti ją. Jie turi būti kartu. Nejau ji nesupranta?

Niršdamas jis paspaudė greičio pedalą ir grįžo į Torsteino vakarėlį. Jam reikia išgerti. Reikia juoktis. Bet ko!

Turida atbėgo jo pasitikti ir ėmė zyzti, kad nori pasivažinėti „Volvo“.

– Vežei ją namo? Tavęs taip ilgai nebuvo.

Jos oda buvo auksinio įdegio, akys spindėjo. Iki jų atsklido balsų ir juoko gausmas.

Gormas neatsakė. Prisiminė kai ko atsivežęs ir nuėjo iš bagažinės paimti maišelio su buteliu.

Turida pakibo jam ant rankos. Jį apgaubė kvepalų aromatas. Teko su tuo susitaikyti. Kiti tikriausiai žiūrėjo į juos. Jis žinojo, nereikėjo nė atsisukti.

Atidaręs bagažinės dangtį, užuodė silpną parako ir pypkės tabako kvapą. Ten teberiogsojo tėvo medžiokliniai batai ir neperpučiama striukė. Pypkė buvo iškritusi iš kišenės. Jis įkišo ją į vietą ir staigiu mostu užsegė užtrauktuką.

– Prašom! Atiduodu į šeimininko rankas, – pasakė Gormas, kai jiedu su Turida užlipo verandos laiptais.

Torsteinas paėmė butelį ir sukrizeno. Tada pripylė dvi sklidinas taures viskio ir paplojo Gormui per petį. Nudegino burną, kai maktelėjo su karštligiška skuba. Torsteinas ėmė dėstyti didmeninės prekybos planus.

Gormas neįstengė sekti minties, bet nenorėjo skaudinti draugo, todėl nukreipdamas šneką pareiškė norą pašokti su visomis damomis. Tai sukėlė pritariamą juoką.

Jų, matyt, būta daug. Tikrai būtų galėjęs šokti kiaurą naktį. Bėda tik, kad jos buvo be veidų. Nė viena neturėjo nieko, kas bent primintų veidą. Vien odos raukšlės, dantys ir kvepalai. Na, taip, žinoma, ir plaukai. Balsai džeržgė it metalo pjovikliai tuščiuose alyvos bakuose.

– Jis nenori paskolinti man mašinos, – pasiskundė Turida, kepštelėdama jam į krūtinę, kai jis šoko su viena iš mokytojų.

Torsteinas užsispyrė, kad jis būtinai parodytų Turidai „Volvo".

– Ką, tau sunku? – suvebleno.

Gormas žinojo, kad beprotystė. Nebuvo jis toks jau ir blaivus. Jie važiavo tolyn tuščiais žvyrkeliais, kol ji panoro išlipti pažiūrėti gamtos. Nuo to gamtos padaugėjo. Kažkas jo bent geidė.

Paskui abu pasijuto nedrąsiai. Ji – apnuogintomis krūtimis ir aplink liemenį suglemžtu sijonu. Jis – į gniutulą susuktomis kelnėmis ant kulkšnių ir marškiniais su išplėšta saga.

Kai jiedu pasuko prie automobilio, jis apgaubė ją savo švarku. Aušo rytas. Jai prie lūpų buvo iškilęs spuogelis, kurio jis nepastebėjo anksčiau. Nesvarbu. Bet ji jam neb_rūpėjo. Kaip nebeįdomus pasidaro filmo plakatas, kai pamatai filmą. Jis pasisotino.

Be to, ji – Torsteino mergina. Jūroje už tokius dalykus, ko gera, būtų nesurinkęs kaulų. Kas už tai gresia sausumoje, dorai nežinojo. Jo ir Torsteino jėgos apylygės. Bet draugystė, ar kaip kitaip pavadinti, tikriausiai būtų prarasta. Jeigu jie jam pasipasakotų. Gormas nesijautė esąs tam pajėgus. Ne šiandien.

Automobilyje ji atlenkė skydelį nuo saulės, atversdama veidrodėlį. Pasidažė lūpas, pasipudravo. Jis žvelgė į kitą pusę. Į jūrą. Nors nelabai buvo matyti.

245

Pamanė, gal reikėtų paklausti, ar ji nesigaili. Tačiau taip neat-rodė, todėl pasiteiravo, ar ji norinti grįžti. Vos nepasakė „grįžti pas Torsteiną", bet laiku susigriebė. Ji paprašė parvežti namo.

Ji gyveno žaliame name, viename tų, kurių buvo apstu šiame per karą sugriautame mieste. Jo šeimos namai išliko. „Kaip per stebuk-lą", – sakydavo mama. Namais dėžutėmis, kurių pridygo kaip gry-bų, nebuvo priimta baisėtis. Matyt, šie statiniai siejosi su tam tikru didvyriškumu. Bent tiems, kurie mokėjo istoriją. Jeigu išsiduodavai esąs neišmanėlis, sulaukdavai pašaipaus atkirčio. „Gal nežinojai? Šitą miestą vokiečiai sulygino su žeme!"

Ji rankos mostu parodė jam savo langą mansardoje. Buvo ati-darytas ir neužkabintas kabliuku. Vargu ar šeimininkas tuo labai džiaugėsi. Bet Gormas nutylėjo.

Ji išsirangė iš sėdynės ir klausiamai šyptelėjo. Jis nesumetė, ką pasakyti.

– Ar dar pamatysiu tave? – paklausė ji.

– Su Torsteinu?

Ji išraudo.

– Ne, su juo baigta.

– Ką tai reiškia?

– Tarp manęs ir Torsteino niekada nebuvo nieko rimta.

Gormui dingtelėjo, kad Torsteinas dėl jos atsikėlė iš kito miesto, bet nepasakė.

– Rytoj? Gal į kiną? – neatlyžo ji.

– Hm... – nutęsė Gormas.

– Aštuntą valandą? Mašinoje?

– Mašinoje.

Ji plačiai nusišypsojo, apsisuko ir išnyko už durų. Jis paspaudė greičio pedalą.

Iš tikrųjų norėjo važiuoti tiesiai namo, bet užsuko pas Torsteiną pasakyti, kur Turida. Vienas iš lakūnų virtuvėje čirškino likusį kar-bonadą. Vos išsilaikydamas ant kojų pareiškė, kad šeimininkas jau paguldytas į lovą.

Gormas parašė raštelį ir paliko ant prieškambario staliuko. „Ačiū už vakarėlį! Turida parvežta namo. Gormas."

Ko gera, tai buvo niekingiausia žinia, kokią jam kada nors teko perduoti. Bet Torsteinas, nors ir nebuvęs jūroje, turėtų suprasti, kad gitarai nėra ko lygintis su „Volvo". Bent jau Turidos akyse tąvakar.

Aštuonioliktas skyrius

LANGAS BUVO AUKŠTAI SIENOJE, APŠVIETIMAS BEVILTIŠ-
KAS, TARSI JI TURĖTŲ BŪTI BAUDŽIAMA UŽ TAI, KAD MIE-
GAMĄJĮ NAUDOJA NE PAGAL PASKIRTĮ.

Jai bent nereikėjo matyti lovos. Ši stovėjo už nugaros.

Darbo stalą atstojo dvimetrė medžio drožlių plokštė, užklota mėlyna ceratine staltiese. Ten ji laikė šūsnį sąsiuvinių su rašiniais, eskizų bloknotą, piešimo reikmenis ir siuvamąją.

Ovė išsiruošė anksti rytą. Ji girdėjo, kaip jis naršo po spintą ieškodamas savo daiktų, bet apsimetė mieganti. Tokiu būdu taupė jėgas. Jam nepatiko, kad ji viena išvažiavo į vakarėlį pas Turidą. Tačiau jis neprotestavo, nes pats rengėsi išvykti kelioms dienoms.

Devintą valandą ją pažadino Toras. Jis įlindo pas ją po antklode ir ėmė zaunyti, kad ji paskaitytų jo atsineštą knygelę. Pramerkusi akis ji sulemeno, kad pirmiausia turi pabusti.

Kai abu nusiprausė ir apsirengė, ji padėjo jam susinešti žaislus į miegamąjį.

– Mamai reikia dirbti, – pasakė.

Miegamajame buvo vėsu, lova neklota. Ji atsuko elektrinį radiatorių iki galo, paklojo lovą ir išsitraukė lagaminą su aliejiniais dažais, teptukais ir drobe.

Kai kurios spalvos buvo išdžiūvusios, senoji paletė – apdulkėjusi. Ji išmetė pasenusius dažus į šiukšlių kibirą ir apmetė akimis tai, kas liko. Spalvų dar buvo į valias.

Ji užsilipo ant kėdės paimti seno eskizų aplanko, gulinčio spintos viršuje. Paskleidusi juos ant lovos, pamatė, jog pora iš jų visai vykę. Ji per galvą užsivilko megztinį, ant krūtinės sukryžiavo rankas ir ėmė apžiūrinėti darbus.

Galų gale išsirinko geriausią, su dalmatinu. Pakėlusi lapą prieš šviesą, pajuto tą pačią neviltį ir tuštumą kaip tada, kai piešė eskizą.

Ar ji metė piešti dėl to, kad tai pasidarė per daug skausminga? Ji atsiminė, kaip eidavo prie molo ir sėdėdavo ant akmenų. Šie būdavo slidūs, nuplauti su druska, išmarginti atsitiktiniais raštais ir spalvomis, nublizginti jūros purslų. Ausyse – nepaliaujamas Jorgeno riksmas. Ir pagaliau ji nebeatlaikė, paslėpė ir eskizus, ir kailį.

Vėliau ji manė, jog kaltas Ovė. Kad Ovė sukėlė nuovargį. O dabar netikėtai pamatė, kad tai priklauso nuo jos pačios.

Širdgėla. Norėdama nuo jos pabėgti, ji išmoko vienos gudrybės. Galvodavo apie jį, bet apeidavo skausmingąjį tašką. Tai, kaip jis mirė. Tokiu būdu ji išsivadavo.

Bet kas galėjo užsiminti apie Jorgeną, ji nebeverkdavo. Ir balsas tapo visiškai ramus. Tą pamoką ji išmoko nepriekaištingai. Galvojo, kodėl taip aiškiai tai pamatė kaip tik dabar. Šiandien. Lyg viskas būtų pasikeitę.

Vakaras mieste praėjo visai kitaip, negu ji tikėjosi. Automobilyje, su bendradarbiais grįždama namo, apsimetė mieganti, kad nereikėtų kalbėti.

Ji jautė ir džiaugsmą, ir gėdą, ir liūdesį. Džiaugsmą, lyg gavusi brangią dovaną, kurios nesitikėjo. Gėdą – nes ką jis apie ją pagalvojo? Praėjusį kartą – vagystė, o vakar ji leidosi bučiuojama, prieš tai pasakiusi, kad yra ištekėjusi.

Tačiau ji nenorėjo to netekti. Ketino pasilaikyti. Tik jeigu Turida imtų ją erzinti arba užsimintų Ovei, jog kažkas vyko, jai tektų pasipasakoti. Jis juk turėtų suprasti labiau nei bet kuris kitas? Nors ji abejojo.

Gormas! Ji suvokė stovinti vidury kambario ir šypsanti. Dalmatinas! Tikėjo, jog iš to gali kas nors išeiti. Nors per naktį beveik nesudėjo bluosto, buvo pilna energijos.

Kailis gulėjo susuktas drabužių spintoje. Ji ištraukė jį ir patiesė ant lovos. Atrodė toks pats dailus. Ji perbraukė jį abiem delnais. Tačiau ne apie Jorgeną pagalvojo, kai po pirštais pajuto minkštus plaukelius. Ir ne apie Maiklą. Mintys sukosi apie jį, Gormą.

Ji atpažino jį iškart, vos įžengusi pro vartelius. Ten, ant verandos laiptų, baltais marškiniais ir pusilgiais garbiniuotais plaukais. Dabar ji uždėjo rankas jam ant klubų, prisėdo ant lovos krašto, užmerkė akis ir pajuto jo lūpas prie savųjų. Jo pirštų galiukai glamonėjo jos kaklą.

Ji nepastebėjo, kaip Toras užsilipo ant kėdės. Griūdamas susitrenkė į lovą ir ėmė verkti. Ji atsitūpė šalia ir švelniai papūtė jam į veiduką. Tai buvo žaidimas, kuriam jis retai atsispirdavo. Iš pradžių liovėsi verkęs, paskui nuščiuvęs mėgavosi vėjeliu, kol galiausiai suvirpėjo blakstienos. Tada ji suprato laimėjusi.

Jiedu nuėjo į virtuvę prasimanyti ko nors užvalgyti. Ji sutepė sumuštinių su kepenų paštetu ir sūriu. Kol Toras kramtė čiauškėdamas paprasta savo kalba, jai dingtelėjo, koks jis panašus į Jorgeną. Per laimingą atsitiktinumą – tobula būtybė, kuriai ji suteikė dienos šviesą. Tačiau jis buvo Ovės sūnus. Ovės trofėjus ir pasididžiavimas.

Kai jie pavalgė, ji susinešė tapybos reikmenis į svetainę. Ten daugiau erdvės ir šviesos. Tada ant kambario grindų ji padėjo Torui pastatyti tiltą mašinėlėms.

Jis kūrė balsingus dialogus ir burzgė kaip variklis tarp kubelių stumdydamas mašinėles. Gaisrinė negalėjo pravažiuoti, nes kelią užtvėrė kvailas sunkvežimis. Mėgdžiodamas Ovės balsą, jis liepė sunkvežimiui „dingti iš akių" ir įvažiavo jam į šoną.

Ji ant rėmo ištempė gabalą drobės. Pernelyg didelį. Formatas viską užgoš, pamanė. Tačiau užbaigė ką pradėjusi. Dirbo kruopščiai. Maiklas išmokė neskubėti.

Kai ji mėgino įsivaizduoti paveikslą su spalvomis, apėmė savotiška ramybė. Lyg ruoštųsi tapyti diplominį darbą. Tai panėšėjo į svaigulį, kai ją glėbyje laikė Gormas, nė kiek nevaržydamas judesių. Jis galėjo glostyti jos odą. Kaip panorėjęs. Tos rankos. Valanda praėjo nejučiomis.

Ką jis pasakė? Kad jie turi būti kartu? Nejau kalbėjo rimtai? Ar tik šiaip tauškė? Gal jai pasiimti Torą ir nuvažiuoti pas jį. „Štai aš", – galėtų tarti. Įdomu, ką jis tada darytų?

Ne. Laikraštyje ji skaitė, kad dabar, mirus tėvui, jis perėmė verslą. Tokie kaip jis turbūt visoms šneka tą patį, o kitą dieną pamiršta. Tikriausiai jis įpratęs turėti tą, kurios įsigeidžia.

Netrukus vėl grįžo akimirka, kai jie šoko, kai jis nusiėmė akinius ir įsidėjo į marškinių kišenę, tada prisitraukė ją. Ji sukosi šokio žingsniu, o Toras kvatojo, nes mamai linksma. Ji šoko, o jis atsidėkojo jai skaidriu juoku. Bet Gormo rankos buvo stiprios ir ji taip aiškiai pajuto jo stangrų kūną, jog staiga užėmė kvapą.

Ji išsitraukė iš spintos raudonąją suknelę ir ją pauostė. Jis lietė jos kūną. Ant suknelės liko vos juntamas jo kvapas. Ji prisiminė močiutę. Bet tai kas kita. Kai kas nepelnyta. Lyg slapta dovana.

Vakare, paguldžiusi Torą, ji atsikimšo vyno butelį ir grįžo prie molberto.

Buvo gana šviesu, tačiau nuo minkštojo kampo ji atsinešė toršerą. Ant lubų ir sienų krito melsvi šešėliai. Negerai. Bet nieko geriau ji neturi.

Pirmiausia reikėjo užtepti fono spalvą, tačiau ji nusprendė palaukti. Kad neprapultų vaizdinys ar nepraeitų noras dirbti. Jeigu ji, pavyzdžiui, imtų manyti, jog Gormas negalvojo to, ką sakė, ir jis išnyktų nuo jos odos.

Ant paletės, šalia juodos spalvos ir rausvio, ji išspaudė krislą cinko baltumos.

Per vakarą išryškėjo motyvas be fono. Laikas praėjo nepastebimai. Dalmatinas skriejo tiesiai į ją ištiesęs priekines letenas. Iš drobės į ją žiūrėjo dideli nasrai su grėsmingais dantimis ir juokėsi. Kur jis buvo? Ore ar ant žemės?

Ji paėmė žydrio tūbelę ir ant paletės, šalia baltos spalvos, išspaudė nemažą gumulą. Tada išėjo pasitikti dalmatino.

Naktį jis atėjo pas ją. Šiltas didelis žvėris. Užsigulė ir uždengė ją visą. Auksiškai baltas, minkštas ir stangrus, juodais šešėliais išmargintu kūnu.

Jie gulėjo susiglaudę po dangaus skliautu, jis – pražiotais nasrais virš jos gerklės. Ramiai ir visai šalia alsuodamas, švelniai pakėlė ją ir nuskraidino tolyn.

Pro šalį lėkė debesys, oras žaižaravo spalvomis. Skaistus, rėksmingas rausvis perėjo į šiltą alizariną. Kaip tik šitos spalvos man trūko, pamanė ji.

Ji laikėsi apsikabinusi jį šlaunimis, kol jie skriejo. Atsargiai nuėmė jam akinius ir iškėlė aukštai virš galvos. Tada jie surado ritmą. Nevaržomą baltą palaimą.

Atsibudusi ji tebejuto po oda virpančius raumenis. Buvo penkta valanda. Ji išlipo iš lovos, nuėjo į kambarį prie molberto ir liko ten.

Po kelių valandų, kai ji išgirdo, kad pabudo Toras, šuo pakėlė galvą ir pažvelgė į ją. Jis atvėrė nasrus ir iškišo garuojantį liežuvį. Žalios akys žėrėjo. Jis buvo padidėjęs ir užpildė pusę plokštumos.

Dabar jis tapo veržlesnis. Skriejo iš viršaus ir tiesiai į ją. Ji nebegalėjo nuo jo pabėgti. Letenos kilnojosi lengvai ir be garso, bet su didžiule jėga. Kai jie susidūrė, ją nusmelkė ilgesys ir ji žioptelėjo pritrūkusi oro.

Kai atsitiesė norėdama pailsinti maudžiančią nugarą, pajuto, kad verkia.

Nuolat kartodavo sau, jog turi pradėti tapyti. Dabar iš tikrųjų pradėjo.

Molbertą ji nusprendė palikti svetainėje. Dienomis jis galės ramiai stovėti vaiko aptvarėlyje. Torui pasakys, kad dabar, kai jis užaugo toks didelis, aptvarėlį pasiskolins mama.

Mane keičia ne bėgantis laikas, o tai, ką aš su tuo bėgančiu laiku veikiu, mąstė ji.

Buvo pirmas spalio šeštadienis, o saulė kaitino taip, lyg būtų vasara. Ovė pasiėmė Torą ir išėjo anksčiau, kad paruoštų laivą. Jie ketino plaukti žvejoti. Ruta jau lipo laiptais su kuprine, kai pasirodė paštininkas.

– Laiškas, – šypsodamasis tarė jis ir padavė jai melsvą voką su pamušalu.

Ji iškart atpažino Turidos rašyseną, ir jai pasidarė smalsu. Jos retai rašė viena kitai. Susitikusios nuoširdžiai pasišnekėdavo, bet tos progos būdavo veikiau atsitiktinės. Ruta pati nelabai žinojo, ar dėl to apgailestauja. Juk jos pradraugavo visus ketverius metus, kol mokėsi pedagoginėje mokykloje. Turida buvo linksmo būdo ir nereikli. Tačiau ji tebebuvo laisva ir turėjo pomėgių, kurių Ruta negalėjo sau leisti.

Ji nusiėmė kuprinę, atsisėdo ant laiptų ir atplėšė laišką. Pirmiausia Turida apgailestavo, kad Ruta tą vakarą neliko nakvoti. Kitą kartą ji tiesiog privalanti. Sakinio gale – keturi šauktukai.

Skaitant toliau, žvilgsnis užkliuvo už vieno žodžio lapo apačioje. Nors ji ir nežinojo, kodėl jis ten parašytas. Nerado priežasties, dėl kurios turėtų būti ten minimas. Gormas.

Turida rašė, kad tarp jos ir Torsteino iš tikrųjų niekada nebuvę nieko rimta, tad su juo nutraukusi ryšius. Tačiau keletą sykių susitikusi su Gormu Grande. Mananti, kad jis „užkibo ant kabliuko", kaip ji pareiškė.

Rutos aulinuko priekis buvo užlopytas. Kartą ji įspyrė į dalgį, kurį kažkas buvo palikęs žolėje. Ją apėmė toks jausmas, tarsi žaizda būtų atsivėrusi iki krūtinės. Įsiūtis skausmo nesumažino. Daugiau neskaičiusi ji skubiai sulankstė laišką ir įsikišo į striukės kišenę.

Ji ėjo paplūdimio link, o tas jausmas it nuodai plito po visą kūną. Buvo tai jautusi ir anksčiau. Kai Ovė nepareidavo namo arba su kuo nors susiglaudęs šokdavo. Bet niekada taip stipriai. Šniokšdama taku, ji daužė nužydėjusias ožkarožes ir smilgas. Spardė akmenis, kuriuos tik įžiūrėdavo tarp šaknų ir šakelių. Baudė tą prakeiktą, apgailėtiną, pažliugusią žemę. Štai šitaip! Amen!

Ji matė prieš save Gormą, apkabinusį Turidą. Šokantį su Turida. Palinkusį prie jos ir žiūrintį taip pat, kaip žvelgė į ją, kai jie kartu šoko. Ir kai sėdėjo automobilyje. Jo plaštakas. Ant Turidos.

Bet paskui ji ūmiai sustojo ir liko stovėti. Bangomis atėjo suvokimas. Buvo kur kas blogiau negu tada, kai Ovė negrįždavo iš vakarėlių. Tai ne tik reiškė, kad Ovė jai nerūpi tiek, kiek turėtų, tai reiškė, kad ji – paskutinė kvaiša, iki ausų įsimylėjusi Gormą Grandę.

Ir staiga ji suvokė tikėjusi, jog Gormas vienas vaikštinėja po miestą arba sėdi savo kabinete vien tam, kad ji turėtų apie ką galvoti. Kad turėtų slaptą dovaną, apie kurią niekas nė nenutuokia.

Ji nušlepsėjo toliau, o saulė vanojo ją karštomis lazdomis per megztinį ir striukę. Priėjusi paplūdimį, ji nusimetė kuprinę ir ėmė vilktis drabužius, vieną po kito, kol liko visai nuoga.

Tada ji nušleivojo per dumblius ir slidžius akmenis, klupo ir vėl kėlėsi, svyrinėjo ir strykčiojo. Kai pagaliau buvo pakankamai gilu, metėsi į priekį ir atsidūrė lediniame glėbyje. Grimzdo, grimzdo.

Kai žiaukčiodama išniro iš vandens, prie bujos stovinčiame žvejybiniame kateryje išvydo persigandusius Ovės ir Toro veidus. Ovė buvo prisitraukęs valtį ir ruošėsi irtis jos pasiimti.

Ji su baisiu įniršiu plaukė prie laivo. Sulig kiekvienu yriu matė, kaip jų galvos tai panyra, tai iškyla iš vandens. Ovė, Toras. Toras, Ovė. Pečiai ir galva, galva ir pečiai. Kvėpuok. Dabar nurimk. Tie du, stovintys ten, yra visas tavo turtas! Neturi teisės to pamiršti! Kvėpuok. Štai taip.

Ji įsiropštė į raudoną plastikinę valtelę.

– Ar pakvaišai, žmonės mato tave nuo kelio! – kaip nesavas suriko Ovė.

– Man nusispjaut, – atšovė ji, įlipo į katerį ir nusipurtė jūros purslus.

– O drabužiai? – sudejavo Ovė.

– Nesupranti, kad jie liko ant kranto?

– Viešpatie, Ruta.

– Gal man grįžti į krantą ir nubristi jų pasiimti, kol jie tebežiūri nuo kelio? Ar norėjai tai pasakyti? – sušnypštė ji.

Ovė įlipo į valtį ir nusiyrė į krantą. Ji per galvą apsivilko jo vilnonį megztinį ir drebėdama susmuko ant suolo.

– Mamytė gerai moka plaukti jūroje, – baimingu balseliu tarė Toras.

Ji apkabino jį abiem rankomis, iškėlė aukštai į orą ir apsuko ratu. Jis turėjo juoktis. Jie abu turėjo juoktis. Bet jis nesijuokė, tik sutrikęs spoksojo į ją.

– Mamytė pyksta ant mūsų?

Ji pastatė jį žemėn ir apžiūrėjo nuo šalčio pamėlusius savo kojų pirštus. Atsitūpė ir iki pat apačios užsitraukė megztinį.

– Ne, – pasakė ji, prigludusi prie jo skruosto. – Mamytė yra avis, dabar ji tupi su vilnoniu megztiniu ir šąla.

– Avys neplaukia, – senaudamas tarė jis.

– Jeigu reikia, plaukia.

– O tau reikėjo?

– Taip.

– Kodėl?

– Dėl širdelės. Mamytei taip skaudėjo širdelę, jog ji turėjo plaukti.

– Ar nebeskauda?

– Dar nežinau.

Devynioliktas skyrius

„KAI JIS ATSIBUSDAVO IR KŪNE PAJAUSDAVO LAIVO SUPI-MĄ, VISUOMET PAGALVODAVO: *KODĖL?*"

Gormas vėl pradėjo žymėtis mintis į geltonąją knygelę. Tai, ką parašydavo, retai turėdavo kokį nors kontekstą, bet jis vis tiek rašė. Ne apie tai, kas iš tikrųjų jį graužė ar kėlė nerimą. Veikiau apie tai, kas būtų galėję nutikti, jei aplinkybės būtų susiklosčiusios kitaip.

Versdamas lapus atgal, pamatė, kad tie patys trys žodžiai kartojasi keturis kartus: „Jis nutarė išvažiuoti." Savo minčių Gormas niekada nereiškė pirmuoju asmeniu. Ir niekuomet neminėjo mamos. Tai buvo neįmanoma. Viskas, ką jis rašė, turėjo būti nauja ir drąsu. Net kasdieniai dalykai turėjo sietis su didesne visuma. Pasiekti to rašant apie mamą atrodė nerealu. Be to, teoriškai grėsė pavojus, kad geltonoji knygelė kada nors paklius jai į rankas.

Jis nusprendė, jog nebūtų nieko baisaus, jeigu ji išsiaiškintų, kad jo ydinga moralė. Bet jis negalėjo rizikuoti, kad ji perskaitytų apie jo pasidygėjimą ja. Tai ją įskaudintų.

Žinoma, yra įvairių būdų aprašyti savo slapčiausioms mintims. Jis numanė, jog rašytojai jais naudojasi. Asmeniniams dalykams suteikiamas platesnis kontekstas arba panaikinama, kas bjauru, smulkmeniška ir žemina žmogų, pakeičiama tauresnėmis savybėmis.

Taigi tapo nesunku paaiškinti Asko Burlefūto* bendravimą su nemylimomis moterimis. To reikėjo, kad skaitytojui visais atžvilgiais būtų parodyta pagrindinio herojaus raida. Kitaip tariant, vyro raida.

Gormas suprato visa tai, tačiau pačiam tik retkarčiais pavykdavo suregzti sakinius, pateisinančius tai, kad jis miega su Turida, nes negali turėti tos, kurios geidžia.

* Dviejų Agnaro Miuklės romanų pagrindinis herojus. (*Vert. past.*)

Nenorėdamas per daug apsisunkinti, jis keliuose puslapiuose išliejo savo nuostabą, kad žmogus gali taip niekingai pasielgti. Kai po kelių dienų perskaitė ką parašęs, tai pasirodė veikiau miglota nei drąsu.

Jis niekur neišvažiavo. Nuėjo į pasimatymą su Turida. O ji pakvietė jį į savo kambarėlį. Šeimininkė jo neturėjo matyti, tad ji įsmuko į vidų pirma ir paliko pravertas duris.

Jis juk negalėjo galvos guldyti, kad šeimininkė jo nepamatė, bet Turida nurimo, kai jis pasakė, jog mažai tikėtina.

Tai nebuvo nei melas, nei aiškus patikinimas. Tiesiog būdas gražiai išsisukti iš padėties. Iš tikrųjų jis nusižiūrėjo iš parduotuvės vedėjo Haugano. Gormas nuolat stebėdavo, kaip Hauganas panašiais pasakymais ramina darbuotojus. Poveikis būdavo garantuotas. Darbuotojai dar nuoširdžiau imdavosi darbo.

Turida buvo visur prisitiesusi rankomis siuvinėtų staltiesėlių. Jos kambarys dvelkė kaži kokiu baugštumu, kuris visai nederėjo prie jos puikaus kūno ir drąsių judesių. Arba įžūlios kalbėsenos.

Beprotystė, pamanė jis. Vis tiek jie atsidūrė ant kušetės, po antklode su smulkiomis gėlytėmis išmargintu užvalkalu, dezodoranto kvapo debesyje.

Tą dieną, kai Torsteinas turėjo pradėti darbą didmeninės prekybos skyriuje, kiti skyrių viršininkai ir vadovybė buvo sukviesti į Gormo kabinetą priešpiečių, kad su juo susipažintų.

Torsteinas niekuo neišsidavė ką nors žinąs apie Turidos ir jo santykius. Buvo draugiškas, linksmas ir entuziastingas. Jis pristatė planus, kurie, pasak jo, turėtų jiems padėti pasitikti naujus laikus. Esą svarbu pasirūpinti, kad prekė surastų savo pirkėją. Pavyzdžiui, kokia prasmė pardavinėti maudymosi kostiumėlius Nordkapo kyšulyje*?

Henriksenas ir Haugenas atrodė patenkinti. Prieš visiems išsiskirstant ir grįžtant prie darbų, Henriksenas du kartus nuoširdžiai paplojo Torsteinui per petį ir pagyrė: „Šaunuolis!"

* Šiauriausias Europos taškas. (Vert. past.)

Kai jiedu su Torsteinu liko vieni, abu vienu balsu ištarė Turidos vardą. Tada prapliupo juoktis.

– Mūsų santykiai neturėjo ateities, bet kol truko, buvo smagu, – pasakė Torsteinas.

– Gerai, – tarstelėjo Gormas.

– Gal eime šįvakar išgerti alaus?

– Sutarta, – palengvėjusia širdimi sutiko Gormas.

Tuo pat metu jam buvo pranešta, kad skambina moteris. Gormas pakėlė ragelį, Torsteinas pamojavo nuo durų ir išėjo.

Tai buvo Turida. Turinti su juo susitikti. Šiandien pat. Vos išgirdęs jos balsą, jis suprato, kad kažkas negerai.

– Seniai nesimatėme, – papriekaištavo ji.

– Daug darbo.

– Man reikia su tavimi pakalbėti.

– Galim susitikti ketvirtą valandą prie tavo namų, – dvejodamas pasiūlė jis.

– Mašinoje? – paklausė ji silpnu balseliu.

– Mašinoje, – patvirtino jis.

Ji atrodė nepaprastai gražiai ir kone iškilmingai. Šviesūs plaukai spindėte spindėjo. Jis stebėjo ją iš šono, kai jie važiavo iš miesto. Ji sėdėjo nekalbi ir žiūrėjo į savo rankas.

– Norėjai su manimi pašnekėti?

– Palauk, kol sustosime, – atsiliepė ji.

Jis pasuko į miško keliuką ir sustojo prie ežero. Neišgirdo, ką ji pasakė, tik žodžių aidas jį pasiekė.

– Mes turėsime vaiką, – tarė ji ir bejėgiškai pažvelgė į jį.

Prezervatyvai. Kaip kvaila, šaltai pamanė jis. Neturėjo pasiėmęs jų pirmąjį kartą, Torsteino vakarėlyje.

– Ar tu tikra?

– Taip, – atsakė nenuleisdama nuo jo akių.

Jis guodėsi vien tuo, kad jai greičiausiai blogiau nei jam. Jai turėtų būti velniškai sunku, pamanė. Žinojo, kad tokiais atvejais vyras privalo tarti: „Mes susituoksime." Bet jis to nepasakė. Tiesa, apglėbė ją ir prisitraukė. Bet tai negalėjo paguosti net jo paties.

– Turbūt mums teks susituokti? – išgirdo jos balsą.

Tėvo automobilyje atsivėrė didžiulis vakuumas. Jis taip pat gaubė priekinį stiklą iš išorės, lipnus ir tuščias tvyrojo virš jūros.

Dangus buvo raudonas, su tulžies geltonumo lopais vakarų pusėje. Ežero pakraštyje neritmingai sūpavosi kokakolos butelis ir skardinė dėžutė.

– Mes juk nepažįstame vienas kito, Turida.

– Girdžiu, kad tavo atsakymas „ne".

– Bus matyt. Parvešiu tave namo. Tada galvosime.

Jis paleido variklį ir atbulomis išvažiavo iš sąžalyno.

Ji neverkė. Putlios rausvos lūpos išdavė tramdomą pyktį. Jam pasirodė, kad jos turi godumo žymę, kurios jis nepastebėjo iki tol.

– Gali išleisti mane turgaus aikštėje, – atšiauriai tarė ji.

– Turi reikalų?

– Nesirūpink, gyvuly tu!

– Tau neatrodo, kad mes abu už tai atsakingi? – atkirto jis ir staigiai suktelėjo vairą, kad išsilenktų motociklo.

– Maniau, kad tu man neabejingas. Žiūrėdavai tokiu žvilgsniu. Ir Torsteinas pripažino. „Gormas ryja tave akimis", – kartą pasakė.

Ji karčiai nusijuokė ir įžūliai pažvelgė į jį.

– Būk gera, nepainiok Torsteino. Nebent jis tikrai čia nagus prikišęs, – tarė jis.

Po akimirkos jos delnas nutvilkė skruostą ir automobilis nukreivojo į kelkraštį. Jis įsuko į šoninį keliuką ir sustojo. Pašokęs apmaudas it kamštis įstrigo galvoje.

– Kodėl taip padarei? – paklausė jis ir atsirėmė į sėdynės atkaltę rankas uždėjęs ant vairo.

Kiek galėdamas toliau ištiesė kojas ir jas įrėmė. Įrėmė rankas. Sunku nebuvo. Automobilis – gana ribota erdvė.

– Pasakei taip, tarsi Torsteinas būtų...

Kai ji ištarė tuos žodžius, jis suvokė, kad nesąmoningai galvojo apie tai kaip apie išsigelbėjimą. Nei šiaip, nei taip nusijuokė.

Tada ji pakėlė abi rankas ir pasipylė smūgiai į galvą. Ji buvo stipri.

Iš pradžių jis sėdėjo ir kentė, nes visa tai buvo per daug neįtikėtina. Paskui sugriebė jai už riešų ir prispaudė juos sau prie krūtinės.

– Liaukis! Ar nesupranti, kad negaliu atsilyginti tuo pačiu?

Gaudydama kvapą ji sunkiai atsišliejo į jį. Jis neryžtingai apkabino ją. Taip jie valandėlę sėdėjo. Pro šalį važiuojantis automobilis sulėtino greitį ir į juos pro mašinos langą įsispoksojo vyriškis.

Mama pasitiko jį prieškambaryje.

– Negalima šitaip elgtis. Tavo tėvas visada pranešdavo, kad negalės pareiti pietų. Visada!

– Ar galiu su tavimi pakalbėti? – tarė Gormas, nusivedė ją į svetainę ir uždarė duris į gretimą kambarėlį.

Jis pasodino ją į fotelį ir atsistojo priešais, rankas susidėjęs už nugaros.

– Taip jau atsitiko, kad padariau neatleistiną kvailystę.

– Kvailystę? – sušnabždėjo ji, ir iš veido išraiškos jis suprato, kad ji permato jį kiaurai.

Dabar Gormas man papasakos apie katastrofą, štai ką ji mąstė.

Ji pažįsta mane geriau nei aš save! Tai žemina, negaliu to pakęsti. Kaip prasikaltęs mokinukas stoviu priešais mamą, kuri viską žino.

– Nagi, pasakyk, mielasis, – paragino ji.

– Viena moteris nuo manęs... pastojo.

Mamos veidas pamažu papilkavo ir ant abiejų skruostikaulių išryškėjo po rausvą dėmę.

– Močiutei nepatiks, – vos girdimai pratarė ji.

– Močiutei? Aš juk tau sakau, ne jai.

– Tu man apie ją nepasakojai. Kiek laiko truko jūsų ryšys?

– Neilgai. Nerimtai.

– Nerimtai? Tai kaip ji galėjo pastoti? Kas ji tokia?

– Turida mokytoja, – pasakė jis ir pradėjo vaikštinėti tarp lango ir tėvo krėslo.

Mama kurį laiką sėdėjo trindama rankas ir spoksodama tiesiai prieš save. Paskui įsmeigė žvilgsnį į jį.

– Jūs turite tuoj pat susituokti, – griežtai pareiškė.

Gormas išpūtė akis.

– Negalima bėgti nuo atsakomybės, sūnau. Pagalvok, kaip ji jaučiasi. Viskas turės pereiti per jos sielą ir kūną. Vyras nepajėgus to suprasti, bet jis gali prisiimti atsakomybę.

– Viešpatie, mama!

– Tik nesakyk man, kad jos nemyli. Paistalai! Beveik niekas nemyli vienas kito. Matai, mylėti reikia išmokti. Mudu su tėvu taip pat turėjome mokytis. Pakviesk ją rytoj pietų. Leisk man į ją pažiūrėti. Mudvi su Olga paruošime ką nors skanaus. Ką ji mėgsta? Keptą kumpį? Iš kur kilusi? Turi jos nuotrauką? Karamelės pudingas – tai, ko reikia. Bus labai malonu susipažinti. Mokytoja! Juk puiku. Tu žinai, kad mokytojos negali turėti nesantuokinių vaikų. Joms nepridera. O ji graži? Kultūringa? Na, iš kur kilusi?

Vakare jis paskambino Torsteinui ir pasakė, kad prastai jaučiasi, tad alaus gėrimą teko atidėti kitam kartui.

Turidos motina buvo našlė, ji stovėjo su savo naująja suknia, rankose spausdama prieškarinį rankinuką. Ji atvažiavo vestuvių išvakarėse, be galo dėkinga už tai, kad Gormas sutiko vesti jos dukrą, tarsi būtų pasigailėjęs puolusios moters.

Turida švytėte švytėjo balta nuotakos suknele iš „Grandės ir Ko". Pačia brangiausia ir geriausia. Tiesa, šydas buvo trumpokas. Bet, sausais tetos Klaros žodžiais tariant, „tokiai dailiai nuotakai nereikia jokių kvailų priedų".

Kai Gormas vedė nuotaką pro klauptą, kuriame sėdėjo mama, ši prie akių santūriai pakėlė nosinaitę. Tik močiutės veidas atrodė rūškanas, ji kiūtojo iš šonų prilaikoma tetos ir dėdės.

Torsteinas stovėjo priešais su Turidos vaikystės drauge. Jis buvo pirmasis pabrolys, ji – pamergė. Torsteinas jau turėjo kitą merginą, tad nedvejodamas sutiko atlikti šį vaidmenį.

Gormas visą naktį galvojo apie šią akimirką. Tiesą sakant, dar prieš atsiguldamas nupiešė ją užrašų knygelėje. Kai sugaudė vargonai ir jie žengė raudonu taku, Gormas žinojo, kad dar yra laiko. Bet visai nebedaug.

Jis privedė Turidą prie nuotakos krėslo, ir toji akimirka atėjo. Grakščiai nusilenkęs, iš pradžių pastoriui, paskui nuotakai, jis atsuko altoriui nugarą. Tada nusilenkė visiems susirinkusiesiems. Pastovėjo, pažiūrėjo į juos, ramiai pasitaisė tėvo auksines sąsagas ir nužingsniavo bažnyčios durų link lydimas žmonių žvilgsnių, kurie buvo it varginantys, bet visai nepavojingi smeigtukai, smingantys jam į kūną.

Jis žengė pilnas vyriškos jėgos ir orumo, tarsi viskas iš praeities, kiek tik siekė atmintis, būtų nupirkta ir apmokėta, todėl nebereikia sukti galvos. Bažnyčią puošianti pynė buvo sukurta bendradarbiaujant abiem geriausiems miesto gėlininkams. Iš geltonų ir raudonų gėlių. Kitą kartą būtinai reikės paprašyti, kad pridėtų ir tamsiai mėlynos spalvos, nes ji jam primena Ramųjį vandenyną.

Jis paliko atlapotas duris ir nulipo bažnyčios laiptais skambant paskutiniams Mendelsono maršo akordams, tada išėjo į saulėkaitą ir pasuko prie tėvo „Volvo Amazon". Buvo taip lengva. Reikėjo tik pasiryžti.

Jis nuvažiavo tiesiai į darbą ir paprašė panelę Ingebriktsen paruošti jam kavinuką kavos bei parūpinti lėktuvų tvarkaraštį. Lėktuvų į užsienį, nes ketinąs leistis į ilgesnę privačią kelionę.

Galiausiai jis atrakino stalčių su prirašytomis geltonomis knygelėmis. Skubiai susimetė jas į portfelį. Niekas nepamiršta. Jis pasiruošęs.

Tuomet pastorius kažko jį paklausė ir jis atsakė, kaip buvo išmokęs:

– Taip.

Turida buvo susižavėjusi tuo, jog keliasi į šeimos namą su didžiuoju sodu, ir nė girdėti nenorėjo, kad jie gyvens kur nors kitur. Šiuo klausimu juodvi su mama visiškai sutarė.

– Bet geriausia jums būtų turėti bent du kambarius. Matai, Gormas įpratęs kai kada nuo visų atsiskirti. Jis visada toks buvo, – tyliai pasakė mama ir kaip artima draugė įsikibo Turidai į parankę.

Turida įsigijo elektrinį virdulį ir viename iš stalčių Marijanės kambaryje laikė sausainius ir trapučius asmeniniams naktipiečiams bei ankstyviems pusryčiams. Ji dirbo mokykloje ir susitikinėjo su draugėmis. Kartais sėdėdavo kambaryje, taisydavo sąsiuvinius ir ruošdavosi.

Gormas daugiausia laiko praleisdavo darbe. Jie planavo išplėsti bendradarbiavimą su vienu iš pajėgiausių prekybos tinklų, dėl to Hauganas ir Henriksenas turėjo nuolat jį informuoti ir su juo tartis. Tačiau Gormas jautė, kad jam vis geriau sekasi tvarkyti reikalus. Senukai buvo perdėm patenkinti. Kiekvieną šeštadienį po darbo savo kabinete jis su jais išgerdavo po taurelę konjako ir surūkydavo po cigarą. Hauganas vis žvilgčiodavo į laikrodį, pabūdavo penkiolika minučių, iš bėdos – dvidešimt, nes skubėdavo namo vakarieniauti.

Kadangi daugelį metų trukęs tėvo karas su savivaldybe dėl sklypo parduotuvės plėtimui vis dar niekaip nesibaigė, tai irgi būdavo nuolatinė susirinkimų dingstis. Pavasarį jie žadėjo pradėti statyti du papildomus aukštus, bet to nepakako.

Hauganas ir Gormas prie keturių akių sutarė, kad norint laimėti prieš savivaldybę reikia gero teisininko. Šiaip Vangui nieko negalėjai prikišti. Bet jis nebebuvo toks kovingas ir netrukus ketino išeiti į pensiją. Be to, miesto taryboje turėjo porą politinių draugų ir nenorėjo jiems kenkti. Hauganas Gormui patarė nežlugdyti žmogaus, bet imtis gudrybių. Gormas nekantravo, tačiau kol kas nusileido.

Jis pastebėjo, kad eiti į darbą – jokia bausmė. Priešingai – jis jam atiduodavo vis daugiau ir daugiau jėgų.

Parėjęs namo, ne kartą girdėjo Turidą ir mamą drauge juokiantis. Pajusdavo lyg ir dėkingumą. Gormas dažnai pamanydavo, kad visa tai griebia už širdies, bet su juo tarsi nesusiję. Į Turidos pilvą jis neįstengė žiūrėti kaip nors kitaip negu į Turidos pilvą, kuris, be visa ko, jai turbūt trukdo.

Vedęs jis nebesinešdavo į namus geltonosios užrašų knygelės. Užrakindavo ją stalčiuje kabinete. Vieną šeštadienį, su senukais išgėręs konjako, išsitraukė ją ir parašė: „Kai jis pirmą kartą išvydo savo vaiką, suprato draugui padaręs paslaugą.“

Tą dieną, kai turėjo gimti Siri, jiedu su Turida pirmą kartą rimčiau susipyko. Ji įsigeidė, kad vasarą atostogauti į užsienį su jais vyktų abi mamos. Tada būtų kam prižiūrėti vaiką.

Jis atrėmė, esą nėra ko planuoti, kol kūdikis dar negimęs. Ji įsiuto ir apkaltino jį, kad jis nenori savo paties vaiko. Ir jis tikrai nerado ko atsakyti.

Jau po dviejų valandų prasidėjo sąrėmiai, ir nors ji vėlavo gimdyti, jis pasijuto kaltas ir įsivaizdavo, kad to būtų buvę įmanoma išvengti, jeigu nebūtų jos taip supykdęs.

Veždamas ją į ligoninę, mėgino išlikti ramus. Ji dejavo ir kabinosi į jį. Jis pasijuto bejėgis, nes juk niekaip negalėjo apmalšinti jos skausmų.

Jam liepė laukti koridoriuje.

– Kolei kas Grandė gali išgerti kavos, – nusišypsojo slaugytoja ir jau norėjo vestis Turidą.

Ši susirietė ir palinko prie jo. Užėjo naujas sąrėmis.

– Štai čia, ponia Grande, – tarė slaugytoja.

Turida žiūrėjo į jį maldaujamu žvilgsniu, sunkiai gaudydama orą.

Jį apėmė toks jausmas, tarsi matytų ją pirmą kartą. Tačiau jis buvo už ją atsakingas. Ji – jo žmona. Tai jo kaltė, kad ji stovi čia, ligoninės koridoriuje, ir raitosi iš skausmo. Jis išvydo tai, apie ką net nepagalvojo, kol ji laukėsi. Turida bijo. Mirtinai bijo.

Devynis mėnesius jos padėtį jis laikė apgailėtinu, bet natūraliu vyksmu, kurį ji turės iškęsti savo jėgomis. Iš jo pusės užteko vedybų.

Jis apglėbė ją ir nuvedė koridoriumi. Kai slaugytoja norėjo juos išskirti ir uždaryti duris, Turida pravirko.

– Aš eisiu kartu, – užsispyrė Gormas.

– Akušerė nenori ten leisti vyrų.

Jis apsimetė neišgirdęs ir žengė toliau į šiurpą keliančią patalpą, pilną plieninių vamzdžių, nikelio ir stiklo. Ant grindų stovėjo kibiras – atrodė, kad kruviname vandenyje mirksta kankinimo įrankiai.

– Čia galite nusirengti, – pasakė slaugytoja ir palydėjo Turidą už širmos.

Po valandėlės vaitodama ji išėjo apsivilkusi didžiuliais ligoninės marškiniais.

Jis jau ketino sekti iš paskos į gimdyklą, kai valdingas balsas privertė atsisukti.

– Jums čia negalima likti!

Matyt, ji buvo vyriausia. Kažkuo priminė Bubeną iš „Bonneville". Gal ji nėra bloga, tik nori būti stipriausia, pamanė eidamas ten, kur aimanavo Turida.

– Ar girdėjote, ką pasakiau? – tarė viršininkė ir sugriebė jam už rankos.

Jį išpylė prakaitas, ir jis suprato, jog ko nors pasiekti gali tik gudrumu. Čia kaip rankos lenkimas – svarbu tinkama taktika. Žvilgsnis geriau nei šiurkšti jėga.

– Gerbiamoji, aš turiu būti prie žmonos, jai reikia manęs!

– Mielasis pone Grande, apie tai jūs ničnieko nenusimanote, – niauriai atrėžė ji.

Bet jam pasirodė, kad balse išgirdo dvejonės gaidelę.

Nuo Turidos riksmo prakaitas išmušė visą kūną. Jis nurijo seiles.

– Nenusimanau. Bet jai bus ramiau, kai aš šalia.

– O ką mes darysime, kai apalpęs nugriūsi ant grindų?

– Nedarykite nieko, pats atsikelsiu, – tarė jis ir pabandė nusišypsoti vis dar žiūrėdamas jai į akis.

– O jeigu maišysies po kojų?

Ji pamiršo sakyti „jūs", ir dabar jau kalbėjo piktai.

– Pažadu griūti taip, kad nesimaišyčiau po kojų, – patikino siekdamas durų.

Bubeno antrininkė atidžiai nužvelgė jį. Tada žengė kelis žingsnius, nuo lentynos pagriebė kažkokį baltą daiktą ir numetė jam. Sugniaužti kumščiai buvo valdingai įremti į šonus, kai ji pasakė:

– Pone Grande, jūs kaip rakštis panagėj! Prašom nusiplauti rankas ir užsivilkti baltą chalatą!

Po kelių valandų, kai akušerė, laikydama už kojyčių, pakėlė jo dukrą ir ši pirmą kartą pravirko, jam pasidarė gėda dėl to, kad manė, jog ji galinti būti Torsteino.

O kai ji, suvystyta rankšluosčiu, buvo paduota jam į rankas, jis suvokė išgyvenąs tai, apie ką bus sunku kalbėti su ironija geltonojoje knygelėje. Jam per skruostus varvėjo, ir jau senokai.

Turida išsekusi šypsojo lovoje. Akušerė ir slaugytojos tarpusavyje juokavo, lyg būtų išpakavusios sezono kolekciją, nieko daugiau. O jis ašarojo. Galiausiai ryžosi paklausti, ar niekis, kad ji atrodo tokia maža ir ligota.

– Na, ką jūs, Grande, ši mergytė sveika ir didelė! – pasakė akušerė ir iš aukšto nusišypsojo.

Jis atsargiai įkišo smilių tarp mažutėlių pirštukų, pajuto šilumą, sklindančią nuo plonytės odelės, ir miniatiūrinių, tobulų nagučių aštrumą.

Jis prisiminė vieną įvykį, nutikusį vaikystėje. Indrefiorde. Įsilipęs į medį, jis iš lizdo iškėlė paukščio jauniklį. Ilgai sėdėjo ant šakos laikydamas jį delne. Paukščiukas buvo šiltas ir keistas. Tyrinėdamas ploną odelę su kraujagyslėmis ir poromis, jis suvokė niekada nematęs tokio bejėgiško padarėlio. Švelniai patupdė jį atgal į lizdą. Bet vakare rado negyvą gulintį po medžiu. Visą vasarą jį graužė mintis, kad jo kaltė. Nes paėmė jį į rankas.

Dabar viskas rimčiau. Jis jaučiasi atsakingas už tai, kad šiam žmogučiui neatsitiktų nieko bloga.

Ji pramerkė juodas akis. Rodės, spokso į jį iš gimdos tamsumos. Lyg dar ne visai šiame pasaulyje.

Aš esu pirmas žmogus, kurį ji mato, pamanė pamiršęs, kas knygose rašoma apie tai, kiek gali regėti maži vaikai.

– Iš kur tokios tamsios akys? – susidrovėjęs paklausė ir paguldė ją Turidai ant krūtinės.

– Visų naujagimių tokios akys. Pamažu pasikeis, – paaiškino akušerė.

– Sveikutė, Siri! – pasakė Turida ir nusijuokė.

Jis žvelgė į išsiplėtusius kūdikio vyzdžius ir juokėsi drauge.

Tada sąmonėje švystelėjo kitas ryškus vaizdas. Tik akimirką. Rutos akys.

Kai gimė Siri, mama neatpažįstamai pasikeitė. Gormas nė karto negirdėjo, kad būtų nusiskundusi sopuliais ar negalavimais. Anūkė tapo visa ko ašimi. Marijanės berniuko ji nebeminėjo.

Kol Turidai nereikėjo eiti į darbą, mama įsuko lėtą procesą, kad iš jos padarytų damą. Norėjo pataisyti apsirengimą, kalbėseną ir šukuoseną.

Ji nepeikė, tik pateikdavo pagrįstų siūlymų. Kai Turida pasiguodė, Gormas pasakė, kad ji pati turinti nubrėžti ribas.

Mergaitei buvo beveik dveji metukai, kai Turida pradėjo susitikinėti su buvusiomis draugėmis, kaip ji sakydavo.

Vieną vakarą, grįžęs iš kelionės, Turidos namie nerado. Mama jį pasitiko kalbomis, esą jo žmona vaikštanti į restoraną ir šokanti su kitais. Prisiglaudusi prie vyriškių, apsitaisiusi „Grandės ir Ko" suknelėmis. Pačiomis brangiausiomis. Tai papasakojusi viena draugė iš skaitovių ratelio.

Jis palaikė tai paistalais ir apkalbomis.

– Tai ko ji vis kažkur lekia?

– Aš juk irgi nesėdžiu namie.

– Tu dirbi.

– Turida taip pat grįžo į darbą, – aštriai atrėmė jis.

– Kiek žinau, vakarais ji nedirba. O tikrovė tokia, kad dienomis mažoji Siri nemato savo tėvų. Ji turi tik mane!

– Pirmą kartą girdžiu, kad dėl to skundiesi. Maniau, tau tik džiaugsmas. Juk pati mums pasiūlei gyventi tuose pačiuose namuose.

264

Ją ištiko verksmo priepuolis, ir galiausiai jam teko su ja susitaikyti. Bet Turidai jis nusprendė neužsiminti apie šį pokalbį.

Šeštadienį, su senukais pagurkšnojęs konjako, užrašų knygelėje parašė: „Jo motina buvo žmogus, turintis devynias galybes neatpirktų kalčių, tačiau neapdovanota atgailavimo talentu. Ji tik kraudavo savo kaltę kitiems. Jis užklupo save elgiantis panašiai, nors jam tai ir nepatiko. Faktas toks, kad jis keletą dienų giežė apmaudą ant motinos, nes jo žmona šoko su kitais vyrais."

Geltonojoje knygelėje Gormas pirmą kartą pavartojo žodį „motina".

Su juo Turida buvo tokia kaip anksčiau. Bet apsilankymai jo kabinete, kur ji savo žavesiu pakerėdavo visus darbuotojus, tapo retesni. Kai jis mėgindavo prie jos priartėti, ji dažnai būdavo pavargusi arba norėdavo ištaisyti rašinius, kol miegodavo Siri.

Vieną rugsėjo šeštadienio vakarą, kai mama buvo išvykusi į savo gydyklą kasmetinio poilsio, ilgiau užtrukęs darbe, prie Siri jis rado auklę.

– Kur ji išėjo? – paklausė mažumą susigėdęs, nes nežinojo, kur žmona.

– Nesakė. Bet paliko telefono numerį.

Jis atpažino numerį ir paprašė auklę dar truputį pabūti. Tada nudrožė į restoraną, kur ji eidavo susitikti su draugėmis, ir netrukus savo akimis pamatė, kaip ji sukasi aukšto juodbruvo vyriškio glėbyje. „Šiaip ar taip, ne Torsteinas", – konstatavo jis, apsigręždamas tarpduryje.

Parėjęs išsiuntė auklę namo. Paskui užlipo į viršų pas miegančią Siri. Ji buvo sukaitusi, šviesūs plaukučiai – prilipę prie kaktos. Jis kilstelėjo antklodę ir nubraukė plaukus.

Ji trumpam nubudo, pasakė „tėti" ir vėl užmigo. Jis dar pasėdėjo blausioje šviesoje, kurią skleidė Ėdelės lempa su elfu. Kodėl jos niekas neišmeta? Gaubtas juk sugadintas.

Jį nustebino pavydas, kurį pajuto išvydęs Turidą su tuo kitu vyru. Pasigedo savo užrašų knygelės, gulinčios kabinete, nes mielai būtų pripažinęs: „Pavydas yra infantilus, tamsus ir reikalingas jausmas. Blogiausiu atveju jis luošina, geriausiu – apvalo."

Jis nežinojo, kaip pavydas paveiks jį. Slinko valandos, o ji negrįžo, bet kažkaip stebėtinai jis užmigo.

*

Jis lipo laiptais į prieškambarį nešdamas Siri, kai pro duris įslinko Turida. Buvo pusė aštuonių ryto.

Ji atrodė puikiai. Nepaprastai graži. Pamačiusi jį, nusuko žvilgsnį.

– Tau tinka namų šeimininko vaidmuo, – pasakė kabindamasi paltą.

Netaręs nė žodžio, jis vėl užlipo į viršų.

Kai ji įėjo į kambarį, jis tupėjo šalia Siri, į lėlės akiduobes įkišusios pirštelius. Ant lėlės rankos matėsi dantukų kandimo žymės.

– Aš atsiprašau. Deja, per daug išgėriau. Užmigau pas vieną draugę.

– Ar gera buvo pas jį užmigti?

Jis pamėgino sugauti jos žvilgsnį, bet ji nusigręžė ir numetė ant grindų rankinę. Eidama koridoriumi į vonią, nusispyrė batelius. Ji šiek tiek šleivai statė kojas. Jį tai visada jaudindavo. Anksčiau.

Vieną dieną Turidai atėjo laiškas rudame voke su Tronheimo miesto herbu. Ji gavo mokytojos darbą, o jis net nežinojo, kad ji siuntė prašymą.

Po to, kai ji parodė jam laišką, jie vienas kitam neištarė nė vieno pikto žodžio. Tiesa, jis paklausė, ar būtina važiuoti tokią tolybę. Kai ji pasakė: „Taip!", jis linktelėjo. Ką gi, jeigu taip jaučianti.

Kai dar nebuvo nueita taip toli, ji, žinoma, iškalbinėdavo. Kad jis pasirodantis kaip jaunas mėnulis, kad leidžiantis savo motinai savavaliauti jų namuose, kad jam nerūpinti mažoji Siri.

Jis sutikdavo, kad jos kaltinimai pagrįsti, išskyrus pastarąjį. Netgi papildydavo jos priekaištus, jeigu ji, pagauta afekto, nerasdavo tinkamų žodžių.

Kai Turida išdrožė, esą jo motina ištroškusi valdžios ir visada reikalaujanti dėmesio, jis pridūrė, kad ji dar ir aikštinga ir kitokios nepamenantis.

Bet apsisprendusi išvažiuoti Turida nustojo jam priekaištauti. Jie susitikdavo prie stalo, drauge atremdavo nemaskuojamus mamos ėjimus ir negirdomis nuleisdavo jos pastabas apie juos, kaip tėvus ir sutuoktinius. Retsykiais Gormas mamai paprieštaraudavo, bet dažniausiai tylėdavo.

Kol slinko savaitės, nejučia virsdamos mėnesiais, jis klausė save, kodėl iš pat pradžių nedavė mamai suprasti, kad jiedu su Turida yra nedaloma visuma. Ar dėl to, kad giliai širdyje troško, jog vieną dieną būtų per vėlu?

Vakare, po darbo dienos, geltonojoje knygelėje parašė: „Jis jos nepasirinko. Tai ji per kvailą galvą pasirinko „Volvo."

Vis dėlto krūtinėje atsivėrė tuštuma, kai jis pamatė ją į tris didžiulius lagaminus kraunantis daiktus.

Jis užsakė konteinerį ir padėjo jai supakuoti vaikišką lovelę, rašomąjį stalą ir keletą kitų baldų, be kurių negalėjo įsivaizduoti jos buities.

Paskutinį vakarą jis užėjo į jos kambarį. Kai jie, neliesdami vienas kito, gulėjo su visais drabužiais ant lovatiesės, jis pagaliau sugalvojo, ką pasakyti.

– Manau, tavo sprendimas teisingas. Tu drąsi. Nežinau, ką įžiūrėjai manyje iš pat pradžių, bet nesistebiu, jog suvokei klydusi.

– Tu gyveni kitame pasaulyje. Nesuprantu tavęs. Niekada neįsileidi manęs. Dėl to jaučiuosi kvaila ir visiškai viena.

Jis pasikėlė ant alkūnės ir įsižiūrėjo į ją.

– Tu – saulės spindulėlis, Turida. Kaipgi tau bus įmanoma gyventi su tokiu kaip aš, kai pati tesi šiltas saulės spindulėlis?

Ji pravirko ir rankomis apsivijo jam kaklą. Tai apmalšino tuštumą. Jis paglostė jai nugarą, kad nors ką duotų. Būna, kad ir svarbus ryšys dėl įvairių priežasčių turi nutrūkti.

Rytą, kai jis nuvežė jas prie kelto ir padėjo susinešti daiktus, dangus virš molo švietė skaisčiai violetine spalva. Jiedu su Turida atsisveikino kaip du mandagūs pažįstami.

Jis pakėlė mieguistą Siri ant rankų, prispaudė ją prie savęs ir paguldė į gultą. Jai buvo treji metukai ir ji nežinojo, kad jį palieka.

Kai jis lipo laiptais į kabinetą, jam dingtelėjo mintis, kad nebe už kalnų ruduo. Nepastebėjo, kaip prabėgo vasara.

Panelė Ingebriktsen atnešė jam kavos ir laikraštį. Tas pats kartojosi kiekvieną rytą. Jis paveldėjo ją kaip ir visa kita. Kai ji pasisuko eiti, jis prabilo tėvo balsu:

– Ar jums patinka pas mus dirbti, panele Ingebriktsen?

Ji atsisuko ir išsigandusi pažiūrėjo į jį.

– Patinka! Ar kada nors daviau pagrindo manyti kitaip?

– Ne, aš tik šiaip paklausiau.

Įtarų susierzinimą jos veide pakeitė malonesnė išraiška.

– Ar paštą atnešti iš karto, ar Grandė pirmiausia perskaitys laikraštį?

Jis sėdėjo ir žvelgė į ją.

– Šįryt mane paliko žmona, – tarė kaip įmanydamas draugiškiau.

Panelės Ingebriktsen burna prasivėrė. Pro dvi rutuliškas akis išlindo lipnus pasibaisėjimas. Jos pasibaisėjimas ėmė spausti jam smilkinius.

– Aš sukrėsta ir man dėl to labai gaila, – glebnomis lūpomis suvapėjo ji.

Ko gera, jos lūpos visą laiką tokios pat glebnos, tik jis nepastebėjo.

– Ar galite pasirūpinti, kad sužinotų darbuotojai? Visi! Visos grandys! – paprašė jis.

Lipnumas ėmė dar labiau slėgti.

– Nė už ką, – atsakė ji ir akimirksniu dingo už durų.

Pavakare, kai kiti buvo išėję, Gormas į knygelę įrašė: „Matyt, žmogui kažkas negerai, jeigu jis nepastebi, kad buvo vasara, prieš imdamas mąstyti apie tai, jog atėjo ruduo. Ir jeigu tarp daugybės darbuotojų neranda nė vieno, kuris galėtų perduoti svarbią žmogišką žinią.“

Tiesiai iš darbo nuėjo į kiną. Žiūrėjo filmą apie meilę. Vienos banalybės, kurių jis nepajėgė suprasti. Bet ten buvo šilta ir tamsu.

Paskui pasėdėjo prie taurelės tame pačiame restorane, kur Turida šoko su tuo aukštaūgiu juodbruviu. Sutiko porą pažįstamų. Viena buvo mokytoja.

Matyt, jie viską žinojo. Šis miestas buvo plokščias ir mažas, su tiesiomis gatvėmis. Gandai plito greitai. Tikėtina, kad jie viską žinojo dar tada, kai jis pats nieko nenutuokė. Bet nesvarbu. Jau nebe.

Pėdindamas tuščiomis gatvėmis, prieš akis matė tėvą. Rimtą. Visada skubantį. Tačiau jų žvilgsniai susidurdavo. Retsykiais. Dabar jis aiškiai regėjo tėvo veidą parduotuvės vitrinoje. Tėvas linktelėjo. Gormą nusmelkė mintis, jog tėvui gyvenimas atrodė nepakeliamas.

Įsėlinęs į namus ir įžengęs į Siri kambarį, prieš save išvydo mažą burnelę smulkiais dantukais.

Ant stalo prie lovos gulėjo Turidos raktai. Kartą iš Kopenhagos jis parvežė jai raktų pakabuką su skaudžiai geltonu gintaro rutuliuku ant sidabrinės virvelės. Jis pakilnojo raktus delne, tada vėl padėjo ant stalo ir užgesino šviesą.

Kambaryje tvyrojo keista tuštuma. Veikiausiai ji sklido iš vidaus. Iš jo paties. Ant linoleumo mėnuo nubraižė lango juostelių kontūrus. Ant grindų priešais jį margavo ryškios geltonos grotos.

Dvidešimtas skyrius

GAL BIJOS VIENA GYVENTI VIEŠBUTYJE?

Ji sugraibė jungiklį ir gąstelėjo ant sienų išvydusi savo daugiagalvį šešėlį. Registratūros darbuotoja pasakė, kad jai pasisekė, nes likę tik geresnieji kambariai. O kaina kaip už paprastą.

Kurį laiką didžiuliame kambaryje ji jautėsi svetima. Paskui dingtelėjo, kad Ovė jį apibūdintų kaip „pasakišką".

Iš lagamino išsitraukusi negausų garderobą, ji nebesugalvojo, ką veikti. Ant naktinio stalelio pasistatė žadintuvą ir ėmė baimintis, kad rytą gali laiku nepabusti. Arba nerasti pastato, kuriame vyks susirinkimas.

Tada pasijuto išalkusi. Viešbučio virtuvė tikriausiai jau uždaryta, bet ji juk gali išeiti į gatvę ir ko nors nusipirkti. Regis, matė netoliese dešrainių kioską? Ramino save, kad tai normalu. Iš tikrųjų norėjo, kad būtų kuo paprasčiau. Bet ar reikės grąžinti raktą? Ar galės jį išsinešti rankinėje?

Ji pakėlė vieno iš trijų, artimiausio telefono ragelį. Virtuvė jau užsidaranti, bet sumuštinį dar galinti gauti. Ji pageidausianti šilto, jei įmanoma. Ir vyno. Raudonojo. Ne, markė nesvarbu. Butelį? Ne, užteks pusės.

Kai padėjo ragelį, pasidarė taip tylu, jog ji girdėjo savo širdies dūžius. Gatvės triukšmas bemaž numalšo. Ji atsisėdo prie rašomojo stalo ir įsijungė lempą, kad dar kartą peržiūrėtų pranešimą.

Ji buvo įsitraukusi į mokytojų sąjungos veiklą. Iš pradžių nesutiko dalyvauti vietiniuose rinkimuose. Bet pamažu suprato, jog tai galimybė sutikti žmonių, kurie per organizacijos susirinkimus negalvoja apie sąsiuvinių taisymą ir kramtomosios gumos mėgėjų tramdymą.

Man nereikia ilgai kalbėti, mąstė ji. Tikriausiai bus pakankamai tokių, kurie norės parodyti, kiek daug išmano. Tačiau ji nerimavo, kad nepateisins į ją sudėtų vilčių.

Gavusi užsakytą valgį, ji užsirakino duris ir šventiškai nusiteikusi sėdo prie stalo. Jai dingtelėjo, kad gyvenime nėra valgiusi viešbučio kambaryje. Net nežinojo, ar jai patinka, ar ne.

Keletą kartų sukirbėjo mintis vis tiek išeiti į gatvę. Galbūt pasivaikščioti po dideliais medžiais, kuriuos matė pro langą. Tačiau nuvijo mintį šalin. Ji ten nieko nepažįsta. Nė vieno žmogaus.

Kol dideliais gurkšniais gėrė vyną, apniko nerimas, nuo kurio mušė prakaitas. Iš tikrųjų visą laiką jį jautė. Jai pasirodė, kad yra stebima. Bet apsidairiusi neišvydo nė gyvos ar mirusios dvasios – nei palovyje, nei spintoje.

Ji padėjo ant padėklo lėkštę ir taurę, nušluostė stalą skudurėliu iš vonios, užgesino lempą ir atsigulė. Šviesą ant naktinio staliuko paliko.

Valandėlę pagulėjusi sumąstė, jog reikia užtraukti užuolaidą. Kas gi gali užmigti nepaliaujamai mirgant neono šviesoms? Ji atsikėlė ir priėjo prie lango.

Apačioje stoviniavo ir vaikščiojo žmonės. Grupelėmis ir po du. Beveik niekas – po vieną. Skambėjo juokas ir muzika. Dideli šešėliuojantys medžių vainikai užstojo šaligatvį. Ji pravėrė langą, ir viskas pasidarė ryškiau. Tarsi ir ji būtų tapusi peizažo dalimi. Ji liko stovėti. Tamsūs medžiai ir baugino, ir traukė akį. Kaip ilgai jie stūksojo, po truputį, nepastebimai stiebdamiesi aukštyn? Kol atvažiavo ji.

Pajutusi, kad ima stirti, ji uždarė langą ir užtraukė užuolaidą. Vėl atsigulusi pamanė, kad būtų smagu viešbutyje ką nors pažinoti. Tai nereiškia, kad tokį vėlų metą pultų tam žmogui skambinti ar kaip nors jį vargintų. Tiesiog žinotų jį kažkur esant. Dabar pajuto jį prie savęs. Jis apklojo ją ir save antklode. Jai pasidarė šilta ir ramu.

Po rytinio posėdžio ji ėmė bendrauti su Birgeriu, kuris mokytojavo kaimyninėje savivaldybėje. Šiek tiek pažinojo jį iš anksčiau, girdėjo jo pasisakymą regioniniame sąjungos susirinkime. Jis kalbėjo užsidegęs, tačiau klausytojų nemėgino atversti.

Gelbėtojų ir taip buvo per daug. Jos amžiaus vyrų, dėvinčių norvegiškus megztinius ir languotus marškinius su bent viena prasegta saga. Džinsinėmis arba velvetinėmis kelnėmis.

Birgeris su savo šviesia vešlia barzda ir protingomis akimis atrodė kaip geraširdis dėdulė. Kai jiedu drauge pietavo, jis pasidomėjo, ar ji turinti ką nors numačiusi vakarui.

– Nė karto nesu buvusi Rudens parodoje. Bet tada turėčiau praleisti popietinę dalį, nes vakare jie turbūt užsidaro.

– Man tinka, – plačiai nusišypsojo jis.

– Tu irgi domiesi? – apsidžiaugė ji.

– Paprastai aplankau kiekvieną rudenį, jei tik galiu. Įprotis nuo studijų laikų.

Kai jie žingsniavo Rūmų parku per čežančių lapų šūsnis, jis papasakojo dvejus metus čia vaikščiodavęs kasdien. Pasiilgstąs studentiškų dienų. Mažas Nordlano miestelis, žmona, du vaikai ir mokytojo vieta – daugiau nei gerai, bet studentiškas gyvenimas Osle – tokia laisvė.

– Viskas susiklosto ne taip, kaip tikiesi, – sumurmėjo jis.

– Taip, – teatsakė ji.

Kai jie įėjo į vidų, jis, pasistumdęs eilėje, abiem nupirko bilietus. Ji susijaudino ir nejučiomis du kartus padėkojo.

Nors abu įsigijo po katalogą, vaikščiojo sykiu. Jie daug nešnekėjo. Bet buvo gera, kad jis šalia. Retsykiais jis mostelėdavo į kokį paveikslą ir nusišypsodavo arba pakratydavo galvą. Tačiau netarškė.

Prie laiptų į antrąjį aukštą jie sutiko moterį raudonais plaukais. Ši labai apsidžiaugė jį pamačiusi ir visai nekreipė dėmesio į Rutą.

Jis atrodė susikaustęs. Galiausiai linktelėjo raudonplaukei, pasakė, kad buvo malonu susitikti, ir palinkėjo sėkmės.

Ruta pažiūrėjo į jį kitomis akimis. Didelis, gerai sudėtas meškinas, kuris mėgsta meną.

Kai jie ėmė kopti laiptais, jis paaiškino:

– Studijų laikų pažįstama. Kartkartėmis susiduriame, kai būnu mieste. Gal man reikėjo tave pristatyti? Ar buvau nemandagus?

Ji šelmiškai pažvelgė į jį.

– Ne, manau, tu norėjai, kad ji mane palaikytų tavo žmona ir tau būtų lengviau išsisukti.

Jis nusikvatojo taip garsiai, jog žmonės atsigręžė. Tai ją smagiai nuteikė, tarsi jie būtų tapę draugais.

Pasiėmę po taurę vyno, jie prisėdo kavinėje aptarti paveikslų. Jis nebuvo toks susižavėjęs kaip ji.

– Meistriškumas per pastaruosius metus išnyko. Atsirado per daug teplionių. Kai kas renkasi lengvą gyvenimą. Iš čia daugybė tuščio niekalo.

Ji paprašė pavyzdžių, o kai jis paminėjo jai patikusį stiprų paveikslą, matytą antrame aukšte, paprieštaravo.

– Sutinku, kad meistriškumas svarbu. Bet man svarbiau, kad paveikslas sujaudintų iki sielos gelmių ir liktų su manimi, – tarė ji.

Jis klausėsi ir karštai įrodinėjo savo tiesą. Bet tai jos netrikdė. Visai kas kita buvo ginčytis su Ove. Ji prisipažino tapanti.

– Nors ir nemoku. Tiesiog jaučiu poreikį, – pridūrė susigėdusi.

Kol jiedu šnekučiavo, ji suvokė, kad kalbasi su žmogumi, kuris supranta, ką ji sako. Kuris yra panašiai mąstęs ir nebijo apsijuokti.

Ir kol ji jautė jo žvilgsnį, iškilo motyvas: nepažįstama raudonplaukė moteris, kuri nulipa laiptais ir apsidžiaugia pamačiusi Birgerį. Jų žvilgsniai. Kažkas, kas juos kadaise siejo. Jos pavydas. Odos medžiagiškumas, kai ji skubiai apsikabina jo kaklą. Nedrąsus, beviltiškas prisilietimas. Ir faktas, kad ji pati, Ruta, stovi antrajame plane, tartum trikampyje.

Mintyse ji užpildė drobę ir suteikė motyvui pusiausvyros. Iš pažiūros nuoširdų susitikimą paryškino tamsiais potėpiais. Birgerio žvilgsnis, norintis pabėgti nuo moters, vienaip ar kitaip tapo centru. Svarbiausia motyvo dalimi.

– Ar rytoj po posėdžio skrisi namo? – atsargiai paklausė jis.

– Taip. O tu?

– Aš liksiu dar vieną dieną, iki sekmadienio. Kadangi jau atvažiavau, noriu apeiti daugiau parodų.

– O! Puiki mintis.

– Pasilik ir tu!

– Nežinau, – dvejodama tarė ji.

– Suprantu. Buvo įžūlu iš mano pusės.

Šviesa atsispindėjo didelėse stiklo plokštumose, žiūrinčiose į gatvę. Ją supykdė beviltiškumo jausmas.

– Gerai! Lieku dar vieną dieną! – išgirdo save sakant.

– Baisiai mane pradžiuginai! Mes praleisime bendrus pietus ir po susirinkimo patrauksime tiesiai į Dailininkų sąjungą. Ar esi buvusi Munko muziejuje? O Nacionalinėje galerijoje?

Ji niekur nebuvo buvusi. Ją apėmė įkarštis, o ji mielai leidosi užkrečiama.

Išėjusi į gatvę, susirado telefono būdelę. Jiedu su Ove neturėjo telefono, tad ji paskambino kaimynams ir paprašė perduoti vyrui, kad grįšianti sekmadienį, popietiniu lėktuvu. Paprasta, nors ir bailu, ir daugiau apie tai nebegalvojo.

Oras atrodė apsunkęs nuo rudens ir miesto kvapų. Tai buvo laisvė. Kai užsidarė paskutinė galerija, gatvių peizažą apgaubė mėlynos sutemos, bet padangė liko vaiski.

Birgeris paėmė jai už parankės ir pranešė, kad pamėgins gauti staliuką restorane „Theatercaféen"*. Ji leido jam spręsti ir rikiuoti. Jis pažinojo miestą, o ji buvo atvykėlė. Prisipažino šiek tiek jam pavydinti.

– Tu tikriausiai irgi turėjai jaunystę, – tarė jis.

– Neprisimenu, – nusijuokė Ruta.

– Juokdarė! Tau gi dar nė trisdešimties nėra, – pasakė jis ir spustelėjo jai ranką.

O vėliau, kai jie sėdėjo restorane, jis ant staliuko suėmė jos delną ir užsakė vyno.

Ji apžiūrinėjo sietynus, mėgino atpažinti portretuose pavaizduotas garsenybes, stebėjo įeinančius žmones. Ovė būtų pasakęs, kad visa tai pasakiška. O gal jam čia nepatiktų. Galbūt imtų ir išeitų, nes reikėtų susitikti su kokiais nors draugužiais?

– Kaip manai, ar kas nors yra panaudojęs motyvą su muzikantais galerijoje? – paklausė ji.

Birgeris nežinojo, bet buvo beveik įsitikinęs, kad taip.

– Juk gali jį sukurti savaip, – tarė jis.

Taip, bet ji visąlaik ieškanti tokio motyvo, kurio niekas nebūtų matęs. Jis suprato ir spustelėjo jai pirštus. Taip, žinoma, suprantąs.

Ji nudelbė akis į lėkštę ir ištraukė ranką.

Dviem vyrams buvo parodytas šalia stovintis laisvas staliukas. Vienas jų, apkūnokas ir vilkintis kostiumu, užstojo kitą. Jis pūkštė, tarp staliukų nešdamas pilvą ir portfelį sofos link, ir pasakojo ketinąs užsisakyti didelę prekių partiją iš Japonijos.

– Aš visai nenoriu dalyvauti toje „Samtex" ir „Barntex" nesąmonėje.

* Vienas seniausių Oslo restoranų, kurį XX a. pradžioje buvo pamėgę garsūs kultūros ir meno žmonės. (Vert. past.)

– Turbūt įmanoma iš visur paimti tai, kas geriausia, – atsiliepė pažįstamas balsas.

Po akimirkos ji žiūrėjo tiesiai į išpūstas Gormo Grandės akis.

Jos iš tiesų žalios! Tai nebuvo vien mano vaizduotės vaisius, šmėstelėjo mintis.

– Ką nors padariau ne taip?

Birgeris liko kažkur toli, toli.

– Ne, – atsakė ji, neišgirdusi klausimo, ir perkėlė žvilgsnį ant artimiausios kolonos.

Viršų puošė vainikas iš kaži kokių nykštukų galvų. Jie buvo su didžiulėmis barzdomis.

Ji akimis nusileido į kolonos apačią ir per grindis palengva grįžo pas Birgerį galvodama, jog pabėgti neįmanoma. Ji laukė, kada ims daužytis širdis, bet viskas buvo sustingę. Kraujas sustojo.

Per miglą ji įžvelgė šviesius plaukus virš tamsių pečių. Skaisčiai baltą marškinių krūtinę. Jis pravėrė burną ir kažką pasakė. Trūktelėjo dešinys lūpų kamputis ir abipus burnos išryškėjo gilios duobutės. Jis žiopčiojo tardamas žodžius, bet šie jos nepasiekė. Paskui jis nuleido žvilgsnį ir Ruta galėjo jį stebėti.

Staiga jis įsmeigė į ją žalias akis, iš lėto atsistojo ir padavė ranką.

Aš nepajėgsiu, pamanė ji, tačiau pakilo nuo sofos. Jo ranka. Ruta spaudė ją. Lytėjo jo odą.

– Laba diena, Ruta.

– Laba diena, – išlemeno ji.

– Netrukdysiu, norėjau tik pasisveikinti. Nesitikėjau tavęs čia sutikti, bet gal dažnai būni Osle?

Jis kalbėjo pusbalsiu, tebelaikydamas jos ranką.

– Ne, – tarė ji ir nesugalvojo, ką dar pasakyti.

Jis dirstelėjo į judviejų rankas, tada paleido josios, ir jie vienu metu atsisėdo. Ji įsistebeilijo į Birgerio barzdą. Ši iš šonų garbiniavosi ir toje šviesoje atrodė bemaž rausva.

Ji šiek tiek pasisuko šonu, kad nebereikėtų sutikti Gormo žvilgsnio. Bet tada pasidarė sunku šnekėtis su Birgeriu. Pamėgino atsiremti į sofos atkaltę ir pasislėpti už pertvaros, kad Gormas jos nematytų, tačiau jis sėdėjo veidu į ją, vos už metro.

Paėmusi rankinuką, patikrino, ar turi piniginę, raktus ir nosinaitę. Viskas savo vietoje.

Birgeris prakalbo apie Egoną Šylę, apie kurį ji jam pasakojo, kai jie važiavo iš Munko muziejaus. Jam rūpėjo pamatyti jo paveikslų, nors ir atvirukų.

Ji linktelėjo ir jau žiojosi sakyti, kad kitą kartą galės paimti savo knygą, bet mintis kažkur nuplaukė.

Gormo plaštaka gulėjo ant ranktūrio. Vestuvinis aukso žiedas dalijo bevardį pirštą į dvi dalis. Apkūnusis vyriškis užsakė du viskio ir pridūrė, jog to užteks, nes jie pavalgę kitur. Kilstelėjęs ranką, Gormas pataisė – vieną alaus ir vieną viskio.

– Pamiršau, kad mėgsti alų, – sududeno storulis.

– Gal aš ir perdedu, bet nuo ilgų susirinkimų mane ima troškinti.

– Kaip minėjau, man nepatinka tie prekybos tinklai. Mums reikia gaminti užsienyje. Tai turi perspektyvą. Gana tau čiupinėtis Norvegijoje, Gormai. Per mažas pelnas.

Birgeris mėgino patraukti jos dėmesį. Kažko teiravosi, bet ji neprisiminė ko.

– Sakei ką? – tarė ji.

– Gerai jį pažįsti? – tyliai perklausė jis, palinkdamas artyn.

– Ką tokį?

Jis santūriai mostelėjo galva gretimo staliuko link.

– Ne, ne visai, – sumurmėjo ji.

– Tiesiog taip pasirodė.

Jiems buvo patiektas valgis. Marinuota lašiša su garstyčių padažu ir troškintomis bulvėmis. Dabar jis mato, kad aš valgau, pagalvojo neišmanydama, kaip elgtis.

Padavėjas jų kaimynams atnešė alaus ir viskio, Birgeriui ir jai įpylė baltojo vyno ir pasišalino.

– Be galo malonu štai šitaip sėdėti ir šnekučiuoti apie tai, ką esi išgyvenęs, su žmogumi, kuris supranta, – patylom tarė Birgeris, prisilenkęs per stalą.

– Ačiū, man taip pat, – atsakė ji ir nudelbusi akis kramtė toliau.

– Labiausiai man patiko Munko „Pavydas", – išpoškino jis.

– Pavydas?

Tuo pat metu apkūnusis vyriškis, sėdintis ant atitvertos sofos, ištarė Turidos vardą.

– Taip, tas paveikslas. Jame gali atpažinti savo tamsiąją pusę, – tarė Birgeris ir įdėmiai pažvelgė į ją.

– Taip, – teatsakė ji ir pabandė pažiūrėti į jį.

276

– O kas tau paliko didžiausią įspūdį?

Ji mėgino prisiminti. Gormas laikė alaus bokalą. Per kraštą nubėgo putų ir nuvarvėjo žemyn, tarp nykščio ir smiliaus, bet jis nepaisė. Ruta pajuto papilvėje plintantį sunkumą. Dabar jis pakėlė bokalą ir gerdamas nuleido akis. Palei nosį ir vokuose ji įžvelgė kažką bejėgiška.

– Gal tas, kuris vadinasi „Modelis su chalatu". Jį visai mielai... – sumurmėjo ji.

Storulis plepėjo nesustodamas, ir ji nugirdo žodžius „tavo žmona Turida". Gormas pritariamai linksėjo. Ruta įbedė žvilgsnį į žalvarinę moters galvą ant sofos ranktūrio.

– Ačiū, būtinai perduosiu, – padėkojo Gormas.

Ji vogčiomis dirstelėjo į jį. Ar jai tik pasirodė, kad šypsenai ir balsui trūksta nuoširdumo?

– Tas paveikslas man primena Šylę, jis toks nuogas, – pasakė Ruta ir po stalu užlenkė servetėlės kampą.

Ji prisiminė tą dieną, kai laikraštyje pamatė vestuvinę Turidos ir Gormo nuotrauką. Draskantis, šaltas tikrumas.

– Kodėl tau jos neatsivežus į mano sodybą Sėrlane? Žmonai ji patiktų, – tarė storulis ir iškišo galvą iš už pertvaros.

Gormas kažką atsakė, žodžiai nuplaukė, ir ją apniko juoda neviltis.

– Aš trumpam atsiprašysiu, – pasakė ji Birgeriui, pasiėmė rankinę ir atsistojo.

Visai prie kūno jautė Gormo akis, kai turėjo praeiti pro šalį. Buvo ankšta. Jis atsistojo ir linktelėdamas patraukė kėdę.

– Ačiū! – burbtelėjo ji ir tik pasiekusi duris suvokė, kad nekvėpuoja.

Kai išėjusi iš tualeto užlipo laiptais, jis stovėjo prie sukamųjų durų ir žiūrėjo tiesiai į ją. O kai ji stabtelėjo, nedrąsiai nusišypsojo.

– Ar tas žmogus prie staliuko – tavo vyras?

– Ne, kolega. Atvažiavau į posėdį.

– Kaip ir aš. Ilgai dar būsi?

– Iki rytojaus.

– Ar galėčiau su tavimi susitikti? Vėliau.

Apimta tirpulio, lyg sklęstų ore, ji stovėjo, ir tiek, tarsi nieko nebūtų išgirdusi.

– Galbūt pasirodžiau nemandagus, tu gi jau turi malonią kompaniją, bet...

Ji nurijo seiles ir pakėlė į jį akis. Jautėsi taip, tarsi jo nuleistos blakstienos būtų paglosčiusios jai skruostą.

– Netrukus grįšiu į viešbutį. Čia visai netoli. Gali man paskambinti.

– Koks viešbutis?

Kai ji pasakė pavadinimą, jis nusišypsojo kaip vaikas. Duobutės lūpų kampučiuose pasidarė tokios gilios.

– Puiku! Aš paskambinsiu, – tarė jis ir atidarė jai duris, bet pats pro jas nėjo.

Kai ji atsigrįžo, jis jau stovėjo su storuliu atsiėmęs iš rūbinės paltą.

Birgeris norėjo būti galantiškas, tačiau ji užsispyrė pasidalyti sąskaitą.

– Papildoma nakvynė Osle ir taip brangiai atsieis, net jei už mane nemokėsi, – nukirto ji.

– Buvo nuostabi diena. Puikus vakaras. Skani vakarienė, – pasidžiaugė jis.

– Ačiū, kad viską aprodei. Man kaip tik to reikėjo.

– Vakaras nesibaigė. Tik dešimta valanda. Išgerkime dar vyno.

– Bet juk mes sumokėjome, – vangiai atsiliepė ji.

– Kur nors kitur.

– Ne, nemanau, – sumurmėjo ji.

– Kambaryje turiu butelį vyno, – pusbalsiu tarė jis.

– Ne, ačiū, gal kitą kartą.

Jis mostelėjo priešais veidą ranka. Lyg mėgintų nuvyti nematomą vabzdį.

Akimirką ji pajuto kaltės dilgtelėjimą. Ir švelnumą. Panoro paglostyti jam barzdą, nes labai džiaugėsi, kad vyną gers ne su juo.

Kai subirbė telefonas, ji dar nebuvo sugalvojusi, ką pasakyti.

– Alio, skambinu iš registratūros.

– Alio, – be kvapo atsiliepė ji, akimis neramiai klaidžiodama po kambarį.

– Gal galime susitikti bare? Čia pat, viešbutyje?

Ji karštligiškai galvojo. Birgeris? Visai tikėtina, kad jis tenai.

– Ne, būtų keblu... dėl kolegos. Aš atsisakiau su juo išgerti vyno. Pasakiau, kad einu miegoti.

– Suprantu. Rasime kitą vietą. Palaukti tavęs prie durų?

– Ne, pasikelk į viršų, – išsprūdo žodžiai.

Stojo tyla. Ji pajuto, kaip veidą išpylė raudonis.

– Gerai! O kur?

Ar jis apsidžiaugė? Ar tik nustebo? Ji pasakė jam savo kambario numerį ir pasijautė nei šiaip, nei taip. Ką aš darau, pamanė padėjusi ragelį.

Tada ji ėmė blaškytis po kambarį. Pačiupo megztuką ir plaukų šepetį, sumetė į lagaminą ir užvožė dangtį. Dabar tik reikia nepamiršti, kur ieškoti šepečio, pamanė užgesindama lubinį šviestuvą ir vietoj jo uždegdama dvi sienines lemputes.

Sustojusi apsižvalgė. Vonios kambarys? Gal čia būdamas jis užsimanys į tualetą?

Įpuolusi į vonią, sukrovė daiktus į kosmetinį krepšelį. Nešvarias kelnaites nunešė į lagaminą, tada jai smilktelėjo, kad jis jau turėtų būti čia. Ką taip ilgai veikia? Nebent lipa laiptais. O gal apsigalvojo?

Metusi žvilgsnį į veidrodį, išvydo moteriškę susitaršiusiais plaukais ir plačiomis akimis. Lūpdažis! Plaukų šepetys! – pamanė apimta nevilties. Tada į duris pabeldė.

Gormas Grandė rankose laikė baltą orchidėją ir butelį vyno. Suglumusi ji paklausė, kaip tai įmanoma.

– Orchidėja iš vazos pobūvių salėje, o vynas iš baro, – linksmai tarė jis, nusivilkdamas paltą.

Ji pakabino drabužį į spintą. Gormas sustojo vidury kambario ir apsidairė.

– Vietos turi į valias.

– Taip, matyt, įvyko klaida. Jie neturėjo kito laisvo kambario. Sėskis, – pakvietė ji ir mostelėjo į kėdę.

Tuo pat metu jai dingtelėjo, kad jiedu vieni viešbučio kambaryje. Kai širdis ėmė daužytis kažkur gerklėje, ji suprato, kad ir jis tai suvokia.

Jis dar pasisukiojo, tada ant stalo padėjo orchidėją, pastatė vyno butelį ir atsisėdo. Ji sutrikusi apsidairė ieškodama ko nors, į ką galėtų pamerkti gėlę.

Jis atsistojo ir šypsodamasis stumtelėjo ją sofos pusėn.

– Leisk man... – pasakė nusivilkdamas švarką.

Ji negalėjo atplėšti akių nuo jo klubų, kai jis žengė prie baro. Jis tai daro dėl jos. Skubriais, grakščiais judesiais. Ar jis žino, kad ji dažnai prisimindavo jo klubus?

Jis išėmė kamščiatraukį ir buteliuką mineralinio vandens, išpylė jį į dvi stiklines, šlakelį palikdamas buteliuke. Tada pamerkė į jį orchidėją ir pradėjo lupti vyno kamštį.

Jo plaštaka, kai jis pridėjo jėgos, pirštai ant butelio kakliuko, riešas – jos akys trumpam užsimerkė. Paskui jis atsisėdo, ji nurijo seilę ir ištiesė nugarą.

Bet kai jis pažiūrėjo į ją, apėmė kažkas panašaus į paniką. Ji neįstengė mąstyti, nepajėgė ištarti žodžio, nežinojo, kur dėti rankas.

– Ar tąkart viskas buvo gerai? Turiu omeny, tave parvežė namo?

Ji suglumusi spoksojo į jį, kol suprato.

– A, taip. Viskas gerai.

– Iš pradžių pamaniau, kad tu sėdi su savo vyru, – tarė jis, prikąsdamas lūpą.

– Ne, jis namie. Šiaip ir aš turėčiau ten būti. Bet norėjau pamatyti keletą parodų. Mes vaikštinėjome po parodas, Birgeris ir aš.

Jiedu sutartinai palinko prie butelio, o kai žvilgsniai vėl susitiko, prajuko.

Jis pripylė taures. Truputis vyno šliukštelėjo ant stalo. Jiedu valiūkiškai nusijuokė. Jis pirštais perbraukė raudonas balutes. Kai praskleidė lūpas norėdamas juos nulaižyti, ji pajuto nerimastingą lūkestį. Ilgesys buvo toks stiprus, jog jai reikėjo ko nors imtis. Pasakyti ką nors. Tačiau jis prakalbo pirmas.

– Aš galvojau apie tai, kad norėčiau tave geriau pažinti. Galbūt skamba kvailai...

– Ne, – tarstelėjo ji.

Jis paėmė taurę. Jo akys žėrėjo. Dvi smėlio seklumos šalia bujos, kur tarp akmenų gyvena mažos plekšnaitės. Ji matė, kaip virš šviesaus dugno šmėseliuoja vikrūs šešėliai.

– Nutariau tau pasakyti: nesvarbu, kaip viskas susiklostė. Kad dažnai tave prisimenu. Kad galvoju, kaip tau sekasi...

– Aš nežinojau, – sušnabždėjo ji.

– Tu ir negalėjai žinoti. Todėl sakau dabar.

Kai ji pakėlė akis, jis tarsi apglobė ją visą. Dabar ji gali ilsėtis. Pabiro ašaros nespėjus suprasti kodėl.

Jis prisislinko arčiau. Dabar sėdėjo visai šalia, uždėjęs jai ant peties delną.

– Aš pravirkdžiau tave. Atleisk, – sukuždėjo.

Ji nežinojo, katras pirmas kilstelėjo ranką. Galbūt ji. Jie susipynė. Glaudžiai glaudžiai.

Aš to noriu, pamanė ji. Ne ko nors kito! Ji prišlijo prie jo. Atsidavė. Ir pajuto, kaip suvirpėjo raumenys, kai jis priėmė ją. Valandėlę jie alsavo drauge. Paskui jis šiek tiek atitraukė ją nuo savęs ir nusišypsojo. Rimta, kone liūdna šypsena.

– Galvoju apie tave nuo tada, kai būdamas devynerių paleidau tą akmenį, – išgirdo ji. – Aš nežinau, kodėl viskas taip pasisuko, bet aš jau seniai norėjau tau pasakyti. Ne tam, kad ką nors apsunkinčiau, bet dėl to, kad turi teisę žinoti. Kai pasakei „pasikelk į viršų", supratau, jog tai galbūt vienintelis mano šansas. Manau, esi mano žmogus, Ruta. Sakau ne dėl to, kad tave turėčiau, bet savo mintimis noriu tave nuo visko apsaugoti. Nuo sielvarto – taip pat. Ar leisi man tai padaryti?

Ji neįstengė atsakyti iš karto, tik švelniai pabučiavo jam į lūpas.

Tada jis vėl apglėbė ją. Laikas išnyko. Buvo taip keista jausti jo odą prie savosios. Nejaugi ji ligi šiol nėra lietusi kito žmogaus odos? Ką jis pasakė? „Manau, tu esi mano žmogus, Ruta."

Po akimirkos ji suvokė, kad jis, paėmęs ant rankų, nešioja ją po kambarį.

– Kaip galiu tikėti tokiais dalykais? – sukūkčiojo ji.

– Aš tau parodysiu, – tarė jis ir atsargiai paguldė ją ant lovos.

Paskui užgesino visas šviesas, paliko tik lempelę prie lango.

Vėl grįžęs prie lovos sustojo ir įsižiūrėjo jai į akis. Tada atlaisvino kaklaraištį, nusismaukė jį per galvą. Nusirengė marškinius. Drabužį po drabužio, kol liko priešais ją nuogas.

Ji regėjo jį, kvėpavo juo, gėrė jį. Stengėsi įsiminti kiekvieną kūno liniją pagauta troškulio, kuris nustebino ją pačią.

Matė, kad jam drovu, todėl atsisėdo ir ištiesė į jį rankas. Jis su atodūsiu prisėdo šalia, apkabino ją blauzdomis, šlaunimis ir prisitraukė prie savęs.

Gormo varpa galingu, gražiu lanku pakilo į ją.

Tobuliausias Dievo ginklas prieš mane, pamanė ji. Ir aš, kuri taip pat sukurta Dievo, nenoriu gintis.

Ji ne iškart suvokė, jog kažkas braunasi per jusles. Garsas. Kaži kur čirškė telefonas. Keliose vietose. Ir ausies gilumoje.

Jų susikabinę kūnai sustingo, jiedu trumpam sulaikė kvapą.

Skambutis nutilo, po akimirkos ėmė birbti vėl, dar šaižiau. Galiausiai jai trūko kantrybė.

Jis paleido ją išsyk, kai suprato, kad ji nori atsiliepti.

– Taip, klausau, – išstenėjo ji.

– Kodėl nekeli ragelio?

Ovės balsas buvo svetimas ir piktas.

– Kaip nekeliu? – nevalingai atsakė ji.

– Tau geriau žinoti. Skambinu visą valandą. Ir prieš tai skambinau. Registratūroje man pasakė, kad tu kambary. Kodėl nekeli ragelio?

– Ove, liaukis! – paprašė ji, matydama, kaip jai prieš akis susilieja siena.

Ji atsigrįžo. Gormas gulėjo užsimerkęs, vos vos pravertomis lūpomis. Lyg miegotų. Bet jis juk nemiega. Jis klausosi. Tikriausiai girdi tūžmingą Ovės balsą. Viskas subyrėjo į šipulius. Pavirto į nieką. Ne dėl to, kad Ovė širsta, bet dėl to, kad Gormas turi klausytis.

– Tu ne viena? – griežtai paklausė Ovė. – Ar dėl to nekėlei ragelio?

– Ove, rytoj aš grįšiu namo.

– Žinau, kad ten kažkas yra. Kas jis?

Ji norėjo surikti jam, kad ne jo reikalas, su kuo ji. Bet negalėjo teršti to, kas dar buvo likę. Nepajėgė. Todėl susitvardė ir ramiu balsu pakartojo, kad po dienos grįšianti namo, o dabar einanti miegoti, tad geriausia pokalbį baigti.

Jis dar paburnojo. Iš pradžių balsas buvo išsigandęs, paskui nurimo tiek, kad ji galėjo pasakyti „labanakt" ir padėti ragelį.

Ji liko sėdėti atsukusi nugarą. Tada jis pakilo ir atgręžė ją į save.

– Ruta, – tepasakė ir ėmė sūpuoti ją glėbyje. – Ruta...

Ji nenorėjo žiūrėti į jį. Kažkas buvo sunaikinta, suteršta, gėdinga.

– Ar tiki manimi? Ar galiu kliautis tuo, kad manimi tiki? – po valandėlės paklausė jis.

– Taip, – dusliai atsiliepė Ruta ir įsikniaubė į jį.

Jis buvo atvėsęs, pašiurpusia oda. Tačiau sėdėjo ją apkabinęs, delnu glostydamas jai plaukus.

Kai jie abu nurimo, jis atsistojo ir ėmė rengtis. Neviltis atrodė it didžiulė grėsmė, kurios ji nemokėjo sustabdyti.

O kai jis užvilko jai per galvą megztuką, padėdamas įkišti į rankoves rankas, lyg būtų maža mergaitė, ji suprato, kad netrukus pravirks.

– Ar nori, kad tuoj pat išeičiau? – paklausė jis.

– Ne, aš noriu, kad pasiliktum!

– Tą ir norėjau išgirsti, – sukuštėjo jis. Po valandėlės tarė: – Ar galiu paprašyti paslaugos, kad man, suaugusiam vyrui, nereikėtų ašaroti?

– Taip.

– Užsidaryk vonioje ir pabūk ten, kol aš išeisiu. Neįstengiu išeiti, kol tave matau, nors ir žinau, kad buvai teisi tąkart automobilyje. Sakei, kad tai niekam neatneštų laimės. Šiaip ar taip, bent pamatei mane tokį, koks esu, – pasakė ir pamėgino nusišypsoti.

Ji lindėjo vonios kambaryje, kol išgirdo trinktelint duris. Išėjusi rado tuščią lovą. Butelis, dėmė ant stalo ir orchidėja buvo likę. Bet jo nebuvo.

Ji puolė prie spintos. Ten kabojo tik jos striukė. Sukūkčiojusi paknopstom prišoko prie lango ir jį atidarė. Pro šalį bangavo žmonių galvos. Visi ėjo būreliais arba po du. Beveik niekas – po vieną. Jo niekur nesimatė.

Ji suspėjo į paskutinį autobusą, vežantį užmiestin, bet lagaminą nuo stotelės turėjo nešte nešti, nes nerado nė vieno taksi. Lietus merkė ir iš viršaus, ir iš šono, o jos meilė šiaurei vos beruseno.

Bute nieko nebuvo, tik gulėjo mamos paliktas raštelis. Ji atvažiavo ir pasiėmė Torą į Salą. Šaldiklis buvo prikrautas žuvų, naminės duonos ir tekšių.

Ovė negalėjo išvykti labai toli, nes automobilis stovėjo prie namų. Rengdamasi šlapius drabužius ir kaisdama vandenį arbatai, ji svarstė, kur jis galėtų būti.

Iš aitraus kvapo suprato, kad šiukšlių kibiras pilnas, tad apsiavė aulinukus ir vėl išėjo į lauką. Jau buvo beužtrenkianti šiukšlių konteinerio dangtį, kai už užuolaidos pirmo aukšto bute išvydo krutantį šešėlį. Viduje spingsojo blausi šviesa.

Laikrodis tarytum ėmė tiksėti sąmonės ledynmečio link. Kažkas ne taip. Ten turėjo arba būti išvis tamsu, arba degti darbinė lempa. Ovė apsiėmė nudažyti buto lubas prieš įsikeliant naujajai mokytojai.

Ji tyliai užvožė konteinerio dangtį ir pasuko į namą. Buto durys lengvai atsidarė. Ar aš atlaikysiu? – pamanė įžengdama į prieškambarį.

Ten degė šviesa, durys į kambarį buvo pravertos. Ji išgirdo juos dar neįkėlusi kojos. Jie buvo pačiame įkarštyje. Ji atpažino garsus ir žinojo, kad netrukus jis baigs.

Galva kažkokiu būdu išliko blaivi. Ji pakėlė ranką, smilius tiksliai spustelėjo jungiklį, ir juos užliejo palubėje kabančios lempos šviesa.

Kambario kampe ant čiužinio tysojo ne kuri nors kita, o mokyklos direktoriaus žmona Berita. Ant didžiulės baltų matinių dažų skardinės gulėjo jos kelnaitės – paprastos, be jokių puošmenų. Aplink buvo pridraikyta visokių drabužių, lyg gūsingam vėjui papūtus.

Kai moteriškė pasikėlė ant alkūnės norėdama prisidengti, ant liemens susimetė rievės. Ovė atrodė kaip kankinys – matyt, vis dėlto nebaigė.

Ruta pajuto kvailą virpulį, kuris prasidėjo pilve, paskui išplito į rankas ir kojas. Gerai, kad avėjo tvirtais batais. Ji svyruodama žengė porą žingsnių jų pusėn, netyčia užmindama ant Beritos liemenėlės. Ji buvo pilkšva ryškioje šviesoje, su išsitampiusiomis gumelėmis.

Ruta sustojo, kai jos aulinukas palietė Ovės blauzdą. Jam ant kulkšnies baltavo randas. Kadaise ji tą randą bučiavo. Dabar Ovė buvo pusiau užgulęs Beritą, pasirėmęs ant delnų ir kelių, į Rutą atsuko akis su ryškiu sutrūkinėjusių kapiliarų raizginiu. Jam reikėjo skustis barzdą.

Ji nežinojo, ar kaltas jo žvilgsnis, ar bendras nuovargis, bet panoro kuo greičiau viską užbaigti. Kai taip nutarė, vėl galėjo kvėpuoti. Buvo laikas atsitraukti.

– Atėjau paklausti, ar kavą judviem atnešti čia, ar užlipsite į viršų, – pasakė ji ir pati išgirdo, kad žodžius ištarė aiškiai, nors ir drebančiu balsu.

Įsitvėrusi turėklų, ji užkopė laiptais ir pagalvojo, ar nebus išbėgęs vanduo. Virtuvėje į ją plūstelėjo garų kamuolys. Ji išjungė viryklę, patraukė arbatinį į šoną ir nusispyrusi batus atsisėdo ant virtuvinės kėdės.

Vargšas Ovė! Ji juk seniai žinojo. Tai kodėl jaučiasi tokia sukrėsta? O gal tai ne sukrėtimas? Tiesiog virpulį keliantis palengvėjimas?

Ji miglotai prisiminė neaiškų pasidygėjimą. Galbūt šiek tiek nemigos, šiek tiek melancholijos, šiek tiek bodėjimosi Ove ar priešiškumo. Bet nebeprisiminė požymių, tik jų šešėlius. Dabar tetroško, kad viskas kuo greičiau pasibaigtų. Arba kad pūlinys būtų pradurtas.

Noras ištverti neleido jai suprasti, jog ji turi gelbėtis. Ir ją pažadino ne įvykis pirmame aukšte. Jis tik viską paryškino. Akis jai atvėrė susitikimas su Gormu.

Lėktuve ji mąstė, kaip reikės pasiteisinti, jog grįžta viena diena vėliau. „Aš dūstu. Man reikia laiko sau. Turėjau aplankyti Rudens parodą ir galerijas. Nesvarbu, patinka tau ar ne", – būtų galėjusi pasakyti.

Ji užrašė tai susirinkimo medžiagos paraštėje, lyg pateikdama asmeninę išvadą apie Norvegijos mokytojų sąjungos strategiją derybose dėl darbo užmokesčio.

Tarsi ji būtų sėdėjusi su teptuku rankoje, jai kilo vaizdinys, dar neperkeltas ant drobės. Ji pritraukė svetimkūnį, su baltais nailoniniais nėriniais stovintį prie altoriaus. Save pačią. Suknelės audeklas buvo toks standus, jog siūlės dirgino odą. Ji iki šiol tebejautė tas siūles.

Kodėl leido, kad visa tai įvyktų? Juk žinojo, kad taip neturi būti.

Anksčiau mintys apie Dailės akademiją būdavo pavojingos svajonės. Dabar jos pagaliau tapo realios. Paskambinusi ji išgirdo šiltą moterišką balsą, kuris aiškiai ir maloniai atsakė į visus klausimus.

Ji sužinojo, kokius darbus reikia pristatyti kartu su prašymu ir kad turėsianti išlaikyti stojamąjį egzaminą, jeigu būsianti atrinkta. Prašymą svarbu pateikti iki tam tikros datos. Bet laiko esą į valias, nes šiemet ji jau pavėlavusi. Jeigu įstosianti, stipendija garantuota.

Moteris paprašė adreso, kad galėtų atsiųsti blankus ir informaciją.

Rutai niekad nebuvo atėję į galvą, kad telefono ragelio forma tokia tobula. Jis buvo aptakus ir juodas. Smagus paimti. Smagus priglausti prie ausies.

– Jeigu norėsite pateikti paveikslų, būtų geriau, jei pati juos atvežtumėte. Pakavimas ir transportas daug kainuoja, be to, rizikinga. Jeigu kada pasitaikytų proga atvykti į Oslą, darbus galėtume priimti bet kuriuo metu. Mes įsikūrę Menininkų namuose. Palikite pas budėtoją. Reikia apeiti laiptus, tada – žemyn į rūsį, – draugiškai paaiškino moteris.

– Gerai! – nesitverdama džiaugsmu pasakė Ruta ir mintyse palaimino Norvegijos mokytojų sąjungą, kuri tikrai suteiks jai galimybę perduoti paveikslus Menininkų namų budėtojui.

Ją apėmė kaži koks svaigulys. Jautėsi taip, lyg būtų gėrusi vyno, tik galva buvo visiškai skaidri.

Paskui ji paskambino į Nacionalinę rudens parodą ir ten taip pat išsiklausinėjo, kas ją domino, nors tonas kitame ragelio gale nebuvo toks geranoriškas kaip moters iš Akademijos.

Vieną balandžio sekmadienį Ruta stovėjo prie didžiojo svetainės lango ir gėrėjosi vaizdu. Ji buvo viena. Saulė kybojo virš kaimyno namo stogo. Nuo debesų tirštumos krito įžambūs pastelinių spalvų ruožai. Aplinkui tamsavo neramus dangus. Grožis, kaip ir daugybę kartų iki tol, virto pasityčiojimu, nors ji to negalėjo paaiškinti.

Ji nuvyko į susirinkimą Osle. Paveikslus atidavė Menininkų namų budėtojui. Nuosprendžio baimė jai kėlė šleikštulį, tad mėgino apie tai negalvoti.

Žvilgsnis vėl grįžo į kambarį. Užkliuvo už acto ropinės, pamirštos ant palangės. Ji turėjo stiklinį kamštį su bumbulu. Jame atsispindėjo vaizdas pro langą. Miniatiūrinis paveikslėlis su spalvomis ir visu kuo. Atvirkščias.

Pasaulis už lango jau buvo paveikslas, pašiepiantis ir provokuojantis. Jis slėpė ir galimas permainas, ir žlugimą. Ir galėjo paversti jį miniatiūriniu paveikslėliu ant stiklinio kamščio.

Ji nunešė ropinę į virtuvę ir pastatė ją ant spintelės, šešėlyje. Be saulės atspindžių indas tapo tuščias ir matinis.

Kai ji pasiruošė tapybos reikmenis norėdama užbaigti tapomą paveikslą, ją sutrikdė prisiminimas apie apverstą paveikslą stikliniame kamštyje.

Apie ketvirtą valandą nuėjusi į virtuvę išsivirti puodelio arbatos, neatsispyrė pagundai ir vėl pastatė ropinę ant palangės. Ši atbulai nufotografavo kaimyno terasą. Apsnigtą vazoną su gėlių liekanomis ir kitus daiktus.

Ruta pasilenkė ir stikliniame kamštyje išvydo savo akį. Apskritą kaip dirbtinis tvenkinėlis. Beveik negyvą, kai ji nemirksėjo. Spoksantį tašką stikle.

Plačiais potėpiais ji pradėjo tapyti savo akį ant drobės. Atsinešė veidrodį ir tapė stebeilydama į vyzdį. Šis krūpčiojo it vabzdys, įkalintas tarp stiklinių sienų. Sugriuvusios varpinės motyvo ji nesistengė išstumti. Bet pamažu jo vietą užėmė akis.

Rodės, jog pavertusi savo vyzdį vabzdžiu sugriuvusioje varpinėje, ji atrado tos dienos ramybę.

Ji pasiėmė Torą iš auklės, gurgždantį neperšlampomis kelnėmis užsivedė laiptais.

Įėjusi į butą, pamatė Ovę sėdintį su mašinėle spausdintu laišku rankoje.

– Ką tai reiškia? – paklausė suirzęs ir padavė jai lapą.

Jis perskaitė laišką, kuriame buvo rašoma, kad jos darbai patikę ir ji galinti atvykti laikyti stojamojo egzamino į Valstybinę dailės akademiją.

Ruta atsisėdo ant grindų ir prisitraukė Torą. Virpėdama ėmė vilkti neperšlampamus drabužius.

– Tai reiškia, kad jeigu išlaikysiu stojamąjį egzaminą, mokysiuos Akademijoje.

– Bet juk Osle!

– Taip, mes persikelsime, – tvirtai tarė ji.

– Mes, aš – į Oslą? Nė už ką!

– Daryk kaip išmanai, o aš važiuosiu. Einu išvirsiu silkės.

– Aš nealkanas, – atšovė jis ir išsmuko pro duris.

Bet ji buvo tam pasiruošusi. Viską apmąstė dar prieš tai, kai nutarė jam nepasakoti, jog siunčia popierius. Jos niekas nesustabdys. Nei Ovė, nei Pamokslininkas, nei mama. Net Dievas.

Ovė parėjo namo, kai Toras jau miegojo. Labai įtaigiai vaizdavo nusivylusį ir palaužtą vyrą, bet jos nesugraudino.

– Anksti grįžai, – tepasakė žinodama, jog tai reiškia karą.

Ir ji jokiu būdu negali jo pralaimėti.

287

Jis sunkiai atsisėdo ant sofos ir mostelėjo jai, kad prisėstų šalia, bet ji nepakluso. Tupėjo ant grindų ir rankiojo Toro žaislus.

– Ruta, – maldaujamai tarė jis, tačiau ji neatsakė. – Gal gali palaukti keletą metelių, kol paaugs Toras, tada ir persikelsime. Aš pažadu.

– Pirmiausia man reikia išlaikyti stojamąjį egzaminą. Bet jeigu įstosiu, pasiimsiu tik Torą.

Ji nesitikėjo, kad Ovė taip smarkiai paims į širdį. Jis visas paraudonavo iš pykčio ir sunkiai rinkdamas žodžius išdrožė, kad Toras liks su juo, nesvarbu, kur bastytųsi jo padraika motina.

– Puiku! Tegul gyvena su tavimi. Turbūt jam taip geriausia.

– Tu išprotėjai, – pasakė Ovė balsu, išduodančiu, kad jis vis tik nemano, jog ji kalba rimtai.

Prieš išvažiuodama į Oslą laikyti egzamino, ji visomis išgalėmis stengėsi vengti bet ko, kas galėtų sukelti barnį. Tiesiog turėjo tausoti jėgas.

Kada ne kada pamąstydavo, kad nebepajėgtų toliau gyventi su Ove, net jeigu neįstotų į Akademiją, todėl reikėtų dairytis darbo kitur.

Supratęs, kad ji iš rimtųjų ketina laikyti egzaminą, Ovė nusileido. Tarsi negalėdamas įsivaizduoti, jog jai gali pavykti. Jis netgi padėjo pinigais ir pasirūpino, kad tą savaitę, kai jai reikės anglimi piešti aktą, ji galėtų apsistoti pas jo pusseserę.

Ji kiekvieną dieną galvodavo apie Maiklą ir mėgindavo prisiminti jo duotus patarimus. Vakarais vaikštinėdavo beveik atsikračiusi miesto baimės. Jautėsi tarytum lyno akrobatė, kuri ką tik suvokė, jog sugeba išlaikyti pusiausvyrą.

Dauguma kitų buvo baigę Dailės ir amatų mokyklą arba mokęsi pas kokį nors dailininką. Jie pažinojo miestą ir išsiskirstydavo kas sau.

Žvilgsnis į jų darbus tai suteikdavo optimizmo, tai stumdavo į neviltį. Pirmąją dieną ją gąsdino net modeliai su savo nuogybėmis.

Ji pėsčiomis vaikščiojo tarp Menininkų namų ir Majorstueno. Ovės pusseserė Nina ten turėjo ankštą dviejų kambarių butuką, kurio vieninteliame miegamajame stovėjo dviaukštė lova. Jos netapo draugėmis, bet Nina buvo romaus būdo, o tai ramino.

Ji dirbo pašte, išeiti turėdavo anksti, tad Ruta gavo atskirą raktą. Rytinės kavos gurkšnojimas vienumoje, sėdint ankštoje virtuvėlėje su nušiurusiomis spintelėmis ir varvančiu čiaupu, už lango ūžiant automobiliams, Rutą pripildydavo nepaaiškinamo kunkuliuojančio džiaugsmo.

Vakarais atsigulusi ant viršutinio gulto, ji sunerdavo rankas ir prisimindavo Maiklą ir močiutę. Močiutę ir Maiklą. Vėl būdavo maža užsispyrusi mergaitė, atidavusi savo pernelyg dideles svajones jų globai.

Bet naktiniu traukiniu dundant namo juos pakeitė Gormas. Laisvas ritmas, bėgių dainavimas. Jis išsirengė nuogas prieš ją. Nuogiausios buvo akys.

Tą dieną, kai ji atplėšė voką ir perskaitė, kad yra priimta į Akademiją, likusį paštą įdėjo į šaldytuvą ir išsitraukė kepenų paštetą. Šis buvo su plutele. Šaukštas po šaukšto ji ėmė kastis gilyn.

Kai indelis ištuštėjo, ji atsidarė skardinę skumbrių su pomidorų padažu. Tai buvo mėgstamiausias Ovės patiekalas. Sušveitusi žuvį, puolė prie sūrio. Jis buvo be skonio, tačiau degino liežuvį. Įpusėjusi sūrį, netyčia pastebėjo savo dantų žymes ir prapliupo juoktis.

Ji vėl įdėjo sūrį į šaldytuvą ir pamatė du neatplėštus vokus su sąskaitomis. Tada garsiai pasikūkčiodama pravirko.

Kas buvo paskui, Ruta gerai neprisiminė, bet tikriausiai ta diena labai nesiskyrė nuo kitų. Vakare nuėjusi į vonią pastebėjo, kad nuo tada, kai paskutinį kartą matė savo nagus, šie labai užaugo. Ji susirado žirkles ir nurėžė juos visiškai trumpai.

Dabar nagų nekirpsiu tol, kol neišvažiuosiu į Oslą, nusprendė.

Dvidešimt pirmas skyrius

ILSĖ BERG PASITIKO JUOS VILKĖDAMA NEPRIEKAIŠTINGU TAMSIAI MĖLYNU KOSTIUMĖLIU, ANT KAKLO PASIRIŠUSI ŠALIKĖLĮ.

Kol jos kabinete jiems buvo patiekta kavos su saldainiais, pilna natūralaus pasitikėjimo savimi, ji padėjo priešais juos savo rekomendacijas. Pagal gimimo datą, nurodytą dokumentuose, Gormas apskaičiavo, kad jai trisdešimt aštuoneri.

Ji mielai sutiko imtis „Grandės ir Ko" bei savivaldybės bylos, kuri jai buvo pirmoji gimtajame mieste. Į šiaurę ji persikėlė lapkričio viduryje. Tamsūs plaukai buvo nurėžti tiesiai sulig ausimis, o norėdama dirstelėti į popierius, kuriuos atsinešė Gormas, ji kaskart užsidėdavo stambius akinius tamsiais rėmeliais. Su jais atrodė vyresnė ir sunkiai prieinama.

Gormas pastebėjo, kad ji nepaiso Torsteino lengvabūdiško tono, pereinančio į flirtą, bet ir nepastato jo į savo vietą. Ji kreipdavosi į tą, katras tuo metu kalbėdavo, atsakinėjo į klausimus ir pati klausė.

– Jūs dirbote pas mus būdama studentė, per atostogas? – pasiteiravo Gormas.

– Teisybė. Manau, jog buvome porą kartų susitikę?

– Taip, prisimenu, – skubiai atsakė jis.

Torsteinas pasidomėjo, kokia priežastis paskatino ją persikelti į šiaurę po tiek metų, praleistų Osle. Ji dalykiškai paaiškino norinti išmėginti savo jėgas, be to, sužinojusi, jog gimtajame mieste reikalingas privačia praktika besiverčiantis advokatas.

– Vadinasi, jokių asmeninių priežasčių? – toliau kamantinėjo Torsteinas.

– Kai žmonės savu noru keičia darbą ir gyvenamąją vietą, taip pat esu linkusi manyti, jog tai vienaip ar kitaip susiję su asmeniniais reikalais. Tačiau šiuo atveju būtų sunku įžvelgti ryšį tarp asmeninių dalykų ir mano paslaugų „Grandei ir Ko".

Gormas sudraudė Torsteiną žvilgsniu.

– Pageidautume, kad kaip įmanoma greičiau susipažintumėte su byla, – tarė Gormas. – Darbus tikimės pradėti pavasarį. Rangovas jau nekantrauja, nenorime jo prarasti. Du papildomi aukštai virš senojo pastato jau baigti, bet liko keletas laikinų patalpų, kurios mūsų netenkina. Iš pradžių vylėmės, kad paviljonas palei pakrantės promenadą atvers duris tuo pat metu.

– Sprendžiant iš informacijos, kurią gavau dabar, ir viešai prieinamų dokumentų, su kuriais susipažinau anksčiau, padėtis neatrodo visai beviltiška. Tai, kad „Grandei ir Ko" priklauso sklypas, mano galva, yra lemiamas dalykas. Jei teisingai supratau, ginčą norėtumėte išspręsti taikiai, ne per teismą?

– Teismo, žinoma, norėtume išvengti, – patvirtino Gormas.

– Kai savaitės pradžioje kalbėjausi su advokatu Vangu, jis užsiminė, jog firma yra pasiryžusi išnaudoti visas įmanomas priemones, kad laimėtų.

– Tai tiesa. Bet bylos nagrinėjimas teisme užtruktų, o mes negalime laukti. Savivaldybė, kaip matote, nori nusavinti sklypą, kad galėtų praplėsti gatvę į jūros pusę. Jeigu ji taip pasielgs, tikrai kreipsimės į teismą.

– Neatrodo, kad politikai įžvelgtų neigiamą poveikį aplinkai, kuris neišvengiamas, jei bus praplatinta Jūros gatvė ir išilgai pakrantės promenados padvigubės sunkiojo transporto srautas. Kita galimybė būtų rytų pusėje, atokiau nuo miesto centro. Mano žiniomis, šia alternatyva jau susidomėjo įtakingos nepolitinės jėgos, – susakė ji ir nusiėmusi akinius paklausė, ar jiems dar įpilti kavos.

Torsteinas, suradęs dingstį pasėdėti ilgiau, atkišo puoduką.

Ant Ilsės Berg rašomojo stalo beveik nebuvo nereikalingų daiktų. Dabar ji padėjo į šalį popierius, kuriais jie naudojosi per pasitarimą. Prie telefono liko gulėti nedidelis katalogas. „Nacionalinė dailės paroda". Gormas be žodžių siekė jo, ji jam padavė leidinuką.

– Taip, ką tik ten buvau, vien straipsniais gyvas nebūsi, – atsainiai tarė.

Gormas ramiai sklaidė katalogą, kol Torsteinas mėgino aiškintis, kaip ji dar leidžia laisvalaikį sostinėje.

Permesdamas pirmą atsitiktinai atverstą puslapį, jo žvilgsnis staiga užkliuvo už pažįstamo vardo ir pavardės.

291

„Neset, Ruta, g. 1943 m., *Susitikimas*. Aliejus. 131 × 71. 3000 kronų".

Ar galėjo būti kitas žmogus? Jis atsivertė autorių sąrašą katalogo gale. Prie adreso buvo nurodyta ta pati vietovė, kurią ji minėjo tada, kai jie susitiko pas Torsteiną. Tai buvo ji.

– Na, ką manai? – paklausė Torsteinas, kai jie išėjo į gatvę.

– Manau, ta, kurios mums reikia. Bet tau vertėtų susilaikyti nuo familiarumo.

– Ką turi galvoje?

– Verslo reikalai ir asistavimas – nesuderinami dalykai.

– Gyvenimas ir taip pakankamai nuobodus, nejau negalima elgtis laisviau?

– Ji profesionalė. Mes su ja tariamės svarbiu klausimu.

– Direktoriui šiandien pamokslų diena, – paniuręs subambėjo Torsteinas.

Gormas patylėjo.

Kai jie priėjo Karlo Johano gatvę, Torsteinas užsimanė papietauti firmos sąskaita – girdi, už gerai atliktą darbą.

– Aš turiu sutvarkyti vieną reikalą, tu pavalgyk vienas ir išsaugok čekį, – lakoniškai pasakė Gormas.

– Koks dar reikalas?

– Dailės paroda. Susitiksime oro uoste.

– Tu visada Osle vaikštai po tapybos parodas? – įsižeidęs paklausė Torsteinas.

– Ne tik į parodas. Vaikštau ir į operą, ir į teatrą. Ir į koncertus. Kai ištaikau.

– Vadinasi, slapukauji.

– Tai padeda išvengti visų tų kvailų klausimų, argi ne?

Pamojavęs Gormas nužingsniavo per Rūmų parką, praėjo pro liūtų skulptūras ir įžengė į Menininkų namus. Pasiėmęs katalogą, antrame aukšte surado paveikslą. Motyvas neturėjo nieko bendra su tuo, ką jis tikėjosi išvysti perskaitęs pavadinimą „Susitikimas". Gormas liko stovėti.

Iš pradžių baltas šuo su tamsiais lopiniais pasirodė kone grėsmingas. Jis lėkė į jį atvertais nasrais ir išpūstomis akimis, stebėtinai gyvas, nors ir ne visai tikroviškas.

Tai buvo ir šuo, ir ne šuo. Keistas pavadinimas tokiam motyvui. Galėjai pamanyti, jog šuo šypsosi, nors nasrai pavojingai iššiepti. Rodės, jis stengiasi sustoti, bet negali.

Dėl pasirinktos perspektyvos kūno priekis buvo didžiulis, ištiestos letenos su aštriais nagais bet kam galėjo įvaryti siaubo. Tačiau visame tame slypėjo kažkas švelnaus, lyg susitaikymas.

Netrukus jam paaiškėjo, dėl ko taip atrodo. Šuo turėjo žalias žmogaus akis. Gana realistiškas. O likusi paveikslo dalis buvo kitokia. Grubiai nutepta ant tamsiai mėlyno fono.

Jis nežinojo, ar jam patinka, ar ne. Bet tai nebuvo svarbu. Jis nuėjo į biurą, esantį pirmame aukšte, ir pasakė norįs įsigyti Rutos Neset „Susitikimą".

– Geras pirkinys. Šis darbas apdovanotas „Morgenbladet" premija, – paaiškino vyriškis ir įspėjo, kad paroda dar keliaus į kitus miestus, tad paveikslą jis gausiąs ne anksčiau kaip metų pabaigoje.

– Teks su tuo susitaikyti, – tarė Gormas ir pasirašė sutartį.

– Jums pasisekė, kad atėjote dabar. Šiandien turėjome ir daugiau interesantų. Po to, kai paskelbėme kainą.

Mintyse Gormas padėkojo Ilsei Berg už domėjimąsi menu ir dar kartą apėjo parodą. Bet iš galvos jam nėjo šuns akys, tad netrukus jis vėl užlipo į antrą aukštą.

Kai lopiniuotasis šuo pažiūrėjo tiesiai į jį savo žmogišku žvilgsniu, Gormas pasijuto taip, lyg būtų išvydęs draugą. Dabar jis jo.

Nuo paskutinio susitikimo Ruta suaugo su jo gyvenimu. Nors jis negalėjo būti šalia, norėjo ir toliau apie ją galvoti.

Juodžiausiomis akimirkomis jis pasigailėdavo, kad neliko pas ją, nors jai ir paskambino vyras. Bet iš tikrųjų žinojo, jog tai būtų viską sugriovę. Kai ji pakėlė ragelį ir mėgino atsakyti savo vyrui nemeluodama, jis suprato. Kad negali jai to užkrauti.

Prieš sėsdamas į lėktuvą, jis susirado laikraštį su premijos laimėtojos interviu. Ir su Rutos atvaizdu tarp puslankiu sustojusių žmonių.

Ten buvo rašoma, kad ji džiaugiasi gavusi premiją. Kažkuo atrodė gležna, apimta nuostabos, ir tai jį sugraudino. Rimta jauna moteris, sakanti, kad džiaugiasi. Jo Ruta, kokią jis prisiminė.

Kai lėktuvas pakilo, jį apėmė baisus ilgesys. Troškimas turėti ją šalia. Galbūt prajuokinti. Kad ji imtų kvatoti. Nesvarbu iš ko.

Torsteinas snaudė prie lango, tad Gormas galėjo netrukdomas rašyti į geltonąją knygelę:

„Po to, kai tiesiogine prasme išsirengė prieš ją nuogas, jis nusipirko gabalėlį jos sielos. Drobė kiekvieną dieną leis jam turėti dalelę jos, kur kas daugiau, negu tas paveikslas išreiškia. Kadangi meną formuoja ir kuria protas, paveikslas labiausiai atspindi dailininko sielą. Kad ir kur būtų jos kūnas, kad ir kam priklausytų, ji gyveno jo slaptoje tikrovėje, kurios niekas negalėjo sugriauti. Pakako žinojimo, jog ji yra, kad ji jam taptų gyva."

Grįžęs iš Oslo, kitą vakarą užlipo į naująjį butą. Dideliais langais su vaizdu į jūrą ir miestą. Tik trūko kai kurių baldų ir užuolaidų. Jis sustojo ir įsižiūrėjo pro langą. Jūra ir dangus susiliejo į visumą, kurioje spingsėjo blyškios žvaigždės ir mėnulio pjautuvas. Degė uosto ir miesto žiburiai. Į galvą šovė netikėta mintis: „Čia būtų tinkama vieta tapyti. Net naktį."

Paveikslui buvo numatyta vieta naujajame kabinete, ant sienos priešais rašomąjį stalą. Tėvo taurės ir diplomai turės užleisti vietą. Bus puiki proga jų atsikratyti.

Naujajame paviljone, iškilsiančiame palei pakrantės promenadą, galės įrengti Gerhardo Grandės kampelį. Su vitrina ir visa kita.

Gavęs paveikslą, iš kabineto jis iškraustys tėvą!

Ilsei Berg prireikė dviejų mėnesių, kad įtikintų politikus ir priešininkus, jog būtų neteisinga platinti gatvės važiuojamąją dalį tarp uosto promenados ir „Grandės ir Ko".

Minties apie ekspropriaciją buvo atsisakyta, ir toje teritorijoje atsirado galimybė išplėsti komercinius statinius uosto link. Sprendimui įtakos turėjo ir tai, kad Grandė apsiėmė įrengti parką prie pastato prieigų jūros pusėje.

Ilsė pasiekė, kad savivaldybė lėšomis prisidėtų prie architektų konkurso parkui suprojektuoti, ir pagaliau, po septynerius metus trukusios nežinios, priestatas galėjo būti pradėtas.

Gormas pasikvietė artimiausius bendradarbius į restoraną atšvęsti pergalės. Torsteinas jautėsi kaip namie, svaičiojo apie šunį, kurį šefas pasikabino kabinete.

– Kalbi apie paveikslą? – pasiteiravo Ilsė.

– Aha, iš to siaubo vos galo negavau, – leptelėjo Torsteinas.

– Man jis atrodo puikus. Gal tikrai vertėtų „Grandėje ir Ko" pratęsti meno tradicijas. Ar naujojo statinio sąmatoje palikta vietos meno kūriniams?

– Bijau, kad nepakankamai. Tai, kas pirkta tėvo, turbūt geriausiai tinka senajame pastate.

– Jis rimtai domėjosi menu, – atrėžė ji.

Gormas nustebęs pažvelgė į ją. Kartais atrodydavo atšiauroka, kaip dabar. Globos tikrai nesiprašė. Jis turėjo pripažinti, jog ji jam savotiškai patinka. Ne vien jos mokėjimas spręsti konfliktus.

– Aš perkėliau vieną jo paveikslą į naująjį kabinetą. Espoliną Jonsoną. Tai buvo pirmas vaikystės prisilietimas prie meno, – pridūrė jis.

– Taip, prisimenu jį. Jis pirmiausia patraukė mano dėmesį tąkart, kai... – pasakė ji ir staiga nutilo tarsi pamiršusi žodžius.

Po vakarienės, kai visi, išskyrus Torsteiną, išėjo, jie trumpam užsuko į barą. Kol Torsteinas buvo tualete, Gormas paklausė, ką jis galėtų padaryti, kad parodytų, jog labai vertina jos pagalbą.

– Man juk buvo sumokėta tiek, kiek prašiau, – atsakė ji ir įdėmiai pažiūrėjo į jį.

Gormą apėmė jausmas, jog ji pranašesnė. Kodėl, jis nežinojo.

Ji patylėjo, paskui prisidegė cigaretę ir pažvelgė į jį pro dūmų ratilus.

– Taip, yra vienas dalykas, kurio norėčiau, jeigu jau paklausei.

– Klausau.

– Kurį nors savaitgalį norėčiau pasiskolinti raktą nuo namo Indrefiorde, jei neprieštarausi.

Jis abejojo, ar jam pavyko nuslėpti nuostabą.

– Bet kada gali gauti raktą. Namui tik į naudą. Mama ten niekada nesilanko. Kiti šeimos nariai – taip pat ne. Aš vienintelis.

Ji linktelėjo.

– Tai ten jis...

– Aš žinau, – tarė ji.

*

Ilsė paskambino jau kitą dieną ir paklausė, ar galinti važiuoti į Indrefiordą šį savaitgalį. Jie susitarė, kad ji užsuks pas jį į kabinetą ir pasiims raktą.

Pirmiausia jai krito į akis paveikslo vieta. Ji atsistojo nugara į Gormą ir pakreipė galvą.

– Nuo rašomojo stalo gali jį matyti kada panorėjęs, o įėję žmonės pamato jį tik tada, kai pasisuka išeiti. Ar tyčia taip sumanei?

– Kad aš matyčiau, taip.

– Nežinau, kas čia yra, bet jis provokuoja, – mąsliai tarė ji.

Tada ūmiai atsisuko ir įsispoksojo į jį.

– Prieik ir atsistok šalia, – paliepė.

Jis kiek sutrikęs nusijuokė.

– O kam?

– Daryk, kaip sakau!

Jis nenoriai priėjo ir leidosi pristumiamas prie sienos.

– Man reikėtų dirbti kriminalinėje policijoje, – pareiškė ji.

– Šit kaip.

– Ar žinai, kad dalmatino akys visai kaip tavo?

Gormas pasisuko į paveikslą ir susidūrė su žalių akių žvilgsniu.

– Sutinku, kad šuo turi žmogaus akis, bet kad mano?.. – sumurmėjo.

– Visa išraiška tavo.

– Malonu, kad pastebėjai šuns išraišką, – sausai atkirto jis ir padavė jai raktą nuo namo Indrefiorde.

– Ačiū! Tai ne šuns išraiška. Tikrai nenorėjau įžeisti.

– Na, ir gerai! – atsakė jis ir dar kartą užmetė žvilgsnį į paveikslą.

Tada jam dingtelėjo, jog galbūt reikėtų paaiškinti praktinius dalykus, kad jai nekiltų keblumų. Įspėti, kad vandens siurblys gana lėtas ir kad pirmą kartą atsargiai kurtų židinį, nes kitaip pradės rūkti.

– Ar esi ten buvusi? – staiga sugalvojo paklausti.

– Taip, porą sykių. Jis paskolindavo man raktą. Buvo dosnus.

Per trumputę pauzelę, kai jis pajuto, kad prieš atsakydama ji sulaikė kvapą, jam paaiškėjo tiesa. Tėvas ir Ilsė Berg! Ar jis nepagalvojo apie tai tąkart, kai ji tėvo kabinete padavė jiems kavos? Bet atmetė tai kaip niekingą mintį.

– Tu jį gerai pažinojai? – paklausė nežiūrėdamas į ją.

– Ne!

Atsakymas buvo trumpas, pernelyg trumpas.

Jeigu ji būtų pasakiusi, jog neturėjo progos pažinti ar ką nors panašaus, būtų skambėję įtikinamiau už tą striuką „ne". Jis pamėgino sugauti jos žvilgsnį, bet jam nepavyko.

– Kartą tave ten mačiau, – iš lėto tarė ji ir pažvelgė į jį.

– Tikrai?

– Buvau nuleidusi inkarą įlankoje, už namo. Žinoma, visiškai nelegaliai.

– Niekis. Kodėl nepasirodei?

– Nes mačiau, kad verki atsisėdęs ant akmens priešais namą.

Jis išpūtė akis.

– Turėjai žiūronus? – pabandė pajuokauti.

– Turėjau žiūronus.

Jį apėmė kaži koks nerimas. Po oda ėmė lakstyti skruzdės.

– Kada tai buvo?

– Šį pavasarį.

Jis papurtė galvą.

– Negaliu ginčyti.

– Ginčyti? Kad sėdėjai ten ir verkei?

– Aš neprisimenu. Turi laivą? – toptelėjo jam.

– Taip, naują, galingą dvidešimt penkių pėdų motorlaivį. Kai plaukiu viena, turiu būti tikra, kad greitai pasieksiu krantą.

Jis padėjo jai apsivilkti paltą, ji pasiėmė portfelį ir pasuko prie durų.

– Sutartį su savivaldybe išsamiau aptarsime pirmadienį, – tarė jis.

Ji linktelėjo ir išnyko.

Jis nepatingėjo nueiti į parduotuvę ir nusipirkti veidrodį. Po darbo ėmė tyrinėti savo atspindį lygindamas jį su paveikslu.

Šalia savęs jautė Rutą. Matė ją stovinčią su teptuku rankoje ir perkeliančią jį į dalmatiną. Pilnas dar nepatirto išdidumo, jis stovėjo vienui vienas kabinete ir juokėsi.

Paskui paslėpė veidrodį stalčiuje ir valandėlę pasėdėjo drauge su akimis ant sienos.

Tik į vakarą mintyse vėl iškilo Ilsės susidomėjimas Indrefiordu. Tėvas ir ji. Ar ji žinojo, ką tėvas mąstė paskutinėmis savo gyvenimo dienomis?

Gormas po keletą kartų per metus lydėdavo mamą prie kapo. Visų šventųjų dieną. Per Kūčias. Prieš pat Naujuosius metus. Vasarą. Ji kalbėdavo apie tai, kaip kapas atrodė, ar buvo išdžiūvęs, ar drėgnas. Prašydavo pasirūpinti, kad būtų pasodinta kas nors gražaus, kad kapas, jos žodžiais, atrodytų išpuoselėtas.

Ji ten pabūdavo vos trumpą valandėlę ir nerodydavo nei liūdesio, nei artumo. Tik retkarčiais prašnekdavo apie tėvą ir su juo pragyventus metus. Rodės, svarbiausia būdavo pažiūrėti, „ar išdžiūvęs, ar drėgnas", arba „pasodinti ką nors gražaus, tik kad nebūtų per ryšku".

O jis pats, ką jis darydavo prie tėvo kapo? Linguodavo galva, duodavo jai įsikibti į parankę. Nieko neklausdavo, nekalbėdavo nei apie tėvą, nei apie seseris. Neminėdavo praeities ir nevargindavo jos šnekomis apie ateitį.

Kai jie parvažiuodavo namo, ji neretai būdavo dirgli ir verkdavo. Dėl to jam būdavo sudėtinga išeiti. Bet ar ji gailėdavo mirusio tėvo? Ar savęs? Gal iš tikrųjų tėvo mirtis mamai atnešė palengvėjimą?

Galbūt tėvo ir mamos gyvenimai buvo du lygiagretūs žaidimai, kuriuose nuolat reikėjo slėpti jausmus norint išsaugoti išorinę būtinybę?

Jis mėgino prisiminti, kokiomis aplinkybėmis Ilsė galėjo jį matyti prie namo Indrefiorde. Juk jis niekada neverkė ant akmens. Nuo tada, kai buvo vaikas.

Ar ji tik šiaip sau pasakė, kad nuslėptų, jog sekė jį norėdama likti nepastebėta? Bet kam ji tai sakė? Jis juk nebūtų sužinojęs.

Šeštadienio popietę toji mintis jam vis dar nedavė ramybės. Kodėl ji pasakė akivaizdžią netiesą? Ar dėl to, kad iš tikrųjų norėjo jam pasakyti ką kita?

Jo galvoje ėmė ryškėti scena: tėvas ir Ilsė Berg Indrefiorde, senojo motorlaivio pirmagalyje. Virve užrištame maiše guli akmuo. Ji padeda jam užsijuosti virvę per liemenį. Gormas matė, kaip ji ištumia tėvą pro ten, kur trūksta turėklų. Prieš tai jie kartu pritvirtino ilgos virvės galą prie inkaro grandinės, kad kūnas būtų surastas.

Jis pakėlė ragelį ir paskambino į namus. Atsiliepė Olga. Jis paprašė perduoti mamai, kad išvažiuoja į Indrefiordą ir negrįš iki pirmadienio vakaro.

Tada jis užlipo į butą, persimovė džinsais, apsivilko flanelinius marškinius, megztinį ir striukę.

Prieš išeidamas apsidairė ir nutarė galutinai čia persikelti. Mamai teks su tuo susitaikyti.

Važiuodamas palei fiordą, jis sakė sau, kad sekti paskui Ilsę – visiška beprotystė. Bet jį jau buvo apsėdusi mintis apie tėvą ir ją, be to, dar ta istorija apie jo verksmą. Jis turėjo pamatyti ją toje aplinkoje, kur jiedu su tėvu, ko gera, susitikinėjo.

Nuvažiavęs pusę žolėmis apželusio sodybos keliuko, jis pastatė automobilį ir patraukė pėsčiomis per miškelį. Paaiškinimą jau buvo sugalvojęs.

Užlipęs ant aukštumėlės, pamatė jos laivą. Stovėjo pirmagaliu į uolą su išmestu inkaru. Leidžiantis rugpjūčio sutemoms, jis paėjėjo už namo pažiūrėti, ar kambaryje kas nors yra. Šviesa virš stalo degė, bet nesimatė jokio žmogaus, tad ji tikriausiai viena.

Nuo kepintuvo priešais namą rūko lengvas dūmelis. Tai buvo senas perpjautas alyvos bakas su grotelėmis. Jis prisiminė vaikystės vasaras, kai būdavo kepamos dešrelės arba karbonadas. Žiemą kepintuvas atsiduodavo rūdimis ir puvėsiais. Ji turėjo gerokai paplušėti, kol viską iškuopė ir galėjo užkurti ugnį.

Jos šešėlis šmėžavo už virtuvės lango. Ant galvos ji buvo užsimaukšlinusi kepurę su snapeliu. Girdėjosi radijas. Buvo skaitoma oro prognozė. Kai jis pabeldė į priebučio duris, ji išjungė radiją. Tyla jam sakė, jog ji galvoja: „Kas čia dabar?" Arba: „Kas tai galėtų būti?" Tada aiškiai nuskambėjo: „Prašom."

Ji stovėjo prie virtuvinės spintelės dorodama menkę ir nė kiek nenustebo jį išvydusi. Neaišku, ar dėl šviesos, ar dėl kepurės, bet atrodė jaunatviškai. Skruostai degė. Matyt, ji visą dieną praleido jūroje.

– Prisiminiau, kad sandėliuke užrakintas dujų balionas ir kuras, o raktą pamiršau duoti, – pasakė jis.

– O, aš nė nepastebėjau.

Ji padėjo peilį ir po čiaupu nusiplovė rankas.

– Tai gerai, – tarstelėjo jis, nesitraukdamas nuo durų.

– Nagi, užeik, juk čia tavo namas, – su šypsena pakvietė ji, skėstelėdama rankomis.

Jis žengė artyn ir padavė raktą. Žinoma, būtų galėjęs padėti ant spintelės arba pakabinti ant kabliuko prie durų, kur buvo jo nuolatinė vieta. Bet jis to nepadarė.

– Ačiū už rūpestį! Ar pavakarieniausi su manimi? Jūroje ištraukiau menkę.

Jis jau žiojosi sakyti „ačiū, ne", bet paskui prisiminė, ko vis dėlto atvažiavęs.

– Ačiū, neatsisakysiu!

Jautėsi keistokai būdamas Ilsės Berg svečias savo name.

– Kuo galiu padėti? – paklausė.

– Padenk stalą.

Gormas nusivilko megztinį ir nusiplovė rankas.

– Tu gerai išauklėtas, – pasišaipė ji, pamesdama jam rankšluostį.

– Tau taip atrodo? – nusijuokė jis.

– Ne, valgysim kambaryje, – pasakė Ilsė, kai jis ėmė dengti virtuvės stalą. – Turiu baltojo vyno. Ar alaus, ko labiau norėtum?

– Tegu bus vynas. Beje, rūsyje yra ir vyno, ir alaus atsargų.

– Puiku! Gal čia yra taurių su kojelėmis?

Lyg pati nežinotų, pamanė jis. Tėvas tikriausiai vaišino ją vynu iš senųjų žalių taurių. Jis paėmė dvi taures ir pakėlė prieš šviesą.

– Visai neblogos, ką manai?

– Tinka, – nė nedirstelėjusi atsakė ji.

Ji suvyniojo žuvį į foliją, jis išnešė ją ant kepintuvo. Likusi viduje, ji ėmė niūniuoti. Nenusakomą melodiją. Nebuvo labai muzikali.

Kai jie susėdo prie stalo, jis pastebėjo, kad ji nevalgo taip kultūringai kaip mieste. Ir išvis buvo kitokia. Visa švytinti. Kai ji pasilenkdavo prie lėkštės, marškinėlių iškirptėje pasimatydavo griovelis tarp krūtų.

– Labai skanu. Puikiai pataisei žuvį, – pagyrė jis.

– O tu saugojai, kad neprisviltų.

Jai šypsantis skruostuose atsirasdavo gilios duobutės. Jis mėgino įsivaizduoti, kaip tos duobutės jaudino tėvą.

Kai jie pavalgę sėdėjo ir rūkė, jis lyg tarp kitko tarė:

– Turbūt man laikas galvoti apie namus.

– Su geru pusbuteliu vyno kraujyje? – kandžiai tarė ji.

– Čia gi beveik vien sodybų keliukai ir nulis kontrolės, – atšovė jis.

– Gyvybė ir sveikata turbūt svarbiau už nulį kontrolės? Kaip ir geras direktoriaus vardas.

Balsas buvo pašaipus.

Jos marškinėlių apykaklės siūlė buvo prairusi. Ant plikos odos raudonavo siūlelis. Ji paėmė butelį ir išpylė likusį vyną į jo taurę. Jis neprieštaravo ir nebeužsiminė apie kelionę namo.

Ji užkaitė kavos ir nusiskundė, jog kambaryje vėsoka.

– Einu atnešiu malkų, – stodamasis tarė jis.

Sandėliuko raktą ji buvo pakabinusi ten, kur jis paprastai kabėdavo. Ji nebeslėpė pažįstanti namus.

Kol ji pilstė kavą, jis pakūrė židinį. Tyla tarp jų nebuvo itin jauki. Kai jie atsisėdo gerti kavos, jis pasidomėjo, kaip ji jaučiasi gimtajame mieste.

– Ačiū, neblogai. O tu?

Ji ištiesė plikas kojas ant skudurinio takelio ir atsilošė kėdėje.

– Aš juk nemažai keliauju.

– Tu turi mažą mergaitę? – netikėtai paklausė ji.

– Taip, Siri, ji gyvena Tronheime su Turida.

Pats girdėjo, kad balsas pernelyg džiaugsmingas, nes klausimas jį pamalonino.

– O tu turi vaikų? – pasiteiravo jis.

– Ne, neradau tėvo. Be to, gyvenau per greitai, kad būčiau galėjusi ištekėti.

– Tai tau ir skirtis neteko.

– Ne, neteko.

Stojo tyla, kurios nė vienas nenorėjo pertraukti.

– Tu jaunas, susirasi kitą, – pagaliau padrąsino ji.

Tas momentas atėjo. Dabar jo eilė.

– O tu susiradai kitą?

– Ką turi omenyje?

– Galbūt judvi su Turida turėjote tą pačią varžovę?

Jis atvirai stebėjo ją.

Ilsė išpūtė akis. Jis matė, kad ji sulaikė kvapą, nes siūlo galiukas prie kaklo net nevirpėjo.

– Mama – neprasta varžovė, – pridūrė jis.

Ji trynė dešinės rankos pirštus, smilių ir nykštį. Beveik nepastebimai.

– Atvažiavai čia atiduoti rakto ar man to pasakyti?

– Ir atiduoti, ir papasakoti.

– Ir ką tikiesi išgirsti?

– Tiesą. Man gali ją drąsiai sakyti.

– Tiesa iš kiekvieno lūpų skirtinga.

– Noriu išgirsti tavąją.

– Neturi teisės to prašyti.

– Ne. Bet priimu ir tokį atsakymą, – tarė nenuleisdamas žvilgsnio.

Ji šyptelėjo. Jos ramybė jį erzino.

– Ar esi pasiruošęs vadinamajai tiesai? – paklausė ji, išpūsdama dūmus į lubas.

– Manau, kad taip, – atsakė jis ir rūpestingai užspaudė cigaretę.

Jis girdėjo savo alsavimą ir jautė, kaip įsitempia žandikaulio raumenys, kol jis ieškojo taško, kurio galėtų įsikibti. Pasirinko griovelį tarp Ilsės nosies ir burnos.

– Ar tu padėjai jam prisirišti akmenį? – paklausė jis.

Į smilkinius kalė tyla. Tada ji kostelėjo.

– Aš pati turėjau tokią teoriją, – kimiu balsu prabilo. – Bet iš tikrųjų nežinau. Šiaip ar taip, joks teismas manęs už tai nenuteistų.

Ji visa prigeso. Kai pakilo nuo kėdės ir įmetė rūkstančią cigaretę į peleninę, jis pamanė, jog ketina išeiti iš kambario. Nuo gretimos kėdės ji nutvėrė kepurę ir pamažu ėmė sukti ją pirštais, įžūliai spoksodama į jį.

– Tu čia buvai? – paklausė jis.

– Tuo metu ne. Išvakarėse.

– Kas atsitiko, kol čia buvai?

Prieš atsakydama ji apsidairė po kambarį.

– Jis pasakė, kad prašys skyrybų.

Židinyje kažkas smarkiai plykstelėjo. Paskui liepsnos vėl ramiai laižė beržo pliauskas.

– Ar jis tai sakė pirmą kartą?

– Ne. Bet aš ir tąkart nenorėjau.

Gormui vos neišsprūdo, kad, jo galva, tokios kaip ji apie tai tik ir svajoja, tačiau nutylėjo.

– Tokiems dalykams neturiu pakankamai drąsos, – tarė ji.

– O visiems kitiems dalykams? Jiems drąsos užteko?

Jis veikiau pajuto, negu pamatė, kaip ji susijaudino.

– Jaučiu, kad čia sunku apie tai kalbėti. Gal eime pasivaikščioti?

Jos balsas nebuvo tvirtas.

Kai jiedu su vakarienės likučiais nuėjo į paplūdimį, juos pasitiko kirai. Ji aprodė jam laivą.

Ten buvo ideali tvarka – viskas išpoliruota, išblizginta. Jis atsisėdo salone ir ėmė vartyti knygą apie laivakelio žymėjimą, kol ji tikrino lynus.

– Puikus laivas, – pagyrė, kai ji nulipo žemyn.

Jis perbraukė delnu raudonmedį ir akimis apmetė žalvarines detales žinodamas, kad ji stebi jį.

– Ar jis čia buvo? – paklausė atsukęs jai nugarą.

– Ne, laivas naujas.

Balsas buvo budrus.

Juodu skyrė stalas. Už lango tarp tirštų debesų kybojo mėnulis. Kirai tebeklykavo. Atmintyje iškilo vaizdas iš vaikystės. Žaliai mirguliuojančios seklumos su gelmėje tamsuojančiomis dėmėmis.

Nukreipęs žvilgsnį į navigacinius ženklus siaurame laivakelyje, jis nevalingai ištarė:

– Ar jūsų niekada niekas nesusekė?

Ji atlošė galvą, ir prietemoje jis matė ją užsimerkiant.

– Aš nežinau. Ji juk turėjo suprasti, nemanai?

Akys atsimerkė, ir ji bejėgiškai pažvelgė į jį, lyg jis būtų turėjęs atsakymą.

Jis prisiminė tėvų pokalbių nuotrupas. Svarbius tėvo susirinkimus ir darbą. Atsainų tėvo švelnumą. Trumpus paaiškinimus, kurių nederėdavo ginčyti. Jo nugarą, tolstančią laukujų durų link. Į tą nugarą įsmeigtą mamos žvilgsnį. Tarsi ji mestų valą, bet niekuomet nepataikytų. O paskui – niurzgimą, manijas, perdėtą rūpestį. Ir visa tai su baisia jėga užgriūdavo jį, Gormą. Jėga, nuo kurios nebuvo įmanoma apsiginti.

– Kiek tai truko? – paklausė jis.

– Nuo tada, kai man buvo aštuoniolika, iki jo mirties išvakarių, atmetus keletą nelabai nuoširdžių mano mėginimų išsiskirti.

– Aštuoniolika. Tada man buvo devyneri metai ir dovanų gavau dviratį.

Jis prisiminė ją. Rutą. Spaudžiančią dviračio skambutį. Ir jausmą, kuris jį apėmė, kai berniukai išsivežė ją ant dviračio.

– Apie ką jūs kalbėdavotės? – paklausė.

Ji susimąstė.

– Apie gamtą. Atostogas. Bet daugiausia turbūt žaisdavome. Juokdavomės.

– Tėvas juokdavosi? Norėčiau sužinoti, kokius žaidimus judu žaisdavote, – tarė jis.

– Ironizuoji?

– Ne, pavydžiu. Su manimi jis retai žaisdavo. Iš tikrųjų aš jo nepažinojau.

– Manai, kad aš jį pažinojau geriau?

– Turiu tokį įtarimą.

Juos ėmė supti banga nuo tolumoje praplaukusio laivo. Minkštai sugirgždėjo fenderiai. Jųdviejų kūnus pagavo lengvas ritmas, kuris netrukus liovėsi.

– Apgailestauju, – tarė ji.

– Tu čia niekuo dėta, tai kita istorija.

Ji tiriamai pažiūrėjo į jį ir pasakojo toliau.

– Jis buvo gana išradingas. Vis ką nors sugalvodavo. Pavyzdžiui, kai keliaudavome. Tiek daug visko žinojo. Apie miestus, kuriuose lankydavomės. Visur jautėsi kaip žuvis vandeny. Baisiai juo žavėjausi. Ypač iš pradžių. Be to, buvo nepaprastai supratingas. Švelnus.

Akimirką pasirodė, kad ji tuoj pravirks. Bet ėmė juoktis. Tyliai, išblyškusiu veidu.

Ant grindų mėtėsi plaukų segtukas. Maža plastikinė ramunė. Kažkaip nederėjo prie Ilsės Berg. O gal vis dėlto derėjo.

– Jis pasakojo man apie bangas, išmokė valdyti laivą, – toliau kalbėjo ji. – Mes plaukiodavome senuoju... Beje, kur laivas?

– Parduotas, – trumpai atsakė jis.

Ji porą kartų įkvėpė, lyg norėtų ką pasakyti, tačiau susilaikė.

– Kaip sužinojai, kad jis mirė? – po valandėlės paklausė jis.

– Perskaičiau vietos laikraštyje. O tu?

– Gavau telegramą per Kūčias Ramiajame vandenyne.

– Kaip priėmei žinią? – tyliai paklausė ji.

– Nemanau, kad suvokiau, kas įvyko. Bet jaučiau kaltę.

– Tu? Dėl ko?

– Matyt, per daug save sureikšminau, – pasakė jis, karčiai nusijuokdamas. – Aš juk lyg ir pabėgau.

Ji valandėlę žiūrėjo į jį.

– Kaltės jausmas mane išgąsdino mirtinai, – prabilo ji.

– Tu jį atstūmei?

– Taip. Ar tau niekada taip nebuvo? Kad viskas baigiasi, kai žmogus, su kuriuo jauteisi laisvas, staiga ima kelti reikalavimus. Ką turi daryti, kuo privalai būti. Kai ima kelti reikalavimus visam likusiam gyvenimui.

– Kažkas panašaus buvo.

Jis žvelgė pro langą į tolumoje dunksančius kalnus. Jie buvo bemaž juodi, su pilkais ruožais. Horizonte kada ne kada sublyksėdavo praplaukiantis laivas.

– Jis nebuvo pralaimėtojas. Sunku įsivaizduoti, kad kas nors galėjo jį paniekinti, – tarė jis.

– Tai tiesa. O aš nesupratau, kaip jis iš tikrųjų jautėsi. Mokėjo neparodyti. Slėpė jautrumą. Kai pasakydavau, kad man reikia laiko sau, pasiūlydavo kokį nors praktinį sprendimą. Arba kaip tą vasarą prieš tai, kai jis... kai pranešiau, kad sutikau žmogų. „Duodu tau laiko", – pasakė. Jis niekada nekalbėdavo apie tai, ką jaučia. Taip pat nesupratau, koks buvo vienišas.

Ji pamėgino nusišypsoti, bet nesėkmingai.

– Jis kantriai iškentė visus mano įsimylėjimus. Santykius su vyrais. Niekuomet nemėgino manęs kontroliuoti. Kaskart galėdavau pas jį sugrįžti, kai viskas žlugdavo. O juk kada nors žlugdavo. Tada jis būdavo šalia.

Gormas suvokė, kad nepatikliai spokso į ją. Ji juk pasakoja apie tėvą!

– Jis turėjo kažko tamsaus. Tarsi giliai užslėptą neviltį. Tartum gyventų ne savo gyvenimą. Vienintelis įgyvendintas protestas buvo santykiai su manimi. Ir savižudybė.

Ji trumpam nutilo, tada virpančiu balsu kalbėjo toliau:

– Tą vakarą prieš man išvažiuojant šnekėjomės apie ateitį. Pasakiau, kad niekada už jo netekėsiu, todėl jam neverta skirtis dėl manęs. Tą žinią jis sutiko ramiai. Pajuokavo, kad aš gera advokatė. Rytą atsikėlusi turėjau jo ieškoti. Jis sėdėjo paplūdimyje ir spoksojo į vieną tašką. Vos mane pamatė, tapo toks kaip visada. Paskui mąsčiau, kad galbūt jis tada jau buvo apsisprendęs. Ir kad turėjau suprasti.

– Niekas to nesuprato, Ilse.

– Tavęs juk nebuvo, tu ir negalėjai nieko padaryti...

– Ne, ir tai mano netektis. Matyt, reikia mokėti pralaimėti, jei nori išlikti, – tarė jis ir ištiesė jai ranką.

Jų žvilgsniai susitiko.

– Ačiū už šį pokalbį! – sukuždėjo ji.

Jis manė, kad ji pravirks. Bet nepravirko.

– Gal paplaukiojam. Tik pakrante, palei kraštinę salelę, – pasiūlė jis.

– Gerai! – nušvito ji.

Kai jis užlipo ant denio atrišti lynų, minkštai subirbė variklis.

– Paruošta! – riktelėjo jai.

Ji apgręžė laivą, ir jie įsuko į farvaterį.

Įsižiebę žibintai tamsų jūros paviršių nuspalvino raudonais ir žaliais atšvaitais. Priešakyje putojo, kunkuliavo vanduo. Jis dar pastovėjo ant denio glostomas oro srauto, tada grįžo pas ją.

Jie priplaukė fiordo žiotis. Bangavimas iš kairės trukdė valdyti laivą. Ji susikaupė. Padidino greitį ir pakeitė kursą atsukdama laivą prieš bangas.

Už salelių korpusą pagavo lėtas, galingas ritmas. Jis mėgavosi tuo ritmu.

Kai jie aplenkė seklumas ir ščerus, ji paleido laivą visu greičiu, dirsčiodama į jį blausioje žemėlapio lempelės šviesoje. Laivo priekis pasikėlė, ir jie skriete nuskriejo į rugpjūčio sutemas.

Ji tikrina mane, dingtelėjo jam. Per jūros purslus žėrėjo mėnesiena ir žvaigždės. Jis tvirtai įsirėmė kojomis ir valandžiukę leido jai šėlti. Galiausiai, mėgindamas perrėkti variklio riaumojimą, sušuko:

– Nurimk, man truputį baisu. Žinok, aš ne toks kaip jis.

Jis matė, kaip ji nuleidžia vairalazdę, tačiau buvo nepasiruošęs. Po akimirkos jau kapanojosi užvirtęs ant žemėlapio staliuko, ieškodamas ko nors įsitverti. Ji stabdė ganėtinai staigiai. Dabar išjungė variklį.

– Ar buvo būtina? – paklausė jis atsitokėjęs.

Ji nuėjo į saloną. Durys dar kurį laiką trinkčiojo. Į šoną siūbtelėjo banga, ir laivas porą kartų pavojingai virstelėjo. Viskas, kas buvo palaida, vėl sujudėjo. Jis spėjo sugauti žemyn čiuožiantį kavos puoduką.

Kai pasidarė ramiau, jis palengva nulipo po deniu. Ausyse vis dar gaudė variklis. Bet aplinkui buvo tik didžiulė tyla, šniokštimas, bangavimas. Jūra.

Ji sėdėjo delnais užsidengusi veidą. Daug nemąstęs jis tiesiog atsisėdo šalia. Ji kvepėjo šviežiu prakaitu. Druska.

– Aš naudojausi juo, – kietai tarė ji. – Naudojausi dėl daugelio dalykų. Jis buvo neteisėtasis, uždraustasis, su patirtimi. Jis buvo

306

pats nusikaltimas. Mano nusikaltimas. Ir tuo metu aš studijavau teisę, kad galėčiau teisti kitus.

Balse pasigirdo lyg užsispyrimo gaidelė.

Kai jis apglėbė ją, ji įrėmė galvą jam į krūtinę. Kaip tik dabar mums reikia vienas kito, pamanė jis. Ko gera, taip dažnai esti. Visai atsitiktinai? Kas nors tiesiog atsiranda šalia. Arba ko nors nebūna šalia.

Jis regėjo žaliojo žibinto šviesą mirguliuojant jūros paviršiuje. Jeigu atplauktų laivas be budėtojo tiltelyje, tai galėtų tapti paskutine kelione. Rankos apkabino ją stipriau. Jis tuoj nebežinos, ką daro.

Ūmiai atsistojęs užlipo ant denio. Nesimatė nė vieno laivo. Jie tebeplaukė vienui vieni. Jis paleido variklį ir nukreipė laivo priekį Indrefiordo link.

Po kurio laiko ji užlipo į viršų.

Krante švietė vieniši žiburiai. Jis įjungė žibintą, kad pasirinktų reikiamą plūdurą. Porą kartų dirstelėjo į ją. Ji pastebėjo.

– Jei po šio pasiplaukiojimo norėsi susirasti kitą patarėją, tavo teisė, – tarė ji.

– Ne! Priešingai!

Jis dar labiau sumažino greitį ir stebeilijo tiesiai tarp navigacinių ženklų. Nebuvo matyti nė vieno laivo, nė vienos kliūties.

Dvidešimt antras skyrius

„PAGRINDINIS DĖMESYS SKIRIAMAS KŪRINIO KOKYBEI NEATSIŽVELGIANT Į ŽANRĄ, MENININKO AMŽIŲ AR IŠ-SILAVINIMĄ".

Taip buvo parašyta lapo, primenančio Ovės sportinius diplomus, apačioje. Viršuje puikavosi užrašas: *„Morgenbladet* premija skiriama dailininkei Rutai Neset".

Menininkų namuose buvo surengtos atseit kuklios iškilmės. Rankoje ji spaudė penkių tūkstančių kronų čekį.

Vienas vyras ką tik pasakė jai skirtą kalbą, lyg ji būtų kokia nors išskirtinė asmenybė. Jos paveikslą visi vadino įsimintinu darbu. Žodis „dailininkė" glostė savimeilę, bet neatrodė itin patikimas.

Pažymėjimo apačioje dar buvo paminėta, kad premijos tikslas – skatinti Norvegijos meną. Jį pasirašę gerieji žmonės stovėjo šalia. Visi jiems rodė pagarbą. Ji, žinoma, taip pat, nors dorai nežinojo, kas jie tokie.

Ta proga ji susisiaurino ir apsisegė senąjį Gormo dovanotą sijoną. Tai teikė tam tikro saugumo, nes jis pažadėjo galvoti apie ją. Prie sijono ji vilkėjo juodą švarkelį. Nesvarbu, kad drabužiai ne itin derėjo tarpusavyje.

Kol ji buvo fotografuojama, jai dingtelėjo, kad norėtų turėti jo nuotrauką. Tokią, kurioje matytųsi dvi gilios duobutės skruostuose, nors jis ir nesišypsotų.

Pasibaigus renginiui ji patraukė į „Theatercaféen." Kadangi jautėsi turtinga ir padoriai apsirengusi, išdrįso ten nueiti dar kartą, kad ir viena.

Ji buvo pasodinta prie durų. Tikėjosi ne to. Užsisakiusi taurę vyno ir sumuštinį su krevetėmis, ji paėjėjo į kavinės gilumą, kad pamatytų staliuką, prie kurio anąsyk sėdėjo jis. Staliukas stovėjo tuščias. Jo, žinoma, ten nebuvo. Bet griežė orkestras. Gal dėl to jai pasidarė graudu.

Kai buvo atneštas valgis ir vynas, ji pamėgino prisiminti, kaip žmonės liaupsino jos paveikslą. Tačiau tai tapo neįmanoma. Priešais ją ant odinio sofos apmušalo bolavo Gormo veidas.

Kol baigė gerti vyną, ji taip atidžiai jį ištyrinėjo, jog būtų galėjusi nupiešti.

Pirmosiomis savaitėmis Osle ji pabusdavo ant putgumės čiužinio, po galva pasidėjusi dalmatiną. Laisvė nebuvo tokia stebuklinga, kaip ji tikėjosi. Niekas, jei tik tuo nebeužsiima Dievas, nesukurs nei meilės, nei šviesos vien ištaręs jų vardą.

Tai, kad ji neminėjo tų didelių žodžių, nereiškė, kad apie juos nemąstė. Po paskutinio susitikimo su Gormu kai kada jie užvaldydavo visas jos mintis. Bet ji neturėjo su kuo tomis mintimis pasidalyti.

Iš Menininkų namų sekretoriaus sužinojusi, kad jis, jai nežinant, lankėsi Rudens parodoje ir įsigijo jos darbą, ji pasijuto, lyg būtų kažką praradusi. Iš tikrųjų turėjo tik džiaugtis, kad jis nupirko paveikslą. Bet jeigu būtų galėjusi rinktis, mieliau būtų su juo susitikusi, tegu paveikslas ir liktų nenupirktas. Visko iškart negali turėti.

Ji parašė neutralų padėkos laišką, kurį panorėjęs jis būtų galėjęs parodyti Turidai, tačiau nepajėgė jo išsiųsti. Pro pašto dėžutės plyšį ją stebėjo Turidos akys.

Kai ji įstojo į Akademiją, su Ove kariauti nebereikėjo. Rutai neatrodė, kad jis iki galo suvokė, jog ji išvažiuoja, kol nepalydėjo jos iki autobuso. Torą ji paliko ant mamos kelių. Juo rūpintis turėjo Ovė, bet mama pažadėjo dažnai lankytis arba pasiimti berniuką į Salą.

Dėl bendradarbių ir kaimynų nuosprendžio galvą labiau skaudėjo Ovei, ne jai. Ji tiesiog išėjo iš darbo ir išvažiavo toli nuo to.

Ji jau gyveno Osle, kai jos paveikslas buvo pakabintas Menininkų namuose. Be Ovės, niekas daugiau nežinojo, kad ji Rudens parodai pristatė savo darbą.

Daug ką būtų galėjusi jam prikišti, tik ne tai, kad jis nesuprato, dėl ko buvo priimtas jos paveikslas. Vargu ar ji pati nutuokė.

Kaip jis sutiko žinią, kad ji gavo premiją ir apie ją rašė laikraščiai, jai neteko patirti. Bet atsiuntė sveikinimo atviruką. Tame pačiame atviruke tilpo ir žinutė, kad jis nusprendė per žiemą palikti katerį jūroje ir kad Toras prasiskėlė galvą, žaizda buvo susiūta dviem dygsniais.

Mama parašė, kad Pamokslininkas išsikirpo, kas buvo laikraštyje, ir pasidėjo svetainėje ant stalo. Nuotraukoje Ruta spaudė redaktoriui ranką ir dėkojo už premiją. Mamai ji pasirodė nepanaši į save. Bet tai nebuvo svarbu.

Su menininko stipendija, premija ir Gormo pinigais Ruta pasijuto tikra turtuolė. Ji nusipirko raudoną sofą lovą, kuri buvo užboginta laiptais ir pastatyta kertėje po nuožulniomis lubomis.

Rudenėjant ji įsigijo keletą maišų malkų, jas sukrovė už sofos. Medis maloniai kvepėjo primindamas Jorgeną. Ir Torą.

Kai kada prabudusi naktį pamanydavo, kad jaučia jį prie savo šono, arba tardavosi žinanti, jog jis guli kažkur ir verkia.

Bet to buvo maža. Siauresnio negu jos proto žmonės būtų pasakę, kad nėra normalu, jog ji daugiau galvoja apie svetimą vedusį vyrą nei apie savo vaiką. Jeigu jie būtų tai žinoję.

Tačiau niekas iš to, kas ją supo dieną, jai nepriminė Toro. Nė vienas vaikas, sutiktas gatvėje ar parke, nebuvo panašus į jį. Rodės, jog jis gyvena tik jos sapnuose. Taip įaugo į jos miegą, jog būdavo baugu užmigti.

O apie Gormą ji galėjo mąstyti būdama Akademijoje arba eidama gatve. Tos mintys jai teikė džiaugsmo ir laisvės jausmą. Suprantama, tai buvo iliuzija, nes jis priklausė Turidai. Bet vis tiek.

Kambarį ji susirado pagal skelbimą, o Ovės pusseserė pasakė, kad jai pasiutusiai pasisekė. Toje miesto dalyje palei šaligatvius auga daugybė medžių ir sodų, o namai panašūs į pilis.

Kambarys mansardoje buvo pakankamai šviesus, su trimis stoglangiais. Ruta nematė nei gatvės, nei medžių, bet tai atrodė menka bėda.

Ties vienu langu Ruta pasistatė molbertą ir pasijuto tikra menininkė. Vienoje pusėje ji regėjo dangų ir kaminą. Kitoje – dangų ir kaimyninio namo bokštelį. Viršuje jį keturkampiu juosė kaltinės geležies turėklai. Matyt, jie ten buvo ne tam, kad už jų galėtum laikytis, veikiau dekoracija. Inkognito gatvėje dekoracijų netrūko.

Už užuolaidos buvo įtaisyta praustuvė, koridoriuje – dušas ir tualetas. Ji dar turėjo viryklėlę ir šaldytuvą. Bet jai nebuvo leidžiama nieko kepti, o virti ji galėjo tik kiaušinius, kavą ir arbatą.

Šeimininkė buvo valdinga ponia baltais tvarkingai sušukuotais plaukais, su daugybe apyrankių ir žiedų. Skimbčiojimas išduodavo ją esant netoliese.

Jos vyras buvo sulinkęs į kuprą ir mažakalbis, po savęs visur paliekantis tirštą cigaro dūmų debesį. Dažniausiai pirmame aukšte. Šeimininkė daugiausia laikydavosi antrame. Ruta nepažinojo nė vienos sutuoktinių poros, kuri turėtų tiek vietos. Gal dėl to negirdėjo, kad jie vienas kitam būtų ištarę piktą žodį.

Rutai buvo duota suprasti, kad jie padarė gerą darbą priimdami ją gyventi į savo namus. Nes ji juk atvyko iš šiaurės. Tas „iš šiaurės", matyt, prilygo visam Pamokslininko nuodėmių sąrašui.

Ko gera, jiems atrodė, kad mokėdama nuomą, be to, valydama sniegą ir kartą per savaitę plaudama du namo aukštus ji tiesiog pramogauja.

Bet kažkaip ji jautė, kad šeimininkai jai prielankūs. Jau trečią savaitę jie nustojo kalbėti apie tai, kad ji iš šiaurės. Be to, poniai niekaip nėjo iš galvos, kad laikraštyje buvo jos nuotrauka, ir ji praminė Rutą menininke mansardoje.

Kiekvieną sekmadienio rytą, jei būdavo šalta, ji pasikurdavo krosnelę ir vėl lįsdavo į lovą. Tada gulėdama ką nors skaitydavo arba sklaidydavo iš bibliotekos parsineštus dailės albumus.

Taip būdavo tada, kai lauke spigindavo šaltis ir ji laukdavo, kol sušils kambarys. Spragsinti šiluma pasiekdavo ją bangomis, ir mažas Toro pirštelis durdavo į akies vyzdį, nesvarbu, į ką ji žiūrėdavo. Durdavo. Kol neatlaikiusi ji pravirkdavo.

Juodos vaikystės krosnys atsiduodavo suodžiais, durpėmis ir beržo žabarais. Ji prisiminė tą amžiną ratą: išsemti pelenus – neleisti užgesti žarijoms. Dabar ji galėjo išeiti iš šilumos nebijodama, kad ši išgaruos.

Ta krosnis buvo modernus metalinis židinys su durelėmis ir terakotos plytelių atbraila. Jeigu ji leisdavo ugniai užgesti, būdavo jos reikalas. Šiurpdavo jos oda. Jai būdavo nejauku.

Kelias į Menininkų namus vedė pro Rūmų parko senųjų medžių pauksmę. Jie skleidė stebuklingą ramybę. It skulptūros, kurių išraiška kisdavo su šviesa. Ji šnekėdavosi su jais. Kartais jai atrodydavo, jog jie atsako. Ji girdėdavo ramius jų atsakymus, paruoštus daugiau kaip prieš šimtą metų.

Kai ji dar nepažino savęs, medžiai jau žinojo, kad ji ten vaikščios. Pasvirę virš jos pamokomai kalbėjo: „Ruta Neset, tavo stipri meninė raiška, bet tau reikia praktikos ir žinių."

Kurso draugams apie save ji daug nepasakojo. Nebuvo reikalo. Be to, puikiai suvokė, kad negali tikėtis kaži kokio pripažinimo, nors jos paveikslas ir susilaukė nemažai dėmesio. Tik „didieji" gali būti savamoksliai neatrodydami juokingi.

Iš pradžių ji visų privengė. Jai dingojosi, kad jie prieš ją sudarė slaptą sąjungą. Kažką tarpusavyje susitarė jai nežinant.

Negana to, kad ji visą gyvenimą praleido meno civilizacijos užribyje, nepriklausė jokiam natūraliam „-izmui" ar krypčiai. Nėbuvo nei radikalė, nei maištininkė ir net nesugebėdavo įsiusti, kai žmonės atvirai pasisakydavo už bendrąją rinką.

Pamažu ji apsiprato Akademijoje. Kalbėdavo su žmonėmis ir kavinėje gurkšnodavo vyną. Tačiau nemezgė jokių artimesnių ryšių.

Tais kartais, kai susitikdavo su šio to pasiekusiais menininkais, neretai nustebdavo dėl to, kaip jiems rūpi jų poveikis aplinkiniam pasauliui. Lyg jie varžytųsi su savo paveikslais dėl dėmesio. Įsižeisti dėl menko nieko būdavo linkę net įtakingiausi veikėjai.

Menininkų namų kavinėje arba „Krelėje" vykdavo diskusijos, primenančios griausmingąsias Pamokslininko kalbas. Du dailininkai išsiskyrė kone religinga panieka viskam, kas nebuvo panašu į jų pačių darbus.

Kai ji išgirdo juos kalbant pirmą kartą, jai pasidarė gėda dėl jų, nes jie nebuvo niekam nežinomi menininkai. Ruta suprato, kad talentingo menininko vardas neturi nieko bendra nei su protu, nei su išmintimi.

Jeigu nebūtų taip gerai pažinojusi Pamokslininko, tikriausiai būtų nusivylusi labiau. Betgi buvo patyrusi, kaip dievotumas žmonėms kartais trukdo matyti, kad į išganymą veda ne vien jų pačių tikėjimas.

Jai atrodė, kad skelbtis vienintelio teisingo meno pranašu turėtų būti keblu, nebent trokštum garbinti savo paties balsą. Visai kaip

312

Pamokslininkas, kuriam ant kaktos švytinčiomis raidėmis buvo parašyta „Aš", kad ir kur jis eitų, kad ir ką darytų.

Kai kurie iš ryškiausiųjų, o gal balsingiausiųjų turbūt tikėjo, kad užtenka pakankamai daug kartų ištarti žodį „Menas", ir menas sukurtas.

Ruta įtarė, kad ne viskas taip paprasta, taip gryna, taip patvaru. Ji pati jautėsi nesusijusi su savo paveikslais, arba su ta kibirkštėle, kuri turėjo būti drobėje.

„Aš" nuolat kinta, neturi jokios realios substancijos. O paveikslas tiesiog *yra*. Neįmanoma apibrėžti „aš" remiantis paveikslu. Iš to išeitų tik juokinga klastotė.

Jai neatrodė sunku pripažinti meną, nepanašų į tai, ką pati mėgino išreikšti. Priešingai. Tai suteikdavo jai išskirtinę teisę ir laisvę kurti savaip. Ir įkvėpdavo.

Tas mintis ji, žinoma, nutylėjo. Ruta nediskutuodavo – ji klausėsi, žiūrėjo ir dirbo. Be to, buvo pilna dėkingumo už tai, kad kiti, net ir tie, kuriems nepatiko, ką ji darė, pripažino ją kaip Akademijos studentę.

Tai buvo taip nuostabu, jog ji ėmė manyti, kad viską lėmė pasitraukimas iš mokyklos, kūno geografinė vieta arba išsiskyrimas su Ove.

Modeliai, kurių buvo visokio plauko, ėmė po dvidešimt kronų už valandą. Visi kartu jie sudarė odos raukšlių ir ertmių jūrą. Rutai patiko kvapas ir atmosfera. Bendrumo jausmas bandant išreikšti tai, ką matai. Kažkaip stebuklingai kiekvienas darbas išeidavo vis kitoks.

Vieną ar du kartus per savaitę jų pataisyti ateidavo profesorius. Draugiškas vyriškis pilku tvido švarku, spalvotais marškiniais ir vilnoniu kaklaraiščiu. Ruta nebuvo tikra, bet numanė, kad piešti gali kaip panorėjusi, svarbu – gerai.

Į meškiną panašus vaikinas, sėdintis priešais ją, pareiškė, kad viskas baisiai konservatyvu ir turėtų būti palaidota. Kai Ruta paklausė, ką jis nori laidoti, įsiaudrinęs išrėžė ilgą prakalbą apie tai, jog menas turi žengti pirma visuomenės. Ruta jam neprieštaravo.

Nupiešti eskizą jam trukdavo tiek pat, kaip jai sukrimsti pusę paplotėlio. Baigtas piešinys nepaprastai panėšėdavo į varnos lizdą. Nebūtum atpažinęs nė vienos kūno raukšlės.

Tai ją žavėjo ir linksmai nuteikdavo. Baldras, kaip jis save vadino, buvo raudonbarzdis plačiu megztiniu ir žaibuojančiomis nuskriaustojo akimis.

Kai ji su juo susipažino, jai pasirodė, kad jam tokios kaip ji – tik lengvas užkandis. Ir buvo gėda, nes nežinojo, kas jis toks, mat Baldras elgėsi taip, lyg jau būtų įžymybė. Pamažu ji suprato, kad jis kalba apie ateitį.

Vieną penktadienį, kai jis siautėjo kavinėje, ji pasiūlė jam pasidalyti butelį vyno kitoje vietoje. Permaina buvo neįtikėtina.

– Mes išeiname! – pranešė jis ir susirinko visą savo kilnojamąjį turtą.

Kavinėje „Casino" vienas pusbutelis jam netruko virsti keliais. Jis gerokai įkaušo, tad ji nusprendė padaryti draugišką paslaugą ir parlydėti jį į irštvą apgriuvusiame Akersgatos name. Ten jis prisispyręs ėmė ją kviesti viršun, nes jam esą reikia „kušies".

Ji nesišaipė iš jo, tik pasakė, kad yra ištekėjusi. Jis dar paburnojo, kam ji ištekėjusi, bet į namą įšleivojo savomis kojomis.

Pirmadienį truputį gėdydamasis jis paklausė, ar nepamiršo atsiskaityti.

– Už vyną susimokėjai, – atsakė Ruta.

– O daugiau nieko ir nebuvo, – išsišiepė jis.

– Iš kur tu gali žinoti? – paerzino ji.

Nuo to laiko jis jai atstodavo asmens sargybinį ir Menininkų namuose, ir mieste. Jeigu nebūdavo girtas. Ir nebesakydavo „kušis", kai jie likdavo vieni du.

Ruta žinojo, kad Toras nemažai laiko praleidžia Saloje. Mama su Pamokslininku įsivedė telefoną, tad ji paskambino padėkoti mamai. Iš jos kalbos supratusi, jog jie tikisi, kad Kalėdas švęs visi drauge, turėjo tam pasipriešinti.

– Manau, kad mudviem su Toru reikia pabūti dviese, – švelniai tarė ji.

– Mūsų šeimoje to nėra buvę, kad kas paliktų savo vaiką kaip tu, – atžariai rėžė mama.

– Mama, pasistenk suprasti.

– Suprantu tiek, kad judu su Ove ilgai netversite, kai tu tokioj tolybėj.

314

Kažkokiu būdu jai pavyko prieš padedant ragelį nukreipti kalbą kitur.

Kai autobuso stotelėje Toras atbėgo jos pasitikti, ji pajuto skausmą pilve. Jis laikėsi ten tol, kol ji buvo namie. Ypač sustiprėdavo, kai ji sėdėdavo ir žiūrėdavo į jį miegantį. Be Toro ji nežengdavo nė žingsnio. Taigi daugiausia jie būdavo kartu.

Vieną vakarą ji pravirko balsu skaitydama „Burtininko skrybėlę". Jis jai paaiškino, kad liūdna yra ne ta knygelė, o kita.

Kartą Ovė grįžo iš vakarėlio anksčiau nei tikėtasi ir kauštelėjęs. Jis ėmė grabalioti ją su kaži kokia bejėgiška savininko mina. Ji stovėjo vonioje vienais apatiniais, kai jis įėjo. Negrabiai apkabinta ji nesispyrė, tik nustebo, kad jos kūnas kaip numiręs. Bet kai jis norėjo ją nusitempti į svečių lovą, kurioje jis miegojo, kol ji buvo namie, ji pasipriešino.

– Mes vedę! – suriaumojo jis, įsiutęs ir atžarus.

– Mes visą laiką buvome vedę, bet tau nebuvo svarbu, su kuo miegoti! – atšovė ji.

Jis paleido ją ir išėjo. Nuo tada tarp jų tvyrojo šaltis.

Tą dieną, kai Toras suprato, kad ji tikrai išvažiuoja, suėmė jai už plaukų ir nepaleido, bet neverkė. Kitaip negu ji.

Ovė žiūrėjo į juos, bet nemėgino padėti. Jie beveik nesikalbėjo, ir tai jos nejaudino. Iki tol.

– Judu su tėčiu galėsite atvažiuoti į Oslą manęs aplankyti, – nemąsčiusi pasiūlė ji.

– Kada? – įtariai paklausė Toras.

– Kai bus Velykos.

– Per Velykas aš važiuosiu į kalnus, – atsiliepė Ovė nuo sofos.

– Tai gal galėsite atvažiuoti anksčiau?

– Tik tokie kaip tu atostogauja ištisus metus, – tyliai pasakė Ovė ir išėjo.

– Tada aš pati atvažiuosiu. Nebedaug liko laukti, – sušnabždėjo ji ir pamėgino ištraukti savo plaukus iš jo gniaužto.

Rankutė buvo drėgna ir drebanti.

Paskutinį pusvalandį jis barė ją, nes ji nemokėjo kaip reikiant pakrauti kubelių į automobilį, kurį jis stumdė tarp stalo ir sofos. Ji tik klausėsi stebėdama jo viršutinės lūpos išlinkį ir šluostydama jam varvančią nosį.

Sausį ant stoglangių ėmė snigti. Sausio saulė sniegą pavertė vandens lašais pilkšvoje plokštumoje. Jie žėrėjo it perlai sename veltinyje. Siuntė jai iš viršaus mažus žvilgsnelius.

Ovė parašė trumpą laišką apie tai, kad Toras atsisako valgyti. Ilgisi jos.

Ji įprato kasnakt pabusti lygiai trečią valandą ir mąstyti, kaip jiems prikalbinti Torą valgyti. Ji melsdavo Pamokslininko Dievą pagalbos.

Pirmąsias dienas šios mintys sekdavo paskui ją į Menininkų namus ir nė minutės neleisdavo susikaupti. Džiaugsmas dėl to, kad Osle nėra tamsymečio, išgaravo. Sausis buvo ir liko sausis.

Nuo didmiesčio dulkių, triukšmo ir pilko sniego jai paraudo akys. Vos tik ji likdavo viena, imdavo ašaroti, nesvarbu, kur tuo metu būdavo. Ji suvokė, koks tai varginantis dalykas.

Vieną dieną profesorius paskolino knygą apie Fridą Kalo, jai negirdėtą dailininkę. Keista, bet žiūrėdama į jos paveikslus ji surado paguodą.

Ruta nusprendė, kad Norvegijoje taip tapyti neįmanoma. Čia skausmas turi būti intelektualus ir neapibrėžtas. Tik žinovams. Ne per ryškus ir neperdėtas. Kitaip nedera. Norvegijoje viešai rodomas skausmas atrodo juokingai.

Fridos Kalo autoportrete kažkas priminė Torą. Šiek tiek antakiai. Žvilgsnis. Skruostikauliai. O visa kita buvo kaip Jorgeno. Išoriškai. Su Frida Kalo tai neturėjo nieko bendra.

Kartais jai pasirodydavo, kad Toras panašus į ją. Bet nebuvo tuo įsitikinusi, nes nelabai turėjo su kuo palyginti. Ji pati nepanėšėjo į save nuo tada, kai per vasaros atostogas įsidarbino apželdinimo tarnyboje.

Išsitraukė eskizų bloknotą ir ėmė paišyti tėvų karikatūras, duodama valią savo nemeilei. Piešdama groteskiškas Pamokslininko iltis ir snarglio lašą, pakibusį mamai po nosimi, suvokė, jog tai vaiko reakcija. Buvo savo pačios vaikas, kuris keršijo tėvams, nes pati nesugebėjo būti mama.

Ji išplėšė piešinį iš bloknoto, suglamžė ir įmetė į liepsnas. Akimirksniu jo neliko.

Jos skausmas nebuvo kaip Kalo peiliai ir vinys, veikiau kaip išsklidęs spinduliavimas giliai iš vidaus. Tikriausiai dėl to, be savigailos, ji neturėjo ko priešpriešinti Fridos Kalo menui.

Gormo portretas jai taip pat nepavyko. Kai kada nupiešdavo po kelis eskizus per savaitę. Tačiau išeidavo pernelyg išdailintas ir be gyvybės. Dėl to ji tai niršdavo, tai puldavo į neviltį.

Vieną popietę, grįžusi iš Akademijos, ji ėmė paišyti moterį, stovinčią ant tramplino virš tuščio baseino. Arba laisvai krintančią mėtos žalumo plytelių ir priplotų negyvų žuvų link.

Iš pradžių ji nupiešė daugybę škicų, paskui – keletą eskizų pasteliniais dažais. Tada pradėjo tapyti. Keista, bet toji moteris perėmė didelę dalį jos savigraužos.

Parvažiavusi namo velykinių atostogų, ji nepamiršo pagirti Ovės už tai, kad Torui nieko netrūksta. Jis tik gūžtelėjo. Ištaikęs progą, kaskart pabrėždavo, kad ji neturi teisės turėti kokią nors nuomonę – nei apie Torą, nei apie jį. Jai nereikėjo didelių pastangų jam suprasti.

Jis niekada neklausė, ką ji veikia ar su kuo leidžia laiką. Ji nė sykio negirdėjo, kad jis būtų ištaręs žodį „akademija". Tačiau žinojo – visa tai iš pavydo, kad ji turi gyvenimą, kurio jis negali kontroliuoti.

Kai kada jis taip pat susierzindavo supratęs, kad ji nesileidžia įskaudinama. Pavyzdžiui, kai Toras papasakojo, kad vieną rytą atsikėlęs rado tokią Meretę. Laimei, Ovė išvažiavo į kalnus ir išbuvo ten beveik per visas Velykas.

Grįžusi į Oslą, ji keletą kartų norėjo viską mesti ir suvis išvažiuoti namo. Kai jiems reikėjo išsiskirti, Toras įsiaudrino taip pat kaip per Kalėdas.

Jai pavyko įkalbėti Ovę įsigyti telefoną, kad ji galėtų paskambinti namo po keletą kartų per savaitę. Iš pradžių pasidarė tik dar blogiau. Bet pamažu ji suprato, kad girdėti balsą svarbu. Jiems abiem. Po keleto savaičių ėmė atrodyti, kad jis susitaikė su tuo, kad mama gyvena Osle, nes nori tapti dailininke.

Jis patikėdavo jai įvairias smulkmenas, kurių knibždėte knibždėdavo jo galvelėje.

Pavyzdžiui, kad jis nusipirks lėktuvą ir skraidys greitai greitai. Arba kad jo gaisrinė taip pat gerai rieda ir su trimis ratais.

Per vasaros atostogas Ruta išsivežė Torą į išsinuomotą vasarnamį Helgelano pakrantėje. Ji ilgai mėgino įsileisti naujų motyvų. Bet moteris ant tramplino paėmė viršų. Ji pradėjo eiti vandeniu. Nuolat rizikuodama nuskęsti.

Vieną vakarą, kai Toras atsigulė, ji išvydo ją ant uolos virš trobelės. Vilkinčią raudonu maudymosi kostiumėliu, užsimovusią vieną tų pripučiamų ratų, su kokiais maudosi vaikai.

Kai Ruta pradėjo piešti eskizus, ji virto nuogu kūnu su motociklininko diržu. Išmuiluoti plaukai styrojo kaip dygliai. Ruta dažniausiai ją regėdavo vėlai vakare ir anksti rytą. Arba ji išnirdavo sapnuose. Tai tapo apsėdimu.

Tačiau dažnai lijo lietus, o Toras ilgėjosi savo draugų. Ji suprato, jog jiems teks prašyti Ovę užleisti butą, kad Toras galėtų grįžti namo.

Jis buvo gerai nusiteikęs, kai ji paskambino, ir pasakė, kad nėra jokių kliūčių, nes ruošiasi ilgam žygiui į kalnus.

Kai jie sugrįžo, jis dar nebuvo išvažiavęs, tad ji prisitaikė ir laukė, kol galės įsikurti. Tik šiek tiek pasitvarkė klausydamasi Toro džiaugsmingo krykštavimo už lango. Jis susitiko draugą.

Išgirdusi, kad iš miegamojo ją šaukia Ovė, ji nuėjo pas jį. Apsinuoginęs iki pusės, jis krovėsi kuprinę. Ji pastebėjo, kad jam vis dar patinka prieš ją pozuoti, tarsi jis mąstytų: „Tegu pamato, ko netenka."

– Turiu tau kai ką pasakyti.

Ji stovėjo ir laukė, tačiau jis nepakėlė akių.

– Aš noriu skirtis, – tarė veidu į spintą.

Stojo tyla, ir ji nustebo, kad buvo visai nepasiruošusi.

– Tai reiškia, jog susiradai kitą? – paklausė stebėdamasi, kad įmanoma ištarti tokius rimtus žodžius kraunantis kuprinę.

– Taip, mudu su Merete ketiname susituokti. Aš noriu normalaus gyvenimo.

– Ar ji atsikraustys čia?

– Taip, jeigu norės.

– Tu jos nepaklausei?

Tada jis pagaliau pakėlė akis ir veide šmėstelėjo dvejonė.

– Ką reiškia „nepaklausei"? – išsisuko nuo tiesaus atsakymo.

– Ar ji žino, kad Toras taip pat čia gyvena?

– Kaip ji galėtų nežinoti? – piktai atrėžė jis, grūste įgrūsdamas į kuprinę marškinėlius ir kojines.

Po ruda oda išsipūtė raumenys. Peties dvigalviai, kuriais jis taip didžiavosi.

– Ar ji taip pat eis į žygį? – pasidomėjo Ruta.

– Taip. Nakvosime palapinėje. Keliausime iki pat švedų pasienio.

– Suprantu, kad ji – ta moteris, kurios tau reikia. Ar judu jau seniai kartu?

Jis atsitiesė ir be žodžių plačiai nusišypsojo.

Ji pati nežinojo, kokie mechanizmai suveikė. Bet staiga ji gavo tą pačią laisvę kaip jis. Laisvę pripažinti, jog Ovė – geistinas vyras. Nebe jos atsakomybė, o medžiojamas grobis. Jai – taip pat.

Nemąstydama ji uždėjo rankas ant nuogų jo pečių ir žavėjosi jo nuostaba. Žavėjosi galingu žasto raumenų judesiu, kai jis geidulingai apglėbė ją. Kai užsimerkęs ją pabučiavo, ji pajuto ekstazišką laisvę. O kai parsivertė ant lovos, sukūkčiojo ir visiškai atsidavė. Pagaliau ji – Ovės slapto nuotykio dalis. Ji džiaugėsi tuo ir rodė jam, kad džiaugiasi.

Jis buvo švelnesnis ir nuoširdesnis, negu ji prisiminė. Kad ir kaip vėliau ją minėtų, ji norėjo, kad jis to neužmirštų.

Grįžusi į Oslą, ji jautėsi taip, lyg gatvėmis vaikščiotų greta savo kūno. Pabusdavo šalia savęs lovoje. Nepajėgė bendrauti su žmonėmis Menininkų namuose nei rasti, kas teiktų viltį.

Net tada, kai du jos paveikslai pateko į Rudens parodą, džiaugsmas truko tik tą minutę, kol ji perskaitė laišką. Kaip įprasta, plumpinėjo po galerijas ir muziejus, bet tai ne ką gelbėjo.

Vieną žvarbią dieną Nacionalinėje galerijoje ji išvydo aukštą žmogystą atlapotu paltu. Vyriškis stovėjo pusiau nusisukęs. Tas sprandas. Skruostas. Nejau jis?

Visatą perskrodė krintanti žvaigždė, palikdama švytinčių dalelių uodegą. Baltai melsvas žvaigždžių ūkas nudegino jai veidą, užgniaužė kvapą. Be jos valios virpančiu srautu buvo išstumtas oras. Akimirką ji apmirė, paskui ryžtingai žengė artyn.

Jis atsigręžė. Tai buvo ne Gormas.

Ji išėjo laukan ir kurį laiką be tikslo klaidžiojo gatvėmis. Pamažu kojos pačios atvedė į Menininkų namus. Ji norėjo paskutinį kartelį, prieš juos nukabinant, ant sienos pamatyti paveikslus, kuriuos priėmė Rudens paroda.

Ji tikėjosi, kad kas nors juos nupirks, bet ilgainiui prarado viltį. Dabar prie „Moters baseine be vandens" buvo priklijuotas raudonas lapelis. Smarkiai spurdančia širdimi ji nuėjo į biurą sužinoti, kas jį nupirko.

– Galerininkas iš Vokietijos. Jis čia atostogauja. Įsigijo du paveikslus ir nori susitikti su dailininke, – paaiškino apstulbęs sekretorius.

– Kieno antrasis?

– Irgi tavo.

– Tai jis nupirko abu mano paveikslus?

– Taip.

– Tada ant abiejų turite priklijuoti raudonus lapelius, – tarė ji ir giliai įkvėpė.

Sekretorius teisindamasis kažką susakė, tik ji nesuprato ką.

– Kur jis? Tas galerininkas?

– Manau, sėdi kavinėje. Kalbi vokiškai?

– Jeigu reikia, kalbu ir itališkai.

Jo kupranugario vilnos paltas gulėjo šalia ant kėdės. Susyk jai įstrigo tik skvarbus žvilgsnis. Kai jie priėjo, jis atsistojo, nusilenkė ir kilstelėjo jos ranką prie lūpų, tarsi ji būtų karališkos kilmės asmuo.

– Augustas Gabė. Galite vadinti tiesiog AG.

Kai sekretorius pasišalino, jis pasiteiravo, ar ji kalbanti vokiškai. Ji paaiškino, kad jai būtų lengviau bendrauti norvegiškai arba angliškai.

Su arogantišku lipšnumu jis parodė jai eilę baltų dantų. Kapota anglų kalba pasakė, kad jos paveikslai įdomūs, tačiau nebaigti, tuo pat metu pamodamas padavėjui, ir tas atnešė Rutai baltojo vyno.

Atvirai apžiūrinėdamas ją, lyg ji būtų piešinys tušu, jis išsidavė žinąs, jog ji mokosi antrame Akademijos kurse ir yra gavusi nereikšmingą norvegų premiją už paveikslą, išstatytą pernykštėje Rudens parodoje. Galiausiai jis trumpam nutilo ir mandagiai luktelėjo, kad ji ką nors pridurtų.

Kadangi ji neturėjo ko pasakyti, jis kalbėjo toliau, pareikšdamas, kad mano ją turint tam tikros potencijos, kurią įtemptai mokantis ir dar įtempčiau dirbant būtų galima išplėtoti.

Ruta pajuto, kad jai ima drėkti pažastys, ir su nuostaba ji paklausė, kam jis pirko jos paveikslus.

– Iš kelionių visada parsivežu suvenyrų, – tarė jis ir delnu lengvai palietė jai ranką, lyg netyčia brukštelėjo.

Jis pasiteiravo, ar gali pamatyti daugiau jos darbų. Ji atsakė, kad jie šiek tiek išsklaidyti – dalis šiaurėje, dalis kambaryje, kuriame ji gyvena, dalis Akademijoje.

Jis panoro ateiti kitą dieną ir pažiūrėti, ką ji turinti namuose. Šeštą valandą, jei patogu? Jis užsirašė jos adresą, padavė jai savo vizitinę kortelę, o tada kažkur išskubėjo palikęs ją su puspilniu vyno buteliu.

Ji perskaitė, kas parašyta kortelėje. Jis iš tikrųjų buvo galerininkas. Turintis po galeriją Berlyne ir Niujorke.

Ruta iškart parėjo namo ir žvilgsniu apvedė kambarį. Pakeisti nedaug ką galėjo, nebent paslėpti jai nepatinkančius daiktus tamsiajame kambarėlyje. Tada įspėjo šeimininkus, kad ją aplankys galerininkas iš Vokietijos. Buvo būtina, nes vyriškių vizitus griežtai draudė taisyklės.

Ponia tik suplojo delnais, o jos vyras blankiai nusišypsojo.

Dalmatino variantą ji paliko ant grindų, tiesiai priešais duris. Ji pamėgino atkurti paveikslą, kurį įsigijo Gormas, nes pasigesdavo jo. Tačiau toks pats neišėjo. Nepasakytum, kad prastas, tiesiog kitoks. Kitokios akys, išraiška, spalvos. Mažiau vykęs, bet desperatiškesnis. Fone vyravo rausvi ir šalti turkio atspalviai. Šuo buvo su pavadėliu, kuris it botagas kybojo ore iš dešinės.

Paskutinį savo darbą ji taip pat pastatė priekyje. Tai buvo moters ant tramplino variantas iš šono. Rankos ir kūnas paruošti šuoliui. Ruta daug laiko sugaišo tapydama nugarą, jai vis kažko trūko.

Galiausiai vis dėlto pavyko ją padaryti sueižėjusią ir sutrūkinėjusią, tartum gyvos skulptūros.

Baseinas buvo išklotas juodomis ir baltomis plytelėmis, kurios sudarė pakriką raštą ir priminė sudaužytą šachmatų lentą. Baseino pusė, esanti ties tramplinu, buvo be vandens, kita pusė – sklidina. Palei kraštą plūduriavo raudonas maudymosi ratas.

Dugne į šalis ištiestomis kojomis gulėjo suplotas šuo, lyg pervažiuotas velenu.

Trečiajame paveiksle, kurį ji norėjo jam parodyti, buvo pavaizduota dangumi skriejanti žmogysta su bažnyčios varpine rankose. Skaisčios spalvos išraiškai teikė skaidrumo ir paprastumo.

Jis atnešė jai baltų rožių. Dėl to ji sutriko ir tapo negrabi. Ji neturėjo pakankamai didelės vazos, tad paėmė vieną iš stiklainių nuo uogienės, kuriuose laikė teptukus. Kai norėjo juos iškratyti, teptukai pabiro ant grindų.

Agė numetė ant kėdės paltą ir atsiklaupęs ėmė juos rinkti. Jam pasilenkus, šviesūs garbanoti plaukai ant sprando prasiskyrė. Viršugalvyje jie buvo kiek praretėję, o pakaušyje ties šaknimis sukosi ryškiu verpetu. Kaži kodėl tai ją įelektrino.

Per ploną švarko audinį ji matė nugaros kontūrus. Drabužis, matyt, labai brangus. Matiniu paviršiumi, kurį taip ir knieti paliesti. Kai jis padėjo teptukus ant stalo, jo lūpų kampučiai užsirietė. Lūpose slypėjo mažytė geidulingumo užuomina. Kiek jam gali būti metų? Keturiasdešimt?

Kai ji nuėjo prie praustuvės įpilti vandens, jis sekė kiekvieną jos judesį lyg bijodamas, kad ji neišnyktų. Tai trikdė ją ir spaudė prakaitą. Bet kai ji pasisiūlė atsisėsti ant sofos, pagaliau jis ėmė apžiūrinėti paveikslus.

Jis apsuko tuos, kurie stovėjo blogąja puse. Paskui, atsirėmęs į durų staktą, paklausė, ar galima užsirūkyti. Ji linktelėjo ir atnešė peleninę.

Vaikščiodamas po kambarį ir iš naujo apžiūrinėdamas visus trisdešimt keturis paveikslus, peleninę jis laikė delne lyg kokią brangenybę ir nė karto nepažvelgė į ją. Jeigu po ranka ji būtų turėjusi laikraštį, netrukdoma būtų galėjusi perskaityti ilgą straipsnį.

Jis paprašė leidimo nusivilkti švarką, ji linktelėjo. Kai jis atsistojo nugara į ją ir pakėlė vieną paveikslą, ji suvokė, kad spokso į jį. Ji nudelbė akis ir nurijo seiles.

Jis atrėmė į sieną paveikslą, kuriame buvo pavaizduota nuoga moteris su motociklininko diržu, ir uždegė lubinį šviestuvą. Perkėlė daugiau paveikslų ir elgėsi taip, lyg kambaryje būtų vienas.

Ji stengėsi kuo ramiausiai, lyg niekur nieko sėdėti pintiniame krėsle. Ryškioje lempos šviesoje matė didžiulį vorą, rezgantį voratinklį tarp sijos ir nuožulnių lubų.

Pagaliau jis atsisuko į ją ir prašneko. Ji nesitikėjo, kad bus toks tiesmukas, toks negailestingas. Jis supeikė vienpusiškai parinktus motyvus, įvardydamas tai kaip manieringą naivumą, bet pagyrė už drąsą, kompoziciją ir spalvas.

Jis atrinko dvylika trylika paveikslų, iš eilės ėmė juos ir kalbėjo apie kiekvieno jų pagrindą, dažų tirpiklį, spalvas, kompoziciją ir motyvą.

Netrukus ji suvokė trokštanti, kad tai nesibaigtų. Kad ir ką jis kalbėtų, norėjo klausytis ir klausytis. To balso. Marškiniai viename šone buvo išsipūtę labiau. Ryškioje lempos šviesoje jie metė žalsvą miruliuojantį šešėlį.

Dabar jis nuo paveikslo staigiai pasisuko į ją. Akys žybtelėjo. Jis linktelėjo norėdamas pabrėžti kažką, ko ji nesuprato. Neįmanoma suprasti, kai jis į ją taip žiūri.

„Taip! Taip ir yra", – patvirtino jis kieta, gerkline anglų kalba.

Tada skubiai dirstelėjo į laikrodį, ir ji suprato, jog tai pabaiga.

Šeimininkė stovėjo laiptinėje, kai jis susiruošė išeiti. Ji pasisveikino ir kažką sučiauškėjo norvegiškai. Agė pasilabino mandagiai, bet santūriai.

Kai jis išėjo, šeimininkė susižavėjusi pratrūko:

– Vajetau, koks vyriškas! Tikrai ne bet koks vyras gali nešioti garbiniuotus pusilgius plaukus.

Po trijų savaičių Ruta gavo laišką, kuriame jis siūlė jai ateljė Berlyne nuo kitų metų rugpjūčio ir galimybę išstatyti penkis iš senųjų paveikslų, galbūt ir kai ką iš naujųjų.

Sukaupusi drąsą ji paskambino padėkoti. Išgirdusi jo balsą, išsigando, kad jis padės ragelį jai nespėjus patvirtinti, jog atvažiuoja. Balsas buvo dalykiškas ir melodingas.

Ji pasakė, ką norėjo, bet pamiršo, kad buvo užsirašiusi, ko turi paklausti. Kai ji ėmė mikčioti ir klupti, atrodė, kad jis suprato. Balsas tapo šiltesnis, be jokios arogancijos. Jis padėkojo už susitikimą Osle, vylėsi bendradarbiauti ateityje. Taip pat pagalvojęs apie tai, kad jai bus reikalingas būstas šalia ateljė. Pažadėjo viską patvirtinti raštu.

Ateljė buvo didelė ir šviesi, su vaizdu per sieną į pilkus Rytų Berlyno fasadus ir kaminus. Jos kambarys, spartietiškai įrengtas it kokia celė, žiūrėjo į parką. Viskas buvo baltai išdažyta. Net grindys. Aukšto lango nedengė niekas, tik kabojo sutrauktos dulkėtos žaliuzės.

Tūkstantis devyni šimtai septyniasdešimt ketvirtųjų rudenį ji tartum balansavo ant lyno. Lankė pamokas pas du skirtingus profesorius, kad, pasak Agės, išmoktų elementariausių dalykų. Savarankiškam darbui beveik nelikdavo laiko, ir dėl to ji nervinosi. Tačiau tai padėjo jai suprasti, kad ji turi išsaugoti, kas savita.

– Kad ką nors pastatytum, iš pradžių reikia sugriauti, – pasakė Agė, kai ji nusiskundė niekaip nerandanti laiko tapymui.

Jis vedžiojosi ją į vernisažus, parodas ir muziejus. Keletą kartų ji gavo tik adresą ir turėjo nusigauti ten savarankiškai.

Jie niekada nesusitikdavo privačiai, jei tai nebūdavo susiję su menu. Kaskart, kai ji pamanydavo, kad juos sieja kažkas panašaus į draugystę ar bendrumą, jis pabrėžtinai pastatydavo ją į savo vietą, imdamas visiškai ignoruoti.

Prieš pat Kalėdas iš anksto nepranešęs užsuko į ateljė ir pradėjo peržiūrą eidamas nuo vienos drobės prie kitos.

Ji užsidarė kambaryje palikdama jį vieną. Įprato taip elgtis, kad nereikėtų kęsti pažeminimo.

Netikėtai jis išdygo tarpduryje su rimta, kone rūsčia veido išraiška.

– Tas žalias juokdarys – vykęs paveikslas! Pagaliau kažką užčiuopei. Įstengei sujungti konkretumą su abstraktumu. Perteikti situaciją, nuotaiką. Kūną sugebėjai paversti vienu galingu judesiu, kuris atspindi desperaciją, pyktį. Darai užuominą į kažką, kas egzistuoja už paveikslo plokštumos. Tas paveikslas turi tūkstantąją dalį to, kas išraišką paverčia menu. Dabar meti visus mokslus ir pradedi tapyti!

324

Ji klestelėjo ant kėdės ir pamiršo, jog reikia ką nors atsakyti. Po akimirkos jis dingo. Ji prisiminė ketinusi prašyti jį paskolinti pinigų, kad Kalėdoms galėtų grįžti namo pas Torą. Reikėjo užsisakyti bilietus, kol dar ne viskas išpirkta.

Ir tikriausiai tai ją įsiutino. Ji paskambino į galerijos biurą ir paprašė sekretorę perduoti Agei, kad ji nepageidaujanti matyti nieko iš galerijos, kol paveikslai nebus baigti. Ir kad ji duosianti žinią, kada jie galės juos paimti.

Kitą dieną Agė atlėkė į ateljė, kai ten buvo du kiti dailininkai, Jozefas ir Birtė. Įpykęs pareikalavo nebesiuntinėti per sekretorę žinučių apie savo pageidavimus. Kol jis geriausiu Pamokslininko stiliumi rėžė griausmingą prakalbą, anie du sunerimę pasišalino.

Langas buvo pravertas, ir kai jis trumpam nutilo, ji išgirdo varnos krankimą. Toks garsas, lyg kas pusiau drėkstų gabalą drobės. Padėjusi teptuką ir paletę, ji atsistojo priešais jį.

– Eik tu po velnių su savo priekabėmis, – tramdydama pyktį išrėžė norvegų kalba, nuėjo į savo kambarį ir užsirakino.

Po valandos jai prie durų buvo atnešta dvidešimt viena raudona rožė su jo vizitine kortele. Ji pamerkė jas į kibirą grindims plauti ir pastatė ateljė.

Vėliau paskambino šeimininkams į Inkognito gatvę ir nuolankiai paprašė leisti per Kalėdas išsinuomoti palėpę. Laimei, ten niekas negyveno, tad jie sutiko ją priimti.

Toras buvo pradėjęs lankyti mokyklą ir jau nebe pirmą kartą vienas skrido į Oslą. Bet jo veidas buvo išbalęs ir užverktas, kai priėjo prie jos lydimas jo krepšį nešančios stiuardesės. Jis prakalbo tik tada, kai jie liko vieni du, ir nesileido apkabinamas.

– Tau buvo bloga lėktuve? – paklausė ji ir atsitūpusi nušluostė jam nosį.

– Ausys, – sušniurkščiojo jis.

Apžiūrėjusi ausis, ji nieko nepamatė. Tikriausiai kas nors ausų būgneliams. Pasilenkė jo apkabinti, bet jis, baugščiai apsidairęs, atlyžo nuo jos, ir jai teko palikti jį ramybėje.

Už durų pastačiusi krepšį, ji nuvedė jį pas budintį Raudonojo Kryžiaus gydytoją. Ten pastebėjo, kad Toras sušlapęs kojas. Norėjo nuauti jam batus, bet jis nė už ką nesutiko. Nė vienas iš sėdinčiųjų laukiamajame nebuvo basas.

Gydytojas apžiūrėjo ausį ir nustatė, kad trūkęs ausies būgnelis. Padėti jis niekuo negalėjo, beliko tikėtis, kad vėl suaugs. Davė lašiukų, kuriuos jam reikės lašintis į nosį skrendant namo, ir palinkėjo linksmų švenčių. Tada jie parpėdino į kambarį.

Kai ji pakūrė krosnį ir išvirė kakavos, jis prašneko.

– Tėtis su Merete nusikirto didelę kalėdinę eglę. Aš irgi ten buvau. Viršūnėje jie uždegs elektrinę žvaigždę, – išdrožė jis ir apsidairė kambaryje.

– Mes nusipirksime eglutę rytoj, – skubiai atsakė ji.

– Didelę?

– Kokios panorėsi.

– O eglutės žaisliukų turi?

– Galėsime nusipiešti angelą. Arba iškirpti iš blizgaus popieriaus.

Jis apstulbęs pažiūrėjo į ją.

– Nekvailiok, mama.

– Aš kalbu rimtai. Bet galėsime nueiti į parduotuvę ir taip pat ką nors nusipirkti. Galėsime pažiūrėti, kaip papuošta Karlo Johano gatvė ir Bukstavejenas.

– Ar ten įdomu?

– Labai įdomu!

– O ko ten yra?

– Pamatysi. Bus staigmena.

Balsu skaitydama jam Astridos Lindgren „Kalėdas Bulerbiu miestelyje", ji išvydo kambarį jo akimis. Ją stebino tai, kad nė vienas neverkė.

Šeimininkai per Kalėdas ketino išvažiuoti ir leido jai naudotis virtuve. Ji bent galės pagaminti kokį šiltą patiekalą.

Kitą dieną jie išleido krūvą pinigų eglutės žaisliukams ir didelei eglei. Kai jiedu viską parsitempė namo, ji prisiminė, kad eglei reikalingas stovas, tad jie vėl turėjo išeiti į miestą. Toras tekinas bėgo priešais ir visur veržėsi per raudoną šviesą. Kai jie surado sunkų kaltinės geležies stovą, ji pamatė, kad namo teks grįžti taksi.

Po to, kai jie teatre pasižiūrėjo „Kelionę į Kalėdų žvaigždę", Toras parodė kai kurių ženklų, kuriuos būtų galima pavadinti meile, bet ji nebuvo tuo tikra. Šiaip ar taip, jis paėmė jai už rankos, kai jiedu žingsniavo per tamsą.

Po dešimties dienų jie turėjo išsiskirti, ir visa, kas buvo pastatyta, sugriuvo, kai ji turėjo palikti jį prie Fornebiu oro uosto keleivių registracijos. Pati viską sugadino puldama į ašaras.

– Mama, nerėk, tada ir kiti turės rėkti, kaip tu nesupranti?

– Negaliu susilaikyti, – sušniurkščiojo ji jam prie kaklo.

– Nevažiuok į Berlyną, grįžk namo! – pravirko nenorėdamas jos paleisti.

Moteris, kuri turėjo palydėti jį į lėktuvą, pritrūkusi kantrybės palingavo galva ir pasakė, kad jiems laikas eiti. Galiausiai jai teko tempte nusitempti jį verkiantį ir vis besigręžiojantį atgal.

Pro šalį einantys žmonės sustodavo ir nulydėdavo juos keistais žvilgsniais. Tarsi pirmą kartą matytų ką nors verkiant.

– Mama, grįžk namo ir ištekėk už tėčio! Mama, bjaurybe tu, grįžk namo! – plyšojo jis, kol juos išskyrė durys.

Autobusu važiuodama į miestą, ji suvokė, kad niekada netaps kuo nors daugiau negu nevykusia trečiaūše dailininke. Tai, kad gavo premiją ir ateljė Berlyne, nereiškia, kad ji ko nors pasiekė. Iš tikrųjų yra tik egoistė, dėl vadinamosios karjeros išdavusi savo vaiką.

Beje, kodėl taip sunku tapyti mažame miestelyje prie fiordo atšakos, kur gyvena Toras ir gali būti su savo tėvu? Daug kas tapė prie fiordų.

Tarkim, Munkas sėdėjo Osgorstrane ir tapė savo šeimą. Savo liūdesį. Tiesa, tuo metu jis gyveno Kristianijoje ir padedamas globėjų važinėjo į užsienį. Jis buvo nevedęs ir bevaikis, prisiminė ji. Moterims, kurios panūsta žaisti menininkes, negalima turėti vaikų.

Ji susuko Toro čiužinį ir įkišo į tamsųjį kambarėlį. Pilko popieriaus ritinį, kurį buvo išvyniojusi ir prismeigusi prie grindų, kad jie kiekvieną dieną galėtų nupiešti po savo kalėdinį piešinį, paliko.

Tada ant molberto pasistatė didžiausią eskizų bloknotą ir paėmė anglinį pieštuką. Nė pati nepajuto, kaip ant balto lapo išryškėjo įžūlokas, atkaklus Toro profilis. Prie smakro pritrauktais keliais. Rankomis apkabinęs save. Ir senąjį čiužinį. Sunkų it švinas skraidantį kilimą, kuriam niekada nelemta pakilti.

O suvokusi, ką sako linijos, ji jose atpažino savo vaikystę. Savo ilgesį, kai dar nežinai, ko ilgiesi.

Iš šeimininkų telefono ji paskambino Ovei, kad įsitikintų, jog Toras grįžo namo.

– Žinoma, grįžo. Ausis? Ne, su ausimis viskas gerai, – patikino Ovė.

Ji papasakojo apie ausies būgnelį, bet jis teigė, kad tokie dalykai vaikams nutinka dažnai.

– Jis baisiai giriasi, kaip jam buvo gerai, ir pareiškė, kad Meretės ir mano eglė visai maža, palyginti su ta, kurią matė Osle. Jis buvęs prie paties Universiteto, o ten eglė siekusi dangų, – nusijuokė Ovė.

– Ačiū, kad man pasakei, – kimiu balsu padėkojo ji.

– Ruta, tu dar ten? – po valandėlės paklausė jis.

– Taip.

– Kaip tau sekasi? Kaip Berlynas?

– Neblogai. Bet nelabai yra ką pasakoti, – prisipažino ji.

– Gal tau reikia padėti? Skambink, jeigu kas.

– Ačiū tau. Pasirūpink Toru, tai geriausia, ką dabar dėl manęs gali padaryti.

– Be abejo, pasirūpinsiu, negalvok apie tai. Žinai, tavęs pasiilgsta ne vien Toras.

– Ačiū! Perduok jiems nuo manęs linkėjimų.

– Aš tavęs pasiilgstu.

Ji atsišliejo į ledinę prieškambario sieną. Nuo sienos jai bliksėjo prizminė lempelė, kabanti virš telefono.

– Nesakyk taip, – sušnabždėjo ji.

– Aš rimtai.

– Meretei nepatiktų...

– Tai buvo klaida. Mes netinkame vienas kitam. Gerai, kad ir nesituokėme.

– Žinoma, tinkate. Būk geras.

Jis nusileido. Ji padėkojo jam nepasakydama, už ką dėkoja. Tikriausiai už Torą.

Vėliau ji išsitraukė pastelinius dažus. Jai nereikia modelio. Jis nenyksta iš jos tinklainės.

Naktį ji susapnavo, kad neša jį į Salą. Žengė dugnu, tarp akmenų, per laminarijų mišką. Iš jo kraujuojančios ausies pasipylė spiečius mažų žuvyčių. Jų buvo baisi galybė. Jos plaukė jiems iš paskos pleišto pavidalo tuntu. Kai ji atsigręžė pažiūrėti, jų buvo milijonai.

Dvidešimt trečias skyrius

TŪKSTANTIS DEVYNI ŠIMTAI AŠTUONIASDEŠIMTAISIAIS GORMAS Į GELTONĄJĄ KNYGELĘ ĮRAŠĖ: „NIEKAS NESUKELIA TOKIOS ŠIRDPERŠOS KAIP NAKTIES SAULĖ GEGUŽĘ.“

Jau buvo po pusiaunakčio, o jis sėdėjo bute priešais langą, ant kelio pasidėjęs užrašų knygelę. Paprastai rašydavo čia.

Ilsė nenorėjo susitikinėti su juo privačiai įmonės pastate. Taip butas tapo negyvenama priebėga. Jis bent jau pabandė jį apstatyti. Ten buvo keletas gerų kėdžių ir stalas. Darbo stalas. Lova, kurioje jis retai miegodavo, ir visuomet vienas.

Per pastarąsias savaites jis tik dienos metu palikdavo mamą vieną. Šįvakar pasakė, kad grįš vėlai, nes turi darbo.

Dabar ji vaikščiodavo naktimis. Prašliūrendavo pro jo kambario duris ir nulipdavo laiptais. Ji niekada jo nežadindavo, jis pats pabusdavo. Tarsi galvoje būtų turėjęs varpelį, perspėjantį, kada ji nemiega. Taip buvo nuo mažų dienų. Varpelis suskambėdavo, kai mama būdavo nelaiminga arba nelaimingesnė nei įprastai.

Bet dabar viskas kitaip, daug rimčiau. Auglio pašalinti nebegalima. Tai buvo žiemą. Gyventi jai likę iki pavasario, galbūt – iki vasaros. Jeigu įmanoma, jie patartų jam su ja pakeliauti. Ji kalbėjusi apie Romą. Bet pirmiau, žinoma, turinti atsigauti nuo citotoksinų, šiek tiek sustiprėti.

Ji grįžo namo, bet nesustiprėjo tiek, kad galėtų keliauti. Tad išgirdęs ją šlepenant laiptais žemyn jis keldavosi ir būdavo su ja. Ji retai skųsdavosi, bet jis suprato, kad skausmai stiprūs. Naktiniai pokalbiai būdavo visai kitokie nei dienos šviesoje. Aiškesni, paprastesni.

– Ar tau dabar blogiau? – kartais vis dėlto paklausdavo jis.

Ji atsakydavo labai neįsijautusi į savo padėtį. Beveik kaip stebėtoja: „Atrodo, šiek tiek geriau.“ Arba: „Ne, taip pat blogai.“ Arba: „Kad aš žinočiau.“ Arba: „Nenoriu apie tai kalbėti. Geriau papasakok ką nors apie firmą. Arba iš miesto gyvenimo. Tikriausiai žinai kokį smagų nutikimą."

Jis rūpinosi, kad ji turėtų telefono numerį, kuriuo galėtų jam paskambinti, kai jo nėra šalia. Įsivedė telefoną Indrefiorde, tad ji galėjo jį pasiekti ir ten.

Bet ji niekada neskambino. Nustojo klausinėti, su kuo jis matosi. Jeigu ir žinojo apie Ilsę, neprasitarė nė puse lūpų.

Ji taip pat nesidomėjo, kaip atrodo Indrefiordas arba kaip jis praleido laiką. Tarsi viską žinotų. Anksčiau ji kamantinėdavo, ar jis nepamiršo iš kavinio išpilti kavos tirščių ir palikti jo apversto kriauklėje. Arba ar nepamiršo priberti pjuvenų į lauko tualetą. Tai jį visada erzindavo.

Vos spėjo apie tai pagalvoti, suskambo telefonas. Olga buvo susinervinusi, jis turįs tuoj pat grįžti namo. Ponia Grandė nekalbanti su ja.

Parlėkęs namo, rado ją be sąmonės. Ligoninėje ji atsipeikėjo ir gavo morfijaus. Jis ištisas valandas sėdėjo prie jos lovos nesugalvodamas, apie ką kalbėti. Atrodė būtina ką nors sakyti, bet jis neįstengė atsirinkti, kokie turėtų būti žodžiai. Tarpais suabejodavo, ar ji žino, kad jis šalia.

Užuolaidos buvo užtrauktos. Alsavimas, nuo kurio kilnojosi įdubusi krūtinė, buvo vienintelis gyvybės ženklas palatoje. Jis pats jautėsi kaip popierinė lėlė, perlenkta pusiau ir pasodinta ant kėdės.

Jis nenorėjo jos palikti, tad paprašė slaugytoją pasirūpinti, kad būtų paskambinta Ėdelei su Marijane ir pranešta, jog padėtis kritinė. Abi turinčios atvykti kuo skubiausiai. Jis džiaugėsi, kad jų dar nėra. Būtų jautęsis dar bejėgiškesnis.

Plaštakos, gulinčios ant apkloto, buvo melsvos, permatomos. Žiūrint į lašinės stovą ir prie lovos krašto pritvirtintą maišelį su rusvai geltonu skysčiu, jam ėmė vaidentis, kad kažkas piktavališkai mėgina ją pažeminti ir pajuokti. Negelbėjo ir tai, jog sakė sau, kad mąsto kaip vaikas. Tas vaizdas jį siutino. Jis atsinešė rankšluostį ir uždengė maišelį.

Kūnas po antklode pasidarė toks mažas. Rodės, galva tiesiog padėta prie jos krašto ir daugiau nieko nėra. Priešais jį bolavo veidas lygiais skruostikauliais. Tarsi raumenys jau būtų nunykę. Lūpos neturėjo kontūrų ir buvo blyškesnės už veidą. Tai dar labiau jį įsiutino.

Jis pagraibė po atsivežtą krepšį, kurį ji visada būdavo pasiruošusi, ir surado kosmetinę. Jis susitraukė savo dideliame kūne, ir jam vėl buvo septyneri. Jis dažė mamą. Pasilenkė prie jos ir apvedė lūpas. Ranka truputį virpėjo. Bet jis susikaupė, tada ėmė sektis geriau.

Ji trumpam prasimerkė. Jos lūpos sukrutėjo be garso tardamos žodžius, kurių jis neįstengė suvokti.

Jis juk žinojo, ko mama iš jo tikisi. Nes turi tik jį. Bet šįkart verkė jis.

Kai jis dar kartą apvedė viršutinę lūpą, sutrūkčiojo akių vokai ir su atodūsiu šniokštimas nutilo. Jam nereikėjo užspausti akių, ji tai padarė pati. Jis tik sunėrė rankas. Jos buvo vėsios. Visada tokios buvo.

Močiutė labai įsižeidė dėl to, kad pergyveno mamą. „Tai prieš gamtą", – pareiškė. Tebebuvo tiesia nugara, nors per visą ceremoniją turėjo sėdėti. Vėliau, per šermenų pietus, ji be paliovos dejavo, kad Gudruna niekada negalvojusi apie kitus, tik apie save.

– Pasakysiu tau vieną dalyką, – kreipėsi ji į Gormą, grūmodama pirštu. – Jei ne Gudruna, tavo tėvas ir dabar dar gyventų. Bet jis, žinoma, turėjo ja rūpintis. Kur tavo dailioji nuotaka, Gormai? Kodėl jos čia nėra?

Kadangi paskutiniai svečiai, atėję pagerbti mamos, tebestovėjo prieškambaryje, Gormas nusprendė, jog turi tai užbaigti, tad pasilenkė ir pabučiavo jai į lūpas. Nuo jos sklido nestiprus vėmalų ir mėtų kvapas.

– Tai aš vadinu niekingiausiu išpuoliu, – pasipiktino močiutė ir nusišluostė lūpas, o žmonės šypsojosi arba santūriai krizeno. – Kas per pakasynos! Žmonės stovi ir smaginasi. Dabar bus mano eilė. Ir pasakysiu jums: nenoriu matyti nė vienos rūškanos minos. Nepakenčiu, kai žmonės lieja ašaras vien dėl to, jog mano, kad taip reikia. Gormai! Vežk mane namo, turiu pažiūrėti žinias.

Marijanė su Ėdele pasiūlė atidėti palikimo ir dalybų klausimus vėlesniam laikui. Gormas sutiko. Marijanė išsiuntė Olgą pasisvečiuoti pas gimines, kad, pasak jos, atsigautų. Jis vėlgi neprieštaravo. Tačiau nustebo, kai ji pasakė norinti keletą dienų pabūti be vyro ir vaikų ir sutvarkyti mamos daiktus. Ėdelė įsižeidė, bet neatsisakė ketinimo kuo greičiau grįžti į Oslą.

Gormas buvo apleidęs verslo reikalus, todėl visiems išvažiavus turėjo ilgiau pasėdėti darbe. Kai grįžo namo, Marijanė krapštėsi mamos kambaryje. Durys buvo pravertos, tad jis kyštelėjo galvą.

– Gal einam kur nors užkąsti? – pasiūlė.

Ji stovėjo prie mamos sekretero apžiūrinėdama kažkokius senus laiškus. Kai sesuo pakėlė galvą, jis pamatė, kad ji verkia. Jis žengė artyn mėgindamas sugalvoti, kaip ją paguosti.

Ji abiem rankomis apsivijo jam kaklą.

– Ji buvo baisiai nelaiminga... visą gyvenimą. Dėl to mes tokie, kokie esame. Ar esi apie tai mąstęs? O dabar mano eilė.

– Gal geriau atsisėdame? – sumurmėjo jis.

Ji nepaleido jo. Spaudė prie savęs, grabinėjo. Atsiklaupusi apkabino per kelius.

Kalba apie mamą, o galvoja apie save, nusiminęs pamanė Gormas.

Jis pasilenkė prie jos. Norėjo ją pakelti? Ne, nekėlė. Susmuko ant kilimo kartu su ja. Įkniaubė veidą jai tarp krūtų ir liko gulėti pusiau ją užgulęs, o skruostus jam lyg antausiai tvilkė alsavimas.

– Paguosk mane, pažaisk su manimi, – sušnabždėjo ji.

Šnerves kuteno keistas vaikystės prisiminimas. Jis spoksojo į plyną jos veidą. Jie prisikišo vienas prie kito plačiai atmerktomis akimis ir pražiotomis burnomis.

– Eikš! – kimiai tarė jis, jai iš plaukų ištraukdamas gumelę.

Mažą violetinę gumelę.

Ji leidosi vedama. Jie vėl buvo vaikai ir žaidė slėpynių. Kažkas turėjo jų ieškoti. Mama arba Ėdelė. Gal tėvas. Jie pasislėpė tamsiajame kambarėlyje po laiptais, vedančiais į antrąjį aukštą. Jis ten visada slėpdavosi. O gal ji? Šiaip ar taip, kai būdavo Ėdelės eilė ieškoti, jis visada galėdavo įlįsti į tamsą ir pasislėpti. Kaip tik to norėjo. Ir ji tai žinojo.

Šiandien ten nebuvo tiek batų kaip anuomet. Tačiau tebetvyrojo dulkėtas, šaltas batų tepalo, vaško ir nebenešiojamų viršutinių drabužių kvapas. Jie susirietė ir apsikabino. Kampuotais suaugusiais kūnais. Vis kampuotesniais, kol abu sukrito ant grindų.

– Tu neturi mirti, – sušnabždėjo ji, glostydama jam kaklą ir veidą.

Tamsoje viskas tapo netikroviška. Niekas neatrodė pavojinga, nes viskas buvo netiesa. Kiekviena mintis.

– Vieną dieną galėsime numirti kartu, – išgirdo jis kažką tariant.

Tamsa aplink juos buvo begarsė. Jie tūnojo vienui vieni keistuose vaikystės kūnuose.

Vieną rugsėjo dieną Gormas Grandė pabudo „Grand Hotel" Osle negalėdamas prisiminti, ką sapnavo, tik kad tai kažkaip buvo susiję su mirtimi, ir tada jį apėmė jausmas, jog niekas nesvarbu. Viskas nulemta iš anksto. Nėra prasmės jaudintis, nes bergždžia.

Galbūt ta nuotaika jį atlydėjo iš namų, nes Ilsė nepanoro važiuoti drauge. Ji neatsisakė iš karto, bet paskambino jam iš vakaro ir pareiškė neturinti laiko. Jis nemėgino jos perkalbėti, tik pasakė, kad galima atidėti kitam kartui.

Ar kaltas gyvenimo būdas, prie kurio jie įprato? Ar jis pats, nesugebantis palaikyti artimesnių ryšių? Daugeliu atžvilgių tai buvo patogu. Tačiau jo neapleido jausmas, kad gyvenimas lekia pro šalį, o jis sėdi vienas ir šąla.

Jis nusimaudė po dušu ir paskambino Turidai pasakyti, kad mielai pasimatytų su Siri, žinoma, jei tinka. Žodžiai „jei tinka" visada būdavo ištariami tėvo balsu. Jis stebėjo, kaip tas balsas veikia skirtingus žmones įvairiose situacijose. Puikiai išmanė šią sritį.

Kartais jis niekindavo save už tai, kad vaidina šį vaidmenį. Bet dažniausiai apie tai nesusimąstydavo. Nes tas autoritetas, kurį jis praktiniais sumetimais pasiskolindavo, būdavo veiksmingas.

Prie telefono priėjo Siri. Balsas buvo linksmas.

– Atvažiuok su taksi iki „Grand", aš lauksiu prie viešbučio ir sumokėsiu. Gerai?

– Gerai! Važiuoju!

Jis susijaudino ją pamatęs. Jai buvo vienuolika metų, ir ji išsipuošė dėl jo. Jis norėjo pasakyti, kad jai labai tinka raudona spalva, bet atidėjo vėlesniam laikui, kai atsisės viešbučio restorane. Atidėjo tam laikui, kai bus užsisakę alaus ir kokakolos. Kaip tėvui sakyti tokius dalykus?

Jis tik pasidomėjo, kaip jai sekasi mokslai ir ar ji norinti per kalėdines atostogas atvažiuoti į šiaurę. Netrukus suvokė, kad kiekvienąkart klausia to paties, o ji daugiau ar mažiau kantriai atsakinėja.

– Aš turėsiu būti su mama, – atsidusdama tarė ji.

Turida ištekėjo už mokytojo, ir jiedvi su Siri prieš keletą metų persikraustė į Berumą. Patėvis dabar, ko gera, geriau pažįsta jo dukrą negu jis.

– Atrodai liūdnas, – tiesiai pasakė ji.

– Neturėčiau toks būti. Aš džiaugiuosi, kad galėjai atvažiuoti.

– Man tas pats. Liūdnas, vadinasi, liūdnas.

– O tu?

– Visaip būna.

Akys blykstelėjo.

– Maniau, turiu draugę, o ji kitiems apie mane negražiai kalba.

– Vadinasi, ji nėra tavo žmogus, pamėgink ją užmiršti.

Tariant žodžius, smilktelėjo senas skausmas. Ruta.

– O tu turi kokį nors žmogų, tėti? – paklausė ji, tarsi jų mintys būtų susitikusios.

– Aš per daug užsiėmęs, – nerūpestingai atsakė jis.

Ji pakreipė galvą ir įdėmiai pažiūrėjo į jį.

– Tu juk ir močiutės nebeturi.

– Ne. Bet tai juk kas kita.

– Mama sako, kad ji buvo ragana.

– Liūdna, jeigu Turidai taip pasirodė. Bet tai sena istorija. Matyt, aš buvau kaltas.

– Kodėl tu prisiimi visą kaltę? Ar dėl to, kad nori man patikti labiau nei kiti?

Akimirką jis pasijuto išmuštas iš vėžių, paskui nusijuokė.

– Tikriausiai tu teisi. Aš juk noriu tau patikti, kai retkarčiais susitinkame.

– Kodėl tu visada toks mandagus su mama? Klausi, ar tinka, ar ji neprieštarauja, ir taip toliau?

– Kodėl turėčiau būti nemandagus, rūpesčių jai turbūt ir taip pakanka.

– Turi galvoje mane?

– Gal ir tave.

– Kas tau artimesnė – mama ar aš?

– Tu.

– Aš neapkenčiu mamos! Bet man jos taip pat gaila, – kiek patylėjusi pareiškė ji.

– Ar pajutai tą staiga?

335

– Ne, nuo tada, kai persikraustėme pas tą tipą. Ne tik tu gailėjai savo mamos ir bijojai tėvo.

Tai buvo smūgis į paširdžius. Padavėja atnešė omletą ir duonos. Jis palaukė, kol ji pasišalins.

– Kas sakė, kad aš bijojau ir gailėjau?

– Mama, – tarė Siri ir su dideliu apetitu puolė valgyti.

– Ar tu manęs bijai, Siri?

– Ne.

– Tai kodėl taip sakai?

Ji pasėdėjo nudelbusi akis, paskui sukaupė drąsą ir priekaištingai pažvelgė į jį.

– Tavęs gi nebūna. Kai aš verkiu, ir šiaip. Tu niekada nepalaikai mano pusės! – piktai išrėžė ji.

– Aš esu tavo pusėje, Siri. O jeigu tu neapkenti Turidos, vadinasi, turime problemą, kurią reikia spręsti.

– Kaip?

– Tu privalai pasišnekėti su ja.

– Ne. Ji nieko nesupras, kol gyvensime pas tą tipą.

– Kuo jis blogas?

Ji nusiminusi skėstelėjo rankomis.

– Jis mano, kad yra pasaulio čempionas, protingiausias iš visų, viską išmano. Aš būnu savo kambaryje, o jie sėdi svetainėje ir... fu!

Ji krestelėjo galvą tapdama panaši į Turidą. Tačiau liko savimi iki nago juodymo. Jį užliejo stiprus jausmas.

– Ar jūs kada nors kalbėjotės apie tai, kad galėtum persikelti į šiaurę ir gyventi su manimi? – paklausė jis.

Ji energingai papurtė galvą.

– Kad žinotum, kaip mama užsiunta.

– Ką pati manai? Apie persikraustymą į šiaurę?

– Aš jai sakiau. „Išvažiuosiu gyventi pas tėtį", – sakiau. Bet juk aš ten nieko nepažįstu, – apmaudžiai tarė ji. – Be to, tu taip retai klausi.

– Ar turėčiau klausti kiekvieną kartą, kai matomės?

– Jeigu tikrai to norėtum, turbūt klaustum, – atšovė ji ir papūtė lūpas.

– Įkyrūs tėvai turbūt irgi nieko gero?

– Tu neįkyrus. Tu tarsi... toks, kad aš nieko nežinau.

– Gerai, kalbėsiu aiškiau. Ar nori gyventi pas mane? Tau nebūtina apsispręsti galutinai. Bet kada galėsi apsigalvoti ir vėl grįžti pas Turidą.

– Ar išdrįsi pasakyti jai, jeigu norėsiu?

Ji kiek suglumusi knebinėjo servetėlę.

– Taip, žinoma, – sumelavo jis.

– Mama tavęs neapkęs.

– Tai nieko nepakeis.

– Tu gali ją pakviesti vakarienės.

Jis pagalvojo.

– Galbūt. Tu to nori?

– Taip!

– Manai, jos vyrui patiks?

– Ne! – džiūgaudama atsakė ji.

Jis pasirašė ant kvito ir į lėkštutę įdėjo arbatpinigių.

– Atrodo, kad aš esu kažkas, už ką tu moki. Šlykštu.

– Tėvai, gyvenantys su savo vaikais, taip pat moka. Ir Turida moka, tik tu apie tai nesusimąstai.

Jis uždėjo delną ant jos rankos ir pabandė sugauti žvilgsnį.

– Aš labai tave myliu, Siri. Ar supranti?

Ji susidrovėjusi pažvelgė į jį ir linktelėjo.

– Ir ką gi veikiam dabar? Eime į kiną? – žvaliai paklausė jis.

– Man reikia paruošti pamokas, paskui susitinku su drauge.

– Maniau, judvi susipykusios?

– Taip. Bet jeigu esame susitarusios? – pyktelėjo ji.

Davęs jai pinigų už taksi ir palydėjęs, jis ją apkabino. Ji skubiai prisiglaudė ir atlyžo.

– Duok žinią, kai norėsi persikelti į šiaurę. Gerai? – tarė jis.

– Aš rimtai pagalvosiu, – atsakė ji.

Jis nusipirko laikraštį ir atsisėdo lauko kavinukėje. Atsivertęs kultūros puslapius, susidūrė su Rutos žvilgsniu. Ji šypsojosi, buvo ilgais palaidais plaukais. Atsitokęs jis įstengė perskaityti, kas buvo parašyta po antrašte: „Norvegų menininkė skina laurus Niujorke ir Berlyne".

Drebančiomis rankomis jis išskleidė laikraštį ir ėmė skaityti: „Ruta Neset, mažai žinoma Norvegijos meno gerbėjams, per pastaruosius metus sulaukė pripažinimo Vokietijoje ir Jungtinėse Valstijose. Ji gyvena ir dirba Berlyne, be to, nemažai laiko yra praleidusi Paryžiuje ir Niujorke. Praėjusį trečiadienį Niujorke, galerijoje

„Galleri AG", anoniminis pirkėjas už vieną jos drobę nepagailėjo ketvirčio milijono kronų."

Nuotraukoje buvo matyti paveikslas – persikreipusi žmogysta, už vienos kojos pakabinta ant vėliavos stiebo. Vėliava, tiksliau – audeklo draiskanos, krintančios žmogystai iš papilvės, sudarė kryžių.

Virš laikraščio praskrido naktinis drugys. Begarsiais ir bemaž netikroviškais pilkų sparnelių mostais nuplasnojo į kairę ir išnyko.

O jis manė, kad ji gyvena su vyru ir vaiku mažame miestelyje, mokytojauja ir laisvalaikiu tapo paveikslus. Tikėjosi kada nors susidurti su ja gatvėje, kai ji mieste tvarkys reikalus. Tada suturėtų ją ir paprašytų, kad ji pasikalbėtų su juo. Nesvarbu apie ką.

Vadinasi, ji keliauja po platųjį pasaulį! Džiaugsmas palietė kiekvieną nervų ląstelę ir veidas nušvito šypsena. Pamojęs padavėjui, jis užsisakė alaus. Tuo pat metu išvydo, kaip ryški geltona rudens saulė nuspalvino Studenterlundeno medžius, ir išgirdo gatvės muzikantų griežiamą rusų liaudies melodiją.

Pamatęs, kad naktinis drugys jo nepaliko, bet vis sugrįžta prie laikraščio ir alaus, jis išsitraukė užrašų knygelę.

Gormas padavė panelei Sėrvik laikraštį, kuriame buvo rašoma apie Rutą, ir pasakė, jog tai ta pati dailininkė, kuri nutapė paveikslą, kabantį jo kabinete. Jis norįs ją susirasti ir paprašyti išdekoruoti fojė su stiklo siena, žiūrinčia į pakrantės promenadą. Kaip galimą adreso šaltinį nurodė jos gyvenamąją vietą šiaurės Norvegijoje. Tikriausiai ką nors žino ir laikraščio žurnalistas, parašęs straipsnį. Taip pat galima kreiptis į Norvegijos dailininkų sąjungą. Straipsnyje buvo parašyta, kad ji studijavo Akademijoje.

– Pradėsime nuo savivaldybės, kur ji gyveno ir dirbo. Gyventojų registras beveik visada žino, kur rasti žmones, – maloniai ir dalykiškai atsakė panelė Sėrvik.

Paveikslas kabojo priešais. Siena, galima sakyti, buvo pastatyta dėl jo. Gormas matydavo jį kiekvieną dieną, kai pakeldavo žvilgsnį nuo rašomojo stalo. Savo bendrą žaliomis akimis.

Jis niekada nežiūrėjo į jį kaip į gyvūno atvaizdą. Veikiau – kaip į veržlumo, maišto ir kovos simbolį. Kaip į kūną, metantį iššūkį traukos jėgai. Maištavo netgi tamsieji lopiniai. Kartais jis netikėtai pastebėdavo iki tol nematytą dėmę. Tarsi per naktį ji būtų išsikovojusi vietą jo akiratyje.

Tas padaras ant sienos jam tarsi sakė, kad ten, kur nėra atramos kojoms, nereikalingi nagai. Kūnas judėjo atitrūkęs nuo kitų, terpėje, kuri iš tikrųjų buvo neįmanoma.

Jis skaitė, kad dalmatinai neturi stipraus gaujos instinkto ir nuo seno nerišami. Jie bėgdavo palaidi vežimo priekyje, kad atlaisvintų kelią. Tiesa, kai kas juos laikydavo pririštus.

Bet Ruta paleido jį bėgti, kristi per vandenį ir orą. Laisvą, nepriklausomą jo sąjungininką. Tai buvo jis pats ir jos potėpiai. Jiems ji skyrė ne vieną savo gyvenimo valandą.

Dvidešimt ketvirtas skyrius

„AŠ TURIU JAM PARODYTI, KAD NEGALI ELGTIS KAIP TIN-KAMAS", – MĄSTĖ JI, SPOKSODAMA Į KLASIKINIŲ VEIDO BRUOŽŲ VYRĄ DAILIOMIS RANKOMIS.

Ruta Berlyne praleido daugiau kaip dvejus metus, kol Agė pagaliau nusprendė, kad ji pribrendusi personalinei parodai. Dabar ji ką tik baisiausiai pasipiktino, kam jis neatsiklausęs taip brangiai įkainojo jos paveikslus.

– Atsiprašau, bet dėl tokių dalykų aš nesitariu, – apsimestinai mandagiai atsakė jis.

– Paveikslai mano! Nejau tikiesi, kad žmonės taip brangiai mokės už visiškai nežinomos dailininkės paveikslus? Ar tu kvailas?

Jo akys apsiblausė. Jis padėjo katalogą į šalį ir mostelėjo į duris.

– Pageidaučiau, kad dabar pasišalintum iš galerijos, o rytoj punktualiai ateitum į parodos atidarymą.

Jis pakėlė telefono ragelį, surinko numerį ir lyg niekur nieko su kažkuo ėmė kalbėti prancūziškai. Veido išraiška akimirksniu pasikeitė, kai jis prisistatydamas ištarė savo vardą. Agė kalbėjo maloniai, nesiteikdamas net pažvelgti į Rutą.

Išėjusi į gatvę, ji svirdinėjo taip, lyg po kojomis neturėtų tvirto pagrindo. Visą dieną ji stebėjo, kaip kabinami paveikslai, nieko nenutuokdama apie tą darbą. Jautėsi išsekusi ir sunykusi, tarsi mėnesių mėnesius būtų praleidusi lovoje karščiuodama.

Protingiausiai būtų padariusi atsiguldama miegoti. Tačiau ji nuėjo į kavinę ir užsisakė vyno.

– Į sveikatą, Ruta, puikiai padirbėjai! – pati sau pasakė balsu ir susidaužė su peleninе.

Kai ištuštėjo trečia taurė, prieš akis tebešmėžavo paveikslai. Ji nežinojo, ko labiau neapkenčia – paveikslų ar Agės. Tačiau negalėjo apsieiti nei be jo, nei be savo darbų.

Mąstydama, kad pati visa tai pasirinko, išgirdo Gormo balsą: „Manau, tu esi mano žmogus, Ruta. Sakau tai ne dėl to, kad tave turėčiau, bet savo mintimis noriu tave nuo visko apsaugoti. Nuo sielvarto – taip pat."

Dabar ji tai suprato. Nuo tada pradėjo daryti sprendimus. Nors ir pavėluotai. Taigi dabar privalo ištverti.

Kitą dieną ji pavėlavo į savo parodos atidarymą ir buvo pasiruošusi stingdomam Agės šalčiui. Tačiau ją pamatęs jis šypsodamasis priėjo ir paėmė jos paltą. Tada už parankės nuvedė prie apkūnaus vyriškio, kalbančio amerikoniškai. Šis taip liaupsino jos paveikslus, jog ji pamanė, kad bando įsiteikti Agei norėdamas ko nors iš jo išpešti.

Klausydamasi ji apžvelgė artimiausias drobes. Prie klouno buvo prilipdytas raudonas lapelis! Visi paveikslai, kiek aprėpė akys, buvo su raudonais lapeliais. Jie švietė iš tolo.

Ji pasisuko į Agę, iš paskutiniųjų stengdamasi sustabdyti ašaras, kad jos apsigręžtų ir sutekėtų atgal. Kad apvalytų terpentinu užkrėstą galvą. Apmalšintų ją, atpalaiduotų, savotiškai išganytų.

Ar tai tikra? Nejau tokia daugybė žmonių nori jos paveikslų?

Agė nuvedė ją tarp gėlių puokščių toliau, pristatinėdamas nepaliaujamai besižavintiems žmonėms. Šypsodamasis praleisdavo ją į priekį, pats šnekučiuodavo su visais aplinkui.

Retsykiais pažvelgdavo jai į akis. Trumpai. Bet to pakako, kad ji pasijustų svarbi. O lūpų kampučiai? Kaip jai galėjo kilti tokia niekinga mintis, kad jie negailestingi?

Agė pakvietė ją vakarienės. Jie buvo dviese. Jis kalbėjo lėtai ir įtaigiai. Tik dabar ji suprato, kiek buvo įdėta darbo, kad jos paveikslai patrauktų dėmesį. Išankstiniai pranešimai laikraščiuose, katalogų platinimas, kvietimai. Kadangi vardas nežinomas, viso to reikėjo kur kas daugiau nei įprasta.

Jis pasiūlė jai pratęsti kontraktą ir užsiminė, kad gal būtų galima pradėti galvoti apie parodą Niujorke. Kai ji apstulbusi paklausė, kada tai būtų, jis be užuolankų atsakė, kad pirmiausia reikia nutapyti paveikslus.

Vėliau jis kalbėjo su ja apie meną ir literatūrą leisdamas jai pamiršti, kiek mažai ji žino. Be to, ji sužinojo, kad jo tėvas vokietis, o motina prancūzė. Apie juos jis pasakojo taip, lyg jie būtų kokio nors literatūros kūrinio personažai. Su vylinga, atsainia ironija.

Ruta neminėjo savo šeimos. Tai tapo neįmanoma. O kai mirtinai pavargusi ir gerokai įgėrusi pareiškė norinti važiuoti namo ir griūti į lovą, jis galantiškai ją išlydėjo.

Kai jie sėdėjo taksi, jis pakvietė ją pusryčių su šampanu. Ji nusijuokė ir pasakė negalinti pažadėti, kad laiku atsikels.

– Vadinasi, bus geriausia, jei pernakvosi mano svečių kambaryje. Pasakysiu namų tvarkytojai, kad pažadintų tave dvyliktą valandą, – žaismingai tarė jis.

Ruta nematė, dėl ko turėtų atmesti pasiūlymą. Ji tik atsišliejo į jį ir ėmė snausti.

Agė gyveno erdviame bute, kuris užėmė visą viršutinį namo aukštą. Liftas užkėlė tiesiai į didžiulį holą. Kambariai buvo pilni brangių baldų, paveikslų ir skulptūrų. Parodęs jai jos vonios kambarį ir miegamąjį, jis užsidarė kabinete. Ji girdėjo jį šnekant telefonu vokiškai ir prancūziškai.

Lovos baltiniai buvo juodo šilko. Lova milžiniška. Ji atsegė suknelės užtrauktuką ir išsinėrė iš jos, nusitraukė apatinius ir palindo po jaukiausia antklode, kokią tik kada nors teko jausti prie kūno. Melodingas Agės balsas buvo paskutinis dalykas, kurį ji suvokė prieš nugrimzdama į miegą.

Ruta nemanė, kad įvykių sankaupa nepastebimai gali atimti gyvenimą. Per kitus dvejus metus parodų datos buvo numatytos septyneriems metams į priekį. Melburnas, Helsinkis, San Paulas, Niujorkas, Tokijas, Paryžius ir vėl Berlynas.

Ji žinojo, kad tapant tokias dideles drobes vieni metai – per trumpas laiko tarpas tarp parodų. Bet kai susirūpinusi prasitarė apie tai Agei, šis tvirtai pasakė:

– Tiesa, kad negali bandyti ir klysti. Bet nebūtina išstatyti po daug paveikslų. Užtat turi nuolat pranokti pati save.

Tai, kaip jis tai pasakė, kaip pažiūrėjo į ją prieš apkabindamas, atėmė iš jos bet kokią galimybę prieštarauti ir neatrodyti juokingai. Kai ja tiki toks vyras kaip Agė, neįmanoma spirtis. Jis ir toliau brangiai įkainojo jos paveikslus.

Ji įsigijo butą šalia ateljė, taip pat ištisai nuomojosi mansardą Osle, kad per atostogas turėtų kur apsistoti su Toru.

Agė ir galerija visą laiką rūpinosi praktiniais reikalais. Ji jautėsi saugi. Jai niekad nereikėjo nerimauti dėl rytdienos ar sukti galvą, kaip reikės pragyventi. Ilgus laiko tarpus ji tik tapydavo negirdėdama jokio balso, tik Torą telefonu. Jozefas ir Birtė, su kuriais ji dalijosi ateljė, nebuvo itin reiklūs.

Retkarčiais atlėkdavo Agė ir išvaduodavo ją nuo dažų tūbelių, kad, jo žodžiais tariant, parodytų jai pasaulį. Šiaip ištisomis savaitėmis jis būdavo užsiėmęs su kitais menininkais. Rutai į akis krito, kad jo pažįstamų būrys keičiasi su kiekviena paroda.

Ilgainiui ji patyrė, kad jis dega aistra menui ir verslui. Nors išoriškai atrodė visiškai santūrus. Beveik niekada nekalbėdavo apie pinigus ar jausmus. Ją tai tenkino.

Ruta pastebėjo, kad žmonės, su kuriais ją supažindindavo Agė, jau turėdavo apie ją nuomonę. Laikė ją ne tik daug žadančiu talentu, bet ir garsenybe. Dėl to ji pasijusdavo svetima ne tik jiems, bet ir sau pačiai.

Gana dažnai ją apimdavo stiprus priešiškumas žmonėms, perkantiems jos paveikslus, nors ji ir negalėdavo surasti jokios pateisinamos priežasties. Tačiau išstumdavo tai iš sąmonės, kai tik reikėdavo pristatyti naujus darbus.

Po kiekvienos personalinės parodos jai imdavo dingotis, kad pasaulis jai nematant įgavo naujų spalvų. Tai visada sukeldavo šoką. Ir leisdavo suprasti, kad darbas ir ateljė tapo tikrąja jos būtimi.

Pasiklausius Agės, atrodydavo menkniekis, kad paveikslus nutapė ji. Kartą, kai ji padėkojo jam už tai, kad pasikvietė ją į Berlyną, jis kreivai šyptelėjęs pareiškė:

– Kai kada pavyksta. Bet galėjo ištikti ir nesėkmė. Tie paveikslai Osle buvo nieko verti, man tik buvo smalsu. Parūpo išsiaiškinti, ar iš to gali kas nors išeiti, jeigu pajusi šiek tiek pasipriešinimo.

– Man rodos, tu gali tykoti metų metus, kad užspeistum patinkamą grobį. Tada tu jį užvaldai arba šauni – kad sužeistum. Niekada nežudai, nors prieš pirmąją savo parodą buvau tuo suabejojusi, – stebėdama jį išrėžė Ruta.

Pamačiusi jo išraišką, suprato, kad jeigu nebūtų sulaukusi tokio pasisekimo, netrukus būtų išsiųsta namo.

Jai smilktelėjo, kad jos tikrovę sudaro tai, jog ji ištisomis paromis niekieno neverčiama stovi prilipusi prie molberto – arba miega. Išgyvendama savotišką karštinę, arba užsitęsusią nepaprastąją padėtį, kuri maždaug kartą per metus pažymima paroda ir šampanu.

Juk šito ji ir norėjo? Dėl to paliko savo vaiką.

Kai ji rengėsi Melburno parodai, Agė jai atsiuntė knygą. Oskaro Vaildo „Dorijano Grėjaus portretą". Ant atviruko buvo užrašęs, kad tai galėtų būti indėlis į jos prusinimą ir parama jos žavėjimui-si nekompromisiniu sąžiningumu, kurį išpažino ir jos garbinamas Egonas Šylė. „Menas turi priversti apsinuoginti – tiek duodantįjį, tiek imantįjį", – rašė jis.

Kai ji po poros savaičių užėjo į galeriją, jis priėmė ją draugiškai, bet atsainokai.

– Ką manai apie mūsų bendrus bičiulius, Dorijaną Grėjų ir lordą Harį? – paklausė jis. – *A* grand passion *is the privilege of people who have nothing to do. Grand passion* – privilegija tų, kurie neturi ko veikti.

– Ar mėgini man įteigti, kad neįmanoma patirti didelės meilės dirbant taip įtemptai kaip aš? – priekabiai paklausė ji.

– Tai buvo ne mano žodžiai, o lordo Hario. Aš tik paklausiau, ką manai apie knygą.

– Taip, suprantu, dėl ko dovanojai man knygą apie tapybos magiją. Ir žinau, kad žaviesi lordu Hariu.

Stebėdama arogantišką Agės išraišką, ji kalbėjo toliau.

– Oskaro Vaildo sąmojis – tai dovana. Bet man jo gaila. Juk laikui bėgant jo paties gyvenimo istorija tapo garsesnė už jo kūrinius. Šylė sėdo į kalėjimą už savo meną, o Vaildas – už savo gyvenimo būdą.

– Skaitei apie jį? Dėl knygos? Labai neblogai. Tu imli.

Jis maloniai linktelėjo ir surėmė pirštų galiukus.

– Jis mirė Paryžiuje, ar ne? – pridūrė.

– Taip, nedideliame viešbutėlyje kairiajame upės krante.

– Prisiminiau vieną dalyką. Noriu, kad galerijos sąskaita nuvažiuotum į Paryžių. Padaryk pertrauką, pasižiūrėk meno. Aš pats, deja, išskrendu į Niujorką. O tu gali apsigyventi Oskaro Vaildo viešbutyje.

Marškinių rankovės buvo atraitotos. Riešų linijos ryškios.

344

Intensyviai dirbdama Niujorke, ji susisiekė su keliais pažįstamais menininkais. Darbo dar buvo daug, bet vakaras su vynu, valgiu ir juokais leido į gyvenimą pažvelgti kitomis akimis.

Ji ėmė mąstyti, kad po parodos skris į Oslą. Gal atvažiuos Toras. Jau keletą mėnesių nebuvo jo mačiusi.

Kitą rytą Agė netikėtai atlėkė į ateljė. Ji manė, kad jis užsiėmęs kito dailininko paroda, ir apie jį negalvojo. Dabar jis ėmė priekaištauti, kodėl ji praėjusį vakarą nekėlė ragelio.

– Buvau išėjusi, – nerūpestingai atsakė ji.

– Ar pamiršai, kad ruošiesi didelei parodai? Tu neturi laiko vaikščioti po barus ir užsiimti pašaliniais dalykais.

– Esu pakankamai suaugusi ir galiu už save atsakyti, – atrėmė ji.

Jo akys apsiblausė.

Laikas man nešti kailį, pamanė ji. Tačiau nenorėjo pyktis. Be to, artėjo paroda. Ji priklausė nuo jo.

Per kitas savaites ji pastebėjo, kad jos nuotaika nuolat keičiasi. Apima tai nerimas, tai euforija. Išsigandusi išsigelbėjimo nutarė ieškoti darbe. Pasinėrė į jį visa galva ir nebeiškilo.

Jiems grįžus į Berlyną, vieną dieną ji sėdėjo galerijoje laukdama, kol Agė baigs kalbėti telefonu. Kai sekretorė išėjo, į akis jai krito segtuvas su visomis jos sutartimis ir kontraktais. Ji paėmė jį ir ėmė sklaidyti neieškodama nieko ypatingo.

Staiga žvilgsnis užkliuvo už kvietimo surengti parodą vienoje garsiausių Oslo galerijų. Laiškas buvo rašytas prieš tris mėnesius. Ją užplūdo kaži koks svetimas jausmas. Ne pyktis, veikiau nerimas. Arba kažkas stipriau. Kai Agė atsilaisvino, ji plakančia širdimi parodė jam tą laišką.

– Kodėl man nepranešei apie šį kvietimą iš Oslo?

– Nesvarbus, – nežiūrėdamas į ją atsainiai metė jis.

– Man labai svarbus, – piktai atrėžė ji.

– Prisėsk! – atlaidžiai pasakė Agė.

– Turi jiems atsakyti, kad aš sutinku!

– Tu nepajėgsi surengti dviejų parodų per vienus metus, o paroda Paryžiuje aštuoniasdešimt ketvirtųjų rudenį reikšminga.

– Bet kaip tu drįsti slėpti tokius dalykus? Tiesiog nuspręsti už mane? Juk žinai, kad daug ką paaukočiau galėdama surengti parodą Osle, – sušnypštė ji norvegiškai, tada stvėrė telefono ragelį ir surinko numerį, nurodytą laiške.

Keista, bet jis nemėgino jai sutrukdyti, tik atsuko nugarą ir paėmė kažką nuo lentynos.

Ji kalbėjo trumpai, bet aiškiai. Pasakė priimanti pasiūlymą ir atsiprašė neatsakiusi anksčiau.

– Labai neprotingas žingsnis, tai reiškia, kad negalėsi gyventi, tik dirbti, – ramiai tarė jis.

Ji nieko neatsakė, atsisveikino ir išėjo.

Dvi savaites ji jo nematė. Tada jis paskambino ir pasakė, kad parodą Paryžiuje įmanoma atidėti iki kitų metų vasario.

Atrodė, jog jis pamiršo visus nesutarimus, ir pamažu viskas grįžo į senas vėžes.

Vieną tvankų aštuoniasdešimt ketvirtųjų rugpjūčio vakarą Ruta vilkosi suknelę, nes su Age ruošėsi eiti į operą ir taip pažymėti jos gyvenimo Berlyne dešimties metų sukaktį.

Tuomet suskambo telefonas.

Iš pradžių ji neatpažino Meretės, balsas buvo susijaudinęs ir šaižus. Praėjo pora sekundžių, kol Ruta suprato, ką ji mėgina pasakyti.

– Toras su motorine valtimi visu greičiu rėžėsi į paplūdimio akmenis. Ovė išlėkė į ligoninę. Taip, sunkiai sužeistas. Jis buvo išmestas iš valties.

Ji paskambino Agei, bet prisiminė, kad jis jau važiuoja jos pasiimti. Drebėdama parašė raštelį, pakabino ant buto durų ir išpuolusi į gatvę pasigavo taksi. Tik registruodamasi oro uoste suvokė, kad neturi bagažo. Laimei, grįžusi iš Paryžiaus nespėjo iš rankinės išsiimti paso.

Įsėdusi į lėktuvą, skrendantį į Oslą, ėmė galvoti. Dabar Toras turėjo būti pas ją Berlyne. Bet kadangi jai reikėjo užbaigti didelę drobę, jo kelionė nusikėlė viena savaite.

Ji bandė įsivaizduoti septyniolikmečio valdomą motorinę valtį, pašėlusiu greičiu lekiančią jūros paviršiumi. O tada, dar didesniu greičiu, įsirėžiančią į paplūdimio akmenis. Mėgino įsivaizduoti žaizdas galvoje. Bet tą vaizdą gailestingai užtraukė pirmoji Toro mokyklinė nuotrauka. Jis tik be priekinių dantų. Dantistai šiais laikais daro stebuklus. Nebūtinai viskas turi būti taip blogai. Tikrai ne. Po akimirkos ją supykino, ir ji turėjo pulti į tualetą.

Telefonas suskambo, pamanė mėgindama išsiaiškinti, ar jau gali grįžti į savo vietą. Telefonas visada skambės, kol būsiu kur nors kitur. Jeigu būčiau buvusi ten, nebūtų nieko nutikę.

Vėl atsisėdusi salone, ji sunėrė rankas ant lėktuvo žurnalo ir ėmė melsti Dievą nebausti Toro už tai, kuo ji nusidėjo. Jau seniai besimeldė.

Ovė sėdėjo prie ligonio lovos, ją pamatęs atsistojo. Bejėgišku mostu ėmė tiesti ranką, bet jos taip ir nepadavė. Akimirką jie pastovėjo susiglaudę, tada jis užleido jai kėdę ir pasišalino.

Jie paruošė ją prieš įleisdami į palatą. Toras nebuvo atgavęs sąmonės. Operacija, kurios metu buvo tvarkomi lūžę kaulai, pavyko. Dabar tereikėjo palaukti ir pažiūrėti, kaip jis jausis pabudęs.

Neįtikėtina, bet galva atrodė nesužeista. Tačiau nieko negalėjai garantuoti. Kairė ranka ir pėda buvo sugipsuotos. Veidas mėlynas, nubrozdintas. Atėjęs gydytojas paaiškino jo būklę. Toras stipriai susitrenkė krūtinę ir susilaužė kelis šonkaulius. Tose vietose, kurių nesiekta operuojant, gali būti vidinis kraujavimas.

Ant krūtinės jam buvo uždėtas tvarstis. Nelygus, gargiantis kvėpavimas sakė, kad kažkas negerai ten, viduje. Jie nenori mums sakyti, kaip viskas blogai, pamanė ji ir abiem rankomis įsikibo į gydytoją.

– Tikriausiai pasveiks, – tarė jis, vengdamas žiūrėti jai į akis.

– O plaučiai? Kaip tai rimta? – išlemeno ji.

– Būklė sunki, bet mes nemanome, kad grėstų pavojus gyvybei. Jei nepaaiškės, kad galvos traumos didesnės, negu mums pasimatė iš pradžių. Smegenys smarkiai sukrėstos.

Ovė atnešė kavos ir padavė jai. Ji ilgai sėdėjo ir stebeilijo į puodelį, paskui pastatė ant naktinio staliuko.

– Gerk, kol karšta, – tyliai paragino jis.

– Gerai, – tepasakė ji ir abiem delnais suėmė dešinę Toro plaštaką.

Ši buvo prakirsta. Nuo smiliaus iki delno apačios. Negiliai, bet ji vis tiek pajuto pyktį dėl to, kad jam nesutvarstė rankos.

Naktį jis pabudo ir silpnai sudejavo. Kai pramerkė akis, ji pamatė, kad ją atpažino. Tada Toras užmigo vėl. Buvo pasakyta jo nežadinti. Jam reikia ramybės.

Ovė kažkur nuėjo miegoti. Ji liko prie lovos su Agės dovanota modeline suknele. Čia ji atrodo idiotiškai, susigėdusi pamanė ji.

Prakaitu permirkusi suknelė graužė odą, o prieš akis plaukė prisiminimai. Iš tų laikų, kai Toras buvo dar mažas. Replikos. Veido išraiška, kai per Kalėdas ji padovanojo jam laikrodį. Pykčio priepuolis, kai jam nebuvo leista važinėti dviračiu gatvėje. Tas kartas, kai išgąsdino ją – įsilipo į lietvamzdį ir kybodamas ties antruoju namo aukštu suriko: „Mama, žiūrėk!" Kiek jam tada buvo, šešeri?

Atsisveikinimo scenos oro uoste. Dabar jos būdavo ramesnės nei vaikystėje. Kažkas pasikeitė, kai jam suėjo dešimt. Jis užsigrūdino. Įgijo trapaus išdidumo, kurio ji nedrįso užgauti. Kartais jis tarsi guosdavo ją mėgindamas atrodyti sąmojingas ir šaunus. Arba pasipūtęs. Lyg būtų ją nurašęs. Ji dažnai bandydavo jį prakalbinti. Sužinoti, kaip iš tikrųjų jam sekasi, kaip jis sugyvena su Ove ir Merete. Bet jis tik gūžtelėdavo ir atsakydavo kaip visada: „Gerai."

Ji prisiminė, kaip kartą jie drauge pietavo Berlyne, jos bute. Rudenį jis turėjo pradėti lankyti gimnaziją, ir ji paklausė, ar jis nenorėtų mokytis Berlyne.

– Mokytis čia? Aš juk nepažįstu nė vieno žmogaus. Gyventi čia?

Jis šiurpdamas apsidairė dideliame baltame kambaryje, jos namų ateljė. Žvilgsnyje slypėjo negailestingas atsakymas. Tai ne namai.

Kai jie valgė jos paruoštus spageti, jis pasakė, seno žmogaus akimis žvelgdamas kažkur į orą:

– Nesuprantu, kam jūs tuokiatės.

Ruta nurijo kąsnį nerasdama, ką atsakyti.

– Na, turbūt dėl to, kad įsimylime, – galiausiai ištarė ji ir pamėgino nusišypsoti.

Jis tik suprunkštė.

– Jei nenori gyventi čia, galbūt tau patiks Osle. Kada nors juk reikės išvažiuoti iš to miesteliūkščio.

– Taip, bet dabar, kaip suprantu, tu gyveni Berlyne, – blaiviai atsakė jis, žiūrėdamas į lėkštę.

– Bet jeigu aš persikelčiau į Oslą?

– Nežinau... – burbtelėjo jis.

Ji prisiminė, kad tada ištiesė ranką, bet jis atsitraukė nuo jos ir prašneko apie tai, kad parduotuvėje matė šaunią odinę striukę.

Tais kartais, kai jis viešėdavo pas ją Berlyne, ji pasistengdavo nesimatyti su Age. Matyt, nenorėjo, kad Toras ką nors žinotų apie tą jos gyvenimo dalį. Bet vesdavosi jį į galeriją ir ateljė. Supažindino su ta saujele žmonių, su kuriais ji bendravo. Šiaip jiedu darydavo tai, kas įdomu tokio amžiaus berniukams. Paskutinį kartą buvo roko koncerte.

Ji labai iš anksto suplanavo būsimą jo viešnagę. Sėdėdama prie jo lovos ligoninėje suvokė, kad nuslėpė nuo jo svarbią savo gyvenimo pusę. Ar darė tai norėdama apsaugoti jį? Ar save?

Kai jie susitikdavo Osle, viskas eidavosi sklandžiau. Ypač po to, kai ji perpirko šeimininkės namą, šiai tapus našle, ir nuomojo pirmąjį aukštą.

Trečią dieną Toras atsigavo tiek, jog Ovė su Ruta galėjo persimesti optimistiškais žvilgsniais. Jis paskolino jai savo marškinius, ir jie pasijuokė, kai ji prisipažino dėvinti ligoninės apatinius.

– Nusipirk švarių drabužių, kad nedarytum mums gėdos, – geraširdiškai pasakė jis, jai išeinant.

Stiklinės durys iš uosto promenados pusės atsidarė automatiškai. Ji suvokė, kaip viskas pasikeitė, nauja ir šiuolaikiška. Ji atsirinko keletą drabužių, kurie, jos manymu, galėtų tikti. Tada paprašė pardavėją parodyti jai matavimosi kabiną. Padėjusi drabužius ant prekystalio priešais save pajuto, kad vis dar muša prakaitas prisiminus senąją istoriją su sijonu.

Persirengusi švariais drabužiais, sumokėjusi ir už tai, ką vilkėjo, ir ką nešėsi rankoje, ji paklausė, kur rasti tualetą.

– Iškart už lifto, – atsakė pardavėja ir nuskubėjo prie kito pirkėjo.

Stovėdama priešais liftą, Ruta kiek padvejojo, tada įlipo vidun ir paspaudė mygtuką su užrašu „Biurai".

Pateko į holą su kabykla, virtuvėle ir daugybe uždarų durų. Tikriausiai jis sėdi už vienų iš jų. O gal turi prieškambarį su sekretore?

Kada tai buvo, prieš keturiolika metų? Juokingai elgiuosi čia stypsodama, pamanė ji. Tą pačią akimirką atsidarė tolimiausios durys. Ji skubiai atsitraukė ir sustojo už palmę primenančio augalo šalia lifto.

Iš pradžių keistas svaigulys trukdė jį aiškiai matyti. Jis žengė artyn su moterimi tamsia pažo šukuosena. Jie kažką karštai aptarinėjo. Sulig kiekvienu žingsniu jis siuntė jai elektros bangas. Tas rankų ir kojų judesių ritmas. Profilis, kai jis dirstelėjo į moterį. Audinys, dengiantis kūną. Priėjęs taip arti, jog ji galėjo girdėti, ką jis sako, vyras grakščiai pasilenkė prie brunetės.

– Bet juk tam nėra jokio pagrindo.

Balsas buvo visai toks, kokį ji prisiminė. Tylus. Ramus. Žemo tembro. Ruta nurijo seiles mėgindama nieko nepraleisti. Nei lūpų. Nei duobutės skruoste. Nei tvirto smakro. Plaukai buvo trumpesni nei anąkart. Jis atrodė gerokai liesesnis, o gal veidas įgavęs ryškesnių bruožų.

Moteris ją pastebėjo tik tada, kai jie priėjo prie lifto. Tada į Rutą nukrypo skvarbus jo žvilgsnis. Kai jis sustojo tiesiai priešais ją, truktelėjo lūpų kamputis. Nuo tada, kai viešbutyje jis nešiojo ją ant rankų, nebuvo praėjusi nė sekundė. Ji jautė rankas, apkabinusias jos kūną, ir alsavimą prie skruosto.

– Laba diena! – svetimu balsu pasisveikino jis.

– Laba diena!

– Ar ko nors ieškote? – paklausė moteris ir paspaudė lifto mygtuką.

Ruta papurtė galvą ir susikišo rankas į švarkelio kišenes. Jai buvo devyniolika, be to, ji mirtinai bijojo, kad jos nesulaikytų už vagystę.

– Ne, aš atsiprašau. Maniau, kad ir viršuje parduotuvės.

Jis visą laiką spoksojo į ją. Lifto siena buvo papuošta. Už pleksiglazo driekėsi paprastas pynės pavidalo piešinys anglimi. Ruta žinojo menininko vardą, bet neprisiminė. Darbas neblogas.

Ji nudelbė akis. Susitikus žvilgsniams, pajuto fizinį skausmą. Ji įsibrovė į jo valdas. Tuo kompromituodama juos abu. Tai buvo kaip pažeminimas. Kai liftas atvažiavo, ji vis dėlto pažvelgė į jį. Nenuleisdamas nuo jos akių, jis mostelėjo ranka į liftą. Bet Ruta atšlijo žingsnį atgal, ir pirmoji įlipo tamsiaplaukė. Aukšti kulniukai kaukštelėjo į metalą.

Tada jis žengė artyn ir padavė ranką.

– Vėl gimtuose kraštuose?

– Taip, – tarstelėjo ji.

– Kartą kreipiausi su pasiūlymu, bet tikriausiai buvo neįdomu? – skubiai susakė jis.

– Su pasiūlymu?

– Susisiekėme su tavo agentu. Dėl fojė puošybos. Prieš kelerius metus. Smulkmenos. Matyt, neturėjai tokiems dalykams laiko.

– Aš jo negavau.

– Atsiprašau, Gormai, bet mes pavėluosime į susirinkimą, – įsiterpė tamsiaplaukė, stovėdama lifto tarpduryje, kad durys neužsivertų.

Jis paleido jos ranką. Dvejodamas? Ar jai tik pasivaideno, nes ji norėjo, kad taip būtų?

– Parduotuvės štai ten! – pasakė brunetė, mostelėdama laiptų pusėn.

– Ačiū, – padėkojo Ruta ir nusigręžė.

Jau lėktuve ji ėmė gailėtis dėl Torui duoto pažado. Bet buvo tokia laiminga, kai gydytojai pasakė, kad jis visiškai pasveiks. Tik tam reikią laiko. Vieną vakarą ji paklausė, ar jis nori kartu su ja pakeliauti, kai pasitaisys.

– Visada norėjau, kad nuvažiuotum su manimi pas močiutę ir senelį. Į Salą. Jie sako, kad nebuvai ten nuo tada, kai aš gimiau. Keista.

– Aš juk tau pasakojau apie Jorgeną.

– Mama, tai buvo prieš šimtą metų. Negalima taip ilgai nekęsti visos salos.

Kai ji neatsakė, jis užsisklendė. Po valandėlės ji ėmė aiškinti. Apie miestelio žmones. Paskalas.

– Na, gerai, – pagaliau tarė. – Mes ten nuvažiuosime. Tik pabaigsiu paveikslus, kurie lapkritį keliaus į Oslą. O tu turi pasveikti. Tarkim, spalį.

Jis įtariai pažiūrėjo į ją, bet nusišypsojo. Po pusvalandžio jau inkštė, nes buvo keičiami tvarsčiai. Ji nusisuko ir leido viską sutvarkyti slaugytojai. Iš manęs vis tiek maža naudos, pamanė. Šiaip ar taip, pažadas nuvažiuoti su juo į Salą buvo duotas.

Grįžusi į Berlyną, jau kitą dieną ji paklausė Agę apie „Grandės ir Ko" pasiūlymą. Jis negalėjo prisiminti jokio kreipimosi. Bet taip susierzino, jog ji suprato, kad puikiai prisimena.

– Tai buvo seniai. Ir tu man nepranešei, – pasakė ji, stengdamasi valdyti balsą.

– Tikriausiai pamaniau, kad tau neverta blaškytis. Matyt, tuo metu turėjai svarbesnių darbų.

– Norėčiau pati tai išsiaiškinti. Tad prašau perduoti Gormui Grandei, kad mielai su juo susitiksiu aptarti reikalo.

Jis gūžtelėjo, paprašė sekretorę surasti laišką ir atsakyti taip, kaip pageidavo Ruta.

Vėliau, kai jiedu drauge vakarieniavo, jis susirūpinęs klausinėjo apie Torą ir džiaugėsi, kad jis pasveiks. Paskui prašneko apie tai, ką dar liko nuveikti iki parodų Osle ir Paryžiuje. Kad dėl priverstinių atostogų Norvegijoje dabar ją spaudžia laikas. Kai kuriuos paveikslus reikės rodyti abiejuose miestuose, nors jie ir bus parduoti Osle.

– Gerai, kad tavo galerininkas Prancūzijoje esu aš, nes niekas personalinėje parodoje nesutiktų kabinti jau parduotų paveikslų.

– Tu juk turi uoslę išskirtiniams dalykams – kaip manai, ar negalima būtų rodyti ̦tik tų paveikslų, kurie nėra parduodami. Surengti ištisą parodą, kur visi paveikslai būtų pažymėti ženklu „privati nuosavybė“?

– Mielai, kai tavo vardas leis tai padaryti, – tarė jis ir šyptelėjo.

Ji neatsakė į šypseną. Buvo tvanku, o ji per šiltai apsirengusi.

– Gal užsuksi taurelės pas mane. Seniai buvai, – spindinčiomis akimis pasiūlė jis.

Ji be užuolankų atsakė, jog pavargo ir nori namo.

Ji kasdien šnekėdavo su Toru telefonu. Jis jautėsi geriau, bet dar nebuvo pasveikęs ir nuobodžiavo. Iš Ovės užuominų galėjai suprasti, kad jis kaprizingas. Ji stengėsi su užsidegimu kalbėti apie kelionę į Salą lapkričio mėnesį.

– Sakei spalį.

– Pirmiau noriu pabaigti paveikslus, kuriuos rodysiu Osle. Kad būčiau laisva, – susigėdusi pasiteisino ji.

– Na, gerai. Lapkritį. Bet tada gi jau bus žiema, – paniuręs atsakė jis.

Ruta mėgino negalvoti apie pasidygėjimą Age. Kažkas jai kuždėjo, kad dabar tai vienintelė išeitis. Darbas atėmė visas jėgas, tad ji turėjo gerą pasiteisinimą, kodėl nebūna šalia. Bet kai jis išskrido į Niujorką, kur turėjo dalyvauti vieno iš labiausiai pripažintų savo dailininkų parodoje, pagaliau ji galėjo laisvai kvėpuoti ir pradėti kurti planus.

Ji pamelavo, jog yra susitarusi su Age nueiti į sandėlį ir paimti paveikslus, skirtus parodai Norvegijoje. Ten stovėjo dešimt didelių drobių, tapytų akrilu, ir šešiolika – aliejumi. Agės portretą ji paliko. Galerijos darbuotojai supakavo paveikslus ir išsiuntė į Inkognito gatvę.

Susitikusi su savo advokatu, ji paprašė išsiaiškinti, kokios jos pareigos ir teisės pagal kontraktą su Age. Pasirodė, jog vienintelis įsipareigojimas – paroda vasario mėnesį Paryžiuje. Ji turėjo prisipažinti nežinanti, ar Agė gali disponuoti jos banko sąskaitomis.

– Galerija juk tvarko visus mano finansinius reikalus, – susigėdusi sumurmėjo ji.

Paaiškėjo, kad Agė turi tokią teisę ir ji pati pasirašė įgaliojimą. Advokatas padėjo jį panaikinti.

Ji nusisamdė porą vyrų, kad šie iškraustytų ateljė ir ji viską galėtų išsiųsti į Oslą. Šešis Niujorke tapytus paveikslus, tebestovinčius Agės bute, ji nurašė.

Iki pat akimirkos, kai buvo uždarytas lėktuvo liukas, ji bijojo, kad jis ateis taku jos išsivesti. O kai lėktuvas pakilo į orą, įvyko atoveikis. Išsekimas. Ji atsilošė ir užsimerkė. Pajuto nedrąsų palengvėjimą.

Kai iš jūros ūko išniro bažnyčios varpinė, ji ėmė drebėti. Gerai, kad variklis purtė ir seną laivo korpusą, nes denyje daug kas į ją atvirai spoksojo.

Kai kuriuos ji atpažino, lyg jie būtų prastos savo pačių kopijos. Kiti buvo taip persiėmę dabartiniu savo pavidalu, jog jai sunkiai sekėsi atsekti, kas jie tokie. Su tais keliais, kurie ją užkalbino, ji šnektelėjo mėgindama žodžius dėlioti taip, tarsi jie būtų matęsi dar vakar. Nebuvo taip sunku, kaip įsivaizdavo. Jie vis dar kalbėjo apie orą ir metų laiką, atvirai arba vogčiomis ją stebėdami.

Toras veikė ir kaip magnetas, ir kaip buferis. Jis atrodė kur kas sveikesnis nei tada, kai ji paskutinį kartą matė jį ligoninėje. Ramentų jam vis dar reikėjo, bet šiaip, anot paties Toro, buvo puikios formos. Jis trumpai papasakojo jai apie gimines ir kaimynus Saloje.

Kas draugai, o kas net nesikalba. Ruta suvokė, kad iki šiol jis vengė su ja apie tai šnekėtis.

Tėvų ji nebuvo mačiusi nuo tada, kai persikėlė į Berlyną. Autobuse Torui prisipažino nerimaujanti dėl to, kaip būsianti sutikta, ar tėvai iš tikrųjų nori, kad ji atvažiuotų. Tada jis prunkštelėjo su didžiausia panieka.

– Neatrodo, kad juos pažinotum. Jie taip tavimi didžiuojasi, kad net koktu.

Jie abu laukė prieplaukoje. Stovėjo susiglaudę po senąja emalio iškaba „Tydemano tabakas". Ruta neprisiminė, kad jie kada nors būtų atėję jos pasitikti. Ji nurijo seiles ir išlipo į krantą.

Prieplaukos lentos buvo slidžios. Tik ką nuliję. Ore jautėsi šaltis. Žmonėms iš burnų ėjo garas. Viskas buvo taip, kaip ji prisiminė, ir visiškai kitaip.

Mama atrodė kiek labiau sulinkusi, gilesnėmis raukšlėmis, šiaip ta pati. Tik labiau sueižėjusi, kaip senųjų meistrų portretas. Rutai smilktelėjo, kad ji, ko gera, niekada iš tikrųjų nematė savo mamos. Jos balsas skambėjo švelniai, kone minkštai.

Pamokslininkas buvo susenęs. Virtęs kretančiu savo paties šešėliu. Plaukai beveik visai pražilę, su giliomis properšomis. Jis priminė patriarchus, kuriuos visada minėdavo savo pamoksluose. Valdinga išraiška išnykusi. Bet žvilgsnis vis dar gyvybingas ir tiesus.

Keista, ji visuomet vadino jį Pamokslininku, kaip miestelio gyventojai. Ne kreipdamasi į jį, bet kalbėdama apie jį. Galbūt pats metas ištaikyti progą ir pavadinti jį tėčiu, kol dar ne vėlu? Dėl Toro.

Iš seno furgono, pastatyto krantinės viduryje, išlipo vyriškis. Tai buvo Paulas. Jeigu ji nebūtų pažinojusi dėdės Arono, būtų pamaniusi, kad tas žmogus galėtų būti jai tėvas. Štai ką žmonėms daro laikas.

Jis padavė Rutai ranką ir pasisveikino. Ji prisiminė tą lakstantį žvilgsnį ir drovą. Dabar tai ją sugraudino. Kaip tik Paulu naudodavosi miestelio žmonės, kai norėdavo pamokyti močiutės giminę. Tačiau ji nebeįstengė atrasti to priešiškumo, kurį kadaise jam jautė. Jis čia išgyveno. Vien tai buvo didelis dalykas.

– Ačiū, kad pasitinki mus su mašina!

– O kaipgi kitaip. Toras ne vienąsyk yra man padėjęs. Negi leisiu jam klibikštuoti su ramentais stačiu keliu. Ir pati turbūt nelabai pratusi vaikščioti?

– Taip, ko gera, tu teisus, – pritarė ji.

Pasitikti laivo susirinko kur kas mažiau žmonių, negu būdavo įprasta anksčiau. Kai ji tai pasakė, Pamokslininkas atsidūsėjo ir tarė:

– Žmonių čia praretėjo. Vieni išmirė, kiti išsivažinėjo. Liūdniausia buvo, kai pasimirė Aronas.

– Ir Rutė. Taip ne laiku, – tyliai įterpė mama.

Toras turėjo ką pasakyti visiems, kurie ten buvo, o šie – jam. Kaip keista, pamanė Ruta. Jis čia jaučiasi savas.

– Kaip su tokia kinka eisi medžioti, Torai? – šūktelėjo jo amžiaus vaikinas, kuris stovėjo prie keltuvo ir iš laivo krovė dėžes.

– Liūdni popieriai, – suriko jam Toras.

– Tai gal pasimokysi iš savo kvailų išdaigų ir nebemanysi, kad laivas taip pat gerai lekia ir sausuma, ir vandeniu! – sušuko tas pats vaikinas.

Vyrai prieplaukoje nusijuokė.

– Taip, užteks to vieno karto, – geraširdiškai išsišiepė Toras ir pagrūmojo anam ramentu.

Kažkas padavė Rutai ranką. Elą buvo nesunku atpažinti. Veidas priminė supleišėjusį kiaušinio kevalą. Raudoni plaukai ir šypsena nepasikeitė.

– Girdėjau, kad atvažiuoji, tai nusprendžiau ateiti.

– Tu čia gyveni? – paklausė Ruta.

– Ne. Žemyne turiu vyrą ir tris suaugusius vaikus. Užsiimame prekyba, kol dar yra kas perka, – nusijuokė Ela.

Matytų dabar Elą Jorgenas. Ji nepražuvo, pamanė Ruta ir dar akimirką palaikė jos ranką.

Kai jie važiavo kalvomis aukštyn, atsivėrė gamtovaizdis, labai panašus į tą, kurį ji prisiminė. Ji atpažindavo posūkius ir plikus medžius, vos juos išvydusi. Ir vis dėlto viskas buvo pasikeitę.

Žiema jau buvo palietusi orą ir kalnų viršūnes. Aštrumas ir baltumas akivaizdūs. Namai nusilupinėjusiais dažais. Net naujieji, kurių ji nebuvo mačiusi. Žiemos atšiaurios. Apimta keisto jausmo, ji kelis kartus nurijo seiles.

Mamai rūpėjo, kaip einasi Torui, ir ji ištisai kalbino jį. Pamokslininkas iš pradžių buvo labai tylus, paskui ėmė šnekėti su Ruta kaip su sena pažįstama. Beveik draugiškai. Per visą kelią jis nė kartelio nepaminėjo Viešpaties vardo.

Toras klausinėjo Paulą, kaip sekasi žūklė. Ji nebuvo girdėjusi jo taip kalbant. Staiga suvokė, kad Toras slėpė nuo jos viską, kas buvo susiję su Sala, nes žinojo, kad ji nenori apie tai girdėti.

Pirmas dalykas, kuris krito Rutai į akis, kai ji įžengė į svetainę, buvo kadaise jos nutapytas močiutės portretas. Kabojo tarp langų apšviestas iš abiejų pusių. Pamačiusi nebrandžius potėpius ir norą padaryti močiutę gražiausia močiute pasaulyje, ji apsiverkė.

Iš pradžių aplink ją stojo visiška tyla. Tada mama nedrąsiai tarė:

– Persinešėme jį čia, kai Brita su saviškiais susikraustė į močiutės namelį. Mes juk nežinojome, kur tu norėtum jį pakabinti. Bet šitoje vietoje, mano galva, jis įgauna deramo iškilmingumo.

– Gerai pakabintas, mama. Tik buvau pamiršusi, kad jis yra. Aš juk nebuvau čia nuo tada, kai Jorgenas... – Ji neįstengė užbaigti.

– Gal norėsi pasiimti?

– Ne, jis turi kabėti pas jus.

Staiga jai toptelėjo, kad ji nė karto nepaklausė tėvų, ar jie norėtų turėti kokį nors jos darbą. O jie niekada neprašė. Dabar ji suvokė, kad juos sulaikė drovumas arba jausmas, kad jie nesupranta, kuo ji užsiima. Tai vienas iš tų nesusipratimų, kurie kyla tarp artimų žmonių, nedalyvaujančių vienas kito gyvenime, pamanė ji.

– Turiu keletą vykusių Toro portretų. Gal vieno norėtumėt?

Tėvai susižvelgė ir plačiai nusišypsojo.

– Dar ir kaip norime turėti tavo paveikslą! Būk palaiminta, Ruta, būtų tiesiog nuostabu, – tarė Pamokslininkas ir kiek susigėdęs krenkštelėjo.

Tada pilnas energijos pasišovė parodyti jai, kam jie panaudojo pinigus.

– Pinigus? – paklausė Ruta.

– Visą tą pluoštą tūkstantinių, kurias mums atsiuntei iš Amerikos. Mes įsirengėme vonią ir pertvarkėme virtuvę. Eikš, pamatysi!

Vėliau, kai jie sėdėjo svetainėje ir valgė, o visas mamos dėmesys tebebuvo nukreiptas į Torą, ji prisiminė, kaip močiutė nepaisydavo suaugusiųjų ir matydavo tik vaikus. Kalbėdavo su jais kaip su sau lygiais, o į savo suaugusius vaikus žiūrėdavo taip, lyg negalėtų jais visiškai kliautis.

– Ar Brita nusipirko močiutės namą? – atsargiai paklausė Ruta.

– Ne, apsigyveno tik laikinai, kad nestovėtų tuščias. Brita tikriausiai persikels į žemyną, kaip visi kiti. Abu vyriausi vaikai jau išsikraustė, dabar jaunėlės, Kari, eilė. O namą paveldės Toras, – tvirtai pasakė Pamokslininkas.

– Ką apie tai mano kiti?

– Visiškai nieko. Visi žino, kad turi būti taip, o ne kitaip. To-
ras – mudviejų su Ragna užvadėlis, – tarė jis ir patapšnojo Torui
per petį.

Tada, lyg susivokęs, kad gal ką negerai pasakė, leptelėjo:

– Pagaliau parvažiavai namo, Ruta. Daugiau kaip po dvidešim-
ties metų!

– Mes apie tai nekalbame, – aštriai nukirto mama, nerimastingai
dirsčiodama į Rutą ir Torą.

– Sutinku, kad jau buvo pats laikas, – pasakė Ruta ir nusijuokė.

Ji susižvelgė su Toru. Jis nusišypsojo, bet neprasitarė ją perkalbė-
jęs. Priešingai – žvilgsnyje ji pamatė perspėjimą, kuriam pakluso. Ir
matydama jį ten, prie tėvų stalo, suvokė, kad Toras – tobula Jorgeno
kopija.

Kažkuo ypatingas buvo oras. Šviesa. Tikriausiai ji spėjo pamiršti,
kaip tai atrodė. O gal niekada ir nematė? Gal išties žmonės turi
nutolti nuo to, kas artima, kad pamatytų iš tikrųjų? Kai ji stovėjo
denyje ir žvelgė į artėjančią Salą, atmintyje iškilo Maiklo susižavėji-
mas šviesa ir gamtovaizdžiu.

Tada ji to nesuprato. Buvo tokia jauna ir nieko daugiau nepaty-
rusi. Kasdieniški dalykai trukdė jai matyti. Be to, visą dėmesį atim-
davo žmonės ir jausmai. Iš dalies taip buvo ir dabar.

Ji netapė peizažų. Bet galbūt jai vertėjo pasisemti kiek daugiau
stiprybės iš čionykštės šviesos. Bent jau galės pažiūrėti, ar ši ilgai
tvers. Galbūt jai reikėtų išgryninti nuostabą, kurią ji matė kai ku-
riuose veiduose, ir trapų spalvų skaidrumą, nors ir nesijautė prisi-
rišusi prie gamtos.

Sustojusi prie močiutės namo ir įsižiūrėjusi į tolį, ji suprato, kad
iš namų ji pasiėmė spalvas. Tačiau suvokė, kad jas galima panaudoti
geriau. Kur kas geriau.

Tarpduryje stovėjo Brita. Kaip giminės moteriškumo motyvas.
Vakaro sutemos mėgino ją sugerti. Bet šviesa, sklindanti iš kamba-
rio, suteikė kūnui kontūrus ir pastūmėjo ją priekin. Ta pati Brita, su
kuria ji dalijosi vaikyste. Ir visai kita. Subrendusi moteris su savo
sielvartu ir paslaptimis. Jos abi buvo pasikeitusios.

Už Britos nugaros išniro mergaitės veidas. Ir dar vienas. Ruta
matė jas pirmą kartą. Tačiau jose atpažino giminę.

– O, Ruta! Kad tu žinotum, kaip mes apsidžiaugėme, kai sužinojome, kad tu atvažiuoji! Tavęs laukia močiutės mėnesienos lempa. Kai įsikraustėme, po gaubtu radome raštelį su tavo vardu!

Laukdama lėktuvo Ruta išgirdo, jog ją šaukia moteriškas balsas. Atsisukusi prie kavinės staliuko pamatė besistojančią moterį. Tikriausiai Turida! Stori šviesūs plaukai ir akys visai kaip anksčiau. Atrodė apkūnesnė. Jai tiko.

Nejau reikės skristi į Oslą su Gormu ir jo žmona, nusiminusi pamanė Ruta.

Turida apkabino ją ir pakvietė atsisėsti plepėdama taip, tarsi jiedvi būtų nesimačiusios vos kelias dienas.

– Tik pamanyk, kaip tu išgarsėjai. Atvirai kalbant, mokyklos laikais niekaip nebūčiau atspėjusi, – sučiauškėjo Turida, atsikąsdama sumuštinio su krevetėmis.

Kadangi nelabai buvo ko atsakyti, Ruta nusprendė pakreipti pokalbį kitur.

– Skrendi į Oslą?

– Taip, grįžtu namo. Aplankiau mamą. Žinai, pradeda senti. Dabar gyvenu Berume. Susiradau puikų vyrą. Lektorių. Gyvename plačiai ir gražiai. Nuosavas namas, – vobulavo ji.

Ruta matė, kaip dailiai išsigaubia Turidos lūpos, tardamos tuos žodžius. Ar tai tiesa?

– Tu išsiskyrusi? – išlemeno ji.

– O Viešpatie, Ruta! Nejau tiek laiko mes nesimatėme? Jau visa amžinybė, kaip mudu su Gormu išsiskyrę. Žinoma, palaikome ryšius dėl Siri. O jis keistuolis. Įsivaizduok, nuo tada, kai aš išvažiavau, dar nevedė. Jis gyveno tik dėl parduotuvės. Mums nieko neišėjo. O Dieve, kokias nesąmones aš pliurpiu! Papasakok, kas pas tave naujo. Visai neseniai apie tave skaičiau. Šiaip neperku tokių žurnalų, bet radau pas dantistą. Rašė, kad pasidarei turtinga ir tik skraidai iš vienos šalies į kitą. Gyveni Berlyne, ar ne?

Rutai užėjo troškulys. Baisus troškulys.

– Einu, nusipirksiu ko nors atsigerti, – sumurmėjo.

Kai ji sugrįžo, Turida buvo pamiršusi, ko klausė.

– Ar ištekėjai antrąkart? – pasidomėjo.

– Ne.

– Kaipgi taip? Juk tikriausiai sutikai daugybę vyrų?

– Nesusiklostė, ir tiek, – atsakė Ruta ir prisivertė nusišypsoti.

– Na, taip, niekur nebūna vien gerai. Gyvenimas nėra lengvas. Turiu galvoje, ne be konfliktų. Vienu metu, kai mudu su vyru turėjome problemų, Gormas grasino pasiimti Siri į šiaurę.

– Tikrai?

– Su tuo negalėjau susitaikyti.

– Kodėl ne?

– Duktė turi gyventi pas mamą. Aš nebūčiau turėjusi ramybės. Būčiau numirusi!

– O Siri ar būtų numirusi? – atsargiai paklausė Ruta.

– Viešpatie! Kokia tu motina? – pasipiktino Turida.

– Geras klausimas.

– Oi, atleisk, maniau, kad važiuodama išgarsėti berniuką pasiėmei, – prislopusiu balsu tarė Turida, ir akimirką atrodė, kad tuoj apsiverks.

Ruta palietė jai ranką ir suvapėjo, kad nieko baisaus.

– Matyt, mano jautri vieta, – pridūrė.

Turida pakreipė kalbą ir prašneko apie tai, ką ji vadino Rutos, kaip garsenybės, gyvenimu.

– Tikriausiai sutinki daugybę žmonių, kurie žavisi tavo paveikslais? Turėtų būti fantastiška.

– Taip, – atsakė Ruta nežinodama, ką dar pridurti.

Pagalvojo, gal papasakoti apie Torui nutikusią nelaimę. Bet tai būtų tik patvirtinę, kad ji bloga motina, tad nesakė nieko.

– Beje, buvau sutikusi vieną mūsų bendramokslę, Beritą. Sakė mėginusi su tavimi susisiekti, siuntusi laišką. Tvirtino, kad per daug išpuikai, nieko jai neatsakei. Aš ją truputį pabariau. Pasakiau, kad ir man nerašai. Kaip ji nesupranta, kad tu užsiėmusi svarbesniais reikalais. Kad bendrauji su žymiais žmonėmis.

– Berita?

– Taip, ta, kuri vaikščiodavo susismaugusi. Vakarėlyje bandė lįsti prie Torsteino, gal pameni? Ir prie Gormo. Daug kartų. Mes, merginos, nelabai ją mėgome. Ji buvo tame vakarėlyje. Pameni? Kai Gormas vežė tave prie autobuso ar panašiai. Nepalaikai ryšio su niekuo iš mokyklos laikų?

– Ne, kažkaip viskas nutrūko. Aš taip retai rašau laiškus, – pasakė Ruta, mėgindama surasti kokį nors pasiteisinimą.

– Tu blogesnė ir už Gormą! Aš, pavyzdžiui, negaliu gyventi be senų draugų, – atsiduso Turida.

Ruta neatsakė, tik išgirdo save klausiant:

– Ar dažnai jį matai? Gormą? Tai yra ar dažnai būni šiaurėje?

– Ne, jis... Jis toks nutolęs. Nepažinojau jo tada ir dabar nepažįstu. Bet jis paskambina, kai būna mieste ir nori susitikti su Siri. Baisiai santūrus. Gal net santūresnis negu jaunystėje. Niekada nežinai, ką jis galvoja. Kažkoks keistas. Tarsi jam nereikėtų jokio žmogaus. Supranti?

– Aš jo nepažįstu, – sumurmėjo Ruta.

– Juk pažinojai, kai mokėmės mokykloje.

– Ne. Tik buvome porą kartų susitikę.

– Jis truputį riečia nosį. Bet šiaip geras. Beje, perka paveikslus. Meną. Siri man pasakojo. Kažkada mačiau laikraštyje vieną tavo paveikslą. Jis mane beveik išgąsdino. Šiaip ar taip, nepradžiugino.

– Paveikslus tapau ne tam, kad džiuginčiau žmones, – gal kiek per griežtai atkirto Ruta.

– Tai kam tu juos tapai? – nuoširdžiai nustebo Turida.

– Kad priminčiau sau tai, ko dar nesuprantu, bet bijau pamiršti. Ir dėl to, kad kitaip negaliu, – atsakė Ruta ir pabandė nusišypsoti.

– Tu juokiesi iš manęs, – sukikeno Turida.

– Visai ne, – patikino Ruta ir pažvelgė į laikrodį.

Tuo pat metu buvo pranešta apie keleivių laipinimą. Abidvi pakilo eiti.

– Ar dažnai būni Osle? – skubiai paklausė Turida, kai jos žengė prie durų.

– Pasitaiko.

– Paskambink man, kokį vakarą galėtume kur nors nueiti. Gal apsikeičiame telefono numeriais? Tu juk Berlyne? – pakiliai sučiauškėjo Turida.

– Berlyne? Matai, šiuo metu keičiu adresą, todėl neturiu numerio, kurį galėčiau tau duoti.

Tai sakydama pajuto ramybę. Ji nebegrįš į Berlyną.

360

*

Uždarytos galingame krioksme jiedvi kilo į dangų, Turida ir ji. Tačiau turėjo sėdėti atskirai, nes kitaip nerado.

Šalia sėdintis vyriškis šlamindamas sklaidė laikraštį. Jie buvo pakilę į reikiamą aukštį, ir juos daniškai pasveikino lėktuvo kapitonas. Ruta taip pat išsitraukė laikraštį, bet prisiminė, kad akiniai liko švarko kišenėje, o švarkas ant lentynos, todėl atsilošė ir užsimerkė.

Kai ji pažvelgė į šoną norėdama surasti mygtuką ir atlenkti kėdės atlošą, jos kaimynas ant ranktūrio pasidėjo ranką. Trumpais nelygiais nagais. Nykštys buvo tvirtas, bet dailios formos. Odos spalva sakė, kad jis nedirba lauke. Prie arterijos matėsi stambios mėlynos gyslos ir ryškios sausgyslės.

Ruta pajuto stiprų ilgesį, kai pilotas pakeitė aukštį ir ji užsimerkusi sutiko atvirą Gormo žvilgsnį.

Laikraštis šalia sučežėjo smarkiau. Kai ji pakėlė akis, sušmėžavo jos atvaizdas. Vyriškis taip pat jį pamatė. Ji užsimerkė ir apsimetė nesuprantanti, kad ją atpažino.

Gormo veidas tapo aiškesnis. Jis padavė jai ranką. Ji pajuto jo pulsą prie savo pulso.

– Aš visada svajojau su tavimi skristi, – tarė jis, ir drovi šypsena permainė ryškių bruožų veidą. – Visada vaizduodavausi, kaip susitinkame be visų tų užtvarų. Kad galėtume tiesiog skristi.

Lėktuvą stipriai supurtė, ir jie smuktelėjo daugelį pėdų žemyn. Pilotui, matyt, nepatiko, jis vėl privertė lėktuvą pakilti.

– Kažkas visą laiką sprendžia už mus, mums to nežinant. Arba apsimetame, kad nieko nepastebime. Leidžiame jiems toliau dirbti savo darbą. Retkarčiais mes pasprunkame, – sušnabždėjo jam Ruta.

Jie vėl pro debesis krito žemyn. Ruta įsikibo į ranktūrius. Dešine jautė minkštą švarko rankovės vilną.

– Skrendate rengti parodos? – išgirdo ji.

– Ne.

– Čia rašo, kad jūsų paveikslai vertinami ir gerai perkami. Bet juk ne visi tokie geranoriški, – sukrizeno kaimynas.

– Dažniausiai tiesiog išvažiuodavau sau, kad galėčiau dirbti, – negirdimai pasakė ji Gormui.

– Aš žinau, – atsiliepė jis.

– Prieš daug metų vienas žurnalistas paklausė, kodėl aš nutapiau dalmatiną.

– Ką tu atsakei?

– Kad paveldėjau dalmatino kailį.

– Ar tiesa?

– Iš dalies. Bet labiausiai aš norėjau nutapyti tavo akis.

– Bet šito nepasakytum jokiam žurnalistui?

– Niekada.

Jis pažvelgė į ją ir šyptelėjo.

Ji prikišo lūpas jam prie ausies ir sušnabždėjo:

– Ar važiuosi su manimi į Paryžių?

– Taip! O kur mes apsistosime?

– „L'Hotel", keturiasdešimt šeštame kambaryje, Dailės gatvė trylika. Ten reikia atsiklaupti, kad atsirakintum duris. Bet tu priprasi. Ten kabo vienas senas erotiškas paveikslas.

Telefonas suskambo jai dar nespėjus įeiti į namus Inkognito gatvėje. Agė buvo grįžęs iš Niujorko ir jau žinojo, kad ji išsikraustė iš Berlyno. Ruta numanė jį žinant ir tai, jog ji iš sandėlio susirinko paveikslus, bet Agė apie tai neužsiminė.

– Kaip praėjo paroda? – atsargiai paklausė ji.

– Puikiai. Daugiau kaip pusę paveikslų nupirko dar prieš man išvažiuojant. Mieloji, aš atskrisiu į Oslą, kad būčiau šalia per parodos atidarymą.

– Ne, nėra jokio reikalo.

Jos širdis dunksėjo.

Stojo tyla. Jo alsavimas buvo kaip įspėjimas.

– Tu mane palikai, kaip turiu pagrindo manyti?

Balsas buvo nustebęs, bet ramus.

– Tiesiog parvažiavau į Oslą. Noriu dirbti čia.

– Bet, mylimoji, kodėl?

– Noriu būti arčiau Toro.

– Mes taip nesitarėme.

Jis buvo atlaidus, lyg kalbėtų su vaiku.

Tikriausiai ir anksčiau su manimi taip kalbėdavo, tik aš nepastebėjau, pamanė ji.

– Aš daugiau nepakęsiu, kad tvarkytum mano gyvenimą.

– Nedrįsk šitaip su manimi elgtis. Aš myliu tave, Ruta!

– Tu myli ne mane, o paveikslus, kuriuos gali parduoti.

– Klausyk, tai ne telefoninis pokalbis. Aš atskrisiu į Oslą. Jei nenori, kad dalyvaučiau atidaryme, ateisiu vakare. Aš įtikinsiu tave, kas tau geriausia. Neabejok. Tau reikia manęs, Ruta.

– Tu čia neįeisi.

– Tai gal turi meilužį, brangioji? – paklausė jis žemu, tyliu balsu, kuriuo kalbėdavo norėdamas ką nors sužinoti.

– Ne tavo reikalas, – nukirto ji.

– Vadinasi, turi meilužį, – nusijuokė jis.

Nuo šiurpaus juoko jai užgniaužė kvapą.

– Viskas baigta. Man nereikia tavo pagalbos.

– Tikrai? Dabar, prieš parodą, Norvegijoje esi labai populiari, neturėtum krėsti kvailysčių. Bulvarinė spauda ir anksčiau domėjosi tavo asmeniu. Tau nepatiko, mieloji. Ar ne? Mano archyve yra ne tik tavo pieštų paveikslų, bet ir nuotraukų su tavo atvaizdu.

Ji greitosiom pamėgino įsivaizduoti, kuo jis grasina. Ką turi. Asmeninių jos nuotraukų, įvairiose situacijose. Pavyzdžiui, nuogą prie viešbučio lango Romoje? Laimingą ir jau gerokai apgirtusią po pirmosios parodos Niujorke, Agės lovoje. Su Age. Tada jie fotografavosi su delsikliu.

Kai jis ėmė plyšoti prancūziškai, ji numetė ragelį.

Kurį laiką tik sėdėjo priešais telefoną neturėdama jėgų ko nors veikti. Tada jai dingtelėjo, kad jis nejuokavo žadėdamas atskristi. Nepagalvojusi, kiek objektyviai trunka kelionė iš Berlyno iki Inkognito gatvės, net tokiam žmogui kaip Agė, ji pašoko iš vietos ir nubėgo patikrinti, ar abi spynos gerai užrakintos. Senoji šeimininkė, gyvenanti pirmame aukšte, buvo išvykusi, tad jam bus neįmanoma įsiprašyti gudrumu.

Staiga sučiršė durų skambutis. Ji atsisėdo tualete buto gilumoje ir mėgino save įtikinti, kad negali būti jis. Tačiau lindėjo ten tol, kol viskas nurimo.

Juk galiu nueiti į tualetą, pamanė. Tačiau šiurpas įsimetė į sienas, baldus, langus. Ji užsinešė antklodę ir pagalvę į ateljė, kur jos niekas negalėjo matyti iš lauko. Tik naktį ji išdrįso nusėlinti į virtuvę ko nors užvalgyti.

Kai užsigerdama raudonuoju vynu triauškino seną duonos skrebutį, žvilgsnis užkliuvo už itališkų plytelių tarp virtuvės baldų. Ji nusipirko jas tada, kai Agė pirmą kartą nusivežė ją į Romą. Buvo tokia laiminga. Gėrėjosi jo išvaizda ir lygino jį su graikų dievu. Tikriausiai jau buvo supratusi, kad tokie dalykai jį suminkština.

Vieną vakarą jie sėdėjo ant Ispanijos laiptų ir nenorom pamatė, kaip susirėmė du įtūžę vyrai. Jie gestikuliavo, garsiai šūkalojo itališkai ir mosavo kumščiais vienas kitam prieš nosį. Jiedu su Age pasijuokė iš jų sutardami, kad smarkūs žmonės juokingi.

– Jie visai nebaisūs, tokius akimirksniu suvyniočiau ant piršto, – pasakė jis. – Bijoti reikia tų, kurie nesikarščiuoja.

Dabar ji šaukė ant jo telefonu, ir Agė, matyt, buvo atsparesnis baimei nei ji. Nuo to šilto, švelnaus žvaigždėto vakaro praėjo daug laiko. Bet plytelės buvo priklijuotos prie sienos. Žmonės ir pokalbiai visada palieka pėdsakus, pamanė ji. Negali nuolat apsisaugoti.

Krimsdama paskutinį skrebučio kąsnį ir dideliais gurkšniais maukdama vyną, ji kartojo sau, kad priešas ne Agė, o baimė.

Dešimt metų ji gyveno pagal Agės taisykles, nes manė, jog tai būtina, kad ji galėtų tapyti. Netgi tarėsi esanti laisva.

Bet galbūt ta laisvė nebuvo didesnė už įkalinimą mokytojų kambaryje. Su taisyklėmis, kaip reikia kramtyti kramtomąją gumą, bausti už nusižengimus, keiksmus ir rašybos klaidas.

Ir tarsi tai būtų tiesiogiai susiję su jos ir Agės išsiskyrimu, ji prisiminė tuos laikus, kai ją neretai apimdavo jausmas, jog rašyba yra tikrasis gyvenimo tikslas. Kad žmonių bendravimas priklauso nuo to, ar žodžiai išdėstyti pagal neginčijamas taisykles.

Tarytum šviesiąsias žmogaus savybes būtų galima puoselėti raudonai išmargintų sąsiuvinių priedangoje. Tarytum pokalbiai, iškalba, paveikslai, svajonės turėtų ką nors bendra su dusliaisiais priebalsiais ar Agės požiūriu į meną.

Lyg albumai mokyklos bibliotekoje būtų reikalingi tam, kad stovėtų lentynose nugarėlėmis į išorę. Lyg žmogiškosios būtybės į pasaulį ateitų tam, kad gyventų pagal skambutį ir žygiuotų kolonoje po du. Klastingas mokymas žengti koja kojon. Į Agės galeriją. Į nieką, į kalėjimą, į karą. Bumbt!

Butelis beveik tuščias, o norvegiškoje mokykloje daug kas iš esmės ydinga. Ji juk leidžiasi ujama veislinio vokiečių–prancūzų kilmės katino, kuris vartosi savo privačioje pintinėje po šilkinėmis antklodėmis. Tik dėl to, kad mano ją užpatentavęs. Tarsi egzistuotų toks gamtos dėsnis, jog be jo patento ji negalėtų tapyti.

Pagauta nevaldomo pykčio, ji atsistojo ir eidama iš kambario į kambarį įžiebė visas šviesas. Pozavo priešais visus langus ketindama išrėžti Agei tiesiai į veidą, kad ji nenori jokių raudonų pastabų savo sąsiuvinyje. Nenori jo auklėjimo ir jo pažymių.

Kai butelis ištuštėjo, ji suvokė iššvaisčiusi daug energijos, kad atskleistų asmenines Agės ydas. Tada perkratė savąsias ir nusprendė, jog kadaise jis jai reiškė pasaulį ir nuotykį. O ji norėjo visa tai patirti. Ir nė karto rimtai nesusimąstė, ką iš tikrųjų jam jaučia. Kai sutinki dievą, tokie klausimai atkrinta.

Tik supratusi, kad tas dievas nuslėpė užsakymą, Gormo užsakymą, ji sukilo.

Dvidešimt penktas skyrius

PARADOKSALU, BET GORMAS SUTELKĖ DĖMESĮ Į ILSĘ, KAD PRASKAIDRĖTŲ GALVA.

– Ar tai nebuvo ji? – paklausė Ilsė, kai jie žengė automobilių stovėjimo aikštelės link. – Ne Ruta Neset?

Jos tonas Gormą taip sudirgino, jog jis turėjo susiimti.

– Pamiršau cigaretes, einu atsinešti. Tuoj pat grįšiu.

– Mes jau vėluojame. Man atrodo, tu jas įsidėjai į kišenę.

– Ne. Susitiksime prie automobilio.

Jis ristele pasileido prie durų galvodamas, ką darys. Bet jos ten nebuvo. Jam dingtelėjo, kad ji, ko gera, vaikštinėja po parduotuvę. Bet kur? Nuskubėjo per pirmojo aukšto skyrius. Jos niekur nesimatė. Miglotai suvokė, kad jam į nugarą su nuostaba žvelgia parduotuvės darbuotojos, pro kurias jis prašnopštė net nepasilabinęs.

Gal ji vienoje iš matavimosi kabinų? Jau ruošėsi šukuoti visas kabinas iš eilės, kai sumetė, kad elgiasi kaip paskutinis kvailys. Jis nusileido liftu žemyn ir apėjo visą pastatą. Jos niekur nebuvo.

Ilsė stovėjo ant vėjo automobilių stovėjimo aikštelėje. Jis matė, kad ji suirzusi ir dreba iš šalčio.

– Na, ar radai?

Gormas nepaisė iškalbingo jos tono.

– Ne.

– Jau turėjome susitikti su tuo žmogumi, o mums dar dešimt minučių važiuoti.

Jis neatsakė, tik atidarė jai automobilio dureles ir linktelėjo.

Kol nuomininkas dėstė jiems savo pasiūlymą, jis neįstengė galvoti apie nieką daugiau, tik kaip greičiau užbaigus susitikimą. Ilsė porą kartų klausiamai pažiūrėjo į jį, nes pokalbis reikalavo, kad jis atsakytų „taip" arba „ne" ar bent pažadėtų klausimą pasvarstyti. Galiausiai vadovavimą perėmė Ilsė.

366

– Mums reikia šiek tiek laiko. Galimas dalykas, kad už kvadratinį metrą prašysime didesnės kainos. Šiaip ar taip, patalpos prie pat durų.

Potencialus nuomininkas buvo akivaizdžiai nepatenkintas, bet Ilsės dėka pamažu atsileido. Praėjus dar dešimt minučių, jie jau buvo susitarę dėl aukštesnės nuomos per pirmuosius penkerius metus, o sutarties galiojimo laiką pratęsę nuo penkerių iki septynerių metų.

– Man reikia išeiti, – ūmiai tarė Gormas, pažvelgdamas į laikrodį, tada paspaudė vyriškiui ranką, linktelėjo Ilsei ir išlėkė iš restorano.

Iš pradžių manė eiti tiesiai į SAS viešbutį. Spėjo, kad ji ten apsistojusi. Bet nusprendė neskubėti. Grįžęs į kabinetą ir uždaręs duris į prieškambarį, paskambino.

– Ne, tokia čia negyveno.

Toliau skambinėjo į visas vietas, kur ji galėjo būti apsistojusi. Bet niekas nenorėjo prisipažinti suteikęs jai nakvynę. Išgirdęs neigiamą atsakymą iš beviltiškai mažų nakvynės namų, esančių miesto pakraštyje, padėjo telefono ragelį praradęs paskutinę viltį. O kai ėmė svarstyti važiuoti į oro uostą, beprotybės jausmas tapo totalus. Tad jis nuslinko prie lango, susidėjo už nugaros rankas ir keletą kartų giliai įkvėpęs ir iškvėpęs paskambino informacijai.

Neset buvo daug, bet nė vienos Rutos.

– Juk gali būti, kad jos numeris įslaptintas, – nekantraudamas tarė jis.

– Tokiu atveju mes neturime jokių duomenų.

– Žinoma, kad turite!

Jis mėgino tramdyti susierzinimą.

– Deja, ne.

– Tai kur man ieškoti? Žūtbūt turiu ją rasti.

– Apgailestauju, – nesileido į kalbas moteris.

Ji apsistojo pas ką nors, bet pas ką, svarstė jis. Kur gyvena jos vyras? Šiaurės Norvegijoje? Žinoma, kitaip ji nebūtų važiavusi į šituos kraštus. Kaip ji pavadino jį tąkart? Viešbučio lovoje, kai viskas tapo neįmanoma? Ove!

Jis įtemptai suko smegenis. Matyt, vyro pavardė ne Nesetas? Iš tikrųjų tai puikiai žinojo. Staiga į galvą šovė išganinga mintis. Vietovės pavadinimas! Ar ten gyvena žmogus, vardu Ovė?

– Minutėlę, – pasakė balsas informacijoje.

Tada kuriam laikui prapuolė. Bet galiausiai pranešė, kad yra vienas Ovė, ir davė telefono numerį.

Jis pažiūrėjo į laikrodį ir nusprendė, kad Ruta jau gali būti grįžusi, jeigu važiavo automobiliu. Tada giliai įkvėpė ir sugalvojo, ką sakys Rutos vyrui, jeigu jis pakels ragelį.

Atsiliepė aukštas moteriškas balsas. Ne Ruta. Jis prisistatė ir paklausė, ar šiuo numeriu jis galįs rasti Rutą Neset. Po pertraukėlės išgirdo nedrąsų juoką.

– Ne, ji čia negyvena.

– Tai gal galiu pasikalbėti su jos vyru, Ove?

– Jis ligoninėje, mieste.

Balsas buvo atžarus.

– Apgailestauju. Gal jūs atsitiktinai žinote, kur gyvena Ruta Neset, kai būna Norvegijoje?

– Ji turi butą Osle.

– Ar galėčiau gauti adresą ir telefono numerį?

– Ne. Jūs žurnalistas?

– Senas draugas. Labai norėčiau susisiekti.

– Kad ir kas būtumėt, negaliu padėti. Viso geriausio!

Jis padėjo ragelį ir ėmė minti po kabinetą. Paskui paskambino Ilsei.

Kai ji išgirdo, kas skambina, jos laido gale pasidarė tylu.

– Ar gali padaryti man paslaugą?

– Vieną paslaugą aš tau jau padariau. Ką tu sau manai dingdamas iš tokio svarbaus susitikimo ir palikdamas mane kvailės vietoje? Kokią dar paslaugą?

– Prisimeni, prieš kelerius metus apsiėmei susisiekti su Rutos Neset agentu? Dėl naujojo pastato dekoravimo. Gal tebeturi agento adresą?

Jis girdėjo jos alsavimą, bet ji neatsakė.

– Ilse?

– Tiesą sakant, nežinau. Kodėl jos nepaklausei, kai ji stovėjo priešais?

– Geras klausimas.

– Duok man pusvalandį, – atsidūsėjo ji ir padėjo ragelį.

Jis mėgino susikaupti ir peržvelgti popierius, kuriuos panelė Sėrvik buvo padėjusi jam ant stalo, kad jis ką nors nuspręstų ar pasirašytų. Bet nieko neišėjo. Tada išskleidė laikraštį ir pabandė skaityti. Naujienos ir faktai sukosi ratu. Be jokios prasmės.

Praėjo valanda, kol ji atskambino. Balsas buvo apgaulingai dalykiškas.

– Žmogus Berlyne, vadinantis save inicialais AG, kalbėjo labai arogantiškai. Niekas nepasikeitė ir tada, kai pasakiau, kad mano klientas yra įsigijęs paveikslą ir kad mes esame kreipęsi dėl užsakymo. Jis nenorėjo duoti telefono numerio. Tačiau maloniai pataisė mano vokiečių kalbą. Man pasisekė sužinoti, kaip vadinasi galerija Osle, kur lapkričio trisdešimtąją bus atidaryta Rutos Neset personalinė paroda. Jeigu tau nepavyks jos surasti, turėsi važiuoti tenai lapkritį. Ji dalyvausianti atidaryme.

Jį pervėrė mintis. Jis pasielgė niekšiškai! Su Ilse. Ji juk tikriausiai suprato, kad tai ne vien užsakymo klausimas. Žinoma, suprato.

– Ilse? Aš labai apgailestauju.

– Aha, ji velniškai neprieinama!

– Aš turiu galvoje mus.

Kitame laido gale telefono ragelis į kažką stuktelėjo. Jis išgirdo negarsų barkštelėjimą. Perlas jos ausyje?

– Viskas gerai. Man juk pavyko nuraminti nuomininką. Ar radai cigaretes?

– Buvau pamiršęs kai ką svarbiau.

– Ką gi, nepamiršk nupirkti vyno. Pasimatysime vakare.

– Ilse. Aš nemanau, kad tu norėsi į Indrefiordą, kai išgirsi, ką noriu tau pasakyti.

– Štai kaip. Ar galiu paklausti kodėl?

– Aš supratau, kad mums reikia skirtis.

Valandėlę buvo tylu. Tada ji paklausė:

– Atsisakai mano, kaip advokatės, ar kitų paslaugų?

Jos balsas skambėjo nerūpestingai. Viešpatie, kaip ji sugeba tvardytis.

– Kitų paslaugų, jeigu tau labiau patinka toks pavadinimas.

– Ar pasakysi kodėl?

– Taip, bet ne telefonu.

– Tu telefonu taip lengvai skiriesi, o pasakyti priežastį jau per sudėtinga?

Ant rašomojo stalo ropinėjo musė. Mieguistai virtuliavo ant savivaldybės laiško apie bendras priemones teritorijai šalia uosto tvarkyti. Buvo tikimasi, kad „Grandė ir Ko" prisiims didesnius finansinius įsipareigojimus, susijusius su sniego valymu žiemą. Dalies teritorijos tvarkymas esą priskirtinas prie eksploatacinių išlaidų.

Staiga Gormas nusikėlė daug metų į praeitį – jis buvo musė, tupinti ant sienos Indrefiorde. Matė Ilsę, sėdinčią priešais tėvą ir sakančią, kad jiems reikia skirtis. Ar ji kalbėjo tais pačiais žodžiais kaip jis? „Aš supratau, kad mums reikia skirtis."

O tėvas galbūt paklausė – budriai, lyg erzindamas, iki galo nesuvokdamas: „Tai ko aš netenku – advokatės ar kitų paslaugų?"

Ar viskas buvo maždaug taip? Ar blogiau – telefonu, kaip dabar? Tėvo linkėjimai per jį, Gormą? Gal viskas, kas vyko tarp jo ir Ilsės, tebuvo tėvo kerštas jai?

Musė nuropojo prie stalo krašto ir nepaklususi traukos jėgai palindo po apačia.

– Pasielgiau nejautriai pasakydamas tai telefonu. Turbūt mums reikėtų susėsti ir pašnekėti? Ateisi pas mane? Ar man ateiti pas tave?

– Neverta. Kam teikti naujus įrodymus pralaimėtoje byloje. Manau, kad mudviejų vaidmuo šiame procese jau atliktas.

Dabar musė visai pranyko iš akių.

– Kaip tu jautiesi?

– Gormai, susiimk! Aš ką tik mėginau sutvarkyti tavo asmeninį reikalą. Paskaičiuosiu honorarą už valandą, jeigu tau pasidarys lengviau.

Jis pradėjo juoktis, bet tuoj liovėsi. Ji nesijuokė.

– Gero savaitgalio! – pasakė.

– Gero savaitgalio! Ir ačiū!

– Beje, patarimas, – pridūrė ji. – Kai kitą kartą priešais tave stovės Ruta Neset, sukis pats, nes manęs šalia nebus.

Tada pasigirdo klaptelėjimas. Ji padėjo ragelį.

Kurį laiką jis sėdėjo rankomis susiėmęs galvą, lyg laikytų skystą savo smegenų masę. Paskui išsitraukė užrašų knygelę ir parašė:

„Ruta, kai šiandien vėl tave pamačiau, po keturiolikos metų, suvokiau, kad mes tebesame skirti vienas kitam. Kad ir kas tave saistytų, niekada tavęs nebepaleisiu."

Grįžęs į savo tuščius namus, jis įsijungė televizorių. Atsikimšo butelį alaus ir bambsojo nelabai nutuokdamas, ką mato ekrane. Palyginti su keturiolika metų, kurie praėjo nuo tada, kai jis paskutinį kartą laikė ją glėbyje, sulaukti lapkričio trisdešimtosios buvo vieni niekai. O po trečio butelio alaus jį apėmė užsidegimas. Tarp tos ugnelės ir proto buvo kitas balsas, kuris primygtinai kuždėjo jam apie gyvenimo bausmę.

Po keturių butelių alaus, keturių sumuštinių su rūkyta dešra ir trijų nemenkų degtinės stiklelių jis taip įsidrąsino, jog vos nepaskambino Ilsei ir neišdėstė jai visų savo sumanymų tikėdamasis jos pagyrimo.

Apie pusiaunaktį, kai televizorius seniai buvo išjungtas, jį apniko savigaila ir graužatis. Pavyzdžiui, dėl to, kad šiems vadinamiesiems namams jis nesugebėjo suteikti jokių reikšmingesnių asmeninių bruožų. Galima sakyti, niekada čia neįsikėlė. Neskaitant vaikystės slaptavietės po prieškambario laiptais ir vaikystės kambario retomis džiaugsmo valandėlėmis, matyt, jis niekada čia ir negyveno.

Jis apsidairė prabangiai apstatytoje svetainėje. Tai buvo tragiška tėvo bėgimo ir mamos daiktų kaupimo manijos išraiška. Jis įsivaizdavo, kaip čia pasikviečia Rutą. Ši atsisėda ant kėdės priešais ir šiurpdama apsižvalgo. Kokios sienos! Ką jam, po velniais, daryti su paveikslais ant sienų? Su tais senamadiškais laivų ir kalnų motyvais. Su spalvomis, kurias mama, matyt, derino prie savo puodelių ir damasto. Su blizgiais jūros paviršiais po blyškiu it drobė dangumi. Valgomajame virš rokoko stiliaus bufeto juoduose ovaliuose rėmuose kabojo giminės. Juokingomis minomis. Netikromis akimis. Godžiomis lūpomis. Bukomis kaktomis. Plačiomis ir tuščiomis kaip nukraustyti rašomieji stalai. Grandės jaunesnieji ir Grandės vyresnieji per daugelį kartų. Dukros, sūnūs ir žmonos. Išsigandusiais arba savimi patenkintais veidais ir nenatūraliomis šukuosenomis. Trumpiau tariant, pakabinti tam, kad prie stalo sėdintiems žmonėms sutriktų virškinimas.

O jis pats? Apgailėtina tėvo akloji žarna. Apendiksas, kurį tėvas paliko po savęs, kad viską pratęstų.

Gormas pajuto, kaip susmuko kėdėje ir ant krūtinės nuleido smakrą. Jis niekada negalėtų parodyti Rutai šio namo ar to asmens, kuriuo jis tapo.

Po kurio laiko jis pradėjo rimtai svarstyti lipti laiptais į viršų ir eiti miegoti. Bet kelias atrodė toks tolimas. Taip bemąstydamas šiltai prisiminė Turidą. Ji buvo sveikos sielos žmogus. Laiku pabėgo. Kai kada jam susipindavo Turidos ir Ilsės bruožai. Jos abi buvo čia. Šiame kambaryje. Bet ne vienu metu. Ilsė – po to, kai mirė mama. Ją reikėjo įkalbinėti, ir tai suprantama. Ir atėjo ji tik vieną kartą. Jis suprato, kaip smarkiai ji neapkenčia šio namo, tačiau jam neatėjo į galvą, kad tą patį jaučia ir jis.

Tikriausiai buvo užsnūdęs, nes aiškiai pajuto vėsią Ilsės odą prie kūno. Ne – ledinę ir šlapią. Ji buvo pririšusi akmenį, ir jie jau grimzdo pro dumblių kuokštus gilyn. Tėvas ir ji skendo kartu, per tamsą tiesiai į gelmę. Tėvas kabinosi į ją. Nenorėjo paleisti.

Tada Gormas visiškai išsibudino. Priešais jį melsvai violetine spalva mirgėjo televizoriaus ekranas. Jis buvo įsitikinęs, kad televizorių išjungė. Ko gera, neprisiminė, kaip vėl jį įjungė numodamas į valstybinio kanalo transliavimo laiką. Buvo trečia valanda. Naktis. Į langą barbeno stambūs lietaus lašai. Lietus ėjo kiaurai stiklą ir tiško jam į skraitą. Smelkėsi į pilvą ir kilo gerkle aukštyn.

Jis perėjo per pirmo aukšto kambarius. Kaip ir pasivaikščiojo. Virtuvėje iš šaldytuvo išsitraukė pieno pakelį ir tiesiai iš jo atsigėrė. Truputis nuvarvėjo per smakrą. Jis jautė, kaip teka už apykaklės ir krūtine žemyn. Ar ne Kleopatra mėgo pieno vonias? Bet gal ne tokio šalto?

Gal Ruta maudosi piene? Dėl to jos tokia šviesi oda. Jis atsisėdo ant virtuvinės kėdės ir ėmė vaizduotis ją mirkstančią vonioje, pilnoje pieno. Ji šiek tiek iškilo, kad jis galėtų matyti pieno perlus ant bambos ir krūtinės. Tai tetruko akimirką.

Jis pastatė pieną ant stalo ir atsiduso.

Pirmadienio rytą jis paskambino Ėdelei ir pasakė, kad norėtų atsikratyti viso namų turto. Jiedvi su Marijane galinčios atsirinkti, kas joms patinka. Ji akimirksniu pateikė ilgą pageidavimų sąrašą, bet negalėjo visko tuoj pat pasiimti. Be to, Marijanė turinti pasakyti, ko ji pageidauja. Jis pasiūlė joms susitarti tarpusavyje. Kol kas galįs viską sukrauti sandėlyje.

– Negi negali palaukti, kol atvažiuosime, – suirzo Ėdelė.

– Ne, viską reikia iškraustyti. Pagaliau pradėsiu gyventi savarankiškai, – nusijuokė jis.

– Ketini parduoti namą?

– Ne, samdau darbininkus. Jie viską išdažys baltai.

– Baltai! Taip nei iš šio, nei iš to?

– Prireikė kelerių metų, kol tai suvokiau.

Dabar ir ji prajuko.

– Nieko nepasiliksi?

– Nė šakutės.

– Kada taip nusprendei?

– Šeštadienio naktį.

– Kas pas tave buvo, jei kilo tokia beprotiška mintis?

– Nieko nebuvo, – linksmai atsakė jis.

– Tu visada buvai keistas. Nagi, papasakok.

– Ne. Ir dar vienas dalykas: ar nori Indrefiordo su viskuo, kas ten yra?

– Gormai, tu susirgai?

– Ne. Manau, kad jeigu tėvas būtų matęs tave vienui vieną stovinčią ant kranto ir žiūrinčią, kaip jie traukia jį iš vandens, jis būtų pakeitęs testamentą.

Iš prislopinto garso Gormas suprato ją pravirkdęs.

– Kodėl prisiminei dabar, po tiek metų? – sušnabždėjo ji.

– Na, turiu pripažinti, kad tai atrodo nepaprastai lėtapėdiška. Bet dabar pagaliau tam pribrendau. Ką pasakysi?

– Aš sutinku! – sušniurkščiojo ji ir nusijuokė.

Jos atvažiavo abi. Marijanė ruošėsi skirtis su vyru, tad jai reikėjo ir baldų, ir grynųjų. Dėl namų turto jis leido joms tartis tarpusavyje. Marijanė taip pat norėjo, kad Gormas perpirktų jos firmos dalį.

Ilsė ją perspėjo:

– Po kelerių metų „Grandės ir Ko" akcijų vertė gali gerokai išaugti. Šiandien rinkos kainą mažina statybų paskola ir palūkanos.

– Mes paprašysime įkainoti Indrefiordą, kuris atiteks Ėdelei. Tada Marijanei sumokėsiu tą pačią sumą, – pasakė Gormas.

– Ar po tiek metų tave ėmė graužti sąžinė? – nusijuokė Ėdelė.

– Taip. Ir pačiu laiku. Man anksčiau reikėjo paprieštarauti tėvui. Netgi manau, kad jam tai būtų patikę.

Ėdelė nenorėjo matyti nusiaubtų vaikystės namų, kai iš ten viskas iškraustyta, o Marijanė perėjo su juo per tuščius kambarius, kur dirbo darbininkai. Ji beveik nekalbėjo, bet jis matė, kad vos tramdo ašaras.

– Kam tu tai darai? – paklausė ji, kai jie išėjo į gatvę.

– Turiu atsikratyti senienų.

– Ar viskas buvo taip blogai? – proverksmiais paklausė ji.

– Man reikia pradėti savo gyvenimą.

Ji su nuostaba pažvelgė į jį.

– Juk judu su tėvu visada turėjote savo gyvenimus.

– Gal taip tik atrodė. Galbūt bus aiškiau, jei pasakysiu, kad nenoriu gyventi jo gyvenimo.

Kai jis sutiko jos žvilgsnį, jam pasirodė, kad ji suprato, bet nebuvo tuo tikras.

– O tu? Netrukus būsi laisva?

– Laisva? Niekam šioje šeimoje nenusisekė meilė, – karčiai tarė ji.

– Nežinia, ar mums nesiseka labiau nei kitiems, – pasakė jis ir suspaudė jos ranką. – Galimybių yra. Tereikia jas išnaudoti, kai jos pasirodo. Juk sunkiausias žingsnis jau žengtas.

– Aš atsakau už du jaunus žmones, – atsiduso ji.

– Atsiųsk juos kartais paviešėti į šiaurę.

– O tu pas mus atvažiuosi? – paklausė ji.

– Taip, jei leisite man apsistoti viešbutyje ir pakviesti jus vakarienės.

– Kodėl tu taip sakai?

Ji sutrikusi pažiūrėjo į jį.

Eidamas jis apkabino ją per pečius ir prisitraukė.

– Ar kada nors tau sakiau, kad tu buvai ir tebesi atrama mano gyvenime? Aš noriu būti tavo brolis, kad ir kaip mums sektųsi. Aš myliu tave, Marijane!

Ji prajuko, iš pradžių gal kiek susidrovėjusi. Tada prisidėjo ir jis. Kvatodami abu nubrido per pirmąjį sniegą.

Paėmęs voką iš galerijos, jis iškart suprato, jog tai katalogas.

Daugelis katalogo paveikslų buvo spalvoti. Ant viršelio pavaizduota į vyrą panaši žmogysta, kuri krito nuo bažnyčios varpinės glėbyje spausdama mažą žmogutį. Jis matė ryšį tarp dalmatino, kabančio ant kabineto sienos, ir šio motyvo. Tikriausiai dėl to, kad ji vis dar tapė judančias būtybes. Šios ir priešinosi, ir sklendė oru. Kažkur šokdamos, skrisdamos ar bėgdamos.

Didžiumoje darbų figūros, arba motyvai, nebuvo tokie paprasti kaip jo paveiksle. Ji davė daugiau. Arba mėgino nukreipti dėmesį nuo pagrindinio motyvo. Kūnai nevaldė savęs arba buvo valdomi jėgų, kurių paveikslas neparodė. Ji balansavo ties grėsmės riba arba žadino nuojautą, kad figūros neištvers skrydžio ar sklendimo. Šį įspūdį stiprino skaidrios, harmoningos spalvos. O motyvas jas tarsi ardė. Tuo, kas paveiksle buvo gražu, negalėjai pasitikėti, nors šis užtaisas leido figūroms sklęsti oru, virš tarpeklio ir namų stogų ar kiaurai sienos.

Vienoje drobėje buvo pavaizduota moteris, einanti vandeniu. Po vandens paviršiumi plaukiojo į žmones panašios žuvys. Galūnėse, kurios nebuvo nei rankos, nei pelekai, žuvys laikė po kokį nors daiktą. Laikraštį, cigarą, pistoletą, vyno taurę, peilį. Per visą moters pilvą juodavo šarvas, o gal išpjautas lopas. Kaip visuma, paveikslas išreiškė šiurpą, nors jame ir buvo pasakoms būdingo perdėjimo. Tarsi ji įspėtų nelįsti į paveikslo tikrovę.

Jis perskaitė sąrašą darbų, nupirktų Norvegijoje ir užsienyje. Daugiausia – Vokietijoje ir Jungtinėse Valstijose. Parodos Berlyne, Venecijoje, Helsinkyje, Tokijuje, San Paule, Kopenhagoje, Budapešte, Niujorke, Melburne.

Pastarosiomis savaitėmis jis laikraščiuose matė daug straipsnių apie ją, nežinomą norvegų dailininkę, kurią pamėgo amerikiečiai. Tarp eilučių lyg buvo norima pasakyti, kad tai, kuo žavisi amerikiečiai, netinka norvegams. Nevienaprasmiškai buvo minimos sumos, už kurias parduoti darbai. Doleriais ir kronomis.

Jis ilgai laukė, kol galės registruotis skrydžiui. Ir automobilių eismą, ir oro transportą paralyžiavo pūga, tad lėktuvai neskraidė didžiąją dienos dalį. Tik vargais negalais jam pavyko įsiprašyti į paskutinį lėktuvą.

Laukdamas, kol bus pranešta apie skrydį, jis nusipirko keletą Oslo laikraščių. Vos nusisukęs nuo prekystalio, ant bulvarinio žurnalo viršelio išvydo Rutos portretą. Džiūstančia burna priėjo prie stovo ir susirado straipsnį.

Nuotrauka užėmė pusę puslapio. Menkai apsirengusi ji gulėjo didžiulėje lovoje su baldakimu šalia pusamžio vyro, kuris atrodė kaip savimi patenkintas šampūno reklamos modelis. Užrašas po nuotrauka skelbė: „Norvegė Ruta kuria paveikslus savo meilužiui.“

Kodėl, po galais, ji tai leidžia? – nusiminęs pamanė jis.

Straipsnis buvo parašytas taip, lyg būtų interviu, bet jis norėjo tikėti, kad tai tik paskalomis paremta istorija. Greitosiomis permetęs straipsnį, kažkodėl pamanė, kad žurnalistas ir galerininkas – tas pats žmogus. Ten gana tiesiai buvo parašyta, kad už savo vardą Ruta

Neset turinti dėkoti savo artimai pažinčiai su šiuo galerininku. Tai jis ją „atradęs" ir tikrąja žodžio prasme pasiėmęs į Berlyną.

Jam kilo mintis nusipirkti žurnalą. Tačiau stiprus šleikštulys privertė apsigalvoti. Šūsnį žurnalų su Rutos portretu jis uždengė moterų žurnalu ir nuėjo.

Drabužiai lipo prie kūno. Pasroviui žengdamas durų link, jis nusivilko paltą.

Pagaliau atsisėdęs į vietą, atlošė galvą ir pamąstė, kad gal ji to straipsnio nepamatys, kol nepasibaigs parodos atidarymas. O kai lėktuvas galynėjosi su vėjo gūsiais, kartojo sau, kad Ruta neturi ničnieko bendra su tuo nelemtu straipsniu.

Po valandėlės jis išsitraukė iš portfelio katalogą ir sklaidė jį tol, kol nusiramino. O kai stiuardesė atnešė kieto kaip padas maisto, pajuto visai neblogą apetitą.

Dvidešimt šeštas skyrius

RUTA ROPINĖJO PO LEDINĮ PASAULĮ, PRIMENANTĮ ANGARĄ, IR MĖGINO NEŠTIS PAVEIKSLUS.

Bet šie be paliovos krito iš rankų. Jų buvo per daug, per sunkūs. Skausmas jai sakė, kad ji viena. Tai suvokusi, ji pavirto karučiu guminiais ratais, kurį kažkas didžiuliu greičiu įstūmė į koridorių. Ji buvo tai Ruta, tai karutis.

Pagaliau ji surado angą, pro kurią įlindo į raudoną aksominį kanalą. Atsidūrė Oskaro Vaildo viešbutyje Paryžiuje. Kol ji ropojo pasieniais, kambarys susitraukė. Ji mirko šiltoje pulsuojančioje upėje. Tada suprato, kad šliaužinėja po savo širdį. Ši dunksėjo šalia pat kūno.

Veriantis skausmas išlakstė raudonais skutais, ir staiga aplink pasidarė dusinamai ankšta. Prie jos ištiestomis rankomis žengė mažas žmogutis. Toras, pamanė ji. Bet kai vaikas priėjo arčiau, ji pamatė, jog iš veido jis panašus į Oskarą Vaildą.

Priėjęs visai arti, jis dar labiau susitraukė ir pravirko. Pagaliau suvokė, kaip pavojinga būti matomesniam už portretą, apie kurį jis kadaise rašė. Ji atsiklaupė ir paėmė jį ant rankų. Čiūčiavo guosdama kaip močiutė kadaise.

– Na na na, tik nerėk. Na na na, tu tik rėk. Na na na.

Erdvė išsiplėtė ir ausys beveik priprato prie ritmingo dunksenimo, kol ji vaikštinėjo su juo po širdies skilvelius. Šiltus, raudonus, minkštus. Aš guodžiu Oskarą Vaildą, pamanė ji.

Tada jis ėmė augti jos rankose ir galiausiai šypsodamasis atsistojo priešais ją. Buvo toks aukštas, jog širdies skilvelio lubos išsigaubė. Tuomet jis prakalbo. Balsas jai priminė tą, kurį ji buvo pamiršusi.

– Niekada nebijok savo nuogumo. Ilgai jie negalės tavęs laikyti uždarę ar žeminti! Laikas už juos stipresnis, – tarė jis ir išnyko.

Tada ją užliejo siaubinga šviesa ir kambaryje išdygo keturi sniego seniai.

Ji niekaip negalėjo suvokti, kur esanti. Du sniego seniai vilkėjo uniformas, ir ji susivokė, jog tebėra gyva. Norvegijoje. Jokioje kitoje jai žinomoje šalyje sniego seniai nevaikšto uniformuoti.

Kūnas iro. Toks jausmas, lyg galva pati sau riedėtų metalo lakštu tolyn. Šviesoje viskas dundėjo. Ji keletą kartų prasimerkė ir vėl užsimerkė. Kažkur anapus šviesos kaip jūra juodavo stoglangiai. Pasieniais beveik nebebuvo drobių. Grindų, ko gera, taip pat nebuvo. Ji pamėgino ką nors užčiuopti. Atsisėsti. Bet kažkas pasidarė pilvui. Jai nepavyko. Vis netilo garsus barškesys, lyg ant konvejerio dužtų stiklas, dužtų ir dužtų.

Ji buvo ateljė, o barškėjo virstantys tušti vyno buteliai. Tada ji prisiminė. Paroda. Interviu televizijai. Laikraščių straipsniai. Agė.

Abiejų uniformuotųjų kontūrai grėsmingai priartėjo. Jie pasodino ją. Vienas iš jų atsidavė automobilio išmetamosiomis dujomis. Jis ją papurtė. Ruta norėjo paprašyti jį išeiti, bet balso stygos neklausė.

Priėjo ir kitas sniego senis. Jo galva ėmė augti virš jos. Tapo milžiniška. Ji užsimerkė ir vėl pamažu atsimerkė. Tai jis! Iš visų sniego senių, kuriais Dievas galėjo sumanyti ją pagąsdinti, pasirinktas jis.

Nejau tas prakeiktas žeminimas niekada nesibaigs? Tegu juos Pamokslininko velniai! Ar Agė tyčia įleido Gormą, kad sumautų ją galutinai? Dabar jis palinko prie jos. Sukilo beviltiškas, apgailėtinas vėmulys.

– Buteliai tušti. Bet gal ji išgėrė tablečių ar panašiai? – tarė vienas uniformuotasis.

– Gal iškviesti gydytoją? – atsiliepė kitas.

– Ruta! Mieloji Ruta, pasakyk man, ką gėrei?

Balsas apgaubė ją kaip apsauginis apklotas.

Ji prasižiojo, kad pasakytų jam nežiūrėti į ją, bet neįstengė.

– Tu negali palikti manęs. Nepalik manęs! Pasakyk, ką gėrei, – išgirdo ji ir ant odos pajuto jo rankas.

Kaip čia atsirado Gormas, nustebusi pamanė, ir po visą suniokotą kūną pasklido pašėlęs džiaugsmas.

– Tik vyną, – išlemeno ji.

– Šis ponas manė, kad įvyko nelaimė. Mes atsiprašome.

Uniformuotieji parodė savo ženklelius ir pasišalino kartu su sniego seniu be uniformos.

Ji pamėgino sukaupti orumo likučius, bet kambarys vartaliojosi į šalis. Stoglangiai buvo giliai nugrimzdę į jūros purslus. Gormo pirštais ir rankomis sruvo vanduo. Tiško ant šilkinės suknelės iš Malaizijos ir persiško kilimo, pirkto Biugdėjaus alėjos kilimų parduotuvėje.

Tie uniformuotieji nebebuvo sniego seniai, jie ištirpo. Ji nugirdo juos šnekant, kad ne jų reikalas. Už girtas moteris neatsakanti nei „Securitas", nei policija. Tačiau vienas iš jų grįžo su kibiru ir skuduru. Ji suvokė, kad jis mėgina valyti. Gormas laikė ją apkabinęs, nors ji ir dvokė. Betrūko tik apsižliumbti.

– Sveikite. Ar norite, kad tas žmogus liktų? – išgirdo.

– Taip, – kaip įmanydama aiškiau atsakė ji.

Gormas! Ji jautė, kaip jis pakėlė ją ir paguldė ant senosios studijų laikų sofos. Drėgnu rankšluosčiu atsargiai nušluostė jai veidą ir krūtinę, tada vėl padėjo pasilenkti virš kibiro.

– Ar kur nors yra lova? Tau būtų geriau atsigulti į lovą, – tyliai ištarė jis.

Ko gera, ji neatsakė, tysojo aukštielninka užmerktomis akimis, ir tiek. Aplinkui buvo taip tylu. Ji išgirdo jo žingsnius kambaryje. Tada šviesa maloniai prislopo.

Ji nesusigaudė, ar praslinko daug laiko, ar mažai. Dabar jis vėl priėjo, vienmarškinis. Veidas išsiplėtė viršum jos.

Akys! Ji būtų galėjusi pasinerti į jas. Į ramų jūros vandenį virš balto smėlio. Jeigu tik pajėgtų ištiesti rankas, ko gera, plauktų savaime.

– Ar tau geriau?

Ji linktelėjo ir nurijo seiles. Negalėjo leisti, kad pažeminimas viską sugriautų. Juk jis čia, pamanė ji ir nuplaukė po langų plokštumomis. Jais negalima kliautis. Galbūt jie nukris ir pritrėkš juos abu. Pernelyg dideli. Ir stalius taip sakė. Anot jo, paminklosauga niekada neleis tokių didelių langų.

Ji mėgino paprašyti, kad Gormas kilstelėtų juos aukštyn. Tuos langus. Gal jis gali ką nors iškviesti, kad jie nustumtų langus į vietas.

– Iš gatvės jų nesimato, be to, ir anksčiau tokie buvo.

– Žinoma, – tarstelėjo Gormas ir pasiraitė marškinių rankoves.

Netrukus arba ilgai trukus ji suprato, kad jis ją prilaiko, o ji geria pieną. Tada ją vėl ėmė tąsyti.

– Tai vaistai. Priešnuodis, – paaiškino jis, lyg būtų gydytojas.

Ar jis vėl operuos Torą? Ne, jis su baltais marškiniais. Anie buvo žali. Mėtų žalumo.

Ji klusniai gėrė. Lėtai. Mažais gurkšneliais. Paskui stengėsi ramiai gulėti, kad vėl neišpiltų lauk.

Ji girdėjo jį kažkur krebždant. Paskui jis įžengė į kambarį su močiute. Močiutė ir Gormas kvepėjo žaliuoju muilu. Ji kaleno dantimis. Ant savęs jautė rankas. Šiltas. Ir juodąjį vilnonį apklotą. Po valandėlės pakvipo drėgna vilna. Bet niekis. Vėliau ji gavo vandens. Kokakolos. Vėl vandens.

Kai ji pabudo, negailestingai spigino dienos šviesa. Ji pamėgino pasukti skaudamą galvą į šoną. Jo nėra! Sugriebė baimė. Ji vos ne vos atsisėdo. Vargais negalais išslinko į koridorių. Jo batai! Jie ten stovi. Brazdesys virtuvėje? Kavos aromatas. Giliai atsidususi, ji nušliaužė į tualetą sąžiningai vengdama žiūrėti į veidrodį. Viskas ėjosi lėtai, bet sklandžiai. Jis tebėra.

Ji nuleido galvą į praustuvę ir atsuko čiaupą. Taip stovėdama suvokė neprisimenanti, ar pati nusirengė ir apsivilko naktiniais marškiniais, ar tai padarė jis ir kaip ji pateko į lovą.

Atrodo, man truputį geriau, pamanė ji, nusvyrino į miegamąjį ir susmuko po antklode. Netrukus pajuto, kad jis kambaryje.

– Nori valgyti čia ar ateisi į virtuvę?

– Nežinau, ar galėsiu ką nors praryti.

Ji įbedė žvilgsnį į durų staktą, nes nedrįso pažiūrėti į jį.

– Manau, kad esi alkana kaip vilkas. Po tokių išgertuvių reikia kiaušinienės su kumpiu. Ir kavos. Daug kavos!

Ji nedrąsiai pakėlė žvilgsnį. Kelnių klešnės. Diržo sagtis. Krūtinė. Marškiniai priekyje dėmėti. Taigi ir jis ne visai švarus.

– Gal truputį, – sumurmėjo ji ir užsimerkė.

Jis tik išėjo į kitą kambarį. Niekur nedingo, pamanė.

Vonioje, pažvelgusi į veidrodį, ji pamatė, kad viskas blogiau, negu maniusi. O jis atrodo velnioniškai sveikas, dingtelėjo jai.

Šiaip ne taip ji nusiprausė ir apsirengė. Tai truko amžinybę. Kai jie susėdo prie virtuvinio stalo valgyti, ji beveik nedrįso pakelti akių. Jis mato mane tokią, kokia esu, susigėdusi pamanė.

Kvepėjo kava. Jai reikėjo sukaupti drąsą ir pasakyti jam, kad džiaugiasi, jog jis čia. Tada sučirškė telefonas.

– Gal man pakelti? – paklausė jis.

Ji sulaikė jį rankų mostu. Skambėjo ilgai. Kai telefonas nutilo, jis vėl paklausė:

– Gal man reikėjo atsiliepti?

– Ne, ne. Viskas gerai. Kuo puikiausiai, – pasakė ji ir valandėlę palaukė.

Tada telefonas subirbė vėl.

– Atrodo, visada turi kas nors paskambinti, kai mes susitinkame, – šyptelėjo jis.

Ji pakilo ir priėjo prie telefono. Krenkštelėjo pilna ryžto, kuris neleido išglebti. Kai pažvelgė į Gormą, jis jau žengė svetainės link.

– Ruta! Sveikinu! Kaip praėjo parodos atidarymas?

Agės balsas tryško entuziazmu. Ji girdėjo, kad jis buvo paruošęs kiekvieną žodį, balso tembrą, klausimus ir atsakymus.

– Puikiai.

– Ar gavai gėles? Ir vyno dėžę?

– Didžiausią sveikinimą atsiuntei man per spaudą. Visai gražiai atrodai. Ypač toje nuotraukoje, kur mes lovoje.

– Apie ką tu kalbi?

Balsas buvo nerūpestingas.

– Apie asmenines nuotraukas bulvarinėje spaudoje. Tu išties dosnus. Tačiau turėsi mane paleisti ir liautis žeminęs. Matai, Age, mano paveikslai vis dar didesni už mane. Todėl nebebijau tavęs. Tik perspėju: nemėgink manęs žlugdyti. Tai bergždžia. Išmokei mane daugybės gudrybių. Ačiū už tai! O dabar man metas eiti toliau. Palinkėk man sėkmės. Sudie!

Ji girdėjo jį kažką sakant, bet padėjo ragelį nelaukusi, kol jis pabaigs. Nuo galvos pamažu atsiskyrė geležinis gaubtas ir išnyko.

Gormas stovėjo tarpduryje.

– Ar tai buvo jis? Iš Berlyno?

– Taip.

Ji atsisėdo. Kėdė čiuožtelėjo grindimis.

– Kurį laiką aš jo bijojau, bet praėjo, – stebėdamasi tarė ji.

– Manei, kad jis vakar tau nedavė ramybės skambučiais?

Ji išpūtė akis.

– Ten buvai tu?

– Taip. Buvau apimtas nevilties. Bijojau, kad ko nepasidarytum. Būtum girdėjusi, kaip meldžiau „Securitas" ir policiją, kad mane įleistų. Gerai, kad baimė buvo tokia didelė, jog nepagalvojau apie tai, kad jis galėjo čia būti ir mane išmesti.

Kažką pavartaliojęs rankose, padavė jai. Užrašų knygelę. Ji buvo panaši į tą, kurioje močiutė rašydavosi, kiek kibirų bulvių pasodino ir šiaip viską, ką norėdavo prisiminti.

– Noriu, kad turėtum mano mintis. Jeigu negali priimti manęs, aš išeisiu, bet knygelė tavo.

Rodės, jog žodžiai ir balsas buvo saugomi jos sieloje, visada. Ji priglaudė atverstą knygelę prie krūtinės, tada dviem pirštais persibraukė kaktą prie pat plaukų šaknų.

– Tu esi manyje.

– Ar galima pažiūrėti? – kimiai sukuždėjo jis ir prisilenkė.

Tada ji ant kaktos pajuto jo šiltus pirštus.

– Gal nieko baisaus? – tarė jis ir krenkštelėjo. – Kirpčiai beveik paslepia.

Valandėlę ji pasėdėjo palinkusi į priekį. O kai vėl pakėlė galvą, už lango pamatė žvilgant guobą. Jos šakas slėgė sunkios sniego antklodės. Gyvatvorė taip pat buvo balta. Ir dar kai kas – visas sodas buvo pilnas sudegusių deglų.

– Čia tavo darbas? Akis, kuri mato? – sušnabždėjo ji, sutikdama jo žvilgsnį.

– Taip, argi ne nuostabu, kaip vaikiškai gali elgtis suaugęs vyras? – nusijuokė jis.

Staiga ji išvydo dviračiu atlekiantį miestietį berniuką. Šį sykį jis iškart ją pamatė ir jai nereikėjo bijoti, kad ant jos užvažiuos. Ji tik pakėlė nuo žemės jo akinius, kad niekas neužmintų. Įžūlios akys vis dar mėgino nuslėpti, koks jis vienišas.

Bet kai ji palietė jo riešą, jis liovėsi apsimetinėjęs ir išskėstomis rankomis krito į ją sukeldamas spalvų mirgesį, visai kaip paveiksle, kurio ji dar nenutapė.

Kitos WASSMO knygos:

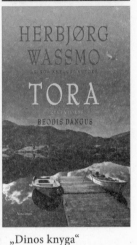

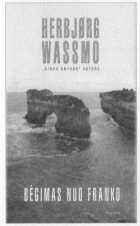

„Dinos knyga"

„Laimės sūnus"

„Karnos kraitis"

„TORA. Pirma dalis.
   Namas su akla stiklo veranda"

„TORA. Antra dalis.
   Nebylus kambarys"

„TORA. Trečia dalis.
   Beodis dangus"

„Bėgimas nuo Franko"

„Stiklinė pieno"

Wassmo, Herbjørg

Va356   Septintas susitikimas: romanas / Herbjørg Wassmo; iš norvegų kalbos vertė Eglė Išganaitytė. – Vilnius: Alma littera, 2010. – 384 p.

ISBN 978-9955-08-601-7

Dar vienas populiariosios „Dinos knygos" autorės romanas. „Septintas susitikimas" taip pat pasakoja apie moters likimą. Knygos herojė Ruta Neset – garsi dailininkė, sunkiai prasiskynusi kelią į sėkmę. Septyni susitikimai su Gormu Grande – tai septynios jų meilės, atlaikiusios dešimtmečių išbandymus, gairės.

UDK 839.6-3

Herbjørg Wassmo

SEPTINTAS SUSITIKIMAS

Romanas

Iš norvegų kalbos vertė *Eglė Išganaitytė*

Redaktorė *Zita Marienė*
Korektorė *Marijona Treigienė*
Viršelio dailininkai *Raimonda Bateikaitė, Agnius Tarabilda*
Maketavo *Ligita Plešanova*

Tiražas 1000 egz.
Išleido leidykla „Alma littera", A. Juozapavičiaus g. 6/2, LT-09310 Vilnius
Interneto svetainė: www.almalittera.lt
Spaudė AB spaustuvė „Aušra", Vytauto pr. 23, LT-44352 Kaunas
Interneto svetainė: www.ausra.lt
Užsakymas 649